Gaby Trippen

AUSZEIT

ROMAN

Bibliografische Informationen der Deutschen Bibliothek: Die Deutsche Bibliothek verzeichnet diese Publikation in der Deutschen Nationalbibliografie; detaillierte Dateien sind im Internet über http://dnb.ddb.de abrufbar

Impressum:

Herstellung: Verlag Kern, Bayreuth
Umschlagdesign und Satz: www.winkler-layout.de
Druck: Ellwanger, Bayreuth
ISBN 978-3-939478-20-1

Gaby Trippen

AUSZEIT

VERLAG KERN

Für Markus

Freitag…

„Das war's!" Eine Sekunde später fällt die Eingangstür hinter ihm ins Schloss, mit genau dem Geräusch, das sie immer macht, wenn man sie nicht ganz sanft zuzieht. Tausendmal habe ich dieses Geräusch schon gehört, in vielen alltäglichen Situationen: Ich trage einen Karton oder sonst irgendetwas Sperriges oder Herr Schröder zerrt so heftig an der Leine, dass ich nicht mehr dazu komme, die Tür leise zu schließen, damit nur ja nichts das kostbare weiße Holz beschädigt. Richard passiert das eigentlich nie, weil alle seine Bewegungen so kontrolliert und korrekt sind. Wenn er allein in diesem Haus leben würde, bräuchte man es nur alle hundert Jahre einmal zu renovieren, er macht einfach nichts kaputt…

Heute ist es anders. Heute ist die Tür schon fast mit lautem Knall zugefallen. Heute ist alles anders, denn mit diesen Worten hat mein Mann einen Schlussstrich unter 25 Jahre Ehe und 33 Jahre Gemeinsamkeit gezogen…

Ich höre, wie er zur Garage geht, höre, wie sich das automatische Tor öffnet, und wie unmittelbar darauf der Motor angelassen wird. Kurze Zeit später vernehme ich das Klirren von Metall… Ich vermute, er hat seinen Hausschlüssel und die Fernbedienung für die Garage, die in seinem Wagen liegt, in den Briefkasten geworfen. Dann gibt er Gas und fährt unsere kleine Stichstraße hinunter Richtung Hauptstraße.

Und ich stehe im Flur, wie angewachsen an der Stelle, an der ich schon die letzten grauenhaften 20 Minuten gestanden habe, als er in den Keller gegangen ist, einen Koffer vom Schrank genommen und einige Kleidungsstücke hineingelegt hat. Genau habe ich nicht gesehen, was es war, vielleicht ja nur ein paar Freizeitklamotten fürs Wochenende, und das Nötigste zum Waschen? Es ist Freitagabend, und er muss erst am Montag wieder ins Büro und zu einem Kunden - wer weiß, vielleicht ist dieser Alptraum ja am Montag schon wieder vorbei?

Ich stehe immer noch da und starre auf die geschlossene Haustür. Unfähig, mich zu bewegen und überhaupt zu realisieren, was da eben passiert ist. Mein Kopf ist wie in Watte gepackt, völlig leer, das Einzige, was ich spüre, ist mein Herzschlag. Wie lange ich so dastehe, ich weiß es nicht.

Das Erste, was ich wieder bewusst wahrnehme, ist die Fanfare der Tagesschau. Die Nachrichten fangen an, es ist 20 Uhr am Freitagabend, danach kommt „Ein Fall für Zwei", und sicher kriegt Matula wieder eins auf die Mütze. Es wäre keine richtige Folge, wenn er nicht wenigstens einmal von einem Verdächtigen zusammengeschlagen würde. Richard und ich warten immer schon darauf…

Hinter mir fiept es, zweistimmig. Unsere beiden Hunde, meistens „Mäuse" genannt, stehen da, schauen mich an, Fräulein Meier tritt von einem Vorderbein aufs andere, wie immer, wenn sie ungeduldig ist und Hunger hat. Herrn Schröder reicht das nicht, er springt an mir hoch, was er eigentlich nicht soll. Normalerweise schimpfe ich auch deshalb mit ihm, aber heute registriere ich es gar nicht.

Was ist bloß passiert? Vor einer halben Stunde noch stand ich in der Küche und bereitete das Abendessen vor, damit wir wie immer freitags pünktlich zur Tagesschau essen können, die Mäuse bekamen wie immer ihr Futter vorher, sie das vegetarische Seniorenfutter, er seine Welpenkost. Richard saß in seinem Büro, checkte ein letztes Mal vor dem Feierabend seine E-Mails, kurz vorher hatten wir noch mit den beiden eine Runde übers Feld gedreht. Es wird Herbst, unverkennbar, die Abende sind kühl, die Bäume haben sich verfärbt, die Ernte ist eingefahren. Ich hatte das erste Mal seit dem Frühjahr meine dicke Strickjacke an, mit gemischten Gefühlen, einerseits Bedauern darüber, dass der Sommer sich wohl endgültig verabschiedet hat und ich bald wieder eingepackt und dick wie ein Marshmallowmann morgens in aller Früh auf dem Feld stehen würde, andererseits auch Vorfreude auf lange Spaziergänge durchs Herbstlaub, kuschelige Abende vor dem Kamin, die Vorweihnachtszeit mit Glühwein auf den unzähligen Weihnachtsmärkten, die wir auch in dieser Adventszeit wieder besuchen würden, denn Richard ist hoffnungsloser Fan von Weihnachtsmärkten. Mir reicht eigentlich einer, vorzugsweise der in Monschau, er hat nur von Freitag bis Sonntag in der Adventszeit geöffnet und man sollte tunlichst vor elf Uhr dagewesen sein, denn danach fallen die Touristenbusse ein und es ist vorbei mit der Beschaulichkeit.

Diese abendlichen Runden nutzen wir immer, um uns vom Tag zu erzählen, nicht den „offiziellen" Bürokram, dafür gibt es die mittägliche Telefonkonferenz und die Protokollmail über die tägliche Mitarbeiterbesprechung, nein, abends kann jeder rauslassen, was ihm tagsüber passiert ist, wer angerufen hat, wer was über wen Neues zu berichten weiß, jeder erzählt aus seinem ganz persönlichen Mikrokosmos, lässt den anderen teilhaben an seiner Welt. An weiten Teilen dieser Welt zumindest…

Heute war Richard still, das war mir schon aufgefallen, aber dafür hatte ich umso mehr zu erzählen. Hauptsächlich vom morgendlichen Treffen der Hundemafia. Wir sind sechs Frauen, wenn alle da sind, jeden Morgen zwischen acht und neun Uhr, mit zurzeit acht Hunden, Birgit hat auch zwei, wie wir, einen Senior und einen Welpen, damit die Leere nicht so groß ist, wenn der Senior geht. Die Tochter von Regina hat einen neuen Freund, den ich weiß nicht wievielten in den letzten zwei Jahren, ein Wunder, wie Manuela das immer schafft, bei ihrer chronischen Magersucht und den damit verbundenen psychischen Problemen. Und so schicke Typen schleppt sie immer an, angeblich schickt sie die aber immer nach ein paar Wochen wieder in die Wüste, weil sie ihr „intellektuell" nicht gewachsen sind, wir anderen vermuten aber vielmehr, dass die Jungs von selbst Reißaus nehmen. Und Branka wäre beinahe wieder auf Suleika losgegangen, dabei hatte Rolf doch steif und fest behauptet, er hätte sie jetzt im Griff. Rolf gehört nicht zum offiziellen Kreis der Hundemafia, schon deshalb, weil er ein Mann ist. Gitta, seine Frau, könnten wir aufnehmen, sie hat sich aber bislang noch nicht wirklich darum bemüht, die beiden gehen auch abwechselnd und teilweise zu anderen Zeiten als wir. Die anderen haben schon mal behauptet, Rolf baggere mich an, flirte mit mir, obwohl ich doch morgens völlig ungestylt und je nach Wetter auch ziemlich dreckig daherkomme. Es soll Leute geben, die mich nicht erkennen, wenn sie mich nur morgens im Feld sehen und mich dann mal tagsüber im Business-Outfit treffen. Ich bin natürlich geschmeichelt, gehe auf seinen Ton auch manchmal ein, aber er ist nicht mehr als ein netter Kerl für mich, der absolut nicht in mein Beuteschema passt. Das sieht Richard leider nicht so.

Aber um Rolf ging es gar nicht heute. Eigentlich ging es um gar nichts Bestimmtes, außer um Manuelas neueste Eroberung und die Tatsache, dass wir ab nächsten Monat mit Herrn Schröder nicht mehr in die Welpenspielstunde kommen können, weil er dann ein Jahr alt ist, und somit sonntags mal wieder Zeit für ein ausgedehntes Frühstück haben könnten. Ja, und dann trafen wir den netten alten Herrn von der Ecke mit seiner uralten Dackeldame, die sich vor lauter Rheuma und Arthrose kaum noch bewegen kann, und sind mit ihm zusammen noch ein Stück gegangen.

Eigentlich hätten bei mir schon die Alarmsirenen schrillen sollen, so still wie Richard war. Gab nur knappe Antworten und Kommentare, sprach auch nur das Nötigste mit dem älteren Herrn und schimpfte auch nur in Maßen mit Herrn Schröder, als der den Rest von dem toten Kaninchen aus dem Feld schleppte. Normalerweise ist er sehr gesprächig auf unseren Spaziergängen, manchmal mehr, als mir lieb ist, wenn ich einfach nur die Stille und die Natur genießen und den Hunden zuschauen möchte. Irgendwie habe ich das aber wohl ignoriert, war zu eingebunden in meine eigene Welt, blieb auf meiner Insel, statt auf seine rüberzuspringen, so haben wir das kürzlich in der Weiterbildung zum psychologischen Berater gelernt.

Zuhause schloss er die Tür auf und ging gleich durch in sein Arbeitszimmer. Ich reinigte acht Hundepfoten und fing an, den Salat fürs Abendessen vorzubereiten. Das ist das letzte Normale, an das ich mich erinnere. Was danach kam, das blendet mein Verstand zurzeit noch aus.

Aber immerhin bin ich jetzt wieder in der Lage, mich zu bewegen. Eskortiert von den Hunden schaffe ich es irgendwie, steifbeinig und wie in Trance, in die Küche zu gehen. Ich fülle die beiden Näpfe mit dem jeweiligen Futter, Fräulein Meier bekommt noch ihre Tabletten gegen Osteoporose dazu, sie ist irgendwo zwischen dreizehn und vierzehn Jahre alt, genau wissen wir es nicht, weil sie aus dem Tierheim kommt. Wir haben sie seit über zehn Jahren, unsere meistens absolut liebe und verträgliche Deutsch-Kurzhaar-Jagdhündin. Ihren Namen hatte sie schon, als wir sie bekamen, ob ihre Vorbesitzer sie so genannt haben oder erst die Leute im Tierheim, wissen wir nicht. Aber da sie nun einmal darauf hörte und wir ihn auch ganz witzig fanden, haben wir ihn beibehalten und Herrn Schröder dann analog einen ähnlichen Namen verpasst.

Dem geht das alles mal wieder viel zu langsam. Er fiept und hopst um mich herum, als ich die Tabletten aus der Verpackung drücke und möglichst unauffällig unters Futter mische, damit die Dame sie auch wirklich frisst und nicht aussortiert, nach dem Motto, „Du, Frauchen, das gehört da nicht rein, hab ich liegengelassen, war doch in Ordnung so?“

Wenn ihr Napf fertig ist, kommt seiner an die Reihe. Dann werden beide auf den Boden gestellt, jeder in eine Ecke, ihrer zuerst, dann seiner. So ist die festgelegte Reihenfolge, so muss es sein, dann gibt es in der Regel auch keine Kampfhandlungen.

Im Großen und Ganzen verstehen sich die beiden nämlich sehr gut, Fräulein Meier hat den kleinen Dalmatinerrüden zwar nicht unbedingt als Sohn angenommen, als wir ihn mit neun Wochen bekamen, sieht ihn aber doch mittlerweile als liebenswerten und nur manchmal etwas nervigen Familienzuwachs an. Ärger gibt es nur, wenn es ums Essen geht, da müssen wir nach wie vor aufpassen. Deshalb muss die Rangordnung auch ganz strikt eingehalten werden: Erst bekommt sie ihr Futter, danach er. Stehen die beiden Näpfe zu dicht beieinander, fühlt sie sich bedroht und knurrt, und ich würde auch nicht meine Hand dafür ins Feuer legen, dass sie nicht zuschnappen würde. Seit ein paar Tagen hat sie aber eine neue Angewohnheit: Wenn sie ihre Portion etwa zur Hälfte aufgefressen hat, geht sie mit gefletschten Zähnen auf ihn und seinen Napf los, er nimmt daraufhin sicherheitshalber Reißaus und überlässt ihr den Rest seiner Mahlzeit. Das geht natürlich gar nicht, und so steht zurzeit immer eine „Autoritätsperson“ zwischen den beiden Näpfen und überwacht das Essensritual. Wenn beide fertig sind, ist der Friede sofort wiederhergestellt und wird meistens durch eine intensive Schmuseeinheit besiegelt. Wenn es doch bei uns Menschen auch so einfach wäre…

Nebenan im Wohnzimmer hat der Freitagskrimi mittlerweile angefangen, ich muss wohl völlig unbewusst auf das Zweite Programm geschaltet haben. Normalerweise säßen wir jetzt vor dem Fernseher, jeder sein Tablett auf dem Schoß beziehungsweis neben sich auf dem Beistelltisch, ich koche meist so, dass wir gemütlich vor dem Bildschirm essen können, das Esszimmer wird bei uns nur selten, meist wenn Besuch da ist, benutzt. So hätte es auch heute Abend sein sollen, noch vor einer Stunde deutete für mich nichts darauf hin, dass nur wenig später diese normale Welt so vollständig aus den Fugen geraten sein würde. Jetzt stehe ich allein hier und starre auf den Fernseher, sehe die Gestalten, ohne dass wirklich etwas davon in mein Bewusstsein dringt. Ähnlich wie in dem edel eingerichteten Anwaltsbüro auf dem Bildschirm, mit dem vielen Glas, den vielen Fenstern, sieht es auch in unserem Büro in der Innenstadt aus. Nicht ganz so vornehm, aber doch sehr repräsentativ, weil wir auch oft Kunden dort empfangen, in unserer Unternehmensberatung, die sich aus einem Anderthalb-Mann-Unternehmen zu einer renommierten Firma entwickelt hat, in den letzten zwanzig Jahren. Ob er wohl dorthin gefahren ist? Auf dem Sofa in seinem Büro könnte er zur Not schlafen, für ein Nickerchen zwischendurch hat er es schon öfter genutzt. Und vielleicht auch für andere Dinge „zwischendurch“.

Soll ich dort anrufen? Die Zentralnummer zu wählen, macht wenig Sinn, dort höre ich nur meine eigene Ansage auf dem

Anrufbeantworter. Die eigene Stimme am Telefon zu hören, klingt immer komisch, finde ich. Ich weiß noch, als ich den Text aufgesprochen habe, beim Üben, als das Gerät noch ausgeschaltet war, ging es wunderbar, aber in dem Moment als die Aufnahme lief, fand ich das alles nur noch lustig und hatte einen Lachanfall nach dem anderen. Erst mithilfe intensivster Gedanken an das Finanzamt - das half bisher bei mir immer - gelang es uns, eine halbwegs seriös und professionell klingende Ansage hinzubekommen: „*Guten Tag, lieber Anrufer! Sie sind mit der Unternehmensberatung Häussler in Leverkusen verbunden. Unser Büro ist montags bis freitags von 9 bis 17 Uhr besetzt, das heißt aber nicht, dass wir nicht auch später noch für Sie da sind. Bitte hinterlassen Sie uns nach dem Piepton eine Nachricht mit Ihrer Telefonnummer, und wir melden uns umgehend bei Ihnen. Vielen Dank!*"

Richards persönliche Durchwahl kennen nur die besten Kunden, die, für die er wirklich „rund um die Uhr" zur Verfügung steht, für die wir schon so viele Urlaube verschoben oder ganz abgesagt haben. Dann natürlich die Mitarbeiter und ja, wer noch? So genau weiß ich das gar nicht und vielleicht möchte ich es auch lieber gar nicht wissen.

Wie lange ist er jetzt eigentlich schon weg? Eine halbe Stunde vielleicht, vierzig Minuten. Wenn, dann sollte er inzwischen im Büro angekommen sein. Soll ich? Dort oder auf seinem Handy? Aber nein, es würde nicht zu ihm passen, dass er rangeht, schließlich sieht er unsere Privatnummer auf dem Display, und er ist nicht der Typ für Diskussionen am Telefon. Ich könnte auf meinem Handy die Funktion zur Rufnummernunterdrückung suchen, aber irgendwie ist mir das zu albern. Ich probiere es. Das Ergebnis ist wie erwartet: Seine Durchwahl im Büro ist auf sein Handy weitergeleitet und da läuft die Mailboxansage. Ohne die Möglichkeit, eine Nachricht aufzusprechen. Seltsam, wann hat er das denn geändert? Wie oft hab ich ihm dort schon etwas hinterlassen, wenn ich ihn nicht gleich erreicht habe. Lange Zeit habe ich mir nichts dabei gedacht, wenn er nicht an sein Handy ging. Ein anderer zeitgleicher Anruf, ein

Funkloch, Gespräch mit einem Kunden oder Mitarbeiter, was auch immer. Bei mir ist es ja auch so. Mein Vater zum Beispiel hat die wundersame Angewohnheit, immer kurz vor Richard anzurufen, so dass ich den zweiten Anruf nicht schnell genug entgegennehmen kann. Und wie oft ist es wirklich vertrackt: Stundenlang ruft überhaupt niemand an und dann gleich mehrere Leute gleichzeitig. Als wenn sie sich abgesprochen hätten.

Nun stehe ich da, immer noch mitten im Wohnzimmer, und starre abwechselnd auf das Telefon und den Fernseher. Lessing und Matula haben den Fall gelöst und gehen zusammen etwas trinken, und irgendwie habe ich die Prügelszene von Matula diesmal überhaupt nicht mitbekommen. Stattgefunden haben muss sie, denn er hat ein Pflaster auf der Stirn.

Ich setze mich hin und stehe sofort wieder auf. Mein Magen knurrt, mir fällt ein, dass meine normale Abendessenszeit lange vorbei ist. Bei dem Gedanken an konkrete Nahrung ist das Knurren schlagartig vorbei und ich habe einen riesigen Kloß im Hals. In der Küche liegt noch der geputzte und halb vorbereitete Salat auf der Arbeitsplatte, die Tomaten hatte ich schon aus dem Kühlschrank genommen und die Pfanne für das Fleisch auf den Herd gestellt, Öl hineingegeben. Jetzt fällt es mir wieder ein, ich wollte den Herd gerade einschalten – wir haben uns im vergangenen Jahr einen Induktionsherd geleistet, als die Welt noch in Ordnung war, der alte hatte schon fast 20 Jahre auf dem Buckel, er tat es zwar noch, aber Richard meinte, ein neuer müsse her. Und im Nachhinein hat sich dieser Herd, der sich nur dann erhitzt, wenn ein Topf mit etwas Essbarem draufsteht, als segensreich erwiesen, denn sonst hätte Herr Schröder, der mir beim Kochen „hilft“, seit er groß genug ist, um die Herdplatte zu erreichen, schon längst gegrillte Vorderfüße - als Richard in der Küchentür stand, mit diesem Gesichtsausdruck, den ich so fürchte und sagte: „Andrea, kommst du bitte mal mit!“, mehr Befehl als Bitte…

Rund 40 Minuten später bin ich, Andrea Häussler, 50 Jahre, 4 Monate und ein paar Tage alt, sozusagen „frisch getrennt“.

Was mache ich denn mit dem Salat? Und dem Fleisch? Appetit habe ich kein bisschen darauf, wenn überhaupt auf irgendetwas, dann vielleicht Zwieback, oder Hühnersuppe, so wie meine Mutter sie mir früher gemacht hat, wenn ich krank war. Andererseits, ich kann doch jetzt nicht einfach zur Tagesordnung übergehen und mich mit irgendetwas Essbarem vor den Fernseher hocken und „Soko Leipzig“ anschauen, das eben angefangen hat. Obwohl ich ja Marco Girnth normalerweise schon sehr gern sehe…

Wenn ich jetzt den Salat wegwerfe und Richard kommt womöglich morgen Abend schon wieder, das wäre doch pure Verschwendung. Könnte ich doch das für heute vorgesehen Abendessen morgen machen, das Fleisch ist noch in der Verpackung und der Salat sieht auch noch ganz knackig aus. Und wenn ich ein bisschen mehr von dem Balsamico-Dressing nehme, das er so gern mag, dann fällt es vielleicht gar nicht auf, dass der Salat schon einen Tag alt ist…

Richard ist weg, Andrea, er ist nicht nur mal eben ins Dorf gefahren, Eis holen, oder noch mal kurz ins Büro, weil er wichtige Unterlagen vergessen hat, die er heute Abend noch durcharbeiten will. ER IST WEG! Er will dich nicht mehr! Er hat gesagt, er könne so nicht weiterleben, ob er ohne dich leben könne, wisse er noch nicht, aber er wisse definitiv, dass er nicht mehr mit dir leben könne. Nicht nach allem, was vorgefallen sei.

Da ist diese Stimme in mir, die sich nur dann meldet, wenn etwas schiefläuft oder ich mal wieder den von mir selbst oder anderen an mich gestellten Ansprüchen nicht genüge: „Würdest du dich bitte KON-ZEN-TRIE-REN!“, sagt sie beispielsweise, wenn ich morgens mal wieder ungeschickt mit meinen Kontaktlinsen herumfuhrwerke, obwohl ich nun schon seit mehr als dreißig Jahre jeden Morgen die Dinger einsetze, manchmal klappt es einfach nicht sofort. Oder „Der Müll MUSS in die Garage! JETZT!!!“, wenn ich eigentlich tausend wichtigere Dinge zu tun habe. Und jetzt gerade in diesem Moment versucht sie, mir unmissverständlich klarzumachen, dass ich diesmal wirklich richtig tief in der Tinte sitze.

Ich weiß nicht, wie andere Frauen mit so einer Situation umgehen. Weinen sie, schreien sie, zertrümmern sie Porzellan oder zerschneiden sie Fotos, trinken sie so viel Wein, bis sie in ein gnädiges Vergessen schenkendes Delirium fallen, aus dem das Aufwachen am nächsten Morgen umso schmerzhafter ist? Ich bin offensichtlich anders, ich habe nicht das Bedürfnis zu weinen oder mich sonst irgendwie „gehenzulassen". Es ist, als ob mein Verstand ein großes Rolltor heruntergelassen hätte und damit diese ungeheuerliche Tatsache, dass mein Mann mich soeben verlassen hat, einfach außen vorlässt. Auf der anderen Seite des Tors ist zurzeit nur Platz für praktische Gedanken, eben was ich mit dem Salat mache, ob ich jetzt besser die Mäuse noch mal in den Garten lassen sollte, weil in ein paar Minuten die elektrischen und zeitschaltuhrgesteuerten Jalousien an den Terrassentüren heruntergehen, und ob ich die Haustür schon abgeschlossen habe. Das Andere wird später kommen, dessen bin ich mir gewiss. Aber eins nach dem anderen, wie sagte schon Scarlett O´Hara, nachdem Rhett Butler sie verlassen hat? „Verschieben wir's doch auf morgen". Bin ich vielleicht so eine Art reinkarnierte Scarlett? Ach nein, das war ja nur eine Kunstfigur, erfunden und zu Unsterblichkeit gebracht von Margaret Mitchell. Dennoch, gewisse Ähnlichkeiten im Verhalten sind eindeutig vorhanden. Ich sollte das später vielleicht einmal analysieren.

Irgendwie stehe ich immer noch in der Küche herum, nehme mal diesen, mal jenen Gegenstand in die Hand, schaue ihn unschlüssig an, stelle ihn wieder weg, ohne wirklich zu wissen, was ich damit anfangen soll: kompletter geistiger Ausnahmezustand, anders kann man das wohl nicht beschreiben.

Ob ich noch mal auf seinem Handy anrufe? Oder im Büro? Ob ich mich wohl noch mal zum Affen mache? Vielleicht lass ich ihn wirklich mal eine Zeitlang in Ruhe, so bis morgen, vielleicht hat er es sich ja dann schon anders überlegt.

Möglicherweise ist er auch zu Guido gefahren. Ja sicher, dass ich darauf noch nicht gekommen bin. Meines Wissens nach ist Guido aktuell gerade mal wieder Single, die letzte 25-jährige 150-Kilo-Dame hat ihn vor kurzem ad acta gelegt und in seiner Wohnung findet sich sicher ein Schlafplätzchen für seinen ältesten Freund. Eigentlich mag ich Guido, oder „Drei-Buchstaben-Guido", wie ich ihn seit einigen Jahren insgeheim nenne, nicht besonders. Er ist ein absoluter EDV-Freak geworden, nachdem er nach seiner Elektrikerlehre eine Fortbildung zum Programmierer gemacht hat, und sein Vokabular besteht zumindest für meine Ohren hauptsächlich aus diesen kryptischen Dreibuchstabenwörtern, die entweder Firmennamen sind oder die Abkürzung für irgendwelche datentechnischen Verfahren darstellen. IBM, UCS, ACT, VPN, CAT5 und unzählige andere. Manchmal meine ich, er kann keinen vernünftigen Satz äußern, ohne dass irgend so eine Bezeichnung darin vorkommt.

Ich kenne Guido genauso lange, wie ich Richard kenne, genauer gesagt, ich lernte beide am gleichen Abend vor mehr als dreißig Jahren kennen. Wie es damals so Usus war, gab es in unserer Stadt ein Jungensgymnasium und ein Mädchengymnasium. In den Zeiten vor der Erfindung der Koedukation hatte man nicht geglaubt, dass man beide Geschlechter auch in einer zu höheren akademischen Weihen befähigenden Lehranstalt zusammen unterrichten kann, ohne dass deren Gemüter dadurch dauerhaften und irreparablen Schaden nehmen. Ich also besuchte brav das Städtische Mädchengymnasium und hatte, da ich auch auf der Grundschule in einer reinen Mädchenklasse war, noch so gut wie keine Erfahrungen im Umgang mit Jungen.

In unserer Schule war es Brauch, dass ab der 9. oder 10. Klasse so genannte Klassenfeten veranstaltet wurden. Die 9. Klasse unserer Schule beispielsweise lud die 10. Klasse des benachbarten Jungensgymnasiums ein. Nicht nur wir, sondern auch Generationen von Schülerinnen vor uns hatten die Erfahrung gemacht, dass es mit Gleichaltrigen nicht funktioniert, die Jungen aus der 9. Klasse waren uns noch viel zu kindlich und unreif, als dass wir es für lohnenswert erachtet hätten, ihnen einen ganzen Abend kostbarer Freizeit zu opfern. Ort des Geschehens war immer eins der ansässigen Jugendheime, solche Einrichtungen, in denen nachmittags gebastelt und getöpfert wird, während abends sich dort die unterschiedlichsten Jugendgruppen trafen. Eine halbwegs vernünftige Musikanlage war vorhanden, Getränke gab es auch, und Zapfenstreich war definitiv um Viertel vor zehn, dann wurde das Heim abgeschlossen und das Aufsichtspersonal hatte seine verantwortungsvolle Aufgabe erfüllt. Das Ganze hatte natürlich den Charme einer Bahnhofshalle, aber den meisten von uns war das egal, zumal ja immer auch mit dem unangekündigten Besuch eines Lehrers gerechnet werden musste. Und irgendwie hatten wir früher mehr Respekt vor dem Lehrkörper. Heute gehen die Jugendlichen ganz anders mit ihren Lehrern um, das hätten wir damals ganz sicher nicht gewagt.

Für uns war schon die Vorbereitung dieser Klassenfeten ein Highlight. Da es sich ja um quasi von der Schule organisierte Veranstaltungen handelte, musste die Vorbereitung auch während des Unterrichts geschehen. Wir schafften es jedes Mal, diverse Schulstunden mit kolossal wichtigen Detailfragen zu verbringen, obwohl das Schema dieser Feten eigentlich immer gleich war. Alle zwei bis drei Monate beziehungsweise durchschnittlich zweimal pro Halbjahr war Fetenabend angesagt, meistens Dienstag, warum, weiß ich gar nicht mehr, vermutlich passte es nicht anders in den Veranstaltungsplan des Jugendheims. Mittwochs hätte uns besser gepasst, denn donnerstags war in der ersten Stunde Schulgottesdienst, und den hat so manche von uns meistens verschlafen.

Das Problem war, dass die ins Auge gefasste Jungensklasse nach einiger Zeit nicht mehr so richtige Lust hatte, sich mit uns abzugeben. War die Klasse bei den ersten paar Terminen noch fast vollzählig erschienen, so mussten wir doch im Lauf der Zeit ein gewisses Nachlassen des Interesses feststellen. Sie waren halt noch arg unreif, die Boys vom Albert-Schweitzer-Gymnasium.

Damit das Ganze nicht ins Wasser fiel, brachten wir - natürlich wir, von allein wären die Jungs doch nicht darauf gekommen - die

Idee ins Spiel, dass die Jungen die Lücken in ihren eigenen Reihen durch Geschwister und Freunde von außerhalb der Schule auffüllen könnten. Voraussetzung war, dass die Ersatzspieler alters- und umfeldmäßig einigermaßen zu uns passten.

Und so tauchten an jenem denkwürdigen Dienstagabend im Januar dann neben den üblichen Verdächtigen und einigen nicht sonderlich erwähnenswerten Gestalten zwei Jungen auf, die sofort unser aller Interesse weckten: Richard und Guido. Sie waren um einiges älter als die anderen Jungen, genauer gesagt ist Richard zwei Jahre älter als ich, er und Guido standen damals kurz vor dem Abitur. Während es Guido dann mehr zum Handwerklichen zog und er eine Lehre als Elektriker begann, hatte sich mein Richard sofort zur Bundeswehr gemeldet und machte danach eine Banklehre, und im Anschluss daran ein BWL-Studium.

Eigentlich waren die beiden damit schon zu alt für das von unserer Lehrerin genehmigte Zusatzkontingent, irgendwie waren sie aber doch durchgerutscht und wurden von uns allen gespannt beäugt. Kein Wunder, Guido ist groß, über 1,90 Meter, schlank, und hatte damals wunderschönes schwarzes Haar, Richard ist mit seinen 1,86 Meter nur wenig kleiner, auch drahtig und dunkelblond. Das hat sich in den ganzen Jahren nicht wesentlich geändert, er hatte zeitweilig mal ein paar Kilo mehr auf den Rippen, und die Haare haben sich etwas gelichtet, aber im Großen und Ganzen sieht er immer noch so aus wie damals, das Gesicht reifer, mit ausgeprägteren Konturen natürlich, aber immer noch eine Erscheinung, nach der sich die Frauen umdrehen. Guido dagegen hat leider später als Mann nicht das gehalten, was er als Junge versprach. Er ist kräftig geworden, manche Leute würden ihn schon als leicht korpulent bezeichnen, und die schönen Haare haben sich gänzlich verabschiedet, sprich, er hat heute eine Glatze. Einige Frauen finden das ja sexy, mir gefällt es nicht, aber ich bin ja auch voreingenommen, was ihn betrifft.

Ich war als Teenie eher unauffällig, fand mich allerhöchstens durchschnittlich, in meinem Gesicht waren zwar alle notwendigen

Dinge vorhanden, aber irgendwie passte das alles nicht zusammen. Andere fand ich immer viel viel hübscher, Mädchen mit langen lockigen dicken Haaren und einer kleinen Nase und natürlich schlanken Beinen, so hatte man auszusehen, dann kam der entsprechende Status in Klasse und Freundesclique von selbst. Ich dagegen hatte dünnes Haar von undefinierbarer Farbe, heute nennt man das „straßenköterblond“, aber damals hatte ich eigentlich gar keine Haarfarbe. Hinzu kam, dass ich unter Akne und fettigen Haaren litt und außerdem, das war das Übelste an meiner ganzen Erscheinung, bis zu meinem 15. Lebensjahr eine Brille tragen musste. Als ich Richard kennen lernte, hatte ich zum Glück seit ein paar Monaten Kontaktlinsen, und fühlte mich, wenn ich mal gerade meine Pickel im Zaum halten konnte, nicht mehr ganz so hässlich.

Trotzdem konnte ich mein Glück nicht fassen, als im Laufe des Abends doch tatsächlich immer wieder Richard auf mich zukam und mich aufforderte. Wir tanzten, unterhielten uns und er lud mich zu einer Cola ein - andere, gar alkoholische, Getränke waren selbstverständlich tabu an diesem Abend. Ich, die unscheinbare, stille Andrea, hatte das Interesse eines der tollsten Jungen der ganzen Veranstaltung geweckt, ich war absolut hin und weg und ich glaube, ich redete den ganzen Abend ziemlichen Blödsinn. Umso gesprächiger war Richard, er erzählte vom Abi, das in ein paar Monaten anstehen würde, davon, dass er zum Bund gehen würde, aber ihm davor ziemlich grauste, von seiner Familie und als es dann leider Viertel vor zehn war und das allgemeine Zeichen zum Aufbruch gegeben wurde, fragte er sogar nach meiner Telefonnummer! Wir könnten ja dieser Tage mal was zusammen trinken gehen, oder ins Kino, meinte er. Er gab mir auch seine Nummer, schrieb sie auf die Rückseite einer alten Kinokarte und ich war völlig aus dem Häuschen. Wir vereinbarten, dass er sich am darauffolgenden Samstag melden würde, ich sagte, aber nicht vor neun Uhr, denn bis dahin sei ich mit meinen Eltern unterwegs.

Meine Eroberung war natürlich nicht unbemerkt geblieben, und es gab entsprechende Kommentare am nächsten Tag in der Schule.

Guido hatte sich den ganzen Abend mit Karin Weber unterhalten, die ich nett fand, mit der ich aber nicht so viel zu tun gehabt hatte bisher. Jetzt gluckten wir beide natürlich die ganze Zeit zusammen und tauschten uns aus: Was hat Richard hier gesagt, wie hat sich Guido da verhalten, werden sie sich denn wohl melden, vielleicht können wir mal etwas zu viert unternehmen. Und überhaupt, ich glaube, ich hatte mich schon an diesem ersten Abend in Richard verliebt.

Meine zu diesem Zeitpunkt beste Freundin hieß Angela. Wir hatten uns in der 8. Klasse angefreundet, nachdem sie sich mit ihrer ursprünglich besten Freundin auf Lebenszeit zerstritten hatte, und ich zur selben Zeit zwangsweise von meiner bis dato besten Freundin, Sybille, getrennt wurde. Sybille übte angeblich einen schlechten Einfluss auf mich aus, hielt mich zum Schwätzen und Schwänzen an und verkehrte mit Jungs, die nie und nimmer Zugang zu unseren Klassenfeten gehabt hätten. All das hatte meine liebe Klassenlehrerin meinem Vater gesteckt und die beiden hatten beschlossen, uns erst einmal so weit wie möglich auseinanderzusetzen. Darüber haben wir beide uns dann tatsächlich zerstritten, und Angela und ich wurden nebeneinandergesetzt. Aus der anfänglichen Zweckgemeinschaft wurde dann recht schnell eine Freundschaft, von der beide profitierten. Angela war, im Gegensatz zu mir, ein Genie in Naturwissenschaften und Mathe, während ich in allem, was nichts mit Sprachen oder Geschichte zu tun hatte, die absolute Niete war. Sie sorgte dafür, dass ich meine Noten in diesen Fächern wenigstens im Viererbereich halten konnte, dafür konnte ich ihr in Deutsch oder Englisch helfen. Angela war nicht hübsch im klassischen Sinne, aber sie hatte irgendwie schon damals etwas Edles, im Englischen würde man sagen, ihre Erscheinung war „sophisticated“. Viele Jungs trauten sich an sie gar nicht ran, und ich glaube, dass sie in den Tagen nach dieser bewussten Fete ziemlich neidisch und eifersüchtig war, weil eben ich es war, für die sich der Supertyp Richard interessiert hatte.

Sie wusste natürlich von der Telefonverabredung für den Samstag und wollte umgehend angerufen werden, sobald sich Richard gemeldet hatte.

Der Samstagabend kam heran, meine Eltern und ich waren pünktlich um Viertel vor neun zu Hause, wir saßen vor dem Fernseher, das heißt, die beiden saßen und ich tigerte durch die Wohnung, immer in Hörweite des Telefons. Damals gab es ja noch keine schnurlosen Apparate, unser Telefon stand im Esszimmer. Mit Angela und Karin hatte ich überlegt, dass es taktisch am klügsten sein würde, so nach dem dritten oder vierten Klingeln abzunehmen. Gleich beim ersten oder zweiten Klingeln ranzugehen hätte so ausgesehen, als hätte ich den ganzen Abend neben dem Telefon gesessen, länger zu warten, hätte das Risiko beinhaltet, dass Richard auflegt, weil er dachte, ich sei nicht zu Hause…

Meinen Eltern hatte ich nur erzählt, dass ich einen netten Jungen kennen gelernt hatte, mehr nicht, und schon gar nichts von dem erwarteten Anruf. Meine Mutter hatte natürlich gemerkt, dass irgendwas im Busch war, aber sie fragte nicht, sie war überhaupt genial, immer verständnisvoll, immer auf meiner Seite, ihr konnte man sehr viel anvertrauen. Von ihr bekam ich immer Rückendeckung, im Gegensatz zu meinem Vater, der in jedem Jungen, der sich für mich interessierte - so viele waren es ja nicht, aber einige dann doch schon - einen potenziellen Rivalen und Todfeind sah. Ich weiß noch, dass er sich einmal strikt geweigert hatte, mich nach einer Fete vom Jugendheim abzuholen, weil ich ja dort mit einem Jungen zusammen war. „Soll sie doch gucken, wie sie nach Hause kommt oder sich von dem Typen bringen lassen, ICH jedenfalls fahre nicht.“ Erst als meine Mutter sich Richtung Bushaltestelle aufmachte, um mich halt mit den öffentlichen Verkehrsmitteln abzuholen, bequemte er sich dann doch noch, über die Stimmung im Wagen muss man allerdings kein weiteres Wort verlieren.

Es wurde neun Uhr, es wurde Viertel nach, es wurde halb zehn. und es passierte... Nichts. Ich nahm sogar ein paar Mal den Hörer von der Gabel, um sicherzugehen, dass die Leitung funktionierte, aber gegen zehn Uhr musste ich dann einsehen, dass er nicht mehr anrufen würde. Meine Enttäuschung war grenzenlos, hinzu kam der unweigerliche Gesichtsverlust gegenüber Karin und Angela. Wenn

Liebe sooo ist, dann verzichte ich vielleicht besser darauf", redete ich mir an dem Abend ein. Was wusste ich damals schon von Liebe?

Ein Hahn kräht. Kein echter, sondern diesen Ton hat Richard auf meinem Handy für SMS eingerichtet. Vor einigen Jahren habe ich eine Woche Wellnessurlaub in einer sehr ländlichen Gegend gemacht und der Hahn vom Nachbarhof hat jedes Mal geantwortet, wenn ich eine SMS bekommen habe… Verdammt, warum muss ich aufwachen aus dieser schönen Erinnerung an damals, als alles gerade angefangen hatte und die Welt so einfach war, auch wenn sie mir damals schon nicht so vorkam? Aber vielleicht ist die SMS ja auch von Richard?

Nein, es ist eine Nachricht von Georg und Bettina, langjährige Freunde von uns, sie fragen, ob es bei unserer Verabredung morgen Abend nach Köln zum Essen und danach in die Altstadt bleibt… Von mir aus schon… Nichts würde ich morgen Abend lieber tun. Was um Himmels willen antworte ich denen denn? Die Wahrheit? Dazu bin ich noch lange nicht bereit, und außerdem, wer weiß, vielleicht ist Richard ja bis morgen Abend schon wieder da und dann wäre es ja blöd, wenn ich die Pferde scheu gemacht hätte. Dann doch lieber eine Ausrede aus meinem unerschöpflichen Fundus, der da reicht vom plötzlichen Unwohlsein meinerseits über Notoperation eines der Hunde bis hin zu, was oft genug auch stimmt, einem unerwarteten Arbeitseinsatz von Richard bei einem wichtigen Kunden. Nur, bei letzterem bin ich mir heute nicht mehr so sicher, ob das nicht auch manchmal Richards Ausrede für mich gewesen war… Ich glaube, ich antworte erst mal noch gar nicht. Schließlich ist es schon fast elf Uhr, wir könnten theoretisch ja schon schlafen. Wie sagte Scarlett noch? „Verschieben wir's doch auf morgen"…

Für den Sonntagnachmittag nach jenem denkwürdigen Samstagabend, an dem nichts geschehen war, hatte ich mich mit Angela verabredet, zum Mathepauken. Das hieß damals, ich paukte, und sie versuchte, meine mathematischen Minimalkenntnisse auf einen halbwegs dem Niveau der Klasse angemessenen Stand zu bringen. Angela schrieb generell Einsen in Mathe. Ich dagegen hangelte mich in diesem Fach seit der 2. Gymnasialklasse mehr oder weniger erfolgreich an der Vier entlang, schaffte es aber tatsächlich, in meiner gesamten Schullaufbahn von der „Fünf" im Zeugnis verschont zu bleiben. Am Schluss hatte ich dann doch immer das berühmte Quäntchen Glück, auch wenn es zwischendurch oft ziemlich düster ausgesehen hatte.

Um drei Uhr sollte ich bei Angela sein, vormittags war ich mit meinem Vater unterwegs, und wir waren zum Mittagessen mit meiner Mutter und einer guten Freundin der Familie in Leverkusens damals einziger Pizzeria verabredet. Den ganzen Morgen über hatte ich dieses mulmige Gefühl im Bauch, zum einen wegen der Enttäuschung, zum anderen beim Gedanken an den mehr oder weniger unverhohlen zur Schau gestellten Blick des Triumphes von Angela, dieser „Siehste, hab ich doch gleich gesagt, der meldet sich nicht"-Blick, den ich unweigerlich am Nachmittag von ihr sehen würde.

Aber dann: Wir hatten uns gerade in der Pizzeria hingesetzt, da bekam meine Mutter dieses schelmische Grinsen im Gesicht und meinte: „Ach übrigens, Andrea, da hat jemand zu Hause für dich angerufen, du hattest gar nicht gesagt, dass du einen Anruf erwartest." Kunstpause. „Richard hieß er und er meldet sich heute Abend noch einmal, ich habe gesagt, um sieben bist du sicher zu Hause. War doch richtig, oder?" Um dann noch einen draufzusetzen: „Ich glaube, der hat uns zwei verwechselt. Jedenfalls hat er mich mit ‚Na, Kleines?' angeredet..."

Na super! Ich freute mich total, natürlich, aber ich war auch sauer, dass ich nicht selbst da gewesen war, als er anrief. Nur, wer hätte das ahnen können, wir hatten eindeutig Samstagabend ausgemacht. Was hatte das jetzt zu bedeuten? War ihm gestern Abend etwas dazwischengekommen? Oder war für ihn die Sache so unwichtig, dass er die Details unserer Abmachung vergessen hatte? Egal, erst mal konnte ich mich auf den Abend freuen, und Angela, na, der würde ihre Stichelei gleich im Hals stecken bleiben.

So war es auch: Gleich das Erste, was sie sagte, war wie erwartet: „Hat nicht angerufen, stimmt's?" Als sie meine Antwort hörte, fiel ihr beinahe die Kinnlade herunter. Ich weiß bis heute nicht, ob sie sich wenigstens ein bisschen für mich freute, aber ich bin ziemlich sicher, dass sie neidisch war.

Und dann war er auch superpünktlich. Natürlich wuselte diesmal die ganze Familie mehr oder weniger betont unauffällig im Esszimmer herum, aber zum Glück verzogen sich meine Eltern dann doch recht schnell wieder vor den Fernseher, als das Telefon Punkt 19 Uhr klingelte. Aber diesmal war er vorsichtig. „Hallo, hier ist der Richard, bist du das, Andrea?" „Man kann ja nie wissen", hat er später gesagt, „womöglich hättest du noch weitere weibliche Familienmitglieder mit einer Stimme wie deiner aus dem Hut gezaubert."

Die Erklärung für sein Nichtanrufen am Abend zuvor war so süß, dass ich sie nie vergessen werde: Er konnte sich nur noch daran erinnern, dass ich „neun Uhr" gesagt hatte, nicht aber, ob ich neun Uhr morgens oder abends meinte. Seine gesamte Familie inklusive hochnobler Großmutter war der Meinung, man könne am Wochenende morgens um neun NOCH nicht bei fremden Leuten anrufen und abends um neun NICHT MEHR. Um diesem Dilemma auszuweichen, hatte er sich dann für Sonntagmorgen elf Uhr entschieden, eine Zeit, zu der jeder halbwegs kultivierte Mitteleuropäer am Sonntag wohl wach sein sollte.

Als er das so erzählte, so locker und lustig und wortgewandt, waren die Unsicherheit und Nervosität bei mir schnell verflogen. Ich weiß noch, dass wir uns für den darauffolgenden Mittwoch am späten Nachmittag in einer der wenigen In-Kneipen Leverkusens verabredeten, dort Mettbrötchen aßen und ganz viel erzählten. Zwischendurch nahm er mal meine Hand, und streichelte mir über die Wange, aber er hielt nichts von diesen ungeschickten Annäherungsversuchen und missglückten Zungenküssen, mit denen andere Jungs ihr Glück versucht hatten. Auf dem Weg zur Bushaltestelle legte er den Arm um mich und schaute mir zum Abschied lange in die Augen. „Du bist schon eine Süße", sagte er und winkte mir dann noch nach, bis der Bus außer Sicht war... Spätestens zu dem Zeitpunkt war ich rettungslos verloren, und er hat mir später einmal gesagt, ihm ginge es genauso.

Ich muss doch tatsächlich gähnen! Es geht auf Mitternacht zu, eigentlich unsere normale Schlafenszeit, nachdem wir entweder noch eine ganz kleine Mäuserunde gedreht haben oder, je nach Wetter, den bequemeren Weg in den Garten gewählt haben.

Soll ich ins Bett gehen? Werde ich überhaupt schlafen können? So etwas wie Schlaftabletten besitzen wir nicht, vielleicht hat ein Cognac die gleiche Wirkung? Aber dann hab ich eine Fahne, falls Richard heute Nacht zurückkommt. Oder soll ich lieber hier auf der Couch schlafen? Bis ich mich ausgezogen und bettfertig gemacht habe, bin ich wieder hellwach. Und die Gedanken beginnen wieder zu kreisen...

Wenn man bedenkt, dass Richard mit Hunden, mit Tieren überhaupt, so gar nichts im Sinn hatte, als wir uns kennen lernten, wohingegen ich schon immer wild auf alles mögliche Getier war, ist es schon erstaunlich, wie liebevoll er mit den beiden Mäusen umgeht, und wie problemlos er sie in unseren Alltag integriert hat.

In seiner Familie gab es keinen Platz für Tiere. Im Gegenteil, er wuchs mit der Überzeugung auf, dass alle Hunde unberechenbare beißwütige Geschöpfe seien. Seine Großmutter verbrachte einmal an Allerheiligen zwei geschlagene Stunden auf der Toilette, als sie zusammen mit dem Pekinesen seines Großonkels lieber zu Hause geblieben war, statt den Rest der Familie auf Friedhofstour zu begleiten. Besagter Pekinese hatte zwar zugelassen, dass Großmutter auf dem Klo Platz nahm, aber aufstehen ließ er sie dann nicht mehr, jeder Versuch in diese Richtung wurde mit wütendem Knurren quittiert. Den Heimkehrenden muss sich ein Bild für die Götter geboten haben. Statt eines leckeren Mittagessens gab es eine völlig derangierte und genervte Großmutter, die nicht wusste, was schlimmer war: die Tatsache, dass diese Bestie von Hund sie zwei Stunden lang am Kochen gehindert hatte oder dass sie ganz eindeutig vor der ganzen Familie die „Contenance" verloren hatte.

Richards Familie war schon so ein Thema für sich. Er sprach viel von ihr, sie hat ihn sehr geprägt. Oft sind wir stundenlang händchenhaltend spazieren gegangen und er erzählte mir die eine oder andere Geschichte von ihr. Ich genoss es, dass er mich einbezog, war stolz, dass er mich teilhaben ließ an seinem Leben. Ich kann mich noch genau erinnern, wie ich damals für Richard empfunden habe. Grausame Ironie des Schicksals? Jetzt, da alles vorbei ist, fällt mir wieder ein, wie es war, in Richard verliebt zu sein.

Aber ist es denn wirklich zu spät? Was habe ich denn da gerade gedacht? Habe ich wirklich diesen Gedanken bewusst zugelassen, dass es wirklich und tatsächlich aus ist zwischen Richard und mir? Und das, nachdem wir uns in den vergangenen Monaten eigentlich wieder so schön berappelt hatten, unsere großen Konfliktpunkte abgearbeitet hatten, jeder Riesenschritte auf den anderen zugetan hatte? War all das auf so wackligem Boden gebaut, dass der sprichwörtliche Tropfen das Fass zum Überlaufen gebracht hatte? War die Basis, die wir uns erarbeitet hatten, von der Richard immer sprach, letzten Endes doch nur Makulatur? Und bricht nun das ganze Konstrukt unserer wiederbelebten Beziehung wie ein Kartenhaus zusammen, während ich nicht die leiseste Ahnung habe, was genau er mir vorwirft?

Ich muss kurz an Sven denken. Aber komisch, da ist nichts mehr. Der Reiz, das Kribbeln, da ist mittlerweile überhaupt nichts mehr. All das, was ich mit dem Gedanken an ihn verbunden habe, ist wie weggeblasen. Es fühlt sich schal an. Wie etwas völlig Nebensächliches angesichts dieses immensen Kraters, der sich gerade vor mir auftut. Vielleicht geht es mir wie einem Unfallopfer, dem beide Beine abgetrennt wurden. Das Bewusstsein registriert noch keinen Schmerz, begreift auch noch nicht die Tragweite dessen, was vorgefallen ist, hat aber schon wahrgenommen, dass da etwas ganz Schlimmes, Fürchterliches passiert ist, etwas, dessen Konsequenzen es jetzt noch gar nicht absehen kann. Neben dieser Erkenntnis verblasst alles andere.

Ich habe einen ganz trockenen Hals, kein Wunder, seit Stunden habe ich nichts getrunken. Gegessen schon gar nichts. Mit einem Glas Apfelschorle gehe ich zurück ins Wohnzimmer. Der Fernseher läuft immer noch, ein Krimi, ein Spielfilm oder ein Thriller, keine Ahnung. So spät schauen wir nur sehr selten Fernsehen, meistens sitzt Richard vor seinem Computer und ich liege mit einem Buch im Bett. In den letzten Monaten ist er allerdings nur noch selten so spät ins Bett gekommen, meistens sind wir aneinandergekuschelt eingeschlafen, sehr oft angenehm entspannt und zufrieden nach gewissen wiederentdeckten Aktivitäten im ehelichen Schlafzimmer.

Ob ich wohl doch mal ins Bett gehe? Sollte Richard morgen zum Frühstück wieder hier sein, wäre es gut, wenn ich nicht total übernächtigt und verquollen aussehe.

Knapp zehn Minuten später bin ich ausgezogen und bettfertig. Normalerweise trage ich nachts nur einen Slip, nur, wenn ich mal allein nächtigen muss, ziehe ich ein T-Shirt an. Nachthemden besitze ich gar nicht, schon lange nicht mehr. „Kind, was ist, wenn du mal ins Krankenhaus musst, dann hast du nichts anzuziehen!“ Ich höre noch meine Mutter, die nicht nur aus Sauberkeitsgründen darauf achtete, dass ich immer ordentliche Unterwäsche und Strümpfe anhatte, sondern sehr stark auch für den Fall, dass ich mal einen Unfall haben könnte und ins Krankenhaus müsste. „Stell dir vor, du hast dann einen ausgeleierten Slip an oder ein Loch im Socken!“ Aber heute besitze ich kein Nachthemd mehr. Das T-Shirt trage ich auch nur für den Fall, dass ein Einbrecher kommt, der soll mich ja nicht gleich nackt sehen, wer weiß, auf welche Gedanken ihn das bringen könnte. Komisch, dass mir das egal ist, wenn Richard neben mir liegt. Er schläft übrigens auch nackt, sommers wie winters.

Was er wohl jetzt anhat, oder vielleicht gar nichts? Wo mag er wohl sein, jetzt, in diesem Moment? Ob ich noch mal auf seinem Handy...? Fünf Stunden ist er jetzt schon weg, langsam kann es doch mal gut sein mit dem Ehefrau-Verlassen-Spiel, oder? Jeder Spaß hat mal ein Ende. Aufwachen, Andrea, das ist kein Spaß!

Jetzt kommt die absolute Gewissensfrage: Soll ich die Schlafzimmertür auflassen oder nicht? Die offene Tür bedeutet nämlich sofortige Beschlagnahme des Bettes durch die Mäuse. Eigentlich haben die Mäuse nachts striktes Schlafzimmerverbot. Es reicht schon, dass sie tagsüber auf der Tagesdecke liegen, das heißt, hauptsächlich Fräulein Meier liegt dort, und pocht auch auf ihr Recht als die Dienstälteste in diesem Hause. Herr Schröder hopst ab und an auch mal aufs Bett, bleibt dort aber nie lange liegen, entweder es ist ihm zu langweilig, oder, und das kommt häufiger vor, Fräulein Meier erklärt ihm, dass das hier einzig und allein ihr Reich ist.

Ganz zu Anfang, als Herr Schröder noch ein Hundebaby war, hat sie ihn geduldet neben sich auf dem Bett. Da kam er noch gar nicht allein hoch, sondern wurde von Richard oder mir wie ein Menschenbaby herumgetragen und halt manchmal auch ins Bett gelegt, weil er ja „soooo süß“ war.

Wenn wir morgens die Schlafzimmertür aufmachen, kommen sie einträchtig aus dem „Mäusequartier“ gelaufen, meist genau zeitgleich und nebeneinander durch die Tür, das klappt nicht immer ohne Rempelei. Das Mäusequartier, das ist Richards Arbeitszimmer, da steht eine Couchgarnitur mit einem Glastisch, ursprünglich einmal die Einrichtung seines früheren Chefbüros von vor einigen Jahren, als die Unternehmensberatung Häussler noch nicht in dem vornehmen Innenstadtbüro residierte, sondern etwas bescheidener in einem Gewerbegebiet am Stadtrand. Sofa und Sessel haben nun die Mäuse mit Beschlag belegt, Fräulein Meier als die Größere schläft auf dem Sofa, und Herr Schröder kringelt sich gemütlich auf dem Sessel zusammen. Als Herr Schröder noch ein Baby war, hatten wir Angst, dass er sich nachts langweilt und eines der zahlreichen Stromkabel anknabbert und auf diese Weise sein junges Leben aushaucht, aber toi toi toi, bis heute ist nichts passiert.

Früher hat Fräulein Meier nachts zwischen uns im Bett geschlafen. Bis auf Richard, der es hinnahm, aber nicht eben begeistert war, fanden wir das alle toll. Ihr weiches Fell, ihre Wärme, manchmal schnarcht sie, meistens aber schnurrt sie vor Wohlbehagen, wie eine Katze, ihr gefiel es und ich bin ja eh immer froh, wenn ich all meine Lieben nachts warm und sicher um mich herum weiß. Das ist mein Gluckentum, ansonsten vielleicht nicht so stark ausgeprägt wie bei anderen Frauen.

Ziemlich genau vor einem Jahr haben wir dann Fräulein Meier nachts aus dem Schlafzimmer verbannt. Erst wusste sie überhaupt nicht, wie ihr geschah, aber schon nach wenigen Nächten spazierte sie von selbst rüber ins Arbeitszimmer, wenn wir Anstalten machten, ins Bett zu gehen. Letztendlich glaube ich, dass sie gar nicht so böse darüber war, denn in den letzten Jahren ist sie zunehmend gereizter geworden da zwischen uns im Bett. Wenn sich mal einer von uns nachts rührte und sie dabei versehentlich anstieß und aus dem Tiefschlaf riss, gab's erst unwilliges, zuletzt aber schon richtig böses Geknurre, und manchmal hat sie dann auch geschnappt, nicht böse, das auf keinen Fall, Fräulein Meier ist eine Seele von Hund, eben aus Schreckhaftigkeit. Zum Glück hat sie bis jetzt keinen von uns erwischt, aber ich denke, auch das wäre nur noch eine Frage der Zeit gewesen. Und als dann Herr Schröder kam, war sowieso klar, dass das Schlafzimmer nachts den zweibeinigen Hausbewohnern vorbehalten war.

Richard steht am Wochenende meist so gegen acht Uhr spätestens auf und geht an seinen Computer. Mails lesen, eBay-Auktionen verfolgen, Fernschach spielen, und macht, was weiß ich noch alles.

Das ist für die Mäuse, vor allem für Herrn Schröder, aber schon viel zu spät, wenn wir wochentags um halb sieben aufstehen, schläft er meistens noch, aber irgendwann zwischen halb acht und acht Uhr spätestens steht er bei uns vor der Tür. „Quietsch quengel, quengel, quietsch", hört man dann. Das heißt: „Ich bin wach und möchte beschäftigt werden." Meistens macht Richard die Schlafzimmertür gleich wieder hinter sich zu, damit ich weiterschlafen kann, aber manchmal ist er nicht schnell genug und dann wird volle Attacke geritten: Beide Hunde stürzen sich auf mich, so dass ich gar nicht schnell genug die Decke fest um mich herum stopfen kann, denn Hundekrallen auf nackter Haut muss man nicht wirklich haben. Fräulein Meier stupst mich sanft an, gibt zärtliche, aber zahlreiche und sehr feuchte Küsschen, Herr Schröder springt mit allen Vieren gleichzeitig aufs Bett und zwickt und kneift mich überall, wo er mich kriegen kann. Entweder jage ich die beiden dann noch mal raus oder ich gebe mich geschlagen und stehe auf. Dann ist das Bett ja wieder ihr Reich…

Heute Nacht ist mir ganz sicher nicht nach Toben zumute, wohl aber nach Kuscheln und Richard sieht's ja nicht… Wenn er morgen früh wieder da sein sollte, höre ich ja sein Auto und kann immer noch schnell genug die Mäuse aus dem Bett werfen, also warum nicht?

Vor vielen Jahren hatten wir einen Kompagnon in der Firma, eine ganz kuriose Figur war das. Der hatte sich, nachdem wir den Vorgänger von Fräulein Meier bekommen hatten, auch einen Hund anschaffen müssen, obwohl das bei seinem unsteten Junggesellenleben absoluter Blödsinn war. Ende vom Lied war jedenfalls, dass ich auch auf diesen Hund aufpasste, eine ganz liebe Hündin war es übrigens, ein Schäferhund-Irgendwas-Mix, aber auf den Namen komme ich absolut nicht mehr. Schon länger nicht mehr, aber heute Nacht ganz sicher nicht. Wann immer tagsüber Geschäftstermine anstanden, zu denen er die Hündin nicht mitnehmen konnte, blieb sie bei mir im Büro, und wenn Richard und er über Nacht wegblieben, nahm ich halt beide Hunde mit nach Hause. „Aber untersteh dich und lass diese Töle auch noch in unser Bett!", waren Richards mahnende

Worte Was sollte ich denn machen? Das Bett war so groß und die beiden, unser Bazi und dieses liebe Schäferhundmädchen haben sich so süß aneinandergekuschelt, oder mich in die Mitte genommen, und so war ich dann auch nicht so ganz alleine.

Das Nächste, was ich wahrnehme, ist eine Bewegung am Bett: Fräulein Meier krabbelt auf Richards Seite hinein und rollt sich gemütlich zusammen. Mein Blick fällt auf die Uhr auf seinem Nachttisch: 2:48. Da muss ich doch kurz eingenickt sein. Bis auf Fräulein Meier und mich ist das Bett leer, der Alptraum also immer noch nicht vorüber.

So fest kann ich nicht geschlafen haben, denn das Erinnern kommt sofort, Richard ist gegangen, gestern Abend, mit diesen furchtbar endgültig klingenden Worten: „Das war's!" Und hat mich hier zurückgelassen, in unserem Zuhause, der Fluchtburg, die wir uns gemeinsam erschaffen haben, als Heim, als Rückzugspunkt von der großen bösen Welt draußen. Wie soll ich denn nun allein hier leben können? Ohne ihn, ohne diesen Menschen, um den in den vergangenen mehr als drei Jahrzehnten der Großteil meines Denkens und Fühlens gekreist ist? In dieser ganzen Zeit hat es für mich immer nur „wir" geheißen, in jede Entscheidung, die einer von uns traf, wurde der andere einbezogen. Ich empfand uns immer als eine Person, verteilt auf zwei Körper, zwei Organismen. Aber war das wirklich immer so?

Sicher hat es auch bei uns immer wieder mal kräftig gekracht in diesen vielen Jahren, aber die Möglichkeit einer Trennung hat bis letztes Jahr nie im Raum gestanden. Wenn ich bedenke, wie viele Partnerschaften wir schon haben beginnen und enden sehen, wie viele unserer Freunde sich zwischenzeitlich schon einmal getrennt hatten, viele Beziehungen haben jene Belastungsproben der frühen Jahre, die da hießen Bundeswehr oder Auslandsstudium, nicht überstanden. Wir haben beides mitgemacht und uns viele Jahre lang gemeinsam weiterentwickelt, die Horizonte erweitert, unsere beruflichen Ziele erreicht oder auch nicht, jedenfalls ist keiner von uns für den anderen langweilig oder gar lästig geworden. Und doch hat es auch bei uns Bereiche gegeben, die dem jeweils anderen vorenthalten wurden, aus denen er ausgeschlossen wurde, nicht böswillig, das ganz bestimmt nicht, und auch ganz sicher nicht in der Absicht, den anderen zu verletzen oder die Gemeinsamkeit aufs

Spiel zu setzen. Das, woran der andere nicht teilhatte, war nicht wirklich wichtig, niemals, bis auf einmal, als sich die Prioritäten zu verschieben schienen, und das war der Punkt, an dem wir beide feststellten, dass es auch bei uns, die wir im Freundeskreis immer als das absolute Traumpaar galten, erhebliche Beziehungsdefizite gab.

Einer der Gründe war sicherlich, dass wir nicht genug geredet haben. Wobei, geredet haben wir immer sehr viel, uns gehen auch nach mehr als drei Jahrzehnten die Themen nicht aus. Wie oft haben wir uns schon lustig gemacht über die anderen Paare, die wir im Restaurant beobachten, die einander gegenübersitzen und sich anschweigen, aneinander vorbeisehen, genauso gut hätte jeder allein für sich essen gehen können, es wäre kaum weniger Konversation da. „Da haben wir's doch besser“, sagten wir oft und waren uns dabei immer so sicher.

Bis sich herausstellte, dass wir ganz wichtige Bereiche unseres Lebens einfach stillschweigend ausgeklammert hatten. Wir redeten über andere, über Freunde, Familie, unsere Tiere, über das, was wir im Leben gemeinsam aufgebaut hatten, aber viel zu selten wurde über unsere ureigensten Befindlichkeiten und Bedürfnisse gesprochen. Warum auch, da war doch augenscheinlich immer alles in Ordnung, und es war doch viel wichtiger, geschäftliche Strategien zu erarbeiten und unsere vielfältigen Aktivitäten zu organisieren und zu koordinieren. Alles gut und schön, aber wir selber, wir ganz tief drinnen, kamen dabei zu kurz.

Es war gewissermaßen fünf vor zwölf, als wir das bemerkt und das Steuer, wie wir glaubten, noch herumgerissen hatten. Ohne dass irgendwer von außerhalb etwas davon mitbekommen hätte. Ich kenne viele Menschen, die ihre Umwelt an ihren Problemen teilhaben lassen, die sich ständig „aussprechen“ müssen, die immer wieder Bestätigung und Rückmeldung von anderen brauchen, wie oft bin ich diese Vertrauensperson gewesen, für andere, Männer genauso wie Frauen, aber ich selber kenne in persönlichen Krisen nur eine Sorte von Gesprächspartner: meine Hunde. Wenn ich wirklich Sorgen habe, gehe ich spazieren, stundenlang, und halte endlose Monologe, in den letzten Jahren immer an Fräulein Meier gerichtet. Die gibt zwar keine klugen Kommentare dazu ab, aber das Verbalisieren von Gefühlen, Tatbeständen hilft mir, klarer zu sehen und meinen eigenen Standpunkt zu finden.

Richard geht es ähnlich, wobei ich mir ziemlich sicher bin, dass Drei-Buchstaben-Guido so einiges aus unserem Privatleben weiß, wovon mir lieber wäre, er wüsste es nicht. Aber generell ist Richard, so extrovertiert er sonst immer erscheint, in Bezug auf die privatesten Dinge im Leben genauso wenig mitteilsam wie ich.

Wie formulierte es Sven einmal? „Der einzige Mensch, dem du dich anvertraust, ist vielleicht genau derjenige, der dich dann in die Pfanne haut.“ Er sprach wohl aus Erfahrung.

Deshalb wird es für unsere Umwelt ein Schock sein, wenn sie erfährt, dass Richard und ich uns getrennt haben. Bei uns war nach außen hin ja alles immer eitel Sonnenschein, wir schienen immun gegen die Unbilden, denen eine Partnerschaft in so vielen Jahren ausgesetzt ist, das Bild, das wir nach außen transportieren, ist das des immer noch verliebten Pärchens, das sich auch nicht scheut, sich in der Öffentlichkeit ein Küsschen zu geben oder Händchen zu halten.

Wie soll ich all dem gegenübertreten, wenn es wirklich so ist, dass er nicht wiederkommt? Wie werden die Leute mir begegnen? Betroffen, das werden alle sein, geschockt, einige werden ganz sicher auch schadenfroh sein, dass auch uns, die wir heute, in Zeiten, in denen man nicht mehr vom „Lebenspartner“, sondern vom „Lebensabschnittspartner“ spricht, schon als Fossilien aus der Steinzeit gelten, das Trennungsschicksal ereilt hat. Und viele werden ihre Hilfe anbieten, ernst gemeint oder nicht, ich als die Verlassene werde bedauert werden, hintenherum wird viel geredet werden, Richard sei der Böse, aber ganz sicher wird es dann auch heißen: „Es gehören immer zwei dazu“. Dann kommen die Mutmaßungen:

„Wie hat sie ihn aus dem Haus getrieben? Hat sie einen anderen oder hat er jemanden oder beide gleichzeitig?“

Ich will das alles nicht. Ich will jetzt wieder einschlafen und morgen früh, oder nachher wie immer von „Quengel quietsch quietsch quengel“ geweckt werden, Richard neben mir, wie fast immer schon vor mir wach. Ich kann mir genau vorstellen, wie er aussieht und sich anfühlt, schlafwarm und noch ein bisschen gefangen im letzten Traum… Na klasse, jetzt hab ich genau das, was ich befürchtet hatte: Ich liege im Bett, es ist drei Uhr früh und ich bin hellwach. An Schlaf ist jetzt nicht mehr zu denken.

Richard ist quasi ein Einzelkind. Es gibt zwar eine vier Jahre ältere Schwester, aber die ist ein trauriges Kapitel und gewissermaßen das Tabu-Thema der Familie Häussler. Sie war wenige Wochen alt, ein normales und gesundes Kind, soweit man das Mitte der fünfziger Jahre beurteilen konnte, als sie schwere Fieberkrämpfe bekam und ins Koma fiel. Daraus erwachte sie nach einiger Zeit zwar wieder, aber das Gehirn war irreparabel geschädigt, und so blieb Dorothea auf dem geistigen Stand einer Dreijährigen. Die Mutter war wohl völlig überfordert mit der Kleinen und so kam Dorothea in ein Heim für Schwerstbehinderte. Ich weiß nicht, ob alle Familien so reagiert hätten, bei Häusslers jedenfalls galt dieses Schicksal als Schande, das kleine Mädchen wurde mehr oder weniger weggesperrt und seine Existenz weitgehend totgeschwiegen.

Als dann einige Jahre später Richard auf die Welt kam, war man mit ihm natürlich übervorsichtig, Eltern und Großeltern waren ständig um ihn bemüht, und seine Mutter muss einen arg schweren Stand gehabt haben, denn besonders die Großeltern machten sie mehr oder weniger offen für das Schicksal der älteren Tochter verantwortlich, obwohl sie nach heutigem medizinischem Wissensstand ganz sicher nichts dafür gekonnt hatte. Die Großmutter ging sogar so weit, Richard zeitweise zu sich zu nehmen, aus Sorge, ihm könne das gleiche Unglück widerfahren wie seiner Schwester, wenn er bei seinen Eltern bliebe.

Das Sagen in der Familie hatte Richards Großmutter, sie kam aus einer rheinischen Unternehmerdynastie und hatte seinen Großvater kurz vor dem Krieg geheiratet. Der wiederum kam ursprünglich aus einer Arztfamilie, zwei seiner Brüder waren sogar Universitätsprofessoren, sein Opa jedoch konnte kein Blut sehen und verlegte sich deshalb auf das Kaufmännische, zumal er ein phänomenales Zahlengedächtnis hatte. Das hat Richard sicherlich von ihm geerbt, wie er überhaupt sehr viel von seinem Großvater hat und ihn auch als sein großes Vorbild ansieht, mehr als seinen Vater.

Nach dem Krieg leitete der Großvater bis zu seiner Pensionierung Ende der sechziger Jahre eine große Maschinenfabrik in der Nähe von Köln, man lebte auf recht großem Fuß, das Wirtschaftswunder hatte ein Übriges dazu getan, so dass es den Häusslers finanziell recht gut ging. Für Dorotheas Heimunterbringung kam nach Großvaters Tod die Großmutter auf, das war aber auch alles, was in der Familie für dieses bedauernswerte Geschöpf getan wurde. In der ganzen Zeit ist Dorothea vielleicht zehn Mal von ihren Eltern besucht worden, Richard, der sie ja kaum kannte, hat sie vielleicht fünfmal gesehen und ich war ganze zwei Mal mit in dem Heim, in dem sie untergebracht war und fand es zugegebenermaßen jedes Mal schrecklich.

Vor ein paar Jahren ist sie dann umgezogen und lebt jetzt in einer kleineren Einrichtung der Lebenshilfe für betreutes Wohnen.

Ich lernte Großmutter Häussler natürlich auch noch kennen, sie lebte ganz in der Nähe von Richard und seinen Eltern. Leider war Richards Vater nicht in die väterlichen Fußstapfen getreten, um es mal ganz krass zu formulieren, aus ihm ist nicht wirklich etwas geworden. Der Kontakt zu den Eltern ist im Lauf der Jahre immer spärlicher geworden, Vater und Sohn waren zu verschieden, als dass sie sich viel zu sagen gehabt hätten.

Für Richards Ausbildung und sein Studium kam, wann immer es nötig war, die Großmutter auf. Während des Grundwehrdienstes und der Banklehre verdiente er ja nicht viel, und als Student sah es auch nicht besser aus. Zumal er sich voll aufs Lernen konzentrierte und nicht, wie viele seiner Kommilitonen, nebenbei jobbte, um die Kasse aufzubessern.

Dass Richard der Großmutter nicht allzu sehr auf der Tasche liegen musste und ihr auch später nie sonderlich viel Dankbarkeit zollen musste, lag an der weisen Voraussicht seines Großvaters. Dieser hatte nämlich alle Geldgeschenke zu Geburtstagen, Weihnachten, Kommunion und ähnlichen Gelegenheiten immer schön auf die Bank gebracht und dort gewinnbringend angelegt. Dadurch hatte Richard zu seinem 18. Geburtstag ein recht nettes Sümmchen zur Verfügung, davon konnten wir uns das erste Auto und eine kleine Wohnung leisten, und es blieb auch noch ein bisschen was zum Leben übrig.

Sie war dünkelhaft und hartherzig, diese Matriarchin, das muss man so sagen und das unterschreibe ich auch heute noch, nach so vielen Jahren. Den geringen Betrag, den sie monatlich zu unserem Lebensunterhalt beisteuerte, mussten wir uns redlich verdienen. Sie ließ uns antreten, wann immer es sie danach verlangte, wir kutschierten sie zu allen möglichen Gelegenheiten durch die Gegend, standen für sie stramm, wenn für die illustre Damenrunde Kuchen gekauft werden musste - natürlich ausschließlich Erdbeertorte vom angesagtesten Konditor der Stadt - wir hüteten ihre Wohnung und gossen die Blumen, wenn sie im Urlaub war, nur um dann zuschauen zu dürfen, wie sie das Silber nachzählte, um sicherzugehen, dass wir uns nicht daran bereichert hatten, und vieles mehr.

Unzählige Male nervte sie uns mit der späteren Verteilung ihrer Habseligkeiten auf die nähere und weitere Verwandtschaft, wer gerade hoch in ihrer Gunst stand, wurde entsprechend bedacht. In einer kurzen und einmaligen Phase der „innigen Vertrautheit" zwischen uns bekam ich die Aufgabe, ihr Hab und Gut zu katalogisieren. Viele Nachmittage brachte ich damit zu, jedes einzelne Porzellanstück, Vasen, Silber, aber auch die zum Teil defekten Unterhosen ihres

Verblichenen akribisch aufzulisten, hierzu sollten die durch das gerade frisch bestandene Abitur unter Beweis gestellten intellektuellen Fähigkeiten der künftigen Schwiegerenkelin ja wohl ausreichen. Was später aus dieser Liste geworden ist, weiß ich nicht, da Richard und ich zum Zeitpunkt ihres Todes nicht mehr zu ihren Günstlingen zählten, gingen diese und andere materielle Segnungen an uns vorüber.

Der Bruch kam an einem Silvesternachmittag, sie hatte die Feiertage in ihrem Stammdomizil im Schwarzwald verbracht und wollte eigentlich erst Anfang Januar zurückkommen. Aus irgendwelchen Gründen hatte sie sich aber mit der Hoteliersfamilie derart überworfen, dass man ihr die umgehende Abreise nahelegte, und so stand sie völlig außerplanmäßig am späten Silvesternachmittag bei uns auf der Matte. Zu ihrem Sohn und der Schwiegertochter wollte sie nicht gehen, auf die war sie zu der Zeit auch gerade mal wieder böse, und in ihre leere Wohnung, dazu noch ohne Lebensmittel, wollte sie auch nicht. Es war dann Richards und meine Sache, so lange bei ihren diversen Verwandten und Freundinnen herumzutelefonieren, bis wir ein Ehepaar fanden, das sich bereiterklärte, die alte Dame bis zum Neujahrstag bei sich aufzunehmen.

Wir holten sie also am Spätnachmittag vom Bahnhof ab und fuhren sie samt ihren Koffern zu Onkel Adi, Tante Else und Cockerspaniel Bruno, Gott hab alle drei selig mittlerweile. Wie sich herausstellte, wollte sie dort aber auch nicht lange bleiben, sie gab uns explizite Anweisungen: „Und morgen früh um acht Uhr holt ihr mich dann wieder ab und bringt mich in meine Wohnung.“ Punktum. Ohne Wenn und Aber, und schon gar nicht verbunden mit einem „Bitte“. Und da explodierte Richard. Normalerweise ist er ja eher ruhig, es braucht schon einige Zeit, um ihn so richtig in Rage zu bringen, wobei es zwei Varianten seiner Unmutsäußerungen gibt, vor denen man sich hüten sollte: zum einen, wenn er richtig laut wird und schreit, und zum anderen, wenn er ganz ruhig wird, aber nach außen hin völlig beherrscht auftritt, obwohl es in seinem Innern brodelt. An jenem Nachmittag trat Variante zwei in Kraft: Er war schneeweiß im Gesicht, hielt den Wagen an und sagte sehr leise, aber mit umso mehr Betonung: „Das reicht! Es ist Silvesterabend, Andrea und ich sind eingeladen und werden erst frühmorgens nach Hause kommen. Wie kommst du dazu, von uns zu verlangen, dass wir um acht Uhr früh auf der Matte stehen, um dich zu kutschieren, du kannst dir genauso gut ein Taxi nehmen. Wir können dich von mir aus morgen Mittag oder Nachmittag, wenn wir ausgeschlafen sind, abholen, aber ganz sicher nicht morgen früh!“

Es half nichts, sie bestand auf acht Uhr morgens. Und da legte Richard ihr nach wie vor in diesem gefährlich ruhigen Ton nahe, doch bitte künftig ihr Leben allein zu leben und uns in Ruhe zu lassen. „Wenn es dir schlecht geht und du bist wirklich in Not, kannst du uns gerne anrufen, aber ansonsten verschwinde bitte aus unserem Leben.“

Für Außenstehende mag sich diese Situation gar nicht so schlimm anhören, aber sie war der berühmte Tropfen, der das Fass zum Überlaufen brachte. Wir waren jung, gesund, hatten das ganze Leben mit all seinen Möglichkeiten noch vor uns, wir waren beide nicht wirklich materialistisch eingestellt, so verlockend konnte die Aussicht auf ein späteres Erbe gar nicht sein, als dass wir uns weiterhin so sehr gängeln und schikanieren lassen wollten.

Es kam, wie wir uns gedacht hatten: Von Stund an blieben die monatlichen Zuwendungen aus, es gab in den Jahren bis zu ihrem Tod vielleicht noch zwei oder drei belanglose Telefonate, das letzte Mal, als Richard sein Examen bestanden hatte und sofort im Anschluss eine Stelle in einer alteingesessenen und renommierten Kölner Unternehmensberatung bekam.

Als sie starb, war Richard nicht wirklich betroffen. Er nahm es hin, wie es war, sie hatte ihren Platz in seinem Leben regelrecht verwirkt. Ich hatte mir so manchmal Sorgen gemacht, dass er es bedauern würde, sich vor ihrem Tod nicht mit ihr versöhnt zu haben, aber diese Bedenken waren grundlos. Wer einmal weg ist, der ist weg aus dem Leben des Richard Häussler.

Oh je, welch blöde und beängstigende Assoziation ist mir denn da wieder gelungen? Denselben kalten und ruhigen Ton, in dem er seiner Großmutter die Verwandtschaft aufgekündigt hatte, hat er gestern Abend auch mir gegenüber angeschlagen. Als er mir die Liebe aufkündigte.

Samstag...

Ich schrecke hoch. Da ist ein Geräusch an der Tür! Davon bin ich wach geworden, aber auch weil Fräulein Meier ihre Pflicht als Wachhund trotz ihrer zunehmenden Altersschwerhörigkeit immer noch sehr ernst nimmt und mir gerade voll ins Ohr bellt. Seit sie nicht mehr in unserem Bett schläft, bekomme ich nicht mehr so viel mit von ihren morgendlichen Warnmeldungen. Diesmal hat sie den Zeitungsboten gehört, der unsere Lokalzeitung und die „Welt" vor die Tür gelegt hat.

Eigentlich haben wir vor ein paar Jahren den Briefschlitz an der Haustür zugemacht und einen unübersehbaren äußerst dekorativen Briefkasten in den Vorgarten gestellt, genau damit Fräulein Meier uns nicht jeden Morgen um halb fünf weckt, um kundzutun, dass sich wieder jemand in die Nähe des Eingangs gewagt hat. Es ist zwar schon seit Jahren immer der gleiche Zeitungsausträger, nur am Wochenende, also heute, und zu Urlaubszeiten kommt eine Aushilfe, aber für Fräulein Meier ist es jeden Morgen ein neuer Feind, den es lautstark anzukündigen gilt.

Das mit dem Briefkasten funktioniert normalerweise ganz gut. Jetzt, wo sie mit zunehmendem Alter nicht mehr so gut hört, bekommt sie es meistens gar nicht mit, wenn die Zeitungen in den Kasten geworfen werden. Was für uns etwa zweieinhalb Stunden weiteren ungestörten Schlaf bedeutet. Denn Herr Schröder ist bis jetzt noch ziemlich gleichgültig gegenüber Besuch jeglicher Art. Mit Ausnahme des Briefträgers. Im Gegensatz zu dem Klischee vom verhassten und gejagten Briefträger lieben unsere beiden unseren Herrn Hansen, dies aber nicht, weil er zugegebenermaßen ein netter Kerl ist, sondern vielmehr, weil er immer Leckerchen in der Brusttasche hat.

Herr Schröder kommt hereingetapst, noch ziemlich verschlafen. Er schaut irgendwie konsterniert drein, klar, er hatte ja nicht mitbekommen, dass ich die Schlafzimmertür aufgelassen habe heute Nacht und Fräulein Meier dann irgendwann umgezogen ist in das sonst so streng verbotene große Bett. Für sein morgendliches Quietschritual ist es noch zu früh, entscheidet er und hopst zu mir aufs Bett, kuschelt sich an meine Füße und schläft fast augenblicklich wieder ein, und träumt sich einem neuen Tag voller Abenteuer und Spielen entgegen. Glückliches Hundekind…

Fräulein Meier hat den Feind erfolgreich vertrieben und kommt, mit kurzem Umweg über den Wassernapf in der Küche auch wieder ins Bett, sie brummt zufrieden und rollt sich wieder auf Richards Kopfkissen zusammen.

Da liegen wir drei nun, und die Einzige, die ganz sicher nicht wieder einschlafen wird, bin ich. Wann habe ich das letzte Mal allein, ohne Richard, in unserem Bett geschlafen? Das muss schon einige Zeit her sein, denn in den letzten Jahren hatten wir fast keine Aufträge mehr angenommen, bei denen Richard oder die Mitarbeiter über Nacht wegbleiben mussten. Anfang der 90er, nach der Wende, war das anders, da operierten wir wirklich deutschlandweit. Einige unserer Kunden eröffneten Filialen in den neuen Bundesländern oder kooperierten mit ostdeutschen Unternehmen, oder wir wurden von anderen Kunden empfohlen, jedenfalls hatten wir sehr viel zu tun in dieser Zeit. Unsere Hauptaufgabe ist es, den Kunden Möglichkeiten aufzuzeigen, ihre Geschäftsabläufe zu optimieren, größtmögliche Effizienz mit größtmöglichem Ertrag zu kombinieren, neue Märkte zu öffnen, ihre Produkte bestmöglich zu platzieren und mit ihren Mitarbeitern optimal zu wirtschaften. Gerade im Osten lag damals für uns ein weites Betätigungsfeld, das wir auch kräftig abgegrast haben.

Dass so viel Arbeit da war, hieß nicht gleichzeitig, dass es eine leichte Zeit war. Im Gegenteil, wir waren jung und unerfahren und vor allem leichtgläubig. Richard hatte nach seinem Examen ein paar Jahre als Angestellter gearbeitet und dann, Ende der 80er die Chance ergriffen, sich selbständig zu machen. Seine alte Firma löste sich gewissermaßen auf, weil sich einer der Chefs aufs Altenteil zurückzog und nach Teneriffa auswanderte und der andere sich nur noch auf die Betreuung einiger weniger dafür äußerst lukrativer Kunden beschränken wollte. Richard sagte sich „Jetzt oder nie!“ und ergriff die Gelegenheit beim Schopfe. Ich hatte mein erstes Staatsexamen für Pädagogik und Spanisch auf Lehramt gerade bestanden und eine Stelle als wissenschaftliche Mitarbeiterin an der Uni ergattert und arbeitete auf die Promotion hin. Es war eine ruhige Zeit für mich, das Examen in der Tasche, die Doktorarbeit nahm es auch nicht übel, wenn man mal nicht so viel Dampf dabei machte, die Arbeit am Institut war spannend, noch spannender aber waren die endlosen Klönvormittage mit den Kolleginnen und Institutssekretärinnen.

Da blieb sicher noch ausreichend Zeit, um Richard mit seinem neuen kleinen Unternehmen zu helfen, dachte ich mir, und teilte meine Arbeitstage in die Vormittage am Institut und die Nachmittage zu Hause auf, wo wir uns ein provisorisches Büro eingerichtet hatten, aber für uns war klar, dass wir keine Anderthalbmann-Klitsche bleiben wollten, sondern schon, so wie Richard das von seinem vorherigen Arbeitgeber und auch seiner Praktikumsfirma her kannte, ein respektables Unternehmen mit mehreren Mitarbeitern, Sekretärinnen, Azubis beziehungsweise Azubinen wie es heute so schön heißt, aufbauen wollten.

Richard war talentiert, äußerst fleißig und ehrgeizig, und er hatte aufgrund der genialen Kombination seiner praktischen Ausbildung zum Banker einerseits und der theoretischen Untermauerung und Erweiterung seiner Kenntnisse im Studium andererseits die sehr gewinnbringende Fähigkeit, Schwachstellen in der Organisation eines Unternehmens schnell zu erkennen, den Finger präzise in die offene Wunde zu legen, aber auch genauso schnell und effizient für Abhilfe zu sorgen.

Außerdem hatte er eine sehr gewinnende Art und schon damals, als Endzwanziger, Anfangdreißiger, eine ganz besondere Ausstrahlung, er sah auf eine zugleich jungenhafte und seriöse Art gut aus und schaffte es, vor allem Vorzimmerdamen und weibliche Führungskräfte in kürzester Zeit von sich einzunehmen. Aufgrund seiner Fachkompetenz punktete er natürlich auch bei seinen männlichen Geschäftspartnern, und da wir keine überzogenen Stundensätze hatten, wurde er gern gebucht.

Ich dagegen war mit dem neuen Zweitjob buchstäblich ins kalte Wasser geworfen worden. Kaufmännisch völlig unbeleckt, und gerade mal in der Lage, Unterlagen alphabetisch korrekt abzuheften, sah ich mich von jetzt auf gleich mit Dingen konfrontiert, die den Prinzipien der wissenschaftlichen Arbeit völlig zuwiderliefen. Ich musste Preise und Rabatte aushandeln, Briefe, Angebote und ähnliches auf dem PC schreiben, mich mit Kundenwünschen und manchmal natürlich auch Beschwerden auseinandersetzen. Ich musste vor allem lernen, meinen Charme dazu zu ge- und oft auch zu missbrauchen, Kunden zu beruhigen, wenn mal wieder ein Termin länger als geplant gedauert hatte und die nachfolgenden Termine abgesagt werden mussten. Hinzu kam, dass Richard schon damals sehr starke Vorlieben hatte und seine Prioritäten oftmals anders setzte als vorher besprochen, wenn einer seiner Lieblingskunden oder –kundinnen anrief, wurden die mal salopp so eben dazwischengeschoben und es blieb dann an mir hängen, andere, nicht so gut gelittene Kunden auf später zu vertrösten. Daher kommen wohl auch meine Fähigkeit zu improvisieren und mein nahezu unerschöpflicher Vorrat an Ausreden und Geschichtchen, die mir wahrscheinlich auch in nächster Zeit des Öfteren zugutekommen werden. Diese Art der Verwendung hatte ich mir allerdings nicht vorgestellt.

Es kam, wie es kommen musste. Bei anderen Frauen ist es der Spagat zwischen Familie und Karriere, der jeden Tag bewältigt werden will, bei mir war es schon bald ein Spagat zwischen meinen beiden Berufen. Einerseits war da die Arbeit am Institut, die mir großen Spaß machte und die ja irgendwann in nicht zu ferner Zukunft auch zur Promotion und damit weiterführender akademischer Karriere führen sollte, andererseits war da unser gemeinsames Unternehmen, unser Kind gewissermaßen, das uns beide ernähren und finanziell absichern sollte. Denn um ehrlich zu sein, Blumentöpfe gewinnen konnte ich nicht gerade mit meinem Gehalt an der Uni, es war eigentlich nicht mehr als ein Zubrot, und so gern ich die Arbeit auch mochte, stellte ich doch fest, dass unsere kleine Firma von Woche zu Woche mehr von meiner Zeit in Anspruch nahm und dass ich mich immer öfter dabei ertappte, dass ich weniger als die vereinbarten 19 Stunden pro Woche in der Uni war.

Wo ich gerade war und arbeitete, der jeweils andere Job kam zu kurz und am Schluss stellte ich fest, dass ich in keiner der beiden Aufgaben wirklich zufriedenstellende Resultate brachte. Ich führte von meinem Arbeitsplatz in der Uni aus Telefonate für die Unternehmensberatung, manchmal fast den ganzen Vormittag über, ab und an ließ es sich auch nicht verhindern, dass die Kunden mich dort zurückriefen, denn Handys gab es ja damals noch nicht. Zum Glück war mein Chef sehr tolerant, aber ich sah selbst ein, dass es so nicht weitergehen konnte.

Ich machte mir die Entscheidung nicht leicht, bedeutete sie doch auch das Aufgeben meiner eigenen beruflichen Karriere, das, worauf ich so viele Jahre hingearbeitet hatte, die Stellung am Institut, die ich erreicht hatte, unter anderem hatte ich Kongresse organisiert und meinen Chef zu zahlreichen Vortragsreisen begleitet, auch selber Vorträge gehalten, all das galt es nun aufzugeben. Da ging schon ein Stück eigene Identität den Bach herunter, als ich etwa ein halbes Jahr, nachdem Richard sich selbständig gemacht hatte, meinen Job an der Uni kündigte. Zumal ich eben in dem, was ich bisher gemacht hatte, wirklich gut war, und nun wieder ganz von vorne anfangen musste. Ich hatte mir zwar einiges an organisatorischem Geschick angeeignet, aber es war doch etwas ganz anderes: Die Leute in der Welt der Hochschule „tickten" schon anders als die Geschäftskunden von Richard, mit denen ich es nun zu tun bekam.

Aber ich biss mich durch, wenn es auch oft ein Kampf war. Richard waren die Aufgaben, die ich schließlich übernahm, immer leicht gefallen. Ihm half dabei sein außerordentliches Gespür für Zahlen, mit dem ich so gar nicht mithalten konnte, und auch im Umgang mit Kunden, Lieferanten und sonstigen Menschen, die einem im Geschäftsalltag so über den Weg laufen, stolperte ich beinahe in jede nur denkbare Falle. So musste ich zum Beispiel auf immer wieder schmerzhafte Weise lernen, dass man alles, was man im Geschäftsleben mündlich vereinbart, schriftlich bestätigen muss, um später einen Nachweis dafür zu haben. Ein einfaches „Das haben wir doch so besprochen“ reicht im Zweifelsfall nicht aus - da jeder nur auf seinen eigenen Vorteil bedacht ist, wird jede Situation dementsprechend zurechtgedreht.

Andererseits reicht die schriftliche Bestätigung dann auch nicht in jedem Falle aus, sondern es muss oft auch nochmals mündlich nachgehakt werden. Das lernte ich sehr nachdrücklich, als ich die ersten Besuchstermine für Richard vereinbarte, meist zwei oder drei Wochen im Voraus, und sie in meinen Terminkalender eintrug. Damit war die Absprache für mich amtlich. Leider nicht immer für die Gegenseite, ich kann mich an einige Male erinnern, wo Richard nach stundenlanger Fahrt beim Kunden entweder ganz vor verschlossener Tür stand oder der Kunde zwar da war, aber keine Zeit für das Gespräch hatte, weil er den Termin selber vergessen hatte. Seitdem habe ich es mir zur festen Angewohnheit gemacht, einen Tag vorher anzurufen und Verabredungen zu bestätigen. Im Zweifelsfalle, wenn ich mir nicht sicher bin, dass die Botschaft angekommen ist, schicke ich eine Mail oder ein Fax hinterher. Wobei ich ehrlich sein muss, manchmal vergesse ich diesen Anruf auch und entweder hole ich es dann am frühen Morgen noch nach oder ich bete, dass der Kunde wie abgesprochen „funktioniert“ hat.

Denn auch das musste ich sehr schnell lernen: Auch wenn ich eigentlich alles richtig gemacht habe, bin ich dennoch schuld, wenn etwas nicht klappt. Egal, ob es sich um Absprachen mit Kunden oder Lieferanten handelte, oder um die Arbeitsweise unserer Mitarbeiter, ich war sehr schnell von der bloßen Bürokraft, als die ich angefangen hatte, zur Schnittstelle zwischen Richard und dem Rest der Welt geworden. Richard als Motor der Firma, der nicht nur die Ideen hat, sondern auch den Löwenanteil der Gewinne erwirtschaftet, schwebt gewissermaßen über den Banalitäten des Alltags, die haben zu laufen, es ist nicht seine Aufgabe, sich darum zu kümmern, dass die internen Abläufe funktionieren. So war es von Anbeginn unserer gemeinsamen Selbständigkeit und so ist es auch heute noch. Zumindest war es bis gestern Abend so…

Das ist auch alles gut und richtig so und in der Regel bin ich mit dieser Aufgabenverteilung auch sehr einverstanden. Ich bin stolz auf das, was wir aufgebaut haben und identifiziere mich mit unserem Unternehmen und dem Bild, das wir in der Öffentlichkeit präsentieren. Es gibt allerdings auch Momente, in denen ich mich frage, ob das wirklich alles gewesen ist für mich, ob ich so lange studiert und mich mit wissenschaftlichen Sachverhalten auseinandergesetzt habe, um jetzt als bessere Sekretärin und Sachbearbeiterin mein berufliches Dasein zu fristen.

„Hinter jedem erfolgreichen Mann steht eine starke Frau, die ihm den Rücken freihält und so diese Erfolge erst ermöglicht." Diesen Spruch habe ich schon oft gehört und gelesen und es ist auch ganz viel Wahres dran. Dennoch gab es Zeiten, in denen es mir nicht reichte, mich nur über meinen erfolgsgewohnten Ehemann zu definieren und ich beneidete glühend meine Freundinnen und Bekannten, die als Anwältinnen, Ärztinnen, Personal Trainer oder was auch immer ihr Geld durch ihre eigene unmittelbare Arbeit verdienen. Selbst meine Freundin Alex, die mir die Fingernägel immer so schön „French" designt, kann am Ende eines Arbeitstages sagen, dass sie so und so viele Kundinnen hatte und dadurch den Betrag X in der Kasse ganz allein erwirtschaftet hat.

Oft frage ich mich, warum ich damals nach dem Abi nicht Jura studiert habe. Für Medizin hätte einerseits der Numerus Clausus nicht gereicht und andererseits war mir da auch viel zu viel Naturwissenschaft drin. Vom Jurastudium hat mich die Angst vor Unmengen von unsagbar trockenem Lehrstoff abgehalten, außerdem hatte ich immer das Bild der amerikanischen Fernsehanwälte vor Augen, die rhetorisch unschlagbar waren und mit ihren Plädoyers jeden noch so schwierigen Fall gewannen. Und das, so glaubte ich, würde ich nie können. Heute habe ich durch meinen Job schon einige Anwälte bei der Arbeit beobachtet, es gibt im Geschäftsleben ja immer wieder mal Situationen, in denen man sich um irgendetwas streitet, sei es unvollständige Lieferungen, nicht erfüllte Verträge oder was auch immer. Auch das ist Teil meines Aufgabengebietes, kommt es wirklich zu einer gerichtlichen Auseinandersetzung, alle damit verbundenen Arbeiten zu erledigen. Dabei ist es mir schon häufig so gegangen, dass die Anwälte eigentlich nur das in Anwaltsdeutsch übertrugen, was ich bereits vorformuliert hatte, und auch in der mündlichen Verhandlung, wenn ich mehr oder weniger ohnmächtig als Partei dabei saß, habe ich oft gedacht, dass ich das mindestens ebenso gut selber gemacht hätte.

Aber hinterher ist man immer schlauer…

Ich hatte nicht allzu lange überlegt nach dem Abitur. Meine Lieblingsfächer in der Schule waren Fremdsprachen, Deutsch und Pädagogik. Zudem war ich immer schon von Natur aus faul. Was lag also näher als ein Lehramtsstudium mit der Aussicht auf ganz viel Ferienzeit, immer nachmittags frei, und wenn man sich und seinen Lehrstoff einigermaßen organisiert hat, arbeitet man sich als Lehrer ganz sicher nicht tot. Schon gar nicht in der Sekundarstufe II, also in der gymnasialen Oberstufe, da hat man es mit halbwegs zivilisierten Schülern zu tun und muss keine Angst haben, von den Kindern nur sehr eingeschränkt wahrgenommen zu werden und sich tagtäglich zum Affen zu machen oder womöglich sogar Opfer von gewalttätigen Übergriffen zu werden. Beispiele von psychisch völlig zerstörten Lehrern, Mobbingopfern oder Lehrern mit Burn-Out-Syndrom, deren einzige Rettung die Frühpensionierung ist, gibt es ja leider in der heutigen Zeit zuhauf.

Nein, meine Vorstellung von Berufstätigkeit war die, einen netten, dennoch intellektuell anspruchsvollen Halbtagsjob zu erledigen, der mir ausreichend Zeit für alle möglichen Freizeitaktivitäten lassen würde. Zumal ja damals bei uns auch die Kinderfrage noch nicht abschließend geklärt war. Heute sehe ich das anders. Ich arbeite gern viel, wenn mir die Arbeit Erfüllung verschafft, wenn ich sehe, dass ich durch meine Arbeit etwas bewirken kann, dann schaue ich ganz bestimmt nicht auf die Uhr und ersehne den Feierabend.

In den ersten Jahren unserer Selbständigkeit war das auch so. Richard und ich waren fast rund um die Uhr für die Firma tätig, Richard war entweder bei den Kunden vor Ort oder arbeitete im Büro an der Umsetzung seiner Ideen und Projekte für die einzelnen Kunden. Mein Bereich war der gesamte Bürokram, jeglicher Schriftverkehr, die Buchhaltung, alles, was die innerbetriebliche Organisation betraf. Denn wir vergrößerten uns rasch, hatten Mitte der 90er Jahre mehrere ausgebildete Unternehmensberater, dazu einige Softwareentwickler und drei Auszubildende, eine zur Bürokauffrau und zwei zu Datenverarbeitungskaufleuten.

Das hatte ich übrigens geschafft: Ohne jegliche kaufmännische Ausbildung hatte ich von der Industrie- und Handelskammer die Genehmigung erhalten, Lehrlinge auszubilden. Dazu brauchte ich die Ausbilder-Eignungs-Prüfung, die mir aber keine größeren Probleme bereitete, da ich meinen Mitstreiter/innen ja einiges an didaktischen Vorkenntnissen voraushatte. Den Bereich „Recht" fand ich übrigens auch hier wieder entsetzlich trocken und theoretisch und war froh, als ich ihn hinter mir hatte und auch hier mit einer akzeptablen Zwei bestanden hatte. Die praktische Prüfung, eine kurze Lehrprobe, musste ich allerdings zweimal abhalten. Beim ersten Mal waren die Prüfer der Meinung, meine Darbietung sei zu kurz und knapp gewesen, ich als fertige Lehrerin bekam allen Ernstes für meine Lehrprobe eine glatte Fünf und wollte mir am liebsten die Kugel geben. Seltsamerweise habe ich mein Werk dann nur geringfügig überarbeitet, in einem Nachprüfungstermin erneut vorgestellt und dafür satte 96 von 100 möglichen Punkten erhalten. Von diesem Vorfall sprach die Leverkusener IHK noch viele Jahre lang.

Die Arbeit mit den Lehrlingen machte mir sehr viel Spaß. Vielleicht wäre ich doch eine gute Lehrerin geworden, wobei es mich ja, schon durch die Arbeit am Institut, mehr zur Erwachsenenbildung hingezogen hatte. Ich war jedenfalls stolz wie Oskar, als ich alle drei ordentlich durch die Abschlussprüfung gebracht hatte, zumal die eine, meine Azubine zur Bürokauffrau, mit ähnlichen Problemen zu kämpfen hatte wie ich, alles, was mit Buchführung und kaufmännischem Rechnen zu tun hatte, wollte absolut nicht in ihren Schädel. Ich weiß noch, wie sie immer mit ihren Aufgaben zu mir kam, sehe dieses furchtbare Blatt mit den T-Konten im Fach Buchführung noch vor mir, und irgendwo muss ich wohl eine stark ausgeprägte schauspielerische Ader haben, jedenfalls habe ich einen sehr wissenden Eindruck gemacht, sie merkte niemals, dass ich noch um Welten weniger Ahnung von Buchführung hatte als sie, dass für mich selbst die Grundbegriffe absolut böhmische Dörfer waren.

Dafür war ich umso besser, wenn es um die Kommunikation mit der Berufsschule ging, ich kann mich an regelrechte Krisensitzungen mit Michaelas Klassenlehrerin erinnern, weil ihre Fähigkeiten eindeutig auf anderen Gebieten lagen als auf Mathe und Buchführung. Sie war beispielsweise unschlagbar im Umgang mit Kunden, wusste ihre weiblichen Reize, sowohl in natura als auch am Telefon, weitaus besser einzusetzen als ich, die ich damals eher die Spröde und Unnahbare gab, wobei das zu dieser Zeit auch mehr mein Naturell war. Ich war halt so, heute ist das anders, heute bin ich selbstsicherer und spiele gern mal mit meinem Gegenüber. Damals habe ich Michaela oft bewundert, wie sie mit unseren Kunden umging, ungeachtet deren jeweiliger Stellung im Unternehmen, sie flirtete mit dem Lehrling genauso wie mit dem Geschäftsführer. Demzufolge nahm Richard sie auch ab und an mit, wenn es um Termine mit nicht hochoffiziellem Charakter ging, sondern es sich einfach gut machte, wenn ein hübsches Mädchen, natürlich üppig ausgestattet mit langen blonden Haaren, dabei war.

Mit der Reife war es allerdings dann doch nicht so weit her, denn sie setzte ihren Charme nicht wertneutral ein, sondern nur bei den Leuten, die sie mochte. Wie in jedem Unternehmen, so gab es natürlich auch bei uns Kunden, vornehmlich Kundinnen, die nicht so ganz ihre Wellenlänge waren, die wir alle nicht besonders mochten, aber halt neutral behandelten. Bei ihr aber war der Unterschied eklatant: Sie konnte in dem einen Augenblick mit einem ihrer Lieblingskunden am Telefon säuseln, was das Zeug hielt, und im nächsten Moment, wenn unser aller Alptraumkundin Frau Brettschneider anrief, eine so muffelige und unfreundliche Art an den Tag legen, dass besagte Dame sich prompt bei Richard und mir beschwerte. Daraufhin gab es zwar eine Rüge an sie, aber ob die dauerhaft Wirkung zeigte, kann ich heute nicht mehr sagen.

Von allen dreien hatte ich mit Michaela am meisten zu tun, da sie mit mir zusammen für die internen Abläufe im Büro zuständig war und wir eng zusammenarbeiteten. Ich hatte zwar auch meinen Schreibtisch im Chefbüro, das ich mit Richard heute noch teile, aber ich saß doch die meiste Zeit in dem anderen Büro mit ihr zusammen. Da Richard es damals wie heute auch vorzog, beim Kunden vor Ort zu arbeiten, ist das vornehme Chefbüro meistens leer. Fräulein Meier zieht sich gern dorthin zurück, wenn es ihr zu turbulent zugeht in den anderen Räumen. Herrn Schröder halte ich schon aus Sicherheitsgründen lieber in meiner Nähe - das ist einfach gesünder für Teppiche, Sofas und Papierkörbe…

Die beiden Jungs hatten, da ihr Ausbildungsschwerpunkt ja in der Programmierung lag, mehr mit unseren Softwarespezialisten zu tun, für sie war ich nur formell, aber nicht fachlich, die Ausbilderin.

Es war eine schwierige, aber auch eine schöne und oftmals sehr lustige Zeit, als wir ein so großer Haufen Leute waren. Freitagmittags lief immer einer von den Lehrlingen in den benachbarten Supermarkt, ein paar Flaschen Asti Spumante holen, damit wir das wohlverdiente Wochenende angemessen einläuten konnten. Ich weiß noch, dass ich, wenn ich denn freitags auch mal etwas früher Feierabend machte, oft mit ziemlich dickem Kopf und entsprechend angesäuselt den Wochenendeinkauf tätigte.

Schön waren auch die täglichen gemeinsamen Mittagessen. Da ich es sehr schnell leid war, dass spätestens ab halb zwölf intensiv darüber diskutiert wurde, ob man denn zu Mittag etwas von der Pommesbude oder der Baguetterie holen oder ob sich jeder im Supermarkt selbst versorgen sollte, führten wir eine Art „Firmenverpflegung“ ein. Dazu wurde eine Kühltruhe riesigen Ausmaßes angeschafft, dazu ein spezieller Heißluftherd, der von der Cateringfirma gestellt wurde, von der wir mit tiefgefrorenen Fertiggerichten versorgt wurden. Da die Geschäftsleitung, also Richard und ich, dieses Essen sponsorten und es dazu auch noch wirklich lecker und extrem kalorienreich war - was wir allerdings damals noch nicht so eng sahen, wir waren jung, dynamisch, schlank- nahmen alle Mitarbeiter dieses Angebot gern in Anspruch. Und so ging Michaela jeden Mittag um zwölf Uhr von Mitarbeiter zu Mitarbeiter und nahm die Speisewünsche entgegen, wir hatten immer eine Auswahl von etwa 30 verschiedenen Gerichten in der Kühltruhe, und pünktlich um eins wurde gegessen.

Einer unserer Programmierer war ein absoluter Pedant, in jeder Hinsicht. Er zückte jeden Mittag auf die Minute genau um zwölf seine Taschenuhr, wenn Michaela dann noch nicht an seinem Platz stand, wusste sie wenigstens, dass sie zu spät dran war. Hatten wir es dann mal wieder geschafft, dass man durch das permanente Hin- und Herräumen der Fertigpackungen in der Truhe gar nichts mehr wiederfand, war Jürgen gern zur Stelle, um alles neu zu sortieren und ordentlich einzuräumen. „Ich fahr dann mal einen Reindex auf die Tiefkühltruhe“, war sein Lieblingssatz. Für nicht EDV-Versierte, ein Reindex ist eine Datenaufräumaktion, die es in jedem ordentlichen Computerprogramm gibt und die regelmäßig vorgenommen werden sollte, um Datensalat zu vermeiden.

Auch gefeiert wurde häufig in den Firmenräumen. Ich erinnere mich an eine sehr feuchtfröhliche und ausgedehnte Weihnachtsfeier, wir hatten noch diverse Kunden und externe Geschäftspartner dazu eingeladen und ein Buffet von einem Caterer bestellt. Das Aufräumen am nächsten Tag hatten Richard und ich dann den Lehrlingen und der Putzfrau überlassen und waren zur Tagesordnung übergegangen.

Was sich im Nachhinein als fataler Fehler herausstellte.
Zu unserem damaligen Büro, das vorher von einer Teppichbodenfirma genutzt worden war, gehörte ein riesiges Lager, das direkt an eins der großen Büros angrenzte, aber auch über ein großes Rolltor von der Straße aus zugänglich war. Wir brauchten eigentlich gar nicht so viel Lagerfläche, aber wie es dann so ist, wenn man es hat, bekommt man es über kurz oder lang auch irgendwie voll. Und sollte es auch alle paar Monate einmal gründlich aufräumen, ansonsten hat man den gleichen Effekt wie in der Tiefkühltruhe. Nur dass sich um diese Arbeit niemand so wirklich riss, ich am wenigsten. Aufräumen ist generell nicht so mein Ding, daran hat sich bis heute nichts geändert. Außerdem war ich als Chefin sowieso von solch niederen Arbeiten entbunden.

Aber wir hatten ja immer mal wieder Praktikanten, die man für derlei Dinge gut einsetzen konnte, nach dem Motto: „Dann bekommen Sie gleich einen umfassenden Eindruck, was wir hier so alles machen.“, wurde im Sommer nach besagter Weihnachtsfeier ein ziemlich tapsiger, aber ungeheuer arbeitswilliger und gutmütiger Praktikant zum großen Lageraufräumen eingeteilt. Er arbeitete sich auch gut durch die Lagerhalle vor und wir hörten und sahen an diesem Tag so gut wie nichts von ihm, bis er plötzlich schweißnass und giftgrün im Gesicht ins Büro gestürzt kam und gleich zur Toilette rannte. Er hatte nämlich einen Styroporkarton mit den Essensresten der Weihnachtsfeier gefunden… Für den Rest des Tages hatte er dann frei.

Aus, wie sagt man so schön, betriebsbedingten Gründen entschlossen wir uns vor einigen Jahren dazu, nicht mehr auszubilden und uns auf unsere Grundkompetenzen zu beschränken, die reine Unternehmensberatung. Daher sind wir jetzt nur noch eine Handvoll Mitarbeiter, arbeiten aber um Klassen effizienter und gewinnbringender als früher.

Trotzdem war es eine schöne Zeit, an die ich immer wieder gern zurückdenke.

Mein Handy meldet sich, der Hahn kündigt eine SMS an. Normalerweise liegt es nachts in der Küche, auf Lautlos gestellt, und wird aufgeladen. Ich habe es aber mit ins Schlafzimmer genommen und auf den Nachttisch gelegt, damit ich nur ja nichts verpasse. Wer weiß, vielleicht ruft ja Richard an oder schickt eine SMS.

Es ist halb acht, ich muss doch ein bisschen eingedöst sein. Das Kikeriki löst einen ordentlichen Adrenalinschub aus, ich sitze senkrecht im Bett und angle mit zitternden Fingern nach dem Handy.

Die SMS ist von Regina. Ob ich mit aufs Feld komme, sie ist gegen acht da. Dann können Suleika und Herr Schröder ein bisschen toben. Suleika ist vier Wochen älter als Herr Schröder, eine ziemlich kräftige und dominante Rhodesian-Ridgeback-Hündin.

Wochentags treffen wir uns immer um acht Uhr auf dem Feld, samstags und sonntags geht eigentlich jeder, wenn er wach wird, und keiner wartet auf den anderen. Als hätte Herr Schröder die SMS gelesen, steht er neben dem Bett und quengelt, Fräulein Meier sieht das nicht so eng und schläft erst mal weiter.

Was soll ich machen? Einerseits steht mir der Sinn ganz sicher nicht nach Small Talk mit den Hunde-Frauchen, andererseits müssen die beiden raus und vielleicht kann ich mich so ein bisschen ablenken. Also antworte ich Regina, dass ich um acht Uhr da bin, und mache mich „feldfertig“, das bedeutet Jeans, Sweatshirt und je nach Regenwahrscheinlichkeit Wind- oder Regenjacke.

Gestern Abend war herrliches Wetter, ein richtig schöner Herbsttag, heute Morgen ist es bewölkt und windig und man weiß nicht so wirklich, ob es trocken bleibt oder nicht. Soll ich mit dem Wagen zum Feld fahren, oder riskieren, dass wir klatschnass werden auf dem Weg? Auch egal. Ich gehe zu Fuß. Herr Schröder zerrt an seiner Leine, ihm kann es nie schnell genug gehen. Fräulein Meier trabt gemächlich hinterher.

Normalerweise gehen Richard und ich samstags morgens eine etwas größere Runde und auf dem Rückweg beim Bäcker vorbei. Unsere beiden sind die absoluten Brötchenfans, die Bäckersfrau weiß das und gibt erst mal jedem eins „auf die Pfote“, dann bedient sie ihre anderen Kunden und schneidet unser Brot. Die beiden freuen sich immer riesig auf ihre Brötchen, und wir haben ein echtes Problem, wenn wir sonntags den Weg am Bäcker vorbei gehen, der dann natürlich geschlossen ist. Die Mäuse verstehen das gar nicht, wir müssen sie regelrecht am Bäckerladen vorbeizerren. Wenn Richard samstags arbeitet, gehe ich um acht und treffe meistens das eine oder andere Mitglied der Hundemafia. Also wird heute Morgen noch niemand Verdacht schöpfen, wenn ich alleine komme…

Ich bin nicht sonderlich mitteilsam, wenn es um echte Beziehungskrisen geht. Dass man den normalen Alltagsstress, den es in jeder Beziehung mal gibt, bei den Freundinnen ablädt, das schon, aber ich würde niemals auf die Idee kommen, mich irgendjemandem wirklich zu öffnen, ich schlucke lieber alles herunter und mache es mit mir selber aus. Birgit ist da anders. Als ihr Mann vor einigen Jahren eine Freundin hatte und ernsthaft überlegte, sich zu trennen, erlebten wir die ganze Krise beinahe hautnah mit. Dirks Verhalten wurde quasi im Plenum ausdiskutiert, wir trösteten sie und versuchten, kluge Ratschläge zu geben.

Ich dagegen bin sehr still, wenn ich ernsthafte Sorgen habe, höre den anderen zu, mehr oder weniger, aber beteilige mich nur sehr wenig am Gespräch. „Sie ist heute wieder so still, unsere Kleine“, ich weiß noch, dass Susanne das im letzten Jahr öfters mal sagte. Aber es hat auch keine einmal explizit gefragt, was los sei mit mir, ich weiß nicht, ob es Desinteresse war, oder ob sie instinktiv merkten, dass ich nicht reden wollte. Umso besser.

Herr Schröder hat Suleika und ein paar andere Hunde im Feld gesehen und reißt mich beinahe um vor Ungeduld. Ich bin froh, als wir die letzten Häuser hinter uns haben und ich ihn losmachen kann. Er stürzt sich sofort mitten ins Getümmel und hat mich für die nächsten Minuten völlig vergessen.

Heute Morgen sind nur Regina und Waltraud da, das bedeutet, dass Herr Schröder seine beiden Lieblingsspielkameraden um sich hat. Die ältere Hundegeneration, zu der außer unserem Fräulein Meier noch die Hunde von Birgit und Susanne gehören, ist nicht da. Ist mir eigentlich auch ganz lieb, diese Konstellation heute, denn mit drei tobenden Junghunden ist man nicht unbedingt in der Lage, tiefschürfende Gespräche zu führen, oft haben wir genug damit zu tun, auf den Beinen zu bleiben, und nicht umzufallen, wenn die Rasselbande ungebremst auf uns zustürmt. Sind wir dagegen mit den Älteren unterwegs, brauchen wir uns nur darum zu kümmern, dass sie alle eventuellen Richtungswechsel mitbekommen, ansonsten laufen Fräulein Meier, Noreen und Santo brav mit. Noreen ist allerdings extrem stur, wenn sie keine Lust mehr hat, geht sie schon vor in Richtung Haustür, ich habe Susanne schon so oft gesagt, mittlerweile ist Noreen alt genug für einen eigenen Hausschlüssel, dann braucht sie nicht zu warten, bis ihr Frauchen hinterherkommt. Und unser Fräulein Meier lebt in den letzten Jahren eine Mischung aus Alterssturheit und Schwerhörigkeit, wie oft bin ich ihr schon hinterhergerannt, wenn sie die Ohren auf Durchzug hat und in die falsche Richtung gelaufen ist. Trotzdem bleibt genug Zeit für uns Frauen, um sich ausgiebig auszutauschen, nicht nur über Familie und Haushalt - es werden regelmäßig die neuesten Kochrezepte getauscht, dabei bin ich allerdings meist nur passiv beteiligt, da Kochen eindeutig nicht zu meinen Stärken zählt - aber auch gesellschaftskritische Themen und Tagespolitik stehen immer wieder auf dem Plan. Es ist schon lustig, wie wir drei bis fünf Damen mittleren Alters da morgens in aller Frühe in Räuberzivil durchs Feld laufen und die Welt verändern. Ich habe schon oft gedacht, man müsste mal ein Tonband mitlaufen lassen und sich diese Gespräche in zwanzig Jahren noch mal anhören. Da kämen echte Dokumente der Zeitgeschichte heraus.

Heute höre ich die Stimmen von Regina und Waltraud und Susanne, die doch noch aufgetaucht ist, wie durch einen Wattenebel, so als wäre man narkotisiert und würde langsam wieder aufwachen. Es klingt irgendwie unwirklich, dabei sind es die gleichen Stimmen, die gleichen Themen wie gestern, als die Welt noch in Ordnung war. Worüber haben wir noch gestern geredet? Ja, ich insbesondere habe mich mal wieder über einen älteren Dorfbewohner echauffiert, der eigentlich immer nur mit biestiger Miene herumläuft und jeden anzeigt, der mal mit zwei Autoreifen auf dem Bürgersteig parkt. Und der seinen süßen schwarzen Schnauzer nie von der Leine lässt, auch seine Frau tut das nicht. „Dat soll dä nit, dä woar jo so düüür", sagt sie immer und so kommt es, dass der „teure" Hund nie mit den anderen spielen darf.

Dieser ältere Herr, der liebe Herr Abeler, es gibt ihn sicherlich in jeder Dorfgemeinschaft in dieser oder ähnlicher Ausprägung, ist für mich zwar einerseits Quelle ständigen Ärgernisses, andererseits aber auch Spiegelbild meiner eigenen aktuellen seelischen Verfassung. Sein Gesicht ist immer gleich missgelaunt, um nicht zu sagen, richtig böse, das kommt daher, dass der Vorgänger seines Schnauzers, ein Rottweiler, sich mit unserem Fräulein Meier mehrfach von Leine zu Leine gefetzt hat und er der Auffassung ist, ich könne meinen Hund nicht erziehen.. Wenn ich schlecht gelaunt bin, Sorgen habe oder es mir nicht gut geht, dann erwidere ich seinen mürrischen Gesichtsausdruck oder ignoriere ihn einfach, tue so, als sei er nicht existent. Zum Glück hat Fräulein Meier ihren Hang zu Kampfhandlungen in den letzten Jahren so ziemlich eingestellt und ignoriert Herrn und Hund genauso wie ich und Herr Schröder tut es ihr nach. Somit wird mein wie ich hoffe recht eindrucksvoller Auftritt der hoheitsvoll an ihm vorbeistolzierenden Dorfschönheit nicht durch ein wütend bellendes und an der Leine zerrendes Fräulein Meier zunichte gemacht. Bin ich allerdings gut gelaunt, so mache ich mir mit Herrn Abeler einen ganz besonderen Spaß: Ich provoziere ihn, indem ich zum Beispiel die Hunde in seiner Gegenwart von der Leine lasse, und wenn er dann anfängt zu zetern, sage ich ganz freundlich: „Guten Morgen, und ich wünsche Ihnen auch einen schönen Tag!" Irgendwann explodiert er dann, darauf warte ich. Denn mit so etwas rechnet er gar nicht, dass man ihm freundlich entgegenkommt, so wie er sich seinen Mitmenschen gegenüber aufführt, passiert ihm das sicher selten. Und dann muss er natürlich grübeln, ob dieser freundliche Gruß ernst gemeint war oder ob ich ihn nur hochnehmen wollte.

Wenn ich meine psychologische Ader habe, empfinde ich fast so etwas wie Mitleid mit diesem alten Mann. Geht man von der Grundannahme beispielsweise von Rousseau aus, dass der Mensch von Grund auf gut ist, so muss mit diesem alten Mann im Laufe seines Lebens so einiges geschehen sein, das ihn zu dem unsympathischen, ja bösartigen Subjekt werden ließ, das ich kennen gelernt habe. Vielleicht braucht er ja nur mal jemanden, der ihm zuhört und der ihn versteht. Wobei, er hat ja eine Frau und auch einige Kinder, aber mit denen ist er heillos zerstritten, bis auf seine Frau, die es, so sagt man im Dorf, auch nur mithilfe beträchtlicher Mengen hochprozentiger Tröster mit ihm aushält.

Richard hat einen wirklich heftigen Wutausbruch von Herrn Abeler noch nicht miterlebt. Wenn wir zusammen mit den Hunden unterwegs sind und ihm begegnen, brummelt er höchstens etwas Undefinierbares vor sich hin, scheint sich aber in Richards Nähe nicht mehr zu trauen. Er, Richard, hat einmal gesagt: „Der soll sich wagen, mir irgendwas an den Kopf zu werfen, der kriegt eine Antwort, an der knabbert er den Rest seines Lebens."

Eine solch einschüchternde Wirkung hat Richard übrigens sehr häufig auf seine Umwelt. Er ist groß, immer sehr energisch unterwegs, und sein Blick durch die Brille hat häufig etwas Prüfendes, Offizielles, auch wenn er das gar nicht beabsichtigt und er auch gar kein Kontrollfreak ist, im Gegenteil. Wie oft habe ich schon erlebt, dass Leute ihn respektvoll grüßen, die uns entgegenkommen, obwohl er sie gar nicht beachtet, vielfach gar nicht gesehen hat. Ich dagegen sehe immer so lieb aus, vielleicht halten mich alle entweder für das brave Mäuschen, das sich nur duckt, oder für den Gegenpol, die ausgleichende, auf Frieden und Harmonie bedachte Ehefrau.

Was aber bin ich wirklich in Bezug auf Richard, auf unsere Ehe? Oder sollte ich mich an den Gedanken gewöhnen, hier in der Vergangenheitsform zu sprechen? Was war ich für Richard in all diesen Jahren? Eine gleichberechtigte Partnerin, jemand, dem er Liebe, aber auch Achtung und Respekt entgegenbrachte? Um die er sich sorgte, wenn es ihr nicht gut ging, die er vermisste, wenn sie mal nicht da war? Oder jemand, der halt immer da war, wie ein Möbelstück, das verlässlich und sicher an seinem Platz stand? Oder jemand, der seinen ganz bestimmten, eng umrissenen Aufgabenbereich im beruflichen und im privaten Leben hatte, den er zu erfüllen hatte? Und den man entsprechend behandeln konnte, also mit Lob und Geschenken belohnen, wenn die tägliche To-Do-Liste erfolgreich abgehakt war, oder im Gegenzug mit Sanktionen, wenn er nicht wie gewünscht funktioniert hatte? Von jedem etwas, würde ich sagen. Wobei sich die Gewichtung je nach Situation und Großwetterlage verschieben konnte.

Und wie sieht es im Gegenzug mit mir aus? Was ist Richard für mich? Er ist schon die wichtigste Bezugsperson in meinem Leben, auf jeden Fall, und das seit über dreißig Jahren. Sicherlich ist auch bei mir eine gewisse Selbstverständlichkeit eingetreten, wir waren immer zusammen, es hat nie ernsthafte Krisen gegeben, er war eine „sichere Bank“, es war klar, dass er immer da war und sich daran nichts ändern würde. So war es und so würde es bleiben, so dachte ich. Zumindest bis vor einigen Jahren, bis zum Auftauchen einer gewissen Claudia. Von der ich ja sogar ein sexy Foto besitze. Richard hatte es mir gegeben, als Zeichen, dass die Affäre endgültig vorbei war. Ich platzte beinahe vor Neid auf diese schlanke, blonde, verführerische Frau, die meinem Mann das gegeben hatte, wozu ich offensichtlich nicht fähig gewesen war. Wie dem auch sei, wir hatten dieses Kapitel erfolgreich abgehakt und überstanden und ich dachte auch gar nicht mehr oft daran.

Er wird doch nicht etwa zu ihr gefahren sein? Wieder Kontakt mit ihr aufgenommen haben? Wie er mir mehrfach recht glaubhaft versicherte, hatte er ja seit damals, seit etwa zehn Jahren, seit er mit ihr Schluss gemacht hatte, weil sie ihn vor die Alternative, sie oder ich, gestellt hatte, von ihr nichts mehr gehört. Bis zu jenem Abend im Frühsommer, vor ein paar Monaten, als wir bei Peter und Christiane eingeladen waren, auf ihre Gartenparty, so richtig im noblen Rahmen, ich im kleinen Schwarzen, Richard im Smoking, da stand sie ihm plötzlich gegenüber.

Erst waren sich wohl beide nicht ganz sicher, wie sie sich verhalten sollten. Richard ist dann einfach auf sie zugegangen und hat artig „Guten Tag“ gesagt, sie war in Begleitung, hatte einen gut aussehenden dunkelhaarigen Mann neben sich. Ganz schön verlegen war sie, die Gute, als sie mich sah, und offensichtlich von Fotos wiedererkannte. Ich, völlig unvorbereitet, wie ich war, kapierte erst gar nicht, wer da vor mir stand, das war vielleicht ihr Glück, denn der Pool war nicht so weit weg, und wenn ich böse bin, habe ich Bärenkräfte… Die beiden wechselten dann ein paar belanglose Worte, ich war gleich abgelenkt, weil Christiane kam und mir den dunkelhaarigen Herrn vorstellte, Besitzer eines großen Autohauses im Ruhrgebiet und von daher mit Christiane und Peter bekannt. Erst später ging mir dann ein Licht auf, der Autohaustyp war damals ihre „Zweite Wahl,“, der Mann in der Hinterhand, den sie reaktivierte, als ihr klar wurde, dass aus Richard und ihr nichts werden würde.

Christiane und Peter hatten wir kennen gelernt, als Peter für seine Firmengruppe ein Beratungsmandat zu vergeben hatte, er gab eine Effizienzanalyse bei Richard in Auftrag, und im Zuge von langen abendlichen Gesprächen, zu denen dann auch die Ehefrauen geholt wurden, ist mit der Zeit eine richtig schöne und intensive Freundschaft entstanden. Peter hat uns auch einige Mandate bei seinen Geschäftsfreunden vermittelt, das beste Zeichen, dass er mit unserer Arbeit zufrieden ist.

Wie bin ich da jetzt bloß darauf gekommen? Ich laufe doch gerade neben Susanne, Regina und Waltraud über den Feldweg, der unser Dorf mit dem Nachbarort verbindet. Susanne erklärt in epischer Breite die Zubereitung des Rinderbratens von gestern Abend, mit allen Zutaten, und da bin ich eh nicht um meine Meinung gefragt. So fällt es nicht auf, dass ich meinen Gedanken nachhänge. Wobei ich diesen einen Gedanken „Richard ist weg“ immer noch nicht zulasse. Manchmal blitzt er auf, so ganz kurz und knapp, aber irgendwie funktioniert immer noch dieser Schutzmechanismus in meinem Gehirn. Wie bei einem Autounfall lässt er nur den Schmerz und die Erinnerung zu, die man gerade im Moment ertragen und verarbeiten kann.

Leider habe ich bei der ganzen Nachdenkerei nicht mitbekommen, dass sich Herr Schröder in den riesigen Misthaufen verabschiedet hat, den der Bauer, dem die umliegenden Felder gehören, sehr zur Freude meines kleinen Hundes dort immer deponiert. Nun steht mein Hündchen ganz oben auf dem Haufen, den Kopf tief in den Mist reingewühlt, und buddelt nach Leibeskräften, so dass der Dreck nur so um ihn herumfliegt. Fräulein Meier steht am Fuß des Mistberges und schaut sich das Spiel an, sie ist im Laufe der Jahre ein bisschen etepetete geworden und würde sich von alleine niemals im Dreck suhlen. Alles Rufen und Schreien bringt jetzt nichts, das weiß ich, ich könnte mich natürlich so weit blamieren, dass ich auch auf den Haufen klettere und meinen Hund eigenhändig da herunterzerre. Ich kann allerdings, und das ist gesünder sowohl für die Klamotten als auch für mein Ansehen bei den Hundefrauchen, das ganze Spiel einfach ignorieren und warten, bis der Kleine von selber keine Lust mehr hat und mir hinterherkommt.

Das tue ich dann auch so und bin plötzlich hochinteressiert am Rinderbraten von Freitagabend, stelle sogar ein paar nicht ganz dumme Fragen dazu. Sie merken nichts, die Damen. Weder vom Misthaufen noch von dem Tornado, der gerade durch mein Dasein fegt. Wie auch, ihr Leben ist, zumindest nach außen, absolut fest gefügt, sie leben in ihrem Mikrokosmos aus Ehe, Kinder, Hunde, Krankheiten, keine von ihnen wird sich jemals in dem Dilemma befinden, in dem ich jetzt gerade stecke, da bin ich mir ziemlich sicher. Die Glücklichen. Ansonsten wüsste ich das doch. Oder? Oder ist das vielleicht gar nicht so, haben auch sie ihre ganz privaten

Tragödien, die dunklen Geheimnisse, die man wenn überhaupt dann nur einer einzigen, der besten Freundin, anvertraut, ansonsten aber schön zu Hause lässt und in sich selber einschließt? Warum eigentlich sollten diese soliden, lieben, bodenständigen Damen nicht auch ihre Leichen im Keller haben, bildlich gesprochen? Aber ans Tageslicht werden sie nie kommen.

Mittlerweile haben sie das Thema gewechselt. Waltrauds jüngste Tochter hat kürzlich ihr erstes Kind bekommen, sie lebt in der Nähe von Braunschweig, und Waltraud überlegt, ob sie für ein paar Tage hinfahren soll, und ob sie Milly mitnehmen soll. Lieber nicht, der Schwiegersohn macht immer so ein Theater wegen der paar Hundehaare und das Kind könnte womöglich einen Schock fürs Leben kriegen, wenn Milly es mal kurz von oben bis unten abschlabbert. Wobei es ja gar nicht gut sein soll, wenn man die Kinder quasi steril aufwachsen lässt, Dreck ist gesund und reinigt den Magen, und wenn der Hund vernünftig entwurmt ist, lässt sich doch gegen ein bisschen Körperkontakt nichts einwenden. Susanne erzählt von ihrer Bekannten, eigentlich eine patente Frau, mit zwei kleinen Söhnen, die panische Angst vor Verunreinigungen jeglicher Art hat und ganz besonders vor Hunden. Wann immer ihre Jungs einen unserer Hunde nur von weitem gesehen haben, müssen sie desinfiziert werden. Diese Dame ist seit Kurzem alleinerziehend, ihr Mann ist vor ein paar Monaten ausgezogen. Ich muss schlucken, als ich daran denke, dass ich auch gerade von meinem Mann verlassen wurde. Was werden die Leute wohl von mir sagen, wenn sie erfahren, dass Richard gegangen ist? „Die Häussler war ja auch nie eine besonders tüchtige Hausfrau – zu essen hat der arme Kerl sicher nie etwas Gescheites bekommen." So oder so ähnlich werden sie sich das Maul zerreißen. Und samstags fege ich die Straße auch nur dann, wenn Ostern und Pfingsten auf einen Tag fallen. „Daran wird's wohl liegen..."

Wir sind an der Straßenecke angekommen, an der sich unsere Wege trennen. „Tschööö, schönes Wochenende und bis Montag früh dann", sagt Susanne und macht sich mit Noreen davon, Waltraud ist schon vor ein paar Minuten mit Milly abgebogen, Milly muss noch mal und hatte noch nicht die nötige Ruhe dazu.

Jetzt stehe ich allein da auf der Straße mit den Mäusen, und die Stille ist überwältigend. Sie bricht regelrecht über mich herein. Normalerweise gehe ich von hier aus zielstrebig nach Hause, die Mäuse möchten frühstücken und ich habe auch Hunger. Außerdem warten da schon die Arbeiten des Tages auf mich, an drei Tagen die Woche mache ich mich stadtfein und fahre ins Büro, meine administrativen Aufgaben erledigen, an den anderen Tagen liegt auch immer irgendetwas an, Langeweile habe ich jedenfalls nie.

Samstags, wenn Richard nicht mit spazieren gegangen ist, sondern zu Hause noch Mails durchsieht oder sonst was am Computer macht, füttere ich auch die Mäuse, dann mache ich mich hübsch und wir fahren in die Stadt frühstücken, einkaufen, was auch immer, sie sind wundervoll ausgefüllt, diese Samstagmorgen… Und jetzt? Das erste Mal, seit die Tür gestern Abend hinter meinem Mann ins Schloss gefallen ist, geht mir auf, dass ich allein bin, wirklich allein. Und dass der ganze Tag vor mir liegt wie eine weite ebene Fläche. Ohne Termine. Halt, das stimmt nicht, um drei habe ich Schwimmtherapie mit Fräulein Meier. Gegen die Arthrose und die sonstigen altersbedingten Verschleißerscheinungen.

Und dann muss ich mich ja auch noch bei Georg und Bettina melden und unsere Verabredung für heute Abend absagen – das gemeinsame Essen und den anschließend geplanten Bummel durch die Altstadt. Denn allein mit den beiden gehen, irgendeine Ausrede für Richards Abwesenheit erfinden, dazu fehlt mir jegliche Lust. Und die Wahrheit sagen? Die beiden einweihen, zumindest teilweise? Auch das kommt nicht in Frage. Wir sind zwar befreundet, aber so eng nun doch nicht. Und außerdem, wer sagt denn, dass Richard nicht heute Abend schon wieder zurück ist? Und wir uns entweder zu zweit einen schönen Abend machen oder wie geplant zu der Verabredung gehen?

Wer weiß, vielleicht ist er ja auch wieder zu Hause, wenn ich gleich zurückkomme, vielleicht hat er ja sogar Brötchen mitgebracht und trägt dieses Lächeln im Gesicht, das er immer aufsetzt, wenn ihm etwas leid tut, er sich aber nicht so wirklich entschuldigen kann. Halb schelmisch, halb verlegen guckt er dann, und man kann ihm nicht böse sein.

Schnell ist sie vorbei, diese Illusion, als ich den Schlüssel ins Schloss stecke und merke, dass immer noch abgeschlossen ist. Er ist also nicht da. Dann fällt mir das Geräusch ein, das ich gestern Abend gehört habe, unmittelbar bevor sein Auto die Straße hinunterfuhr, das Geräusch des Schlüssels, der in den Briefkasten fällt. Also hätte er gar nicht aufschließen können, selbst wenn er wieder da wäre.

Das bedeutet aber, dass ich, sobald ich den Briefkasten öffne, den Schlüssel sehe und die Fernbedienung für seine Garage, als stumme Zeugen jener unbegreiflichen Tatsache, dass Richard weg ist. Gegangen ist. Dass es Realität ist und kein böser Traum.

Egal, der Bote hat ja die Samstagszeitung vor die Tür gelegt heute Morgen um fünf, also brauche ich vorläufig noch nicht an den Briefkasten ran.

Aufgrund des herbstmorgendlich feuchten Bodens im Allgemeinen und des Misthaufenbesuchs im Besonderen haben die Mäuse dreckige Pfoten. „Pfotenprobe eindeutig positiv!“, hätte Richard jetzt gesagt und beide Leinen genommen, während ich drinnen Lappen und Tücher hole und dann einen nach dem anderen so weit abtrockne, dass sie ins Haus können. Herr Schröder mag am liebsten Zewa-Tücher, die kann man so schön zerfetzen, während Frauchen an einem herumreibt.

Aber erst schüttelt er sich noch mal ausgiebig und verziert die schöne weiße Haustür mit braunen Sprenkeln. Die sollte ich ganz schnell wegmachen, bevor sie eintrocknen, Richard bekommt die Krise, wenn er das sieht, Schmutz und Unordentlichkeit sind ihm ein Graus. Ich ersticke auch nicht gerade gern im Dreck, aber ich kann im Gegensatz zu ihm auch ganz gut mal über ein bisschen Schmutz hinwegschauen, wenn meiner Meinung nach andere Dinge wichtiger sind als Putzen.

Ob ich mich emanzipiere und die Sprenkel einfach dranlasse? Ich bin ja eh allein, es geht keinen was an, was ich tue und wie es bei mir aussieht. Jetzt erst recht. Sollen sie doch eintrocknen, so richtig schön fest, am Montag kommt die Putzfrau, das reicht dann immer noch. Und was ist, wenn Richard vorher…? Ich hole doch den Lappen.

Etwa eine Stunde ist vergangen. Die Haustür ist sauber gewischt, die Mäuse haben gefrühstückt und halten jetzt ihr verdientes Vormittagsschläfchen, immerhin haben sie ja schon diverse morgendliche Abenteuer bestanden und sich, zumindest trifft das auf Herrn Schröder zu, schon ordentlich ausgetobt.

Ich habe ein bisschen aufgeräumt, das Bett gemacht und überlegt, ob ich Hunger genug habe, um auch etwas zu frühstücken. Und mich dann sogar dafür entschieden. Allerdings fand ich nur ein bisschen Schwarzbrot im Brotkasten, denn normalerweise holen wir unser Brot fürs Wochenende ja bei der gemeinsamen Mäuserunde am Samstagmorgen. Und stehe minutenlang beinahe reglos vor diesem Brotkasten, nicht fähig, zu entscheiden, ob ich das Brot nun rausnehmen und mit irgendwas Essbarem bestreichen sollte oder liegen lassen und vielleicht gleich zu REWE fahren soll.

Ich kenne das an mir so gar nicht, normalerweise bin ich immer in Action, das haben mir schon viele Leute mehr oder weniger bewundernd gesagt. „Sie haben immer so ein Tempo drauf, da kommt man gar nicht mit", sagte einmal eine der zahlreichen in meinem Eheleben bisher verschlissenen Putzfrauen. Wie hieß die denn gleich noch? Keine Ahnung. Ich weiß nur noch, dass sie recht attraktiv aussah, bei uns damals um die Ecke wohnte, mit einer absoluten Null von Mann verheiratet war und diese Leere in ihrem Leben jahrelang dadurch ausfüllte, dass sie immer mehr Pflegekinder bei sich aufnahm. Das Einzige, was der Mann, erwerbslos oder Frührentner, das weiß ich nicht mehr, überhaupt tat, war, seine beiden Dackel auszuführen, ansonsten, zumindest nach Bekunden seiner Ehefrau, tat er eigentlich gar nichts. Naja, diese Dame jedenfalls hatte doch sicherlich auch ein stressiges und actionreiches Leben durch die Pflegekinder, dennoch empfand sie mich, die, wie Daniel mich immer nannte, „Schickimickifrau", als überaus lebendig und wohl sogar so etwas wie hyperaktiv.

Davon ist zurzeit allerdings so gar nichts zu spüren. Ich mache den Brotkasten diverse Male auf und wieder zu, und belasse es schließlich dabei. Schadet mir gar nichts, mal ein paar Mahlzeiten ausfallen zu lassen, ich finde mich sowieso immer zu dick, und auch Richard steht absolut nur auf schlanke Frauen. Er wird sich also über meinen flachen Bauch freuen, wenn er wiederkommt.

Und wenn er nicht…? Ich bin eine der Frauen, die in Stresssituationen das Essen fast komplett einstellen, im Gegensatz zu vielen meiner Bekannten, die, wenn sie eine Krise bewältigt haben, gleich die nächste in Form einer weiteren Crashdiät durchmachen, um die in der eigentlichen Stresslage angefutterten Kilos wieder loszuwerden. Ich kann mich an das langsame und grauenvolle Sterben unserer ersten Hündin vor vielen Jahren erinnern, in dieser Zeit habe ich so gut wie gar nichts gegessen und wog hinterher nur noch 52 Kilo, bei einer „stattlichen“ Körpergröße von knapp 1,70 Metern und eigentlich habe ich keine Modelmaße. Naja, heute sind es ca. 59 Kilo netto, auch nicht so viel mehr, aber da ich leider nicht mehr gewachsen bin, nicht in die Länge jedenfalls, muss ich schon ein bisschen aufpassen, dass ich kein Moppel-Ich werde. Wo es doch normalerweise so gut schmeckt.

Richard ist da auch recht zwiespältig in seinem Verhalten. Einerseits legt er riesengroßen Wert auf eine schlanke Frau an seiner Seite, andererseits füttert er mich nur zu gern mit Schokolade, Keksen, und vor allem den unwiderstehlichen Köstlichkeiten von Leverkusens angesehenstem Konditor - dem gleichen, von dem Großmama Häussler immer ihre Erdbeertorte bekam. Dies vornehmlich am Wochenende, um dann am Montagmorgen im Badezimmer entsprechende Kommentare über meine nicht wirklich flache Bauchregion zu machen. Dann könnte ich ihn immer...

Vor allem, da er selbst eisern Disziplin hält. Das war nicht immer so. Er hat immer gut ausgesehen, aber in den Jahren, als wir die Firma aufbauten und unser Leben nur aus Arbeit bestand, hat er auch nicht so sehr aufs Gewicht geachtet. Gegessen wurde dann, wenn Zeit dafür war, und das war halt öfter erst spätabends. Dann kam natürlich der Heißhunger und so wurde dann häufig nach dem

Abendessen noch eine ganze Tafel Schokolade oder eine Tüte Chips verputzt. „Nervennahrung ist das“, sagte er dann immer. Komisch, wie viele Nerven man so am Bauch und um die Hüften herum hat.

Vielleicht ist er gegangen, weil ich so ein schlechter Mensch bin. Wie ich so vor dem Brotkasten stehe, fällt mir ein, dass ich in der letzten Woche im Büro schon dreimal die freundliche, allerdings etwas nölige Dame von der Behindertenwerkstatt hingehalten habe. Sie möchte unbedingt, dass ich für die Firma Toilettenpapier und Briefumschläge aus ihrer Werkstatt kaufe, und ich bin noch nicht einmal dazu gekommen, die entsprechende Webseite aufzurufen, um mir die Produkte anzusehen. Und durch den Kauf dann diese hochanständige, wohltätige Einrichtung zu unterstützen. Den Behinderten das Gefühl zu geben, auch etwas beizutragen, ihren Platz in unserer Leistungs- und Konsumgesellschaft zu erhalten. Stattdessen werde ich wieder, wie immer, unsere Briefumschläge und unser Kopierpapier beim Bürohandels-Discounter bestellen, und das Toilettenpapier – das umweltfreundliche natürlich, so viel Umweltbewusstsein muss sein, und außerdem fusselt es nicht so – wie immer bei REWE kaufen.

Das ist nur ein Beispiel dafür, wie selbstsüchtig und gedankenlos ich bin. Diese nervige Marketingfrau von der Behindertenwerkstatt macht ganz sicher einen um Klassen besseren Job als ich und kann sich dann noch auf die Fahne schreiben, dass sie Gutes tut. Die arbeitet nicht nur, um Geld zu verdienen, sondern tut dabei auch noch etwas wirklich Sinnvolles. Etwas, wofür sie in den Himmel kommen wird. Wo ich hinkomme, falls es so etwas gibt, ist ein anderes Kapitel. Ein Gutes hat das Ganze dann aber: Sie wird mich in der Ewigkeit nicht nerven, weil wir in ganz anderen Abteilungen untergebracht sein werden…

Und das, wo ich eigentlich doch einen ganz besonderen Draht zu solchen wirklich gut und seriös geführten Einrichtungen haben müsste wegen Dorothea.

Sind andere Leute eigentlich auch so? Es gibt täglich mehrere, mir scheinen es unzählige, Anrufe im Büro, aber auch zu Hause, in denen jemand mir etwas anbietet, mich um etwas bittet, ein Anliegen an mich heranträgt. Ich sage „Ja ja… Ich kümmere mich drum… Schaue es mir an… Bespreche es mit meinem Mann… mit meinen Mitarbeitern…“, je nachdem, worum es sich handelt, und in dem Moment, in dem ich den Hörer aufgelegt habe, habe ich es vergessen. Sprich, ich bin nicht in der Lage, den Leuten ehrlich zu sagen, dass ich keineswegs vorhabe, mich mit dem, was sie von mir wollen, zu beschäftigen, stattdessen halte ich sie hin. Ich weiß aus eigener, teilweise leidvoller Erfahrung, wie hart dieser Job des Klinkenputzens ist, dass diese Callcenter-Mitarbeiter Vorgaben haben, wie viele Anrufe sie pro Tag schaffen müssen und welche Erfolge sie dabei zu erzielen haben. Wenn ich jetzt direkt „Nein“ sagen würde, könnten sie mich von der Liste streichen. Dadurch, dass ich sie hinhalte, gaukele ich ihnen aber ein wie auch immer geartetes Interesse an ihrem Produkt oder ihrer Dienstleistung vor. Um beim nächsten Anruf dann völlig aus allen Wolken zu fallen, mich ganz dunkel zu erinnern, und natürlich, wie auch, keinerlei Aktivitäten für die jeweilige Angelegenheit gestartet zu haben. Dann wird gestottert, dass der zuständige Mitarbeiter leider bisher keine Zeit hatte, nicht da war, krank, in geheimer Mission auf dem Mond, was auch immer. Wenn ich Glück habe, lassen mich die Leute daraufhin in Ruhe, aber es gibt auch immer wieder welche, die hartnäckig genug sind, es ein drittes und viertes Mal zu versuchen. Ich denke immer, vielleicht hast du jetzt die Gelegenheit deines Lebens verpasst, oder deine Firma um den Auftrag des Jahrhunderts gebracht, will mir alle nur möglichen Optionen offen halten, ohne mich dann wirklich ernsthaft damit zu beschäftigen.

Zumal es ja extrem unterschiedliche Typen von Telefonwerbern gibt. Die Mäuschen, die sich völlig ungeschickt und uninteressant melden und stotternderweise ihr Anliegen vorbringen, dann die anderen, die monoton irgendeinen Werbetext herunterleiern oder aber, und das sind die ganz krassen, die mit allen Tricks arbeiten, so tun, als hätte man ja schon miteinander oder mit dem Ehepartner gesprochen, auf Vertraulichkeit machen, so dass man glaubt, der Deal sei schon halbwegs eingefädelt. Einer hat mal einen meiner Mitarbeiter erreicht, weil ich nicht im Haus war, und als derjenige ihm dann erklärte, ich sei unterwegs, ganz ungeniert behauptet, da sei ich ja wohl mal wieder mit dem Sportwagen unterwegs. Perfiderweise hatte ich zu dieser Zeit einen weißen Porsche, den ich heiß und innig liebte.

Sehr oft tue ich am Telefon so, als sei ich meine eigene Sekretärin. Dass ich zusammen mit Richard die Firma leite, wissen die Leute ja nicht. Zumal ich mich auch nicht immer mit Namen melde. Die meisten Anrufer wissen ja gar nicht, wie groß die Firma ist, die sie gerade an der Strippe haben, und verlangen nach dem Geschäftsführer. Ich frage dann immer, worum es geht, und bekomme keine Auskunft, weil man so was ja nicht der Vorzimmerdame sagt. Es sind auch meistens Dinge wie Geldanlage, Altersvorsorge und ähnliches, nichts für die einfache kleine Angestellte. Einer hat mich mal geschockt, vielleicht läuft mir ja dieses Erlebnis im Unterbewusstsein immer noch hinterher und ist der Grund dafür, dass ich mich so schwer damit tue, Nein zu sagen: Es war auch irgend so ein Typ, der den Geschäftsführer sprechen wollte, ich habe ihm gesagt, dass ich die Anweisung habe, niemanden durchzustellen, dessen Anliegen ich nicht weiß, darauf wurde er pampig und meinte: „Das haben Sie gut gemacht. Richten Sie Ihrem Chef ruhig aus, dass Sie in diesem Moment für Ihre Firma einen Millionen-Auftrag in den Sand gesetzt haben.“ Und legte auf.

Mir ist natürlich klar, dass das nicht stimmte. Aber trotzdem, vergessen habe ich diese Situation nie. Und damit hat derjenige ja schon etwas erreicht. Und, wie gesagt, vielleicht haben Erlebnisse wie dieses ja dazu beigetragen, dass ich so geworden bin, wie ich bin.

Das ist auch eines der Dinge, die Richard mir immer wieder ankreidet und vorwirft: Ich stehe nicht zu dem, was ich getan habe, egal, ob im geschäftlichen oder privaten Bereich. Ich suche immer

Entschuldigungen für mein Handeln, es waren immer die anderen schuld, nie ich selber. Ich habe auch Probleme damit zuzugeben, dass ich etwas zu erledigen vergessen habe, oder schlichtweg keine Lust dazu hatte. Stattdessen erzähle ich auf Nachfrage lieber, dass derjenige, den ich anrufen sollte, nicht da war, oder es ständig besetzt war. Irgendwann muss ich es dann tun, und stelle fest, dass es so schlimm gar nicht war. Genauso geht es mir mit so lästigen Dingen wie Unterlagen für die Steuererklärung zusammensuchen. Oder den Schrank aufräumen.

Aber das ist ja noch harmlos. Und entschuldbar. Und wahrscheinlich handeln 99 Prozent der mitteleuropäischen Bevölkerung immer wieder so. Vielleicht nicht so oft und regelmäßig wie ich, aber doch sicher immer wieder. Ich bin aber auch ausgesprochen talentiert in dem, was Richard immer mit „nur schön den Ball flachhalten" bezeichnet. Dass die gestohlenen, unrechtmäßig erlebten Stunden mit Daniel und Sven wunderschön waren, das zuzugeben, fällt mir ungemein schwer. Dann aber aus anderen Beweggründen: Ich will Richard nicht wehtun damit, weil ich genau weiß, wie ich empfinde, wenn ich glaube, dass er an Claudia oder eine der anderen Damen, die nicht ich waren, denkt.

Dann gibt es noch die anderen Situationen, wenn mich die kalte Wut packt, wenn ich überlege, wie lange ich das brave graue unscheinbare Mäuschen war, während Richard auf seinen Geschäftsreisen den neuen deutschen Osten unsicher gemacht hat und dabei ganz sicher nichts hat anbrennen lassen. Wie viele Verhältnisse da wirklich waren, weiß ich bis heute nicht und will es auch gar nicht wissen. Aber das war ja vielleicht alles meine Schuld. Wäre ich nicht das uninteressante, unattraktive und dabei auch noch auf hausfraulichem Gebiet völlig talentfreie Huhn gewesen, hätte er ja gar nicht nach anderen Frauen schauen müssen. Ich gehörte ja auch nicht zu der Gruppe Frauen, die ich, in Anlehnung an einen der unzähligen in den letzten Jahren verschlungenen Frauenromane als die „Käsekuchenfraktion" bezeichne, Frauen, die äußerlich völlig unattraktiv sind, mit praktischer Kurzhaarfrisur herumlaufen, aber perfekt im Kochen und Backen sind und halt jede Woche eine neue Variante Käsekuchen aufbieten. Ich sah immer noch halbwegs passabel aus, fand ich wenigstens, hielt mein Gewicht noch gerade so in Schach, dass ich mich nicht bei Weight Watchers anmelden musste, aber ein wirklicher Hingucker war ich bis vor einigen Jahren ganz sicher nicht.

Kochen kann ich bis heute nicht besonders gut und beim Backen bin ich am besten im Auftauen von Gefrierkuchen diverser namhafter Hersteller, aber was das andere angeht, da hat das Mäuschen aufgemuckt, sich verändert und ordentlich zurückgeschlagen.

Und was hat das Mäuschen heute ganz offensichtlich davon? Dass es allein vor dem Brotkasten steht und langsam anfängt, den Gedanken zuzulassen, dass es eine verlassene Ehefrau ist. Zwar eine mit gewissen Erfahrungen, aber dennoch die Sitzengelassene. Mein Alptraum hat sich vielleicht nicht ganz so entwickelt, wie ich es immer befürchtet hatte, nämlich dass Richard mich, nachdem wir gemeinsam etwas erreicht und aufgebaut haben, für das 25-jährige Blondchen, das dann auch gleich schwanger wird, in die Wüste schickt, aber vom Ergebnis her ist es das Gleiche. Und ob das Blondchen schon irgendwo in den Startlöchern sitzt oder erst in einem halben Jahr auf der Bildfläche erscheint, ist letztendlich zweitrangig.

Von nebenan höre ich, wie Papier zerrissen wird. Herr Schröder ist aufgewacht und hat sich über den Papierkorb in Richards Büro hergemacht, er nimmt seine Aufgabe als lebender Aktenvernichter heute wieder sehr ernst. Ist ja auch kein Problem, ich habe schließlich fast kein Programm mehr heute, und kann daher in Ruhe die Einzelteile von Werbebriefen und sonstigen von Richard für unwichtig erachteten Schriftstücken einsammeln und dann gleich richtig in die Papiertonne in der Garage entsorgen.

Wir haben Unmengen von Papier, sowohl im Privathaus als auch im Büro. Da sagt man immer, wir leben im Zeitalter der papierlosen

Kommunikation, aber irgendwie ist das bei uns noch nicht angekommen. Wenn alle zwei Wochen die blaue Tonne geleert wird, ist sie randvoll und so schwer, dass ich sie nur mit Mühen aus der Garage auf die Straße zerren kann. Aber da das meistens Richard macht, ist es nicht mein Problem.

Halt. Es ist doch mein Problem. Es gibt keinen Richard mehr, der die Papiertonne rausbringt. Der mir den Wok vom Schrank holt, weil ich nicht ohne Stuhlklettern drankomme. Der immer wieder mit einer Engelsgeduld ohnegleichen den roten Lederbezug unserer Wohnzimmercouch flickt - mit Lampendekostoff aus dem Bastelladen, das war das einzige Material, das wir finden konnten, das den Rotton halbwegs traf - wenn Herr Schröder in einem Anfall von Langeweile und Zerstörungswut keinen vollen Papierkorb finden kann und sich dann über die arme Couch hermacht. Wie soll das überhaupt alles werden, allein, ohne Richard?

Das klingt, als bräuchte ich meinen Mann nur für solche banalen Dinge, aber das ist es natürlich nicht. Trotz und gerade nach allem, was in den letzten Monaten passiert ist, besteht zwischen uns ein ganz starkes emotionales Band, und ein tiefes Verstehen. Wir kennen einander so gut, dass wir immer wissen, was der andere denkt, wie er entscheiden würde. Zumindest in all den Belangen unseres Lebens, die uns beide gemeinsam betreffen. Dass sich im Laufe der Zeit Dinge und Lebensbereiche ergeben haben, die wir nicht mit dem anderen geteilt haben, ist ein anderes Kapitel.

Wann ist das eigentlich passiert, wann hat es angefangen? In den ersten Jahren gab es immer nur uns. Sicher hat jeder auch mal nach links oder rechts geguckt, bei Richard gab es die eine oder andere schöne Kommilitonin, mit der er Referate hielt und sich entsprechend oft auch außerhalb der Uni traf, bei mir gab es auch den einen oder anderen Schwarm, zum Beispiel war ich eine ganze Weile ziemlich heftig in einen meiner Dozenten verknallt, ob er auch etwas für mich empfand, fand ich nie heraus. Vermutlich nicht. Das war auch so eine typische Handlungsweise von mir: Ich konnte ihn anschwärmen und meine Phantasien haben, ganz in Ruhe, denn ich wusste ja, dass daraus nie etwas werden konnte. Er war viel älter als ich, hatte Familie, seinen Lehrauftrag, den er vermutlich verloren hätte, wenn er mit mir oder einer anderen Studentin etwas angefangen hätte. Also konnte ich beruhigt und ohne Angst vor irgendwelchen Konsequenzen schwärmen und meinen Tagträumen nachhängen. Irgendwann war das dann auch vorbei, ich hatte keine Seminare mehr bei ihm und habe ihn auch recht schnell vergessen.

Anfang Zwanzig, lange bevor wir heirateten, ging ich für ein Semester nach Madrid. Ein mehrmonatiger Auslandsaufenthalt war für das Lehramtsstudium an meiner Uni vorgeschrieben, und so ging ich dann schweren Herzens, nicht allein, sondern mit zwei recht guten Freunden, in die große Welt hinaus und ließ Richard zu Hause. Der war darüber gar nicht so böse, hatte er doch gerade sein Examen in der Tasche und seinen ersten Job angetreten. Er musste viel arbeiten und hätte für mich eh nicht viel Zeit gehabt. Da dachten wir, könnten wir auch gleich in den sauren Apfel beißen und für sechs Monate eine Fernbeziehung führen.

Ich zog mit meinen Freunden in eine Art Studenten-WG in der Madrider Altstadt. Es war eigentlich nichts anderes als eine große Etagenwohnung, deren Hauptmieter ein älteres Ehepaar war. Macarena und Rafa lebten ausschließlich in der Diele, die gleichzeitig als Wohnzimmer und Aufenthaltsort des Kühlschrankes diente, und in ihrem mit kitschigen Holzmöbeln überladenen Schlafzimmer. Die restlichen Zimmer hatten sie an Studenten untervermietet. Meine Freundin Mareike und ich teilten uns ein Zimmer, das, welcher Luxus, über ein Waschbecken, allerdings nur mit kaltem Wasser, verfügte. Aber man war ja sowieso viel zu verzärtelt, und so ist es uns sicherlich nicht schlecht bekommen, uns ein halbes Jahr lang mit kaltem Wasser zu waschen. Auch an das Zähneputzen mit kaltem Wasser gewöhnt man sich. Als ich wieder zu Hause war, empfand ich das als völlig normal, und alle, die zum Zähneputzen oder Gesichtwaschen den Warmwasserhahn aufdrehten, waren für mich Weicheier. Eine gewisse Zeitlang jedenfalls.

Immerhin durften wir ja auch einmal pro Woche duschen. Und das sogar mit warmem Wasser. Man musste sich zwar ein bisschen beeilen, denn pünktlich nach zehn Minuten schaltete sich der Warmwasserboiler wieder ab, aber bis dahin sollte der Dreck ja auch wohl runter sein.

Einmal pro Woche war uns dann doch etwas zu wenig. Wir hatten zwei Alternativen, um auf stolze zwei Duschgänge zu kommen: Entweder jede von uns duschte exakt fünf Minuten lang oder wir gingen zu zweit unter die Dusche. Die Wanne war groß, es war ausreichend Platz für zwei vorhanden, also wählten wir Variante 2. Während die eine unter dem Wasserstrahl stand, seifte die andere sich ein und umgekehrt. Auch das Haarewaschen war so viel einfacher als über dem Waschbecken. Denn daran konnte ich mich wirklich nicht gewöhnen, mir mit eiskaltem Wasser das Shampoo aus dem Haar zu spülen, zumal ich zu dieser Zeit die Haare für meine Verhältnisse recht lang trug. Mareike hatte von Natur aus ganz viele Locken, andere Leute bezahlen Geld dafür, sie hatte sie und wollte sie am liebsten loswerden. Mit ihrer Mähne war ihr jedenfalls zum Haarewaschen die Dusche ebenfalls lieber als der Kaltwasserhahn des Waschbeckens.

Das mit der Wanne war sowieso kurios. Während des Sommers war es eine ganz normale Badewanne, als es dann im November aber anfing, kalt zu werden, vor allem nachts, wurden in ihr auch noch die etwa 50 Kanarienvögel des Hausherrn untergebracht. Damals empfand ich es als gar nicht so schlimm, aber heute weiß ich, es muss die reinste Folter für diese Tierchen gewesen sein, sie verbrachten ihr ganzes Leben in winzig kleinen Holzkäfigen, die während der warmen Monate auf dem Balkon gestapelt waren. Im Winter nun sahen die armen Geschöpfe den ganzen Tag nichts als die Wand vom Badezimmer.

Bevor wir also duschen konnten, mussten wir erst die Käfige aus der Wanne räumen und im Flur abstellen. Und die Wanne saubermachen, denn sie war voll mit Sand, kleinen Zweigen und natürlich auch

Kotspritzern. Und hinterher alles wieder einräumen, denn wir hatten oft das Gefühl, dass wir Untermieter die Einzigen waren, die die Wanne überhaupt benutzten, Macarena und ihren Mann sahen wir nie aus der Dusche kommen.

Überhaupt, in diesem Badezimmer gab es noch mehr Erwähnenswertes. Zum einen war da das einzige Klo der ganzen Wohnung. Und um den Kloaufenthalt besonders angenehm zu gestalten, lag anstelle von Toilettenpapier immer eine Auswahl von Illustrierten dort. Nicht die Tagespresse, ich vermute, die hatte dann doch zu viel Druckerschwärze, vor allem, wenn sie auf angewärmte Körperteile trifft, sondern meistens Frauenzeitschriften. Da hat man wenigstens noch etwas Informatives gelesen, bevor man dann… Allerdings war dieses Hochglanzpapier ziemlich hart und wenig saugfähig. Mareike und ich gingen dazu über, unser eigenes Toilettenpapier zu kaufen und sorgfältig in unserem Zimmer zu verstecken.

Außerdem stand noch die Waschmaschine in diesem Bad. Auch an sich nichts Außergewöhnliches, aber da wurden wir eines Besseren belehrt, als wir sie das erste Mal benutzen wollten. Wir hatten unsere Wäsche so, wie wir es zu Hause gelernt hatten, in unterschiedliche Häufchen sortiert, für 30 Grad, 60 Grad, Buntwäsche, etc. Unsere liebe Vermieterin Macarena wollte uns zeigen, wie die Maschine funktioniert, sah unsere Häufchen und packte kurzerhand alles zusammen in die Maschine. „Die wäscht eh nur kalt“ war ihr Kommentar zu unseren bestürzten Gesichtern. „Aber dann werden die Sachen doch gar nicht richtig sauber“, protestierten wir. „Das werdet ihr schon sehen, außerdem hängt ihr sie ja nachher im Hof zum Trocknen auf, da kommt noch viel frische Luft dran“. Wir ergaben uns also in unser Schicksal.

Der Hof, ja, den gab es wirklich, nur sind wir da nie reingekommen. Die Wohnung lag im 5. Stock und hatte einige Fenster, die auf den Innenhof hinausgingen. Unter anderem das Badezimmerfenster und die beiden Fenster in unserem Zimmer. Wir hatten uns schon über die merkwürdige Kordelkonstruktion gewundert, die an den Fenstern entlanglief und lernten dann, dass es sich um eine Wäscheleine handelte, die von Fenster zu Fenster, von Wohnung zu Wohnung lief, und an der jede Mieterin ihre Sachen aufhängte und mittels einer Drehkurbel die Leine an ihrem Fenster vorbeizog. Na gut, dachten wir uns, machen wir das auch so und warten mal ab, was passiert.

Trocken waren die Sachen wirklich recht schnell, aber wo um alles in der Welt kamen die schwarzen Pusteln her? Machten sich auf weißen Hemdchen und T-Shirts natürlich sehr gut. „Das ist immer so, das ist der Ruß vom Kamin der Bäckerei gegenüber", Macarena konnte überhaupt nicht verstehen, warum wir uns so aufregten und es tatsächlich für den Rest der Zeit vorzogen, unsere Wäsche in unserem Zimmer zu trocknen. Wir holten uns eine Leine, spannten sie von der Waschbeckenlampe zum Bilderhaken an der gegenüberliegenden Wand und hatten dann unsere Wäsche quer durchs Zimmer und über den Ess- und Arbeitstisch hängen.

Irgendwo habe ich noch ein Foto von diesem Arrangement. Wir beim Adventskaffee, den Tisch so gut es geht weihnachtlich gedeckt, und über uns die Wäscheleine mit den Socken und Unterhosen.

So skurril viele Dinge waren, geschadet hat es uns sicherlich nicht. Es war ein ganz anderes Leben als ich es von zu Hause gewöhnt war. Schon der Tagesrhythmus war anders. Wir schliefen in der Regel so bis zehn, kein Wunder, kamen wir doch keine Nacht vor zwei, drei Uhr ins Bett. Dann wurde mit Brot vom Rußbäcker ausgiebig gefrühstückt, dann gingen wir entweder einkaufen oder irgendwas besichtigen, Madrid ist ja voll mit Museen und Kirchen etc., und meine Mitbewohner waren kulturell äußerst beflissen, so gegen zwei Uhr gab's Mittagessen, und um halb vier mussten wir in der Uni sein. Die Vorlesungen gingen dann meist bis halb acht, danach fuhren wir entweder nach Hause oder gingen mit Freunden und Kommilitonen noch auf die Rolle. Wobei sich vor 22 Uhr sowieso nirgendwo etwas bewegte.

Unsere Vorlesungen waren Bestandteil eines speziellen Studienprogramms für ausländische Studenten. Wir hatten Literaturwissenschaft, Geschichte, Kunstgeschichte, Konversationslehre, und einiges mehr, es war eigentlich im Vergleich zu meinem Studium in Deutschland ziemlich verschult und wenn man mal fehlte, musste man sich schon etwas Plausibles einfallen lassen. Nix war's mit studentischer Freiheit und Lotterleben, zumindest nicht nachmittags zwischen halb vier und halb acht. Und dann kamen natürlich noch die Hausaufgaben. Oft saßen wir bis spätabends über den Büchern oder trafen uns zum Lernen und Diskutieren mit Freunden. Das war ein bunt gemischter Haufen, sehr international, ich erinnere mich an einige Amerikaner, aber auch einige Iraker und Iraner. Da damals gerade der erste Irak-Krieg wütete, gab es auch ein paar hitzige Diskussionen, aus denen ich mich aber immer tunlichst heraushielt.

Überhaupt war es nicht ungefährlich zu der Zeit in Madrid: Die ETA war ziemlich aktiv, und obwohl man unglaublich viel Polizei sah, konnte sie doch nicht überall sein. Eines Samstagabends hatten wir uns für 21 Uhr mit ein paar Leuten an der Plaza España verabredet und wollten von da aus gemeinsam in die Altstadt. Einige kamen zu spät, und so war es etwa halb zehn, als wir von dort aufbrachen. Zum Glück nicht später, denn kaum waren wir weg, flog unmittelbar dort, wo wir gestanden hatten, das Büro der Alitalia in die Luft. Es war natürlich großes Chaos daraufhin in der Innenstadt, der Platz und die Straßen ringsum wurden abgesperrt, zum Glück war zu der Zeit dort schon Feierabend, also kam niemand in dem Gebäude zu Schaden. Trotzdem war es kein sehr schönes Erlebnis. Wir hatten das Ganze aus der Ferne mitbekommen, dann unseren Zug durch die Altstadt zwar fortgesetzt, aber die richtige Partystimmung wollte an diesem Abend nicht aufkommen.

Ich war übrigens absolut brav und treu in dieser Zeit. Obwohl die Gelegenheiten zahlreich gewesen wären, nutzten weder Mareike noch ich sie irgendwie. Im Nachhinein kann ich mich eigentlich darüber ärgern, so eine nette unverbindliche kleine Affäre, das wär‘s doch gewesen. Aber nein. Ich hatte sowieso extrem viel Heimweh und habe mir dadurch den Aufenthalt schon ein bisschen selbst vermiest. Ich vermisste Richard sehr, und zählte insgeheim die Tage, bis ich wieder nach Hause durfte. Über meinem Bett hing sein altes Bundeswehrmaßband, davon schnitt ich jeden Tag einen Zentimeter ab. Der Rest müsste auch noch in irgendeiner Schublade liegen, ich kann doch nichts wegwerfen, bei mir wird alles aufgehoben, alles hat irgendeinen Erinnerungswert, eine tiefere Bedeutung.

Man kann sich das heute im Zeitalter von E-Mail, Handy und Co. gar nicht mehr vorstellen, was es bedeutete, sich ein paar Monate nicht zu sehen. Denn das hieß, wirklich so gut wie keinen Kontakt mit der Familie zu haben. Unsere Junior-Assistenten gehen auch regelmäßig für ein paar Monate ins Ausland und wickeln dort für uns oder eines unserer Partnerunternehmen Projekte ab, aber wir haben regelmäßige Videokonferenzen, ständig Mailkontakt, und so fällt es gar nicht groß auf, dass sie so weit weg sind. Auch die Trennung von Freundin und Familie wiegt heute weniger schwer, wenn man sich über Skype beim Telefonieren sehen kann.

Bei uns damals, mein Gott, wenn ich daran denke, wir haben mehr oder weniger fleißig Briefe geschrieben, die brauchten dann teilweise bis zu einer Woche, bis sie den anderen erreichten, und ein- bis zweimal pro Woche haben wir telefoniert. Mit dem Telefon, das war auch so eine Sache.

Die öffentlichen Telefonzellen waren unzuverlässig und man brauchte Unmengen von Kleingeld für ein Gespräch nach Deutschland. Außerdem standen immer Schlangen davor, man hatte auch nicht wirklich Zeit und Ruhe für so ein Telefonat, das Ereignis, auf das man sich die ganze Woche freute, dem man richtig entgegenfieberte. Bei uns in der Wohnung gab es zwei Telefone, eins stand im Schlafzimmer von Rafa und Macarena und war für uns völlig tabu, das war ein ganz normales Wähltelefon. Das andere war ein Kasten, der aussah, als sei er noch aus dem ersten Weltkrieg, riesengroß, er hing an der Wand in der Wohndiele, und man konnte von ihm aus nur mit ganz speziellen Telefonkarten, die man auf der Post kaufen musste, telefonieren. Das wiederum wollten Rafa und Macarena nicht. Also blieb als einzige Möglichkeit, dass uns unsere Lieben zu Hause anriefen. Das ging natürlich auch nicht immer, und so vereinbarten wir ganz feste Zeiten. Ich weiß noch, dass ich immer Sonntagsmittags dran war, um zwei Uhr riefen erst meine Eltern an und um Viertel nach zwei Richard. Oft aß er damals bei meinen Eltern, dann saßen sie alle zusammen neben dem Telefon. Um halb drei war dann Mareike dran, bei ihr war es ähnlich, genau wie bei Friedhelm, dem dritten im Bunde aus meinem Semester, der gleichzeitig mit uns in Madrid war.

Da der Telefonapparat mitten im belebtesten Teil der Wohnung hing und sich unsere spanischen Mitbewohner überhaupt nicht daran störten, aber auch keinerlei Rücksicht auf uns nahmen, waren wir immer froh, wenn sie zu unserer heiligen Telefonzeit alle Siesta hielten. Naja, diese kurzen Telefonate mussten dann wieder für eine ganze Woche reichen. Manchmal schaffte Richard es noch, einmal unter der Woche anzurufen, und meine Mutter, sie hatte ihre ganz spezielle Zeit immer mittwochvormittags, dann war die Wohnung auch meistens leer, und wir hatten ein paar Minuten ganz für uns.

Mein Vater drehte einmal ein ganz „dolles" Ding. Er ist absolut sprachbegabt, hat lange in Amerika gelebt und spricht amerikanisches Englisch wie seine Muttersprache. Einige Male schon hat man ihn irgendwo in der tiefsten Bronx angesiedelt, die Leute, mit denen er während seines USA-Aufenthaltes hauptsächlich Kontakt hatte, kamen wohl daher. Jedenfalls ist er problemlos in der Lage, sich in eine fremde Sprache hineinzufinden, und so war es auch mit Spanisch. Er hatte Mareike und mich mit unseren ganzen Koffern, Büchern und was man halt für ein halbes Jahr alles so braucht, im Auto nach Madrid gebracht und dann noch ein paar Tage Urlaub und Sightseeing drangehängt.

Und auf der Rückfahrt DAS amouröse Abenteuer seiner späten Jahre ausgeschlagen. Die Freundin eines anderen Kommilitonen musste nach den gemeinsam verbrachten Sommerferien zurück nach Deutschland und hatte kein Geld mehr für die Zugfahrt. Gutherzig, wie mein Vater ist, bot er natürlich an, sie im Wagen mitzunehmen. Als er dann mitten in Frankreich übernachten wollte, weil die Strecke ihm zu weit war, um in einem Rutsch durchzufahren, stellte sich heraus, dass die gute Britta wirklich keinerlei Geld mehr hatte, auch nicht für ein Hotelzimmer. Erst wollte sie im Auto schlafen, das ließ mein Vater aber nicht zu, und dann schlug sie vor, mit ihm das Zimmer zu teilen… Ich weiß nicht, ob er da moralische Bedenken bekommen hat, oder ob sie ihm schlicht und einfach nicht hübsch genug war, jedenfalls lehnte er dankend ab und bezahlte zwei Hotelzimmer. Das Geld hat er nie wiedergesehen, und zu allem Überfluss stellte er beim Kofferraumleeren in Deutschland fest, dass er auch noch als Schmuggler missbraucht worden war, Britta und ihr Freund hatten nämlich eine wertvolle Skulptur in Madrid gekauft, für die sie mit Sicherheit an der Grenze hätte Zoll bezahlen müssen.

Wie kam ich denn jetzt auf die Geschichte? Ach ja, mein Vater und sein Sprachtalent. Für ihn hatten die paar Tage Madrid schon ausgereicht, um sich ein paar respektable Brocken Spanisch anzueignen. Eines Nachmittags, wir müssen wohl frei gehabt haben, kamen Mareike und ich vom Einkaufen zurück und Macarena erzählte ganz aufgeregt, für mich hätte ein spanischer Herr angerufen, sich erkundigt, wo ich denn sei, und gesagt, er würde sich später noch einmal melden. Ich weiß nicht, was sie von mir dachte, wen ich denn da wohl kennen gelernt hätte, ich zermarterte mir erfolglos das Hirn, und musste lachen, als sich herausstellte, dass es mein Vater gewesen war, der Macarena austricksen konnte.

Ich sehe sie noch vor mir, diese typische Madrider Wohnung, mit den abgenutzten Möbeln, dem billigen Nippes, der überall herumstand, den Kanarienvögeln in der Badewanne, den beiden Pudeldamen Linda und Chula, die immer Fangen auf dem langen, mit Linoleum ausgelegten Gang spielten und dabei ins Schlittern kamen, den Geruch nach Olivenöl, dem billigsten natürlich. Kurz nachdem ich wieder zu Hause war, passierte in Spanien der Skandal mit dem von Motorenöl verunreinigten Speiseöl, dem viele wirtschaftlich schlechter gestellte Spanier zum Opfer gefallen waren. Ich machte mir damals ein paar Tage wirklich Sorgen um Macarena, es hätte durchaus sein können, dass sie dabei gewesen wären, aber zum Glück hatten sie da wohl den richtigen Riecher bewiesen.

Macarena war eine interessante Frau, eigentlich, sehr deutschfreundlich, obwohl sie schlechte Erfahrungen mit uns Deutschen gemacht hatte. Sie war damals schon recht alt, an die Siebzig, aber man konnte sehen, dass sie in ihrer Jugend bildschön gewesen war. Sie stammte auch nicht aus Madrid, sondern aus Andalusien, und war früher Flamencotänzerin. Sie sah genauso aus, wie man sich diese Damen vorstellt, prachtvolle schwarze Haare, dunkle Haut, blitzende dunkelbraune Augen und unglaublich temperamentvoll.

Kein Wunder, dass sich einmal ein smarter deutscher Lufthansapilot in sie verliebte, sie vom Fleck weg heiratete und mit nach Deutschland nahm. Dort bekam sie einen Jungen, und das war's dann mit der Herrlichkeit. Ihr Mann, Joachim hieß er, auch das fällt mir jetzt wieder ein, war viel unterwegs und sie auf Gedeih und Verderb seiner Familie ausgeliefert, die sie so gar nicht anerkannte. Ich denke, es war eine ähnlich „feine" Familie wie die Häusslers, mit einer ähnlich gearteten Matriarchin wie Großmama Häussler -komisch, niemand ist je auf die Idee gekommen, zu ihr Oma zu sagen. Jedenfalls war die Heirat eine absolute Mesalliance, Macarena war zwar schön, hatte aber kaum Bildung, sprach kein Deutsch und hatte es unsagbar schwer dort. Ein paar Jahre versuchte sie, mit der Familie klarzukommen, schon ihres Sohnes wegen, den sie abgöttisch liebte. Irgendwann hielt sie es nicht mehr aus und ging zurück nach Spanien. Dramatische Szenen müssen sich damals abgespielt haben, denn der Junge blieb in Deutschland zurück, und so, wie ich sie verstanden habe, hat sie ihn seitdem nie wiedergesehen. Er müsste damals ungefähr in Richards Alter gewesen sein, und ich habe sie so manches Mal dabei gesehen, wie sie gedankenverloren an meinem Schrank stand und Richards Foto anschaute.

Sie wurde dann irgendwann schuldig geschieden und bekam, so war das damals ja noch, keinerlei Unterhalt oder sonstige Unterstützung von ihrem Exmann. Rafa war ihr zweiter Mann, ein absolutes Ekel, fett und unästhetisch, ein typischer spanischer Macho, der sie schuften ließ und sich nie wirklich um sie kümmerte. Mit uns hatte er so gar nichts im Sinn, zum Glück, denn wir verabscheuten ihn zutiefst und gingen ihm aus dem Weg, wo wir nur konnten. Er hasste uns wohl auch, denn er gab sich nicht die geringste Mühe, so zu sprechen, dass wir ihn verstehen konnten, ja, wir hatten den Eindruck, dass er mit uns extra undeutlich sprach, wenn er denn mal das Wort an uns richtete, so dass wir immer wie die absoluten Deppen dastanden, die nichts begriffen, obwohl jeder von uns Studenten ihm intellektuell meterhoch überlegen war. Er verbrachte die meiste Zeit des Tages in seinem Sessel vor dem Fernseher, der ja in der Diele stand, auf dem Kühlschrank übrigens, und wenn Mareike und ich in unser Zimmer wollten, mussten wir über seine ausgestreckten Beine klettern. Meistens bekam er das gar nicht mit, das spanische TV-Programm muss ziemlich langweilig gewesen sein, jedenfalls schnarchte er oft so laut, dass man vom Ton sowieso nichts verstehen konnte.

Ziemlich zu Anfang unserer Madrider Zeit nahm er uns drei einmal mit zum Stierkampf. Besonders wir Mädels fanden Stierkampf grauenhaft, aber als weltoffene Jungakademiker waren wir der Ansicht, dass wir wenigstens einmal einen live miterlebt haben müssten, um wirklich mitreden zu können. Ich kann mich noch erinnern, als wäre es gestern gewesen, es war ein glühend heißer Sonntagnachmittag, wir quetschten uns zu fünft in seinen roten Fiat Panda und er schaukelte uns eine gefühlte Ewigkeit lang durch Madrid, bis wir die Stierkampfarena, Ventas, erreichten. Dort gab es nur Karten für die billigsten Plätze, ganz weit oben, in der prallen Sonne. Und wir drei Deutschen glaubten wir seien im falschen Film. Es waren fünf oder sechs Stiere, die an diesem Nachmittag ihr Leben lassen mussten, das Publikum ging frenetisch mit, bejubelte die Toreros oder buhte sie aus, wir verstanden nie, warum sie das eine oder andere taten. Auch die sonst so liebe Macarena erwies sich als begeisterter Fan dieses grausamen Spektakels, und brüllte und johlte, wie ich sie sonst nie erlebt habe. Auf der Rückfahrt waren wir sehr still. Diskutieren hätte keinen Sinn gehabt, es waren halt zwei unterschiedliche Welten, unsere und ihre, und für sie war der Tod dieser armen edlen Geschöpfe völlig normal. Dafür waren sie da, für sonst gar nichts.

Ich war eine ganze Zeitlang noch aus einem anderen Grund ziemlich unglücklich während dieser Zeit. Etwa zwei Monate, nachdem ich in Madrid angekommen war, begann Richard, sich zu verändern, so war jedenfalls mein Eindruck. Er rief oft vom Apparat meiner Eltern aus an. Am Telefon war er normal, auch sehr lieb, soweit er das halt in Anwesenheit meiner Eltern sein konnte, aber seine Briefe, die anfangs noch alle zwei bis drei Tage bei mir ankamen, wurden seltener und blieben schließlich ganz aus. Auf Nachfragen meinerseits entschuldigte er sich mit der vielen Arbeit, um die Wohnung müsse er sich ja auch kümmern, und schließlich würde er ja regelmäßig anrufen. Währenddessen bekam Mareike stapelweise Post von ihrem Carsten. Und auch Friedhelms damalige Freundin Simone schrieb oft. Wobei die beiden sich später kurz nach Friedhelms Rückkehr trennten, Simone hatte in den einsamen Monaten zuhause wohl jemanden kennen gelernt. Und das vermutete ich bei Richard auch.

Ich war deshalb oft ziemlich deprimiert. Da hockte ich zweitausend Kilometer von zu Hause entfernt, und musste machtlos zusehen, wie meine Beziehung den Bach runterging. So manches Mal überlegte ich, einfach den nächsten Zug zu nehmen und nach Hause zu fahren, um zu sehen, ob etwas dran war an meinen Befürchtungen. Warum ich es nie tat, weiß ich bis heute nicht. Auch nicht, ob da jemand war, der mich quasi vertrat.

Irgendwann im Oktober erzählte Richard am Telefon von einem Arbeitskollegen, dessen Freundin als Au-Pair-Mädchen in Madrid war. Er wollte sie im November besuchen und bei der Gelegenheit auch mich mal kennen lernen. Außerdem waren die beiden auf die Idee gekommen, dass ich den Kollegen vom Bahnhof abholen sollte, weil seine Freundin zu der Zeit, als der Zug ankommen sollte, noch arbeiten müsste. Ich sollte Rolf, so hieß der Typ, vom Zug abholen und in den richtigen Bus zur Adresse seiner Freundin verfrachten. Oder vielleicht auch mit ihm mitfahren und ihm ein bisschen was von der Stadt zeigen. Ich sagte natürlich „Ja“, vor allem, weil ich irgendwie hoffte, dieser Rolf würde einen Riesenpacken Briefe von Richard mitbringen und meine Zweifel würden sich als harmlos herausstellen. Für mich selbst hatte ich sogar beschlossen, wenn keine Briefe kämen, dann würde ich Schluss machen mit Richard. Als wenn ich das jemals getan hätte…

An den Tag, als Rolf ankommen sollte, kann ich mich noch genau erinnern. Das Wetter war herrlich, sonnig und auch noch ganz schön warm für Mitte November. Der Zug sollte gegen vier Uhr nachmittags kommen, es war ein Donnerstag, und ich hatte mich in der Uni schon entschuldigt. Vormittags war ich mit Mareike und Friedhelm im Museo Sorolla, das einem bekannten Maler des frühen 20. Jahrhunderts gewidmet ist. Ich habe nicht allzu viel Kunstverständnis, damals genauso wie heute, und bin mehr oder weniger nur mitgegangen, um die Zeit herumzubringen, aber an die Bilder kann ich mich gut erinnern, es waren zeitgenössische Motive. Damen der besseren Gesellschaft in wunderschönen Kleidern, die am Strand lustwandelten, Bilder, die von einem lang vergangenen Idyll erzählten.

Nachmittags fuhren Mareike und Friedhelm in die Uni und ich zum Bahnhof. Der Madrider Hauptbahnhof liegt ganz in der Nähe der Stierkampfarena, also war es ein ganzes Stück mit der U-Bahn. Ich war aber rechtzeitig da und stand wie verabredet am Infostand in der Eingangshalle. In meinem roten Sweat-Shirt mit dem offiziellen Uni-Aufdruck, „Universidad Complutense de Madrid“, das war das Erkennungszeichen für Rolf, so war es ausgemacht. Ein Passbild hatte ich auch extra noch gemacht und nach Deutschland geschickt, damit der Typ mich nur ja erkannte.

Und wartete und wartete, dass irgendjemand Fremdes, Männliches auf mich zukommen würde. Das passierte aber nicht, sondern… Es war Richard, der plötzlich vor mir stand, sein breitestes Grinsen im Gesicht, im Schlepptau zwei Leute, die ich nicht kannte, eben jenen Rolf und seine Freundin, Gabi, die natürlich schon frei hatte und sich königlich über mich amüsiert hatte, wie ich da oben rumlief und wartete. Ich war völlig perplex, das Gehirn funktionierte überhaupt nicht mehr, ich redete nur Blödsinn und dachte allen Ernstes einen Augenblick lang: „Jetzt hat Richard den Rolf hierhergebracht und fährt gleich mit dem Zug wieder zurück nach Deutschland."

Aber das war der Plan gewesen, Richard hatte in der kurzen Zeit in der neuen Firma schon so viele Überstunden angehäuft, dass er sich, obwohl er gerade erst angefangen hatte, eine Woche Urlaub verdient hatte, Rolf wollte sowieso nach Madrid zu seiner Freundin, und so taten die beiden sich zusammen und kamen mit dem Zug, eine ziemlich abenteuerliche jeweils zweitägige Reise. Heute lacht man über so etwas und kommt mit dem Flieger für 50 Euro.

Richard hatte für uns ein schönes Hotel gebucht und entführte mich kurzerhand für ein langes Wochenende, von Donnerstag bis Dienstag, aus meinem Uni-Alltag und meinem Zimmer bei Macarena. Es waren traumhafte Tage, voller Glück. Liebe, Harmonie, wir unternahmen sehr viel, waren aber oft auch einfach nur allein auf unserem Zimmer.

Mareike freute sich für mich, sicher, aber sie war ganz bestimmt auch traurig und einsam, in diesen Nächten allein in unserem Zimmer, denn auf so eine Idee kam ihr Carsten nicht. Macarena strahlte wie ein Honigkuchenpferd, als wir sie an jenem ersten Abend besuchten, um für mich ein paar Sachen zusammenzupacken. Sie erkannte Richard natürlich sofort von dem Foto auf meinem Regal, und fand es einfach nur ganz toll. Wie auch ich mich über die gelungene Überraschung freute.

Ja, für Überraschungen ist Richard immer gut. Für positive und negative...

Bumms, da bin ich wieder in der Gegenwart. Vor dem Brotkasten, mit einem tauben Gefühl in den Beinen und eingeschlafenen Armen. Und allein.

Ein paar Jahre später fuhren wir noch einmal für ein paar Tage nach Madrid. Es war Ende April, Richard hatte gerade ein Projekt beendet und bis zum Beginn des nächsten ein paar Tage Pause, und wir fuhren wieder mit dem Zug, die gleiche Strecke, die Richard und Rolf damals genommen hatten. Allerdings machten wir zwei Tage Zwischenstopp in Paris, mieteten uns in einem günstigen Hotel in der Innenstadt ein, wo wir ein Zimmer bekamen, das wohl früher mal zu einem Ladenlokal gehört hatte, jedenfalls stand unser Bett quasi im Schaufenster, und wir wussten nie, ob die Leute, die draußen vorbeigingen, uns nun sahen - und hörten - oder nicht…

Ich kann mich an einen wunderschönen lauen Frühlingsabend in Paris erinnern, wir saßen auf den Stufen von Montmartre, schauten auf die Stadt hinunter, zusammen mit Hunderten anderer junger Leute, genau wie wir, und hatten das Leben noch vor uns. Zumindest den Großteil davon. Alles war leicht, man machte sich nicht wirklich Sorgen. Wir hatten uns, waren gesund, Arbeit hatten wir auch, ich an der Uni, und Richard hatte ja schon eine gutbezahlte Stelle mit gewaltigen Aufstiegschancen, also warum sollten wir uns über irgendetwas Sorgen machen?

Diese Stimmung ist mir am lebhaftesten in Erinnerung geblieben, an diesen Paris-Madrid-Trip damals. In Madrid besuchten wir die ganzen Plätze und Stellen, an denen ich während meiner Studienzeit gewesen war, gingen noch mal in die Uni, und versuchten, all die Kneipen wiederzufinden, in denen ich so viele Abende verbracht hatte.

An einem Tag mieteten wir uns ein Auto und fuhren raus aus der Stadt, schauten uns El Escorial an, das alte Kloster, und fuhren dann weiter zum Valle de los Caidos, wo Franco beerdigt ist und man ihm ein riesenhaftes Denkmal auf den Berg gestellt hatte. Es ist ein großes Waldgebiet um diesen Berg herum, natürlich sind immer viele Touristen da, und da überkam es uns irgendwie, jedenfalls suchten wir uns ein Plätzchen da im Wald, mit Blick auf das Denkmal, und hatten wunderbaren , wie sagt man heute neudeutsch, „Outdoor-

Sex". Wenn uns da die Guardia Civil erwischt hätte, ich vermute, heute wären wir gerade so mal wieder aus dem Gefängnis heraus. „Entweihung eines Nationaldenkmals und Erregung öffentlichen Ärgernisses" hätte die Anklage geheißen, obwohl uns ganz sicher niemand gesehen hatte, und wenn, dann hatte er auch seinen Spaß, aber da wäre einiges an Strafe zusammengekommen.

Noch aus einem anderen Grund ist mir speziell dieser Tag in besonderer Erinnerung geblieben. Abends wieder in der Stadt angekommen, gaben wir den Wagen zurück und gingen zum Essen ins La Barraca, einem Insider-Lokal mitten im Rotlichtviertel von Madrid. Hätte man es nicht gekannt, wäre man nie auf die Idee gekommen, dass sich in dieser Schmuddelgegend ein so tolles Restaurant versteckt. Mareike, Friedhelm und ich hatten diesen Tipp damals von einem Freund bekommen, einem Madrilenen und uns anlässlich des 25-Tage-Festes ein für seinerzeitige Verhältnisse sündhaft teures Abendessen dort geleistet. 25-Tage-Fest, das bedeutete, nur noch 25 Tage bis zur Heimfahrt…

Dort jedenfalls gingen Richard und ich nach diesem herrlichen, sonnendurchglühten Tag hin und hatten erst mal richtig Durst. Damals waren wir noch nicht so kultiviert, dass wir zum Wein gleichzeitig immer Wasser bestellten, wir tranken eh meist Cola oder Bier, und leisteten uns halt, weil es zum feinen Lokal dazu gehörte, einen schönen Vino Tinto, „Sangre de Toros" hieß der, Stierblut. Und tranken den so wie sonst Cola. Dazu noch eine Suppe mit Sherry, jedenfalls waren wir schon vor dem Hauptgang ganz schön angeschickert. Als wir schließlich wieder auf der Straße standen, ging es Richard wesentlich schlechter als mir, klar, er hatte viel mehr getrunken und war Alkohol überhaupt nicht gewöhnt. Er war so richtig schön beschwipst und lustig, ich glaube, so habe ich ihn niemals vorher oder nachher wieder erlebt.

Jedenfalls war an eine U-Bahn-Fahrt zurück zum Hotel mit dreimaligem Umsteigen in seinem Zustand überhaupt nicht zu denken. Ich rief uns also ein Taxi und betete, dass er die Fahrt heil überstehen würde, denn madrilenische Taxifahrer verstehen bei angetrunkenen Passagieren so gar keinen Spaß.

Im Hotel ging ich an die Rezeption, unseren Schlüssel holen, und Richard sollte schon mal den Knopf für den Aufzug drücken. Als ich mit dem Schlüssel bei den Aufzügen ankam, das Hotel hatte drei davon, war kein Richard zu sehen. Er war wohl einfach eingestiegen. Ich fuhr also allein in den 6. Stock und ging zu unserer Tür, auch kein Richard. Er kam dann ein paar Minuten später angetorkelt und meinte nur, da seien Leute gewesen und die hätten nicht warten wollen und so sei er halt mitgefahren, hätte aber irgendwie nicht geschafft, in unserem Stockwerk auszusteigen und sei immer wieder rauf- und runtergefahren. Bis er dann doch irgendwann die richtige Etage erwischt hatte.

Er fiel dann so wie er war aufs Bett und ich ließ ihn schlafen. Aber ich kann mich nicht erinnern, dass er am nächsten Tag einen dicken Kater gehabt hätte. Es war wohl ein sehr guter Wein, dieses Stierblut.

Es war spät am Samstagabend darauf, als wir nach langer Bahnfahrt und zigmal Umsteigen wieder in Leverkusen am Bahnhof ankamen. Die Straßen waren leer, es lief der European Song Contest, und Nicole sang ihren Siegertitel „Ein bisschen Frieden“. Und die Welt war in Ordnung…

Mein Handy klingelt. Mit der „normalen“ Melodie, „Dallas“, so dass ich nicht weiß, wer anruft. Wenn Richard anruft, egal, ob über sein Handy oder seine Durchwahl im Büro, ist es „I just called to say I love you“… Das Gleiche, wenn ich ihn anrufe. Ich werde das ganz sicher nicht ändern, vorläufig jedenfalls nicht.

Also es kann nicht Richard sein. Nein, logisch, „Betty und Georg“ steht im Display. Ich bin unmöglich. Mal wieder. Ich schiebe Entscheidungen solange hinaus, bis ich zu einer Reaktion gezwungen werde. Und schnell reagieren muss. So wie jetzt. Aber erst mal lass ich es klingeln. Ich werde in ein paar Minuten zurückrufen, wenn ich mir endgültig überlegt habe, was ich sagen will.

Vor ein paar Jahren las ich ein Buch über Telefonmarketing. Viel weiß ich nicht mehr vom Inhalt, aber eins blieb mir im Gedächtnis: Wenn wichtige Telefonate anstehen, sollte man selber anrufen, nicht warten, bis man angerufen wird. Denn während sich der Anrufer mental auf das Gespräch, seine Argumente, Ziele, Absichten, vorbereiten kann, wird man selbst meist auf dem falschen Fuß erwischt, macht gerade etwas völlig anderes und ist automatisch in einer schlechteren Position. Ruft man aber selber an, riskiert man zwar, dass der Andere gerade keine Zeit hat, aber man hat seine Unterlagen parat, sich vielleicht vorab ein paar Notizen gemacht und ist auf jeden Fall vorbereitet auf die Situation. Ist es für den anderen wirklich gerade ungünstig, kann man immer noch eine für beide geeignete Zeit verabreden und ist dann schlechtestenfalls in einer Patt-Situation.

So wichtig ist das Telefonat nun auch nicht, es geht nicht um weitreichende geschäftliche Entscheidungen. Aber vielleicht sind die beiden die Ersten von einer Unmenge von Leuten, Freunden und Bekannten, die ich über die Trennung informieren muss. Irgendwann werde ich dann automatisch mein Sprüchlein herunterbeten, aber jetzt ist es erst mal Premiere. Und ganz sicher keine angenehme.

Ich kann es mir natürlich einfach machen. Richard musste überraschend auf Geschäftsreise, am besten ins Ausland, da läuft ein Projekt, mit dem einer unserer Partner betraut ist, nicht so wie es sollte und Richard ist gebeten worden, vor Ort einzugreifen. Er hat sich schon einige Male als Troubleshooter bewährt in den letzten Jahren, von daher ist es eine plausible Geschichte. Und macht ganz sicher mehr Sinn, als jetzt schon, heute, etwas von Trennung zu erzählen. Wo er doch vielleicht heute Abend schon wieder zu Hause ist. Oder morgen. Oder…

Okay, das mache ich. Am Telefon schwindeln kann ich gut, habe ich mir in den vielen Jahren der Selbständigkeit an Richards Seite angeeignet. Ich will den Leuten ja gar nichts Böses, aber ganz oft ist eine Notlüge oder ein gewisses Anpassen der Wahrheit viel, viel sinnvoller, als dem Kunden beispielsweise schonungslos zu sagen, dass ein anderer Kunde mit einem lukrativeren Auftrag gewunken hat und Richard diesen angenommen hat, zumal dieser andere Kunde auch noch pünktlich zahlt, im Gegensatz zu demjenigen, den ich gerade an der Strippe habe, wo Richard eigentlich hätte heute hinfahren sollen.

Wobei der Hinweis auf die Zahlungsmoral natürlich noch ein ganz gutes Argument wäre. Bringt aber nicht allzu viel außer zusätzlichem Ärger, wie ich aus Erfahrung weiß. Der versetzte Kunde ist noch mehr angefressen, als er sowieso schon ist, und fühlt sich zudem persönlich angegriffen. Also erfinde ich wieder mal entweder den Stau durch Autobahnsperrung, die Reifenpanne, den plötzlichen Anfall von Zahnschmerzen oder was immer mir sonst noch so einfällt. Natürlich gibt es Kunden, die geradezu prädestiniert sind, hingehalten zu werden, genauso wie die Kunden, bei denen immer alles schiefgeht. Bei denen muss ich dann aufpassen, dass ich den Überblick über die schon gebrauchten Ausreden behalte. Wir haben auch einen Kunden, der immer genau dann anruft und ein Riesenproblem hat, wenn wir gerade fünf Minuten vorher davon gesprochen haben, wie ruhig doch alles bei ihm zurzeit läuft. Deshalb nennen wir nie mehr den Namen dieses Kunden, sondern es ist, in Anlehnung an Harry Potters Feind Lord Voldemort, „der Kunde, dessen Namen man nicht nennen darf".

Also, ich mach das jetzt und versuche, möglichst normal zu klingen. Was mir anscheinend auch gelingt. Ich erzähle Betty, dass Richard schon seit gestern in England ist und wohl nicht vor Mitte der Woche zurückkommt. Das hat sich aber alles erst heute Morgen so ergeben, als er gestern losflog, dachte er noch, er kommt heute Mittag zurück. Und gestern Abend bin ich früh ins Bett gegangen, habe vorgeschlafen, weil wir ja heute Abend lange weg sein wollten.

„Nein, allein mitgehen möchte ich dann doch nicht. Ich werde endlich mal meinen Kleiderschrank ausmisten und den Riesenstapel

Wäsche wegbügeln und mir einen weiteren ruhigen Abend machen. - Ja, wir können unser Treffen gern nachholen. - Nein, nächsten Samstag geht bei uns nicht, dann den Samstag bei euch nicht, aber in drei Wochen. Wollen wir das gleich festhalten? - Prima, dann wünsch ich euch ein schönes Wochenende und bis dann.“

Na also, Andrea. War doch gar nicht so schwer. Und hat dir Zeit verschafft, zumindest bei diesen beiden. Und was in drei Wochen ist, da fließt noch so viel Wasser den Rhein runter, ganz sicher ist dann schon lange wieder alles in Ordnung und dieses grauenhafte Wochenende ohne Richard nur noch eine böse Erinnerung.

Ich spüre, dass mich jemand anschaut. Fräulein Meier steht neben mir und fixiert mich mit ihren ruhigen, schon ein bisschen trüb vom Alter gewordenen Augen. Sie hat ein untrügliches Gespür für meine Stimmungen, vor allem merkt sie immer genau, wenn es mir nicht gut geht. Und dann ist sie da. Auf ihre stille Art, legt mir ihren Kopf auf die Knie, wackelt mit dem Schwanz, und schaut mich einfach nur an. Dann muss ich sie einfach drücken und knuddeln, und meistens fängt sie dann an zu brummen, dieses einzigartige Geräusch, das ich bis jetzt noch bei keinem anderen Hund kennen gelernt habe, wie das Schnurren einer Katze, voller Wohlbehagen, Zufriedenheit, Geborgenheit.

Früher ist sie dann immer an mir hochgesprungen, hat mir die Vorderpfoten um den Hals gelegt und mich regelrecht umarmt. Heute geht das nicht mehr so wirklich, nur manchmal macht sie es noch und dann weiß ich, es geht ihr richtig gut in dem Moment.

Wie viel Zeit wird ihr wohl noch beschieden sein? Mit ihren 13 oder 14 Jahren hat sie für einen Jagdhund schon ein ganz ansehnliches Alter erreicht. Und eigentlich ist sie auch noch topfit, bis auf die immer schwächer werdende Hinterhand. Manchmal knicken ihr die Hinterbeine einfach weg und sie fällt um, bis jetzt konnte sie immer wieder irgendwie allein aufstehen, aber wer weiß wie lange noch. Deshalb gehen wir ja seit einigen Wochen immer samstags zum

Therapieschwimmen, zur Kräftigung der Muskulatur, und um das Unvermeidliche vielleicht ein paar Monate hinauszuschieben. Bis jetzt meine ich, es bekommt ihr ganz gut. Beim ersten Mal hatte sie schon ein bisschen Panik, aber die Hundephysiotherapeutin macht das ganz toll, mit viel Ruhe und Geduld, und so hat sich das alte Fräulein dann auch schnell entspannt, und mittlerweile freut sie sich auf ihre Schwimmstunde.

Da müssen wir ja auch gleich hin. Ein paar Mal ist Richard mitgekommen, vor allem anfangs, als wir noch nicht wussten, ob sie brav ins Wasser gehen würde, und wie sie es verkraften würde. Die letzten Male hat er es sich dann aber geschenkt, hat in der Zwischenzeit eine ruhige Stunde vor dem Computer oder mit seiner Zeitung verbracht.

Wie soll das denn überhaupt werden, mit Fräulein Meier, wenn Richard wirklich nicht mehr zurückkommt? Wir haben diese Situation bis jetzt zweimal erlebt, dass wir uns von einem Hund verabschieden mussten, und beide Male haben wir die Entscheidung gemeinsam getroffen, und danach auch gemeinsam getrauert.

Wobei Richard in dieser Beziehung absoluter Realist ist und wenn man ihn nicht kennt und nichts von dem weichen Kern unter der manchmal sehr burschikosen und sachlichen Schale ahnt, könnte man meinen, die Tiere würden ihm nichts oder nicht viel bedeuten und seien für ihn austauschbar. Aber er hat da schon eine gesunde Einstellung, er sagt ganz klar, wenn wir uns ein Tier anschaffen, gehen wir davon aus, dass dieses Tier einige Jahre mit uns verbringt und irgendwann nicht mehr da ist. Dass wir es, so sollte es jedenfalls sein, überleben. Und wir haben ihm ein wunderschönes, erfülltes Leben geboten, es hat ihm an nichts gefehlt, und wenn dieses Leben dann irgendwann zu Ende ist, muss man das akzeptieren. Und sich beeilen, dem nächsten Tier ein ebenso schönes Leben zu bieten. Das heißt nicht, dass nicht jedes unserer Tiere auf seine Art einzigartig war und unvergessen ist, aber man muss sie auch gehen lassen können.

Natürlich teile ich diese Ansicht, aber es geht mir trotzdem immer furchtbar an die Nieren und es fällt mir nicht so leicht wie Richard, danach gleich zur Tagesordnung überzugehen. Ich bin aber auch nicht wie viele meiner Freundinnen, die monatelang trauern und sich nicht vorstellen können, sich je wieder einen Hund oder eine Katze oder was es auch immer war, anzuschaffen. Seit wir den ersten Hund bekamen, habe ich den Napf nie mehr weggeräumt, wenn einer gegangen war, kam spätestens nach zehn Tagen ein neuer. Und bis auf Herrn Schröder, der vom Pferdehof einer Bekannten stammt, sind sie alle zugelaufen oder aus dem Tierheim. Halt solch arme Socken, die sonst keiner haben wollte.

Unsere allererste Hündin bekamen wir völlig unvorbereitet. Richard und ich lebten damals in einer winzig kleinen Wohnung auf genau 31,7 Quadratmetern. Ich studierte noch, Richard hatte gerade seinen ersten Job angefangen und befand sich auf einem Lehrgang in Bayern.

Es war zwei Tage nach Ostern, ich hatte Semesterferien und gerade meine Großmutter zum Arzt gefahren. Auf dem Heimweg in unsere kleine Wohnung fuhr ich über eine Landstraße und plötzlich stand dieses kleine braune Geschöpf mitten auf der Fahrbahn. Ich fuhr langsam, es war eine enge und kurvige Straße, und hatte deshalb kein Problem, schnell zu bremsen. Was mich dazu bewegte, stehen zu bleiben und auszusteigen, ich weiß es nicht. Schicksal, sollte man es wohl nennen, denn tatsächlich kam der kleine Hund auf mein Locken zu mir. Noch besser, er zögerte nicht lange und stieg einfach in mein Auto ein! Er rollte sich auf dem Beifahrersitz zusammen und fing sofort an, gottserbärmlich zu jaulen, fast wie ein menschliches Weinen klang das. Ich wusste erst überhaupt nicht, was ich tun sollte, nur, dass ich ihn da nicht einfach rauswerfen würde, zurück auf die Straße, das wusste ich sofort. Also fuhr ich erst mal im Schneckentempo die paar hundert Meter ins nächste Dorf weiter und hielt dort am größten Bauernhof, den ich sehen konnte, gleich an der Durchgangsstraße. Dort vermisste man keinen Hund, auch keinen Welpen, denn das hatte ich mittlerweile auch gesehen, dass das kleine Tierchen höchstens ein paar Monate alt war. Und aufnehmen wollte man es schon gar nicht. Ob ich sie, es war eine kleine Hündin, denn nicht mitnehmen könnte? Beim Tierheim abgeben könnte ich sie ja immer noch.

Was blieb mir also anderes übrig, außerdem fand ich die Kleine schon absolut bezaubernd, sie hatte sich mittlerweile aufrecht hingesetzt, auf den Beifahrersitz, und musterte ganz aufmerksam ihre Umgebung. Wo aber sollte ich hin mit ihr? Ich hatte zwar jetzt Ferien, war aber normalerweise den ganzen Tag in der Uni, meine Mutter war nicht gesund, ihr konnte ich ganz sicher keinen Welpen aufs Auge drücken. Blieb also mein Vater. Er hatte eine Datenerfassungsfirma in einem der Vororte Leverkusens und beschäftigte etwa 30 Damen als Datentypistinnen, Locherinnen durfte man damals schon nicht mehr sagen, das klang irgendwie anrüchig. Obwohl man dann die Arbeiten auf Locherin und Prüferin aufteilte. Die Locherin erfasste die vom Kunden bereitgestellten Daten auf Lochkarten und die Prüferin tat genau das Gleiche danach noch einmal, und wenn ihre Eingabe von der der Locherin abwich, war irgendwo ein Fehler. Dann hieß es doch „Locherin".

Dort also fuhr ich hin, die kleine Dame stolz neben mir thronend. Vor dem großen Bürogebäude fand ich gleich einen Parkplatz, aber was dann? Ich hatte Sorge, dass die Kleine mir sofort weglaufen würde, wenn ich die Autotür aufmachte, ich hatte ja noch keine Leine oder ähnliches.

Meine Rettung war die Hupe. Ich hupte so lange, bis oben die ersten Damengesichter am Fenster erschienen, und kurz darauf auch mein Vater an seinem Bürofenster auftauchte. Ob ich noch alle Tassen im Schrank hätte, warum ich nicht einfach raufkäme, schrie er zu mir hinunter. Ich rief ihm zu, er solle doch bitte runterkommen, was er dann zum Glück auch tat, und nicht schlecht staunte über meine neue Beifahrerin. Mit seiner Hilfe nahm ich die Kleine dann auf den Arm und trug sie die Treppen hinauf in den 2. Stock. Im großen Lochsaal ließ ich sie auf den Boden, sie schaute sich ganz groß um und, nein, sie hat nicht gepinkelt, war wohl viel zu aufgeregt dazu. Da unten war sie dann nicht lange allein, binnen zwei Minuten hockten wenigstens fünf Damen neben ihr und konnten sich vor Begeisterung gar nicht einkriegen. Und sie hätte doch sicher Hunger, oder? Schon erschien das erste Leberwurstbrot aus der Tupperdose und verschwand in dem kleinen Hundebauch, weitere folgten. Irgendwann hatte die Kleine dann genug und kam tatsächlich zu mir gelaufen. Ich nahm sie auf den Arm und behielt sie dann erst mal dort. Währenddessen hatte mein Vater bei der Polizei angerufen und die Sache geschildert, dort verwies man ihn ans Tierheim. Dort wiederum hieß es, sicher könnten wir den Hund jederzeit bringen, vermisst sei keiner gemeldet, auf den die Beschreibung zuträfe, aber am schönsten wäre es doch, wenn wir den Hund behalten könnten.

Ich wollte mir das überlegen, ein Hund war bisher in meiner Lebensplanung noch nicht aufgetaucht, da war ja doch das eine oder andere zu organisieren. Gut, meinte die Dame vom Tierheim, ließ sich unsere Personalien geben und wies darauf hin, dass wir, sollte sich der rechtmäßige Besitzer binnen zwei Wochen von diesem Tag an melden, den Hund herausgeben müssten. Naja, das würde man dann sehen, fürs Erste beschloss ich, es einmal zu versuchen, als Hundefrauchen.

Klar, dass es für mich schon nach wenigen Tagen feststand, dass ich die Kleine, Disky habe ich sie genannt, um keinen Preis wieder hergeben würde. Erst einmal haben mein Vater und ich dann mittags meine Mutter überzeugt. Sie schmolz genauso dahin wie die Damen im Lochsaal, bot der Kleinen auch gleich etwas zu essen an „Möchtest du vielleicht etwas essen?“ Und hätte sich vermutlich noch nicht einmal gewundert, wenn Disky genauso höflich geantwortet hätte. Das Einzige, worauf meine Mutter Wert legte, war, dass nicht die ganze Arbeit an ihr hängenbleiben durfte, wenn ich dann wieder in der Uni und in unserer kleinen Wohnung war. Das versprachen wir ihr, das Arrangement, das dann solange Disky lebte, Bestand hatte, wurde vereinbart, nämlich, dass ich sie morgens vor der Uni bei Vater in der Firma abliefern und dort bis zum Abend lassen konnte.

In den letzten Tagen vor Ablauf der Zweiwochenfrist trauten wir uns kaum noch ans Telefon oder mit ihr auf die Straße, aus Angst, der rechtmäßige Besitzer würde sich doch noch melden. Meiner Mutter blieb einmal fast das Herz stehen, sie war mit der Kleinen in ihrer Wohngegend unterwegs, als plötzlich ein Wagen neben ihr hielt, zwei junge Leute heraussprangen und auf sie zustürmten: „Der sieht ja genauso aus wie unser Wuschel, das gibt's ja gar nicht!“ Mama war zum Glück so geistesgegenwärtig, zu fragen, wo denn der Wuschel gerade sei. „Na zu Hause natürlich, wo denn sonst?“

Richard wusste zu diesem Zeitpunkt noch gar nichts von dem Familienzuwachs, er saß in Ulm in der zweitägigen Abschlussprüfung seines Lehrganges, es war eine äußerst wichtige Fortbildung, er hatte viel gelernt in den letzten Wochen, sich intensiv vorbereitet, und ich zweifelte nicht daran, dass er mit guten Noten bestehen würde. Die letzte Prüfung sollte gegen Mittag zu Ende sein, danach wollte er sofort zurückkommen, wir hatten uns ja auch schon fast zwei Wochen nicht gesehen. Und wollten abends dann schön essen und ein bisschen feiern gehen.

Das war der Plan. Doch nun hatten wir ja unerwarteten Nachwuchs bekommen. Wie würde er reagieren? Sein Verhältnis zu Hunden war mehr als zwiespältig, er hatte mehrere negative Erinnerungen an sie, einmal gab es da das Erlebnis von Großmama Häussler mit dem Pekinesen, zum anderen wurde er einmal bei einem Waldspaziergang unvermittelt und heftig von einem Schäferhund attackiert. Deshalb hatte ich schon ein bisschen Muffensausen bei dem Gedanken, was er wohl sagen würde.

Und das entwickelte dann eine ganz ordentliche Portion Dramatik. Ich hatte eingekauft, Hundefutter, Napf, Leine, Kissen, was man alles so braucht für einen Welpen und stand gerade mit meinen ganzen Tüten und Paketen beladen und Disky an der Leine bei uns vor der

Haustür, als Richard vorfuhr und den Wagen einparkte. Es war die Hauptdurchgangsstraße in dem kleinen Ort, in dem wir damals lebten, und schon ein Wunder, dass er ausgerechnet heute einen Parkplatz direkt vor der Haustür bekam. Ich hatte noch gar nicht so früh mit ihm gerechnet, konnte es ja auch gar nicht wissen, denn Handys gab es noch lange lange nicht.

Nie werde ich Richards Blick vergessen, als er mich sah, erst in mein Gesicht schaute, und dann seine Augen langsam an meinem Arm herunterwanderten zur Hand und dem, was ich in der Hand hielt. Und was da dranhing, am anderen Ende der Leine. Er stieg aus. „Was ist das?“ - „Ein Hund.“ - „Das sehe ich. Was ist das für ein Hund?“ Und er schwört Stein und Bein, meine Antwort darauf sei gewesen: „Das ist unser Hund und der wohnt jetzt hier.“ Ich kann mir bis heute nicht vorstellen, dass ich das so gesagt haben soll, aber okay, sei‘s drum.

Die Kleine benahm sich übrigens mustergültig, da unten auf der Straße. Sehr schüchtern musste sie gleich gemerkt haben, der Mensch da ist wichtig, den musst du für dich gewinnen, der kann noch über dein Bleiben oder Gehen entscheiden. Es war ja schließlich seine Wohnung. „Gehen wir erst mal rauf, dann sehen wir weiter.“ Oben angekommen forderte die Natur doch ihren Tribut und Disky hockte sich in eine Ecke im Wohnzimmer. Ich dachte: „Oh Gott, das fängt ja gut an.“ Und gab Richard erst mal seinen Begrüßungskuss und gratulierte ihm zur bestandenen Prüfung. Die war aber irgendwie ganz nebensächlich geworden, das Erste was Richard, ich hätte ihn dafür knuddeln können und hab es dann auch getan, später, tat, war, den Mietvertrag herauszusuchen, ob wir denn überhaupt einen Hund halten dürften. Wir durften, vorausgesetzt, alle anderen Mieter waren einverstanden.

Wie konnten sie nicht einverstanden sein? Disky hatte so viel Charme und konnte sich dermaßen drollig in Szene setzen, dass die anderen drei Mietparteien genauso dahinschmolzen wie unsere Lochsaaldamen und meine Familie. Und so sind wir, ohne es überhaupt zu wollen, gehörig auf den Hund gekommen.

Disky machte alles mit: Urlaube, Umzüge, unsere Hochzeit samt Polterabend, sie war ein lieber, unkomplizierter kleiner Hund, immer gesund, außer sie trat sich beim Toben eine Scherbe in den Fuß oder ließ sich von einer Wespe ins Schnäuzchen stechen, worauf sie eine Weile aussah wie ein Preisboxer, so angeschwollen war ihr kleines sonst sehr schmales Gesichtchen. Als sie mit leider nur etwa acht Jahren nach einer misslungenen Sterilisationsoperation starb, waren wir alle untröstlich. Mein Vater, der mittlerweile mit seiner Lebensgefährtin zusammenlebte, war sogar richtig hysterisch, und konnte sich mit dem Nachfolger, einem Schäferhund-Windhund-Mix aus dem Tierheim, lange Zeit nicht anfreunden.

Heute hängt Diskys Foto bei uns in der Küche. Da war sie noch sehr klein, es muss ein paar Wochen, nachdem sie mich gefunden hatte, entstanden sein, sie sitzt auf dem Sofa in unserer Wohnung, das Gesichtchen in die Kamera, und sieht einfach nur zum Knuddeln aus.

So kurz es leider auch war, sie hatte ein schönes Leben, die kleine zugelaufene braune Mischlingshündin, und da wir keinesfalls mehr ohne Hund sein wollten, kamen danach noch einige andere, allesamt wie gesagt außer Herrn Schröder aus dem Tierheim zu uns.

Wie Fräulein Meier, die immer noch hier steht und mich in meinem gedanklichen Exkurs zu Disky beobachtet hat. Wir sollten vielleicht gleich noch mal rausgehen, und in einer Stunde müssen wir bei der Therapeutin sein.

Sollte ich vorher noch was einkaufen? Brot wenigstens, und vielleicht, sicher ist sicher, doch noch alles für Richards Lieblingsessen, Würstchen mit Kartoffelsalat? Ich meine, ich habe zwar noch den Salat von gestern Abend, aber den könnte man auch noch morgen essen. Und wenn ich gleich den Kartoffelsalat mache, sobald ich zurück bin mit Fräulein Meier, zieht er bis zum Abendessen noch schön durch.

Dann muss ich jetzt aber echt Gas geben. Und plötzlich geht's, ich kann mich wieder bewegen, sause durch die Wohnung, ziehe mir etwas repräsentablere Klamotten, sprich eine andere Jeans und einen etwas schickeren Pulli, an und lade keine fünf Minuten später Fräulein Meier ins Auto. Sie kann gleich bei der Praxis noch mal pinkeln, das muss reichen. Herr Schröder kriegt ein Küsschen. Ich ermahne ihn, dass er schön brav sein und die Möbel in Ruhe lassen soll, und weg sind wir.

Auf dem Weg zu REWE kommt mir die Idee, ob ich es nicht doch noch mal auf Richards Handy versuchen soll. Ihm auf die Mailbox sprechen, falls die wieder eingeschaltet ist. Vielleicht geht er ja auch selber dran. Vielleicht ist er ja schon auf dem Heimweg.

Was soll ich denn sagen, wenn er sich meldet? Ach, ich ruf erst mal an, mach mir noch gar keine Gedanken darüber, das findet sich. Hoffe ich. Nicht immer alles bis ins kleinste Detail durchdenken, vorausplanen, es kommt eh immer anders als man denkt.

Aber keine Chance. „Dieser Teilnehmer ist vorübergehend nicht zu erreichen. Bitte versuchen Sie es zu einem späteren Zeitpunkt noch einmal." Und das Ganze dann auf Englisch.

Wo zum Teufel mag er sein? Vielleicht fahre ich nach dem Schwimmen mal bei uns im Büro vorbei. Könnte ja was holen müssen, falls mich jemand sieht. Den Schlüssel habe ich jedenfalls dabei. Und wenn er da nicht ist, dann vielleicht bei Drei-Buchstaben-Guido? Der wohnt auch nicht weit weg vom Büro. Nicht, dass ich unbedingt da klingeln wollte, aber vielleicht steht sein Wagen draußen, dann wüsste ich wenigstens, wo er ist. Und dass er, zumindest im Moment, nicht bei Claudia ist… Was hab ich denn nur immer mit dieser blöden Claudia? Ich hatte sie doch ganz verdrängt, die Sache zwischen ihr und Richard ist ja auch schon mehr als zehn Jahre her, und nur, weil wir sie im Frühjahr bei Christiane und Peter zufällig getroffen haben, geistert sie jetzt wieder durch meine Gedanken.

Zugeben muss ich es ja, sie sah immer noch toll aus. Das heißt, ich sah sie an dem Abend ja das erste Mal in natura, das einzige Foto, das Richard, wie er sagt, von ihr hatte, war schwarz-weiß, vom Fotografen gemacht, sie kniete irgendwie ganz lasziv auf dem Boden, hatte sexy Dessous an und vor allem… halterlose Strümpfe. Den Kopf nach vorne geneigt, die langen natürlich blonden Haare fielen ihr übers Gesicht, so dass man es nur erahnen konnte. Und schlank natürlich, superschlank, mit Rundungen an den richtigen Stellen. Also alles in allem das personifizierte Feindbild der etwas außer Form geratenen Ehefrau.

An dem Abend trug sie ein dunkles Kostüm, auf Taille geschnitten, mit einem weißen Top, das bei jeder Bewegung hervorblitzte. Es passte toll zu ihren immer noch langen blonden Haaren. Und sie ist gute 10 Zentimeter größer als ich, wobei sie mit ihren High Heels noch größer wirkte. Es gibt Frauen, die können High Heels immer und bei jeder Gelegenheit tragen, und andere, die sollten vor jedem Tragen eine Zusatzversicherung bei ihrer Krankenkasse abschließen. Ich gehöre leider zur letzteren Gruppe. Daher hatte ich an diesem Abend relativ brave schwarze Pumps mit ganz kleinem dicken Absatz angezogen, denn ich hatte Angst, auf dem Rasen irgendwie hängen zu bleiben und umzuknicken. Und mich vor der versammelten Gesellschaft unsterblich zu blamieren. Wer nicht darauf laufen kann, sollte so etwas besser andere Frauen tragen lassen, die das können. Kam dieser leicht zynische Spruch jetzt von mir oder ist es das Echo von jemand anderem?

Richard habe ich das natürlich so nicht gesagt, sondern ihm erklärt, ich hätte Angst, mir die „guten" hohen Schuhe in dem feuchten Gras zu verderben, und das wäre es ja nun doch nicht wert. Und so sah ich halt mal wieder zwar ganz nett, aber im Grunde doch etwas bieder aus und wurde von einer ganzen Reihe anwesender Damen problemlos ausgestochen. Allen voran natürlich Claudia, denn sie tänzelte auf mindestens 14 Zentimeter hohen Stilettos so leichtfüßig über den Rasen, als ginge sie zu Hause barfuß auf dem Teppichboden.

Sicher, in so vielen Jahren hat sich viel verändert, äußerlich, aber auch innerlich. Und das Umfeld natürlich auch. Wer weiß, ob da heute überhaupt noch ein Funke überspringen würde bei den beiden. Oder doch übergesprungen ist? Die Situation war damals eine andere, ich sah vor zehn Jahren wirklich aus wie Muttchen Truutsch in Reinkultur, und benahm mich auch so, kein Wunder, dass das Zauberwesen Claudia leichtes Spiel mit Richard hatte. Bis zu einem gewissen Punkt allerdings nur, dann hatte sie den Bogen überspannt.

Die beiden wechselten an dem Abend bei Christiane und Peter auch nicht viel mehr als ein paar belanglose Worte. Soweit ich es mitbekam, erzählte sie nicht, wo sie mittlerweile wohnte, in Bergisch Gladbach jedenfalls nicht mehr, und Handynummern tauschten sie meines Wissens auch nicht aus. Auf der Heimfahrt war Richard allerdings recht still, schwelgte wohl in Erinnerungen an damals, so wie man ja generell das Vergangene verklärt und nur das Positive sieht. Ich habe auch nicht viel gesagt, und wir haben das Thema danach auch nicht mehr angeschnitten.

Warum also fällt mir zu möglichen aktuellen Aufenthaltsorten meines Mannes immer wieder sie ein? Ist das weibliche Intuition, Vorahnung? Oder kommt da wieder nur die alte Unsicherheit in mir hoch?

Egal, jetzt geht's erst mal im Laufschritt durch REWE. Zum Glück weiß ich fast blind, wo alles steht, schließlich kaufe ich hier täglich ein. An der Kasse kann es wie immer nicht schnell genug gehen. Die Kasse ist ein Ort, an dem ich fast immer Höllenqualen ausstehe. Mal abgesehen von dem wissenschaftlich zur Genüge erforschten Phänomen, dass es in der anderen Schlange immer schneller geht, kann ich noch eine ganze Reihe anderer Horrorszenarien aufzählen, die auch immer nur mir passieren. Das fängt an mit der alten Dame vor mir, die in quälender Langsamkeit Münze um Münze aus dem Portemonnaie nimmt, weil sie „es ja klein hat", um dann zum Schluss festzustellen, dass es doch nicht reicht, alles wieder einpackt und mit einem Schein bezahlt. Setzt sich fort mit dem Artikel, der sich partout nicht scannen lässt und dessen Preis auch nirgendwo aufgeschrieben ist, das bedeutet, dass entweder die Kassiererin selbst oder eine schnell herbeigerufene Hilfskraft loslaufen und den Preis prüfen muss, bis dahin geht es natürlich nicht weiter, weil man den Kassiervorgang ja nicht unterbrechen darf. Eine schöne Variante ist auch die Papierrolle, auf der die Kassenzettel ausgedruckt werden, und die immer genau dann zu Ende ist, wenn ich gerade dran bin. Oder die Leute, die, während sie ihre Einkäufe verstauen, den Kassenbon nachprüfen, was ja ihr gutes Recht ist, ich tue es auch, nur finde ich nie einen Fehler. Ich hatte aber schon mehrfach das zweifelhafte Vergnügen, dass, wiederum genau als ich dann endlich dran war, jemand meinte, einen Fehler der Kassiererin festgestellt zu haben: „Frollein, schaun Se ma, dat kann aber nit sein, da ham Se sich vertan“. Wer sich dann meist vertan hat, war der Kunde, denn in der Regel stimmen die Preise bei REWE.

Bin ich eigentlich ein schlechter Mensch, weil mir so etwas dermaßen auf die Nerven geht? Weil ich in diesen Situationen nur daran denke, dass ich jetzt nicht so schnell weiterkomme, wie ich eigentlich wollte? Dass ich die ältere Dame, deren einziger Kontakt zur Außenwelt an jenem Tag vielleicht der Einkauf ist und die nun mal nicht mehr so fix ist mit dem Kleingeld, vor allem seit der Euro da ist und die Münzen sich alle so ähnlich sehen, am liebsten zur Seite schieben würde, denn sie ist ja Rentnerin und hat alle Zeit der Welt. Ich dagegen hab es ja immer eilig, tausend ungeheuer wichtige Dinge müssen erledigt werden, und Warten kann ich gar nicht gut. Allerdings habe ich unmittelbar vorher noch alle Zeit der Welt, wenn ich eine Bekannte treffe und mit der zwischen Fleischtheke und Kühlregal locker eine halbe Stunde verplaudere. Komisch, dann bin ich gar nicht in Eile. Stehe ich dann allerdings an der Kasse, bin ich der Meinung, ich müsste die Plauderstunde aufholen und bin wieder die Ungeduld in Person. Besonders peinlich ist es dann natürlich, wenn ich dran bin und mir passiert genau das, ich kriege das Geld nicht zusammen, es ist immer genau die Münze, die ich brauche, nicht im Kleingeldfach, oder ich bekomme die Plastiktüte nicht auf, oder oder oder… Es gibt da eine ganze Menge kassentechnischer Stolperfallen.

Heute habe ich Glück, es ist nicht viel los, und ich bin schnell durch. Dafür müssen Fräulein Meier und ich bei der Schwimmstunde noch ein bisschen warten, der Hund, der vor uns dran war, war zum ersten Mal da, ein betagter Pudelherr mit ganz viel Angst in seinem Gesichtchen, die schwarzen Knopfaugen riesig groß und das Herzchen pumperte, so erzählte Frau Kamphausen es mir später, und da hat es etwas länger gedauert, bis er sich entspannt hat. Sie sagt, sie hat es bisher noch bei jedem Hund geschafft, dass er die Therapie genossen hat. Wie unser Fräulein. Sie freut sich mittlerweile schon, wenn sie merkt, wo es hingeht, und steht ganz eifrig schwanzwedelnd vor der Tür. Das obligatorische Leckerchen tut sein Übriges.

Und ich, was tue ich in der Zwischenzeit? Ich sitze am Beckenrand und beobachte die beiden, Frau Kamphausens liebevolle und ganz ruhige Art, und den aufmerksamen Gesichtsausdruck meines Hundes. Ihr tut das so gut, überhaupt, dass wir beide einmal die Woche zusammen etwas unternehmen, das speziell für sie ist, sonst ist jetzt immer der kleine Haustyrann dabei oder beide bleiben zu Hause. Jeden Samstag nehme ich mir vor, auch in der Woche öfter mal nur mit ihr loszuziehen, aber dann hat mich die Hektik des Alltags wieder und über Tag reicht es nur für eine schnelle Pipirunde um den Block.

Während der halben Stunde, die sie im Wasser sind, sprechen wir fast gar nicht, vorher und nachher aber ist fast immer Zeit für einen netten Plausch, Frau Kamphausen ist in meinem Alter, eine handfeste, aber nicht unattraktive Person, sie arbeitet schon sehr lange mit Tieren und hat diese Schwimmtherapie seit einigen Monaten im Angebot. Seitdem hat ihre Praxis enormen Zulauf bekommen, und sie sagt, an manchen Tagen ist sie selbst mehr im Wasser als außerhalb. Jedenfalls verdient sie gutes Geld damit, muss sie auch, denn der Einbau des Bassins in ihren Keller hat eine Unmenge gekostet, das muss erst mal wieder reingeholt werden. Sie lebt in Scheidung, ihr Mann ist vor einem dreiviertel Jahr ausgezogen, zu einer anderen, 29 ist sie und… blond. Wir haben eine Wette abgeschlossen, wann sie schwanger sein wird, bis jetzt sieht es so aus, als wenn ich gewinnen würde, ich hatte gesagt, ein Jahr wird's schon dauern. Frau Kamphausen meinte, es geht sicher schneller, ihr Mann lege bei Dingen, die ihm wichtig sind, immer ein hohes Tempo vor.

Wenn man sie so sieht, denkt man, sie steckt die Trennung ganz gut weg. Auch dieses Gefühl des Sitzengelassenwordenseins, welch ein Wort! Für eine Jüngere, Attraktivere, die ihren Mann anschmachtet und im Bett wahrscheinlich akrobatische Höchstleistungen vollbringt. Sie dagegen steht mit beiden Beinen im Leben, kann ihre Steuererklärung durchaus selber machen und ist, zumindest wie ich sie so erlebe, absolut in der Lage, allein durchs Leben zu kommen.

Wie viele durchweinte Nächte sie schon hinter sich hat, weiß ich ja nicht. Und auch nicht, wie viele mir noch bevorstehen, wenn Richard wirklich ernst macht mit der Trennung. Obwohl ich nicht der Typ Frau bin, der zum Weinen neigt. Vielleicht ginge es mir dann besser, wenn ich mal so stundenlang die Tempos vollheulen könnte. Das kann ich höchstens bei schnulzigen Filmen, besonders wenn Tiere betroffen sind.

Soll ich ihr was erzählen? Wie so oft, liegt es mir auf der Zunge und ich schlucke es dann doch runter. Behalte meinen Kummer für mich. Ich brauche niemanden, der mir gute Ratschläge gibt, der betroffen ist oder zumindest so tut, und in Wirklichkeit doch Schadenfreude empfindet, dass es auch mir, die ich doch nach außen hin so eine Traumehe geführt habe, passiert ist. Und außerdem, vielleicht ist Richard gleich schon wieder da, wenn ich nach Hause komme. Traumtänzerin, glaubst du das wirklich? Und da ist auch immer noch der Hausschlüssel, der noch im Briefkasten liegt, also er könnte gar nicht rein, selbst wenn er wollte. Und dass er draußen im Auto sitzt und wartet, wo ihn die ganze Nachbarschaft sehen kann, glaube ich ganz sicher nicht. Zumal er ja weiß, dass wir Schwimmen haben um diese Zeit.

Heute gibt es nicht allzu viel zu berichten von Frau Kamphausens Scheidungskrieg. Ein Anwaltstermin hat stattgefunden und sie weiß jetzt, dass er sich bemüht, seinen Vermögensstatus zu verschleiern. Ihr Anwalt unternimmt entsprechende Schritte dagegen. Mittlerweile trauert sie nicht mehr um ihren Mann, und als ich sie frage, ob sie ihn denn zurücknehmen würde, wenn er heute Abend reumütig vor der Tür stünde, meint sie, jetzt wohl nicht mehr. In den ersten Monaten schon, meistens jedenfalls, aber heute sei sie so weit, dass sie ohne ihn leben könne. Da sei zu viel zerschlagen worden in der letzten Zeit, so viel Vertrauen kaputtgemacht worden, und selbst die schönen Erinnerungen wirken schal, wenn sie überlagert würden von so viel Mist. Sie habe all die Phasen des Verlassenwerdens durchlebt: Trauer, Wut, Angst, Resignation und jetzt schließlich Gleichgültigkeit. Es sei ein gutes Gefühl, wenn es nicht mehr wehtue, sagt sie, wenn du dir nicht mehr ständig ausmalen würdest, wie es wäre, wenn er zurückkäme, zugeben würde, dass die andere ein Riesenfehler war, ein Ausrutscher, ein Produkt der Midlife-Krise, und alles wäre wieder Friede Freude Eierkuchen.

Wenn sie das jetzt noch manchmal versuche, das mit dem Ausmalen, meint sie, würde sie schnell auf ein ganz neues Gefühl stoßen, auf die Erkenntnis, dass sie es gar nicht mehr wolle. Dass sie auch ohne ihren Mann ein wertvoller Mensch sei, ein Mensch, dessen Leben sich lohne, der nicht nur die zurückgelassene Hälfte eines ehemals so harmonischen Ganzen sei.

Ob das bei mir auch irgendwann so weit kommt? Ich bin im Grunde nie allein gewesen, bin aus dem Elternhaus direkt mit Richard zusammengezogen und habe ja auch bis auf die Zeit in Madrid kein echtes Studentenleben kennen gelernt. Wirklich für mich allein gewirtschaftet, für niemand anderes sorgen als für mich allein, das habe ich in den 50 Jahren meiner Existenz noch nie getan. Noch nie gemusst. Vielleicht hole ich mir ein paar Ratschläge bei ihr, wenn es denn tatsächlich so sein sollte.

Wobei sie mir ja einen Riesenvorteil voraus hat. Sie kann sich ernähren, aus ihrer eigenen Kraft. Egal, was mit ihr passiert, ob sie Single bleibt oder noch einmal jemanden findet, sie wird immer auf eigenen Beinen stehen können, unabhängig sein. Und ich? Was bin ich denn außer dem Anhängsel meines Mannes? Seine Bürokraft, Empfangsdame, Sekretärin, Haushälterin. Diejenige, die bisher seinen Alltag organisiert hat, privat und beruflich. Und sein Bett geteilt hat.

Wenn ich, oje, so weit habe ich ja noch gar nicht gedacht, jetzt demnächst meinen Job verliere, was mache ich denn dann? Ich bin Angestellte bei Richard, er ist Geschäftsführer der Firma, ich bin Prokuristin mit gewissen Vollmachten, aber er kann mir theoretisch am Montag die Kündigung zukommen lassen. Was habe ich denn für eine Kündigungsfrist? Nach zwanzig Jahren Betriebszugehörigkeit kann er mich doch nicht einfach vor die Tür setzen. Aber vielleicht konstruiert er einen Sachverhalt, der eine fristlose Kündigung rechtfertigt. Das Gegenteil muss ich ihm ja erst mal beweisen. Und dann bin ich diejenige, die sich ihren Unterhalt erstreiten muss. Oh, da werden sich zwei Anwälte freuen. Vielleicht sollte ich mir jetzt auch mal Gedanken darüber machen, wovon ich in nächster Zeit leben soll. Und die Hunde. Ob ich aus dem Haus muss oder er. Das Haus wenigstens gehört uns beiden, wir sind beide zu gleichen Teilen im Grundbuch eingetragen. Aber was heißt das im Ernstfall?

Wie sieht das denn überhaupt aus? Ich habe meine eigene berufliche Karriere zugunsten der Firma aufgegeben, habe deshalb nie in meinem erlernten Beruf gearbeitet, alle Examina sind mittlerweile verfallen. Also theoretisch bin ich gar nichts. Kinder habe ich auch nicht, keinen Beruf - klasse, Andrea, hast du dir da eigentlich jemals Gedanken drüber gemacht, was ohne Richard aus dir werden soll? Fünfzig Jahre, ungelernt, wenn man von den Tätigkeiten absieht, die ich bei uns im Büro mache, also eigentlich für den Arbeitsmarkt total ungeeignet, schwer oder gar nicht vermittelbar. Hartz IV, ich komme?

Aber ist denn das so wenig, was ich kann? Ich leite seit über zwanzig Jahren eine Firma, habe sie durch Dick und Dünn geführt, habe durch meine vielleicht manchmal etwas unorthodoxe Art Dinge erreicht, die ein gelernter Betriebswirt so nicht geschafft hätte, mit etwas gesundem Menschenverstand und einem kleinen bisschen, oder auch einem bisschen mehr Glück im rechten Augenblick. Ich habe Lehrlinge ausgebildet, kann mit Kunden und Lieferanten ganz gut umgehen, mein Englisch und Spanisch sind vorzeigbar, vielleicht gibt es ja auch andere Unternehmen, die so jemanden wie mich brauchen könnten.

Aber so weit sind wir ja noch gar nicht. So weit will ich eigentlich auch noch gar nicht denken. Zumindest heute noch nicht. Ich kenne es nicht anders, als dass mein Leben wohl geordnet an Richards Seite ist, ich fühlte mich noch nie allein gelassen, unversorgt, und wusste, ich kann meine Fähigkeiten, wenngleich nicht in einem eigenständigen Beruf wie Anwältin, Ärztin oder Tierphysiotherapeutin, so doch zu unser beider Wohl und dem unserer gemeinsamen Firma einsetzen.

Andererseits... Vielleicht hat es ja auch irgendwo seinen Reiz, zwar allein, das schon, aber andererseits auch unabhängig zu sein. Für niemanden mitdenken, sich nach niemandem richten zu müssen, außer nach den Hunden. Einmal nur für mich sein zu können. Das hatte ich in den letzten Jahren insgesamt zweimal. Da hatte Richard mir eine Woche Wellnessurlaub in Österreich geschenkt, er steckte mitten in einem Projekt, konnte sich nicht loseisen, kam abends entweder spät nach Hause oder gar nicht, unser geplanter USA-Urlaub war storniert, und damit ich nicht ganz versauerte, kam er als Ausgleich mit dem Gutschein für die Woche Wellness und Verwöhnen pur an. Da war es so. Es drehte sich alles den ganzen Tag nur um mich und mein Wohlbefinden. Und zwischendurch konnte ich relaxen, lesen, schwimmen gehen, tun und lassen, was ich wollte. Auch Fräulein Meier war zu Hause geblieben, denn Hunde waren nicht erlaubt in dem Luxus-Ressort. Ich genoss es wirklich, aber nach den sieben Tagen reichte es auch - ich kann das einfach nicht, Nichtstun auf Dauer und freute mich riesig auf Zuhause.

Ein anderer Urlaub ohne Richard wird mir auch ewig im Gedächtnis bleiben. Ich war mit einer Gruppe von Freundinnen für eine Woche in der Provence, eine von ihnen hatte dort ein Haus, Ferienhaus konnte man es nicht nennen, es war schon ein richtiges Anwesen und sie verbrachte lange Urlaube dort mit ihrem Mann und ihrem Hund. Damals waren wir zu fünft eine Woche dort. Das war auch erholsam, und wir fünf verstanden uns einmalig gut, es gab keinen einzigen Misston in der ganzen Zeit. Aber es ist natürlich etwas anderes als der Aufenthalt in diesem doch mehr anonymen Hotelbetrieb. Man war 24 Stunden am Tag zusammen, sogar im Zimmer waren wir zu zweit.

Aber jetzt sitze ich erst mal wieder im Wagen, Fräulein Meier ist gut abfrottiert und rechtschaffen müde nach ihrer Schwimmtour, sie wird wunderbar schlafen die nächsten Stunden. Und ich, was mache ich jetzt? Mal schauen, ob ich Richard vielleicht finde bzw. wenigstens seinen Wagen irgendwo sehe.

Da kräht das Handy! Eine SMS ist da, vielleicht schon vor einer halben Stunde oder noch länger gekommen, ich hatte im Keller bei Frau Kamphausen ja keinen Empfang. Ob sie von Richard ist? „Wo bleibst du, ich stehe vor der Tür und habe Hunger!“, so etwas vielleicht? Ich mache sie auf. Ja, sie ist von Richard…

„Wenn sich ein Herr Lehwald meldet wegen der Schlüsselübergabe für mein Appartement, gib ihm bitte diese Handynummer, ich habe ihm nur die Büronummer gegeben. Weitere Sachen hole ich nach Absprache. Du wolltest es so.“

Wie lange sitze ich jetzt schon hier? Wie eingefroren auf dem Fahrersitz, genauso wie ich gestern Abend im Flur gestanden habe, als er seine Sachen packte und dann die Tür hinter ihm ins Schloss fiel. Wieder unfähig, mich zu bewegen, das Entsetzen kriecht wie eine kalte Hand in mir hoch, fängt im Bauch an und arbeitet sich hoch über die Brust, bis es in meiner Kehle angekommen ist.

Er macht tatsächlich Ernst. Er ist nicht einfach nur übers Wochenende in irgendein Hotel gegangen oder zu Guido, nein, er hat bereits Schritte eingeleitet und sich nach einer Wohnung, wenn auch vielleicht nur übergangsweise, umgesehen. Es gibt solche möblierten Appartements, die Firmen für ihre guten Kunden oder für Monteure und Vertreter mieten, die längere Zeit in einer anderen Stadt arbeiten, es ist zum einen auf Dauer billiger als ein Hotelzimmer und zum anderen hat es doch einen etwas persönlicheren und privateren Charakter. Ich habe auch schon mehrfach so etwas für unsere Mitarbeiter organisiert, allerdings nicht hier in Leverkusen, sondern weiter weg.

Ich denke zumindest, dass es so etwas ist, es hört sich ganz danach an.

Verdammt noch mal, dann ist es halt so! Dann bin ich eben allein, sind wir eben getrennt, dadurch ist das Leben nicht gleich zu Ende. Und so hässlich bin ich auch nicht, dass ich am besten gleich ins Kloster gehen sollte, weil ich eh keinen mehr abkriege. Nein, das haben die vergangenen Jahre ja gezeigt, dass es da doch den einen oder anderen Herrn gibt, der mich attraktiv findet.

Das ist das erste Mal seit gestern Abend, dass ich so etwas wie Trotz empfinde, Aufbegehren, dass ich innerlich mit dem Fuß aufstampfe und sage: „Dann eben so, ich komme auch allein klar. Es wird nicht leicht, aber irgendwie wird es gehen!“ Das ist sicher die Wirkung, die der Besuch bei Frau Kamphausen eben auf mich gehabt hat, sie lebt es mir ja vor, besser geht es gar nicht, wie sie mir zeigt: „Hallo, das kannst du auch!“ Vielleicht können wir uns ja noch mehr anfreunden, nachdem wir doch jetzt das gleiche Schicksal teilen, und dann werde ich ihr ganz sicher auch erzählen, wie sie auf mich gewirkt hat, an diesem ersten Samstagnachmittag, seit er gegangen ist.

Und auch beruflich habe ich ja schon einiges angerissen, seit ich vor etwa fünf Jahren merkte, dass ich mich durch gewisse Umstrukturierungen in der Firma quasi selbst wegrationalisiert hatte, dass es kein Fulltimejob mehr war, den ich da hatte, sondern ich viele Stunden am Tag in meinem Büro saß und nicht wusste, wie ich die Zeit rumkriegen sollte. Danach hatte ich ja schon so einige Ideen, aber mangels wirklicher Notwendigkeit, damit mein Geld zu verdienen, habe ich das alles mehr oder weniger halbherzig nur angepackt, es musste ja nicht sein, es war mehr nur ein Zeitvertreib der nicht ausgelasteten Schickimickifrau.

Das wird dann wohl jetzt anders werden müssen, Andrea. Denn, das hat Richard bei den wenigen Malen, als die Option einer Trennung in den letzten Monaten im Raum stand, schon angedeutet, er wird nicht dafür sorgen, dass ich weiter mein Luxusleben führen kann. „Und wenn ich unter der Brücke lande, du bekommst nichts von mir." Eine faire Trennung oder Scheidung würde es demnach für mich also nicht geben, sondern vielmehr einen Kampf bis aufs Messer. Schade eigentlich, dass es nach so vielen gemeinsamen Jahren nicht möglich sein sollte, friedlich auseinanderzugehen, sich so zu trennen, dass jeder der Partner danach auch noch die Möglichkeit hat, ein erfülltes Leben zu führen. Da spricht man immer von einvernehmlicher Trennung, von leben und leben lassen, aber ich glaube, das ist bei den wenigsten Paaren so. Und bei uns dann wohl auch nicht.

Gut, dann sollte ich also am Montag einen Termin bei einem Anwalt machen. Ich kenne einige Anwaltsfrauen und in dem Unternehmerinnenverband, dem ich seit Jahren angehöre, gibt es auch einige ganz vernünftig wirkende Rechtsanwältinnen, und in meiner Ausbildung zur psychologischen Beraterin ist auch eine sehr sympathische Anwältin aus Düsseldorf, sie ist zwar auf

Familienrecht und Jugendarbeit spezialisiert, wird mich aber sicher weitervermitteln können. Vielleicht wäre es sinnvoll, sich erst einmal, wie heißt es so schön, unverbindlich zu informieren. Vielleicht ist es auch gar nicht nötig, und Richard ist bis Montagmorgen schon wieder zu Hause.

Dennoch. Eine unverbindliche Beratung ist sicher gut. Denn was er einmal tut, kann er auch wieder tun, und womöglich macht er beim nächsten Mal Ernst. Ich weiß dann wenigstens, was auf mich zukommt, worauf ich achten muss und welche Unterlagen ich gegebenenfalls beibringen muss.

Jetzt im Moment bin ich richtig kalt. Emotionslos. Und ganz ruhig. Eben war da der Schock, der Inhalt der SMS lässt zumindest aktuell keine Hoffnung auf eine Versöhnung zu, im Gegenteil „*Du wolltest es so.*" Was hat er damit gemeint? Ich wollte es ganz sicher nicht so. Zudem habe ich absolut keine Ahnung, was der Grund für Richards Ausbruch war. Ich habe die letzten Wochen und Monate über gedacht, wir hätten die Krise gemeistert, aber offensichtlich war jene Wunde, die er damals davongetragen hatte, nur oberflächlich verheilt und konnte durch den kleinsten Auslöser wieder aufbrechen.

Der Schmerz, die Trauer, das Verlorensein und all diese bösen Gefühle werden sicher noch kommen, mich mit all ihrer Heftigkeit überfallen, vielleicht bekomme ich ja eine Depression, vielleicht entwickle ich eine bösartige Krankheit, man sagt ja, dass Stress und tiefe persönliche Krisen der beste Nährboden für die Entstehung von Krebs sind. Dass ich noch lange nicht wieder auf dem Weg zurück in die Normalität bin, ist mir klar.

Zurzeit bin ich gefühlsmäßig wie versteinert, ich kann weder weinen noch überhaupt viel empfinden, ich denke, das ist der Schock. Wie würde ich empfinden, wenn Richard mich nicht verlassen hätte, sondern tot wäre? Im Moment vielleicht ähnlich wie jetzt. Dann würde ich wahrscheinlich hadern mit dem Schicksal, das uns auseinandergerissen hat. Aber ich hätte auf der anderen Seite das tröstliche Gefühl, dass er irgendwo noch da ist, mich liebt, weiter auf mich aufpasst, und mir Gutes wünscht für die Zukunft. In aller Trauer würde ich mich irgendwo auch geborgen fühlen. Ich würde mir seiner Liebe sicher sein, ich hätte diese Liebe noch, nur anders. „Ich bin nicht fort, ich bin nur auf der anderen Seite des Weges.“ Das ist ein Zitat von irgendwem, ich weiß nicht, aber man liest es öfter in Todesanzeigen. Und ich finde es sehr schön, sehr tröstlich.

Natürlich wünsche ich Richard nicht den Tod, ganz sicher nicht, er soll uralt werden bei bester Gesundheit. Aber ich werde mich jetzt, da er mich verlassen und mir seine Liebe aufgekündigt hat, verlorener und einsamer fühlen, als wenn ich wüsste oder mir einreden könnte, dass er von irgendwoher weiter auf mich aufpasst. Liebe kann einen Menschen einhüllen wie eine warme Decke. Liebe ist Energie, und Energie bleibt bestehen, auch wenn der Körper nicht mehr da ist. So denke ich und daran glaube ich. Und deshalb umgibt uns auch die Liebe unserer Verstorbenen wie ein schützender Mantel. Ist doch eine schöne Vorstellung, oder?

Es wird kalt im Auto. Entweder ich schalte jetzt die Standheizung ein oder ich fahre los. Kann ja auch nicht riskieren, dass Fräulein Meier da hinten drin sich eine Erkältung holt, schließlich ist sie immer noch ein bisschen feucht. Wir haben sie zwar gut abgerubbelt, aber alle Feuchtigkeit bekommt man doch nicht raus aus ihrem Fell.

Was wollte ich denn noch gleich tun nach dem Schwimmen? Richtig, bei Guido und im Büro vorbeifahren und schauen, ob Richards Mercedes irgendwo in der Nähe steht. Und was, wenn ich den Wagen tatsächlich finde? Bei Guido klingeln werde ich ganz sicher nicht. Anrufen auch nicht und riskieren, dass er mich mit seiner leicht nasalen, immer etwas hochmütig klingenden Stimme abserviert.

Wenn der Wagen vor der Firma steht, gehe ich rein. Und versuche, mit ihm zu reden. Vielleicht ist das ja jetzt wieder möglich. Gestern hatte er diesen total versteinerten Gesichtsausdruck, den verkniffenen

Mund, und wenn er so aussieht, ist klar, dass eine weitere Diskussion im Moment unmöglich ist. Dann hat er innerlich total abgeblockt, es ist, als liefe man gegen eine Mauer oder gegen eine Käseglocke, man kommt einfach nicht an ihn ran. Normalerweise lasse ich ihn dann in Ruhe, beschäftige mich mit mir selber, gehe mit den Hunden raus oder lese, oder ich koche ihm etwas Gutes, und irgendwann kriegt er sich wieder ein.

Aber heute ist ganz offensichtlich nicht „normalerweise". Ganz im Gegenteil.

Es dämmert schon langsam, der Herbst hat uns jetzt voll im Griff. Vor einer Woche ist die Sommerzeit zu Ende gegangen, jetzt wird es wieder so früh dunkel. Eigentlich finde ich diese Jahreszeit schön, es ist so heimelig, man kann Kerzen anzünden und den offenen Kamin wieder befeuern, man kann Glühwein oder heißen Kakao trinken, kuscheln vor dem Fernseher. Und sich langsam auf Weihnachten freuen, auf den Advent, ja, auch auf die Weihnachtsmärkte. Ob ich einen Deal mache mit dem Universum? Wenn Richard wieder kommt, wenn es wieder gut wird mit uns, dann verspreche ich, dass ich ohne Murren auf so viele Weihnachtsmärkte gehe, wie er gerne möchte.

Ich mache öfter solche Deals mit dem Universum. Leider haben sie bisher nicht wirklich funktioniert. Im Gegensatz zu manchen Büchern, die ich gelesen habe, wie „Ange im Turnier" von Lise Gast. Das habe ich geliebt und kenne es passagenweise heute noch auswendig. Ange lebte und arbeitete als Lehrmädchen auf einem großen Pferdehof, bevor sie den Besitzer und Reitlehrer heiratete, und bangte einmal ganz stark um ein todkrankes Fohlen. Da machte sie einen Deal, wobei Lise Gast diesen Ausdruck nicht verwendete, so was kannte man in den schönen, braven Fünfziger Jahren in der deutschen Umgangssprache noch nicht. Ange schwor, wenn das Fohlen durchkäme, würde sie jeden Morgen unter der kalten Dusche bis zwanzig zählen. Natürlich kam das Fohlen durch und Ange hielt ihr Versprechen. Eisern.

Ist ja auch okay. Wobei es ja ihrer Konstitution dient und ihre Abwehrkräfte stärkt, Wechselduschen sind sehr gesund, also ist es eigentlich kein wirkliches Opfer. Weihnachtsmarktbesuche in rauen Mengen dienen aber sicherlich nicht der Verbesserung meiner Abwehrkräfte, sondern höchstens der Vermehrung meines Körpergewichtes, was ich dann in den Tagen darauf wieder mit Fasten büße, also ist es vielleicht von daher ein Opfer. Es ist aber vielmehr etwas, das ich Richard zuliebe tue. Und damit ganz bestimmt etwas Lobenswertes.

Er tut ja auch so vieles mir zuliebe. Mit mir ins Kino gehen, sich Schnulzen anschauen, bis nachts um zwei in einem alten kleinen Dorfkino an der Ostsee ausharren, weil mitten in der traurigsten Stelle bei „Vom Winde verweht“ der Film reißt, gerade als die liebe Melanie Wilkes stirbt, da waren es nur noch ein paar Minuten bis zum Schluss und einige Besucher sind gegangen, aber Richard hat brav mit mir ausgeharrt und als Belohnung hat dann jeder Gast, der geblieben ist, eine Tafel Schokolade bekommen.

Das ist lange her, sehr lange, sicher knapp 30 Jahre. Und heute muss ich ja wohl eher sagen, er HAT so vieles mir zuliebe getan.

Wobei das auch so eine Sache ist. Melanie Wilkes wusste genau, dass sie bei ihrer miserablen Konstitution die Geburt eines weiteren Kindes nicht überleben würde und schlief trotzdem mit Ashley, ihm zuliebe. Und hatte die Schwangerschaft riskiert, ja vielleicht sogar gewollt. Warum? Aus purer Liebe zu ihrem Mann? Weil man das damals so tat? Oder weil sie verhindern wollte, dass er sich das, was er bei ihr nicht bekam, bei Scarlett holte? Ob das so war, wird auf ewig Frau Mitchells Geheimnis bleiben.

Wie auch immer, das ist nicht mein Problem. Ich fahre langsam durch das Wohngebiet, in dem Guido zu Hause ist. Es sind hauptsächlich Mehrfamilienhäuser, neueren Datums, gehobener Standard, Mietwohnungen und Eigentumswohnungen gibt es hier. Eine „gute Wohnlage“, nicht zu weit vom Zentrum entfernt und doch ruhig. Zweimal bin ich in Guidos Wohnung gewesen, einmal zur Einweihungsparty vor ein paar Jahren und seitdem noch einmal, als ich Richard abholen musste, weil er zu viel getankt hatte. Als Guido hier einzog, hatte er sich gerade mal wieder von seiner Freundin getrennt, war aus der gemeinsamen Wohnung ausgezogen und wollte ganz neu anfangen. Seitdem hat es meines Wissens keine feste Beziehung mehr gegeben in seinem Leben, er lebt „à la carte“ und seine Hauptleidenschaft ist die EDV, sein Beruf als Programmierer und Gestalter von Webseiten. Klar, dass er auch unsere gemacht hat. Lange Abende haben er und Richard vor dem PC verbracht, hier in Guidos Wohnung, die aussieht wie ein einziges großes Büro mit einem Bett drin. So viele Rechner auf so engem Raum habe ich in einem Privathaushalt noch nie gesehen. Überall blinkt und piepst es, und ich hatte Probleme, bei den ganzen Monitoren einen normalen Fernseher zu finden.

Ich kann schon verstehen, dass hier keine Frau einziehen will. Aber mittlerweile denke ich, er hat sich so arrangiert in seinem Leben, er ist zufrieden, vielleicht sogar glücklich so wie es ist, und eine Frau, die permanent hier wäre, würde ihn nur stören.

Früher war er anders. Als Richard und ich gerade anfingen, miteinander zu gehen, hatte er noch ein paar Wochen lang versucht, bei meiner Freundin Karin zu landen, aber mehr als ein paar harmlose Knutschereien ist wohl nicht dabei herausgekommen. Karin ist kurze Zeit später mit einem Schulkameraden zusammengekommen, den hat sie auch geheiratet, mittlerweile haben sie zwei Kinder und er ist Chefarzt irgendwo im Krankenhaus. Karin war immer schon sehr intellektuell und so ein bisschen „feiner“ als wir anderen, ähnlich wie Angela, meine andere Freundin, die heute Kolumnen unter anderem für die Süddeutsche Zeitung schreibt, ich denke, das hat Guido damals ganz einfach überfordert. Wie auch immer, es hat jedenfalls nicht geklappt mit den beiden.

Dadurch und weil Richard sich jetzt in jeder freien Minute mit mir traf, statt wie früher die Zeit mit ihm zu verbringen, war Guido wohl ziemlich allein. Andere Freunde oder so etwas wie eine Clique hatte er nicht, und so startete er immer wieder Versuche, sich an uns dranzuhängen. Das ging uns natürlich ungeheuer auf die Nerven, vor allem mir, ich kann mich noch sehr gut daran erinnern, wie wir versuchten, ihn abzuhängen, wenn wir abends spazieren gingen und ihn mit seinem Mofa kommen hörten. In einer Seitenstraße nahe bei der Wohnung von Richards Eltern war eine Großdruckerei, deren LKWs standen die ganze Nacht über auf der Straße und boten uns herrlichen Schutz, wir stellten uns hinter einen großen Anhänger, knutschten und kuschelten und warteten, bis er es aufgab und davonknatterte. Und ich hatte gar kein schlechtes Gewissen dabei. Am nächsten Tag tat Richard dann immer ganz erstaunt: „Komisch, wir haben dich gar nicht gesehen, da müssen wir uns aber verpasst haben." Ob Guido es ihm immer abnahm, ich weiß es nicht, es war mir aber auch egal.

Etwa ein halbes Jahr lang ging das so, dann hatte Guido plötzlich auch eine Freundin. Ich weiß nicht mehr, wo er die herhatte, wir waren jedenfalls ziemlich baff, als er sie uns vorstellte. Beate hieß sie, war vier Jahre jünger als er, also auch jünger als ich, und wog gefühlte 100 Kilo. Menschlich war sie ja ganz lieb, total tierlieb, ihre Eltern hatten einen Pekinesen, der dauernd epileptische Anfälle bekam, und dann durfte man im ganzen Haus nur auf Zehenspitzen schleichen und flüstern. Aber sie war eben eine Wuchtbrumme, und die beiden zusammen boten ein Bild für die Götter, er groß, schlank, dunkelhaarig, vom Aussehen her wirklich ein Traumtyp, und sie, naja eben etwas molliger.

Wir gingen einige Male zusammen weg und waren auch bei ihr zu Hause, wo ich besagten Pekinesen kennen lernte, wir feierten auch ein paar Mal nett zusammen, und plötzlich war es aus mit Beate. Warum, weiß ich nicht, ich glaube, auch Richard als der beste Freund wusste es nicht so wirklich.

Jedenfalls tauchte einige Zeit später dann Sandra auf. Noch jünger und, ja man glaubt es kaum, noch fetter. An Sandra kann ich mich kaum noch erinnern, nur eine Szene werde ich nie vergessen. Wir hatten unsere erste kleine Wohnung und seit ein paar Wochen war Disky bei uns, als wir Guido und Sandra an einem Abend zum Fondueessen eingeladen hatten. Disky war ja damals noch ein Welpe, klein und knuddelig und immer lustig. Ich weiß nicht, ob Guido ihr erzählt hatte, dass wir einen Hund hatten, jedenfalls bekam sie schon an der Wohnungstür einen hysterischen Anfall, als Disky, freundlich wie immer, auf sie zukam und sie begrüßen wollte. Sie riss die Arme hoch und versuchte, sich hinter Guido zu verstecken, was aus bekannten anatomischen Gründen nicht funktionierte, jedenfalls war erst Ruhe, als wir Disky ins Bad sperrten. Wo sie sich zum Glück bald hinlegte und einschlief. Der Abend endete dann trotzdem recht früh, weil Sandra ja irgendwann aufs Klo musste, sich aber nicht traute, das zu sagen, weil im Bad ja das personifizierte Böse saß.

Ich habe sie nach diesem denkwürdigen Abend nicht wiedergesehen und ich glaube, das Kapitel Sandra war dann auch recht bald beendet. Irgendwie haben sich unsere Wege für einige Jahre getrennt, es gab zwar immer lockeren Kontakt zwischen Richard und Guido, aber intensiver wurde es erst wieder, als Guido vor ein paar Jahren wieder Kontakt zu Richard aufnahm, um ihm seine Dienste als Programmierer anzubieten. Er war wohl zwischenzeitlich auch einmal kurz verheiratet gewesen, aber vermutlich hatte die Dame vor den vielen Computern in seinem Leben kapituliert. Ich glaube mittlerweile ganz sicher, dass Guido irgendwie gestört ist, was den Umgang mit Damen angeht, ich denke, er hat Minderwertigkeitskomplexe und traut sich deshalb nicht an ihm von Aussehen und Intellekt ebenbürtige Frauen heran. Was völliger Blödsinn ist, denn im Grunde seines Herzens ist er nicht uneben.

Wenn ich denn mit meiner Beraterausbildung fertig bin, sollte ich Guido vielleicht mal analysieren und bei mir auf die Couch legen. Vielleicht würde ich dann erfahren, warum er so ein seltsamer Vogel ist.

Jetzt bin ich mehrfach durch diese Siedlung gekurvt und habe überall geguckt, aber unser dunkelblauer Mercedes steht hier nirgendwo. Entweder sind sie mit dem Wagen weggefahren oder Richard ist gar nicht hier.

Also weiter, zur Firma. Mir wäre es lieber, er wäre in der Firma als bei Guido. Wir haben schon einige Krisengespräche im Büro geführt, nur wir beide allein, am Wochenende oder am Feierabend, nachdem die Mitarbeiter gegangen waren. Krisen, die uns persönlich betrafen, in den letzten Monaten, oder auch firmenspezifische Problemsituationen haben wir hier ausdiskutiert, in seinem Büro, entweder jeder auf einer Seite des Schreibtisches oder ich auf seinen Knien sitzend. Letzteres war für mich entschieden die zwar unbequemere aber bessere Ausgangsposition.

Einmal haben wir mittags angefangen zu reden, haben seine Tür geschlossen und das Telefon umgestellt. Und sind erst wieder spätabends rausgekommen. Mit trockenem Hals, aber vielen neuen Erkenntnissen über den anderen. Vielleicht geht so etwas ja heute wieder. Und danach könnten wir schön essen gehen. Oder ich mache noch den Kartoffelsalat. Wobei das aber Quatsch wäre, er braucht ja einige Zeit, bis er so richtig schön durchgezogen ist.

Die Firma ist in einem für Leverkusens Verhältnisse sehr noblen Geschäftshaus untergebracht. Außer uns gibt es hier noch eine große Anwaltskanzlei, die aber auf Wirtschafts- und Steuerrecht spezialisiert ist - fällt also schon mal weg, falls ich einen Anwalt brauche und wenn, würde ich ihn sowieso nicht im gleichen Haus suchen - und mehrere Arztpraxen, darunter eine Tagesklinik für ästhetische Chirurgie, die ich auch schon von innen gesehen habe.

Vor dem Eingang gibt es mehrere Parkbuchten, drei davon sind für die Unternehmensberatung Häussler reserviert. Natürlich brauchen wir unter der Woche mehr als drei Stellplätze, aber zurzeit sind nur so viele verfügbar, wir werden immer mal wieder bei der Hausverwaltung deswegen vorstellig, immer dann, wenn wieder ein

Mitarbeiter oder, was noch schlimmer ist, ein Besucher, ein saftiges Knöllchen kassiert hat oder, je nachdem, wo er seinen Wagen abgestellt hat, sogar abgeschleppt wurde. Da sind sie eisern, die Politessen unserer Stadt. Das ist ein Job, den ich niemals machen würde. Dann schon lieber Hartz IV.

Am späten Samstagnachmittag ist nur einer der drei Plätze belegt. Unser Firmenwagen steht da, sehr dekorativ mit der dezenten Werbung drauf. Er steht am Wochenende immer hier, denn es gehen doch viele Leute hier vorbei, und wer weiß, wer durch das Logo auf uns aufmerksam wird. Der Wagen ist eh da, also warum ihn nicht dafür nutzen. Richards Wagen sehe ich nicht. Das muss aber noch nichts heißen, er kann ihn ja irgendwo anders abgestellt haben.

Ich parke jetzt hier, Fräulein Meier lasse ich im Auto. Das ist mittlerweile schön angewärmt und zur Sicherheit lasse ich noch die Standheizung laufen, die pustet für eine Stunde weitere warme Luft ins Wageninnere, und wenn ich bis dahin nicht fertig bin, kann ich sie immer noch einmal neu anstellen oder das Fräulein dann holen.

Drinnen ist es still und auch ein bisschen duster, Die Rezeption in der Eingangshalle ist natürlich nicht besetzt, wochentags sitzt dort immer eine junge Frau, sie schickt Besucher in die richtige Etage, nimmt Post und Paketsendungen entgegen und ansonsten schreibt sie fleißig an ihrer Doktorarbeit. Sie ist die Tochter eines der Anwälte aus der Kanzlei im ersten Stock und hat von der Hausverwaltung diese Stelle auf 400-Euro-Basis bekommen, so kann sie das Angenehme mit dem Nützlichen verbinden, sie hat genug Zeit für ihre Arbeit und verdient sich dabei noch ein bisschen was dazu. Soweit ich mich erinnere, promoviert sie in Wirtschaftsrecht, soll wohl einmal die Kanzlei übernehmen beziehungsweise vorher schon als Partnerin einsteigen. Das Thema hörte sich jedenfalls fürchterlich kompliziert an, deshalb habe ich es auch vollständig vergessen.

Sehr oft, wenn ich sie sehe, denke ich an die Zeit zurück, als ich mit den Recherchen für meine eigene Dissertation beschäftigt war.

Mein Thema war „Die empirische Untermauerung von bestimmten Theorien zum natürlichen und gesteuerten Zweitsprachenerwerb". Bilingualismus war für mich immer schon ein faszinierendes Phänomen und ich wäre sehr gern selbst natürlich zweisprachig aufgewachsen. Sehr viel Zeit hatte ich noch nicht in die Arbeit investiert, zum einen war mein Assistentenjob an der Uni, der mir die Dissertation erst ermöglichte, recht aufwendig und zum anderen zeichnete sich schon bald die mögliche Selbständigkeit von Richard ab, die ja schließlich dazu führte, dass ich meine akademische Karriere ganz an den Nagel hängte.

Diese junge Frau jedenfalls erinnert mich oft an mich selber, wie ich war vor fünfundzwanzig Jahren. Nur zielstrebiger. Kein Wunder, wenn man einen sicheren Job, gesponsert noch dazu vom eigenen Vater, in Aussicht hat, der einen für den Rest seines Berufslebens problemlos ernähren kann.

Das Bürohaus hat vier Stockwerke, man kann entweder mit dem Aufzug fahren oder zu Fuß gehen. Normalerweise ziehe ich die Treppe vor, wieder ein paar Kalorien verbrannt, denke ich jedes Mal, außerdem habe ich in Aufzügen oft ein ungutes Gefühl, nachdem ich einmal in einem Krankenhauslift steckengeblieben bin, irgendwo zwischen der achten und neunten Etage. Und zum Glück ein recht spannendes Buch bei mir hatte, das ich meiner Freundin mitbringen wollte, die dort gerade eine Blinddarm-OP hinter sich hatte. Denn es dauerte eine knappe Stunde, bis der Servicedienst der Aufzugsfirma mich befreite. Seitdem stehe ich solchen Aufzügen eher skeptisch gegenüber.

Unsere Firma hat den gesamten dritten Stock angemietet, wir haben auch einen großzügigen Eingangsbereich, mehrere repräsentative Büros, zwei Besprechungs- und Konferenzräume, ein Archiv, und natürlich eine Kaffeeküche, in der auch ein Esstisch steht. Eigentlich bräuchten wir gar nicht so viel Platz, früher waren wir einmal mehr Mitarbeiter, zu den Zeiten, als ich noch Lehrlinge ausbildete, aber für unsere Klientel, die für ein Beratungsmandat immerhin ganz beträchtliche Summen ausgibt, macht sich ein größerer Firmensitz natürlich besser. Dass meistens einige der Büroräume ungenutzt sind, merkt ein Außenstehender ja nicht. Zudem arbeiten unsere Mitarbeiter viel vor Ort beim Kunden und sind tagsüber eh nicht im Büro.

Ich habe, obwohl ich ja nur noch drei Tage die Woche in der Firma bin, sogar zwei feste Arbeitsplätze: den am Empfang und ein eigenes Büro. Wir haben schon lange keine feste Empfangsdame mehr, zum einen hat die junge Doktorandin unten einige der Aufgaben übernommen, die früher von unserer eigenen Kraft erledigt worden waren, zum anderen fällt auch einfach nicht mehr so viel Arbeit in diesem Bereich an. Und die kann ich genauso gut mit erledigen. Seit dem Einzug der E-Mails hat sich unser Postaufkommen drastisch verringert, die Mitarbeiter kommunizieren größtenteils per Mail untereinander und mit den Kunden. Abschlussberichte und natürlich Rechnungen werden noch auf dem Postweg versandt, aber wenn ich bedenke, wie groß der Stapel Briefe war, den ich noch vor zehn Jahren jeden Abend zum Kasten brachte, hat sich da doch eine ganze Menge getan.

Früher habe ich auch noch eine ganze Menge Schreiben selbst formuliert, die Mitarbeiter und vor allem Richard gaben mir höchstens Stichworte und der Rest war dann meine Sache. Heute haben einige von ihnen, auch Richard, moderne Diktierprogramme, das heißt sie sprechen ihre Texte direkt in den Computer, und ich brauche sie nur noch zu überarbeiten und zu formatieren. Somit habe ich ein paar regelmäßig wiederkehrende Aufgaben wie den Zahlungsverkehr und die Aufbereitung der monatlichen Belege für den Steuerberater und noch so ein paar Kleinigkeiten. Neukundenakquise machen wir auch nur wenig, mal die eine oder andere edel gestaltete Anzeige in einem Wirtschaftsmagazin, ansonsten bekommen wir neue Aufträge hauptsächlich durch Empfehlung.

Gestern war ich zuletzt hier, habe die Ablage erledigt und meinen Arbeitsplan für die kommende Woche erstellt. Nicht dass dieser sehr spektakulär wäre, ein paar Anrufe sind zu tätigen, einige Rechnungen zu schreiben, davon eine große Abschlussrechnung und ein paar Zwischenrechnungen, ach ja und eine größere Präsentation für Donnerstag ist vorzubereiten, da kommt ein neuer Interessent, wir gehen aber davon aus, dass wir den Auftrag dann schnell bekommen. Es ist jemand, der über eine Empfehlung von Peter gekommen ist, seine Firma muss sich dringend neu orientieren, hat wohl einige Jahre lang am Markt vorbeiproduziert und jetzt ist es fünf vor zwölf. Wie bei uns. Oder ist es in unserer Ehe schon später?

Mal schauen, ob Richard heute hier war. Oder gestern Abend noch. Sein Büro ist dunkel, von der Straße fällt ein schwacher Streifen Licht herein. Ich knipse den Schalter an, der das große Deckenlicht einschaltet. Alles sauber, aufgeräumt. Sehr aufgeräumt. Irgendwie anders als sonst. Irgendetwas stört mich, doch es dauert einen Moment, bis ich realisiere, was es ist. Mein Foto fehlt. Auf seinem Schreibtisch steht, oder stand bis gestern Mittag jedenfalls, ein Foto von mir, vielleicht drei oder vier Jahre alt, ich lehne an einem Brückengeländer, den Kopf etwas schräg gehalten, und lache den Betrachter an. Ich fand das Bild immer ganz gut getroffen, was ich bestimmt nicht von allen Fotos sagen kann, die von mir existieren. Den Rahmen haben wir gemeinsam ausgesucht, er ist aus hellem Holz, wir haben ihn extra für dieses Zimmer gewählt, denn auch die Schreibtischgarnitur ist aus hellem Holz. Das Foto stand direkt neben dem Computerbildschirm. Jetzt ist dort eine leere Stelle.

Ob unsere Frau Lehmann es bei der letzten Putzaktion runtergeworfen hat? Und sich nicht getraut hat, es mir zu beichten? Ob das Bild vielleicht mit kaputtem Rahmen in irgendeiner Ecke liegt und sie hofft, wir würden sein Fehlen nicht bemerken?

Die Illusion stirbt beinahe sofort, als ich die Schreibtischschublade aufziehe und es sehe. Nicht ganz vorne, sondern etwas nach hinten geschoben, unter ein paar leeren Briefbögen mit Firmenlogo. Aber intakt. Kein kaputter Rahmen. Und aufs Gesicht gedreht, so dass nur die kahle hölzerne Rückseite zu sehen ist.

Wieder greift die eiskalte Hand nach meinem Herzen. Wieder diese Lähmung, die ich nun schon kenne. Da fällt mir das andere Foto ein, das, auf dem wir beide drauf sind. Es ist nicht hier im Büro, sondern hängt in dem großen Besprechungszimmer an der Wand. Hoffe ich zumindest.

Ganz schnell bin ich dort, über den langen Flur gesaust, und stehe nur einen kurzen Moment vor der angelehnten Tür. Trau dich, Andrea, schau den Tatsachen ins Auge. Es hat keinen Sinn, jetzt noch länger den Kopf in den Sand zu stecken. Mach die Tür auf!

Puh, ja, da hängt es, wie immer, das heißt seit etwas mehr als fünf Jahren. Es ist ziemlich groß und zeigt Richard und mich Arm in Arm vor der atemberaubenden Kulisse des Hongkonger Victoria Hafens. Zu unserem zwanzigsten Hochzeitstag sind wir dort gewesen, erst in Hongkong und danach noch ein paar Tage in Dubai. Jeden Abend um acht gibt es Lichtspiele am Hafen, die unzähligen Wolkenkratzer werden immer wieder auf neue Art illuminiert, dazu die vielen verschiedenen Schiffe auf der Fahrrinne, es ist immer wieder ein beeindruckendes Spektakel. Und jeden Abend ist die Hafenpromenade schwarz von Menschen. Alle paar Meter hat ein Fotograf seinen Stand, der für ein paar Hongkongdollar wirklich gute Fotos macht, und fast alle Touristen lassen sich dort ablichten, Unmengen von strahlenden, urlaubstrunkenen Menschen aller Hautfarben, jeder nimmt sich diese Erinnerung gern mit. Und wir dachten, da hinge es gut, in dem Konferenzraum, eine Hongkongreise der Geschäftsleitung passt ins Image, macht sich gut, auf jeden Fall besser als ein Foto vom Ballermann... Außerdem ist es auch immer spannend zu sehen, ob die Kunden die Kulisse erkennen. Lässt auch interessante Rückschlüsse für unsere Arbeit zu.

Das Ballermannfoto haben wir übrigens auch, aber wohlverwahrt zu Hause im Schrank. Und da liegt es auch noch, das weiß ich ganz genau.

Damals waren wir noch glücklich, als dieses Foto entstand. Glücklich eingerichtet in unserem bequemen Leben, wir hatten alles und wollten es bewahren. Und haben nicht gemerkt, dass wir damals schon die Köpfe in den Sand gesteckt hatten, ganz tief hinein, weil wir nur das sehen wollten, was in diese Vorstellung vom perfekten glücklichen Leben passte. Weil wir die vielen kleinen Kratzer, die halbblinden Stellen auf dem Spiegel unserer Beziehung nicht gesehen haben. Uns daran gewöhnt haben, so wie man sich auch daran gewöhnt, an den Kratzern und blinden Stellen auf dem Spiegel, dem Brillenglas oder der Fensterscheibe vorbeizuschauen, so sehr gewöhnt man sich daran, dass einem der Blick ganz ungetrübt erscheint, dass man wirklich glaubt, die Scheibe sei sauber, und makellos.

Bis man eines Tages mit der Brille beim Optiker vorbeikommt. Der legt sie unter sein Spezialglas und zeigt einem die ganzen trüben Stellen, und plötzlich wundert man sich, wie man durch diese Brille überhaupt noch etwas sehen konnte. Und glaubt, es keine Sekunde länger mehr aushalten zu können mit dieser Brille auf der Nase.

So ein Quatsch, Andrea. So schlimm war's nun weiß Gott nicht. Und haben wir nicht beide die Brille so lange geputzt und in den Hochdruckreiniger gelegt, bis sie wieder wie neu aussah? Bis wir beide gesagt haben, die brauchen wir nicht wegzuwerfen, die kann man noch weiter tragen, sie tut es doch noch ganz gut? Bis sie dann gestern Abend, aus heiterstem Himmel auf einmal zerbrochen ist. So richtig in der Mitte durchgebrochen und die Gläser ein Haufen Splitter. Und warum eigentlich? Sie ist nicht etwa aus großer Höhe heruntergefallen und es hat sich auch niemand daraufgesetzt, nein, sie ist einfach an einer dünnen, schon leicht angebrochenen Stelle gegen die Wand geschlagen, das hat sie nicht ausgehalten. Und jetzt ist sie kaputt, ganz und irreparabel kaputt.

Der Vergleich hinkt, Andrea, das weißt du auch. Deine Ehe ist keine kaputte Brille. Und wenn ein Glas kaputt ist, hat man immer noch das zweite. Viele Leute haben früher mit Monokeln geguckt, das ging auch.

Was denke ich denn da für einen Blödsinn? Außerdem hängt ja das Hongkongbild noch da, also ist noch gar nicht alles verloren. Sonst hätte er das auch mitgenommen, entsorgt, so wie mein Foto auf seinem Schreibtisch.

Der Realist in mir meldet sich. Wenn dieses Foto von der Wand genommen wird, ist dort ein großer heller Fleck. Renoviert und frisch gestrichen haben wir beim Einzug vor fast zehn Jahren. Und es ist ein Konferenzraum, in dem ab und zu geraucht wird. Wir mögen das zwar beide nicht, haben es aber häufiger geduldet. Also sähe es ganz fürchterlich aus, und einen gleichwertigen Ersatz, also ein ähnlich großes Bild, haben wir nicht. Und Donnerstag ist eine große Präsentation hier in diesem Raum.

Es hat also ganz und gar nichts Positives zu bedeuten, dass dieses Foto noch da ist.

Das Einzige, was ich jetzt weiß, ist, dass Richard hier gewesen ist, irgendwann zwischen gestern Abend um acht und jetzt.

Ich bin mal wieder in Starre verfallen, weiß nicht, wie lange ich schon wieder hier stehe und die Wand anstarre, beziehungsweise dieses Hongkongfoto, da kommt plötzlich Musik aus Richards Büro. Es dauert einen Moment, bis ich sie erkenne. Meine Dallas-Melodie vom Handy.

Ich sause hin, so schnell es geht. Aber, wie es mir so oft geht, bin ich wieder mal zu spät dran. Die Melodie hat aufgehört, gerade als ich das Handy auf dem Schreibtisch entdeckt habe, wo ich es hingelegt hatte, als ich die Schublade aufgemacht hatte.

„*1 Anruf in Abwesenheit*“. Spät ist oft zu spät, Andrea…

„Unbek. Teiln.“ Das kann alles oder nichts heißen. Es kann Richard gewesen sein, der seine Nummer unterdrückt. Oder er ruft von irgendeinem analogen Festnetztelefon an. Oder es ist mein Vater, der noch ein altes Telefon hat, und außer ihm fallen mir noch mindestens zehn Leute ein, bei denen auch immer die Nummer unterdrückt ist. Es könnte sich auch jemand verwählt haben.

Ok, ich werde es erst mal nicht erfahren. Es sei denn, derjenige versucht sein Glück noch einmal.

Aber wenigstens hat der Anruf mich aus der Starre gerissen, in die ich wieder verfallen war. Und ich bin in der Lage, mir die nächsten Schritte zu überlegen. Ich habe also festgestellt, dass er hier war, nachdem er gestern Abend bei uns weggefahren ist. Desgleichen habe ich festgestellt, dass er nicht hier übernachtet hat, dann sähe sein Büro mit der nicht unbequemen und für eine Spontanübernachtung durchaus geeigneten Couch anders aus. Männer hinterlassen überall Spuren ihres Auftauchens, die eine Frau sofort bemerkt. Ob er Unterlagen mitgenommen hat, kann ich nicht erkennen. Er muss am Montagmorgen nicht allzu weit weg, hat einen Termin bei einem Kölner Kunden, der sicherlich den ganzen Tag dauern wird. Theoretisch kann er also von wo auch immer er übernachtet hat, erst noch ins Büro kommen und seine Unterlagen holen.

Hier wird es also zumindest jetzt gleich keine Möglichkeit zu einem klärenden Gespräch geben. Aber da war doch seine SMS, die vorhin gekommen ist. Wie lange ist das jetzt schon wieder her, dass ich sie entdeckt habe, nach dem Schwimmtraining mit Fräulein Meier, eine Stunde? Länger? Warum habe ich Trottel denn nicht gleich darauf geantwortet? Vielleicht hat er ja darauf gewartet, und denkt sich jetzt weiß Gott was ich mache oder wo ich bin, weil ich nicht schon lange reagiert habe.

Das ist mal wieder typisch für mich. Da fahre ich orientierungslos durch die Gegend und spekuliere, wo er denn wohl sein könnte, anstatt das Nächstliegende zu tun, nämlich auf dem gleichen Weg

Kontakt aufzunehmen, den er gewählt hat. Mal wieder hinke ich absolut hinter dem aktuellen Geschehen her, erst verpasse ich den möglicherweise alles klärenden Anruf - oder einen Verwähler oder einen meiner heiß geliebten Call-Center-Anrufe, die auch vor Belästigungen am Wochenende nicht zurückschrecken und trotz entsprechender Gesetzesänderung immer noch meist mit unterdrückter Nummer anrufen - dann fällt mir der einzig richtige, logische Schritt in dieser Situation erst Stunden später ein.

Was schreibe ich? Wie schreibe ich es? Was will ich von ihm? Bis jetzt hat er seine Meinung offensichtlich noch nicht geändert, ganz im Gegenteil. Und wäre da nicht die Möglichkeit, dass sich dieser Typ von der Appartementvermietung bei mir meldet, hätte er wohl gar nicht geschrieben. Denn genau genommen enthielt seine SMS ja nur diese konkrete Information und den kryptischen Satz *„Du wolltest es so"*. Und da muss ich ansetzen.

Etwa eine halbe Stunde und zahlreiche Änderungen, Korrekturen und Löschungen später habe ich dann folgendes geschrieben: *„Ich wollte es ganz sicher nicht so. Und ich habe die Regeln, die wir beide aufgestellt haben, ganz und gar nicht gebrochen. Dein Zuhause ist bei mir und den Mäusen. Komm nach Hause und lass uns reden."*

Kein „Ich liebe dich" oder „1000 Küsse" oder was man sich sonst so schreibt, das erscheint mir unpassend in dieser Situation. Weg damit, ich habe schon zu lange gewartet. Womöglich glaubt er, ich wäre schon mit jemand anderem unterwegs, hätte den unverhofft richardfreien Samstag schon genutzt, um mich mit einem meiner abgelegten Lover oder sogar mit jemand Neuem zu treffen. Als wenn mir auch nur im Mindesten der Sinn nach erotischen oder sonstigen Eskapaden stünde. Alles, nur das nicht. Alles, was ich im Moment möchte, ist ein kuscheliger Abend mit Richard am Kamin, was Gutes essen, fernsehen, gemeinsam nochmal mit den Mäusen rausgehen…

Vorhin, als ich seine SMS gelesen habe, war da so ein Anflug von Trotz, von Aufbegehren, so ein erstes „Dann eben nicht, es geht auch ohne ihn!"-Denken. Vielleicht sogar ein bisschen positive Anspannung, Kribbeln im Bauch angesichts dieser für mich ja völlig neuen Situation, des Organisierens meines Single-Lebens. Wo ist es geblieben, dieses positive Gefühl? Jetzt ist da nur wieder dieses Gefühl des völligen Verlorenseins, und ich merke genau, dass ich die Erkenntnis, dass er mich verlassen hat, immer noch nicht wirklich zulasse, dass sich Teile meines Gehirns noch immer weigern, diese doch so offensichtliche Tatsache zu realisieren.

Da denke ich doch lieber daran, dass ich schon viel zu lange von zu Hause weg bin, dass Herr Schröder seit dem frühen Nachmittag allein ist. Und sicher mittlerweile dringend raus muss. Falls er nicht beschlossen hat, seine Geschäfte im Keller zu erledigen, wie immer, wenn sich niemand um ihn kümmert. Was er sonst noch angestellt haben mag, möchte ich mir nicht ausmalen. Wenn er wieder an der Couch war, die kann nur Richard so gut flicken und kleben, ich kriege das ganz sicher nicht so hin, dass es nicht oder nur minimal auffällt. Und den Teppich im Schlafzimmer, aus dem er schon ganze Stücke herausgebissen hat und den Richard immer wieder so zurechtschneidet, dass er noch wie ein Teppich aussieht. Wir haben beschlossen, diesen Teppich Herrn Schröders Sturm- und Drangphase zu widmen, die ja hoffentlich irgendwann einmal abgeschlossen sein wird, und erst danach einen neuen zu kaufen.

In dem Moment, als ich alle Lichter gelöscht habe und gerade die Tür hinter mir zuziehen will, kräht das Handy. Das Geräusch fährt mir durch Mark und Bein. Eine SMS, sicher von Richard. Vielleicht schreibt er, dass er gleich nach Hause kommt, ob er was vom Chinesen mitbringen soll, vielleicht nimmt er mein Friedensangebot an. Wie soll er denn überhaupt zurechtkommen, ohne mich? Wer sorgt denn dafür, dass er seine Blutdrucktabletten regelmäßig nimmt, er selber vergisst das ständig, merkt es erst, wenn sich die typischen Probleme einstellen. Und wer legt ihm seine Kleidung raus, jeden Morgen, er hat zwar eine Unmenge von

Anzügen und Kombinationen, ist aber ein bisschen farbenblind und merkt oft nicht, dass er zwei verschiedenfarbige Socken anhat oder eine Krawatte, die absolut nicht zum Hemd oder zum Sakko passt.

Schauen wir mal... Leider kann von Annahme des Friedensangebotes absolut keine Rede sein, im Gegenteil: „*Wir haben genug geredet. Lass mich einfach in Ruhe.*"
Gut, mein Lieber, dann eben nicht. Dann auf zu Herrn Schröder, als allein erziehende zweifache Hundemutter. Zum Glück muss ich den beiden nichts erklären. Sie nehmen es hin, dass Richard nicht da ist, sie lieben ihn zwar heiß und innig, aber die Hauptbezugsperson und der Dosenöffner par excellence bin halt doch ich. Wenn ich da bin, mich um sie kümmere, ist ihre Welt in Ordnung. Wenn wir beide da sind, noch besser, aber sie sind auch mit mir allein zufrieden, und sie fragen vor allem nicht nach...

Wie gut ist es jetzt, dass wir keine Kinder haben! Ich glaube nicht, dass ich zurzeit in der Lage und willens wäre, Erklärungen abzugeben, zu trösten, von Prognosen darüber, wie es weitergehen soll, ganz zu schweigen.

Wer weiß, wie unser Leben verlaufen wäre mit Kindern. Für Richard wohl gar nicht so viel anders als jetzt, er hätte seinen Job gehabt, seine Firma dann eben nicht mit mir als aktiv mitarbeitender Ehefrau gegründet, sondern mit jemand anderem. Oder es wäre genauso gekommen, ich hätte mir eine Tagesmutter genommen und in Teilzeit mitgearbeitet, nicht anders als jetzt auch. Warum haben wir eigentlich keine Kinder? Ein Hauptgrund ist sicher unsere generelle Einstellung gegenüber Kindern und Familie. Wir sind ja beide gewissermaßen als Einzelkinder aufgewachsen, ich war wirklich eines und Richards Schwester ist ja schon sehr früh in eine jener Einrichtungen gekommen, in der man in den sechziger Jahren so schwer behinderte Kinder „abschob" oder wie man es nennen will.

Sicher hatten wir beide Freunde, auch solche, die aus kinderreichen Familien kamen, aber ich zumindest habe mich nie als Babysitter verdingt, wie so viele meiner Freundinnen. Hunde ausgeführt, das habe ich, sobald ich alt genug dafür war. Ich war etwa zehn Jahre alt, als wir aus dem 20-Parteien-Mietshaus wegzogen in ein Zweifamilienhaus, das der Firma gehörte, für die mein Vater seinerzeit in leitender Position tätig war. Dieses Haus lag in einer der besseren Wohngegenden Leverkusens, hier gab es nur Ein- und Zweifamilienhäuser und auch einige sehr repräsentable Villen, bewohnt von meist alleinstehenden älteren Leuten mit Dackel oder Pudel, und so dauerte es nicht lange, bis ich nach der Schule einen regelrechten Dienstplan hatte, in meinen Spitzenzeiten hatte ich bis zu fünf Hunde zu sitten, manche konnten zusammen Gassi geführt werden, aber meistens war ich dann mehrmals mit jeweils einem Hund unterwegs. Einige meiner Schulfreundinnen machten begeistert mit, und beneideten mich auch, allerdings nur solange, bis sie einmal so richtig klatschnass geworden waren, denn ein Hund muss halt nicht nur bei schönem Wetter raus und geht bei Regen drinnen aufs Klo, sondern immer. Wenn man diesen Job übernimmt, weiß man das. Oder man lässt es bleiben.

Wie dem auch sei, im Gegensatz zu den meisten meiner Freundinnen, aus der Schulzeit und auch später, während des Studiums, hatte ich nicht wirklich viel Bezug zu Kindern. Mein damaliger Lebensplan sah sie zwar irgendwie schon vor, weil Familie und Kinder einfach dazu gehörten, in den siebziger und achtziger Jahren gab es dieses Lebensmodell der Yuppies noch nicht so explizit, und Menschen, die so lebten wie wir heute, beziehungsweise bis gestern Abend, wurden immer irgendwie als Sonderlinge angesehen. Zumindest dort, wo ich herkomme.

Aber das störte mich nicht. Ganz im Gegenteil, bei mir meldet sich immer dann der Trotz, wenn andere meinen, mir einreden zu müssen, „man“ täte dies oder jenes eben so. Wer bitte ist eigentlich dieser „man“? Ich habe ihn noch nie gesehen, er hat sich mir noch nicht vorgestellt. Und oft habe ich in der Vergangenheit nur aus Trotz, weil ich mir nicht vorschreiben sollte, was ich zu tun habe, nur weil dieser blöde „man“ es tut, genau das Gegenteil getan.

Das beste Beispiel, das mir in diesem Zusammenhang immer einfällt, stammt aus meiner Madrider Studienzeit. Die Leute, mit denen ich damals zusammen war, meine Zimmergenossin Mareike, unser Mitbewohner Friedhelm, und noch so einige andere Deutsche nahmen es für meine Verhältnisse mit Kultur, Literatur, Bildung und so weiter ein bisschen zu ernst. Es wurden nur hochintellektuelle Bücher gelesen, „gute“ Literatur, Klassiker, man ging nur in Filme von x-fach preisgekrönten Regisseuren, besuchte pro Woche mindestens ein Museum und zwei Kirchen. Mal eine einfache Frauenzeitschrift zu lesen, anstatt der Frankfurter oder eine gleichwertige spanische Zeitschrift war undenkbar. Und was habe ich gemacht? Ich las ostentativ und mit zunehmender Begeisterung Jerry Cotton, der Einfachheit halber die Sammelbände, da waren immer drei Romane zu einem Band zusammengefasst. Nicht, dass ich generell so ein Krimifan gewesen wäre, aber zu der Zeit mochte ich die Dinger einfach. Anstelle jeden Sonntag mit zu irgendeinem Gottesdienst zu gehen und brav zu beten -was unehrlich gewesen wäre, denn mit der Kirche habe ich es nicht so sehr - schlief ich entweder lange oder ging spazieren.

Und dann kam dieses Trotzmännchen auch immer öfter, als immer mehr meiner Freundinnen begannen, Kinder zu bekommen. Zumal ich in dieser Hinsicht mit Richard völlig einer Meinung war. Er hatte schon immer keinen Hehl daraus gemacht, dass er sich ein Leben ohne Kinder durchaus vorstellen könnte, ja, die Unabhängigkeit und auch den zugegebenermaßen größeren finanziellen Spielraum eines kinderlosen Paares sehr zu schätzen wusste. Sicherlich, wäre ich irgendwann schwanger geworden, hätten wir das Kind bekommen und wären eben auch eine ganz normale Familie geworden, so wie „man“ es zu sein hat, aber wir haben diese Entwicklung nie wirklich forciert.

Ein gut gemeinter Versuch von Freunden, uns zu bekehren, schlug einmal gründlich fehl. Wir waren zum Abendessen eingeladen, ein paar Tage, nachdem Sabine mit Baby aus dem Krankenhaus gekommen war. Anfangs ließ sich die Sache ja noch ganz gut an, und ich war schon recht angetan von dem kleinen Bündel Mensch, schaute beim Wickeln zu, spielte mit der Kleinen ein bisschen, und dachte schon, ob das nicht doch auch was für mich wäre, mal nicht nur einen Hund zu haben, sondern ein Menschlein ins Leben zu begleiten. Leider fing die Kleine an zu brüllen, unmittelbar, nachdem wir sie frisch gewickelt ins Bettchen gelegt hatten, und hörte damit geschlagene vier Stunden lang nicht auf, egal, was die geplagten Eltern sich auch an Gegenmaßnahmen einfallen ließen. Das Abendessen für uns vier bestand schließlich, da an Kochen nicht zu denken war, aus einer halbkalten Pizza vom Lieferservice, in die Sabine die meiste Zeit reinheulte, weil ihr die Kleine so leid tat, und ihr Mann Theo meinte, ein Machtwort sprechen zu müssen, so dass sie zumindest während des Essens keine weiteren Tröstungsversuche startete. Was waren wir froh, als wir danach wieder in unserer ruhigen Wohnung waren, in der nur Disky hocherfreut auf uns wartete... Besagtes Baby Katharina hieß von da an bei uns nur „Kräh-Käthe".

Unser Freundeskreis veränderte sich damals auch etwas. Die Pärchen aus der Clique, die Kinder bekamen, taten sich zusammen, unternahmen viel gemeinsam, hatten gemeinsame Themen, bei denen wir nicht mitreden konnten, und so gingen viele der damaligen Freundschaften im Lauf der Zeit auseinander. Heute ist das wieder anders, wir haben einige Freunde mit Kindern, nur sind die mittlerweile mindestens im Teeniealter oder schon aus dem Haus. Einige meiner Hundefreundinnen sind ja sogar schon Großmütter.

Aber ich muss jetzt ganz dringend zusehen, dass ich nach Hause komme, sonst nimmt mir mein Hundekleinkind die Einrichtung auseinander. Und das Auto wird auch allmählich ausgekühlt sein, nicht, dass sich das Fräulein eine Erkältung holt.

Ich bin doch nicht die Einzige, die sich am späten Samstagnachmittag in unserm Bürohaus aufhält. Ich bin gerade auf der ersten Etage angekommen, da geht die Eingangstür von Teddys Praxis auf, und seine voluminöse Gestalt schiebt sich in den Flur. Teddy heißt natürlich nicht Teddy, sondern Dr. Bernhard Wellenbrink und ist Schönheitschirurg mit mehr als einträglicher Privatklinik hier im Haus. Sehr praktisch, so ein Nachbar, wenn man sich mal eben das Fett absaugen oder die Stirn botoxen lassen möchte, so mal schnell zwischen zwei Kundenpräsentationen.

Richard und ich nennen ihn Teddy, weil er aussieht wie ein überdimensional großer Teddybär, so wie man sie in den Spielzeugabteilungen großer Kaufhäuser in der Adventszeit sieht. Lieb, vertrauenerweckend und so richtig kuschelig sieht er aus, und so behandelt er „frau" auch. Mich mag er ganz besonders, nicht nur als Nachbarin, sondern er kennt mich so, wie mich außer ihm nur ganz wenige Menschen kennen. Bei ihm habe ich mir vor einigen Jahren die Brüste vergrößern lassen. Und es nur die ersten paar Tage bereut, als es wirklich richtig wehtat.

„Hallo, kleine Frau Häussler, so spät am Samstag noch bei der Arbeit? Alles in Ordnung bei Ihnen?" Dieser Teddybärenblick aus strahlend blauen Augen - wobei ich eigentlich noch nie einen Teddybären mit blauen Augen gesehen habe - geht mir durch und durch, und ich muss mich das erste Mal wirklich zusammenreißen, damit ich nicht rausplatze mit meiner ganz privaten Katastrophe. Bislang war das kein Problem, weder bei den Hundefrauen heute Morgen noch beim Telefonat mit Betty.

Zum Glück schaffe ich es aber, erzähle ihm, dass alles ok ist, ich nur schnell etwas aus dem Büro holen musste und jetzt auch gleich wieder nach Hause muss. „Dann ist es ja gut, da wünsche ich Ihnen noch ein schönes Wochenende, kleine Frau!" Aber irgendwas hat er doch gemerkt, so, wie er mich anschaut. Aber das fällt ja hoffentlich unter die ärztliche Schweigepflicht. Es wird ohnehin schnell genug die Runde machen in unserem Bürohaus, wenn es wirklich ernst werden sollte mit der Trennung.

Au weia, da wird aber die liebe Frau Wellenbrink gar nicht erfreut sein. Ich glaube, sie hat mich auf dem Kieker, dabei sieht sie eigentlich sehr gut aus, mittelgroß, schlank, und sie hat natürlich auch lange blonde Haare. Wenn sie ihrem Mann nicht bei der Abrechnung hilft, ist sie meistens auf dem Tennisplatz zu finden. Oder war's der Golfclub? Ich weiß es schon gar nicht mehr.

Zum Glück bin ich jetzt auch schnell draußen am Auto, Fräulein Meier hat ausgeschlafen und freut sich, mich zu sehen. Kalt ist ihr noch nicht, aber sie möchte jetzt doch ganz gern nach Hause, zum Abendessen und zu Herrn Schröder. Zurück in ihre kleine, normale, gut durchorganisierte Welt.

Wie um alles in der Welt war ich auf die Idee gekommen, mir mit über vierzig die Brüste vergrößern zu lassen? Tun das nicht normalerweise jüngere Frauen, die meinen, sie müssen sich ausschließlich über ihr Äußeres definieren? Ich spreche nicht von Frauen, die sich aufgrund von zu kleinen Brüsten als nicht weiblich fühlen, die deshalb sogar Depressionen bekommen. In Amerika lassen sich ja heutzutage schon Teenager Brustvergrößerungen schenken.

Ich war eigentlich immer ganz zufrieden mit meinem Körper und meiner Oberweite. Allzu viel war es nicht, was ich vorzuweisen hatte, aber eine solide Körbchengröße B war es allemal. Und wenn ich wollte, konnte ich jederzeit auf einen BH verzichten, es fiel nicht besonders auf, und ich hatte oft Phasen, in denen ich, wann immer es möglich war, ohne BH herumlief. Dann kam die Sache mit Claudia. So genau weiß ich es gar nicht, aber zu ihrem Status als Ehefrauenbedrohung Nummer 1 gehörte auch eine ansehnliche Oberweite, mindestens Größe C, das Ganze schön straff, und da konnte ich keinesfalls mithalten. Das war einfach so, ganz objektiv gesehen. Zudem kam, dass sie locker zehn Jahre jünger war als ich und das Gesetz der Schwerkraft bei ihr noch nicht zugeschlagen hatte.

Richard stellte damals ganz sicher Vergleiche an zwischen uns beiden, in vielerlei Hinsicht. Allerdings waren auch bevor ich hinter die Affäre kam, immer wieder einmal Äußerungen gefallen, dass man mich vielleicht einmal „restaurieren“ solle, und zwar recht bald, bevor es zu spät sei. Zu spät wofür, fragte ich mich zu jener Zeit und war strikt dagegen. Aus mehreren Gründen. Ich fühlte mich wohl in meinem Körper, fand meine Brüste immer noch ganz ok, war glücklich darüber, dass bislang bei der jährlichen Vorsorgeuntersuchung alles in Ordnung war und empfand eine Schönheitsoperation als einen unnötigen Eingriff, der nur ästhetischen Zwecken diente, als Herausforderung des Schicksals. Anstatt froh zu sein, dass ich gesund war und keine OP brauchte, im Gegensatz zu so vielen anderen Frauen, sollte ich an mir herumschnipseln lassen, bloß damit ich irgendwelchen stereotypen, von Männern erschaffenen Schönheitsidealen entsprach? Dafür auch noch viel Geld ausgeben und Schmerzen ertragen? Auf gar keinen Fall.

Dann kam jener grauenvolle Tag, als ich im Büro saß, nicht viel zu tun hatte, und beim Erledigen der Ablage die Einzelverbindungsnachweise der Mitarbeiterhandys kontrollierte. Unsere Leute haben jeder ein Firmenhandy, mit dem sie pro Monat für 20 Euro auch privat telefonieren können, was darüber hinausgeht, muss bezahlt werden. Ich kontrolliere nicht jeden Monat alle Nachweise, eher stichprobenartig. An jenem Tag hatte ich mir Richards Einzelverbindungsnachweis vorgenommen, war es Fügung, war es Zufall, ich weiß nicht mehr, warum, schließlich ist er der Boss und kann so viel telefonieren, wie er möchte. Außerdem ruft er meistens mich an. Wann immer er vom Kunden abends losfährt, sagt er Bescheid, und sehr oft wird dann ein langes Gespräch daraus. Wir hatten niemals Mangel an Gesprächsthemen. Nur waren es leider sehr oft die falschen Themen, solche, die uns nicht weiterbrachten in unserer Ehe.

Aber an diesem Tag war da diese Festnetznummer in Bergisch Gladbach, die er immer wieder angerufen hatte. Immer wieder entweder morgens recht früh oder abends, so ab 19 Uhr. Immer nur ganz kurz, höchstens so ein bis zwei Minuten. Und nicht nur in dieser Abrechnung, die ich mir so willkürlich herausgezogen hatte, sondern, einmal misstrauisch geworden, suchte ich mir andere Abrechnungen heraus. Das Muster blieb gleich, es waren noch fünf weitere Abrechnungen mit dieser Nummer, also fünf weitere Monate.

Lange saß ich wie versteinert auf meinem Stuhl, bis ich dann auch einmal diese Nummer anwählte. Mit meinem Handy, aber nicht ohne vorher die Rufnummernunterdrückung einzustellen. Es ging niemand dran, ich wollte gerade auflegen, als sich ein Anrufbeantworter meldete mit einer Frauenstimme, die klarmachte, dass „Ich, die Claudia," leider zurzeit nicht da sei, aber gerne zurückrufen würde. Eine sehr sexy klingende Frauenstimme.

Wer um Himmels willen war das? Noch konnte ja alles eine ganz harmlose Erklärung haben. Nur, warum wusste ich dann nichts davon? War es eine Professionelle? Ging Richard zu Nutten? Oder war es eine Freundin? Hatte mein Richard, der Junge, mit dem ich seit so vielen Jahren zusammen war, mit dem ich gemeinsam unsere Existenz aufgebaut hatte, dem ich mein Jawort gegeben hatte, eine Geliebte, war er gerade dabei, mich zu betrügen? Mit jener „Claudia"? Was hatte ich falsch gemacht?

Ich weiß gar nicht mehr so viel über jenen grausamen Tag. Bis zu diesem schicksalshaften Moment war es ein ganz normaler Bürotag gewesen. Mir war es, als bekäme ich keine Luft mehr. Deshalb schnappte ich mir Fräulein Meier, die wie immer in ihrer Ecke in meinem Büro lag, und lief mit ihr los, ziellos eigentlich, einfach nur die Straßen entlang, die unser Bürogebäude umgeben.

Das mache ich immer so, wenn ich Probleme habe oder mir über etwas klar werden muss, nehme ich mir meinen Hund und laufe los. Die frische Luft und niemand um mich herum als den Hund, der immer zuhört, keine Widerworte gibt, und mir die Möglichkeit gibt, das Für und Wider einer Situation so gegeneinander abzuwägen, als würde ich sie jemand anderem erzählen. An diesem Tag habe ich nicht viel erzählt, ich war viel zu geschockt von meiner Entdeckung. Mich nur immer wieder gefragt, warum denn bloß? Was habe ich falsch gemacht? Wo bin ich ihm nicht genug gewesen? Und wie konnte er unsere Zweisamkeit so mit Füßen treten, es war immer etwas Besonderes gewesen, was uns verband, keine Nullachtfuffzehn-Ehe, wie ich sie bei vielen meiner Freundinnen und Bekannten gesehen hatte und auch heute noch sehe, und jetzt sollte dieser unserer Ehe das gleiche banale Schicksal widerfahren wie unzähligen anderen, nicht so besonderen Ehen auch?

Ok, ich muss es zugeben. Es gab einen Bereich, den ich in den letzen Jahren, also damals, zu Claudia-Zeiten und davor, sehr stark vernachlässigt hatte. Den zwischenmenschlichen Bereich, und vor allem, alles, was mit Sexualität zusammenhing. Weil er mir nicht wichtig war. Zum einen. Und zum anderen, weil ich das Gefühl hatte, ich verdiene keine Ablenkung, keine Belohnung für die Situation, in der sich unsere Firma, unser Kind also gewissermaßen, gerade befand. Wir hatten einige wichtige Kunden verloren, und für einige bereits abgewickelte Aufträge sollten wir kein Geld bekommen, weil unser damaliger Partner, der diese Aufträge für uns an Land gezogen hatte, leider mit dem Geld, das ihm die Kunden gegeben hatte, und von dem uns die Hälfte zustand, abgehauen war. Er musste einen alten Konkurs verarbeiten außerdem neben Frau und Kind auch noch die nächste Frau, ebenfalls mit sofort produziertem Nachwuchs versorgen. Leider war er nicht ehrlich uns gegenüber, was seine Situation anbetraf, sondern ließ uns im Dunkeln und hielt uns immer wieder hin, wenn wir nach der Bezahlung fragten. Das fiel ihm auch nicht schwer, er war ein Blender, ein exzellenter Verkäufer, der sowohl über profundes Fachwissen als auch über die notwendige Überzeugungskraft verfügte. Vor allem Damen konnten ihm nur selten widerstehen, in mehrerer Hinsicht, aber er war generell einer dieser Verkäufer, denen man einen Rasenmäher abkauft, auch wenn man im vierten Stock ohne Gartenzugang wohnt, es könnte ja doch eine lohnende Investition sein.

Dass wir mit diesem Menschen in eine solche Misere gerieten, war zum großen Teil meine Schuld. Obwohl ich mit ihm als Mann absolut nichts am Hut hatte, hatte ich mich von seiner Art und vom Traum des tatsächlich eintretenden schnellen Reichtums leider nur allzu gern einwickeln lassen und nicht auf Richards mahnende Worte gehört, dass wir mehr Druck machen sollten, dass wir auf Zahlung bestehen oder die Kunden selbst angehen sollten, ich aber wollte keinen Krach, nicht dass diese meine Hoffnung auf Wohlstand sich eine andere Unternehmensberatung zur Durchführung seiner Aufträge holte, und gab ihm deshalb immer wieder Aufschub. Bis es dann fast zu spät war. Zu spät für uns, denn wir waren monatelang mit unserer Arbeit in Vorleistung gegangen, unsere eigenen Kosten waren weitergelaufen und wir bei der Bank immer tiefer in die roten Zahlen gerutscht.

Zu allem Überfluss ging unser Blenderfreund dann völlig in die Offensive, indem er uns beschuldigte, für die Zahlungsverweigerung der Kunden verantwortlich zu sein, weil sie mit unserer Arbeit nicht zufrieden seien und ihm seinerseits auch die Zahlung verweigerten. Den größten Batzen an Schuld schob er mir zu, ich sei völlig unfähig, würde schon lange Konkursverschleppung betreiben und meinen hart schuftenden Ehemann noch ins Gefängnis bringen. Es sei daher besser für alle Beteiligten, wenn Richard sich von mir trennen würde, mich je eher je besser in die Wüste schicken und sich ganz mit ihm zusammentun sollte. All diese Nettigkeiten unterbreitete er ihm an einem Sonntagnachmittag, als ich nach langer Zeit wieder einmal mit ein paar Freundinnen unterwegs war, um für ein paar Stunden mal die drückenden Geld- und Existenzsorgen zu vergessen.

Natürlich erkannte Richard, wo der Hase im Pfeffer lag, und noch an diesem Nachmittag beendete er die Zusammenarbeit endgültig. Es gab in der Folge einige unerfreuliche Rechtsstreitigkeiten, die, wie meistens in solchen Fällen, ausgingen wie das Hornberger Schießen, und es gab vor allem für uns eine noch jahrelang andauernde finanzielle Durststrecke, eine Zeit, die ich ganz sicher niemals wieder erleben möchte. Vieles von dem täglichen Kampf ums Überleben hat Richard gar nicht mitbekommen, das aus zwei Gründen: zum einen fühlte ich mich verantwortlich und schuldig, dass die Firma in diese Schieflage geraten war, zum anderen wollte ich nicht seine Arbeitskraft dadurch schmälern, dass ich ihn auch noch mit diesen Sorgen belastete.

Und so lebten wir in diesen Jahren zwar ohne große Kräche und Krisen, aber mehr oder weniger jeder für sich, jeder hatte seinen eigenen mehr als aufreibenden Arbeitsbereich, die Wochenenden wurden grundsätzlich durchgearbeitet, bis auf einen halben Sonntag oder Samstag, Urlaub war völlig gestrichen, und Freizeitaktivitäten jeglicher Art natürlich auch. Unsere Gespräche drehten sich fast ausschließlich um die Firma, und wenn wir wirklich mal wegfuhren, dann hatten diese Fahrten größtenteils geschäftlichen Charakter. Richard war zu dieser Zeit viel in den neuen Bundesländern unterwegs, oft wochenlang auf Tour, und ich hielt im Büro die Stellung. Abends bin ich manchmal mit Freundinnen essen gegangen oder etwas trinken, aber auch das waren Ausnahmen, meistens waren Bazi - der Windhund-Schäferhund-Mix, den wir vor Fräulein Meier hatten - und ich allein.

Ich bin für Richard in dieser Zeit sicherlich eine Art Schicksalspartnerin gewesen, die Frau, die diese wirtschaftlich schwere Phase mit ihm gemeinsam durchstand, die ihren Bereich selbständig und meist auch recht kompetent verwaltete, managte, sagt man heute, und die ihrem Mann den Rücken freihielt für seine eigene, dem Unternehmen wertvolle finanzielle Liquidität sichernde Arbeit. Außerdem war ich natürlich für den privaten Bereich genauso zuständig, Haushalt, Wäsche, Hund und der Erhalt einiger weniger freundschaftlicher Kontakte, auch das alles fiel in meinen Obliegenheitsbereich. Ob und wie ich das alles wegsteckte, in wie vielen Nächten ich in den frühen Morgenstunden schon wachlag und grübelte oder las, um mich abzulenken, bis um sechs Uhr der Wecker klingelte, ich habe es aufgegeben, diese Nächte zu zählen. Und dachte eigentlich, sie gehören der Vergangenheit an.

Was ich sicher nicht gewesen bin damals, ich war ganz bestimmt keine sonderlich attraktive und erotisch wirkende Frau. Weder auf Richard noch auf sonst irgendjemanden. Zumindest bin ich mir einer solchen Wirkung nie bewusst geworden. Schlank war ich, das schon, da ich ja in Stresssituationen nur wenig esse, und angemessen, business-like gekleidet war ich natürlich auch immer, aber halt ein bisschen bieder, ein bisschen hausbacken, und sehr oft hatte ich wohl dieses Pflänzchen-Rühr-Mich-Nicht-An-Gehabe, das bei meinem Gegenüber jeglichen Versuch einer Wahrnehmung als sexuell reizvolles Wesen im Keim erstickte.

Ich weiß es noch genau, Sex war für mich damals eine Pflichtübung, nicht immer lästig, aber, doch, manchmal auch das. Von selbst bin ich in dieser Zeit so gut wie nie aktiv geworden, mir stand einfach der Sinn nicht danach, und der Körper verlangte es auch nicht. Ich war so ausgefüllt mit der Aufgabe, die Herausforderungen unseres Unternehmens jeden Tag aufs Neue zu meistern, ich nahm all diese Sorgen, Gedanken, Überlegungen schön regelmäßig abends mit ins Bett, sie waren meine Bettgenossen, nicht so sehr mein Mann, der körperlich anwesend und sexuell völlig vernachlässigt neben mir lag.

Sicher hatten wir auch Sex in dieser Zeit. Aber immer initiiert von Richard und von mir mehr oder weniger aktiv und ekstatisch mitgemacht. Und meistens war ich froh, wenn er nichts von mir wollte außer Kuscheln und Wärme geben, denn das war es, was ich brauchte in dieser Zeit, keine Stellungsakrobatik und orgasmische Höchstleistungen. Bei Richard sah es anders aus. Ich kann mich noch sehr gut erinnern, wie oft er sich enttäuscht weggedreht hat von mir, wie oft ich ihn abgewiesen habe, und auch seinen Spruch „Wenn du nicht willst, muss ich mir eben etwas anderes suchen“, habe ich noch im Ohr. Nur nahm ich das nicht ernst, Richard und Fremdgehen, das lag meilenweit außerhalb meiner Gedankenwelt. Wie konnte ich so dumm und so naiv sein, fragte ich mich immer und immer wieder. Und letztendlich war es ja meine eigene Schuld. Ich hatte ihn durch mein Verhalten ja erst dazu getrieben, sich anderweitig umzuschauen, und das sogar nach vorheriger Ankündigung.

Wie lange ich an diesem fürchterlichen Nachmittag mit Fräulein Meier durch die Straßen lief und versuchte, dieses neue Wissen zu verarbeiten, ich weiß es nicht mehr. Und dann musste ich ja auch entscheiden, wie ich damit umgehen wollte, ob ich ihn direkt damit konfrontieren sollte oder erst einmal abwarten und weitere Erkundigungen einziehen. Vielleicht war ja doch alles ganz harmlos. Aber was sollte an einer Frau, die sich mit „Ich, die Claudia" meldete, schon harmlos sein?

Einige Stunden vorher noch war unser betrügerischer Geschäftspartner mein Feind Nummer eins, jetzt war er ganz schnell abgelöst worden von dieser ominösen Claudia. Und diese Bedrohung, sollte sie denn wirklich seine Geliebte sein, war um ein vielfaches bedrohlicher und vernichtender als alles, was ich zuvor erlebt hatte. Egal ob nichtzahlende Kunden, intrigante Lieferanten, ein unbarmherziger Banker oder das allzeit drohende Finanzamt, all dies waren Probleme, die zwar unsere wirtschaftliche Existenz bedrohten, aber den Kern meines kleinen Universums unberührt ließen. Der Kern, das war meine Ehe, meine Liebe zu Richard, unser gemeinsames Leben. Bislang hatten wir jede Klippe zusammen umschifft, jeder hatte seinen Part erfüllt, und wenn auch jeder für sich selbständig agierte, so waren wir doch stets eine Einheit, zwei Teile eines Ganzen. Was aber jetzt geschah, das nahm all dem, wofür ich zuvor gelebt hatte, die Grundlage. Alles, wofür sich mein Leben gelohnt hatte, worum es sich gedreht hatte, war, für uns beide eine Basis zu schaffen, gemeinsam etwas aufzubauen, Richard war das einzig wirklich Verlässliche in meinem Leben gewesen. Dass wir beide bedingungslos zueinanderstanden, war für mich eine Selbstverständlichkeit. Das mag naiv klingen, es hatte ja auch in unserem Bekanntenkreis genug Beispiele für sich trennende einstige Traumpaare gegeben, aber ich lebte in der vermeintlich sicheren Erkenntnis, dass mir so etwas nie passieren könnte. Dass man mal jemand anderen nett findet, sich vielleicht ganz tief drinnen mal ein bisschen verliebt oder sich vorstellt, wie es mit diesem oder jenem sein würde, das ist ganz natürlich, aber ich wäre nie auf die Idee gekommen, so etwas in die Tat umzusetzen, und das Gleiche hatte ich von Richard gedacht.

Plötzlich war da kein „Wir“ mehr, sondern ein „Ich gegen dich, du gegen mich“. Ich war auf einmal wieder eine Einzelperson, und der Mensch, der so viele Jahre lang der Angelpunkt meines Lebens gewesen war, um den alles kreiste, der schien sich gegen mich gewendet zu haben. Wofür dann überhaupt noch all das Kämpfen, die tägliche Angst ums Überleben, das Lavieren und Tricksen, das ich mir als Akademikerin und Nicht-Kauffrau im Dschungel des Geschäftslebens angeeignet hatte, wenn die einzige Person, für die ich das alles tat, für die ich mein ganzes Leben umgekrempelt hatte, nicht mehr zu mir stand? Sich stattdessen mit „Ich, die Claudia“, vergnügte und zu mir nur noch notgedrungen zurückkam?

Ich sah alles nur schwarz-weiß, es gab an diesem Nachmittag für mich nur Sekt oder Selters, Zwischenlösungen wie eine offene Beziehung, oder ein Dulden der Affäre meinerseits, eine zeitlich begrenzte Ehe-Auszeit, so weit dachte ich noch gar nicht. Ich hatte Existenzangst, wie ich sie noch nie zuvor gefühlt hatte.

Als ich zurückkam, war das Büro schon leer. Die Mitarbeiter waren nach Hause gegangen und Richard war in Frankfurt unterwegs und würde nicht vor Mitternacht zurückkommen. Er hatte zumindest gesagt, er sei in Frankfurt beim Kunden. Und bis heute Morgen hatte ich auch noch nie Grund gehabt, so etwas zu hinterfragen. Plötzlich kam sie natürlich auf, diese Frage, war er wirklich bei dem Kunden, bei dem er an diesem Tag Termin hatte, oder war er schon wieder bei ihr? Oder fuhr auf dem Heimweg bei ihr vorbei und würde mir später erzählen, er sei noch mit dem Kunden essen gewesen? Auf Rechnung des Kunden natürlich, damit mir das Fehlen des Bewirtungsbelegs nicht auffallen würde.

An Arbeiten war jetzt nicht mehr zu denken. Ich griff mir meine Handtasche und fuhr nach Hause. Der Ordner mit den

Einzelgesprächsnachweisen stand wieder im Schrank, völlig unschuldig sah er aus, keinerlei Indiz dafür, dass sich in ihm das Wissen verbarg, das kurz zuvor meine ganze Welt erschüttert hatte.

Das Haus war dunkel, wie erwartet. Aber auch vertraut, heimelig, mein Zuhause, meine Festung. Wie lange wohl noch? Wenn es wirklich so sein würde, dass diese Person meinen Platz einnehmen sollte, dann würde ich dieses Zuhause verlieren, das war sicher. So dachte ich. Und dann tat ich etwas, das ich auf diese Art schon lange nicht mehr getan hatte: Ich stellte mich vor den großen Spiegel im Schlafzimmer und betrachtete mich. Von oben bis unten. Und registrierte schonungslos, was ich da sah. Eine abgehetzt aussehende, fast hagere Frau Anfang Vierzig, halblange, straßenköterblonde Haare mit einer im Herauswachsen befindlichen Dauerwelle. Ein Pony, den ich selbst geschnitten hatte, um den Friseurbesuch zwischendurch einzusparen. Große dunkle Augen, die vor Stunden einmal achtlos mit schwarzem Kajal oben und unten eingerahmt worden waren, von diesem Kajal war aber nur noch eine leise Andeutung zu sehen. Lippenstift? Bei mir Fehlanzeige. Damals konnte ich die Gelegenheiten in meinem Leben, zu denen ich Lippenstift aufgetragen hatte, an zehn Fingern abzählen. Mit Leichtigkeit. Wenn ich überhaupt zehn Finger bräuchte. Unlackierte Fingernägel, praktischerweise ganz kurz geschnitten. Und die Kleidung? Ich sehe noch genau vor mir, was ich trug an diesem Tag: eine Jeans, nicht unmodisch, aber auch nicht sonderlich schick, und schon gar nicht figurbetont, dabei war ich sehr schlank. Dazu eine Bluse, brav bis fast ganz oben zugeknöpft, und eine dunkelblaue Weste darüber. Nichts Spektakuläres, nichts Auffallendes, ordentlich eben. Aber auch nicht mehr. Brav. Angepasst. Durchschnittlich. Grau. Wäre ich grottenhässlich, oder unförmig dick, so wäre ich wenigstens aufgefallen. Aber so? Unzählige Male hatte ich schon beobachtet, dass Leute mich ansahen, ganz kurz nur, und sofort glitt ihr Blick weiter, woanders hin. Ich war so uninteressant, dass es sich nicht lohnte, mich länger als einen Sekundenbruchteil zu registrieren, um dann schnell nach etwas Lohnenswerterem Ausschau zu halten. Angeschaut, angegafft wurden andere Frauen. Die mit den langen blonden Haaren, den verführerischen, rot geschminkten Lippen und lackierten Nägeln, den hochhackigen Schuhen und knackigen Hintern und den großen Brüsten natürlich. Also nicht ich.

Diese Frauen, die einen Mann umgarnten, sich an ihn schmiegten, ihn reizten auf jede nur erdenkliche Weise, und die ihn vor allem mit ihren wie auch immer gearteten Problemen verschonten. Die nicht mit einem Haufen unbezahlter Rechnungen, böser Kundenbriefe und anderen nervenden, heute sagt man „abtörnenden“ Dingen zu ihm kamen und dazu noch aussahen wie Muttchen Truutsch in Reinkultur. Und die dann noch nicht einmal glücklich darüber waren, wenn der Mann sich abends ab und an erbarmte und Sex von ihr, tatsächlich von ihr, wollte. Ob er dabei an diese oder jene Andere denkt, bleibt dahingestellt.

Die Erkenntnis traf mich wie ein Schlag. Was war ich denn für Richard, für diesen gut aussehenden, smarten Geschäftsmann, was konnte ich ihm denn schon bieten außer einer halbwegs reibungslosen Organisation seines Büros und seines Haushaltes? Wo war die lustige, immer auf ihr Äußeres bedachte, spontane Andrea geblieben, die die Nächte durchfeiern konnte, die jederzeit zu jedem Blödsinn bereit war, und die fast immer Lust auf Sex hatte? Wo war sie hingekommen? War sie untergegangen in den Sorgen des Alltags, in den Sachzwängen, in die sie früher nie hineingewollt hatte? Welch ein Wunder, dass er es überhaupt so lange mit mir ausgehalten hatte. Wie viel Prozent Mitleid, wie viel Prozent Gewohnheit, und wie viel Prozent Liebe mochten es gewesen sein, und welche Faktoren machten die noch verbleibenden Prozente aus, bis die hundert erreicht waren?

Welche Art Person wollte ich denn sein? Wollte ich weiterhin diese Frau sein, die mir da unglücklich aus dem Spiegel entgegenschaute, oder gab es eine Chance, dass diese Andrea von damals wieder auferstehen könnte? Dass ich sie wieder zum Leben erwecken könnte? Wenn ich mich verändern würde, andere Frisur, die Nägel machen lassen, zur Kosmetikerin gehen und mir professionelle

Schminktipps holen würde, meine Garderobe verändern würde, und mich verdammt noch mal zusammenreißen und Sex schön finden würde, ob ich es dann schaffen würde, das Ruder herumzureißen? Ihn zurückzugewinnen? Claudia eine lange Nase zu drehen? Oder wollte ich so bleiben wie ich war, auf die Mitleidstour machen, auf meine Verdienste für die Firma pochen und auf mein durch das Jawort rechtmäßig verankertes Anrecht auf lebenslange Liebe und Fürsorge? Welcher Weg wäre wohl der erfolgversprechendste? Diese Antwort fiel leicht. Und da kam sie wieder hoch, meine Kämpfernatur. Ich bin immer dann am kreativsten, wenn es mir so richtig schlecht geht. Wenn ich richtig weit unten angekommen bin. Dann werden plötzlich ungeahnte Reserven aktiviert, ich habe wieder Ideen, Tatendrang, und stelle fest, irgendwas geht immer.

Und das merkte ich auch da wieder, als ich vor dem Spiegel stand. Ich würde gar nichts sagen, vorerst. Ihm keine Szene machen. Auch versuchen, keine Andeutungen zu machen. Sondern mich verändern. Schnell und grundlegend. Sofort morgen früh damit anfangen. Einen Termin ausmachen bei der Kosmetikerin, zu der meine Freundin Anne ging und von der sie immer so begeistert war. Und einen Termin beim Friseur gleich danach. Am besten bei einem anderen Friseur, nicht bei Marion, die mir schon seit Jahren immer wieder den gleichen Haarschnitt verpasste, der mit den Worten begann: „Wir lassen es doch so, Frau Häussler, oder? Das sieht doch immer wieder nett aus, und ist so praktisch.“ Von wegen. Damit sollte Schluss sein, für alle Mal. Dann würde ich den Kleiderschrank ausmisten. Mal wieder einen engen Rock anziehen und hohe Stiefel. Ich hatte schöne Beine, warum also versteckte ich sie immer in unförmigen Hosen? Ich nahm mir vor, Richard zu überraschen, mit sexy Dessous, nur... So etwas besaß ich gar nicht, ich hatte immer nur brave, praktische und mädchenhaft-naiv geblümte Wäsche an. Ich wusste noch nicht einmal meine genaue Körbchengröße zu diesem Zeitpunkt, da ich ja meistens Hemdchen trug.

Und dann, das Thema Nr. 1: ihn anmachen. Verführen. Früher hatte ich das doch auch gekonnt. Er hatte sich jedenfalls nie beschwert.

Ich war mir nicht sicher – vielleicht setzte er nach Claudia andere Maßstäbe an als zuvor und ich war ihm nicht mehr gut genug, egal, welche raffinierten Techniken und Sextricks ich auch anwenden würde. Aber ich musste es einfach versuchen.

Ein Glück, dass ich Daniel zu diesem Zeitpunkt noch nicht kannte. Der hätte meine Träume schnell und schonungslos zerstört. Denn für ihn war die Ehefrau chancenlos, egal, was sie anstellte. Allein durch die Tatsache, dass sie die Ehefrau war, mit der man schon seit ewigen Zeiten zusammen war, schied sie als Verführerin, Bettgespielin und Sexobjekt von vornherein aus. Hatte keinerlei Chancen gegen die Neue, auch wenn diese Neue sich nach einigen Jahren als genauso langweilig entpuppte. Aber die Ehefrau konnte sich auf den Kopf stellen und mit den Füßen Hurra schreien, sie würde sich allenfalls lächerlich machen und sorgte doch besser dafür, dass der Mann sein Essen bekam und seine Socken gewaschen wurden. Für die anderen Dinge waren die „richtigen Frauen“ zuständig. Also nicht ich. Damals für Richard. Ein paar Jahre später für Daniel schon. Aber das wusste ich zu diesem Zeitpunkt ja noch nicht. Und die Vorstellung wäre mir so absurd erschienen.

Richard kam irgendwann spätabends nach Hause, abgehetzt, müde, nicht sehr gesprächig. Essen wollte er nichts mehr, danke, er hatte auf der Autobahn beim Burger King angehalten. Einen Joghurt vielleicht noch, danke. Und nein, Andrea, geh ruhig schon mal ins Bett, ich muss noch an den Rechner, den Termin für morgen vorbereiten. Flüchtiges Küsschen, und das war's.

Ich sah die dunklen Schatten unter seinen Augen, das zerknitterte Hemd. Wusste um die nervenaufreibenden Planungsgespräche mit gerade diesem Kunden. Und wie gerne er die Zahlung zurückhielt oder nur eine Teilzahlung leistete, bis seiner Meinung nach die Effizienz einer neuen Unternehmensstrategie hundertprozentig nachgewiesen war. Und das war sehr häufig nie der Fall. Wenn Richard von diesem, mittlerweile in den Ruhestand getretenen, Kunden zurückkam, stellte er im Radio oft einen Sender mit Technomusik ein, etwas, das ich gar nicht mag, Techno ist für mich keine Musik, sondern Lärmbelästigung, aber er brauchte das, um abzuschalten, sich abzureagieren. Wenn er dann nach Hause kam, war er meistens schon wieder auf Normal heruntergefahren. Oft ließ er das Radio so laut laufen, dass er das Klingeln des Telefons nicht hörte, wenn ich anrief.

Sagte er. Und bis heute Morgen hatte ich auch keinerlei Veranlassung, ihm nicht zu glauben, zumal ich den Kunden ja zur Genüge schon selbst erlebt hatte. Nun aber dachte ich natürlich anders. Vielleicht fuhr er ja schon einige Stunden früher in Frankfurt los, und während ich ihn noch auf der Autobahn wähnte, mit seinem Technosound, war er in Wirklichkeit schon in Bergisch Gladbach und reagierte seinen Frust dort ab. Bei ihr. Mir, dem naiven Dummchen, konnte er ja alles Mögliche erzählen. Vom nicht gehörten, vielleicht auf Stumm geschalteten Handy. Vom Stopp an der Raststelle, wo er die Jacke mit dem Handy drin im Auto vergessen hatte. Jetzt, wo ich gezielt darüber nachdachte, fielen mir eine ganze Menge Situationen ein, die ich hinterfragen könnte.

An diesem speziellen Abend aber hatte ich nicht das Gefühl, dass er unterwegs noch Station gemacht hatte. Sonst war er meist gut gelaunt, wenn er nach Hause kam. Oft richtig entspannt, musste ich im Nachhinein feststellen. Vielleicht würde ich mir morgen noch einmal die Gesprächsnachweise vornehmen und mit den Stundenzetteln der jeweiligen Tage und unserem gemeinsamen Kalender vergleichen.

Ich lag viele Stunden wach in dieser Nacht. Als Richard ins Bett kam, war es schon nach ein Uhr. Ich stellte mich schlafend, obwohl ich hellwach war. So wach wie normalerweise nie um diese Zeit. Meine wachen Stunden waren damals immer diejenigen, in denen im Sommer die Vögel anfangen zu singen, sie weckten mich und meine allgegenwärtigen Sorgen jeden Morgen spätestens um fünf Uhr auf. In dieser Nacht kam ich erst gar nicht zum Schlafen. Immer und immer wieder grübelte ich über meine grauenhafte Entdeckung und ihre Folgen nach.

Richard drehte sich auf die mir abgewandte Seite und war, den leisen Schnarchgeräuschen nach zu urteilen, binnen zwei Minuten fest eingeschlafen. Und ich tat, was ich in letzter Zeit kaum noch getan hatte, krabbelte in seine Betthälfte hinüber und kuschelte mich an seinen warmen Rücken. Fühlte die Wärme seiner Haut, sein im wahrsten Sinne des Wortes breites Kreuz, das mir immer Sicherheit und Rückhalt und Geborgenheit bedeutet hatte. Und spürte schmerzlich, wie sehr ich ihn liebte, und wie unvorstellbar es für mich wäre, ohne ihn zu leben.

Irgendwann in den frühen Morgenstunden muss ich dann doch eingeschlafen sein, denn ausnahmsweise weckten mich einmal nicht die Vögel, sondern unser Wecker. Im ersten Moment wusste ich gar nicht, warum ich mich so zerschlagen fühlte, Richard, der so gar kein Morgenmuffel ist, sondern gefühlte zwei Sekunden nach dem Aufwachen bereits zu geistigen Höhenflügen fähig ist, sprang gut gelaunt wie immer aus den Federn, ich bekam sogar ein Küsschen, und alles schien normal. So wie immer. Bis die Erinnerung zurückkehrte. Wie ein Schlag ins Gesicht fiel mir der gestrige Nachmittag wieder ein.

Irgendwie schaffte ich es, mich normal zu verhalten. Jedenfalls merkte er offensichtlich nichts, wobei er sonst immer einen guten Riecher für meine Stimmungen oder Missstimmungen hat. Aber vielleicht war er in dieser Zeit auch zu stark abgelenkt.

An diesem Morgen musste er nicht so weit weg, nur nach Köln, und wollte vorher noch ein, zwei Stunden im Büro arbeiten, den gestrigen Termin protokollieren und die weiteren Maßnahmen koordinieren. Außerdem stand für ihn ein Gespräch mit einem neuen Mitarbeiter an, der einen Tag zuvor angefangen hatte und den Richard aufgrund der Frankfurt-Tour noch nicht begrüßt hatte. Ich fuhr zu dieser Zeit noch jeden Tag ins Büro, meist aber erst bei der Post und Bank vorbei, so dass ich, inklusive Hundespaziergang, meistens so gegen zehn Uhr dort war. Dann aber war Richard in der Regel schon wieder unterwegs. Nur mittwochs war das damals anders, da hatten wir morgens um acht Uhr Mitarbeiterbesprechung am großen runden Tisch, und es herrschte Anwesenheitspflicht für alle. An jenem Tag aber war Dienstag, ich weiß es noch ganz genau. Da Richard damals wie heute nicht frühstückt, war er etwa zwanzig Minuten nach dem Aufstehen schon aus der Tür. Kurzes Küsschen, kurze Frage, was denn bei mir an dem Tag so anliege und dann, fast war er schon weg, kam es: „Du, heute Abend kann es spät werden, ich bin noch mit dem Limbach auf ein Bier in der Altstadt verabredet, bitte warte nicht auf mich.“ Bildete ich mir das jetzt nur ein, oder hatte er Probleme, mir in die Augen zu schauen? Der Limbach war der Prokurist eines unserer größten Kunden in Köln, viele Aufträge kamen von ihm, und er und Richard hatten einen guten Draht zueinander. Andererseits war es aber ein sehr distanzierter und nicht immer einfacher Kunde, und ganz sicher keiner, den ich hätte morgen anrufen und ganz beiläufig auf das gestrige Treffen ansprechen können. War es also Zufall oder Berechnung und Richard wollte heute Abend ganz sicher nicht nach Köln in die Altstadt?

Vielleicht wäre es an diesem Morgen schon zur großen Aussprache gekommen, wenn ich nicht wie angewurzelt und zu jeder Regung unfähig da in der Tür gestanden hätte. Wenn ich ihn gebeten hätte, noch einmal ins Haus zu kommen, gesagt hätte, wir müssten etwas besprechen. Wenn ich mich an das gehalten hätte, was wir in den ganzen langen Jahren unserer Gemeinsamkeit immer praktiziert hatten, offen und ehrlich Dinge anzusprechen, die uns auffielen. Aber hatte er das denn getan? Nein, weder er noch ich und so herrschte das große Schweigen zwischen uns. Er fuhr los, meldete sich im Laufe des Tages ein- oder zweimal, um einige geschäftliche Dinge abzuklären, und ich blieb zurück, mit meiner Ohnmacht, mit dieser abgrundtiefen Leere in mir.

Aber ich rappelte mich hoch. Ich weiß es noch ganz genau, ich begann schon an diesem Tag, mich und meine Art zu leben umzukrempeln. Auf dem Weg zur Post fuhr ich gleich beim Friseur vorbei, bei dem von Anne, die die Haare immer so sexy unordentlich geschnitten hat. Zugegebenermaßen hat sie, im Gegensatz zu mir, dickes blondes Haar, mit dem man so vieles anstellen kann. Dort bekam ich für den Nachmittag einen Termin. Und vorher war ich im Nagelstudio. Und, aller guten Dinge sind drei, für den darauffolgenden Nachmittag machte ich bei einer Kosmetikerin, die mir im Nagelstudio empfohlen wurde, einen Termin aus.

Frisch gesträhnt und mit einem neuen Haarschnitt, der darauf angelegt war, die modischen Stufen herauswachsen zu lassen, so dass ich in ein paar Monaten eine einheitliche Haarlänge etwas mehr als schulterlang haben würde, mit einem Pony, den ich auch mal mit einer Klemme nach hinten stecken konnte, und mit schick manikürten Nägeln kam ich am frühen Abend nach Hause. Und war richtig optimistisch, mein verändertes Spiegelbild gefiel mir gut, und die neue Friseurin hatte mir versprochen, dass ich das Styling auch selber gut hinkriegen würde, und viel frischer sähe ich auch aus, mit den hellblonden Strähnen.

Wie angekündigt, war ich allein an diesem Abend. Um nicht gleich wieder in Melancholie zu versinken, nahm ich mir den Inhalt meines Kleiderschrankes vor. Und mistete aus. Gnadenlos. Alles, was mir altbacken und langweilig erschien, flog auf einen immer größer werdenden Haufen. Am Ende hatte ich einen höchstens noch zu einem Drittel gefüllten Kleiderschrank, und das, was da noch drin war, war schick, sogar ein bisschen sexy, irgendwann mal gekauft, aber als unpraktisch und nicht für meinen Alltag geeignet in die hinterste Ecke verbannt worden. Mal sehen, was ich ab morgen ins Büro anziehen würde. Vielleicht gar nichts davon. Vielleicht würde ich mir nach der Mittwochsbesprechung frei nehmen und einkaufen gehen. Egal, was es kostete, ausnahmsweise würde ich für mich selber jetzt mal nicht aufs Geld schauen. Sondern mir das nehmen, was mir gefiel und von dem ich glaubte, dass es zu meinem neuen Image beitragen könnte.

Aber irgendwann war ich fertig mit Ausmisten. Den großen Haufen hatte ich gebündelt in die Garage gebracht, am nächsten Morgen würde ich ihn ins Auto packen und bei REWE in die Altkleidertonne werfen. Und dann fing das Warten wieder an. Er hatte ja gesagt, ich solle nicht warten, aber vielleicht würde er ja meinen neuen Haarschnitt bemerken. Und die Fingernägel. Vielleicht würden wir ja reden. Oder Sex haben. Zu meinem größten Erstaunen stellte ich fest, dass ich Lust hatte. Seit unzähligen Wochen das erste Mal Lust hatte, ohne dass er da war, ohne dass die Initiative von ihm ausgegangen wäre.

Es wurde zwölf, es wurde eins. Die Lust verflog, und dieses Gefühl von Trauer und Ohnmacht, das sich anfühlt wie ein riesiger Kloß im Magen, kam zurück. Aber da war noch etwas: Wut, Aufbegehren, dieses mir aus vielen anderen Situationen meines Lebens her bekannte „Ich will auch!“-Gefühl. Wenn eine andere die Rolle im Schultheaterstück bekommen hatte, die ich mir gewünscht hatte, wenn andere in den Urlaub fuhren und wir mal wieder absagten, weil bei irgendeinem Kunden Krisenstimmung war, und halt auch damals. Ich wollte auch eine Abwechslung vom Alltag haben, wollte auch begehrt werden, von anderen Männern angeschaut werden, nicht mit dem Gedanken an die Firmenchefin, die für den monatlichen Gehaltsscheck zuständig ist, sondern mit dem Gedanken an Verführung, an Lust. Und, das ist jetzt sicher ein böser Gedanke, aber ich gebe ihn zu und stehe dazu, dass ich diesen Gedanken damals hatte, ich wollte auch einer anderen Frau wehtun, so wie mir diese Claudia gerade wehtat. Am liebsten natürlich Claudia selbst.

So stark wurde dieses „Ich will auch und ich kann das auch"-Denken, dass ich mir ganz fest vornahm, bei nächstbester Gelegenheit loszuziehen und den ersten sich bietenden Mann anzumachen, egal wie er aussähe, nur um mir selbst zu beweisen, dass ich genauso sein konnte wie Richard. Mich aufbrezeln und in eine Bar gehen. Angeblich stehen doch alle Männer so auf diese selbstsicheren Frauen, die genau wissen was sie wollen und es sich holen, genau wie Männer das tun. Gleich morgen wollte ich Ingrid anrufen. Ingrid ist so eine Frau. Immer topgestylt, erfolgreiche Leverkusener Geschäftsfrau, die damals völlig à la carte lebte und sicher wusste, wo man hier in der Nähe so eine Aktion erfolgreich durchziehen konnte. Er würde schon sehen, was er davon hat, mein untreuer Ehemann.

Gegen halb zwei hörte ich Richards Schlüssel im Schloss. Fräulein Meier sprang von ihrem Kissen neben meinem Bett auf und sauste zur Tür, um ihn zu begrüßen. Das machte sie früher immer, egal, wie spät wir nach Hause kamen, sie war immer da, immer fröhlich. Heute hebt sie allenfalls den Kopf, um dann gleich weiterzuschlafen. Ich hörte ihn, wie er liebevoll mit dem Hund sprach, dann leise erst ins Büro ging und dann ins Schlafzimmer kam. Ich blieb regungslos liegen und stellte mich schlafend. Ob er mich ansah, ich weiß es nicht, jedenfalls kam er nicht zu mir wie sonst, wenn er spät nach Hause kam. Er gab mir keinen Kuss wie sonst, damit ich kurz wach werden und wissen würde, dass er da war. Manchmal redeten wir dann noch, kuschelten oder, auch das kam vor, schliefen noch miteinander. In dieser Nacht hörte ich, wie er sich auszog und ins Bad ging. Gleich darauf rauschte die Dusche.

Oh je. Da wird es wohl wirklich nicht Herr Limbach gewesen sein, mit dem er den Abend verbracht hatte. Aus einer Eingebung heraus sprang ich aus dem Bett und schnupperte an seinem Hemd und der Hose. Frischer, sauberer Geruch, eigentlich gar kein spezieller Geruch. Jedenfalls definitiv kein Gestank nach Rauch oder Essen. Für meine Begriffe war Richard mit diesen Klamotten heute Abend nicht in der Altstadt…

Ich lag gerade wieder im Bett, als er aus dem Bad kam, nur mit einem Slip bekleidet. Und legte sich gleich auf seine Seite, ohne Licht zu machen. Jetzt war wieder eine Gelegenheit zur Aussprache. Was tun? Sollte ich den Stein ins Rollen bringen, indem ich ihn fragen würde, rundheraus: „Wo warst du?“ oder sollte ich weiter so tun, als hätte ich nichts bemerkt und im Geheimen ganz für mich meinen privaten Rachefeldzug und Imagewandel durchziehen. Ersteres hätte das Ende meines bisherigen Lebens bedeuten können. Oder einen Neuanfang. Oder ein Verharren in der Situation, wenn er steif und fest darauf bestanden hätte, dass er in der Altstadt gewesen war. Und vielleicht danach noch einen Spaziergang gemacht hätte, damit die Kleider ausgelüftet wären, vielleicht sogar, um mein empfindliches Näschen zu schonen.

Mal wieder zu lange gegrübelt und gezögert. Als ich Richards tiefe und ruhige Atemzüge hörte, wusste ich, dass ich die Gelegenheit verpasst hatte. Oder wollte ich sie eigentlich auch lieber verpassen?

Am nächsten Abend dann die große Überraschung. Er kam recht früh nach Hause, sprach mich sofort auf meine neue Frisur an, die ihm schon bei der morgendlichen Besprechung aufgefallen war. Auch das frisch aufgetragene Make-Up, die schicke enge Jeans mit dem knappen Pulli, frisch heute Morgen erstanden, bemerkte er. Und er hatte dieses schelmische Grinsen im Gesicht, das er immer hat, wenn er etwas im Schilde führt, eine Überraschung plant oder ähnliches. So war es auch: Er hatte bei eBay eine Wochenendtour für uns beide nach Zürich ersteigert, für ganz kleines Geld, Samstagmorgen im Flieger von Düsseldorf nach Zürich, Sonntagabend zurück, Übernachtung im 5-Sterne-Hotel. Optional noch Stadtführung am Samstagnachmittag.

Hätte ich diese Sache mit Claudia nicht entdeckt, hätte mein Leben an diesem Tag richtig schön sein können. So grübelte ich natürlich. War diese Zürich-Reise eine Beruhigung des schlechten Gewissens? Oder eine Art Abschiedsvorstellung? Oder nahm er das Ganze womöglich gar nicht so ernst, war es für ihn eine unverbindliche Affäre, ein netter Zeitvertreib so wie ein schönes Essen, ein kulinarischer Hochgenuss?

Daraufhin hielt ich natürlich weiterhin den Mund und behielt meine Entdeckung für mich. Und werde diese Reise niemals vergessen. Sie war geprägt von einer ganz besonderen Stimmung. Es war Anfang November, morgens und abends unglaublich neblig, sowohl beim Abflug in Düsseldorf als auch bei der Ankunft in Zürich, aber tagsüber dann sonnig, kalt und klar. Unser Hotel hatte Blick auf den See, wir liefen Hand in Hand durch die Stadt, kauften die eine oder andere Kleinigkeit, und abends gingen wir fürstlich essen in unserem Superhotel. Und hatten richtig guten Sex. Ich lebte die „neue“ Andrea aus, lief tatsächlich den ganzen Tag in für meine Verhältnisse ziemlich hochhackigen Stiefeletten herum, war geschminkt, sogar mit Lipgloss, und es machte mir richtig Spaß, meinen Mann anzuflirten. Seltsam, wie ich jetzt auch wieder seine Attraktivität wahrnahm, jetzt, wo die Gefahr da war, erkannte ich, wie viele Frauen Richard hinterherschauten, und wie er diese Blicke genoss. Ob er damals ahnte, dass ich hinter sein Geheimnis gekommen war? Wir machten beide immer wieder Andeutungen, auch von ihm kamen Sprüche wie „Andere Mütter haben auch schöne Töchter“, aber keiner von uns legte so wirklich die Karten auf den Tisch.

Am Sonntag nahmen wir uns einen Mietwagen und fuhren über Luzern bis nach Grindelwald. Von diesem Tag weiß ich noch, dass wir in Grindelwald zu Mittag aßen, zum Glück schon beim Kaffee waren, als am Tisch neben uns Käsefondue serviert wurde. Das stank so dermaßen, dass wir fluchtartig das Lokal verließen. Und auf der Rückfahrt noch die ganze Zeit darüber lachten.

Abends in Zürich mussten wir dann allerdings fast zwei Stunden warten, bis unser Flieger endlich Richtung Düsseldorf starten konnte. Dort war immer noch der gleiche Nebel wie am Vortag, und der Düsseldorfer Flughafen war zeitweilig gesperrt. Der guten Stimmung zwischen uns tat das aber keinen Abbruch, und ich war ganz sicher an diesem Abend, dass diese wie auch immer geartete Claudia keine ernsthafte Bedrohung für meine Ehe darstellen könnte. Zumal ich gemerkt hatte, wie Richard immer noch, oder besser gesagt, jetzt wieder, auf mich abfuhr, sobald ich mir nur ein bisschen Mühe gab.

In den darauffolgenden Wochen und Monaten entwickelte ich so meine eigenen Strategien gegen die Claudia-Gefahr. Anhand meiner Terminkalender und der Einzelgesprächsnachweise hatte ich ein gewisses Muster entdeckt, oder glaubte zumindest zu wissen, an welchen Tagen er sich mit ihr traf bzw. die Möglichkeit bestand, dass er sie treffen könnte. Am Abend vorher startete ich dann regelmäßig meine Verführungsmanöver, sprich, wir hatten dann fast immer Sex, manchmal auch am Morgen des gefährlichen Tages, und ich glaubte, ihn damit so ausgepowert zu haben, dass er auf weitere sexuelle Eskapaden nicht mehr erpicht sein würde. Auch wenn ich gar nicht immer Lust hatte, allein der Gedanke, dass die bewusste Dame dann vielleicht in die Röhre schauen würde, stachelte mich immer wieder gehörig an. Damals war ich wirklich noch so dumm und unerfahren genug, um nicht zu wissen, dass der Mann bei seiner heimlichen Geliebten immer „kann", egal, welche Turnübungen die eigene Ehefrau unmittelbar vorher noch mit ihm angestellt hat.

Der schlimmste Tag eines jeden Monats war nunmehr derjenige, an dem die Handyrechnungen mit den Einzelgesprächsnachweisen eintrafen. Mir graute immer schon davor, den großen braunen Umschlag im Postfach liegen zu sehen, und oft genug ließ ich ihn noch ein oder zwei Tage ungeöffnet. Genauso hatte ich es während der Krisenzeit unseres Unternehmens mit den Kontoauszügen gemacht. Den Kopf in den Sand stecken konnte ich immer schon gut.

Auch in den folgenden Monaten tauchte die bewusste Nummer immer wieder mit schöner Regelmäßigkeit in den Abrechnungen auf. Aber, und auch das konstatierte ich mit wachsender Genugtuung, die Abstände zwischen den Anrufen wurden länger. Richard war aufmerksam und liebevoll zu mir, genau wie ich zu ihm, bis auf jenes gefährliche, nur in Zürich ganz vorsichtig angerissene Thema besprachen wir auch wieder alles, was uns beschäftigte. Und irgendwann, Mitte des darauffolgenden Jahres, begann ich aufzuatmen. Und fuhr sogar für eine Woche mit ein paar Freundinnen in die Provence. Erst hatte ich mich lange dagegen gesträubt, es war mir einfach zu gefährlich, ihn so lange allein zu lassen, ich malte mir alle möglichen Schauerszenarien aus, mit Claudia in der Hauptrolle. Womöglich würde sie sogar Fräulein Meier um den Finger wickeln in meiner Abwesenheit und mein Platz in der Firma, ob der wohl noch sicher wäre?

Richard drängte mich zu fahren, meine Freundinnen genauso, und so gab ich nach. Schließlich, so war mein Hauptargument, mit dem ich mich dann selbst überzeugte, wenn Richard mich wirklich weiterhin mit der Dame betrügen wollte, dann tat er das so oder so, ob ich nun in Leverkusen war oder in Südfrankreich. Und so fuhr ich. Es war eine wunderschöne Woche, die ich wirklich genoss, und es gab auch keinerlei Beanstandungen oder Grund zur Sorge währenddessen, Richard rief regelmäßig an, ich rief ihn an, er war immer genau dort, wo er terminkalendergemäß, den ich natürlich wohlweislich prall gefüllt hatte, hätte sein sollen, und für das Wochenende hatte ich noch ein paar fleißige Handwerker engagiert, die einiges in Haus und Garten richten sollten und am Samstagmorgen pünktlich um sieben Uhr anfangen wollten, um rechtzeitig zu meiner Rückkehr am Sonntagabend fertig zu sein. Bei dieser Aktion war Richards durchgängige Anwesenheit vonnöten, also auch hier hatte ich entsprechend vorgebaut.

In der Provence taten mir die Gespräche unter Frauen, von denen die meisten etwas älter und erfahrener waren als ich, auch gut. Obwohl ich niemandem konkret von der latenten Bedrohung meiner Ehe erzählte, so drehten sich doch eine ganze Reihe der Unterhaltungen um dieses Thema, im Allgemeinen oder auch speziell auf gemeinsame Bekannte bezogen. Und als ich zurückkam, gut erholt und voller Vorfreude auf meinen Mann, war in mir noch ein anderer Entschluss in Sachen Imagewandel gereift. Und der führte mich zu Teddy und zu Körbchengröße C.

Die positive Reaktion meines Mannes auf Damen mit großer Oberweite hatte ich schon oft registriert. Auch seine immer wieder geäußerten Anspielungen auf meine eigene Ausstattung in dieser Hinsicht, die zum einen nicht gerade sehr üppig und zum anderen langsam dem Gesetz der Schwerkraft folgend auf dem Weg Richtung Bauchnabel war. Immerhin war ich zu diesem Zeitpunkt Mitte vierzig, also war das eine völlig normale Entwicklung. Und dann war da dieses Praxisschild in unserem Bürohaus: „Dr. med. Bernhard Wellenbrink, Facharzt für ästhetische Chirurgie". „Eine unverbindliche Beratung kann ja nichts schaden", dachte ich mir, und ging eines Morgens von der Post kommend einfach mal rein. Ohne Termin, einfach auf gut Glück. Und das hatte ich auch. Das Glück, dass der gute Doc gerade Zeit hatte. Und so bekam ich eine absolut sachliche und kompetente Beratung, konnte alle Fragen stellen, die mir auf der Seele brannten, und bekam ein Fotoalbum mit Vorher-Nachher-Aufnahmen vorgelegt. Klar, dass in solchen Alben nur die Meisterstücke operativer Kunst abgebildet sind, aber es war schon mehr als beeindruckend, was der gute Mann da geleistet hatte. Er suchte auch gleich die passenden Silikonstücke heraus, nicht zu groß, denn, darauf legte er allergrößten Wert, die Brust muss nach wie vor zu der Frau passen, eine zierliche superschlanke Frau mit Körbchengröße D oder gar E sieht einfach nicht mehr gut aus. Das Gesamtbild muss stimmig sein. Und da ließe er auch nicht mit sich verhandeln, wenn eine Frau meinte, sie bräuchte mehr Silikon als er ihr geben wollte, lehnte er den Eingriff kategorisch ab. Die OP würde hier im Haus durchgeführt, unter Anwesenheit eines Anästhesisten und einer erfahrenen OP-Schwester, man würde mich danach noch etwa eine Stunde dabehalten und ich würde in jedem Fall auf meinen eigenen Beinen gehend die Praxis verlassen. Er stellte mir die verschiedenen Techniken vor, meinte, bei mir würde er die Narben am liebsten unterhalb der Brust ansetzen, nicht wie bei anderen häufig gesehen, in der Achselhöhle oder an der Brustwarze. Wie stark man die Narben später sehen würde, hinge dann von meinem individuellen Heilfleisch ab.

Er riet mir nicht zu und nicht ab, bedrängte mich in keiner Weise und ließ auch nicht durchblicken, ob er mich erkannte, schließlich waren wir ja schon seit einiger Zeit quasi Nachbarn. Ich hatte ihn vorher schon einige Male im Treppenhaus gesehen, aber nicht groß darüber nachgedacht. Ich verabschiedete mich jedenfalls mit der Ankündigung, ein weiteres Gespräch zusammen mit meinem Mann führen zu wollen, denn er müsse voll hinter dem Eingriff stehen, sonst würde ich es nicht tun. Ganz sicher wusste der Doc, dass mein Mann, wie die große Mehrheit aller Männer, dafür sein würde.

Richard war hellauf begeistert, als ich ihm von dem Besuch berichtete. Dass ich das tun wollte, Wahnsinn. Und so hatten wir ein paar Tage später dann unseren gemeinsamen Termin bei Dr. Wellenbrink, der ab sofort bei uns nur noch Teddy-Doc oder Teddy hieß. Auch Richard war gleich überzeugt, und so lag die letzte und allein ausschlaggebende Entscheidung, wie beide Herren betonten, bei mir. Ein paar Tage, und Nächte, habe ich mir schon noch Zeit gelassen und überlegt. Wollte ich meinem Körper wirklich einen solch unnötigen Eingriff antun? Mit allen Risiken? Anstatt froh zu sein um jedes Jahr meines Lebens ohne Krankenhaus und OP und vielleicht lebensbedrohliche Krankheiten? Und sollte Richard mich nicht eigentlich so lieben, wie ich war, wie die Natur mich geschaffen hatte? Also auch mit kleinen hängenden Brüsten? Lieben konnte er mich zwar, aber die Brüste einer Claudia, die mir in meinen immer wiederkehrenden alptraumartigen Vorstellungen als Inbegriff der vollkommenen weiblichen Oberweite erschienen, würde er mit Sicherheit mehr lieben.

„Also, was soll's?“, dachte ich schließlich. Genug andere Frauen hatten es auch getan und nicht bereut. Und ich würde Richard damit einmal mehr meinen guten Willen und meine Bereitschaft, ihm zu gefallen, meinen Teil zum Gelingen unserer Ehe in wirklich jeder Hinsicht beizutragen, zeigen.

Wir setzten den Termin für die OP für einen Freitagnachmittag an. Dann wäre sichergestellt, dass Richard die nächsten beiden Tage zu Hause wäre, um sich um mich zu kümmern. Ab Montag sollte ich schon wieder weitgehend fit sein, auf jeden Fall so weit, dass ich allein zur Kontrolluntersuchung kommen könnte. Ob ich dann auch schon wieder zwei Stockwerke höher zur Arbeit gehen wollte, sollte ich dann selbst entscheiden. Mir war es ja auch wichtig, dass meine Umwelt möglichst nichts von der Sache mitbekam, das wäre mir dann doch irgendwie albern erschienen. Das Gerede, zum Beispiel auch bei den Hundefrauen, konnte ich mir lebhaft vorstellen. „Die muss es nötig haben, die Häussler, lässt sich die Brüste machen. Ob sie wohl glaubt, dass das was nützt? In DEM Alter?“

Als es an dem bewussten Freitag dann auf drei Uhr zuging, wurde mir doch ganz schön mulmig. Vor allem, weil Richard immer wieder betonte, dass ich die Sache jederzeit und problemlos noch absagen konnte. Er wäre mir auch ganz sicher nicht gram deswegen. Gram nicht, aber vielleicht wieder auf Abwegen, dachte ich, und biss die Zähne zusammen. Und so marschierte ich kurz vor drei in die Praxis. Erst gab es eine kurze Besprechung mit Teddy, dann mit dem Anästhesisten, auch ein sehr souverän und kompetent wirkender Mann, der Richard und mich davon überzeugte, dass ich zu jeder Zeit in besten Händen sei. Frau Wellenbrink, jene hübsche Blondine, die in dem Maß kühl und distanziert war wie ihr Mann herzlich, erledigte die Formalitäten und brachte mich dann ins Untergeschoss, wo sich der OP-Bereich und auch eine Möglichkeit zur Liegendanfahrt - welch grässliches Wort - befanden. Auf der gleichen Ebene ist ja auch unser Keller, ich hatte nie darüber nachgedacht, was sich hinter dieser anderen Tür befand. Jetzt wusste ich es...

Schmuck ablegen, ja, auch den Ehering, Kontaktlinsen raus, letztes Küsschen und Drücken für Richard, und dann wurde ich in einen kleinen Umkleideraum geführt, dort musste ich mich ausziehen und in ein paar grässlich enge Kompressionsstrümpfe quälen. „Von da an bis zu dem Moment, an dem Sie auf dem Tisch liegen und die Narkose wirkt, sind es höchstens zwei Minuten“, hatte Teddy mir versichert. Ein letzter Blick in den Spiegel, auf meine „alten“ Brüste, die ich immer gemocht hatte und die für mich selbst immer gut genug gewesen wären. Dann ging’s los. Die Spritze spürte ich kaum, dann wurde mir ganz kurz sehr warm und schwummrig, und weg war ich.

Als ich wach wurde, lag ich in einem Bett, neben mir die nette OP-Schwester, die ich vorher nur kurz gesehen hatte, und hörte im Nachbarraum Teddy mit Richard telefonieren: „Sie ist jetzt wach, Sie können kommen.“ Zehn Minuten später war Richard da, er hatte es im Büro nicht ausgehalten und war durch die Stadt gelaufen. Hatte unter anderem einen Riesenstrauß roter Rosen besorgt. Als er kam, machte ich am Arm der Schwester schon die ersten Gehversuche, immer hin und her durch den OP- und Aufwachbereich. Um den Kreislauf anzukurbeln. Und konnte schon mal einen vorsichtigen Blick in den Spiegel werfen. Viel sah man natürlich noch nicht von der neuen Pracht, es war alles verbunden und ich trug einen OP-Kittel. Schmerzen hatte ich auch keine. Was mir allerdings etwas Panik bereitete, war die Aussage der Schwester, die nächsten Tage würden schauderhaft. Das hatte mir der Teddy nicht gesagt. Dass ich von der OP nichts mitbekommen würde, dass ich eventuell in ein paar Tagen einige ordentliche Blutergüsse haben würde und für einige Wochen auf ausgeschnittene und rückenfreie Oberteile würde verzichten müssen, dass ich spezielle Massagegriffe ausführen musste, um zu verhindern, dass sich die Implantate verkapselten und diese Griffe anfangs schmerzhaft sein würden, das schon. Von „schauderhaft“ hatte aber bisher niemand gesprochen. Egal, nun war es zu spät.

Tatsächlich fuhren wir nach Ablauf von etwa einer weiteren Stunde nach Hause. Ich wurde sofort ins Bett gepackt und durfte mich so richtig schön ob meiner Heldentat verwöhnen lassen. Und an diesem ersten Abend ging es mir auch erstaunlich gut. Die Schmerzen hielten sich in Grenzen, ich lag schön eingepackt im Bett, guckte Fernsehen, las Zeitung, bekam ein leichtes Süppchen ans Bett gebracht und schlief irgendwann gegen elf Uhr dann ein. Nachts gegen zwei Uhr muss ich dann wohl aufgewacht sein und wollte zur Toilette. Hatte aber nicht daran gedacht, dass die Narkose mittlerweile vollständig abgebaut war. Und bekam einen ersten Eindruck von dem, was die Schwester als schauderhaft bezeichnet hatte. Ein Gefühl, als hätte man mir den Brustkorb rundherum aufgeschnitten. Und offen gelassen. Es dauerte Minuten, bis ich aufrecht saß und aufstehen konnte. Bis zur Toilette kam ich dann irgendwie. Aber nicht mehr hoch. Denn da sackte der Kreislauf völlig ab. Mir wurde schwindelig, übel, ich bekam scheußliche Bauchkrämpfe, war klatschnass geschwitzt und eiskalt, dazu die Schmerzen in der Brust. Ganz toll, Andrea, dachte ich nur, war es das jetzt wirklich wert? Richard kam angestürmt, mindestens so blass im Gesicht wie ich, und hievte mich irgendwie hoch. Als ich wieder im Bett lag, ging es langsam besser. Richard brachte mir etwas zu trinken und überlegte, den Teddy anzurufen, der uns zwar für alle Fälle seine Privathandynummer gegeben, aber gesagt hatte: „Machen Sie sich keine Sorgen, Sie werden mich nicht brauchen.“ Das sah in dieser Nacht aber zumindest für eine Zeitlang entschieden anders aus.

Wie dem auch sei, ich erholte mich allmählich und konnte auch irgendwann wieder einschlafen. Am Samstagmorgen hatte ich dann sogar Lust auf einen Kaffee und ein bisschen was zu essen. Für zehn Uhr waren wir zum Teddy in die Praxis bestellt, und danach wollte Richard mit mir frühstücken gehen. So schnell wie möglich wieder normal leben, sich nicht hängen lassen, umso schneller würde es mir wieder gut gehen, so dachte er. Und bekam vom Teddy erst mal eine ordentliche Standpauke wegen der nächtlichen Aktion zu hören. Er hätte dafür sorgen müssen, dass ich viel trinke an dem Abend. Und es nicht dabei bewenden lassen, dass ich nach einem Glas Wasser und der Suppe „keinen Durst“ hatte. Das Kreislaufversagen beruhe eindeutig auf Flüssigkeitsmangel, sagte er. Ok, beim nächsten Mal wissen wir es, sagten wir uns. Und was ihm einfiele, mich hiernach noch in die Stadt zu schleppen. Ich gehörte ins Bett, allerhöchstenfalls auf die Couch. Überhaupt hielt er gar nichts davon, dass ich am Montag wieder arbeiten wollte. Eine Woche sollte ich mich auf jeden Fall noch schonen. Ansonsten war er aber zufrieden mit mir und wollte mich am Montagmorgen wieder sehen.

Wir sind trotzdem noch frühstücken gegangen, auch ein bisschen spazieren, bis es mir doch zu viel wurde. Und er hatte recht mit dem Arbeiten. Ich war zwar am Montag in der Firma, habe mich auch durch die zu schreibenden Rechnungen gequält, und da das Wetter rheinisch ungemütlich, also kühl und regnerisch war, fiel es nicht weiter auf, dass ich ein weites Oberteil anhatte. Es merkte mir niemand etwas an, und ein Gutes hat es ja, die Frau vom Chef zu sein, man kann kommen und gehen, wann man will, und so fuhr ich gegen Mittag wieder nach Hause.

Die Schmerzen und das Gefühl des offenen Brustkorbes sollten mich schon noch eine Zeitlang begleiten. Zwei Tage lang konnte ich plötzlich den linken Arm nicht mehr heben und hatte richtig Panik. Mit Fräulein Meier rausgehen ging auch nicht, da sie damals noch zu ungestüm war, um in unserem Wohngebiet ohne Leine zu laufen. Also musste entweder Richard mittags nach Hause kommen, um sie rauszulassen, oder aber, das machte ich auch ein paar Mal, ich bat Manuela, Reginas Tochter, das Fräulein an die Leine zu nehmen, ich hätte mir die Schulter verrenkt, flunkerte ich.

Für den Teddy war das alles ganz normal. Für den lädierten Arm bekam ich eine „Heidelberger Bombe", einen Cocktail aus mehreren starken Schmerzmitteln, gespritzt, die Wunden verheilten gut, und die Blutergüsse hatte er ja auch angekündigt. Ich sah etwa zwei Wochen lang aus wie schwer misshandelt.

Aber auch das verging, und nach ein paar Wochen war ich nur noch rundherum glücklich und zufrieden mit meiner neuen Pracht. Es sah, und sieht auch heute noch, absolut natürlich aus, niemand würde auf die Idee kommen, dass auf jeder Seite 260 Gramm sind, die nicht von mir persönlich stammen, und deshalb gebe ich für Insider mein Gewicht seitdem immer mit „brutto" oder „netto" an…

Fazit dieser Aktion, die ja nun schon ein paar Jahre her ist, ist jedenfalls, es hat sich absolut und vollkommen gelohnt. In jeder Hinsicht.

Noch eine andere Angelegenheit kam in diesen Wochen, als ich mehr oder weniger lädiert zu Hause war, zu einem zumindest vorläufigen Abschluss: das Thema Claudia.

Es war etwa eine Woche nach meiner Operation, ich war noch viel zu Hause und wurstelte so herum, als ich eines Nachmittags auf die Idee kam, Richards Anzüge durchzusehen, weil einige Sakkos in die Reinigung sollten. Die typische Situation also, ich räumte die Taschen aus und fand… ZWEI Karten für eine Musicalaufführung in Duisburg und zwar genau in der Woche, die ich in der Provence verbracht hatte, das war also schon einige Monate her. Ich war wie vor den Kopf geschlagen, vor allem, als ich mir das Datum genau anschaute und mich erinnerte. Das war der einzige Abend gewesen, an dem wir nicht telefoniert hatten. Ich war mit meinen Freundinnen in Avignon in der Oper gewesen und danach noch essen und in einer kleinen Bar. Erst früh am Morgen waren wir wieder zurück, und da hatte ich nicht mehr anrufen wollen, es war Freitagabend und ich hatte ihm ja für Samstag ganz früh morgens die Handwerker auf den Hals gehetzt. Mit Vorbedacht. Aber offensichtlich hatte er genau diesen Abend ausgenutzt, um sie zu treffen. Ich hatte in den Monaten vorher ja schon keine verdächtigen Einträge mehr in den Gesprächsnachweisen gefunden und auch seinem ganzen Verhalten mir gegenüber hatte ich entnommen, oder zu entnehmen geglaubt, die Sache sei vorbei. Und jetzt das. Das Datum für den Opernbesuch innerhalb der Provence-Woche stand schon länger fest, weil die Karten langfristig reserviert werden mussten, also hatte er das Ganze minutiös geplant. Wer weiß, ob er überhaupt zu Hause geschlafen hatte in dieser Nacht.

Und da platzte mir der Kragen. Körperlich und emotional noch angeschlagen und auch ziemlich nahe am Wasser gebaut, was ja sonst nicht meine Art ist, überfiel ich Richard, als er nichtsahnend und gut gelaunt kurze Zeit später nach Hause kam, mit den übelsten Anschuldigungen und Beschimpfungen. All meine monatelange Beherrschung, das Aufbauen des neuen Andrea-Images inklusive des gerade erst in Angriff genommenen Höhepunktes in Form der Brustvergrößerung, unser so viel besser gewordenes Verhältnis, in jeder Hinsicht, war all das nur Illusion, war alles umsonst gewesen?

Richard war sichtlich geschockt, ertappt, betroffen. Er sagte erst mal gar nichts, schaute wie gebannt auf die Karten, die ich ihm auf den Schreibtisch geknallt hatte. Und gab es dann zu. Endlich. Es blieb ihm ja auch eigentlich nichts anderes übrig. Ja, er hatte ein Verhältnis gehabt mit einer Claudia aus Bergisch Gladbach. Ja, er war mit ihr im Musical. An dem Abend, von dem er mir später erzählt hatte, dass er bis 23 Uhr wach gewesen und auf meinen Anruf gewartet hatte und danach aber schlafen gegangen sei, um früh wach zu sein wegen der Handwerker. Ja, er war nach dem Musical auch bei ihr zu Hause. Aber nein, er habe nicht dort geschlafen. Und die Sache sei mittlerweile definitiv beendet und vorbei. Und eigentlich hätte ich es nie erfahren sollen.

Wie es angefangen habe, und vor allem, wann? Selbst ich, in meiner emotionalen Ausnahmesituation, konnte deutlich spüren, dass er zwar einerseits geschockt und aufgewühlt war, andererseits aber auch erleichtert, dass es endlich raus war. Und da brachen Staudämme zusammen, und er fing an zu erzählen.

Er hatte sie vor geraumer Zeit eher zufällig in einer Bar kennen gelernt. Sie war genau eine jener Frauen, die mit der vollen Absicht, sich einen wohl situierten Geschäftsmann zu angeln, in Hotelbars sitzen. Richard, nach einem erfolgreichen Kundentermin entsprechend aufgekratzt, hatte noch keine Lust, nach Hause zu fahren, ich war an dem Abend entweder mit Freundinnen unterwegs oder anderweitig nicht verfügbar und „Los war mit dir in dieser

Zeit ja sowieso nicht viel“, landete also irgendwie in dieser Bar und sah dort diese bildschöne Frau. Eins kam zum anderen, sie redeten, tranken, flirteten und verabredeten sich für einen Abend in der darauf folgenden Woche in irgendeinem anderen Etablissement, irgendwo im Ruhrgebiet, da kam sie wohl ursprünglich her, kannte sich aus, und Richard lief dort nicht so sehr Gefahr, gesehen zu werden. Sie lebte in Scheidung, war Assistentin der Geschäftsleitung in irgendeiner großen Firma, verdiente gutes Geld und nahm sich jeden Mann, der ihr gefiel. Und zu dieser Zeit gefiel ihr nun mal mein Richard.

So fing das an mit den beiden. Sie hatte eine kleine, aber, wie konnte es auch anders sein, äußerst geschmackvoll eingerichtete Wohnung, fuhr Porsche Boxster und kleidete sich nur vom Feinsten. Zum Vergleich: ich trug Jeans von H&M und ab und an auch von Takko und Co., fuhr Geländewagen und war meist voller Hundehaare. „Nichts gegen dich, Andrea, aber sie spielte halt in so vielen Dingen in einer anderen Liga“. Das ist es, was Ehefrau hören will.

Die „vielen Dinge“, das war natürlich in allererster Linie Sex. Er legte mir nicht im Einzelnen dar, was da gelaufen ist zwischen den beiden, welche Spielarten und Praktiken sie drauf hatte, welche Träume Richard bei ihr verwirklichen, ja überhaupt erst einmal aussprechen konnte, alles das ging mit mir ja nicht.

Und sie hörte ihm zu. Nicht, dass ich das nicht getan habe, aber er hatte bei ihr wohl das Gefühl, auf mehr Verständnis zu stoßen. Und mal auf andere Ansichten. Klar, wenn man ständig zusammen ist, zusammen arbeitet, hat man auch die gleiche Art von Problemen und irgendwann wird man betriebsblind und sieht den Wald vor lauter Bäumen nicht. Genau das sagen wir ja unseren Kunden, wenn wir ein Beratungsmandat übernehmen. Lasst mal einen Außenstehenden draufgucken, der bringt euch auf Dinge, auf die ihr allein nie gekommen wärt.

So war es wohl auch mit Claudia. Ab und an sind sie auch zusammen ausgegangen, essen, tanzen, und überall genoss Richard es, der

Begleiter einer solchen Klassefrau zu sein. Nach der sich alle, aber auch wirklich alle Männer umdrehten.

Ja, er sei schon richtig verliebt gewesen. Aber, und das betonte er an diesem endlos langen Abend immer wieder, niemals hätte er auch nur mit dem Gedanken gespielt, mich zu verlassen. Und genau da lag letztendlich der Hase im Pfeffer. Das Ganze ging eine Zeitlang gut, aber ungefähr zu dem Zeitpunkt, als ich die ersten Gesprächsnachweise entdeckte, begann sie, ihn zu drängen. Endlich Nägel mit Köpfen zu machen. Mit mir zu sprechen. Damit sie offen als Paar zusammenleben könnten. Sie wollte mich sogar anrufen und mir „die Augen öffnen“. Damit war Richard ganz und gar nicht einverstanden, er sagte, sie hätte sich unterstehen sollen, das zu tun, dann wäre es sofort aus und vorbei gewesen.

Natürlich war ihm auch meine Veränderung aufgefallen. Aber wie Männer halt sind, er wäre im Traum nicht darauf gekommen, dass ich etwas gemerkt haben könnte. „Du lebtest so sehr in deiner eigenen Welt, du hast doch gar nichts zugelassen von außen. Du hast doch gar nicht gemerkt, dass mir etwas fehlte. Und wenn ich es mal zu sagen wagte, hast du mich nicht ernst genommen. Von daher hatte ich nicht das Gefühl, dir unrecht zu tun.“

Trotzdem genoss er es auch, dass ich plötzlich attraktiver wurde. Ihn reizte, verführte. Er war anständig genug, mir an dem Abend nicht die Messlatte vorzuhalten, keine Wertnoten für sexuelle Performance abzugeben, ich weiß nicht, wie weit unterhalb Claudias Niveau ich da abgeschnitten hätte.

Und so entwickelten sich die Dinge in zwei konträre Richtungen. Da war einerseits Claudia, die mittlerweile bei jedem Treffen immer wieder vom Thema Trennung, Zusammenziehen und endlich mich informieren anfing und ihn mehr und mehr nervte, und andererseits war da die neue, so viel interessantere und begehrenswertere Andrea. Und das sogar noch mit Originalbrüsten. Denn die OP kam ja erst nach dem Provence-Urlaub.

Der Abend, an dem er mit ihr im Musical war. An dem Abend ist es wohl zum großen Knall gekommen. Es war geplant gewesen, dass er nach dem Musical bei ihr übernachten sollte. Großes Frühstück am nächsten Morgen eingeschlossen. Da hatte ich den beiden schon mal einen Strich durch die Rechnung gemacht mit meinem Handwerkertermin. Als er irgendwann in den Tagen davor damit herausrückte, dass er auf jeden Fall morgens um sieben zu Hause sein müsste, war sie schon das erste Mal sauer.

An dem Abend selbst, nach dem Musical, kam es dann wohl wieder zu der üblichen Diskussion über eine gemeinsame Zukunft. Und da platzte ihm der Kragen und er sagte ihr ganz klar, dass er nicht vorhabe, sich von mir zu trennen. Zumal er ihr wohl vorher seine neue Digitalkamera präsentiert hatte, die ich ihm geschenkt hatte, mit Unmengen von Fotos von mir und Fräulein Meier zu allen möglichen Gelegenheiten. Sie warf ihm vor, dass er viel zu sehr an mir hängen würde und sie quasi hintergangen hatte, in dem er ihr falsche Hoffnungen gemacht hätte. Und dann kam wohl noch raus, dass sie schon seit ein paar Monaten zweigleisig fuhr, nebenbei noch den besagten Autofritzen an der Angel hatte, mit dem sie ja auch heute noch zusammen ist.

Daraufhin hatte Richard die Wohnung verlassen, nachdem er ihr klargemacht hatte, dass es das Beste sei, die Sache hiermit kurz und schmerzlos zu beenden. Und tatsächlich, so schwor er, habe er seitdem keinerlei Kontakt mehr zu ihr gehabt.

So. Das war es also nun. Des Rätsels Lösung. Ich musste all das erst einmal verdauen. Er hatte sich für mich entschieden, gegen diese „Traumfrau“, die er hätte haben können. Quasi als Beweis dafür gab er mir ihr Foto. Das ich heute noch irgendwo in einer Schublade habe. Es ist angeblich das einzige Foto, das er von ihr besessen hatte.

Die Affäre Claudia war ausgestanden. Wir beiden hatten neu angefangen, unsere Beziehung, wie man heute sagt, neu definiert. Aber zumindest für mich war nichts mehr so, wie es vorher war. Die

Unbefangenheit und diese absolute Sicherheit in meiner Beziehung zu Richard waren weg. Sicher war unsere Ehe jetzt aufregender und prickelnder und jeder von uns arbeitete daran. Aber auch deshalb, weil wir beide gemerkt hatten, dass dauerhaftes Glück nicht selbstverständlich ist.

Und für mich hatte diese Affäre eine Entwicklung eingeleitet, die letztendlich auch zu meiner ganz aktuellen Situation führte. In der ich nun schon ein paar Minuten mit dem Wagen in der Garage stehe, mal wieder unfähig, auszusteigen und, ja, weiterzumachen mit meinem Leben. Allein. Ohne Richard.

Die beiden Mäuse reißen mich, mal wieder, aus dieser schockstarreähnlichen Haltung. Fräulein Meier hat mitbekommen, dass wir zu Hause angekommen sind, ist aufgestanden und räkelt sich geräuschvoll. Wenn sie gähnt, quietscht sie oft dabei, so als müsste ihr Kiefergelenk mal geölt werden. Das hat sie aber schon ihr ganzes Leben lang getan, es ist also keine Alterserscheinung. Herr Schröder hat das Auto gehört und bellt lauthals hinter der Tür. Er hat in den letzten Wochen eine richtig schöne tiefe Bellstimme bekommen, ich weiß nicht, sind Hunde auch im Stimmbruch?

Die beiden begrüßen sich, als hätten sie sich wochenlang nicht gesehen. Schwänze wedeln, Küsschen werden ausgetauscht, man tanzt umeinander herum. Und all das ist echt und ehrlich gemeint. Da gibt es kein Verstellen, keine Etikette, die zu wahren sind, die beiden sind einfach wahrhaftig und authentisch. In ihrer Zu-, aber auch in ihrer Abneigung anderen gegenüber.

Ich will mir gerade die beiden Leinen schnappen, es ist, vor allem für Herrn Schröder allerhöchste Eisenbahn, als mein Handy wieder klingelt.

Wieder der „Unbek. Teiln." Richard? Viele andere Möglichkeiten bleiben an einem Spätnachmittag am Samstag eigentlich nicht mehr. Ich spüre den Adrenalinstoß durch meinen Körper jagen und sich in der Bauchregion festsetzen, als ich mich, wie gewohnt, wenn ich nicht weiß, wer dran ist, mit einem einfachen „Häussler?" melde.

Ein Moment Stille, dann eine polternde Männerstimme mit eindeutig österreichischem Einschlag. „Jo mei, Andi, ihr seids ja doch da. Hier ist der Stefan aus Salzburg. Hallo, wie geht's euch denn?"

Der Stefan aus Salzburg. Sonst nennt mich kaum jemand Andi, das mochte ich noch nie, bei dem Namen weiß man gar nicht, ob es ein Junge oder ein Mädchen ist, Andi geht ja für beides.
„I bin doch heut und morgen in Köln, habts des vergessen?" Au weia, genau das. Nicht nur ich, sondern auch Richard, wir beide haben

Stefan und seinen für dieses Wochenende angekündigten Besuch völlig und komplett vergessen. Sonst hätten wir ja auch nicht den Altstadtbummel mit Betty und Georg geplant, den ich vorhin mit meiner schauspielerischen Glanzleistung abgesagt beziehungsweise verschoben habe.

Stammel, stotter. Zum Glück fällt mir schnell wieder die Ausrede mit der plötzlichen Englandtour von Richard ein, der Troubleshooting-Mission, die ich auch bei Betty und Georg gebraucht habe. Trotzdem denke ich, er hat was gemerkt. Das normale Vorgehen in dieser Situation wäre ja gewesen, dass ich gestern schon angerufen und das Treffen abgesagt hätte. Denn immerhin ist Richard ja gestern schon gefahren, wohin auch immer.

Der Stefan, das ist ein uralter Freund, den ich quasi mit in die Ehe gebracht habe. Er ist ein paar Jahre älter als ich und war der älteste Sohn einer Hoteliersfamilie, die in den sechziger und siebziger Jahren ein kleines Hotel in Zell am See betrieb, dort verbrachte ich mit meinen Eltern ein paar wunderschöne Urlaube. Das Hotel war eigentlich so etwas wie ein Spielzeug nebenbei, vor allem für Mutter Weingart, denn der Vater war Anwalt mit großer Kanzlei in Salzburg. Keines der Geschwister hatte Lust, den Betrieb zu übernehmen, so wurde das Hotel irgendwann Ende der Siebziger aufgelöst. Stefan trat in die Fußstapfen seines Vaters, studierte Jura und übernahm später die Kanzlei in Salzburg. Dort lebt er auch heute noch, mit seiner Frau, wie hieß sie noch gleich? Ach ja, Anneliese! Über unsere Eltern ist der Kontakt die ganzen Jahre aufrecht geblieben, bis so einer nach dem anderen aus der älteren Generation starb.

Als Kinder konnten wir erst nicht viel miteinander anfangen, der Altersunterschied war einfach zu groß. Ich muss so ungefähr zehn gewesen sein, ich kann mich noch gut daran erinnern, dass wir einmal über den Geburtstag meiner Mutter in Zell waren, und ich sie unbedingt vor dem Frühstück mit einem Blumenstrauß überraschen wollte. Da die Pension etwas außerhalb von Zell lag, war die Beschaffung ein Problem. Doch nicht für Stefan. Er war schon ein bisschen Kavalier, setzte mich vor sich auf die Stange von seinem Fahrrad, und wir fuhren zu einer kleinen Gärtnerei in Bruck, die schon so früh geöffnet hatte. Und so kam ich, beziehungsweise

meine Mutter, zu einem wunderbaren bunten Strauß, den man vielleicht in einem städtischen Blumenladen gar nicht so bekommen hätte.
Einige Jahre später nahm er mich mal mit nach Salzburg und wir zogen durch diverse Discos und Kneipen miteinander. Einige seiner Freunde waren auch noch dabei, und ich startete mit ihm als Zielobjekt meine ersten Flirtversuche. Er ging auch ganz wacker darauf ein, obwohl er eigentlich gerade in festen Händen war, wie ich von einem seiner Freunde erfuhr. Aber mehr als ein Kuss ist nicht dabei rausgekommen. Trotzdem war ich ein paar Tage lang ganz schön durch den Wind.
Danach haben wir uns einige Jahre lang gar nicht gesehen, die Familien tauschten die obligatorischen Weihnachtskarten aus, und als das Hotel geschlossen wurde, wurde der Kontakt noch seltener. Anfang der achtziger Jahre starb Vater Weingart, und ich war mit meinem Vater und Richard auf der Beerdigung in Salzburg. Dabei kamen Stefan und Richard ins Gespräch, entdeckten gemeinsame Interessen, vor allem beruflicher Art, Richard als angehender Unternehmensberater und Stefan als Junganwalt mit Spezialisierung auf Firmenrecht, und von da an blieb der Kontakt, wenn auch locker, bestehen. Wir besuchen uns alle paar Jahre einmal, ich habe natürlich auch Anneliese kennen gelernt, eine ganz patente Frau, die allerdings, im Gegensatz zu mir, sehr darunter litt, dass ihre Ehe kinderlos blieb. Woran es lag, weiß ich nicht.
Es muss ein paar Wochen her sein, da erzählte Richard mir eines Abends, dass er mit Stefan telefoniert hatte und er sein Kommen für ein Wochenende im Herbst angekündigt hatte. Er war auf einer Fachtagung in Köln und wollte sich an dem Samstagabend gern mit uns treffen. Ich weiß nicht, wieso uns beiden der Termin so durch die Lappen gegangen ist, das ist normalerweise nicht unsere Art, vielleicht hat Richard auch ein anderes Datum notiert, jedenfalls hat mich Stefan eben absolut auf dem falschen Fuß erwischt.

„Ah geh, Andi, da bist ganz allein heute Abend? Magst dann nicht trotzdem kommen? Wir könnten fein abendessen hier im Hotel, wennst magst?“ Was soll ich? Nach Köln fahren und Small-Talk mit Stefan halten? Und was ist, wenn Richard in der Zwischenzeit nach Hause kommt? Ich nicht da und komme spät nachts zurück, das wäre für Richard ja ein gefundenes Fressen, und eine Bestätigung all seiner Befürchtungen. Kaum ist er weg, schon geh ich auf die Rolle. Andererseits... Er hat mich verlassen, nicht ich ihn. Und warum soll ich eigentlich hier sitzen und Trübsal blasen, wer weiß, was er gerade tut?

Stefan spürt mein Zögern. Und setzt noch einen drauf. „Eben hab ich noch auf Richards Handy probiert, das ist ganz ausgeschalten, er ist wohl arg beschäftigt in England oder kriegt keinen Empfang." Also gut. Dann soll er mich mal. „Ok, Stefan, warum eigentlich nicht? Wenn du nichts Besseres zu tun hast? Wo genau soll ich denn hinkommen?"

Und so verabreden wir uns im Hyatt Hotel in Köln, direkt am Rhein, mit Blick auf die Eisenbahnbrücke gelegen. Wir haben dort schon ein paarmal gegessen und Rast gemacht auf unseren Spaziergängen am Rhein entlang. Sie haben einen großen Biergarten im Sommer, oft mit Livemusik, und eine lauschige Bar. Und ein Restaurant mit Riesenauswahl.

Ich nehme mein Handy ja auf jeden Fall mit. Und lasse die Rufumleitung eingeschaltet. Sollte Richard also in der Zeit zu Hause anrufen, bekomme ich den Anruf aufs Handy. Und warum bitte sollte ich die Verabredung nicht wahrnehmen? Zum einen haben wir den Termin beide verpennt und nicht abgesagt, dann hätte Stefan den Abend anders verplanen können. Und überhaupt, ich habe Stefan als Kind schon kennen gelernt, es ist also MEIN Bekannter und Freund. Um halb neun soll ich da sein, verabreden wir. Das ist realistisch, muss ich doch zuerst nochmal gründlich mit den Mäusen raus, dann mich ein bisschen aufhübschen, und für die Fahrt muss ich ja auch einige Zeit rechnen. Er ist mit dem Flieger gekommen, deshalb hat er kein Auto zur Verfügung. Aber es ist doch kein Problem, ich muss auch nicht mehr trinken als vielleicht ein Glas Sekt oder Wein zum Essen, dann kann ich ja fahren. Hat auch den Vorteil, dass ich bestimme, wann der Abend zu Ende ist, wenn ich nach Hause will, kann ich fahren. Und wenn ich Lust habe, danach noch etwas anderes zu unternehmen, kann ich auch das tun. Wie das die selbstbewusste, emanzipierte Single-Frau eben so tut. Keine Rücksicht nehmen, auf niemanden, mir selbst aussuchen, mit wem ich meine Freizeit verbringen möchte. Kommen und gehen, wann ich möchte. Toll eigentlich. Und abends spät in das leere Haus zurückkommen. In ein leeres, kaltes Bett, wenn man von den Hunden mal absieht. Es hat alles Vor- und Nachteile. Aber jetzt spielen wir erst mal Single-Frau auf dem Weg zum Samstagabend-Date mit einem attraktiven Mann. Und wer weiß, so wie es aktuell aussieht, werde ich diese Rolle ja noch öfter spielen in Zukunft.

Herr Schröder hat den Packen Zeitungen entdeckt, den ich eigentlich hätte in die Garage bringen sollen. Wenn ich nicht bis kurz vor der Abfahrt vor einigen Stunden wie angewachsen vor dem Brotkorb gestanden hätte. Dem kleinen Herrn war es natürlich langweilig, und er hat auf dem Wohnzimmerteppich einen Riesenberg von Papierschnipseln produziert. Und lag bis eben mitten drin in diesem Haufen, müde von der großen Anstrengung. Ich werde mir dieses Chaos aber erst morgen vornehmen. Es ist Samstag, ich bin verabredet und habe für so etwas Banales jetzt keine Zeit. Und was ist, wenn Richard in der Zwischenzeit zurückkommt? Er hasst solche Unordnung. Und es wäre keine gute Ausgangsposition für mich, für ein klärendes Gespräch, wenn das Erste, was er sieht, ein weiterer Beweis für die Unordentlichkeit und Gedankenlosigkeit ist, die er mir so oft vorwirft. Ok, das kann ich nicht riskieren. Also hole ich den Papierkorb aus seinem Büro und fange an, die Papierchen hineinzustopfen. Leider ist der Korb schnell voll, und der Haufen scheint kaum kleiner geworden zu sein, also raus in die Garage, den Korb in die blaue Tonne ausleeren und wieder hinein zur zweiten Runde. Dreimal insgesamt muss ich laufen, dann liegen nur noch ein paar vereinzelte Restchen auf dem Boden, über die kann man ja mal hinwegsehen. Herr Schröder steht da und schaut mir interessiert zu. Das Fräulein hat sich hingelegt, springt aber sofort auf, als ich das Kommando zum Spazierengehen gebe.

Normalerweise gehen wir gemeinsam mit den beiden abends. Richard nimmt ihn dann an die Leine, weil er so doll zieht - ich muss mal endlich konsequent mit seiner Erziehung weitermachen, sonst tanzt er uns bald auf der Nase herum - und ich laufe mit Fräulein Meier hinterher. Früher zog sie auch, je nachdem wen oder was sie erspäht hatte, musste ich schon sehen, dass ich fest auf beiden Beinen stand, und einmal hat sie mich auch richtig umgerissen. Und mir zwei schöne Veilchen beschert, ganz gleichmäßig. Das wusste ich vorher auch nicht, wenn man im wahrsten Sinne des Wortes auf die Nase fällt, wird nicht diese blau, sondern der Bluterguss verteilt sich auf die Region unterhalb der Augen. Heute macht sie solche Eskapaden nicht mehr. An guten Tagen hat sie zwar immer noch ein strammes Tempo drauf, aber im Allgemeinen ist es ein sehr entspanntes Gehen mit ihr. Er dagegen kann schon ganz gut bei Fuß gehen, man muss ihn nur immer nachdrücklich daran erinnern. Außerdem hasst er Katzen. Wenn er eine sieht, vergisst er auch das kleine bisschen Erziehung, das er hat.

Ich drehe heute Abend nur noch eine kleine Runde. Muss schließlich sehen, dass ich loskomme. Mir vorher noch die Haare waschen und entscheiden, was ich anziehe. Wenn ich dann irgendwann spätnachts wiederkomme, lasse ich die beiden nochmal in den Garten und morgen früh gibt's wieder einen richtigen Spaziergang.

Was ziehe ich bloß an? Einerseits habe ich Lust auf Jeans, knappe Jeans mit den braunen Stiefeln und einen engen Pulli drüber. Andererseits, es ist eine Bar in einem 5-Sterne-Hotel, da sitzen die Damen am Samstagabend nicht in Jeans und Pulli, sondern im sexy schwarzen Kleidchen. Muss ich schließlich wissen, ich habe oft genug in Hotelbars geschaut und die Damen gesehen. Und manchmal habe ich auch selbst dort gesessen. Allein oder auch nicht allein. Also fällt die Entscheidung auf mein kleines Schwarzes. Nicht das bieder-brave, das ich für geschäftliche Anlässe nutze, sondern das andere. Mit dem großzügigen Rückenausschnitt, und vorne ist es auch nicht gerade hochgeschlossen. Warum nicht, verdammt nochmal? Was Stefan sich wohl denkt, wenn ich in diesem Aufzug da ankomme?

Ob es vielleicht doch ein Touch zu viel ist? Lieber doch das brave schwarze? Jetzt stehe ich ziemlich unschlüssig vor dem Schrank. Da fällt mir ein, dass ich noch den hellgrünen Blazer habe. Wenn ich den drüberziehe, fällt der sexy Rückenausschnitt nicht auf. Und ich kann ihn ja ausziehen, wenn es die Situation erfordert.

Und so bin ich um kurz nach acht unterwegs, in dem sexy schwarzen Kleid und dem Blazer darüber.Gut, dass es Navis gibt, ich weiß zwar ungefähr, wo ich hinmuss, aber es erleichtert das Suchen im Dunkeln doch ungemein, wenn einem eine nette Männerstimme den Weg weist. Eine Zeitlang hatte ich mal unseren Ex-Bundeskanzler Schröder als Wegweiserstimme im Auto, das war anfangs ganz lustig, aber zum Schluss wurde es nervig. Jetzt ist es wieder der neutrale Herr aus der Standardeinstellung.

Wann bin ich zum letzten Mal ohne Richard in einer Bar gewesen? Ein paarmal mit Daniel und Sven, wobei beide auch sehr gern in ganz normale Kneipen gingen und vor allem Sven mich immer wieder durch seinen ungeheuren Bierkonsum beeindruckte. Aber gut, irgendwo musste sein Bauch ja herkommen. Eigentlich ging das in seiner Position ja gar nicht. Wie oft habe ich ihm gesagt, eigentlich müsstest du eine Abmahnung aus den USA bekommen, du kannst nicht als deutscher Oberboss eines amerikanischen Wellnesskonzerns mit einer solchen Plauze herumlaufen und dich dann auch noch in der Öffentlichkeit den Antioxidantien-Killern Nummer eins und zwei, denn Rauchen war auch eins seiner Laster, hingeben. Aber das war ihm egal. „Ich habe den Posten, weil ich gut bin, nicht weil ich gut aussehe." Naja na denn.

Bevor ich Sven kennen lernte, war ich öfter allein auf Tagungen und Kongressen oder auch nur Produktschulungen unterwegs, seit ich mich vor einigen Jahren noch einmal ins Abenteuer Selbständigkeit gestürzt hatte. Und zwar in das leider in Deutschland immer noch mit einem oft schalen Beigeschmack versehene und daher sehr schwierig aufzubauende Strukturvertriebsgeschäft. Zu Unrecht eigentlich, denn die Produkte, die auf diesem Weg vertrieben

werden, sind meist von ausgezeichneter Qualität, und da aufgrund des anderen Vertriebsweges die Kosten für Werbung, Lagerhaltung, Ladenmieten etc. wegfallen, stimmt auch das Preis-Leistungs-Verhältnis. Ich arbeitete für ein recht großes amerikanisches Unternehmen, das sich zum einen auf Körperpflege, zum anderen aber auf den Gesundheitsmarkt in Form von Nahrungsergänzungsmitteln konzentriert hatte. Alles auf rein natürlicher Basis und mit einem Qualitätsstandard, der sich mit dem von medizinischen Produkten durchaus vergleichen ließ.
Bei den Nahrungsergänzungen gibt es zwei verfeindete Lager: das Pro- und das Contra–Lager. Die Verfechter der Contra-Position sagen, es reicht, wenn man mehrmals am Tag Obst und Gemüse isst, sich ausreichend sportlich betätigt, nicht raucht, kein Übergewicht usw. hat. Das Pro-Lager dagegen sagt, es reicht noch lange nicht, denn Obst und Gemüse haben in den letzten Jahren einen Großteil ihrer Nährstoffe und ihres Vitamingehalts eingebüßt. Daher sollte jeder Mensch, der gesundheitsbewusst lebt, zusätzlich zu den fünf Portionen Obst und Gemüse noch hochwertige Nahrungsergänzungen zu sich nehmen. Vorzugsweise die unsrigen.
Firmen wie die, für die ich arbeitete, gibt es eine ganze Reihe, die meisten kommen aus Amerika. Was bei der meinen noch so besonders war und mich von Anfang an faszinierte, war ein Gerät namens Lifestyle Indicator. Damit konnte man non-invasiv, also ohne in den Körper einzudringen und ihm irgendetwas zu entnehmen, mittels Laserstrahl feststellen, ob die Person sich gesund ernährte. Mit diesem Gerät konnte man losziehen und die Leute beeindrucken. Und bezüglich ihres Lebensstils beraten. Und man konnte es an den Mann bzw. an die Arztpraxis, den Heilpraktiker, das Fitnessstudio und viele andere Einrichtungen mehr bringen. Es diente allerdings in erster Linie dem verstärkten Verkauf der Nahrungsergänzungen und das war häufig die Crux bei der Sache. Die Leute wollten das Gerät einsetzen und nicht die „Pillen" verkaufen.
Ich war Feuer und Flamme dafür, mit dem Gerät von Praxis zu Praxis zu ziehen, ein paar Probemessungen zu machen und damit das Gerät selbst zu verkaufen oder zu vermieten. Leider war das eben nicht die Philosophie der Firma und ich war überglücklich, in Sven als

dem neuen Mann an der Spitze der Repräsentanz Deutschland einen eingefleischten Verkäufer gefunden zu haben, der meine Meinung teilte.

Aber danach sah es anfangs noch lange nicht aus. Schon gar nicht, als ich, völlig unerfahren auf diesem Gebiet, mal wieder durch puren Zufall in diese neue Selbständigkeit stolperte. Das muss jetzt etwa vier Jahre her sein, jedenfalls nach der Episode mit Claudia. Unsere Firma lief wieder sehr gut, wir hatten einige fleißige und kompetente Leute, die weitgehend selbständig arbeiteten, und ich begann, für mich die Drei-Tage-Woche einzuführen, die ich ja auch heute noch pflege. Was aber tun mit der restlichen Zeit? Zumal ich selbst an den drei Bürotagen nicht immer ausgelastet war und meine Stunden oftmals mehr absaß als abarbeitete. Dementsprechend unzufrieden war ich, fühlte mich unausgelastet, unterfordert, und nahm mir regelmäßig Bücher mit ins Büro. Das konnte es doch nicht gewesen sein für mich. Ich begann wieder ein bisschen mit meinem beruflichen Schicksal zu hadern, hatte ich damals meine eigene Karriere an der Uni, wo ich heute entweder Professorin oder zumindest akademische Oberrätin mit einer Reihe von interessanten Forschungsprojekten wäre, aufgegeben, um nun hier herumzusitzen und zu hoffen, dass das Telefon klingelte oder die Zeit irgendwie verging?

Die Rettung kam wie so oft völlig überraschend und aus einer ganz anderen Richtung, als ich es mir vorgestellt hätte. Richard hatte bei eBay einen lebensgroßen Holzdalmatiner ersteigert. Dalmatiner fanden wir immer schon toll, obwohl wir damals ja noch keinen hatten, aber Fräulein Meier als Jagdhündin kam dem schon recht nahe. Jedenfalls war dieser Holzhund zu groß und zu schwer, um ihn mit der Post zu schicken, und als wir feststellten, dass die Verkäuferin gar nicht weit weg von uns wohnte, sondern in einem Dörfchen im Bergischen, beschlossen wir kurzerhand, einen Ausflug zu machen und den Hund persönlich abzuholen. Gesagt getan, und so fuhren wir eines sonnigen Sonntagnachmittags bei Tatjana auf den Hof.

Ein alter Bauernhof mit ganz viel Grün drum herum, mitten im bergischen Land, dort wohnte sie, in einer Einliegerwohnung, ganz toll modernisiert, mit riesigen Fenstern und einem phänomenalen Blick. Dazu umgeben von allerlei Getier, das sie mit Liebe und Hingabe versorgte, wann immer es ihre Zeit erlaubte, gemeinsam mit den Hofbesitzern, einem älteren Ehepaar, das in Tatjana eher die verlorene Tochter als die potente Mieterin sah. Den Holzdalmatiner hatte sie allerdings abgeben wollen, weil er sie zu sehr an ihren kürzlich in die Wüste geschickten Ehemann erinnerte.

Wir verstanden uns sofort prächtig, Fräulein Meier tobte begeistert mit den anderen Hunden auf dem Hof herum und nutzte vor allem die Gelegenheit, den Misthaufen zu inspizieren, ausführlich. Sowas gibt es bei uns ja nicht so oft. Und so wurde es dann nichts mehr mit der geplanten Weiterfahrt und dem Kaffeetrinken irgendwo in einem schönen Gasthof, wir bekamen Kaffee und selbstgebackenen Obstkuchen auf diesem wunderschön bepflanzten Innenhof. Und kamen beim Erzählen natürlich auch auf unsere jeweiligen Berufe. Ich staunte ganz schön, als sie aus ihrem Berufsleben berichtete. Fast 25 Jahre war sie Bankerin gewesen, Finanzfrau aus Leidenschaft, aber immer mit einem unerfüllten Traum im Hinterkopf: Sie wollte selbständig sein, ihr eigener Chef sein. Sie wusste nur lange Zeit nicht so recht, wie und womit. Bis sie, auch wieder purer Zufall, wenn man daran glaubt, ich glaube ja eher, dass einem alles vorbestimmt ist im Leben, eine Freundin aus der Schulzeit wiedertraf, und die erzählte ihr von diesem sensationellen neuen Geschäftsmodell, das, wie so vieles, aus den USA kam, aber auch in Asien und Teilen von Europa schon sehr erfolgreich sei. Empfehlungsmarketing, Strukturvertrieb, Direktvertrieb, wie auch immer man es nennen wollte. Als selbständiger Vertriebspartner Kunden und Teamkollegen gewinnen, das Ganze in einem Markt, der so stark boomt wie kein anderer auf der Welt: dem Wellnessmarkt. Und so wagte sie den Sprung ins kalte Wasser, damals war das gerade zwei Jahre her. Sie nutzte die Zeichen der Zeit, als die Banken anfingen, Personal abzubauen, nahm sich eine schöne dicke Abfindung mit und steckte die in ihr neues Geschäft. Beziehungsweise nutzte sie zum Leben in den ersten, etwas mageren Monaten.

Und damals, nach zwei Jahren, hatte sie schon einige Kunden und Vertriebspartnern gewonnen, ging mit mindestens genauso viel Enthusiasmus an diese neue Herausforderung heran wie vorher an ihren Bankjob und konnte, wie sie sagte, mittlerweile auch schon ganz gut davon leben. Sie sei nicht allzu anspruchsvoll, aber allein diese Wohnung, ihr Auto, ihr ganzer Lebensstil, das musste ja schon von irgendwas finanziert werden.
Wie das so ist, wenn man selbständig ist, dann ist man „selbst" und „ständig" - ein alter Kalauer, aber jeder Freiberufler und Unternehmer wird ihn bestätigen. Und so war das auch damals bei ihr, an jenem Sonntagnachmittag. Sie nutzte die nette Plauderei mit uns, um uns so ganz unauffällig ein bisschen auszuhorchen, herauszufinden, dass Richard ziemlich unter Stresssymptomen litt und ich notorisch unterfordert war. Und so warf sie ihre Netze aus: erzählte von den hochwertigen, auf reinen Pflanzenextrakten basierenden Nahrungsergänzungen zum Stressabbau, erzählte davon, dass jeder nur halbwegs gesundheitsbewusste Mensch mittlerweile gelernt haben müsse, dass man sich auf unser Gesundheitswesen nicht mehr verlassen könne und selbst aktiv zur Erhaltung seiner Gesundheit vor allem in der zweiten Lebenshälfte beitragen müsse. Und erzählte, dass man Gesundheit messen könne. So kam zum ersten Mal der damals noch ganz neue und völlig unbekannte amerikanische Lifestyle Indicator ins Spiel. Sie bot uns an, uns messen zu lassen und festzustellen, wie gut oder schlecht es um unsere Immunabwehr bestellt sei. Danach sollten wir für drei Monate eines ihrer Produkte nehmen und uns dann wieder messen lassen. Der Wert müsse bei bestimmungsgemäßer Anwendung gestiegen sein. Wenn nicht, könnten wir unser Geld zurückverlangen. Warum nicht, dachten wir uns, und vereinbarten für die kommende Woche einen Termin zum Messen. Und ich hatte Blut geleckt, schon an jenem ersten Nachmittag. Das Thema war interessant, die Produkte, nicht nur die Nahrungsergänzungen, sondern auch die Pflegeprodukte klangen vielversprechend und waren vor allem nicht so teuer wie viele Luxuspräparate, die man im normalen Ladengeschäft kaufen kann. So glaubte ich, schlau zu sein und fragte meinerseits Tatjana aus. Was man denn zu tun hätte, wenn man auch dieses Geschäft

betreiben wollte. Tatjana ließ mich zappeln, sie war schon ganz schön clever, erzählte nur ein bisschen, so dass meine Neugier angestachelt war und ich dem nächsten Termin bei ihr gespannt entgegenblickte. Richard sah das Ganze lockerer, er war gern bereit, ihr Produkt gegen Stress einmal auszuprobieren, und auch den Test mit dem Indicator wollte er gern mitmachen. Aber er merkte natürlich auch, dass ich mehr als interessiert war. Dass ich glaubte, ein neues berufliches Betätigungsfeld gefunden zu haben, etwas, für das selbst meine kaum vorhandenen Fachkenntnisse ausreichen würden, denn diese, sagte Tatjana, würde man sich schnell aneignen, es gebe Schulungen, Informationstage, und vor allem sie wäre immer für ihre Vertriebspartner da. Es komme vielmehr auf die neudeutsch „soft skills" genannten Fähigkeiten an: Geduld, Empathie, Begeisterungsfähigkeit, Beharrlichkeit, Teamfähigkeit, Führungskompetenz, all das müsse ein neuer Vertriebspartner mitbringen, wenn er es wirklich in dem Geschäft zu etwas bringen wollte. Ich könnte mir das Ganze ja einmal in Ruhe überlegen, erst einmal den Test machen, dann einige der Produkte ausprobieren, und wenn ich dann überzeugt wäre, könnten wir weiterreden.

Diese Strategie des „den Köder hinhalten, und wenn der Fisch im Begriff ist anzubeißen, wieder wegziehen", habe ich später so oft selber erfolgreich angewandt. Wenn man den Leuten die Geschäftsmöglichkeit so schmackhaft macht, dass sie am liebsten gleich den Vertrag unterschreiben und morgen loslegen wollen, dann zieht man ihnen diese Verlockung erst einmal wieder weg, so nach dem Motto: „Ich weiß aber nicht, ob das etwas für Sie ist…". Wer wirklich Interesse hat, ist durch diese Haltung so angespornt, dass er dann erst recht will. Und es der Gegenseite zeigen will, dass das etwas für ihn ist. Nun gerade.

Der Test mit dem Indicator ein paar Tage später zeigte, dass wir beide dringend etwas an der Stärkung unseres Immunsystems tun mussten, sprich, besser heute als morgen mehr Obst und Gemüse essen, denn wir brachten es damals auf maximal zwei Portionen am Tag und das auch nicht immer, und natürlich die Kapseln mit der

Nahrungsergänzung nehmen. Für mich zusätzlich einen Extrakt aus grünem Tee, wissenschaftlich anerkannt gegen Krebs hilfreich, und für Richard den Stresshemmer. Außerdem erfuhr ich, nicht von Tatjana, sondern von einer anderen zufällig oder auch absichtlich anwesenden Kundin, dass meine Haut fahl aussähe und ich offensichtlich die falschen, da zu stark mineralölhaltigen Pflegeprodukte für mein Gesicht verwenden würde. Ok, warum nicht, also wurde noch eine Komplettausstattung Gesichtspflegeprodukte eingepackt, für deren korrekte Anwendung ich erst einmal eine Betriebsanleitung brauchte. Nach einigen Tagen war ich mit dem morgendlichen und abendlichen Wasch- und Cremeritual ganz vertraut, und ich merkte tatsächlich schon nach kurzer Zeit eine deutliche Verbesserung meines Hautbildes. Viel frappierender aber war, dass sich Richard wenige Tage, nachdem er begonnen hatte, die Kapseln gegen Stress zu nehmen, wesentlich besser fühlte. Er schlief besser, wachte nicht mehr jeden Morgen wie gerädert auf, und war im Allgemeinen ausgeglichener und weniger nervös. Ich war völlig fasziniert und mehr denn je bereit, diese meine Überzeugung von den Produkten in die Welt zu tragen und damit auch Geld zu verdienen.

Und so legte ich los. So oft wie möglich fuhr ich zu Tatjana und lernte alles, was ich wissen musste, über diese Vielzahl von Produkten, fuhr auch mit ihr nach Frankfurt in die Deutschland-Zentrale der Firma, und lernte langsam aber sicher, mit dem Lifestyle Indicator umzugehen. Das alles war gar nicht so schwer, wie ich gedacht hatte. Das eigentlich Schwierige begann erst jetzt: meine Umgebung für das zu interessieren, was ich ihr sagen wollte. Die gleiche Begeisterung auch in anderen zu wecken dafür, dass man seine Lebensweise umstellen sollte, und die Erkenntnis in ihnen schüren, dass die beste Ernährung allein nichts nutzt, sondern dass man eben die Nahrungsergänzungen benötigt, um einen ausreichenden Schutz des Immunsystems aufzubauen. Freie Radikale schädigen das Immunsystem, schädigen die einzelne Zelle, und gegen sie schützen uns die Antioxidantien. Diese gelten als die Körperpolizei. Je mehr Antioxidantien man hat, umso besser ist man geschützt gegen die bösen freien Radikale. Und beim Bilden von Antioxidantien helfen eben diese Produkte. Das war, in Kurzform, die Philosophie, die dahinter steckt, und sie ist ganz sicher nicht von der Hand zu weisen.

Die erste große Aktion, die Tatjana und ich gemeinsam starteten, war eine Art „Tag der offenen Tür" bei mir zu Hause. Wir luden alle meine Freunde und Nachbarn ein, es gab Produktpräsentationen und vor allem konnte man sich messen lassen. Die Messungen waren nicht kostenlos, 10 Euro mussten dafür bezahlt werden, man bekam aber auch eine ausführliche Beratung und entsprechendes Informationsmaterial an die Hand. Messen und Beraten tat Tatjana, ich hörte zu, wann immer ich nicht mit Begrüßen, Verabschieden, Bewirten und Small-Talk beschäftigt war. Immerhin bekam ich aber an diesem Tag schon eine ganze Menge Aufträge, das heißt die Leute unterschrieben einen Abo-Vertrag für die Lieferung der Produkte für mindestens drei Monate. Und kauften auch eine ganze Menge der Sachen, die ich vorrätig hatte. Ja, ich war, wie das in diesen Geschäften üblich ist, obwohl es immer heißt, es sei eine Existenzgründung ohne Kosten und ohne Risiko, doch mit ein paar hundert Euro in Vorlage gegangen, um einige der gängigsten Produkte im Haus zu haben. Der Rest konnte dann direkt bei mir bestellt werden.

Richard hatte sich zu Guido verdrückt an diesem Tag, die beiden arbeiteten an dem Internetauftritt unserer Firma, und er erkundigte sich alle paar Stunden telefonisch, wie viele Leute ich denn schon „an der Angel" hätte. Ich glaube, er war ganz froh darüber, dass ich etwas gefunden hatte, was mich offensichtlich sehr begeisterte, denn er hatte meine Unzufriedenheit in den letzten Monaten schon mitbekommen.

Es war nicht leicht, Kunden und vor allem genauso enthusiastische Mitstreiter für das Geschäft zu finden. Ich war aus verschiedenen Gründen prädestiniert dafür, Erfolg zu haben. Ich hatte die gesamte Infrastruktur zur Verfügung, die viele andere Frauen eben nicht hatten, ich konnte unser Büro nutzen, die Computer, das Telefon und selbst die Frankiermaschine. Und ich hatte Zeit und den festen Willen, Erfolg zu haben.

Ich arbeitete wirklich viel für diese Firma. Lud regelmäßig Leute zu mir ein, wenn ich die Messungen durchführte oder Produktschulungen für die Körperpflegeserien abhielt. Ich nahm an Gesundheitsmessen teil, regional und auch einige Male überregional. Fuhr sogar nach Salt Lake City zur Jahrestagung der Firma. Und lernte viele hochinteressante Menschen kennen. Solche, die es in dem Geschäft wirklich geschafft hatten, Millionen zu verdienen. Es gibt sie wirklich, diese Erfolgsstories von den Männern und Frauen, die zum Teil aus ganz anderen Berufen gekommen waren und sich einfach reingekniet hatten in das Geschäft. Und natürlich auch Glück gehabt hatten. Mit einigen von ihnen hatte ich persönlich zu tun, und sie waren eigentlich ganz normale Menschen. Obwohl ich zugegebenermaßen ganz schön Respekt vor ihnen hatte.

Mit Tatjana hatte ich mich sehr gut angefreundet, und es gab noch ein paar weitere nette Mädels und auch ein paar Herren in unserer Gruppe. Wenn wir gemeinsam loszogen, nach den Schulungen oder auf den Kongressen, wurde es immer lustig. Und so lernte ich auch die eine oder andere Hotelbar kennen.Wobei ich von Natur aus leider immer zu schüchtern war, wirklich jemanden „anzubaggern" in diesen Bars. Ich fürchtete immer, nicht gut genug auszusehen, zu hausbacken zu sein, auch nach dem Claudia-bedingten Imagewandel, und hatte panische Angst davor, mich lächerlich zu machen. Und mir eine Abfuhr einzuhandeln. Deshalb machte ich meist einen Rückzieher, wenn es darum ging, mich nach dem Abendessen allein an die Bar zu setzen, und genoss stattdessen das Fernsehprogramm auf meinem Zimmer. Waren wir zu mehreren, hätte es leichter sein können, aber irgendwie lief bei diesen Treffen innerhalb unserer Gruppe nie etwas. Andererseits legte ich es damals auch nicht wirklich auf einen Flirt oder gar auf mehr an, meine Flirtbereitschaft lag nach dem kurzen Aufflackern aus Vergeltungsmotiv wieder ziemlich brach.

Später war ich ja dann meist nicht mehr allein unterwegs, sondern erst mit Daniel, und danach einige Male mit Sven. Und beide waren so präsent, dass ich andere Männer überhaupt nicht registrierte und also auch nicht merkte, wenn jemand Interesse an mir zeigte.

Und so bin ich heute Abend das erste Mal seit langer Zeit wieder allein und dazu noch entsprechend aufgebrezelt auf dem Weg in eine Hotelbar. Und habe auch noch eine feste Verabredung mit einem extrem gut aussehenden Mann. Falls er bauchtechnisch in den letzten beiden Jahren nicht allzu sehr zugelegt hat.

Ich sehe ihn nicht gleich, als ich die Bar betrete. Als Erstes sehe ich ein paar Gestalten an der Theke sitzen, Frauen und Männer. Die Männer teils leger, teils elegant angezogen, die Frauen alle, wie ich es erwartet hatte, auf männermordende Vamps gestylt. Ob ich da überhaupt eine Chance hätte, wenn ich mich dazusetzen würde, ganz eindeutig und offensichtlich auf Beutezug?

Zum Glück muss ich das zumindest heute Abend nicht tun. Denn jetzt habe ich Stefan erspäht, er sitzt an einem Zweiertisch im hinteren Bereich des Raumes und winkt mir entgegen. Steht auf, ganz Gentleman, als ich näherkomme. Nein, er hat bauchtechnisch überhaupt nicht zugelegt, auch die Haare sind noch genauso schwarz wie früher. Verdammt attraktiv sieht er aus, in seinem dunkelblauen Blazer mit dem weißen Hemd drunter. Er ist gut einen Kopf kleiner als Richard und auch um einiges schmaler, hat ein markantes, gut geschnittenes Gesicht.

Er strahlt mich an, und drückt mich erst mal fest an sich, ein Küsschen auf die Wange gibt es auch. Vor ihm steht ein Kölsch, das bekommt er zu Hause ja nicht so oft und nutzt den heutigen Abend, an dem er nicht mehr fahren muss, aus, um sich dieses und später noch ein paar weitere zu genehmigen. Ich bestelle einen Prosecco, und nehme mir aber ganz fest vor, für den Rest des Abends bei Apfelschorle zu bleiben. Nicht auszudenken, wenn ich heute Nacht in eine Polizeikontrolle kommen und meinen Führerschein verlieren würde. Das Leben wird eh schon schwierig genug, wenn ich künftig Single sein sollte, aber ein Single ohne Führerschein wäre eindeutig noch eine Steigerung der Misere. Erst recht in unserem Dorf, wo man ohne Auto wirklich aufgeschmissen ist. Falls ich dort überhaupt bleiben kann… Aber jetzt weg mit den trüben Gedanken, Andrea. Jetzt sitzt du hier mit einem schicken Typen, den du schon ewig kennst und machst dir einen netten Abend, das hast du verdient. Wer weiß, mit wem Richard genau in diesem Moment zusammen ist.

Und so erzählen wir erst einmal dies und das. Immerhin haben wir uns eine ganze Weile nicht gesehen, und da ist schon das eine oder andere passiert. Er berichtet, dass er weitere Partner in seine Kanzlei aufgenommen hat, auch ein paar jüngere Anwälte sind dabei, ein paar Jahre will er noch mit Volldampf arbeiten, bis er sechzig ist, vielleicht, und dann kürzer treten. Bis dahin müssen die Jungspunde sich ihre Sporen verdient haben. Von unserem gemeinsamen Klienten, einem Fabrikanten aus der Nähe von Salzburg, erzählt er auch. Dort ist Richard vor etwa zwei Jahren zuletzt gewesen, man war mit ihm sehr zufrieden, wie schön, und Stefan hatte im Vorfeld dieser Reise erwähnt, dass er ihn treffen würde. Er solle sich bald mal wieder melden, man hätte schon gern wieder die eine oder andere Analyse von ihm. Normalerweise würde mich das freuen, immerhin winkt ein netter neuer Auftrag, und es ist immer gut, Stammkunden zu haben. Heute geht das irgendwie an mir vorbei.

Ja, ich muss mich schon ziemlich zusammenreißen, um meine Rolle als nur vorübergehende Strohwitwe mit geschäftlich abwesendem Vorzeigeehemann aufrechtzuerhalten. Und hoffe bloß, dass es mir gelingt. Sicherheitshalber fange ich an, von Herrn Schröder zu erzählen, den kennt er ja noch nicht. Ein paar Fotos von dem kleinen Mann habe ich sowieso immer in der Tasche. Das ist ungefährliches Terrain, und ein unerschöpfliches Thema. Und sorgt auch garantiert für ein paar Lacher.

Das Essen ist mittlerweile auch gekommen. Ich habe zwar absolut keinen Appetit, aber da ich eigentlich seit gestern Mittag außer einer Scheibe trockenen Brotes überhaupt nichts gegessen habe, geht komischerweise doch der eine oder andere Bissen runter. Ich habe mir einen Salat mit Putenbruststreifen bestellt. Wenn ich schon mal nicht essen mag, kann ich das auch gleich figurtechnisch ausnutzen und eine kleine Fastenkur einschieben. Stefan isst Filetsteak und lässt es sich so richtig schmecken.

Die Gesprächsthemen sind ins Allgemeine abgedriftet, seitdem das Essen da ist. Politik, in Deutschland und Österreich, die Finanzkrise, die Abwrackprämie in der Autoindustrie. Alles unverfänglich.

Völlig unbeabsichtigt stelle ich, als wir eigentlich gerade die Dessertkarte durchschauen, die Frage, die den Verlauf des Abends komplett umwirft. Ich frage nach Anneliese, denn mir ist gerade aufgefallen, dass ich mich die ganze Zeit über noch gar nicht nach ihr erkundigt habe. Wahrscheinlich, weil ich instinktiv auch versucht habe, das Thema Richard zu meiden, außer in geschäftlichen Bezügen.

Und da kommt es heraus: Er sieht auf einmal sehr ernst und traurig aus, und eröffnet mir, dass Anneliese und er sich vor einem halben Jahr getrennt haben. Die Scheidung ist schon eingereicht und sollte in ein paar Monaten durch sein. Er ist aus der Villa ausgezogen und hat jetzt eine kleine Wohnung in der Nähe der Kanzlei. Ich bin ehrlich betroffen, frage nach dem Warum. Gibt es jemanden, bei ihm oder bei ihr? Nein, sagt er, nicht wirklich. Bei ihr nicht, soweit er das weiß, und bei ihm, nein, eigentlich auch nicht. Wieso denn dann, frage ich. Achtzehn Jahre waren die beiden verheiratet, nicht so lange wie wir, sie hatten sich auch später kennen gelernt, und vor einiger Zeit hat Stefan gemerkt, dass er nicht mehr das Gleiche für sie empfindet wie früher. Dass sie ihm gleichgültig geworden ist. Ja, auch wenn es grausam klingt, er ist ihrer überdrüssig geworden. Das ist allmählich gekommen, schleichend, es hat keine einschneidenden Ereignisse gegeben, auch keine nennenswerten Streitigkeiten, keine Kräche mit Türenschlagen und Porzellanzerdeppern, und auch keine ernsthaften Seitensprünge. Es ist nur die Liebe gestorben, langsam aber unaufhaltsam.

„Weißt, Andi, ich hab plötzlich gemerkt, dass da nichts mehr ist, wenn ich an sie denk. Sie war da, wie immer, aber es war mir egal. Vielleicht, wenn wir Kinder gehabt hätten, dann hätte sie eine richtige Aufgabe gehabt, es hätt uns was verbunden, etwas, für das wir gemeinsam gelebt hätten. Aber so, sie hatte ihre Freundinnen, ihre Freizeit, ihr eigenes Leben. Und ich hatte meines. Sie hat mir nichts getan, und ich hab mich schon dagegen gewehrt, musst nicht denken, ich hätte es nicht probiert. Man kann doch nicht einfach so viele Jahre hinschmeißen, bloß weil man nicht mehr die Flöhe im Bauch hat wie am Anfang. Aber irgendwann hab ich für mich gemerkt, so will ich nicht mehr leben. Und wenn ich allein sein muss für den Rest meines Lebens, allemal ist das besser als in einer Ehe, wo nichts mehr ist."

So kann's also auch gehen. Ohne Katastrophen und Krisen, einfach so, wie ein Tumor, der langsam in einem wächst und plötzlich den ganzen Körper verseucht hat, eh man es merkt. Wie ein Tumor gewachsene Lieblosigkeit und Überdruss.

„Und wie hat sie es aufgenommen? Ist es ihr ähnlich ergangen?" - „Sie war schon geschockt, als ich es ihr gesagt habe. Ich hab sie ja auch vor vollendete Tatsachen gestellt, ich geb's ja zu. Hab gesagt, wir müssen reden, und, ja, erst war sie geschockt. Hat es nicht verstanden, wie auch? Dann, an dem Abend, hat sie irgendwann gesagt, dass es ihr ähnlich ginge. Die große Leidenschaft war's auch bei ihr nicht mehr. Aber Konsequenzen ziehen, das hätte sie niemals getan. Schon der Leute wegen nicht. Das darfst nicht unterschätzen, grad da bei uns, die Leute reden und auch wenn die Zeiten moderner geworden sind, die Ehefrau ist immer noch die Sitzengelassene."

„Und da habt ihr euch einfach so getrennt? Es nicht noch einmal versucht, eine Paartherapie gemacht, euch erst mal nur eine Auszeit genommen? Gleich alles endgültig verabschiedet?" Da bin ich ja absolut die Richtige, noch gute Ratschläge geben, in meiner Situation. Bis gestern Abend, ja, da wäre ich der festen Überzeugung gewesen, anderen in ähnlicher Lage hilfreich sein zu können. Wir hatten unsere Megakrise gemeistert, ohne Ehetherapeuten, nur durch ganz viel

Reden und durch Veränderung der eigenen Einstellung. Und, natürlich weil auch noch genug Gefühle da waren. Jetzt allerdings muss ich vor mir selber zugeben, bin ich nicht mehr in der Lage, aufzutrumpfen. Jetzt stehe ich, so gesehen, keinen Deut anders da als Anneliese. Der geht's wahrscheinlich zumindest finanziell sogar besser, als es mir gehen wird.

„Ganz so einfach war es natürlich nicht. An dem ersten Abend, als ich ihr gesagt habe, dass ich für sie nicht mehr so empfinde, wie man für seine Ehefrau empfinden sollte, da war sie noch recht ruhig, vernünftig, sicher hat sie gefragt: ‚Was hab ich falsch gemacht?' und natürlich auch, ob es eine andere gibt. Aber ich hab ihr gesagt: ‚Du hast nichts falsch gemacht, aber auch nichts richtig, und ich genauso'. An dem Abend hab ich gedacht, unsere Trennung wird eine von denen, die sich kein Anwalt wünscht, friedlich und in bestem Einvernehmen. Leute, die sich einmal geliebt haben und die jetzt als Eheleute auseinandergehen, aber als Freunde zusammenbleiben. Als sie aber ein paar Nächte drüber geschlafen hat und gemerkt hat, dass ich ernst mache, da war es vorbei mit der Einvernehmlichkeit. Kann ich ja auch verstehen. Selbst wenn es auch bei ihr nicht mehr die große Liebe war, so hatte sie sich ein solches Ende doch nie vorgestellt. Und dann kam all das, was ich vermeiden wollte: Krach, große Szenen, die beste Freundin wurde informiert und meinte, sich einschalten zu müssen, schließlich drohte sie mir, mich finanziell auszuziehen, es war einfach schauderhaft, und ich hab es sogar manchmal bereut, überhaupt etwas gesagt zu haben. Ob es nicht besser gewesen wär', einfach so weiterzuleben wie vorher, anstatt jetzt dieses komplette Chaos zu haben?"

Ja, so ist es dann wohl fast immer. Wenn ich es mir überlege, so kenne ich kein Pärchen, das sich wirklich friedlich getrennt hat, das ist reine Männerillusion, Friede mit der Frau und Ruhe für den Geldbeutel. Leben und leben lassen. Das sagt sich immer so leicht, aber das ist es nicht. Ich werde diese Erfahrung ganz sicher auch machen, wenn Richard ernst macht. Aber so hart will ich das Stefan nun doch nicht sagen. Deshalb meine ich: „Kannst du sie denn gar nicht verstehen?

Egal, wie eure Ehe zuletzt war, so schlecht ist sie doch sicher nicht gewesen, und es ist für Anneliese immer ihr Zuhause gewesen, ihre Zuflucht. Die sollte sie von jetzt auf gleich verlieren, egal wie gut du sie absichern wolltest, wirtschaftlich, aber es ist nie wieder so wie vorher."

„Sicher hab ich das auch verstanden. Und bin ihr so weit wie möglich entgegengekommen. Aber für mich war es auf jeden Fall endgültig, es gab kein Zurück mehr, nachdem ich diesen Weg einmal eingeschlagen hatte. Sie wollte mich auch zu einem Psychologen schleppen, wir sollten arbeiten an unserer Beziehung, so tun, als wären wir gerade frisch zusammen, und wenn wir uns denn beide Mühe gäben, so würden wir es sicher schaffen. Zumal bei uns beiden ja kein neuer Partner im Spiel war."

„Ganz sicher nicht?", hake ich nach. –

„Ich hab schon mal geguckt nach anderen, und hab gemerkt, dass ich noch Schlag hab bei den Frauen, wie man bei uns so schön sagt. Und ich möchte mich so gern noch einmal richtig verlieben, so mit allem, was dazu gehört, mit Bauchweh und Glückseligkeit und Warten darauf, dass sie sich meldet und all das. Kannst du das verstehen, Andi? Nur bis jetzt waren die Frauen, für die es sich lohnt, Gefühle zu investieren, immer vergeben. Aber ich mag nicht denken, dass das alles gewesen ist für mich im Leben. Schau, so alt bin ich auch noch nicht, ich könnt schon nochamal neu anfangen mit einer Frau. Von mir aus sogar mit Kindern. Naja, vielleicht nicht mit selbst gemachten, aber wenn da eine wär, die ein Kind mitbringt, ich hätt schon nichts dagegen."

Er lacht, und nimmt meine Hand. Dreht sie langsam hin und her, als wollte er sie begutachten. Lässt sie dann wieder los und bestellt beim Kellner noch eine Runde. Apfelschorle für mich und Kölsch für ihn. Obwohl ich jetzt eigentlich auch was Stärkeres vertragen könnte. Aber vielleicht besser doch nicht, wer weiß, was ich unter Alkoholeinfluss womöglich anstelle.

Dann redet er weiter: „Ich hab ein paar Vorschläge gemacht, wie wir auseinanderkommen könnten, ohne dass einer von uns wirtschaftlich drunter leidet. Hab gesagt, dass ich ihr das Haus lass, und dass sie mal überschlagen soll, was sie braucht im Monat. Und mit den Rentenansprüchen, das hätt ich auch schnell geklärt. Aber sie hat abgeblockt. Wollte nichts hören. Wollte nichts auseinanderdividieren. Ich war zu der Zeit schon ausgezogen zu einem Freund." Guidos gibt es wohl überall auf der Welt, denke ich wehmütig bei mir. Er fährt fort: „Und war auf der Suche nach einer Wohnung, möglichst so wie ich sie jetzt auch gefunden habe, nicht weit zur Kanzlei. Und da hab ich ihr Mediation vorgeschlagen. Kennst das, Andi? Gibt's das bei euch hier auch schon?"

Ich habe davon gehört. Streitschlichtung, Konfliktarbeit, sinnvoll in vielen Bereichen des Lebens. Von Wirtschaftsmediation habe ich schon einiges gelesen und ich weiß, dass ein oder zwei unserer größeren Klienten dieses Verfahren bei Streitigkeiten unter ihren Mitarbeitern gerne anwenden. Und so schon die eine oder andere Kündigung eines verdienten Mitarbeiters vermeiden konnten. Mediation im Bereich Trennung und Scheidung, ja, auch davon habe ich gehört. Und frage Stefan, wie es denn gegangen sei.

„Gar nicht ist es gegangen. Erst hat sie zugestimmt, aber als wir dann vor der armen Frau Mediatorin saßen, ist sie total ausgeflippt. Hat mich beschuldigt, mit der Frau gemeinsame Sache gegen sie zu machen. Denn ich hatte ja den Kontakt hergestellt. Drei Sitzungen lang haben wir versucht, einen Konsens zu finden. Bis wir gemerkt haben, dass das gar nicht geht, weil wir nicht das gleiche Ziel verfolgen. Ich will die Scheidung, auf jeden Fall, und sie will sie auf gar keinen Fall. Wenn ich versuchte, Einigkeit zum Beispiel in Bezug auf das Haus zu erzielen, brach sie in Tränen aus und sagte, alles, was sie wolle, war, wieder mit mir gemeinsam dort zu wohnen. Ansonsten sei es ihr egal, was aus dem Haus würde. Ende vom Lied war, dass ich drei Sitzungen bei der Mediatorin aus eigener Tasche bezahlt hab, und froh sein musste, dass sie nicht auf den ganzen zehn veranschlagten Treffen bestand. Jetzt läuft es bei uns genauso wie bei allen anderen Ehepaaren auch. Wir streiten uns vor dem Kadi um Haus und Hof."

Ich ergehe mich in Gemeinplätzen, dass es halt immer so sei, dass es niemals eine Garantie für lebenslanges Verstehen und ewige Liebe geben kann, dass es heute schon fast zum guten Ton gehört, mehrere Lebensabschnittspartner zu haben, und komme mir aber dabei schon ziemlich dämlich vor angesichts meiner eigenen verfahrenen Situation. Und da kommt sie auch schon, die diesbezügliche Feststellung von Stefan, die ich in dieser oder ähnlicher Form schon so oft gehört habe: „So wie bei euch, das ist ja nicht normal. Bei euch beiden merkt man ganz genau, dass ihr zusammengehört. Da gibt's kein Links und Rechts daneben, das läuft einfach immer in der Spur. Wie macht ihr das eigentlich?"

Hab ich doch schon mehr Alkohol intus, als ich gedacht hab? War da etwa was in dem Salat? Drogen vielleicht? Wahrheitsserum, so wie bei Harry Potter? Jedenfalls ist es auf einmal ganz einfach. Ich kann das Unfassbare aussprechen, verbalisieren. Ich sage es ihm einfach: „Du, so ist es gar nicht. Ob du es glaubst oder nicht, aber so wie es aussieht sind Richard und ich seit gestern getrennt."

Nein, er glaubt es nicht. Reißt die Augen auf. Und sagt erst einmal gar nichts. Dann nimmt er wieder meine Hand. Aber im Gegensatz zu vorhin ist seine Hand plötzlich eiskalt. „Mein Gott, Andi, das tut mir so leid. Und ich Depp red auch noch so einen Blödsinn und tu dir noch extra weh. Dann ist der Richard wohl gar nicht in England? Mein Gott, du arms Hascherl. Aber warum denn? Magst drüber sprechen?"

Nein, ich heul jetzt nicht los. Das ist ja das Schlimme, es geht alles gut mit der Beherrschung, so lange, bis jemand Mitleid mit einem zeigt, einen dabei auch noch anfasst. Aber ich packe das, ohne Tränen. Und versuche, so zu reden, dass er auch daraus schlau wird. Wobei das ja noch nicht einmal mir selbst gelingen will.

Ich erzähle ihm, dass wir auch Probleme hatten im letzten Jahr, früher auch schon mal, deute an, dass da bei ihm jemand gewesen ist, deute auch an, dass ich ebenfalls kein Kind von Traurigkeit war in den letzten Jahren. Dass es aber niemals wirklich und ernsthaft ans Eingemachte gegangen ist. Obwohl die Sache mit Sven zeitweilig ja schon in diese Richtung abzudriften drohte.

„Aber glaub mir, Stefan, wir haben‘s gepackt, immer wieder haben wir‘s geschafft, nur durch Reden. Gerade im letzten Jahr haben wir so viel gelernt über den anderen, haben fast einen ganz neuen Menschen entdeckt, haben so viel Neues zusammen auch unternommen. Alles war gut. Und jetzt, dass er gegangen ist gestern Abend, das war so blöd, so nichtig. Aber so ist Richard, du kennst ihn. Er ist konsequent bis ins Letzte, wenn er für sich etwas beschlossen hat, dann hält er sich daran, und da kannst du reden wie gegen diese Wand hier, es kommt einfach nicht an bei ihm."

„Ja, a sturer Esel kann er schon sein, dein Richard. Im Geschäft mag das ja mal gut sein, aber im Privaten, man muss sich auch mal überzeugen lassen, dass man unrecht hat, sich vergaloppiert hat. Aber ihr liebts euch doch immer noch?"

„Das dachte ich zumindest bis gestern. Ich lieb ihn, sicher, und ich kann‘s mir noch absolut nicht vorstellen, dass es wirklich aus sein soll. Ich mag noch nicht mal dran denken. Wie es bei ihm aussieht, ich weiß es nicht, ist das Liebe wenn man den anderen nicht ausreden lässt, wenn man ihm gar nicht die Gelegenheit gibt, Dinge zu erklären, sondern wenn man einfach pauschal annimmt, ich hätte unsere Vereinbarung gebrochen? Wir haben seinerzeit gesagt, wir sind ab sofort ehrlich zueinander, keine Heimlichkeiten mehr, wir sind stark genug, selbst wenn einer von uns nochmal jemanden kennen lernen sollte, wir reden darüber. Das haben wir vereinbart, und ich halte mich daran. Ich hab alles, wirklich alles, Stefan, getan in den letzten Monaten, damit unsere Ehe eine Chance hat. Aber jetzt? Er glaubt, er hat was gefunden, hat mich wieder „überführt" und damit ist bei ihm der Ofen aus, die Birne geschält. Ich hab auf ihn eingeredet, ich hab versucht, ihn auf dem Handy zu erreichen, hab SMS geschrieben, was soll ich denn noch tun? Jetzt hat er sich wohl schon ein Appartement gemietet und will nächste Woche noch mehr Sachen abholen."

„Ja, bist denn sicher, dass er das wirklich ernst meint? Dass er nicht überreagiert hat, und wenn er ein paar Tage zur Ruhe gekommen ist, dass er dann nochamal überlegt, was er im Begriff ist wegzuschmeißen? Eine Frau wie dich, die gibt man doch nicht einfach auf. Eine Ehe wie eure schon mal gar nicht. Schau, bei uns war es anders, da war keine Basis mehr, wir haben nur noch nebeneinander hergelebt, ich weiß, das klingt grausam, aber ob sie nun da war oder nicht, ob sie mit ihren Freundinnen auf dem Tennisplatz war oder bei der Kosmetikerin, es war mir so einerlei. Für die Leute, da hab ich's noch eine ganze Weile so weiter mitgespielt, aber insgeheim war es für mich schon länger zu Ende. Bei euch, Andi, ich glaub das nicht."

„Du meinst, er braucht einfach nur etwas Zeit? Aber er kann so schlecht zugeben, wenn er sich geirrt hat. Das ist in jedem Bereich so. Und jetzt sagt er, er kann einfach nicht mehr, er kann den Stress und die Nervenanspannung nicht mehr aushalten, und er sagt, er hat mich gewarnt, er macht ernst, wenn noch einmal etwas vorkommt, ist er weg."

Noch ein Kölsch, noch eine Schorle. Aber jetzt brauch ich wirklich noch was anderes und bestell mir einen Baileys. Mit Eis. Er schaut mich eine Weile versonnen an, bis die Getränke kommen, sagt er gar nichts. Erst dann, mit dem Bierglas in einer Hand und die andere leicht auf meinen Handrücken gelegt, spricht er weiter. Und gibt mir ein bisschen wohlige Wärme durch diese leichte Berührung.
„Du, Andi, jetzt haben wir lange genug über ihn geredet. Wie geht's dir denn dabei überhaupt? Jetzt grad bist geschockt, das ist klar. Aber so wie sich das anhört, kommt ihr mir nicht vor wie zwei Eheleute, sondern wie der Vater mit dem ungezogenen Kind: ‚Wenn du noch einmal das und das tust, dann passiert das und das und nur weil

ich der Vater bin und über dich bestimmen kann.‘ Du bist aber doch gleichwertig, kann es sein, dass ihr das irgendwie vergessen habt?“

Das ist eine sehr gute Frage. Und es stimmt, häufig komme ich mir so vor wie früher bei meinem Vater. So lieb und großzügig er war, so autoritär war er auch. Und ich hatte zu spuren. Wenn nicht, hagelte es Sanktionen. Ich wusste das und habe meine eigenen Methoden entwickelt, mich durchs Leben zu lavieren. Habe Dinge verschwiegen, so lange es ging. Die verhauene Mathearbeit oder den verlorenen Hausschlüssel. Hier ein bisschen geschwindelt, da ein bisschen gemogelt. Und wahrscheinlich habe ich genau diese Haltung instinktiv auch in die Beziehung mit Richard übertragen. Auch er schien für mich immer der Stärkere, der Dominante von uns beiden zu sein. Ich kannte es nicht anders und habe mich in unserer Ehe oft genauso benommen wie früher bei meinem Vater. Viele Dinge, die eigentlich uns beide betrafen, oder die Firma, mit mir allein ausgemacht und Richard entweder gar nicht oder erst, wenn die betreffende Situation ausgestanden war, in Kenntnis gesetzt. Deshalb hat es in den letzten Jahren auch des Öfteren Auseinandersetzungen gegeben bei uns. In deren Verlauf ich mir immer wieder vornahm, mehr zu den Dingen zu stehen, die ich tat, mich nicht immer zu rechtfertigen, sondern einfach klipp und klar zu sagen, ja, das hab ich so und so getan und das ist gut so. Ich stehe dazu. Nach einem solchen Krach ging es dann immer eine Weile gut, und irgendwann verfiel ich wieder in das alte Verhaltensmuster. Bis der nächste Krach kam.

„Gut, ich versteh‘, dass du so bist, weil dein Vater dich dazu gemacht hat. Meiner war im Übrigen gar nicht so viel anders, deshalb versteh ich dich gut. Aber jetzt, mit Richard, du hast das doch gar nicht nötig. Du bist so eine tolle Frau.“ Ich werde ein wenig rot, aber welche Frau hört das nicht gerne, besonders wenn sie gerade verlassen wurde. „Du brauchst ganz sicher vor niemandem den Schwanz einzuziehen.“

„Aber jetzt hab ich erst mal Angst vor dem Alleinsein, Stefan, ich war im Leben noch nie allein, wirklich allein, selbst wenn ich im

Ausland war, wusste ich doch, dass Richard da ist, auf mich wartet. Ich hab überhaupt keine Ahnung, wie ich klarkommen soll. Und ob ich auf Dauer allein leben kann und will." Das ist ja ein tolles Outing. Eigentlich wollte ich, auch wenn ich mich nun schon verplappert habe, die Coole geben, die „neue" Andrea, die zum ersten Mal heute Nachmittag nach Erhalt der ersten SMS von Richard zum Vorschein gekommen ist, die wollte ich weiter kultivieren, mich langsam mit dieser Haltung identifizieren. Was mache ich stattdessen? Jammere dem einzigen Menschen, der zurzeit lieb zu mir ist, etwas vor.

„Schau in den Spiegel, dann weißt du, wie lange du allein sein wirst." Jetzt schaut er mich so richtig lieb an, irgendwie schon anders als früher, als wir beide unsere festen Partner hatten. Eher so wie vor ganz vielen Jahren, als wir uns in der Disko geküsst hatten. Und er mir schon ganz schön den Kopf verdreht hatte.

„Ehrlich, Andi, das war jetzt nicht bloß ein Kompliment, das mein ich ganz genau so, wie ich es sage. Du bist eine so attraktive Frau, dazu intelligent, belesen, du bist ein Juwel für jeden Mann. Genau wie ich es vorhin gesagt hab, eine von den Traumfrauen, die, wenn man sie trifft, leider meistens vergeben sind. Oder man traut sich erst gar nicht an sie ran. So wie du, so hätt Anneliese sein sollen. Wenn sie nur ein bisserl so wär wie du, dann wären wir heut noch zusammen. Da bin ich ganz sicher."

Und so geht das noch eine ganze Weile weiter mit uns. Nachdem wir uns gegenseitig unsere aktuelle Situation offenbart haben, ist die Atmosphäre anders als vor dem Essen. Wir sind jetzt so etwas wie Verbündete. Jeder weiß Dinge vom anderen, die andere Leute nicht wissen. Und wir haben die gegenseitige Anziehungskraft wieder entdeckt. Nach meiner Verliebtheit zu Teeniezeiten habe ich mich bemüht, in Stefan nur den Freund der Familie zu sehen, aber keinen begehrenswerten Mann mehr. Ich hatte Richard und er hatte, nach einer ganzen Reihe anderer mehr oder weniger ernsthaften Liebschaften, Anneliese, die er ja auch bald heiratete.

Heute Abend aber sind wir beide frei. Er sowieso und ich kann mich theoretisch auch als ungebunden bezeichnen, schließlich hat mein Mann mir ganz ausdrücklich zu verstehen gegeben, dass es aus ist. Und ich muss mich nicht wehren gegen dieses warme, prickelnde Gefühl. Kann es genießen, wie er mich nun anschaut, meine Hand streichelt, und auch mal über meine Wange, meine Lippen fährt mit seinem Finger.

„Was willst du jetzt tun? Gesetzt den Fall, Richard kommt nicht in ein paar Tagen zu Verstand. Hast du schon Pläne?“ Nein, muss ich antworten, noch nicht so richtig. Ich habe das Ganze bis jetzt noch gar nicht wirklich realisiert, habe nicht weiter gedacht als bis zum nächsten Hundespaziergang. Aber eigentlich könnte ich diese Situation doch gleich mal ausnutzen, immerhin sitzt mir hier ein Anwalt gegenüber. Der sich allerdings mit der Erteilung von rechtlichen Ratschlägen sichtlich schwertut. Er ist mit uns beiden befreundet und möchte eigentlich hier nicht Partei ergreifen. Obwohl ihm das nicht leicht fällt, sagt er. Nicht bedingungslos meine Partei zu ergreifen. Und das nicht nur, weil er mich länger kennt als Richard. Und so empfiehlt er mir nur, mir möglichst bald hier einen guten Anwalt oder eine Anwältin zu nehmen. Und mir im Vorfeld schon eine Liste der Dinge zu machen, die im Falle einer Scheidung, aber auch schon bei einer Trennung geklärt werden müssen. Was mit dem Haus geschieht, wer drin wohnen bleibt, ob wir es überhaupt behalten können oder besser verkaufen und den Erlös teilen, was ist mit Geldanlagen, Vermögen. Wie ist mein Status in der Firma, all solche Dinge soll ich mir in einer ruhigen Minute einmal vor Augen führen und zu Papier bringen. Das werde ich sicherlich zu gegebener Zeit tun, sage ich, aber noch nicht heute und morgen.

Und wie sehen meine eigenen Pläne aus? Beruflich erst einmal natürlich. Auch das will er wissen. Gute Frage. Die neue Ausbildung, die zum psychologischen Berater, habe ich erst im September angefangen und sie dauert zwei Jahre. Ist auch noch nicht ganz bezahlt. Also bis ich damit Geld verdienen kann, wird noch einige Zeit vergehen. Wenn überhaupt. Ich könnte wieder bei der Wellness-

Firma anheuern, das ginge jederzeit, und Tatjana würde sich einen Wolf freuen, denn sie hat immer so gern mit mir zusammengearbeitet. Nur, habe ich dazu überhaupt Lust? Nach allem, was passiert ist? Nach allem, was ich mit diesem Unternehmen verbinde? Die Frage ist, ob mir die Wahl bleibt. Als Bürokraft etwas zu finden wird schwer. Ich darf, bei allem Elan und egal, wie ich mich fühle, die Altersangabe in meinem Personalausweis nicht vergessen. Ich bin über 50 und wenn man es genau nimmt, ungelernt. Es dürfte nicht einfach sein, wenn nicht sogar unmöglich, bei der heutigen Arbeitsmarktsituation etwas für mich zu finden. Außer vielleicht auf 400-Euro-Basis, aber davon kann man nicht leben und nicht sterben.

Jetzt, da Stefan schon diese tiefen Einblicke in meine eheliche Situation bekommen hat, kann er an diesen Überlegungen ruhig auch teilhaben. Es ist ja das erste Mal, dass ich all das so konkret beim Namen nenne.

Seine Reaktion allerdings haut mich vom Hocker. Nicht etwa mehr oder weniger kluge Ratschläge gibt er mir, sondern: „Auch wennst mich jetzt für völlig verrückt oder einen ungehobelten Klotz hältst, meinst du, du könntest dich mit dem Gedanken anfreunden, wegzugehen aus dem Rheinland? Nach Österreich zu kommen? Zu mir zu kommen? Zum Arbeiten würden wir schon was für dich finden, was dir Spaß macht, und die Ausbildung, da bin ich ganz sicher, so was in der Art gibt's bei uns auch, und wenn du das gern machen möchtest, warum nicht bei mir in Salzburg? Und alles andere würde sich finden. Ich mag dich sehr, Andi, hab dich schon immer sehr gemocht, soviel Unterschied vom Alter her ist da doch gar nicht, die 5 Jahre, die ich mehr auf dem Buckel hab als du, und, ja, vorstellen könnt ich's mir schon."

Ich bin völlig platt und außerstande, irgendetwas zu erwidern. Da redet er weiter, wohl auch um seine Verlegenheit zu überspielen. „Das hätt ich mir nicht träumen lassen. Ich dachte, ich hab einen netten Abend mit einem befreundeten Ehepaar, damit ich nicht allein hier rumsitzen muss, bevor ich zurückflieg morgen in meine einsame Wohnung, und dann erscheinst du allein. Das fand ich ja schon sehr schön, mal mit dir allein und in Ruhe sitzen können, aber jetzt eröffnest du mir auch noch, dass du solo bist, mein Gott, das muss der Mensch erst mal verdauen“ Und weil der Kellner grad vorbeikommt, bestellt er für uns jeweils einen Obstler.

Jetzt ist es für mich aber langsam genug mit Alkohol. Nach dem Obstler ist Schicht, wenn ich noch nach Hause fahren will. Es ist Samstagnacht und wer weiß, wo unsere grün gekleideten Freunde ihre Kontrollen aufgebaut haben. Aber will ich das überhaupt? Will ich nach Hause fahren in mein leeres Haus, wo außer den Mäusen niemand auf mich wartet? Denen ist es egal, wann ich komme, Hauptsache ich bin zum Frühstück wieder da, vorher müssen sie nicht raus und gegessen haben sie ja auch ordentlich, bevor ich gefahren bin.

Und was ist die Alternative? Die Nacht mit Stefan verbringen? Sex mit Stefan? Hab ich dazu Lust? Und hat er Lust? Männer haben immer Lust, Andrea, sagt die innere Stimme, erst recht, wenn sie à la carte leben. Und wenn es nicht die eigene Ehefrau ist, sondern jemand Neues, Junges, Reizvolles.

Also wenn ich mir so seine Augen ansehe, und seine Hand, die langsam meinen Arm auf- und abgleitet, ich glaube schon, dass das Lust ist, was ich sehe. Bei mir ist die Ratio mal wieder, wie so oft, vorherrschend. Bei mir dauert es ewig, bis ich mal loslassen kann, mich wirklich fallen lassen kann beim Sex und nicht ständig darüber nachdenke, ob die Tür wohl richtig abgeschlossen ist, was ich nachher mache und was ich einkaufen muss. Und heute bin ich viel zu sehr damit beschäftigt, die Situation an sich zu verdauen, zu begreifen, was sich mir da gerade anbietet wie auf dem Silbertablett: ein Rettungsanker, ein neuer Mann, der quasi dort bereit ist anzusetzen, wo mich Richard abgesetzt hat. Und dass praktisch alles, was ich noch dazu tun muss, ist, mich gefühlsmäßig auf Stefan einzulassen, mich in ihn zu verlieben. Er wird auch nach der Scheidung von Anneliese ein wohlhabender Mann sein, ich hätte also ausgesorgt

für den Rest meines Lebens, wenn ich arbeiten wollte, würde ich das tun können, aber genauso gut könnte ich auch den Herrgott einen guten Mann sein lassen und mich darauf beschränken, für uns beide ein schönes Leben zu organisieren.
Wenn ich darauf eingehe, kann ich sagen, dass ich, wie eine Katze, aus großer Höhe gestürzt, aber wieder auf die Füße gefallen bin. Und die Hunde kann ich ganz sicher auch mitnehmen. Gut, davon hat er bisher noch nichts gesagt, aber er mag Tiere, ich bin sicher, daran würde es nicht scheitern. Sven betonte auch immer wieder, wie gern er Hunde mag, aber sobald Fräulein Meier mal bellte, wenn er am Telefon war, bekam er schon die Krise. Oh oh, dachte ich da jedes Mal, wie würde das bloß werden, wenn du sie im Haus, auf deinem wertvollen Parkettboden hättest? An Herrn Schröder hatte ich dabei noch gar nicht gedacht, den gab's damals ja noch nicht.

Aber egal, das ist Vergangenheit, Schnee von gestern, jetzt gilt es, sich auf den Mann zu konzentrieren, der mir da gegenübersitzt, immer noch mit meiner Hand spielt, jetzt gerade mit seinem Finger über die Innenseite meines Handgelenkes streicht, und das löst doch ein beachtliches Kribbeln aus.

Der Obstler kommt, wir prosten uns zu. Angenehm scharf rinnt der Schnaps durch meine Kehle und löst im Bauch das bekannte warme Gefühl aus. Und im Kopf wird es mir ganz leicht schwummrig. Die Kombination Prosecco, Baileys und Obstler, dazu nur den Salat seit gestern Mittag und obendrauf jene Gefühlsachterbahn ist vielleicht nicht unbedingt empfehlenswert, wenn man doch eigentlich einen klaren Kopf behalten sollte.

Aber gerade im Moment ist Reden gar nicht besonders angesagt. Wir sitzen einfach nur da und schauen uns an. Spielen mit den Fingern des anderen. So viel Ungesagtes liegt in der Luft.

Es ist spät geworden, die Bar leert sich langsam. Ich mag gar nicht auf die Uhr schauen, habe aber irgendwie das Gefühl, das Personal würde uns ganz gern loswerden. Man merkt das ja, wenn sie mehr oder weniger unauffällig anfangen, um einen herumzuwuseln, aufzuräumen, diese ganz leichten Winke mit dem Zaunpfahl in Richtung ihres sicher wohlverdienten Feierabends. Aber mir passen diese Aktivitäten gar nicht. Bedeuten sie doch, dass ich mich in relativ kurzer Zeit entscheiden muss, wie es jetzt, ganz aktuell heute Abend, mit Stefan und mir weitergeht. Gesetzt den Fall, ich gehe mit ihm aufs Zimmer. Was dann kommt, ist eigentlich klar. Und warum nicht, er ist lieb, hat einen attraktiven Körper und diese laszive Eleganz, die ich so liebe an Männern und selten gefunden habe bis jetzt, eigentlich nur bei Richard. Er kann sicher toll umgehen mit einer Frau, sicherstellen, dass sie wirklich etwas davon hat, den Sex genießt und nicht nur der Lustbefriedigung des Mannes dient. Und ich habe Ausgang bis zum Wecken beziehungsweise bis die Mäuse ihren Tribut fordern. Und ich bin sicher, er will es. So wie er mich anschaut. Berührt.

Und da steht auch schon der Kellner an unserem Tisch und fragt, ob er kassieren dürfe, sie würden jetzt gleich schließen. Bar oder aufs Zimmer schreiben? Dass der Herr bezahlt, ist hier selbstverständlich, es kommt nicht die Frage „Getrennt oder geht das zusammen?“ Stefan lässt die Rechnung aufs Zimmer schreiben, nennt die Nummer. Ich bekomme sie nicht mit, da ist plötzlich so ein Rauschen in meinem Kopf, das mich die Laute meiner Umgebung wie durch einen Wattebausch wahrnehmen lässt. Weißes Rauschen nennt man das, glaube ich. Das letzte Mal, dass ich das so intensiv erlebt habe, war bei meiner standesamtlichen Trauung. Wir sollten aufstehen und der Standesbeamte setzte zu der alles entscheidenden Frage an. Ich weiß noch ganz genau, ich habe nichts verstanden von dem, was er sagte, und dachte immer nur, wenn er aufhört zu reden, musst du Ja sagen. Auch auf die Gefahr hin, dass du dann die Waschmaschine gekauft hast.

Viel zu schnell geht es, bis die Prozedur des Bezahlens und Trinkgeldgebens vorbei ist. Der Kellner entfernt sich und Stefan wendet sich wieder mir zu.

„Gehen wir, meine Süße?“ Er greift nach meiner Hand, als müsse er mich beim Aufstehen unterstützen. Dann hilft er mir in den Blazer, den ich irgendwann in einer meiner ab und an auftretenden Hitzewallungen ausgezogen und hinter mich über den Stuhl gehängt habe. Er fasst mich unter und wir gehen langsam in Richtung Ausgang. Und ohne zu zögern an der Rezeption vorbei in Richtung der Aufzüge.

Und ich werde mitgehen. Es ist alles gesagt beziehungsweise es muss nicht mehr gesagt werden. Wir sind allein im Aufzug. Er drückt die Taste für den 4. Stock. Auch dort, auf dem nur schwach erleuchteten Flur, sind wir allein. An einer Ecke, eine Nische ist da, mit einer Kommode und einem Spiegel, bleibt er stehen, steht nun ganz dicht vor mir. Nimmt mein Gesicht in beide Hände. Und küsst mich. Ganz sanft, mit weichen, leicht geöffneten Lippen. Ich kann seinen Atem schmecken, sauber und gesund riecht er, nicht nach Rauch, wie sowohl Daniel als auch Sven. Wobei Sven eigentlich nur ganz selten nach Rauch roch. Warum muss ich immer vergleichen, warum kann ich nicht einfach nur mal genießen?

Und so küsse ich ihn wieder, etwas forscher sogar, als er es tut, und er geht drauf ein. Lässt mein Gesicht los und nimmt mich stattdessen in die Arme, ohne den Kuss zu unterbrechen. Ich spüre seine Lust und seine Erregung. Und auch in mir nimmt das Kribbeln zu, endlich.

Da läßt er mich los, schiebt mich ein Stückchen von sich weg und schaut mich an, mit diesen unglaublich schönen Augen. Aufmerksam, klar sind sie jetzt wieder, nicht mehr so lustverhangen wie noch vor zwei Sekunden. Was um alles in der Welt kommt jetzt?

„Nein, Andi, ich glaub, das ist doch keine so gute Idee. Hier und jetzt. Sicher könnten wir jetzt weitermachen, da vorn ist mein Zimmer, und es wär bestimmt toll. Du bist eine wunderbare Frau, sinnlich, ungeheuer erotisch. Aber glaub mir, es wär falsch.“ Er macht eine Pause und nimmt wieder meine Hand. Spielt damit, so wie vorhin in der Bar. Ich kann mal wieder gar nichts sagen, bin wieder einmal völlig perplex.

Aber als er weiterspricht, wird seine Haltung verständlich für mich, plausibel. Und sie bestätigt eigentlich nur meinen Eindruck von ihm als einem grundehrlichen, geradlinigen Mann, der längerfristige Ziele verfolgt und dafür auf die schnelle Befriedigung verzichtet. Und das ist doch gut, oder? Wenn man diesen Mann in seine Zukunft einplanen möchte. Und das ist bei mir durchaus möglich.

„Schau, Andrea, du bist in einer Ausnahmesituation. Du weißt überhaupt nicht, wie es weitergeht. Mit uns beiden, das kann Zukunft haben, also von meiner Seite aus ganz sicher. Aber du, du bist noch lange nicht fertig mit Richard und das kann ich auch verstehen. Wär auch unnormal, wenn's anders wär. Aber wenn ich dich jetzt mit aufs Zimmer nehm, dann mach ich deine Situation aufs Ganze gesehen noch komplizierter. Du lässt dich auf etwas Neues ein, dabei weißt du noch gar nicht, wie es mit deiner Ehe überhaupt weitergeht. Du entscheidest nicht frei, ob du mit zu mir kommst, ob du mich einlässt. In dein Leben, und auch in dich. Sorry für diesen Vergleich, aber darauf läuft's doch hinaus. Ich würd sehr gern heute Nacht mit dir schlafen, glaub mir, ich hab mir das gewünscht von dem Moment an, wo du vorhin da zur Tür reingekommen bist. Ich weiß gar nicht, ob ich mir schon jemals so sehr gewünscht habe, eine Frau zu bekommen, wie dich heute Abend. Und gerade deshalb. Und außerdem, ich denk ein ganz kleines bissel auch an mich. Ich bin schon länger allein, ich such schon jemanden, aber nicht auf Biegen und Brechen, mir geht's allein auch ganz gut. Meistens jedenfalls. Und ich möchte nicht deine Kompensationsbeziehung sein. Die schnelle Eroberung als Rache an deinem Ehemann und als Beweis dafür, dass auch du noch Chancen hast. Und die hast, du, lass es dir gesagt sein. Allein heut Abend, so viele Männer da in der Bar haben dich verschlungen mit ihren Augen, du hast es nur nicht gemerkt."

„Und wie soll's nun weitergehen?" Meine Stimme ist rau, ein bisschen heiser, so als hätte ich die Nacht durchgemacht. Auf Reden war ich nun in den letzten Minuten gar nicht eingestellt gewesen.

„Das liegt ganz allein bei dir, Andi. Du bestimmst den Kurs. Du fährst jetzt heim und wartest ab, was passiert. Ob Richard wiederkommt in den nächsten Tagen. Ob es für euch eine Chance gibt, dass es weitergeht. Ob du das dann willst. Oder, wenn er nicht kommt, wenn ihr euch wirklich trennt, dann entscheide du, ob du dich auf mich einlässt. Ich bin da, Andi, ich sitz da in meinem Salzburg und wenn du dich meldest, dann bin ich für dich da. Das kann ich dir versprechen, hier und jetzt. Glaub mir, das fällt mir fei nicht leicht, dich so quasi wegzuschicken. So viele heiße Nächte hab ich auch nicht gerade gehabt in den letzten Jahren. Und mit dir, das würd eine heiße Nacht geben, da bin ich sicher. Aber ein schales Aufwachen morgen früh. Ich hätt das Gefühl, ich hätt mir was genommen, was mir noch gar nicht zusteht. Und du hättest noch ein Problem mehr in deinem Leben, nämlich, wie du mich da auch noch unterbringst. Kannst mich ein bisserl verstehen? Oder bin ich jetzt in deinen Augen der komplette Depp?“

Oh ja, ich kann ihn schon verstehen. Und bei all der Lust, und dem Kribbeln in mir, irgendwo bin ich auch erleichtert. Einerseits wär ich schon gern mit ihm gegangen und geblieben, der Reiz, einen neuen Mann „auszuprobieren“, ist durchaus da, und auch die Wärme, die Geborgenheit, in seinem Arm einschlafen und wieder aufwachen zu können, auch das hat seinen Reiz. Und natürlich die neue, freie Andrea auszuleben, die sich einen Mann nimmt, wenn sie ihn haben möchte, und morgen nach dem Frühstück los und ledig wieder in ihr eigenes Reich fährt. Andererseits, was ist, wenn ich morgen früh nach Hause käme und Richard wäre zurück? Womöglich mit frischen, noch warmen Bäckerbrötchen und einem Entschuldigungsblumenstrauß vom Bahnhof? Und ich käme, noch immer im kleinen Schwarzen, ganz offensichtlich aus einem anderen als meinem eigenen Bett? Dann, da bin ich sicher, wäre der Bruch vollkommen. So aber bin ich in einer Dreiviertelstunde maximal wieder zu Hause und niemand merkt etwas.

Und habe mich doch ganz wacker geschlagen. Ganz offensichtlich eine Eroberung gemacht. Sehr begehrenswert war ich für diesen sicher nicht anspruchslosen Mann. Und mehr als das, er wollte ja gerade nicht den puren unverbindlichen Sex für eine Nacht mit mir, wie mit jeder austauschbaren anderen halbwegs hübschen Frau, nein, so wie er es ausgedrückt hat, will er mehr von mir, will mich ganz und für immer, vorausgesetzt ich bin wirklich frei und entscheide mich für ihn. Diesen Trumpf sollte ich mir jetzt nicht verscherzen. Und so sag ich es ihm auch. Dass er ganz sicher nicht der Depp ist für mich, dass ich es ganz toll finde, wie er reagiert, dass ich ganz sicher auch sehr gern bei ihm geblieben wäre, aber dass er in jedem Fall recht hat mit seiner Ansicht.

Wir verbleiben so, dass ich mich in den nächsten Tagen bei ihm melde. Er gibt mir seine Visitenkarte, die private, mit seiner neuen privaten Handynummer und Mailadresse. „und ich bin immer und zu jeder Uhrzeit für dich da, Andi, ob du reden willst oder was auch immer. Und wenn du sagst, ich bin frei, dann komm ich und hol dich. Und wir schauen, wie es weitergeht. Und deine Hunderln, die bringst mit, natürlich, meinst, das hätt ich nicht gewusst, keine Andi ohne die Hunderln."

Und so stehen wir, viel früher als ich es gedacht hatte, wieder im Aufzug, brav diesmal, aber Hand in Hand, und er bringt mich noch zu meinem Auto. Da nimmt er mich ganz fest in die Arme, einen Kuss bekomme ich noch, genauso weich wie vorher, aber nicht mehr fordernd.

„Pass auf dich auf, meine kleine Andi. Und geh, wenn der Richard wiederkommt, sag ihm, er ist schon a Hornochs, eine Frau wie dich am Samstagabend allein losziehen zu lassen. Sieht ja, was dabei passiert."

Ich lasse den Wagen an und fahre los. Sehe ihn im Rückspiegel, die Arme um den Leib geschlungen, kein Wunder, er steht da nur im Sakko und es ist ganz schön kalt in dieser Herbstnacht. „Zuhause" geb ich ins Navi ein und mache mich auf den Heimweg. Nach Hause, zu den Mäusen und vielleicht auch zu Richard. Aber im Moment gar nicht traurig, sondern eher ein kleines bisschen verwirrt. Und auch beruhigt. Ich bin nicht allein. Ich würde nicht allein sein, wenn es hart auf hart kommt.

Ich fahre auf die Autobahn Richtung Leverkusen.

Sonntag...

Wie erwartet, liegt unser Haus in völliger Dunkelheit, als ich etwa eine halbe Stunde später in die Garage fahre. Es ist 2:37 Uhr am Sonntagmorgen. Heute muss ich schon sagen, vorgestern ist Richard gegangen. Und mittlerweile kann von einer nur vorübergehenden atmosphärischen Störung wohl nicht mehr die Rede sein.

Zwei verschlafene Hundegesichter schauen mir entgegen, sie stehen hinter der Tür und nehmen meine Liebesbezeugungen nur mäßig begeistert zur Kenntnis. Kuschelig und schlafwarm fühlen sie sich an und, nein, sie möchten ganz bestimmt nicht um diese Uhrzeit in den Garten. Kann ich ja auch verstehen, ich würde auch nicht müssen, wenn man das mitten in der Nacht von mir verlangen würde.

Richard ist da anders, er hätte darauf bestanden, dass die beiden wenigstens mal für fünf Minuten in den Garten verschwinden. Schon aus dem triftigen Grund, dass sie uns dann morgen früh, also nachher, ein bisschen länger schlafen lassen, bevor die Quietsch-quengel-quengel-quietsch-Arie wieder losgeht. Ich dagegen sehe das nicht so eng, wie viele andere Dinge des täglichen praktischen Lebens auch. Sie werden mich schon wecken, wenn sie was wollen und wenn nicht, Kismet, werde ich eventuelle Missgeschicke halt entsorgen.

Ich will jetzt nur noch ins Bett, fühle mich einerseits aufgekratzt, andererseits aber auch ein bisschen müde, und ich finde, diesen Zustand sollte ich ausnutzen und ein paar Stunden Schlaf bekommen. Bevor mich die Gedanken wieder einholen. Das Einzige, was ich noch tue, ist, Kleid und Blazer wieder ordentlich in den Schrank zu hängen. Sollte Richard morgen früh zurückzukommen, müssen sie nicht unbedingt als stumme Zeugen meines samstagabendlichen Ausfluges an der Garderobe hängen.

Dieser Ausflug, er beschäftigt mich schon noch ein paar Minuten, als ich schließlich im Bett liege, schön brav auf meiner Bettseite, die

Mäuse haben es sich auf der anderen gemütlich gemacht. Erst die zweite Nacht ohne Richard und schon reißen hier ganz neue Bräuche ein. Fräulein Meier hat mit größter Selbstverständlichkeit ihr altes Terrain auf Richards Kopfkissen zurückerobert und gestattet dem Kleinen großzügig, sich ans Fußende zu legen. Ich glaube schon, dass die beiden Richard vermissen, das ganz sicher, aber genau jetzt und hier vermissen sie ihn bestimmt nicht.

Und ich, vermisse ich ihn? Ganz ehrlich, Andrea, vermisst du ihn jetzt, in diesem Moment? Doch, das schon, aber es hat schon Momente gegeben in diesen letzten 30 Stunden, in denen ich ihn entschieden mehr vermisst habe. Was fühle ich denn überhaupt jetzt gerade? Doch nicht etwa Verliebtheit in Stefan? Nein, das nun auch wieder nicht. Sympathie, Zuneigung, Dankbarkeit, das ja, aber das Kribbeln von vorhin im Aufzug und auch schon in der Bar, das ist vollständig verschwunden. Und obwohl ich ja schon ein kleines bisschen frustriert war, als er mich weggeschickt hat, so bin ich mir jetzt sicher, dass es richtig war, so wie es sich entwickelt hat, nämlich, dass sich nichts entwickelt hat heute Nacht. Wie gut, dass Stefan da vorausschauender und realistischer, ja auch einfühlsamer war, als es viele andere Männer gewesen wären. Viele andere, und dazu zähle ich mit ziemlicher Sicherheit auch Richard, von Sven und Daniel ganz abgesehen, hätten diese Gelegenheit mitgenommen, hätten sich dieses willige Stück Fleisch, das ich da vorhin war, ganz sicher nicht entgehen lassen. Und dass Stefan ein ganz normaler Mann mit ganz normalen Gefühlen ist, davon habe ich mich ja weiß Gott überzeugen können. Umso höher ist ihm sein Verhalten anzurechnen.

Ob etwas aus der Sache wird, irgendwann einmal, das ist jetzt noch überhaupt nicht abzusehen. Mal ganz unabhängig von meiner völlig ungeklärten Lage, wie es weitergeht mit Richard, ob es weitergeht, wer weiß, wie Stefan schon in ein paar Stunden, wenn er seinen leichten Kölschrausch ausgeschlafen hat, über den Verlauf des Abends denkt. Ob er dann nicht bereut, die Situation nicht ausgenutzt und sich eine, wie er sagte, heiße Nacht mit mir gegönnt zu haben. Anstatt mir quasi die Nachfolge von Anneliese in seinem Leben anzubieten. Vielleicht bereut er das ja auch schon, und schreibt dieses Angebot der Wirkung der diversen Kölsch und anderen Spirituosen, die da zusammengekommen sind in diesen vielen Stunden, zu. Vielleicht, vielleicht, vielleicht… Vielleicht aber bleibt diese Möglichkeit, dieser neue, so spontan entstandene Lebensentwurf ja doch eine Alternative für ihn, und es ist wirklich so, ich muss mich nur melden, muss nur quasi Vollzug melden und er ist dann wirklich für mich da.

Wie dem auch sei. Ich sollte das Ganze jetzt nicht überbewerten. Und auf dem Boden der Tatsachen bleiben. Mir klarmachen, dass ich zunächst erst einmal allein sein werde, wenn Richard nicht zurückkommt. Und dass ich sehen muss, wie ich allein zurechtkomme. Diesbezüglich haben wir ja auch einiges besprochen da in der Bar. Was ich alles beachten muss, wen ich alles informieren muss und wen ich vor allem um Rat fragen muss. Gestern Abend habe ich den Gedanken daran, diese ganzen neudeutsch To-Dos genannten Dinge mal strukturiert aufzuschreiben, noch weit von mir gewiesen. Irgendwann in den nächsten Tagen wollte ich mich damit befassen, wenn überhaupt. Scarlett-O´Hara-mäßig eben. Jetzt denke ich, und das ist der letzte noch bewusste Gedanke, dass ich das vielleicht nachher schon einmal in Angriff nehmen sollte. Meinen ganz persönlichen Schlacht- und Überlebensplan erstellen. Ja, das mache ich.

Fräulein Meier dreht sich umständlich auf die andere Seite und brummt dabei vor sich hin. Ihre Welt ist in Ordnung. Das auf jeden Fall.

Meine dagegen ganz sicher nicht. Ich bin klatschnass geschwitzt, als ich ein paar Stunden später wach werde. 6:48 Uhr zeigt der Wecker. Ich habe ein ganz entsetzliches Gefühl in mir von Trauer und Verlassenheit, von grenzenloser Einsamkeit. Und Sehnsucht nach Richard. Dem einzigen Mann in meinem Leben, auf den es mir ankommt. Und alles wegen diesem fürchterlichen, so intensiven Traum, aus dem ich soeben hochgeschreckt bin.

Der Traum beginnt mit Kirchenglocken. Es sind die Kirchenglocken aus meiner Kindheit, ich erkenne den Ton sofort. Die Glocken von der Hauptkirche am Markt, nur wenige hundert Meter weg von dem Mehrfamilienhaus, in dem ich die ersten knapp zehn Jahre meines Lebens verbracht habe. Das mit den vielen alleinstehenden älteren Fräuleins, die mich zu Sankt Martin immer so reich bedachten.
Ich stehe auf diesem Kirchturm und kann hinunterschauen auf den Platz vor der Kirche, das ist der Marktplatz. Heute stehen dort hässliche Pavillons, damals, also vor vierzig Jahren, war der Platz einfach nur riesig groß und leer. Und so wie er vor vierzig Jahren aussah, so sehe ich ihn jetzt unter mir liegen. Nur dass er nicht ganz leer ist, viele Menschen stehen dort. Warum, und was sie dort machen, weiß ich nicht, ist auch nicht wichtig. Ich bin ganz allein oben auf dem Turm, es ist niemand bei mir. Das Einzige, das ich höre, sind die Glocken.

Da sehe ich plötzlich unten, in der Menschenmenge, aber doch so deutlich und nah, dass ich ihn sofort erkenne, Richard stehen. Das ist ja das Charakteristische von Träumen, dass sie Wahrnehmungen zeigen, die eigentlich so nicht sein können, ich sehe Richard von oben und gleichzeitig so nah, als stünde er nur wenige Meter von mir entfernt. Er trägt Jeans und diese hellbraune Lederjacke, die ich so gern an ihm sehe. Ich winke und rufe, so laut ich kann. Aber mein Rufen geht unter in dem Geläut der Glocken, das immer und immer lauter wird. Ich wedele und rudere mit den Armen, um ihn auf mich aufmerksam zu machen. Und da, es gelingt mir anscheinend auch, er schaut hoch zu mir. Eigentlich müsste er mich sehen und erkennen, der Blickrichtung nach. Aber da ist nichts, kein Anzeichen des Erkennens, er schaut völlig gleichmütig hoch zu diesem Turm, auf dem ich stehe. Und dann dreht er sich um und geht weg. Weg von diesem Platz, der plötzlich, wundersamerweise völlig leer ist. Wo die ganzen anderen Menschen geblieben sind, ich weiß es nicht. Und es ist auch egal. Denn was ich jetzt sehe, ist noch viel schlimmer als die Tatsache, dass er mich offensichtlich weder gesehen und gehört hat. Er geht direkt auf eine Frauengestalt zu, die etwas weiter entfernt und ein bisschen im Schatten steht. Ich kann nicht erkennen, wie sie aussieht, wer es ist, ob es Claudia ist. Ich weiß aber irgendwie genau, dass es eine Frau ist, die Frau ist, die er jetzt liebt, mit der er lebt oder leben will. Er legt den Arm um sie und die beiden gehen zusammen weiter, weg vom Platz und hinein in die angrenzende Fußgängerzone, so dass ich sie nicht mehr sehen kann. Ich bleibe allein zurück auf diesem Turm. Ganz ruhig und still ist es dort jetzt, das Glockengeläut ist verstummt.

Das ist der Moment, in dem der Traum endet und ich gnädigerweise wach werde. Und mich so hundsmiserabel fühle wie noch nie, seit Richard gegangen ist. Logisch, denn der Traum hat mir in aller Deutlichkeit gezeigt, was ich bewusst noch nie habe sehen wollen, was ich bislang immer erfolgreich verdrängt habe, dass Richard weg ist von mir, mich nicht mehr liebt, und dass da womöglich eine andere Frau ist, die schon länger auf der Lauer gelegen und jetzt zugegriffen hat.

Dass ich Richard verloren habe, tatsächlich verloren habe. Der Traum hat mich gezwungen, dieser Tatsache ins Gesicht zu sehen, anstatt mich in irgendwelche Alltagsaktivitäten oder in glückliche, vergangene Zeiten zu flüchten. Oder in ein paar verlockende Stunden mit einem anderen Mann.

Der Traum hat mir gezeigt, dass mir all das in Wahrheit nichts bedeutet. Dass ich nichts anderes will, als dass Richard zurückkommt, unser altes Leben wieder aufnimmt, dass ich seine Liebe will, die Geborgenheit und Sicherheit, die er mir über so viele Jahre hinweg vermittelt hat.

Wo ist sie geblieben, die „neue“ taffe, Andrea von gestern Abend oder heute Morgen? Die ihren Schlachtplan angehen wollte, die sich sogar irgendwie ein ganz kleines bisschen gefreut hat auf die neue Herausforderung, auf das neue, völlig ungebundene Singleleben? Jetzt liegt da die alte Andrea, ein einziger großer Haufen Elend, und will nur eins: die Zeit zurückdrehen, alles ungeschehen machen, was zu der Katastrophe von Freitagabend geführt hat.

Im Traum muss ich geweint haben, mein Gesicht ist nass. Jetzt, im wachen Zustand, kommen keine Tränen mehr, ich starre an die Decke, ohne wirklich etwas zu sehen. Und versuche, dieses scheußliche Gefühl abzuschütteln. Versuche zu verhindern, dass es mich wegreißt in eine richtige Depression. Die mich vollends handlungsunfähig werden lässt.

Zum Glück gibt es da ja doch noch jemanden in meinem Bett. Sogar zwei Leute. Die jetzt langsam wach werden, zumal es ja schon kurz nach sieben ist, also ihre Aufstehzeit am Wochenende, es sei denn, Richard und ich waren nachts noch mal draußen mit ihnen. Aber das hatte ich mir ja verkniffen.

Herr Schröder steht auf, schüttelt sich kurz und nimmt dann Anlauf auf meinen Bauch. Steht auf mir und gibt fleißig Küsschen. Das kann Fräulein Meier sich natürlich nicht entgehen lassen und kommt auch noch dazu. So viel Liebe geben die beiden mir, so viel Vertrauen ist da, sie zählen auf mich, sie brauchen mich, jeden Tag ihres Lebens. Egal, wie mies es mir geht, die beiden haben ein Anrecht auf ihr Futter, ihr Gassigehen und auf meine Zuwendung.

Jetzt muss es vorbei sein mit der Lähmung, mit dem ohnmächtigen Trübsalblasen und Im-eigenen-Elend-Vergraben, denn vor allem das mit dem Gassigehen wird langsam richtig dringend. Wie viele Stunden ist es mittlerweile her, dass ich mit den beiden die letzte Runde gedreht habe, bevor ich Richtung Köln gestartet bin? Mehr als elf Stunden!

Schneller als ich es noch vor wenigen Minuten gedacht hatte, bin ich aus dem Bett und im Bad. Katzenwäsche, Jeans und Pulli an, die Feldkluft liegt immer in Griffweite, und bevor ich die beiden an die Leinen nehme, noch schnell in die Küche, das Handy holen. Das habe ich mir zur festen Gewohnheit gemacht, nie ohne Handy aus dem Haus zu gehen, wenn ich mit den Hunden unterwegs bin. Es kann immer mal irgendwas passieren, dass man schnell Hilfe braucht, mit einem alten, manchmal ziemlich steifen und unbeweglichen

Hund genauso wie mit einem Welpen, der seine Grenzen noch nicht kennt. Und ich selber kann auch mal umgerissen werden, hinfallen und dann irgendwo in Wald und Wiese liegen.

Und da sehe ich das Blinken, das eine SMS anzeigt! Der schon bekannte Adrenalinstoß durchfährt mich und ich brauche drei Anläufe, bis ich die Nachricht geöffnet habe. Die Nummer kenne ich nicht, aber ich sehe sehr schnell, dass es nicht Richard ist, der mir da geschrieben hat. Sondern Stefan…

„*Hallo, meine liebe kleine Andi, bist du gut nach Hause gekommen? Ich fand unseren Abend wunderschön. Und egal, wie es weitergeht mit dir und Richard, bitte lass es mich wissen. Alles Liebe und viele Küsschen, dein Stefan*"

Wie süß! Wann hat er das denn geschrieben? Ich schaue in den Mitteilungsdetails nach. Um halb vier. Da war ich schon eingeschlafen und schlummerte unschuldig diesem fürchterlichen Traum entgegen. Zu dieser Zeit war er also noch wach und machte sich Gedanken um mich, um uns. Eine durchaus tröstliche Vorstellung.

Soll ich antworten? Und wenn, was schreib ich denn? Erst mal lass ich es, er wird sicher jetzt noch schlafen, wer weiß, wann er ins Bett gekommen ist. Wenn er um halb vier noch gesmst hat. Lass ich ihn also besser in Ruhe, ich kann mich auch später noch melden. Wenn überhaupt.

So früh am Sonntagmorgen ist um diese Jahreszeit kaum jemand unterwegs. Sonst trifft man schon morgens um sechs bei uns den einen oder anderen Jogger oder auch schon Leute mit Hund. Aber Anfang November bin ich wirklich die einzige Verrückte, die freiwillig schon draußen herumläuft. Egal, ich mag diese Stimmung am frühen Morgen, vor allem am Wochenende, alles ist ruhig, der ganze Tag liegt noch vor mir.

Die Mäuse finden es auch toll. Herr Schröder saust übers Feld, schlägt Haken und hofft, die eine oder andere Katze oder vielleicht auch wieder mal einen Hasen zu treffen. Fräulein Meier schlurft neben mir her durchs Laub, sie hebt die Füße oft nicht mehr richtig, so dass ich das Kratzen ihrer Zehen auf dem Boden hören kann. Vor allem, wenn sie auf Asphalt läuft. Ich habe einen Ball mitgenommen, der an einer Kordel hängt, zum besseren Werfen. Damit kann man Herrn Schröder ganz gut beschäftigen, wenn wir keinen anderen Hund zum Spielen treffen.

Es ist noch so früh am Morgen und heute habe ich den ganzen Tag absolut nichts vor. Es wartet ganz offensichtlich niemand auf mich, also kann ich mir alle Zeit der Welt lassen und eine richtig große Runde drehen, durch den Wald, an unserem kleinen Flüsschen entlang bis zum Nachbarort und auf einem Parallelweg wieder zurück. Das dauert schon ein paar Stunden, und die frische Luft wird mir ordentlich das Gehirn freipusten. Und die bösen Gedanken verscheuchen. Hoffe ich zumindest. Und wenn ich dann zu Hause bin, werde ich meinen Schlachtplan in Angriff nehmen.

Für den Augenblick aber muss ich mich darauf konzentrieren, nicht ständig darüber nachzudenken, dass normalerweise Richard bei mir ist, wenn ich diese langen Spaziergänge mit den Mäusen mache. Ganz selten bin ich allein gegangen, wir beide nutzen diese Zeit gern, um alles Mögliche zu besprechen, Pläne zu schmieden, was auch immer. Nutzten, muss ich wohl sagen. Langsam muss ich mich daran gewöhnen, bei diesen Formulierungen die Vergangenheitsform zu wählen.

Da überlege ich mir doch lieber, was ich in beruflicher Hinsicht mit meiner Zukunft anstellen will. Die Ausbildung zur psychologischen Beraterin möchte ich auf jeden Fall fortsetzen. Ein großer Teil der Gebühr für die zwei Jahre musste im Voraus entrichtet werden, also habe ich noch einiges an Stunden gut, selbst wenn ich den Rest der Ausbildung nicht mehr finanzieren könnte. Es macht riesigen Spaß, denn ich kann mein Talent, Menschen zuzuhören und sie zu beraten, verfeinern und richtig ausleben. Lange genug hat es gedauert, bis mir dieses Talent überhaupt bewusst geworden ist. In unserer Firma sind andere Fähigkeiten wichtiger, da kommt es in erster Linie auf das Fachliche an, und da bin ich ja leider nicht die Beschlagenste. Sicherlich wollen auch unsere Kunden nett und auf eine mehr oder weniger persönliche Art behandelt werden, das ist mein Part in dem Geschäft, ich brauche nur ein- oder zweimal mit einem neuen Kunden zu telefonieren, schon weiß ich, wie seine Kinder heißen, wie alt sie sind und was sie gerade machen, noch einfacher ist es, wenn der Kunde keine Kinder, sondern Hunde oder andere Tiere hat. Und wenn dieser gute persönliche Kontakt auch keine fundierte betriebswirtschaftliche Analyse ersetzt, so ist er doch ein nicht zu unterschätzender Bestandteil einer jeden Kundenbeziehung. Ich habe diese Eigenschaft immer als selbstverständlich hingenommen und nicht weiter beachtet.

In meiner Arbeit für das amerikanische Wellnessunternehmen wurde mir dieses Talent zum ersten Mal wirklich bewusst. Schon bald, nachdem Tatjana mich allein mit den Produkten und vor allem mit dem Lifestyle Indicator auf die Menschheit losgelassen hatte, merkte ich, dass es mir sehr schnell gelang, das Vertrauen der Leute zu gewinnen. Wenn jemand gemessen wurde, so musste er zuvor ein recht umfangreiches Formular mit Fragen zu seinem Lebensstil ausfüllen. Häufig übernahm ich diese Aufgabe für die jeweilige Person und erfuhr so viele wichtige Dinge über das ganz individuelle Umfeld. Risikofaktoren für ein anfälliges Immunsystem sind ja unter anderem Rauchen, Übergewicht, Bluthochdruck, Stress, ungesunde Ernährung, zu viel Kaffee, zu viele Langstreckenflüge und noch einiges mehr. Ich ratterte die Fragen nicht einfach herunter und trug die Angaben in das Formular ein, sondern machte gleich ein Beratungsgespräch daraus. Und das setzte sich während des mehrminütigen Messvorganges fort. Spätestens zu diesem Zeitpunkt hatte ich die uneingeschränkte Aufmerksamkeit der Person, sie musste still sitzen bleiben, durfte vor allem ihre Hand nicht bewegen, und konnte mir von daher nicht entkommen. Das ist in keiner Weise abwertend gemeint, aber dieser mechanische Vorgang erleichterte mir meine Arbeit doch beträchtlich. Nach fünf Minuten endete die Messung automatisch, was der angeschlossene Computer mit einem lauten Piepen ankündigte. Dieses Piepen veränderte aber sehr häufig schlagartig die Atmosphäre zwischen uns, die Person wollte dann vielfach nur noch ihren Wert wissen und verschwinden. Was tat ich also? Ich schaltete den Ton ab und machte mir zunutze, dass den Leuten, wenn sie intensiv mit mir kommunizierten, jegliches Zeitgefühl abhandengekommen war. Und so war ich diejenige, die dem Gespräch eine andere Richtung gab, nämlich dann, wenn mir der Zeitpunkt dafür gekommen schien und nicht, wenn die starre 5-Minuten-Frist abgelaufen war. „Ach sehen Sie, und wir sind auch gerade fertig mit der Messung. Dann schauen wir doch mal, wie Ihr Wert ist.“

Und dieser Wert korrelierte in fast allen Fällen mit dem, was die Person mir zuvor über ihre Lebensumstände anvertraut hatte. Das Verfahren funktionierte, zweifelsfrei, und eine gewieftere Verkäuferin als ich hätte sich diesen Umstand viel stärker zunutze machen können, als ich es tat. Denn von hier aus zum Vertragsabschluss war es nicht mehr weit. Da sich die meisten Menschen unserer Gesellschaft ungesund und nicht ausgewogen ernähren, war der Wert bei fast allen gemessenen Personen dementsprechend niedrig. Das Angebot meiner Firma, im Rahmen einer Geld-zurück-Garantie die Nahrungsergänzungskapseln drei Monate lang zu testen und dann den Wert erneut zu bestimmen, wurde daher vielfach gern angenommen. Und so lief mein Geschäft von Anfang an ganz gut. Ich sage ganz gut, weil ich viel mehr hätte verkaufen können. Bessere Verkäufernaturen als ich schaffen es, dem einmal an der Angel hängenden Kunden noch viele weitere Produkte zu verkaufen, die er unbedingt braucht, um wirklich einen Erfolg zu erzielen und etwas für seine Gesundheit zu tun. Ich aber kann das einfach nicht, jemanden zu etwas überreden, was derjenige dann vielleicht am nächsten Tag bereut und seinen Auftrag storniert.

Von daher hatte ich relativ wenig Stornos und Vertragskündigungen in meiner aktiven Zeit. An die ich vielleicht bald wieder anknüpfen werde. Auch wenn das eventuell mit einem Wiedersehen mit Sven verbunden wäre. Aber das wird sich zu gegebenem Zeitpunkt finden.

Wir sind mittlerweile tief im Wald und ich muss immer wieder mal nach Herrn Schröder rufen, damit er sich nicht verirrt. Sein Bällchen habe ich sicherheitshalber eingesteckt, er „vergisst" es schon mal gerne, wenn er auf etwas Interessanteres stößt, und ich darf dann durchs Unterholz kriechen und suchen.

Ich setzte den Indicator bei vielen Gelegenheiten ein. Manchmal nahm ich mit ein paar Kollegen an Stadtfesten, Herbst- oder Frühlingsmärkten oder verkaufsoffenen Sonntagen teil. Da gab es immer ein paar Aufträge und Spontanverkäufe, aber effektiver waren die gerade in Mode gekommenen Gesundheitsmessen. Da hatte ich oft so viel zu tun, dass ich mir Verstärkung mitnehmen musste. Manuela, Reginas Tochter, zum Beispiel, war ein paar Mal dabei und hat mir viel geholfen. Wobei sie schon zu mager ist, um als Vorbild für eine gesunde Lebensweise herzuhalten.

Meistens war mein Indicator bei solchen Veranstaltungen von morgens bis abends umlagert. Ich weiß noch, dass ich einige Male um das lästige Standabbauen und Aufräumen herumgekommen bin, weil ich bis zum Schluss der Messe den Leuten den Indicator zeigte, so dass ich hinterher wie auf einer Insel im Ozean des Messeabbau-Chaos thronte und in aller Ruhe und Gelassenheit meine Messungen durchführte. Es machte schon riesigen Spaß.

Richtig gut aber war ich in einem großen Langenfelder Fitnessstudio. Mit den Inhabern, zwei ganz süßen, aber leider stockschwulen Jungs hatte ich ein Abkommen getroffen, dass ich, so oft ich wollte, mit meinem Mess-Equipment anrücken konnte und das eigentlich zur Kinderbetreuung dienende Zimmer hinter den Geräteräumen mit Beschlag belegen durfte. Meine Besuchstermine wurden zwei Wochen vorher per Aushang bekannt gemacht und es gab eine Liste, in die sich Interessierte eintragen konnten. Termine wurden im Halbstundentakt vergeben, also blieb mir in der Regel genug

Zeit für ein ausführliches Beratungsgespräch mit hoffentlich anschließendem Vertragsabschluss.

Die Leute, die ich dort traf, waren hauptsächlich Kunden des Studios. Leute, die regelmäßig trainierten und wirklich an ihrer Gesundheit und Fitness arbeiteten. Allerdings auch ein paar ziemlich schräge Vögel. Und solche, die ganz andere Dinge von mir wollten als gesundheitliche Aufklärung.

Manche, die da in ihren Trainingsklamotten vor mir saßen, waren schon zum Anbeißen süß. Richtige Muskelmänner und Sixpacks waren dabei. Hätte ich es darauf angelegt, so wäre ganz bestimmt der eine oder andere heiße Flirt dabei herausgekommen. Aber ich hatte zu der Zeit Daniel und wollte außer ihm und Richard niemand anderen sehen.

Ein Typ ist mir ganz besonders in Erinnerung geblieben. Seinen Namen habe ich vergessen, aber er hielt sich für sehr attraktiv. Ich teilte diese Meinung zwar nicht unbedingt, aber ich muss doch ganz schön Eindruck auf ihn gemacht haben, denn kaum waren wir mit den allgemeinen Fragen durch und er hatte die Hand vor dem Messgerät, fing er an, mir von seiner ganz persönlichen Stresssituation zu erzählen. Er fühle sich sehr schlecht in letzter Zeit, sei häufig nervös und leide unter Kopfschmerzen, das käme ganz sicher daher, dass er neben seiner Ehe noch ein Verhältnis hätte, von dem seine Frau auf keinen Fall etwas erfahren dürfe. Das Problem war, dass sowohl seine Frau als auch seine Freundin hier im Studio trainierten und er immer aufpassen musste, dass sich die beiden nicht begegneten. Was ich nicht ganz nachvollziehen konnte, bis er mir erklärte, dass das Personal ihn sowohl mit seiner Frau als auch mit der anderen, und mit der in eindeutiger Situation im Saunabereich gesehen hätte. Und nun lebte er in ständiger Angst, dass irgendjemand seiner Frau etwas stecken könnte.

Sein Wert war im unteren Mittelmaß, nicht ganz schlecht, aber auch nicht so gut wie er bei dem Trainingspensum, das er sich auferlegte, hätte sein können. Also es traf schon zu, dass er Stress hatte. Gern wollte er auch das Abo über die Nahrungsergänzungen abschließen, das Problem war nur, dass er es eigentlich auch für seine Freundin machen wollte. Für seine Frau nicht, deren Gesundheitszustand schien ihm ziemlich egal zu sein. Nur, wie sollte er das bewerkstelligen, ohne dass seine Frau etwas davon mitbekam?

Ich fand die Sache einerseits sehr lustig, andererseits war ich auch irgendwo stolz darauf, von diesem Mann ins Vertrauen gezogen worden zu sein. Daniel, dem ich das Ganze, natürlich ohne Namensnennung, erzählte, meinte, der hätte nur angeben und sich als toller Hecht darstellen wollen, er wollte mir imponieren, nicht seine Probleme vor mir ausbreiten.

Jedenfalls hatte ich Glück, der tolle Hecht schloss ein Abo über die doppelte Menge an Produkten ab, wie er diese dann auf seine diversen Frauen aufgeteilt hat, habe ich nicht erfahren, denn er ward nach diesem Abend nicht mehr im Studio gesehen.

Eine andere Begegnung aus dieser Zeit aber war viel viel wichtiger für mein weiteres Leben und berufliches Fortkommen. Ich lernte Dagmar Schüssler kennen, eine superschlanke und sehr agile Dame, etwas jünger als ich. Sie war ungeheuer wissbegierig, wollte alles über die Produkte, sowohl die Körperpflegesets als auch die Nahrungsergänzungen, wissen und interessierte sich zeitweise auch sehr stark für das Geschäft. Um mich in Ruhe und abseits vom Studiotrubel mit ihr unterhalten zu können, lud ich sie zu mir nach Hause ein. Tatjana kam auch dazu und es wurde ein richtig schöner Frauennachmittag, bei dem wir zwar viel übers Geschäft, aber auch über private Dinge sprachen. Und natürlich über unsere jeweiligen Berufe. Als sie ihren nannte, blieb mir der Mund offen stehen. Sie war Partnervermittlerin! Eine moderne Jente also. Wie die aus Anatevka. Und sie verdiente verdammt gutes Geld damit. Sie leitete die Kölner Filiale einer bundesweit operierenden Partnervermittlung, Eheanbahnungsinstitut hat man früher dazu gesagt. Keine Internetplattform, wie sie zurzeit in Mode ist, sondern ein richtig traditionelles, konventionell arbeitendes Unternehmen.

Faszinierend hörte sich an, was sie über ihre Tätigkeit erzählte. Sie bekam von der Zentrale Termine mit vornehmlich heiratswilligen Herren der absoluten Upper Class, einige Damen waren auch dabei, aber ihre Klientel bestand hauptsächlich aus Herren. Diese besuchte sie dann, oder traf sich mit ihnen in Hotel-Lounges oder auch in ihrem eigenen Büro, ganz wie die Herren es wünschten. Und dann ließ sie sich die jeweiligen Schicksale erzählen. Stellte ganz viele Fragen zum persönlichen Umfeld des potenziellen Heiratskandidaten, fragte seine Vorlieben, Hobbys, aber auch seine Weltanschauungen ab und nahm ihn dann unter Vertrag. Damit war ihre Arbeit erledigt und die Provision fällig. Satte Sümmchen waren das, die sie da so locker aus dem Ärmel schüttelte, Beträge, für die Tatjana und ich Monate hätten hart arbeiten müssen, verdiente sie an einem Nachmittag.

Die Verträge reichte sie dann bei der Zentrale ein und von dort wurde alles weitere erledigt. Das heißt, die eigentliche Partnervermittlung machte sie gar nicht, sondern nur die Anwerbung der Kunden. Natürlich stellte sie auch ihrer Meinung nach geeignete Kandidatinnen vor, und manchmal brachte sie zwei Leutchen auch zusammen, aber in der Regel war ihr Part nach Abschluss des Vertrages beendet.

„Und die Herren sind soooo interessant, und, ja es ist eine überaus liebevolle Tätigkeit, mir geht jedes Mal das Herz auf, wenn ich wieder so einem wundervollen Herrn oder einer Dame habe zu ihrem Lebensglück verhelfen können." Andrea ihr gegenüber ging auch das Herz auf. Aber ich dachte, wie immer, das kannst du doch sowieso nicht.

Jedenfalls war Geld für Frau Schüssler kein Thema, sie orderte beträchtliche Mengen an Produkten und schloss auch einen ziemlich umfangreichen Vertrag ab. Grüne-Tee-Kapseln, das Anti-Stress-Mittel für ihren Mann, die Vitaminpräparate für sich selber, es war ein hocherfolgreicher Nachmittag für mich.

Zwei Tage später rief ich sie an, weil sie verschiedene sehr spezielle Fragen zu Inhaltsstoffen bestimmter Produkte hatte, die ich erst in der Zentrale klären musste. Das hatte man uns von Anfang an eingebläut, wir sind weder ausgebildete Mediziner noch Ernährungsspezialisten noch Kosmetikerinnen, sondern ganz normale Leute ohne Vorkenntnisse, aber mit gesundem Menschenverstand und viel Fleiß, und wir sollen auf gar keinen Fall irgendwelche pseudofachwissenschaftliche Auskünfte geben, die sich womöglich hinterher als falsch herausstellen und dem Kunden mehr schaden als nutzen. Wann immer Fragen kamen, die über unseren Horizont hinausgingen, hieß es „Ask the experts", also man wandte sich per Telefon oder Mail an die Spezialisten in der Zentrale.

Das genau hatte ich getan und war sehr stolz, Dagmar zufriedenstellende Antworten auf ihre Fragen geben zu können. Und dann sagte sie etwas ganz Erstaunliches: „Wenn ich einmal etwas sehr Persönliches zu dir sagen darf, Andrea, ich finde, du bist mit deinem Job echt unterfordert. Du könntest ganz sicher eine sehr erfolgreiche Partnervermittlerin sein, du kannst dich so gut in Menschen einfühlen, du gehst auf sie ein, schaffst eine wunderschöne Vertrauensbasis, außerdem siehst du gut aus und hast Klasse. Möchtest du es nicht einmal in meiner Branche versuchen?"

Erst einmal freute ich mich natürlich riesig über ihr Kompliment, ausgedrückt wie immer in dieser sehr blumigen, für sie so charakteristischen Ausdrucksweise. Und dann fragte ich nach, wie sie das denn konkret meinen würde. Da gäbe es mehrere Möglichkeiten, meinte sie. Einmal, so zu arbeiten wie sie, also auf reiner Provisionsbasis für eine bestehende Agentur, oder, das sei aber die mit Abstand riskantere Variante, eine eigene Agentur zu eröffnen. „Überleg's dir mal in Ruhe, Andrea, und wenn du magst, sprechen wir ausführlich darüber, wenn wir uns das nächste Mal im Studio sehen, was meinst du?"

Abends erzählte ich Richard von diesem Telefonat. Erst musste er herzlich lachen, aber dann fand er den Gedanken gar nicht so abwegig. Und meinte, ich solle doch auf jeden Fall ein weiteres Gespräch mit Dagmar suchen. Wie bei der Wellness-Geschichte, so war er auch hier sofort bereit, mich zu unterstützen. Suchte gleich die letzte Welt am Sonntag aus dem Altpapier und inspizierte die Anzeigen, die es da unter der Rubrik „Partnersuche“ so gab. Es war ja schon ein sehr spezielles Betätigungsfeld, aber durchaus reizvoll, und das Geld, mein Gott, allein bei dem Gedanken, durch ein bisschen Beratung, ein bisschen Einfühlungsvermögen solche horrenden Summen ganz allein zu verdienen, wurde mir richtig schwindlig.

Wenn ich das Ganze denn wirklich angehen sollte, so wäre mir am liebsten, mit Dagmar zusammenzuarbeiten. Sie wirkte so seriös, so professionell, aber dabei doch grundehrlich, ich dachte, da kann ich ganz sicher nichts falsch machen, wenn ich mich an sie dranhänge. Leider platzte diese Illusion bei unserem nächsten Gespräch sofort, denn sie machte ganz deutlich, dass die Agentur, für die sie arbeitete, in unserer Gegend ganz sicher keine zweite Vermittlerin beschäftigen konnte. Die Zeiten waren schlecht, auch diese Branche litt darunter, dass den Leuten das Geld nicht mehr so locker saß, das Internet hatte den herkömmlichen Partneragenturen viele Kunden weggenommen, und daher war auch der Umsatz deutlich gesunken. Sprich, er reichte nur für eine Person und das war halt Dagmar. Wollte ich also von dem Kuchen auch etwas abhaben, musste ich andere Wege gehen. Aber sie bestärkte mich auch dieses Mal wieder, wurde entsprechend konkreter und meinte, ich solle mich doch einfach einmal bei den größeren, seriösen Instituten, die in der Welt, der FAZ und der Süddeutschen so inserierten, bewerben. Mehr als Nein sagen konnten die ja schließlich nicht.

Ich hatte ja schon heftig Blut geleckt. Das Wellness-Geschäft in allen Ehren, aber bis jetzt war ich damit noch nicht wirklich reich geworden, hatte zwar jeden Monat ein recht nettes Zubrot zu dem Gehalt, das wir uns aus der Firma zahlten, aber mehr war es auch nicht. Und im Verhältnis zu dem Arbeitsaufwand, den ich investierte, war es doch relativ wenig Geld unterm Strich.

Zumal Richard nach wie vor sehr angetan von dem Gedanken war. Also tat ich es wirklich, setzte mich eines Sonntagnachmittags hin und schrieb Initiativbewerbungen an etwa 20 Institute. Einige hatte ich aus den genannten Zeitungen, andere aus dem Internet. Zu meiner größten Überraschung bekam ich relativ schnell Antwort. Und nicht nur von einem Institut, nein, es waren sogar sechs, die Interesse an einer Zusammenarbeit zeigten. Und das, obwohl ich ja absoluter Neuling in der Branche war.

Zwei davon konnte ich sofort aussortieren. Da wollte mich jemand ganz offensichtlich vehement über den Tisch ziehen. Ich sollte entweder für die „Ausbildung" oder für einen Stapel Adressen richtig viel Geld bezahlen, zigtausend Euro waren es, und ohne jegliche Garantie, dass von diesen Leuten wirklich jemand meine Dienste in Anspruch nehmen wollte. Es lief beide Male darauf hinaus, dass ich mich selbständig machen sollte, also eine eigene Agentur leiten. Nun weiß jeder Kaufmann, dass er nichts verkaufen kann, was er nicht vorher eingekauft hat. Das heißt ich brauchte Adressen. Leute, die in meiner Kundenkartei waren und die ich vermitteln konnte. Denn wer unterschreibt schon einen Vertrag bei einem Unternehmen, das gerade erst anfängt und noch nicht über einen ausreichend großen Fundus an vermittlungswilligen Männlein und Weiblein verfügt? Der Erste will keiner sein.

So konnte das nichts werden. Wenn überhaupt, dann wollte ich dieselbe Schiene fahren wie Dagmar, also auf Provisionsbasis für ein alteingesessenes Unternehmen mit gutem Leumund arbeiten. Denn das hatte ich schnell raus, einige von diesen Instituten waren alles andere als seriös. Vor allem diejenigen, deren Zielgruppe die Senioren waren. Alleinstehende, meist verwitwete Damen und Herren mit beträchtlichem Vermögen und möglichst ohne Kinder. Ich hätte niemals gedacht, dass es so viele alte Menschen gibt, die, auf diesem Weg ein neues, spätes Glück suchen.

Die verbliebenen vier Agenturen gefielen mir ganz gut. Alle verfügten über mehrere Filialen, die Zentralen waren allerdings entweder in Hamburg, Berlin oder München, nur die vierte hatte ihren Hauptsitz in NRW. Also nicht ganz so weit weg. Und alle vier suchten Vermittlerinnen auf Provisionsbasis. Also genau das, was ich wollte.

Um überschaubar anzufangen, vereinbarte ich als Erstes einen Vorstellungstermin bei dem Unternehmen in NRW. Und fuhr dort sehr aufgeregt eines schönen Morgens vor nunmehr knapp drei Jahren hin. Ein paar Stunden später kam ich völlig desillusioniert und bitter enttäuscht zurück nach Leverkusen. Der Termin war ein einziges Desaster. Die Firma verfügte zwar über ein recht ansehnliches Büro in Aachens Innenstadt, aber der Herr, der sich als für mich zuständig vorstellte, war ein solcher Kotzbrocken, ein solch unsympathischer schmieriger Verkäufertyp, dass mir seine bloße Gegenwart schon zuwider war. Der Ablauf meiner Tätigkeit würde, wenn ich mit dieser Firma zusammenarbeiten würde, in etwa dem entsprechen, was ich von Dagmar gehört hatte. Das war aber auch das einzig Positive, das bei dem Gespräch herauskam.

Was mich so ungeheuer abstieß, war die skrupellose Art, die dieser Typ an den Tag legte. Seine Zielgruppe waren vornehmlich Senioren, wohlhabende, aber auch solche mit kleiner Rente und ohne nennenswerte Rücklagen. Viele seiner Kunden und Kundinnen kamen aus ländlichen Gebieten und wurden von ihm als dementsprechend hinterwäldlerisch dargestellt. Leutchen, die man vorzugsweise am Sonntagnachmittag besucht, dann nämlich, wenn die Einsamkeit am größten und am deutlichsten fühlbar ist, weil man überall nur glückliche Paare und Familien sieht, die von daher in der richtigen Stimmung sind und sofort einen Vertrag abschließen. Über dessen finanziellen Umfang sie sich zu diesem Zeitpunkt überhaupt keine Gedanken machen. Damit die guten Leute es sich nicht noch über Nacht anders überlegten oder aber von ihren Kindern so bearbeitet und teilweise sogar bedroht wurden, dass sie den Vertrag entweder stornierten oder gar nicht erst unterschrieben, schnappte sich dieser feine Herr Partnervermittler die alten Herrschaften und fuhr mit ihnen zum nächsten Geldautomaten oder, wenn es werktags war, gleich zu ihrer Hausbank und ließ sich das Vertragshonorar in bar auszahlen. Richtig stolz war er auch noch auf seine Cleverness, als er mir das so erzählte.

Ich beendete das Gespräch ziemlich rasch und sah zu, dass ich dort weg kam. Von dem Typen habe ich nie mehr etwas gehört, er hatte wohl gemerkt, dass ich nicht so wirklich begeistert war.

Jetzt, im Nachhinein, muss ich lachen über meine damalige Naivität. Gut, das war das absolute Negativbeispiel, aber sehr viel anders lief es bei einigen der anderen Agenturen, die ich im Lauf der Zeit kennen lernte, auch nicht ab, sie verpackten es nur etwas humaner.

Mittlerweile sind außer mir auch noch ein paar andere frühe Vögel unterwegs. Einige Jogger haben wir schon getroffen, manche laufen ganz normal weiter, wenn sie die Hunde sehen, einige gehen langsam an ihnen vorbei. Meine beiden interessieren sich überhaupt nicht für diese komische Spezies Mensch, die da an ihnen vorbeihastet.

Und das nette ältere Ehepaar mit den zwei Dackeln treffe ich natürlich auch wieder. Diese beiden sind sonntags fast immer unterwegs, auf verschiedene Hunderouten rings um unser Dorf und Richard und ich haben schon so manches nette Pläuschchen mit ihnen gehalten. Hauptthema waren wie immer die Vierbeiner. Und so kommt die unvermeidliche Frage: „Hallo, heute Morgen ganz allein unterwegs?" Das Sprüchlein mit der Geschäftsreise kommt nun schon automatisch und hat auch diesmal wieder die gewünschte Wirkung, ich werde in Ruhe gelassen. Welche Deadline soll ich mir denn setzen, ab wann will ich die Formulierung verändern, der Realität anpassen? Sehr oft werde ich das gar nicht erzählen müssen, solche Nachrichten verbreiten sich wie ein Lauffeuer hier in unserer Gegend, dann wird ganz schnell das Getuschel losgehen und alle werden so ungeheuer freundlich und mitfühlend sein, oder aber, wie ich es in solchen Situationen bei anderen Leuten immer mache, gar nichts dazu sagen, denn man will ja keine Wunden aufreißen bei der armen Frau. Schon schlimm genug, dass ihr Mann sie hat sitzen lassen, da muss man sie ja nicht noch zusätzlich quälen.

Aber denen werd ich es zeigen! Ich werde nicht auf arme verlassene Ehefrau machen, oh nein, die werden sich noch wundern. Richtig auf den Putz hauen werde ich, die Sau rauslassen, wilde Partys feiern, dann sagen sie womöglich ganz bald: „Kein Wunder, dass der arme Mann das nicht mehr ausgehalten hat, so wie die sich benimmt. Und das in DEM Alter!“

Vielleicht sollte ich mich mal hinsetzen und überlegen, welche von meinen damaligen Kunden aus der Partnervermittlung mir noch einfallen, die ich vielleicht ganz frech mal kontaktieren könnte. Das war natürlich ein absolutes Tabu während meiner aktiven Tätigkeit, aber jetzt bin ich ja außer Diensten und außerdem auch außer Mann, also warum nicht? Mich kriegen sie ja auch noch kostenlos, also ohne Anfangsinvestitionen. Und das haben einige von den Herren sehr deutlich gemacht, dass sie eigentlich gar nicht groß in der Kartei suchen wollten, sondern gleich mich nehmen wollten.

Ja, ich habe nicht aufgegeben, nach diesem ersten frustrierenden Gespräch. Sondern bin nach München und nach Berlin geflogen und habe dort mit den wirklich großen und namhaften Agenturen verhandelt. Ich ganz allein. Ich war schon sehr stolz auf mich und vor allem darauf, dass ich dann wirklich wählen konnte, denn ob man es glaubt oder nicht, ich konnte tatsächlich bei dreien sofort anfangen. Da die Arbeitsweise bei allen weitgehend identisch war, entschied ich mich schließlich logischerweise für die Agentur, bei der ich am meisten verdienen konnte

Es war ein Unternehmen mit dem blumigen Namen „Lebensfreude“ und wurde von einer Dame Ende der Fünfzig geleitet, waschechte Bayerin, die selber ganz viel Lebensfreude versprühte. Und auch ganz viel Herzlichkeit, das aber gepaart mit einer gehörigen Portion Geschäftstüchtigkeit und Zielstrebigkeit. Mittelgroß, lange schwarze

Haare, schlank, geschieden von einem sehr reichen Münchner Geschäftsmann und seit kurzem liiert mit einem zehn Jahre jüngeren feurigen Spanier. Sie vertraute mir an: „Sie, Frau Häussler, ganz im Vertrauen, das ist das wahre Leben! Wir vermitteln das zwar nicht, aber ich sag's Ihnen, für mich gibt's nur noch jüngere Männer! Die haben was drauf, in jeder Beziehung, und ich will ganz bestimmt keinen alten Sack pflegen in ein paar Jahren." Da lagen also Welten zwischen dem Lebensmodell, das sie verkaufte und damit viel Geld verdiente, und dem, das sie selber lebte. Aber gut, darauf kam es mir ja auch gar nicht so sehr an.

Sie kam aus einem Örtchen am Starnberger See und wir trafen uns in einem vornehmen Hotel in der Münchner Innenstadt. So ganz der Typ Frau, den ich mir als Freundin und Vertraute vorstellen konnte, war sie nicht, aber ich wollte schließlich Geld bei ihr verdienen und nicht mehr. Nur verglich ich sie schon sehr häufig mit Tatjana, mit der ich mich ja wirklich angefreundet hatte, und das war schon ein ganz anderes Kaliber Frau. Aber, so dachte ich, vieles ist mentalitätsbedingt und auch von der Branche geprägt. Die gute Frau Burgstaller sprach oft genauso wie sie auch ihre Anzeigen formulierte, ob das nun glaubwürdig klang oder nicht.

Dennoch hatten wir wohl beide das Gefühl, es könne sich eine fruchtbare Zusammenarbeit entwickeln und so wurde vereinbart, dass ich für den gesamten Bereich von der holländischen Grenze bis nach Frankfurt zuständig war, das heißt, alle Anfragen, die sie aus diesem Gebiet bekam, sollte ich bearbeiten. Für Norddeutschland und den Bereich der neuen Bundesländer hatte sie Damen, die nach dem gleichen Prinzip arbeiteten wie ich es jetzt sollte: Den Erstkontakt stellte sie her, dann gab sie die Daten an mich weiter, ich vereinbarte den Gesprächstermin und nahm ihn wahr, je nach Kundenwunsch und Situation beim Kunden zu Hause, in einem Café oder auch in meinem Haus oder Büro. Wenn sich das Geschäft gut anließ, wollten wir ein eigenes repräsentables Büro entweder in Düsseldorf auf der Kö oder im vornehmen Oberkassel anmieten. „Klotzen, nicht kleckern!", hieß die Devise, und die Klientel, von der sie mir erzählte, erwartete auch nichts anderes. Das waren durch die Bank Hochkaräter: Vorstandsvorsitzende großer Unternehmen, Manager, Professoren, Chefärzte, männlich und weiblich, und, als Sahnehäubchen, auch einige Adelige.

Und all diese Leute, so fragte ich mich, fanden auf normalem Wege keinen Partner? Sie gingen vielmehr zu einem Institut wie „Lebensfreude", zahlten dort Summen, für die man schon einen Mittelklassewagen bekommt und hofften, dass wir das schaffen würden, was ihnen in vielen Jahren nicht gelungen ist: Die Person zu finden, bei der es funkt. Ja, genau so sei es, sagte Frau Burgstaller, diese Menschen fänden den richtigen Partner halt weder in ihrem eigenen, eingefahrenen Bekanntenkreis noch im Supermarkt an der Ecke, viele seien darüber hinaus viel zu bekannt, um sich am Wochenende in den einschlägigen Partylocations auf Partnersuche zu begeben. Und das Internet, ja, das war für viele erst ein Riesenhoffnungsschimmer, aber entpuppte sich dann als Blase, die genauso schnell zerplatzte, wie sie entstanden war.

Sie erzählte einige herzerwärmende Geschichten, wie die vom armen schwer beschäftigten Chefpiloten, der so viel verdiente, dass er gar nicht schaffte, das Geld auszugeben, und der sich nichts mehr wünschte als eine liebevolle Frau, die ihn jeden Morgen mit „Guten Morgen, mein Schatzi, ja wie geht's dir denn?" weckt. Und sie hatte diese Frau gefunden für ihn und präsentierte mir auch gleich ein Dankesschreiben von dem glücklichen Paar.

Das klang schon ganz anders als bei dieser ominösen Agentur in NRW, und so war ich voll Begeisterung und Tatendrang, als Richard mich abends in Köln am Flughafen abholte.

Und es ging dann auch sehr schnell los. Ich hatte natürlich als komplette Anfängerin das Thema Einarbeitung angesprochen, war damit aber bei ihr auf sehr taube Ohren gestoßen. Nein, das sei nicht nötig, ich könne sie jederzeit am Telefon löchern und außerdem müsse sowieso jeder seinen ganz eigenen persönlichen Stil finden.

Ich hatte mir vorgestellt, für ein paar Tage an den Starnberger See zu reisen und meiner neuen Chefin ein bisschen über die Schultern zu gucken, mal bei dem einen oder anderen Termin dabei zu sein, aber das blockte sie völlig ab. Ihre und demnächst auch meine Kunden würden eine zweite Person beim Gespräch nicht dabei haben wollen und schon gar nicht jemanden, der nur zuhören wollte. Das Geschäft sei halt so sensibel, da ginge das einfach nicht.

Gut, ich ließ mich also eines Besseren belehren und versuchte mein Glück ohne Einarbeitung. Mein erster „Fall" ließ auch nicht lange auf sich warten. Ein Herr aus der Nähe von Frankfurt war meine Premiere als Partnervermittlerin. Bewaffnet mit ein paar ausgedruckten Textseiten voller Phrasen und Fragen, die meine Chefin mir zur Verfügung gestellt hatte, und einer Mischung aus Vorfreude, Enthusiasmus und Lampenfieber fuhr ich eines Spätnachmittags also los nach Frankfurt, wo ich mich mit dem Herrn in der Lounge des Maritim-Hotels verabredet hatte.

Und packte es natürlich völlig falsch an. Der Herr war sehr nett, Mitglied der Geschäftsleitung eines Großkonzerns, Anfang vierzig und beziehungstechnisch völlig unerfahren. Er wusste ganz genau, was er wollte: eine blonde, hübsche, schlanke Dame nicht über 1,65 Meter groß - denn er war mal gerade 1,70 Meter - und nicht älter als 32, denn sie sollte möglichst sofort mit dem Kinderkriegen anfangen.

Meine Aufgabe war es, möglichst viel über den Kandidaten herauszufinden. Anhand eines sehr umfangreichen Fragenkatalogs konnte man sich schon ein recht gutes Bild über die Vorlieben und Abneigungen und vor allem über die Vorstellung von dem Traumpartner oder der Traumpartnerin machen. Allein schon durch das Ausfüllen des Kataloges ergab sich ein ausführliches Gespräch, in dem sich sehr schnell zeigte, ob ich in der Lage sein würde, das Vertrauen des potenziellen Kunden zu gewinnen. Das bereitete mir auch überhaupt keine Probleme, meine bekannte Stärke im Zuhören, sich einfühlen und Vertrauen schaffen kam mir auch hier wieder zugute. Aber dann kam der große Haken an der Sache: „Jetzt aber mal Butter bei die Fische“ hätte Sven gesagt, wenn ich ihn damals schon gekannt hätte. Nachdem die Fakten über den Herrn gesammelt waren, galt es, ihn davon zu überzeugen, Kunde bei „Lebensfreude“ zu werden, sprich, den Vertrag zu unterschreiben, der uns verpflichtete, ihm innerhalb eines bestimmten Zeitraumes eine bestimmte Anzahl von passenden Heiratskandidatinnen vorzustellen, und der ihn verpflichtete, ein ordentliches Sümmchen zu bezahlen, und das im Voraus, bevor „Lebensfreude“ überhaupt nur einen Finger für ihn rührte.

Das ist aber in der Branche absolut üblich, kaum eine Agentur beginnt mit der Arbeit, bevor nicht der volle Preis bezahlt ist. Ratenzahlung wird nur sehr ungern gesehen und eigentlich gar nicht angeboten. Dann muss eine Agentur schon sehr schlecht laufen, wenn sich die Vermittlerinnen auf Ratenzahlung einlassen dürfen. So lernte ich es jedenfalls bei meiner Chefin und so hatte ich es auch bei der Konkurrenz gehört. Die hochkarätigen Agenturen jedenfalls arbeiten so.

Warum nun sollte der Kunde, in dem Falle mein smarter, aber leider etwas klein geratener Herr aus Frankfurt, bei „Lebensfreude“ unterschreiben? Nicht etwa, weil ich so nett war, obwohl das ganz sicher auch eine Rolle spielte, sondern vor allem, weil es bei uns und nur bei uns, die geeignetsten Damen in Hülle und Fülle gab. Um dies zu untermauern, zog ich eine Reihe von Kandidatenprofilen aus der Tasche. Von jedem Kunden wird bei „Lebensfreude“ und auch bei den anderen seriösen Agenturen so ein Profil angefertigt, mit den wichtigsten Eckdaten, Informationen zu Alter, Beruf, Wohnort und den wichtigsten Vorlieben und Hobbys, und natürlich, mit seinem oder ihrem Foto. Fast immer steht auch die Größe mit drauf. Und damit begann mein Untergang. Ihm gefielen zwar einige der Damen ganz gut, aber sie waren alle zu groß, hatten fast Modelmaße. Vor allem eine Nürnberger Ärztin hatte es ihm angetan. Bildhübsch, schlank, blond, 30 Jahre, alles passte, aber leider stand in ihrem Profil auch, dass sie 1,82 Meter groß war…

Ich konnte reden, so viel ich wollte, damit hatte ich die Sache vergeigt. Er hörte sich das alles sehr wohlwollend an und verließ mich mit dem festen Versprechen, sich alles noch einmal zu überlegen und sich in den nächsten Tagen bei mir zu melden. Das Gespräch hatte er als sehr angenehm empfunden, vor allem fühlte er sich von mir nicht so bedrängt wie von der Mitarbeiterin eines Konkurrenzunternehmens, bei dem er auch schon seine Fühler ausgestreckt hatte. Aber es sei halt doch sehr viel Geld und das müsse ja nun genau überlegt werden. Ich hatte nicht die nötigen Argumente und auch nicht die Skrupellosigkeit gewiefter Verkäufer, die das Ruder auch in einer solchen Situation noch herumreißen konnten, und so verabschiedete ich mich halt sehr freundlich. Nein, das macht gar nichts, dass Sie sich heute noch nicht entscheiden, es ist völlig in Ordnung, dass wir in den nächsten Tagen telefonieren, und mehr solcher Floskeln hatte ich auf Lager.

Trotzdem war ich fürs Erste ganz zufrieden mit mir. Ich hatte mich nicht blamiert, hatte das gesamte Gespräch nach Plan durchgezogen, es fehlte halt nur der krönende Abschluss. Aber das würde ich schon noch schaffen, sagte auch Richard. Meine Chefin war nicht ganz so begeistert, aber von einer solch blutigen Anfängerin wie mir konnte man schließlich nicht gleich beim ersten Termin einen Volltreffer erwarten.

Natürlich sagte sie mir auch, es sei mehr als unwahrscheinlich, den Vertrag nachträglich zu bekommen, wenn man den potenziellen Kunden einmal vom Haken gelassen hat. Ich stand auf einem anderen Standpunkt, mir liegt es nicht, Leute zu etwas zu drängen, zu dem sie sich selbst noch nicht hundertprozentig entschlossen haben. Aber dieses Problem habe ich immer, im Wellnessunternehmen und auch in unserer eigenen Firma, ich kann einfach nicht drängen.

Letztlich hatte sie dann auch noch Recht. Nach ein paar Wochen, in denen ich immer wieder erfolglos versucht hatte, den Herrn ans Telefon zu bekommen, erhielt ich schließlich eine Mail, er habe sich leider leider trotz meiner tollen Beratung für ein anderes

Unternehmen entschieden, das ihm aus dem Stegreif drei, in jeder Hinsicht passende Kandidatinnen vorgestellt hätte. Ob es letztendlich dann mit einer davon was geworden ist, entzieht sich leider meiner Kenntnis…

Ich hatte gelernt aus diesem Vorfall. Bei den nächsten Terminen war ich mit dem Präsentieren von Profilkarten potenzieller Heiratskandidaten sehr viel vorsichtiger, manchmal ließ ich es ganz bleiben, wenn ich das Gefühl hatte, keine der mitgebrachten Karten könnte den Kunden wirklich vom Hocker reißen. Und tatsächlich hatte ich auch bald meinen ersten Erfolg. Eine sehr gut situierte Dame, Erbin eines großen Lebensmittelherstellers mit eigenem Immobilienimperium in Spanien, unterschrieb nach einem mehr als dreistündigen Gespräch, das wir in ihrer Wiesbadener Penthousewohnung führten, einen Vertrag über sage und schreibe 15.000 Euro. Ich schwebte im siebten Himmel, meine Chefin kam vor Begeisterung beinahe durchs Telefon, als ich ihr auf der Heimfahrt Bericht erstattete, und Richard hatte bei meiner Heimkehr eine Flasche Champagner kaltgestellt. Der Knoten war geplatzt. Ich war noch ein paar weitere Male erfolgreich, musste mir aber eingestehen, dass das nicht so sehr an meiner Überzeugungskraft lag, sondern daran, dass die Leute einfach reif waren für die Unterschrift. Sie hatten so viel Negatives erlebt, waren entweder mit eigenen Inseraten fürchterlich auf die Nase gefallen oder von Konkurrenzunternehmen über den Tisch gezogen worden, und fühlten sich von mir verstanden und bei „Lebensfreude“ gut aufgehoben.

Dann aber wurden die Bedingungen verschärft. Und zwar ging es um die Höhe des jeweils vorzulegenden Vertrages. Meine Chefin hatte mehrere Varianten im Angebot, die sich, was unsere Dienstleistungen betraf, nur wenig unterschieden, aber dafür umso mehr in der Summe, die zu zahlen war. Meist verpflichteten wir uns, innerhalb eines bestimmten Zeitraumes eine bestimmte Anzahl Kandidaten vorzustellen, manchmal aber auch „bis zum Erfolg“. Hier waren die Bedingungen lockerer als früher, erzählte Frau Burgstaller. Früher bedeutete „bis zum Erfolg“ bis vor den Traualtar, heute wird als Erfolg gewertet, wenn eine Beziehung entsteht, die mindestens sechs Monate hält.

Bei meinen ersten Einsätzen hatte Frau Burgstaller mir vorgegeben, welches Vertragsformular ich im geeigneten Moment aus der Tasche zu ziehen hatte. Aufgrund ihrer im Vorfeld geleisteten Recherchen hatte sie einen recht guten Eindruck von der Finanzkraft des jeweiligen Interessenten bekommen, von daher lagen wir meistens richtig. Nun aber war sie der Auffassung, ich sollte anhand meines eigenen Eindruckes über die Wahl des Vertrages entscheiden. Ich war ziemlich entsetzt, hielt Rücksprache mit Dagmar, die ebenfalls sehr verwundert war, denn bei ihrer Agentur lief es anders, es gab nur einen Betrag für alle Vertragsformen. Und sie sähe sich auch außerstande, den Finanzstatus ihrer Gesprächspartner angemessen zu beurteilen, vor allem, wenn sie diese nicht zu Hause, sondern auf neutralem Boden träfe.

Meine liebe Frau Burgstaller reagierte etwas pikiert, als ich ihr meine Vorbehalte mitteilte, und auch die damit verbundene Verantwortung zu bedenken gab. Pokerte ich zu hoch, konnte ich den Vertrag ganz schnell verlieren, setzte ich den Betrag hingegen zu niedrig an, lachte sich die Person ins Fäustchen und hatte einen fetten Deal gemacht. Zumal fast alle meiner Klienten schon bei anderen Instituten gewesen waren und die Preise kannten. Nein, sie hätte mich in den ersten Monaten meiner Tätigkeit ja schon sehr mit Samthandschuhen angefasst, mir einen Großteil der Arbeit sowieso durch ihre Recherchen abgenommen, nun würde es Zeit, dass ich mit der Realität des Geschäftes konfrontiert würde. Und so viel Fingerspitzengefühl sollte ich mittlerweile entwickelt haben, dass ich selber entscheiden könnte, welcher Vertrag in Frage käme.

Da hatte ich also noch eine Riesenaufgabe mehr. Nicht nur, dass ich das Vertrauen des Kunden oder der Kundin gewinnen musste, meinen Fragebogen so ausführlich wie möglich ausfüllen musste und den Vertrag überhaupt in trockene Tücher bekommen musste, nein, ich hatte innerhalb kürzester Zeit für mich selber die Entscheidung zu treffen, welches Formular ich aus der Tasche zog. Denn nun musste ich ja auch alle Varianten dabei haben, anstatt wie früher nur diejenige, die Frau Burgstaller vorgegeben hatte.

Manche der Herrschaften fragten auch gleich zu Beginn des Gespräches nach den Kosten. Dann galt es, sie hinzuhalten, bis ich mir selber darüber im Klaren geworden war und bis ich der Person die Vorzüge unseres Institutes so schmackhaft gemacht hatte, dass Geld irgendwann zweitrangig wurde.

Ich erinnere mich sehr gut an einen Herrn knapp unter Achtzig, der ganz in meiner Nähe wohnte und, wie sich bald herausstellte, der Vater einer Schulkameradin war. Dieser Herr war so einsam, so traurig, hatte sich mit seiner Tochter überworfen, seine Frau war nach langjähriger, aber nicht sehr glücklicher Ehe vor drei Jahren gestorben und er hatte sich eine Polin ins Haus geholt, von einer auf solche Damen spezialisierten Agentur in Frankfurt an der Oder. Die sprach nur minimal Deutsch und tat zwar ihr Bestes, den alten Herrn halbwegs zu versorgen, konnte aber sein Bedürfnis nach Nähe und Zärtlichkeit natürlich nicht erfüllen. Er zeigte mir sein Haus, nicht stolz auf seine nicht unerheblichen Besitztümer, sondern vielmehr regelrecht furchtsam, immer wieder nachfragend, ob denn die Damen, die ich für ihn aussuchen würden, dies oder das mögen würden, ob er vielleicht besser noch renovieren sollte, und vieles mehr. Er tat mir richtig leid, der arme Kerl, vor allem, weil mir zu diesem Zeitpunkt schon klar war, dass wir eigentlich niemand passenden für ihn in der Kartei hatten, die Damen wohnten entweder alle viel zu weit weg oder wollten einen jüngeren Mann. Jedenfalls konnte er gar nicht schnell genug unterschreiben. Meine Chefin war happy und ich auch, obwohl ich bei diesem Herrn zum ersten Mal so etwas wie ein schlechtes Gewissen verspürte.

Er verursachte der guten Frau Burgstaller und ihrer Büroperle am Starnberger See dann auch noch genug Bauchschmerzen. Denn, wie zu erwarten war, entsprach keine der ihm vorgestellten Damen auch nur im entferntesten seinen Vorstellungen und er war dementsprechend unzufrieden und frustriert. Zum Glück hatte er meine Telefonnummer nicht, und rief dafür zu jeder Tages- und Nachtzeit bei „Lebensfreude“ an, um seinen Frust loszuwerden. Da war er dann auch nicht mehr so lieb wie bei mir.

Mein größtes Frusterlebnis in dieser Zeit hatte ich aber, als ich zu einem Termin in die Nähe von Bad Orb sollte. Ich hatte einige Male mit der Dame telefoniert, sie war eine richtig harte Nuss und hatte dem Besuchstermin wohl nur zugestimmt, damit sie danach endlich Ruhe vor mir hatte. Denn mittlerweile hatte ich auch die Akquise meiner Termine weitgehend selbst übernommen. Es machte mir Spaß, daher nahm ich es erst einmal so hin, obwohl es ja eigentlich nicht zu meinen Aufgaben gehörte.

Abends um sieben Uhr sollte ich bei ihr sein, sie war Heilpraktikerin und schwer beschäftigt, daher ging es nicht früher, sie hatte sich aber den ganzen Abend für mich freigehalten. Allerdings war bereits am Telefon der von mir bestgehasste Satz gefallen: „Ich unterschreibe aber erst mal gar nichts, Sie erzählen mir alles und ich überlege es mir dann noch ein paar Tage in Ruhe.“ Eigentlich hätte ich unter dieser Voraussetzung die Fahrt gar nicht erst antreten sollen, aber ich wollte so unbedingt Erfolg haben, zumal ich wesentlich weniger Termine hatte als meine liebe Chefin prognostiziert hatte, nämlich so drei bis vier pro Woche. Aufgrund der schlechten Zeiten, der aufziehenden Wirtschaftskrise oder was weiß ich noch für Ursachen waren es aber höchstens drei bis vier pro Monat. Und dann waren es sehr häufig von vorneherein zum Scheitern verurteilte Unterfangen, denn die Leute wollten meist nicht mehr als ein unverbindliches Gespräch.

Bei dieser Dame hatte ich aber irgendwie ein gutes Gefühl. Und so fuhr ich gegen vier los, das sollte allemal reichen. Bis kurz hinter Frankfurt über die Autobahn, danach Landstraße, aber mit einem guten Navi bewaffnet sollte das kein Problem sein. Dachte ich. Hatte aber leider die Rechnung ohne jenen armen LKW-Fahrer gemacht, der irgendwo auf der A45 hinter Herborn die Gewalt über sein

Fahrzeug verlor, ins Schleudern kam, umkippte und seine gesamte Ladung auf der Fahrbahn verteilte. Weder Navi noch Verkehrsfunk erzählten etwas davon und so fuhr Andrea wohlgemut und bester Dinge in den gewaltigsten Stau ihres Lebens hinein.

Erst fuhren alle langsam, dann standen wir kurz, fuhren wieder weiter, und dann war plötzlich alles vorbei. Wir standen fest, die ersten Leute vor mir machten den Motor aus, stiegen aus, und ich fing an zu kochen vor Wut. Der Verkehrsfunk brachte immer noch nichts, so rief ich Richard an, der schaute im Internet nach und verkündete mir fröhlich, die Autobahn sei bis auf weiteres gesperrt, und das würde wohl noch einige Stunden dauern. Ausweich- oder Umleitungsmöglichkeiten gebe es nicht. Er wäre natürlich ganz anders gefahren, belehrte er mich dann auch noch, niemals über die A45, das wisse doch jedes Kind, dass die immer dicht sei. Warum ich denn bitte sehr nicht über die A3 und, keine Ahnung, wie es weiterging, denn da flippte ich richtig aus und wir hatten einen richtig schönen Krach am Telefon noch dazu.

Wenn ich etwas gar nicht haben kann, dann ist es Stau. Es gibt kaum etwas, das mich schneller und gründlicher auf die Palme bringt als ein Stau auf der Autobahn. Egal, wodurch er verursacht wird. „Gehölzpflege" ist so ein Reizwort für mich. Sicher müssen diese Arbeiten irgendwann gemacht werden, aber doch bitte nicht gerade dann, wenn ich unterwegs bin.

Dieses ohnmächtige Warten, dieses Gefangensein, nicht vor- und zurückkönnen, dieser Verlust an Lebenszeit, ist immer schon ein Graus, in diesem Fall aber bedeutete es natürlich, dass der Termin geplatzt war. Die Dame war zwar recht verständnisvoll, als ich sie anrief, bemüht, meine Wut nicht allzu deutlich zu zeigen, aber irgendwie wusste ich ganz genau, das war es, einen neuen Termin würde ich nicht bekommen.

Irgendwann gegen 20 Uhr, also als ich schon seit einer Stunde hätte bei ihr sein sollen, wurde die Sperrung aufgehoben und ich konnte an der nächsten Ausfahrt drehen und nach Hause fahren. Sicherlich konnte ich nichts dafür, es war einfach dumm gelaufen, aber ich war so sauer und so genervt, wenn ich diesen LKW-Fahrer zu fassen gekriegt hätte, ich hätte ihm liebend gern in den Hintern getreten, und ich war sicher nicht die Einzige an diesem Abend.

Frau Burgstaller, die wie immer gespannt auf meinen Bericht wartete, war gezwungenermaßen freundlich, aber mit knirschenden Zähnen, das merkte ich ganz genau. Wäre ich an ihrer Stelle ja auch gewesen. Und es kam, wie es kommen musste, ein neuer Termin kam trotz mehrfacher Versuche nicht zustande und ein paar Monate später hatte die Dame aus Bad Orb jemanden kennen gelernt, ganz ohne Heiratsinstitut, ganz profan auf dem Wochenmarkt. Danke, A45 und „armer" LKW-Fahrer.

Natürlich gab es auch positive Erlebnisse. Etwa den Herrn aus der Vorstandsriege eines großen Konzerns, der mich eines Adventsonntagmittags nach Bonn zum Essen in ein superfeines Restaurant einlud, wir tafelten dort geschlagene drei Stunden, ich hielt mich zurück, aber er futterte die Speisekarte rauf und runter. Wir unterhielten uns sehr angeregt, nur durfte ich leider keinerlei Unterlagen auspacken, da er Riesenangst hatte, von Kollegen gesehen zu werden, das Lokal war ein Treffpunkt für Manager seines Unternehmens, und ich erkannte schnell, dass es ihm gar nicht so sehr um den Vertrag bei uns ging als darum, mit einer attraktiven Frau gesehen zu werden und sich mal wieder so richtig verwöhnen zu lassen. Den Vertrag unterschrieb er schließlich im Auto, ich glaube er hat die Summe, die drin stand, im Halbdunkel des Winternachmittags gar nicht gesehen.

Ob sie ihn unter die Haube bekommen haben bei „Lebensfreude" habe ich nicht mehr mitbekommen. Denn kurze Zeit nach diesem Treffen zerstritt ich mich völlig mit meiner lieben Chefin. Sie verlangte, dass ich den Vertrag beim ersten Termin zur Unterschrift brachte, ich aber konnte das in vielen Fällen einfach nicht verantworten. Ich überlegte mir immer, wie ich selber in dieser Situation handeln würde, zumal ich ja mittlerweile auch mitbekommen hatte, dass ich den Leuten regelrecht die Katze im Sack verkaufte, dass es zumindest in meiner Region kaum geeignete Kandidaten in Frau Burgstallers Kartei gab. Und so fühlte ich mich durch ihr ständiges Drängen immer mehr an jenen schmierigen Vermittler aus der NRW-Agentur erinnert.

Richard merkte, dass ich mich zunehmend unwohler fühlte und riet mir, mich möglichst bald zu entscheiden. „Entweder du bist genauso skrupellos wie die anderen in dieser Branche, weißt, dass du die Leute vielfach über den Tisch ziehst, oder du hörst auf. Aber so weitermachen wie jetzt kannst du nicht."

Die Situation mit Frau Burgstaller eskalierte dann bald, ein Wort ergab das andere, am Schluss hielt sie mir sogar vor, dass einige meiner Verträge ohne ihre Mithilfe gar nicht zustande gekommen wären, außerdem hätte ich im Gespräch dies und jenes gesagt, so hätten ihr die Kunden, zum Beispiel die Immobilienfrau aus Wiesbaden, gesteckt. Dinge, die ich nie und nimmer so gesagt hätte, weil sie meinem Naturell absolut nicht entsprachen.

Dann gab es noch Ärger mit ausstehenden Provisionszahlungen, ich musste massiv mit dem Anwalt drohen, bevor sie endlich alles bezahlte, was mir zustand. Am Ende war ich heilfroh, als ich aus der Nummer heraus war.

Trotzdem, gelernt habe ich richtig viel. Vom Umgang mit Menschen, vom Leben an sich. Eine ganze Menge hochinteressante Persönlichkeiten und faszinierende Schicksale kennen gelernt. Und erfahren, dass die oft so blumigen Formulierungen in den Partnerschaftsanzeigen tatsächlich der Wahrheit entsprechen. Es gibt diese Leute wirklich, die Beschreibungen sind keinesfalls übertrieben.

Nur mit der Größe, das ist so eine Sache. Denn besagte Ärztin aus Nürnberg mit ihren 1,82 Metern, an der ich bei meinem allerersten Termin gescheitert war, war ein paar Monate später nach der

Überarbeitung der Profilkarten seitens Frau Burgstaller plötzlich nur noch 1,72 Meter groß…

Für wen also würde ich mich entscheiden, wen von meinen Kandidaten würde ich selber kontaktieren wollen, wenn ich mich denn jemals noch einmal auf die Suche nach einem Partner begeben würde, was ich mir zurzeit so gar nicht vorstellen kann?

Der Manager aus Bonn war eigentlich eine ziemlich „fade Nocken“, wie Frau Burgstaller sagen würde. Mein erster Kandidat war ganz nett, hatte aber, abgesehen davon, dass er mir auch entschieden zu klein war, völlig andere Vorstellungen von seiner künftigen Frau. Alle über 55 kamen sowieso nicht in Frage. Damit scheiden eigentlich alle meine damaligen „Opfer“ aus. Aber ganz aus den Augen verlieren sollte ich diese Branche vielleicht doch nicht. Wer weiß, wohin mich das Leben führen wird in den nächsten Jahren, vielleicht starte ich ja noch mal ein Comeback, dann aber unter anderen Vorzeichen. Eine sehr namhafte Agentur im Rheinland hatte ich auf Wunsch meiner lieben Chefin einmal inkognito besucht und mich als partnersuchend ausgegeben, um herauszubekommen, wie dort gearbeitet wurde. Dieser Dame, die in meinem Alter und sehr warmherzig und sympathisch war, ähnlich wie Dagmar, hatte ich so gut gefallen, dass sie mir gleich einen Assistentinnenposten angeboten hatte. Den ich natürlich nicht annahm. Aber vielleicht wäre das ja auch eine Lösung. Sollte ich nachher beim Aufstellen meines Schlachtplanes nicht vergessen.

Wir sind mittlerweile schon fast wieder zu Hause, laufen durch unser Dörfchen. Fräulein Meier reicht es jetzt auch, das merke ich an der Art, wie sie hinter mir herzuckelt. Herr Schröder ist noch nicht müde, ihm können unsere Ausflüge nie lang genug sein. Er zerrt an der Leine und ich will gerade mit ein bisschen Hundeschule anfangen, als ich höre, wie jemand meinen Namen ruft. Herr Schröder zerrt noch mehr und wedelt wie besessen mit dem Schwanz, und da sehe ich auch schon den Grund für seinen Freudenausbruch: die süße kleine Cindy, eine schwarzweiße Bearded-Collie-Hündin, ein paar Monate älter als er. Am anderen Ende der Leine hängt Frau Doktor Reinhardt, ebenfalls kaum imstande, ihre begeisterte Hündin festzuhalten.

Zum Glück sind wir gerade an einem großen unbebauten Ackergrundstück, das wir schon oft zum Spielen und Toben benutzt haben, gar nicht weit von dem Feld entfernt, auf dem ich mich immer, außer sonntags, mit den Damen von der Hundemafia treffe. Egal, wie lange Herr Schröder schon unterwegs war, für eine Toberunde mit Cindy reicht die Kondition immer noch. Fräulein Meier würde entnervt die Augen verdrehen, wenn ihre Mimik das zulassen würde, aber auch so spricht ihr Blick Bände: „Können wir nicht bitte ENDLICH nach Hause gehen?“

Aber da ist nicht nur Cindy, sondern auch noch ihr Frauchen, die uns davon abhalten. Die ich zugegebenermaßen sehr gut leiden kann. Frau Doktor Reinhardt ist eine ganz spezielle Dame, Anfang 70, so schätze ich sie, obwohl sie nicht darüber spricht, sehr gut situiert, sie war Fachärztin für Lungenheilkunde, seit einigen Jahren verwitwet. Eine wirkliche „feine Dame“, dabei aber mit einer gehörigen Portion Humor und Selbstironie ausgestattet. Und mit ganz viel Herzenswärme. Die aber, im Gegensatz zu manch anderer Bekanntschaft, die ich in meinem Leben machen durfte, absolut echt ist. Und sie sieht richtig süß aus, wenn man diesen Ausdruck bei einer älteren Dame gestattet. Rank und zierlich, ziemlich klein, fast weißes, immer top frisiertes Haar. Ein wahres Energiebündel ist sie außerdem, sonst hätte sie sich auch niemals diesen Irrwisch Cindy angeschafft.

Bis vor zwei Jahren hatte sie einen würdevollen, im hohen Alter von sechzehn Jahren friedlich eingeschlafenen Cocker Spaniel, der, wie sie mir einmal erzählte, in seiner frühen Jugend ein echter Raufbold war. Für den musste nach Ablauf einer gewissen Trauerzeit dann ein Nachfolger her. Wie genau sie nun auf Cindy verfiel, weiß ich nicht, jedenfalls bewundere ich sie immer wieder, wenn sie so mit ihr daherkommt, Manieren jedenfalls hat Cindy mehr als Herr Schröder. Aber sie ist ja auch älter. Nein, Andrea, daran liegt es nicht, und das weißt du ganz genau, such nicht schon wieder Entschuldigungen woanders, du bist es, die die Erziehung deines Junghundes ganz offensichtlich vernachlässigt. Weil du oft schlicht und einfach zu faul dazu bist, „Bei-Fuß-Gehen“, „Sitz“, „Platz“ und all die anderen Kommandos zu üben. Von solch fortgeschrittenen Kommandos wie „Bleib“ oder gar „Vor-Sitz“ ganz zu schweigen. Und wie immer, wenn Herr Schröder nicht spurt, habe ich Reginas belehrende Worte im Ohr: „Das kann Suleika schon alles.“

Ok, auch noch ein Punkt für den morgen in Kraft tretenden Schlachtplan: „Hundeerziehung vervollkommnen.“ Vielleicht werde ich lieber „in Angriff nehmen“ auf meine Liste schreiben, das trifft es eher.

Eigentlich wäre Frau Reinhardt, Marie heißt sie, so glaube ich, mit Vornamen, eine Top-Kandidatin für jede gehobene Partnervermittlung. Während meiner Zeit bei „Lebensfreude“ habe ich öfter mal gedacht, ob es wohl eher lustig oder peinlich wäre, wenn ich bei ihr einen Termin bekäme. Aber ich weiß gar nicht, ob sie überhaupt jemanden sucht oder ob sie ihr Leben liebt wie es ist, als völlig freie und ungebundene, niemandem außer ihrem Hund Rechenschaft schuldige Single-Frau. Sicher, sie hat Kinder, zwei, soweit ich weiß, aber die stehen ja längst auf eigenen Beinen.

Frau Reinhardt hat Cindy von der Leine gelassen, ich mache Herrn Schröder los, und nun gibt es kein Halten mehr. Die beiden rasen über die Wiese und purzeln übereinander her, als seien sie schon Wochen lang nicht mehr draußen gewesen. Das kann dauern.

Fräulein Meier hat sich genau zwischen uns gesetzt, so als wolle sie an der Unterhaltung von zwei Damen in gesetzterem Alter teilhaben.

Einen festen Händedruck hat sie auch immer noch, die alte Dame, die so alt gar nicht ist. Und erzählt lebhaft von Cindys neuesten Streichen, die mir allesamt sehr bekannt vorkommen. Das demolierte Sofa bei Reinhardts ist schwarz, unseres rot. Papier wird mit der gleichen Leidenschaft zerkleinert wie bei uns. Letzte Woche, so erzählt Frau Reinhardt, musste ein Schreiben vom

Finanzamt dran glauben. „Ist aber nicht schlimm. Wenn ich es richtig zusammengesetzt habe, war es eine saftige Nachzahlung. Da sag ich denen doch lieber, der Brief sei nicht lesbar gewesen. Vielleicht glauben sie es mir und gewähren mir Aufschub?"

Auch das kenne ich. Unser Bazi, Fräulein Meiers Vorgänger, hat mal seinen Hundesteuerbescheid aufgegessen. Leider haben die mit der Mahnung eine Kopie des Bescheids geschickt, und die ist ordnungsgemäß im Briefkasten gelandet.

Auf ihre Frage, wo denn mein „netter Mann" sei, erzähle ich wieder die Englandreisestory. Wie gehabt. Vielleicht lasse ich ihn gar nicht mehr von der Insel zurückkommen? Das wär doch eine Idee. Er wird dort festgehalten, ist in Quarantäne, in Gefangenschaft, was weiß ich? Klingt zwar nicht sehr plausibel, lässt mich aber in einem besseren Licht erscheinen, als wenn ich die Wahrheit sagen würde.

Um weiteren Fragen vorzubeugen, gehe ich in die Offensive. „Was macht denn Ihr Engagement bei ‚Sport für betagte Bürger'? Sind Sie jetzt der Tanzgruppe beigetreten, so wie Sie es beim letzten Mal, als wir uns trafen, vorhatten?" Denn nicht nur durch Cindy hält sie sich fit, sondern sie turnt auch noch ganz wacker, macht Wassergymnastik und Sauna in einer speziellen Einrichtung für Senioren, und jetzt sollte zusätzlich Tanzen, Gesellschaftstanz, dazukommen.

„Ach ja, Frau Häussler, damit hab ich angefangen. Ist ja auch ganz schön, aber ich weiß nicht, ob es das Richtige für mich ist."

„Wieso das denn nicht? Sie sind von der Figur und von Ihrem Rhythmusgefühl her doch die geborene Tänzerin. Um Sie müssten sich die Herren doch reißen."

Volltreffer. Genau da liegt der Hase im Pfeffer. Sie reißen sich um sie, die Herren. Und ganz besonders einer. Keine Ahnung, wie ich das wieder gemacht habe, so eng befreundet sind wir nun auch wieder nicht, aber jetzt fängt sie doch tatsächlich an, mir ihr Herz auszuschütten, mir von dem Dilemma zu berichten, in dem sie zurzeit steckt.

Sie hat dort einen Herrn kennen gelernt. Nicht erst beim Tanzen, auch bei den anderen Aktivitäten war er ihr schon aufgefallen. Und sie ihm. Bei der Wassergymnastik stand er immer hinter ihr, in der Sauna suchte er ihre Nähe, danach lud er sie noch auf ein Gläschen an die Bar ein, und zum Tanzen hatte er sich auch angemeldet, sobald er sah, dass sie dort mitmachen wollte. Sehr aufmerksam ist er immer, bringt ihr manchmal Blumen mit und lädt sie ins Café ein. Ein richtig schicker Mann ist es noch, mit viel Geschmack und Lebensart.

„Das ist doch perfekt, Frau Doktor Reinhardt. Genießen Sie es doch, freuen Sie sich daran, Sie sind lange genug allein gewesen."

Und da kommt es raus: „Das wär ja auch alles wunderschön, aber Frau Häussler, stellen Sie sich vor, der Kerl ist verheiratet! Macht mir schöne Augen und seine Frau sitzt zu Hause. Schwerkrank soll sie sein, Probleme mit den Knien haben, kann kaum laufen, die Arme. Und was macht er? Mir schöne Augen. Also ich weiß überhaupt nicht mehr, was ich machen soll, können Sie das verstehen?"

Ach du Schreck. Das kann ich sehr gut verstehen. Eine Dame wie sie, so geradlinig, so ohne jeden Hintergedanken, für sie muss es indiskutabel sein, eine Affäre mit einem verheirateten Mann. Egal wie die Umstände nun sind.

„Was sagt er selber denn dazu? Und was haben Sie gesagt, als Sie davon erfuhren?"

„Erst hab ich es gar nicht gewusst. Wie auch? Er trägt ja keinen Ehering. Und glauben Sie's oder nicht, es war richtig schön, hat mir so gut getan, dass da jemand ist, dem ich gefalle, für den ich nicht nur die geldgebende Mutter und Oma bin, sondern der mich auch noch als Frau wahrnimmt. Und er sieht ja so gut aus, fast ein bisschen wie mein verstorbener Mann. Manieren hat er auch so gute, hält mir die Tür auf, hat immer gleich ein Handtuch für mich, wenn wir aus dem Wasser kommen, ach, mir ging richtig das Herz auf. Und die Cindy mag ihn auch. Aber dann hab ich es gewagt, vor zwei Wochen, ich hab ihn für letzten Sonntagnachmittag zum Kaffee eingeladen. Bis ich mich dazu durchgerungen hatte, hab ich schlaflose Nächte gehabt. Aber so nett er ist, schüchtern ist er auch irgendwie, von ihm selber aus wäre es so schnell gar nicht weitergegangen mit uns. Das heißt, ich dachte, das ist so, weil er so schüchtern ist. Aber von wegen, Frau Häussler, erst hat er rumgedruckst, das wär schlecht am Sonntagnachmittag, da könne er von zu Hause nicht weg. Als ich gefragt habe, wieso denn, hat er gemeint, irgendwann müsse ich es ja erfahren, da wär halt noch seine Frau. ‚Noch seine Frau', können Sie sich das vorstellen? Wie das klang, so abwertend, so gefühllos. Also, ich war so entsetzt, das können Sie sich gar nicht vorstellen. Erst mal konnte ich gar nichts sagen, dann hab ich ihn gefragt, wie er sich das denn denkt, mit uns beiden, und wie er sich seiner Frau gegenüber vorkommt."

„Und, was hat er gesagt? Ich meine, es muss ihm doch auch klar gewesen sein, dass das irgendwann rauskommt, dass er Ihnen das irgendwann gestehen musste."

„Er machte einen auf Mitleid heischend. Ob ich ihn denn nicht ein bisschen verstehen könne, mit seiner Frau, das wär nur noch Alltag, Routine, aber er hätte sich in mich verliebt und wollte gern so viel mit mir unternehmen, nur manche Sachen gingen halt nicht, wie eben Kaffeetrinken am Sonntag und so. Bei seiner Frau und ihm, da wär so gar kein Feuer mehr, keine Leidenschaft, und ich dagegen wär eine so tolle Frau, hätte eine Figur wie ein junges Mädchen, wäre so agil und sportlich und überhaupt, und Frau Häussler, ich kann mich selbst nicht verstehen, da guckt der Kerl mich mit solchen Dackelaugen an und, ja jetzt weiß ich überhaupt nicht mehr, was ich tun soll."

Ich kann sie nur anschauen, etwas zu sagen, fällt mir schwer. Denn ich kenne dieses Szenario ja selber nur zu gut, beide, Sven und Daniel, waren verheiratet und ich ja nun auch, und all diese Einschränkungen hatte ich selber erlebt. Nur, dass es bei mir nicht so schlimm war, ich konnte genauso wenig weg, nur zu ganz bestimmten Zeiten. Und ich kann beide Seiten verstehen, ich war ja auch schon in der Rolle der betrogenen Ehefrau, auch wenn meine Knie noch ganz gut mitmachen.

Da spricht sie auch schon weiter: „Seine Frau ist völlig unsportlich, viel zu dick, mit ihr kann er überhaupt nichts mehr unternehmen, sie sitzt immer nur zu Hause vor dem Fernseher oder geht in ihre Strickgruppe. Für Literatur und Kunst interessiert sie sich auch nicht, liest nur die Klatschblätter beim Friseur, ansonsten guckt sie Fernsehen, und da auch nur die Talkshows und Gerichtssendungen und solche Sachen. Er sagt, er hat richtig Ameisen im Bauch, wenn er an mich denkt, seitdem er mich kennen gelernt hat, sei er so aufgeblüht, habe wieder Spaß am Leben. Und mir geht es doch ähnlich, Frau Häussler, seit mein Mann tot ist, hab ich doch keinen anderen angeschaut, ich dachte, für mich ist das Kapitel endgültig abgeschlossen. Ich hab ja auch genug zu tun, das Haus, den Garten, Cindy, da wissen Sie selber, wie ein junger Hund einen auf Trab bringt, die Enkelkinder kommen auch oft, ich brauch eigentlich gar keinen Mann mehr. Dachte ich, und auch, dass das ja doch nur Unruhe bringt in mein Leben. Und so ist es ja auch. Aber es ist halt auch so wunderschön. Wenn er mich anschaut, wenn er meine Hand nimmt, und, aber ich vertrau das jetzt wirklich nur Ihnen an, Frau Häussler, und verlasse mich auf Ihre Diskretion, ja, er hat mich auch schon geküsst…“

Geradezu schwärmerisch wirkt sie, wie sie dasteht und erzählt. Ihre Augen leuchten, sie schaut wirklich aus wie ein junges Mädchen.

„Sie sind ja richtig verliebt, Frau Doktor Reinhardt! Das ist so ein schönes Gefühl, ich könnt Sie regelrecht beneiden darum. Und verstehen kann ich Sie auch sehr gut. Auch wenn Sie sagen, Ihr

Leben ist gut so, wie es ist, so etwas bringt doch erst den richtigen Kick rein, es ist so spannend, so aufregend, wenn man frisch verliebt ist.“

Was red‘ ich denn da für einen Blödsinn? Was soll die Frau denn jetzt von mir denken? Ich habe meinen Richard, seit Jahrzehnten schon, und was kann ich da wissen von den Schmetterlingen im Bauch, wenn man gerade jemanden frisch kennen gelernt hat. Das ist zumindest das offizielle Bild, das meine Umgebung von mir hat. Dass wir beide, Richard genauso wie ich, dieses Schmetterlingsgefühl in den letzten Jahren trotzdem hatten, allerdings mit anderen Leuten, das ahnt ja keiner.

Aber es stimmt, was ich gesagt habe, jedes Wort davon stimmt. Wenn man frisch verliebt ist, dann ist die Welt rosarot, man geht wie auf Wolken, der ganze Alltagsstress kann einem nichts anhaben, man hat eine ganz besondere Wirkung auf seine Umwelt, weil man von innen heraus strahlt. Das weiß jeder, der schon einmal in dieser Situation war. Und ich habe dieses Gefühl auch sehr geliebt. Manchmal habe ich sogar gedacht, ich bin mehr in das Gefühl des Verliebtseins verliebt als in das jeweilige Objekt meiner Zuneigung. Und brauchte vielleicht auch nur ein Ziel, um dieses Gefühl ausleben zu können. Ein womöglich ziemlich willkürlich gewähltes Ziel.

Bei ihr scheint es anders zu sein. Und die dunklen Wolken sind ja auch schon aufgezogen am Himmel ihrer neuen Liebe. Verdammt, muss es denn immer so sein? Muss denn immer irgendwo ein Haken, ein Pferdefuß sein? Kann es nicht einfach mal nur schön sein, zumindest für eine kleine Weile?

„Da haben Sie so recht, Frau Häussler, ich hätte nie gedacht, dass ich das noch mal erleben würde. Und es wär so wunderschön, wir haben ja auch die gleichen Interessen, er geht genauso gern in die Oper wie ich, und ins Museum, und wir haben immer so viel zu erzählen, sind meistens die letzten im Clubheim. Wenn da halt nicht seine Frau wäre. Und ich weiß so gar nicht, was ich tun soll. Es ist nicht recht, dass wir zusammen sind, auch wenn noch gar nichts passiert ist, in Bezug auf, Sie wissen schon, und ich hab ihm das schon so oft gesagt, ‚Johannes‘, hab ich gesagt, ‚das geht nicht, du bist verheiratet und zu Hause wartet deine Frau auf dich. Da gehörst du hin und nicht zu mir‘, hab ich gesagt. Und auch, dass wir uns beim Sport, Sauna, Tanzen und so gerne sehen können, aber auch nicht nur wir beide allein, sondern wenn die anderen mit dabei sind, dann ist es in Ordnung, wissen Sie, dann hab ich nicht so das Gefühl, dass ich ihn dabei bestärke, seine Frau zu betrügen. Aber was das Schlimme ist, einerseits hab ich ein schlechtes Gewissen seiner Frau gegenüber, andererseits, und da schäm ich mich so sehr für mich selber, mag ich ihn schon sehr und hab Sehnsucht nach ihm, und es ist halt am schönsten, wenn keine anderen dabei sind, sondern nur wir beide allein. Und dann denk ich oft, die Frau ist es doch selber schuld, wenn sie so gar nichts tut für die Beziehung, das weiß man doch, dass man immer arbeiten muss an der Beziehung, das war auch in meiner Ehe so, glauben Sie mal ja nicht, dass das mit meinem Erich immer einfach war. Aber wir haben zusammengehalten, sind nicht so einfach auseinandergelaufen, wie das die jungen Leute heute tun. Was soll ich denn nur machen, Frau Häussler? Was würden Sie tun an meiner Stelle? Sind Sie ja nicht, Sie haben ja so ein Glück mit ihrem netten, sympathischen Mann.“

Wenn ich nur wüsste, wo der nette, sympathische Mann genau jetzt in diesem Moment steckt. Und was er gedenkt, weiterhin zu tun… Aber das werde ich dieser lieben alten Dame ganz sicher nicht auf die Nase binden, die hat mit sich selber schon genug zu tun. Jetzt muss ich erst mal ehrlich antworten.

„Das ist gar nicht so leicht, Frau Doktor Reinhardt. Was würde ich tun? Einerseits können Sie sagen: Was geht’s mich an, Sie sind niemandem Rechenschaft schuldig, Sie haben mit der Frau nichts zu tun, kennen sie noch nicht einmal. Aber es ist die Frage, was Sie wollen von diesem Mann. Was Sie erwarten von der Beziehung. Wenn Sie, ich sag’s jetzt mal so wie es ist, ein unverbindliches Verhältnis wollen, Spaß, ein paar nette Stunden, wann immer es möglich ist und Sie beide Lust dazu haben, und dann geht jeder wieder seiner Wege, dann würde ich es, glaube ich, in Ordnung finden, so wie es ist. Denn schließlich nehmen Sie der Frau ja nichts weg. Das, was Sie ihrem Mann geben können, bekommt er von ihr nicht, ist sie ja nicht bereit zu geben. So habe ich das jedenfalls verstanden. Wenn Sie aber mehr von ihm wollen, wenn Sie einen wirklichen Partner wieder an Ihrer Seite wollen, einen, der immer da ist, auch am Sonntag, an Weihnachten, Ostern und so, dann muss er sich entscheiden. Für Sie oder für seine Frau. Ansonsten, wenn Sie damit leben können, dass Sie sich sehen, wann es möglich ist, und er geht dann wieder, geht zurück nach Hause, zu ihr, wenn Sie damit leben können, dann würde ich es tun und einfach genießen. Aber das müssen Sie entscheiden, das kann Ihnen niemand abnehmen."

„Das ist genau mein Problem. Vielleicht bin ich auch ganz einfach zu alt für so ein Verhältnis, eine Affäre, wie man sagt. Mein Gott, ich und eine Affäre mit einem verheirateten Mann, nie und nimmer hätte ich das für möglich gehalten. Und Sie haben recht, Frau Häussler, so egoistisch und böse das auch klingen mag, mir ist seine Frau egal, die hatte ihre Chance genau wie jede andere Ehefrau auch. Aber was ich nun genau will, das weiß ich gar nicht so richtig. Einerseits wäre es schon schön, nach Hause zu kommen und da ist wieder jemand, mit dem man alles zusammen unternehmen könnte, auch verreisen. Ich verreis' doch so gerne, und er auch, so vieles könnte man noch gemeinsam entdecken von der Welt, die Cindy käm in die Pension, da, wo Ihre zwei auch hingehen, wenn Sie wegfahren, das hat mir Ihr Mann mal erzählt, dass Sie da so zufrieden sind. Andererseits, schaun Sie, ich bin auch gern allein, hab mir mein Häuschen grad so eingerichtet, wie ich es mag, und wenn ich gleich nach Hause komme, dann mach ich die Tür hinter mir zu und kann tun und lassen, was ich will. Mich noch mal nach jemandem richten müssen, mich immer absprechen müssen, was magst du heut machen, was ich, ob ich das noch mal will, ich weiß das gar nicht."

„Und wenn Sie es einfach ganz langsam angehen lassen? Sich jetzt noch gar nicht festlegen? Einfach schauen, wie sich alles entwickelt, ob Sie ihn in einem halben Jahr immer noch so nett finden, ob die Schmetterlinge dann immer noch da sind? Hat er denn schon mal gesagt, was er will? Außer mit Ihnen ins Bett zu gehen, wenn ich mal so direkt sein darf."

„Darauf läuft es natürlich hinaus, das ist mir schon klar. Ist ja auch in Ordnung, es gehört ja auch dazu. Nein, er hat konkret noch gar nichts gesagt. Nur, wie schön alles mit mir ist. Wie gern er mich hat ‚Schatzi' sagt er immer zu mir, ‚mein Schatzi'. Und trotzdem, wissen Sie, dass es für mich dann auch wieder beschämend ist, wenn er spätestens um halb zehn dann ganz schnell aufbrechen muss aus dem Clubheim, denn er hat seiner Frau gesagt, dass das Heim um neun schließt... Und dass ich ihn nicht anrufen kann, auch nicht auf seinem Handy, damit bloß seine Frau nichts mitkriegt. Wenn ich das dann wieder höre, denke ich: ‚Marie, bist du denn eigentlich verrückt, hast du das nötig?' Ich glaub', er will sich letztendlich gar nicht trennen, mehr aus finanziellen Erwägungen, als weil er sie noch liebt. Aber will ich ein Leben in Heimlichkeit? Wenn ich's doch nur wüsste..."

Eine vertrackte Situation. Die mir so bekannt vorkommt. Ähnliche Kapitel habe ich selber so oft geschrieben. Und miterlebt, wie eine Unachtsamkeit, ein einmaliges Nicht-Aufpassen eine Katastrophe ausgelöst hat. Mir schießt noch einmal durch den Kopf, dass ich ja wirklich beide Seiten des Spiels kenne. Ich war schon heimliche Geliebte, die Begehrenswerte, das Objekt heißer Träume, Gedanken, Sehnsüchte, aber ich war genauso die zu Hause sitzende, nichtsahnende, langweilige und unattraktive Ehefrau. Als Geliebte hatte ich einen Rochus auf die Ehefrau, vor allem auf die von Sven, die ihn für sich hatte, die ihn jede Nacht in ihrem Bett hatte, auch wenn er nur körperlich neben ihr lag. Als betrogene Ehefrau hätte ich ohne jegliches Bedauern Claudia ermorden können, hatte mir alle möglichen schmerzhaften Todesarten ausgemalt. Und es war ja nicht nur Claudia, wie ich letztes Jahr schmerzlich erfahren durfte. Es gab noch andere, weniger wichtige und kürzere Affären in Richards Leben. Aber einen Namen hat nur Claudia. Deswegen steht sie für mich stellvertretend für all die anderen Giftschlangen, die mich bei

Richard ausgestochen haben.

Ganz sicher waren Rache und der Wunsch nach Vergeltung ein Motiv für meine eigenen Seitensprünge. Eines von mehreren. Als wenn ich der Welt hätte sagen wollen: „He, ich spiel auch mit in eurem Spiel, ich bin nicht nur Opfer, Betrogene, ich bin auch mal Täter, und das so richtig gern!“

Aber mein Leben steht hier gerade nicht zur Debatte. Sondern das von dieser liebenswerten, mir ihr Vertrauen schenkenden Dame, die mich mit ihren großen blauen Augen anschaut und darauf hofft, dass ich ihr Problem löse. Mal so eben, mit einem einzigen Satz. Mit einer Zauberformel.

„Wenn ich Ihnen etwas raten darf, Frau Doktor, ich als die doch etwas Jüngere mit weniger Lebenserfahrung als Sie sie haben, ich würde es wirklich so machen, dass ich die Sache ganz langsam angehen würde. Nicht im Hauruckverfahren. Und machen Sie sich ab und zu auch ein bisschen rar, seien Sie nicht immer da, nicht immer verfügbar. Dann bleiben Sie sich selber treu und gleichzeitig sind Sie für ihn interessant. Und immer wieder eine neue Herausforderung. Eine Frau will erobert werden. Und dienen Sie nicht nur seiner Bequemlichkeit. Männer machen es sich gerne einfach. Zu Hause läuft alles normal weiter, das Essen wird gekocht, die Wäsche gewaschen, das häusliche Leben organisiert, und bei Ihnen hat er den Kick, das Neue, Aufregende und den Sex. Wenn er das hat, warum sollte er dann etwas ändern wollen? Noch dazu, wenn er finanzielle Einbußen hinnehmen müsste bei einer Trennung. Lassen Sie das nur zu, wenn Sie selber auch mit der Situation zufrieden sind. Und gut damit leben können. Aber wenn es so weit kommt, dass Sie abends und am Wochenende und an Feiertagen allein und traurig zu Hause sitzen, während er sich mit seiner Familie vergnügt, oder mit seiner Frau in Urlaub fährt und Sie verzehren sich vor Sehnsucht nach ihm, dann versuchen Sie, sich zu trennen. Denn dafür sind Sie zu schade. So sehe ich das, und so würde ich es machen, wenn ich in der Situation wäre.“

Ich glaube, ich habe den richtigen Ton getroffen. Ein Glück. Vielleicht sollte ich mich als Kummerkastentante bei einem Käseblatt bewerben. Genug Lebenserfahrung dafür habe ich sicherlich. Noch ein Punkt für den Schlachtplan, diesmal in der Rubrik „Berufliches"…

Sie lächelt mich an. „Ja, ich glaube, Sie haben recht, Frau Häussler. Ich mach mir einfach nicht mehr so viele Gedanken darüber. Nehme es, wie es kommt. Und da haben Sie auch recht, wehtun lass ich mir nicht. Soll er doch schlimmstenfalls zum Deibel gehen oder bei seiner Frau bleiben. Obwohl, nett ist er ja schon. Arg nett."

„Ich bin jedenfalls mal sehr gespannt, wie das bei Ihnen weitergeht. Und Ihnen ganz vielen Dank, dass Sie mich ins Vertrauen gezogen haben, das weiß ich sehr zu schätzen. Halten Sie mich auf dem Laufenden, mögen Sie? Und ich bin jederzeit und immer für Sie da, wenn Sie reden wollen." Solange ich selber noch hier bin, müsste ich eigentlich hinzufügen.

„Das finde ich schön, und ich bin richtig froh, dass ich Sie heute getroffen habe. Wissen Sie, ich kann sonst doch mit niemandem darüber reden. Meine Kinder wären entsetzt, ich höre meine Tochter schon sagen: ‚Mami, das tut man doch nicht, das kannst du nicht machen.' So eine richtige Spießerin ist sie, dabei ist sie doch noch nicht mal Mitte vierzig. Und meine Freundinnen, ja, die aus dem Clubheim kennen ihn ja auch alle, und da soll es ja keiner wissen, manche reden sicher schon, aber da kann ich mich auch niemandem anvertrauen. Ja, und meine sonstigen Freundinnen, Sie, Frau Häussler, die wären alle nur neidisch auf mich. Denn die haben so was ganz sicher nicht. Geh, jetzt haben wir uns aber richtig verplaudert. Und unsere lieben Kleinen scheinen ja sogar müde zu sein. Ihr Fräulein Meier schläft schon beinahe ein, hier auf dem Boden."

Das ist ganz eindeutig das Signal zum Aufbruch. Man muss merken, wenn der andere das Gespräch beenden will. Das habe ich in der neuen Ausbildung schon gelernt. Es gibt so genannte pre-closing sequences, das sind zum Beispiel beim Telefonieren diese Floskeln, die den gewünschten Schluss des Gespräches einleiten.

Und sie ist sicherlich auch aufgewühlt durch unsere Unterhaltung. So ist das immer mit diesen Tabuthemen, wenn man sich einmal dazu durchgerungen hat, mit jemandem darüber zu sprechen, mag man gar nicht mehr aufhören und wenn man es dann getan hat, läuft es einem noch stundenlang hinterher. Mir jedenfalls geht es immer so.

Die Hunde haben auch gemerkt, dass wir fertig sind. Fräulein Meier steht langsam auf, nicht, dass der Spaziergang zu viel für sie gewesen ist, obwohl sie ja gestern erst ihr Schwimmtraining hatte. Herr Schröder gähnt, er hatte sich ganz brav neben Cindy gelegt, die jetzt aufspringt und ihn zu einer letzten kurzen Runde über den Acker einlädt.

Wir verabschieden uns sehr herzlich, geben uns die Hand und aus einem Impuls heraus umarmen wir uns auch kurz. Dann kommt das übliche Rufen der Hunde und Gewusel mit den Leinen, bis wir in entgegengesetzte Richtungen losziehen. Meine beiden haben Hunger und ich zu meinem größten Erstaunen auch.

Als ich in unsere Straße einbiege, sehe ich den Zeitungsboten, der gerade wieder auf sein Rad steigt. Er hat die Sonntagszeitungen in den Briefkasten gestopft. Was er ja eigentlich auch soll. Heute aber gibt mir der Anblick der halb aus dem Briefschlitz heraushängenden Zeitungen einen Stich: Ich kann sie nicht einfach herausziehen, sondern muss den Briefkasten öffnen. Und weiß doch ganz genau, was ich da finden werde, außer den Zeitungen: Richards Schlüssel und die Fernbedienung von der Garage.

Da habe ich also die Wahl: Entweder ich lasse die Zeitungen, wo sie sind, oder ich stelle mich dem Anblick dieser so alltäglichen, vertrauten Utensilien, die bislang untrennbar zu Richard gehörten.

Und ich bin tapfer: Ich lasse die Hunde ins Haus, nehme den Briefkastenschlüssel vom Haken und öffne die Klappe. Und richtig, beides liegt da, so wie ich es vermutet hatte.

Beinahe vergesse ich, weshalb ich den Kasten überhaupt aufgemacht habe, so trifft mich der Anblick dieser beiden Gegenstände. Aber dann ist da wieder dieses starke Gefühl: Was soll's? Das wusstest du doch, dass die Sachen da drin sind. Also bring sie rein und leg sie an ihren Platz. Und dann gleich wieder die andere Stimme tief in mir: „Stell dir vor, Richard kommt wieder und du warst noch nicht einmal in der Lage, etwas so Simples und Triviales zu tun wie den Briefkasten regelmäßig und vollständig zu leeren." Und er merkt es sofort, wie immer. Da meldet sich auch schon die andere Andrea in mir: „Na und?", sagt die neue, renitente Andrea. „Wenn ich ab jetzt allein bin, geht es keine Sau was an, wann ich den blöden Kasten leere. Ob ich die Reklamezettel jedes Mal mit rausnehme oder warte, bis so viele drin sind, dass es sich auch lohnt. Und überhaupt, die blöde Straße fege ich auch nur noch, wenn ich tatsächlich Lust dazu habe oder befürchten muss, dass ich selber auf dem nassen Laub ausrutsche. Aber ganz sicher nicht mehr, weil irgendwer es von mir erwartet. Keiner braucht mehr etwas von mir zu erwarten. Wenn man mich allein lässt, dann darf ich auch sein, wie ich sein will, tun, wozu ich Lust habe."

Da schleppe ich also die Zeitungen und diese beiden gefürchteten Dinge nach drinnen und knalle die Haustür so richtig laut zu. Ist ja meine Haustür, mit der ich machen kann, was ich will.

Toll. Das habe ich nun davon, von meinem Emanzipation und Eigenständigkeit ausdrückenden Türzuknallen. Einen schönen Kratzer hat es mir eingebracht. Zum Glück an einer nicht so ganz exponierten Stelle, ein bisschen verdeckt durch den Türgriff, ist ein daumennagelgroßes Stück Farbe abgeblättert. Wenn ich noch länger allein hier lebe, kriege ich das Haus schon kaputt.

Was hätte Richard an meiner Stelle jetzt getan? Gut, einmal davon abgesehen, dass ihm dieses Malheur sowieso nicht passiert wäre. Aber gesetzt den Fall, es wäre ihm doch passiert. Was er ganz sicher nicht getan hätte, wäre, selbst den Malerpinsel zu schwingen. Obwohl er es sicher könnte, wenn er es nur versuchen würde. Aber dafür ist ihm seine Freizeit zu schade, da kurbelt er lieber die Wirtschaft an, indem er jemanden kommen lässt. Offiziell natürlich, niemals schwarz. Kostet zwar ein bisschen mehr, aber im schlimmsten Falle war es halt eine Tür im Büro, die ausgebessert werden musste. Und schon sind es Firmenkosten, problemlos absetzbar, obwohl die Räumlichkeiten gemietet sind. Aber Arbeiten am Privathaus werden auch ganz korrekt privat abgerechnet. So ist das. Wäre ja auch megapeinlich, wenn ausgerechnet der Chef von Leverkusens renommiertester Unternehmensberatung dabei erwischt würde, wie er Steuern hinterzieht, indem er sein Privathaus auf Firmenkosten renovieren lässt.

Was werde ich tun mit dieser blöden Macke? Nun, ich könnte es mit Do-it-yourself durchaus mal versuchen. Irgendwo in der Garage müsste noch die Originalfarbe vom letzten Anstrich stehen. Warum um alles in der Welt sollte ich das nicht hinkriegen? Zumal es wirklich an einer Stelle ist, wo ein bisschen Pfuscharbeit nicht gleich auffällt. Dem Normalmenschen nicht gleich auffällt. Richard schon. Der legt sofort und zielsicher den Finger in die blutende Wunde, egal wie gut versteckt diese auch ist.

Vergiss nicht, das gleich aufzuschreiben, Andrea: „Macke an der Haustür entfernen." Ich muss mein Leben systematisch durchorganisieren, sonst bekomme ich diese neue, bis vor zwei

Tagen völlig undenkbare Situation nicht in den Griff.

Jetzt aber fordern erst einmal die Mäuse ihre Mahlzeit ein. Während ich das gewohnte Ritual durchgehe, überlege ich, was ich nun als nächstes tun will. Vielleicht doch noch einmal auf Richards Handy probieren? Stefans SMS beantworten? Etwas essen? Seit dem Salat mit Putenbruststreifen gestern Abend im Hyatt habe ich nichts mehr in den Magen bekommen. Egal, kann mir nicht schaden, ein paar Tage zu fasten.

Was stünde denn essenstechnisch überhaupt zur Verfügung? Gestern Nachmittag, vor dem Schwimmtraining mit Fräulein Meier, habe ich ja eingekauft. Für den Fall, dass Richard zurückgekommen wäre gestern Abend. Das war, bevor ich seine beiden SMS erhalten hatte. Ich kann also davon ausgehen, dass ich über die Lebensmittel, die für ein eventuelles Versöhnungsessen gedacht waren, frei verfügen kann.

Also genehmige ich mir eine kleine Auszeit mit Brot, Marmelade, Käse, Honig und einer schönen Kanne Kaffee. Und den Sonntagszeitungen. Die Mäuse haben sich zu ihrem wohlverdienten Spätvormittagsschlaf zurückgezogen. So ein langer Spaziergang mit so vielen Eindrücken, danach ein gutes Essen, jetzt wird erst mal gepennt und verdaut. Die nächsten beiden Stunden mindestens bin ich also ungestört.

Normalerweise gehen Richard und ich sonntags frühstücken. Irgendwo in der Stadt. Es gibt bei uns mittlerweile richtige Szene-Frühstückstreffs, wo man hingeht, nicht nur, um in Ruhe zu frühstücken, das könnte man schließlich auch zu Hause, sondern vor allem, um zu sehen und gesehen zu werden. „Netzwerken“ auf Frühstücksebene, so könnte man es nennen. Es gehört einfach dazu. Wenn man in unserer Stadt etwas werden möchte, zu den, wie Richard und ich sie nennen, „Wichtigs“ gehören möchte, dann sollte man sich zumindest ab und an in einer dieser Locations am Sonntagvormittag sehen lassen. Da brezelt man sich also auf, nicht zu vornehm, sondern, „light casual“, wie man so schön sagt, so als hätte man gerade nichts Besseres zu tun, und bleibt dann so bis eins, zwei Uhr am Nachmittag dort.

Wie soll das denn in Zukunft werden? Wird Richard dann vielleicht mit seiner neuen Perle, meiner Nachfolgerin, in unseren Stammcafés auftauchen? Und ich, werde ich dann erst einmal die Lage peilen, bevor ich mich entscheide, ob ich reingehe oder nicht? Und mit wem überhaupt sollte ich am Sonntagmorgen frühstücken gehen, außer mit Richard?

Verdammt noch mal, Andrea, das ist doch nun wohl eher eines deiner kleineren Probleme, oder? Da wird sich schon jemand finden, mit dem du dich dort hinsetzen kannst.

Trotzdem, irgendwie ist mir der Appetit vergangen. Und die Neuigkeiten aus der Zeitung berühren mich auch nur sehr peripher. Normalerweise lesen wir diese Zeitungen zusammen, meist am Sonntagnachmittag, bei Kaffee und Kuchen, und erzählen uns gegenseitig die skurrilsten Meldungen, um uns königlich darüber zu amüsieren. Ab jetzt sitze ich allein hier und habe niemanden, der mit mir über den Dussel lacht, der sich von seinem Navi hat in den Rhein lotsen lassen oder über den dicksten Hund Nordwestaustraliens.

Ich lege die halb durchgeblätterte Zeitung auf die Seite und starre vor mich hin. Wieder einmal. Komisch, außer im Traum habe ich überhaupt noch nicht geweint. Ob das irgendwann noch kommt? Oder ob ich einfach innerlich erstarre, gar nichts empfinden kann - außer Leere?

So geht das nicht. Was wollte ich noch gleich machen, nach dem Frühstück und dem Mäuseversorgen? Richtig, eine SMS an Stefan schreiben und noch mal auf Richards Handy anrufen. Was zuerst? Am besten die SMS. Das fällt mir leichter. Denn was soll ich denn sagen, wenn Richard wider Erwarten rangeht? „Guten Morgen, Schatz, hast du gut geschlafen? Geht's dir gut, auch ohne deine Blutdrucktabletten?"

Andererseits, sollte Richard drangehen und irgendeine Art von Gesprächsbereitschaft signalisieren, so würde das auch den Inhalt meiner SMS an Stefan beeinflussen. Also besser doch erst das Handy. Aufgestanden sollte er um diese Uhrzeit, fast Mittag ist es, ja eigentlich sein. Wobei, das kommt darauf an, was er gestern Abend unternommen hat, wie spät er ins Bett gekommen ist, und vor allem, mit wem?

Das kann mir ja nun egal sein. Ich bin diejenige, die versucht, hier ein Mindestmaß an Normalität aufrechtzuerhalten. Also erst der Handyanruf. Mit mal wieder zittrigen Fingern. Und einem Riesenkloß im Hals. Der auch nicht dünner wird, als ich sofort die Mailboxansage höre. Immer noch diese neue, ohne die Möglichkeit, eine Nachricht zu hinterlassen. Ok. Dieses Thema ist also ad acta gelegt. Er hat sich ausgeklinkt. Zumindest mir gegenüber. Was auch immer er gerade tut, er möchte dabei nicht gestört werden. Das muss ich akzeptieren. Nicht verstehen, aber akzeptieren.

Gut. Nächster Punkt der Tagesordnung. Was schreibe ich Stefan denn? Was empfinde ich ihm gegenüber denn überhaupt? Mir fällt auf, dass ich in den letzten Stunden eigentlich fast gar nicht an ihn gedacht habe. An den Mann, der sich mir quasi auf dem Silbertablett angeboten hat, der mir einen unter Berücksichtigung der Umstände wunderschönen Abend bereitet hat und auf den ich eine Weile lang sogar richtig Lust hatte. Seit heute Morgen ist er wieder völlig in den Hintergrund gerückt. Und ich habe das Gefühl, dass ich ihm damit unrecht tue. Und deshalb bekommt er jetzt so eine richtig liebe Andrea-SMS:

„*Hallo und guten Morgen! Danke dir für den wundervollen Abend... ☺ Ja, ich bin gut nach Hause gekommen, habe ausgeschlafen und werde jetzt daran gehen, meine Zukunft zu planen, so wie wir es besprochen haben. Dir einen guten Rückflug und einen erfolgreichen Start in die Woche. Ich melde mich, sobald ich weiß, wie es hier weitergeht. GlG, Andrea*“

Weg damit. Nachricht gesendet.

Dann sollte ich genau das aber jetzt auch tun, was ich da gerade geschrieben habe: meine Zukunft planen. Eine Liste derjenigen Dinge machen, die ab morgen getan, in die Wege geleitet werden müssen. Wo mache ich das am besten? Hier in der Küche, auf dem Block auf dem ich immer meine Einkaufslisten für REWE schreibe, wohl kaum. Das ist eher eine Sache für den PC. Und meine rudimentären, aber hierfür hoffentlich ausreichenden Excel-Kenntnisse.

Gedacht, getan. Ich gehe an meinen PC, ich habe im Untergeschoss unseres Hauses, neben dem Wasch- und Bügelzimmer, ein kleines Arbeitszimmer, nur für mich. Da habe ich meinen privaten Schriftwechsel mit Freunden, die Unterlagen meiner diversen zweitberuflichen Tätigkeiten, aber auch viel Schriftwechsel und Rechnungen das Haus und unser privates Leben betreffend. Und natürlich meinen eigenen Computer. Allzu viele Programme sind nicht darauf installiert, nur ein halbwegs aktuelles Officepaket mit Textverarbeitung und Tabellenkalkulation, ein Internetzugang ist auch da, und Skype. Mehr brauche ich auch nicht für das, was ich damit bis jetzt gemacht habe. Auf Richards Computer sind jede Menge hochkomplizierter Programme, dazu Unmengen von Fotos, Erinnerungen aus so vielen wunderschönen Urlauben, Fotos von den Hunden, vom Haus, von Touren, die wir mit Freunden unternommen haben, und immer wieder von mir. Richard fotografiert sehr gerne, und sein liebstes Motiv war bis jetzt ich. Ich in allen Lebenslagen, angezogen, ausgezogen, meistens aber angezogen, ganz oft beim Essen im Lokal. Was mache ich denn mit dem PC? Aber, sollte es hart auf hart kommen, wird er den wohl abholen. Ein paar Fotos möchte ich aber auch behalten. Wer soll das denn nur alles auseinanderdividieren?

Interessant ist, das fällt mir ein, als ich den PC hochfahre, dass es aus der Zeit mit Claudia von mir nur wenige Fotos gibt. Dann wieder ganz viele, zurückzuführen wohl auf mein neues Image, mein deutlich verbessertes Aussehen, die volleren Brüste. Vor etwa zwei Jahren wurden die Gelegenheiten plötzlich wieder weniger, und einen weiteren sprunghaften Anstieg gab es dann letztes Jahr, nach unserem großen Knall, wie wir immer sagen. Nun ja.

Wie lege ich eigentlich in Excel eine neue Tabelle an? Das habe ich vor Ewigkeiten zuletzt gemacht, normalerweise benutze ich immer dieselben Tabellen. Nehme ich einfach eine alte Vorlage. Das Problem ist nur, dass ich hier zu Hause kaum Vorlagen habe, da ich, wenn überhaupt, dann im Büro mit Excel arbeite.

Doch, ein Glück, da ist noch eine. „Planung Sommerfest 2008“ Erstellt im Juni letzten Jahres. Ich erinnere mich nur zu gut daran. Der offizielle Anlass war das zwanzigjährige Bestehen unserer Firma. Ein wirklich schönes Fest haben wir damals gefeiert, um meinen Geburtstag herum, also Ende Juli, das Wetter hat mitgespielt, und es waren rund hundert Leute da. Der Garten festlich dekoriert, ein tolles Buffet aufgebaut, einen professionellen DJ engagiert, zum Glück waren uns die Nachbarn wohlgesonnen, und ich als Gastgeberin mitten drin. Richard hatte sich weitgehend rausgehalten aus den Vorbereitungen, wir hielten allerdings einmal pro Woche generalstabsmäßige Sitzungen ab, in denen er über den Stand der Dinge informiert wurde und, ganz Unternehmensberater mit entsprechendem Weit- und Durchblick jedes Mal absolut konstruktive Beiträge lieferte.

Aus diesem Anlass hatte ich damals diese Excel-Liste angelegt. Wahrscheinlich irgendwann in der Firma angefangen und dann rüberkopiert oder als Mail von der Firma auf meinen PC geschickt. Alle To-Dos von der anfänglichen Idee bis hin zum letzten Detail sind auf dieser Liste vermerkt. Ich weiß noch, dass ich sie unbedingt aufheben wollte, als Leitfaden für spätere Gelegenheiten. Als ich so drüberschaue, sehe ich, dass auch die Telefonnummern von allen wichtigen Lieferanten, vom Caterer, vom Blumengeschäft und so weiter und so fort, hier notiert sind.

Gut, dass ich sie gefunden habe. An die damit verbundenen schönen

Erinnerungen will ich jetzt nicht denken, sondern sie als Vorlage benutzen für mein ganz persönliches Fest: den Start in mein neues Leben. Das Leben, das ich zwar so niemals gewollt habe, aber von dem ich spüre, dass ich langsam bereit bin, es anzunehmen. Zumindest, dass es Phasen gibt in meinem Denken, in denen ich bereit bin, es anzunehmen und es anzugehen.

So wie genau jetzt in diesem Moment. Obwohl da doch wieder die Erinnerungen hochkommen, da gibt es ein Foto irgendwo, von Richard und mir als strahlenden Gastgebern auf diesem Fest, ich trage einen Traum in himmelblau, von Escada, passt mir sogar, obwohl ich, seit ich Körbchengröße C habe, mit Kleidern häufig Probleme habe, entweder sie sind untenrum richtig und oben viel zu knapp oder sie passen oben und hängen unten wie ein Sack an mir. Richard im hellgrauen Anzug mit rosa Krawatte, einfach zum Anbeißen. Und wie wir in die Kamera strahlen. Das perfekte Unternehmerpaar eben. Jung, dynamisch, gut aussehend. Glücklich.

Vorbei. Vergiss es, Andrea. Nimm jetzt diese Liste und fang an, Punkte aufzuschreiben, die erledigt werden müssen. Mach zuerst eine grobe Einteilung. Rubrik „Privates“ und Rubrik „Berufliche Pläne und Möglichkeiten“.

Fangen wir an mit „Privates“. Ich denke, ich muss mir erst mal klar darüber sein, wie es hier weitergeht, bevor ich mir Gedanken darüber mache, wie ich mein Budget aufbessern kann. Zum Beispiel muss ich wissen, wie viel Geld mir monatlich zur Verfügung stehen wird. Bessere Frage: Wie viel brauche ich denn so zum Leben? Allein dafür gibt es schon mehrere Bereiche: mein persönlicher Bedarf an Lebensmitteln, Körperpflege etc., die Versorgung der Hunde, also Futter, Tierarzt, Steuer, Versicherung, und der Erhalt des Hauses. Mache ich also am besten gleich eine zweite Tabelle auf, in der ich die Unterpunkte zum ersten Punkt auf der privaten Liste, „Ermittlung des monatlichen Geldbedarfes“ eintrage und aufschlüssele. Da gibt es auch irgendeine Tabelle vom Gesetzgeber, in der die genauen Zahlen für den Ehegattenunterhalt vermerkt sind, in Abhängigkeit vom Verdienst des Mannes. Aber damit gehe ich schon viel zu weit. Vielleicht sollte der allererste und wichtigste Punkt auf der Liste „Gang zum Anwalt“ heißen. Ok, ich rufe meine Bekannte aus der neuen Ausbildung an, die ist Familienanwältin. Von Frau zu Frau ist es sowieso leichter, denke ich, und vielleicht macht sie mir einen guten Preis. Viele der Anwälte, mit denen wir beruflich zu tun haben, nehmen für Beratungen solch horrende Stundensätze, dass sie für mich schon deshalb nicht in Frage kommen. Wobei es da ja um ganz andere Rechtsbereiche geht, Vertragsrecht, Firmenfusionen und so weiter sind pekuniär ja in einer ganz anderen Liga anzusiedeln als wenn ich kleine Ehefrau mich über die Folgen einer möglichen Scheidung oder erst einmal nur Trennung informieren möchte.

Also zurück zur ersten Tabelle und als ersten Punkt eintragen „Termin bei Barbara zur Beratung vereinbaren“.

Aus diesem Termin, den ich am besten möglichst zeitnah, sprich vielleicht schon morgen Nachmittag, wahrnehmen sollte, werden sich viele weitere Dinge ergeben, da bin ich sicher. Somit könnte ich eigentlich schon aufhören, es bringt ja nichts, jetzt Punkte aufzuschreiben, die sich womöglich nach dem Termin schon wieder erledigt haben.

Das ist mal wieder typisch für Dich, Andrea. Erst eine Arbeit anfangen, an einen Punkt geraten, wo es scheinbar nicht mehr weitergeht, weil irgendwelche Informationen fehlen oder Entscheidungen noch nicht getroffen wurden und dies als Begründung nehmen, dass ich erst mal fertig bin. Sache erledigt, ich kann ja gar nicht weitermachen, selbst wenn ich wollte, es macht ja keinen Sinn, bevor mir nicht die fehlenden Informationen vorliegen.

Ich sei nie um Ausreden und Entschuldigungen verlegen, das ist auch so ein stereotyper Vorwurf, den ich von Richard immer und immer wieder zu hören bekomme. Als wolle ich damit nur einen seriösen Deckmantel über meine allzu gern ausgelebte Faulheit legen. Vielleicht stimmt das ja auch, manchmal ganz sicher sogar, aber eigentlich ist es doch nur das Resultat praktischen fraulichen Denkens. Was bringt es, jetzt die Einfahrt zu fegen, wenn für heute Nachmittag Sturm angesagt ist und die ganze Arbeit durch die neuen herabfallenden Blätter gleich wieder zunichtegemacht wird? Dann warte ich doch lieber mit dem Fegen, bis sich der Sturm gelegt hat und ich alle Blätter auf einmal wegbekomme. Ich nenne so was Effizienzverhalten. Sollte dem Herrn Unternehmensberater doch auch vertraut sein.

Man kann natürlich auch so argumentieren wie Richard: Tu es doch einfach, du wirst hinterher schon sehen, ob es praktikabel und effizient war. Schreib doch einfach weitere Punkte auf, selbst wenn sich einige davon, ganz sicher nicht alle, durch das Anwaltsgespräch erledigen. Du hast dir dann aber zumindest schon Gedanken darüber gemacht.

Gut. Überzeugt. Fürs Erste jedenfalls. Was kommt also als nächstes? Doch den Geldbedarf in den einzelnen Rubriken zusammenstellen. Wie viel brauche ich zum Essen, was kosten die Hunde durchschnittlich im Monat, und so weiter und so fort. Und so bin ich eine ganze Weile damit beschäftigt, die einzelnen Ausgaben, die mir so einfallen, erst mal auf Papier zu notieren und dann in die Excel-Liste, Seite 2, zu übertragen.

Es ist schon spannend, was da so alles zusammenkommt. Einiges weiß ich aus dem Kopf, logisch, wenn man jeden Tag einkaufen geht, hat man die gängigen Lebensmittelpreise im Kopf. Bei anderen Dingen muss ich in Ordnern wühlen. Stromverbrauch zum Beispiel. Und Zeitschriftenabos. Wobei ich von denen wohl mindestens 80 Prozent kündigen werde. Ich habe genug zu lesen und wenn mir nach einer Zeitschrift ist, kann ich sie mir jederzeit am Kiosk holen. Nur „Dogs“, die Hundezeitschrift, die muss bleiben. Etwas muss ich mir ja auch leisten können.

Aber generell wird die Devise heißen: „Sparen, wo es nur geht“. Denn ich muss davon ausgehen, dass ich zum einen sehr schnell arbeitslos sein werde und zum anderen von Richard nicht freiwillig mit Geld versorgt werde. Das hat er früher schon mehrfach geäußert, dass ich von ihm nichts zu erwarten hätte im Fall einer Trennung. So einfach wird das zwar nicht gehen, es gibt ja auch noch entsprechende Gesetze, die solche Dinge regeln, aber von einem für mich positiven Paragraphen kann ich mir kein Stück Brot kaufen.

Wie gut kenne ich eigentlich den Mann, mit dem ich über dreißig Jahre zusammen bin? Oder war? Traue ich ihm wirklich zu, dass er mich mittellos sitzen lässt, ohne Geld für das Nötigste? Können seine Kränkung und seine Abneigung so weit gehen, dass er zulässt, dass ich, die ich nun mal aufgrund der Umstände noch nicht in der Lage bin, mich selbst zu versorgen, nicht mal mehr einen Bruchteil meines bisherigen Lebensstandards zur Verfügung habe? Wie wird er sich verhalten in den nächsten Tagen? Wird er auf stur schalten und unnahbar bleiben, so wie jetzt, wo noch nicht mal eine Mailbox zum Draufsprechen da ist, oder wird es möglich sein, mit ihm zu sprechen, einen, wie heißt es so schön, konstruktiven Dialog zu führen, in dem geklärt wird, wie es weitergeht. Ruhig, sachlich und vor allem realistisch.

Oder wendet sich das Blatt und er kommt zurück und alles ist wie früher… Nein, das auf keinen Fall. Wenn er wiederkommen sollte, wird einiges zu klären sein. Generell.

Hier und jetzt, Andrea, solltest du nicht davon ausgehen. Deshalb sitzt du hier und lässt dich schon wieder mal ablenken. Weit entfernt bist du gerade wieder vom effizienten Arbeiten.

Die Geldbedarfsliste habe ich nun also fertig. Wobei sie ganz sicher keinen Anspruch auf Vollständigkeit erhebt. Mir werden in den nächsten Tagen noch weitere Positionen einfallen, zweifelsohne. Also sollte ich vorsichtshalber einen Pufferbetrag einbauen und diesen auch nicht zu knapp bemessen.

Wie viel mir zusteht, und über welchen Zeitraum, wird Barbara mir sagen können. Ob es ausreichen wird, um gemäß meiner Liste wirtschaften zu können, wird die nächste Zeit zeigen.

Als nächstes sollte ich mir doch Gedanken machen, welche Unterlagen ich für den Anwaltstermin benötige. Eine Aufstellung unserer Vermögenswerte zum Beispiel. Meinen Arbeitsvertrag. Meine letzten Gehaltsabrechnungen. Den Stand des Hypothekendarlehens für das Haus. Es gehört uns beiden, also kann Richard es mir nicht unter dem Hintern weg verkaufen. Das ist schon mal gut. Wir leben in Zugewinngemeinschaft, sind nie auf den Gedanken an Gütertrennung gekommen und ein Ehevertrag, das war immer was für die anderen, die sich ihrer Sache sowieso nicht wirklich sicher waren und daher schon bei der Hochzeit für die mögliche Trennung vorsorgen wollten. Das galt doch nicht für uns. Wir waren anders, besonders halt. Pustekuchen. Vielleicht wäre so ein Vertrag jetzt für mich sehr wertvoll gewesen.

Eine meiner besten Freundinnen, Melanie, hat einen Ehevertrag. Das musste damals so sein, hat sie mir mal erzählt, als sie und ihr Mann heirateten, hing zwar die Welt voller Geigen, wie es sein soll, aber es gab gewisse Sachzwänge, die den Vertrag erforderlich machten. Welche, habe ich vergessen. Ist ja auch egal. Fakt ist, dass sie mittlerweile nur noch nebeneinander herleben, jeder hat einen neuen Partner, aber wegen der gemeinsamen Kinder gehen sie vorläufig noch nicht auseinander. Melanie arbeitet nicht, sondern macht sich ein schönes Leben zwischen Luxusvilla, Tennisplatz und Kosmetikerin. Und lehnt sich beruhigt zurück. Ihr kann nichts passieren, sie ist durch den Ehevertrag optimal abgesichert. Das Einzige, was sie tut, ist, wie ein Luchs aufzupassen, welche Art Freundinnen ihr Mann gerade hat. Dass es nur ja kein mittelloses Hühnchen ist, dessen einziges Bestreben ist, ihren Mann auszunehmen wie eine Weihnachtsgans, so dass für sie, trotz Ehevertrag, nicht genug übrig bleiben würde, um ihren jetzigen Lebensstil beizubehalten. Wie oft habe ich mich schon darüber amüsiert, wenn sie erzählte, auf welche Art und Weise sie sich über den Finanzstatus der jeweils Aktuellen informiert. Dennoch ist sie ganz sicher besser dran als ich, wenn es hart auf hart kommt.

Ein Großteil der Unterlagen ist in der Firma. Da muss ich also morgen früh auf jeden Fall hin. Müsste ich aber sowieso, denn montags arbeite ich ja. Und solange mir noch nicht die Kündigung auf den Tisch gelegt wurde, besteht auch kein Grund, nicht hinzugehen. Außer ich lasse mich krankschreiben. Psychischer Stress ist doch sicher ein Grund für einen gelben Schein.

Aber das ist nicht meine Art. Ist es noch nie gewesen. Ich glaube, ich bin in den ganzen Jahren unserer Selbständigkeit noch kein einziges Mal krankgeschrieben worden. Wozu auch? Die Arbeit muss so oder so getan werden und ich kann es mir ja einteilen. Und ich denke immer, die meisten Krankheiten werden nicht besser davon, dass man sich zu Hause hinsetzt und sich so richtig schön drauf konzentriert, wie schlecht es einem geht, sondern es ist viel sinnvoller, sich abzulenken, vielleicht nicht ganz so viel zu arbeiten wie sonst. Dann vergehen die meisten Wehwehchen von selber.

Nein, ich werde mich genauso verhalten wie Richard es tun wird. Gesetzt den Fall, wir versöhnen uns nicht, sondern es läuft wirklich auf eine Trennung hinaus, dann werde ich mein Handeln seinem Verhalten anpassen. Sprich, ist er fair zu mir, werde ich ihn mit der Firma nicht sitzen lassen und mich auch sonst fair verhalten. Legt er mir allerdings Steine in den Weg, die da heißen könnten, fristlose Kündigung, Rausschmiss also, Abdrehen sämtlicher Geldhähne, Auto wegnehmen, dann werde ich entsprechend reagieren. Dann bin ich ab sofort krankgeschrieben, dann werden sofort hier die Schlösser ausgetauscht, und mal sehen, was mir noch so einfällt. Wenn er Krieg will, kann er ihn haben. Oder wie heißt es in der Bibel? Wer Wind sät, wird Sturm ernten.

Aber ich hoffe zutiefst, dass es so weit nicht kommt. Dass es zu gar keiner Trennung kommt, und wenn es so sein muss, dann fair und zivilisiert.

Gut. Eine erste Liste von Unterlagen für den Anwaltstermin ist erstellt und in die Excel-Tabelle eingetragen. Der Geldbedarf ist, zumindest grob, ermittelt. Mindestens fünf Tassen Kaffee habe ich dafür gebraucht.

Was muss ich noch tun? Ein eigenes Konto eröffnen für das Geld, das er mir monatlich überweist beziehungsweise für mein Gehalt aus der Firma, solange dieses noch fließt. Was ist eigentlich mit einer Abfindung, wenn ich freiwillig gehe? Weil eine Fortsetzung des Arbeitsverhältnisses aufgrund der zerrütteten Ehe nicht zumutbar ist? Einundzwanzig Jahre Betriebszugehörigkeit, pro Jahr ein Monatsgehalt, so rechnet man doch, das wär ein ganz nettes Sümmchen für einen Neustart, womit auch immer. Superidee, sofort notieren, Barbara danach fragen.

Richtig euphorisch bin ich jetzt, und bevor ich anfange, mir über Dinge wie das in ein paar Wochen unvermeidbar bevorstehende Weihnachtsfest und über all die anderen früheren gemeinsamen Aktivitäten Gedanken mache, befasse ich mich lieber mit der zweiten großen Rubrik meines Schlachtplanes: „Berufliche Pläne und Möglichkeiten".

Was kann ich? Vieles kann ich, aber was davon ist verwertbar? In klingende, monatlich fließende Münze umsetzbar? Dass ich irgendwo eine ähnliche Stellung bekomme wie in unserer eigenen Firma halte ich für illusorisch. Ich habe keine verbrieften Qualifikationen außer der Ausbildereignungsprüfung, und selbst die ist wahrscheinlich mittlerweile hoffnungslos veraltet. Den letzten Lehrling habe ich vor etwa fünfzehn Jahren zur Prüfung geschickt. Zudem kommt mein Alter. Immer wieder als unwichtig abgetan, mit Floskeln wie „Erfahrung und Reife zählen doch auch" versehen, wird es mir spätestens dann wieder bewusst werden, wenn man mich bei der Arbeitsagentur in die Rubrik der Schwer- oder gar nicht Vermittelbaren einordnet. Fünfzig ist eigentlich ein denkbar ungeeignetes Alter, um sich zu trennen. Zu alt für den Arbeitsmarkt und zu jung für die Rente. Doof einfach. Hätte ich mir eher überlegen sollen.

Auf jeden Fall möchte ich die Ausbildung zur psychologischen Beraterin fortsetzen. Damit bin ich schon mal zwei Abende pro Woche mit Unterricht ausgelastet, außerdem diverse Wochenenden unterwegs. Von den Arbeiten in der Übungsgruppe, von Vor- und Nachbereiten des Unterrichtsstoffes und richtigen Hausaufgaben mal ganz abgesehen. Auch dieses Wochenende hätte ich eigentlich über den Büchern sitzen sollen, aber danach stand mir der Sinn bis jetzt überhaupt nicht. Aber was soll's, der nächste Unterricht ist erst am Dienstag. Wer weiß, was bis dahin noch alles passiert.

Mit der abgeschlossenen Ausbildung in der Tasche kann ich ganz sicher etwas anfangen, auch in meinem reifen Alter. Denn da gerade zählt sie, die Erfahrung, die Reife, die Menschenkenntnis. Und wer weiß, wenn ich sparsam wirtschafte mit meinen Mitteln, und die Abfindung gut anlege, dann kann ich mir vielleicht damit einen Neustart ermöglichen, eine kleine Praxis aufmachen, und noch mal ganz von vorn anfangen. Wenn das alles so klappt. Ich ertappe mich dabei, dass ich die Abfindung schon mit einkalkuliere, dabei ist mir das doch gerade erst eingefallen und wer weiß, ob ich überhaupt einen Cent aus der Firma sehe. Richard wird sicher auch Mittel und Wege wissen, um das zu verhindern.

Aber ich werde kämpfen, wenn es sein muss.

Oder ich gehe nach Salzburg.

In der Zwischenzeit könnte ich auch wieder für das Wellnessunternehmen arbeiten. So viel und so intensiv wie ich möchte. Tatjana würde sich ein Loch in den Bauch freuen, wir beide waren immer ein gutes Team. Bevor sich die Dinge so entwickelten, wie sie sich halt entwickelt haben. Mit Sven.

Was ich keinesfalls noch einmal tun werde, ist, für eine Partnervermittlung zu arbeiten. Das Kapitel ist endgültig abgeschlossen. Brauche ich also gar nicht aufzuschreiben.

Meine Liste enthält also bis jetzt nur die beiden Punkte „Wellnessunternehmen“ und „Beenden Ausbildung Psychologische Beraterin“. Nicht allzu viel, aber auch nicht ganz wenig. Vielleicht sollte ich gleich mal damit anfangen, meine alten Kontakte zu durchforsten. Tatjana eine Mail schreiben. Ihr vorsichtig andeuten, dass ich unter Umständen mit dem Gedanken spiele, wieder in das Geschäft einzusteigen. Fragen, ob es für reumütige Rückkehrer vielleicht Sonderkonditionen gibt. Wiedereingliederungsmaßnahmen gewissermaßen. Das mache ich auch sofort. Mal sehen, wie schnell sie antwortet. Wenn sie nicht gerade im Stall ist und die Tiere versorgt, sitzt sie auch sonntagnachmittags häufig vor oder in der Nähe des PC. Kann also durchaus sein, dass sie sich heute Nachmittag noch bei mir meldet.

Ein paar andere alte Bekannte aus der Wellness-Zeit kontaktieren. Nicht Sven. Leute aus dem Vertrieb, so wie ich, Freunde aus gemeinsamen Kongresszeiten, Verkaufstagungen, solche Leute eben. Wo hab ich denn die ganzen Mailadressen? Drei finde ich noch, außer der von Tatjana.

Elisabeth aus Belgien zum Beispiel. Auch eine Einzelkämpferin, schon seit vielen Jahren dabei, mit mal mehr, mal weniger Erfolg, aber immer zielstrebig, immer fleißig. Hannelore aus Münster, die ständig den Spagat zwischen ihrem kontrollsüchtigen Ehemann und dem bisschen Selbständigkeit leisten muss. Und die mich immer um meinen Ehemann beneidet hat, der mich unterstützt und mir ganz viel freie Hand lässt. Von nun an vielleicht noch viel mehr…

Und dann ist da noch Gertraud aus der Nähe von Aachen. Sie ist schon über siebzig und immer noch im Geschäft. Nicht unterzukriegen. Allen dreien schreibe ich, immer das Gleiche, dass ich nach einer Schaffenspause nun mit dem Gedanken spiele, wieder in den Fitness- und Beautymarkt einzugreifen. Was es Neues gibt. Solche Dinge halt. Mal sehen, wer antwortet und wann.

Aber das waren doch noch lange nicht alle Kontakte, die ich hatte. Wo ist der Rest?

Ich Dussel. Nicht im Mailprogramm finde ich die anderen, sondern in meinem Skype-Account stehen sie alle drin. Denn Skype, diese kostenlose Telefonmöglichkeit via Internet, habe ich vor ein paar Jahren durch Tatjana kennen gelernt. Nicht ahnend, welche Möglichkeiten sich mir dadurch eröffnen würden.

„Hast du eigentlich Skype? Musst du dir unbedingt runterladen. Wir kommunizieren alle damit und es kostet nichts." Ich höre Tatjana noch, ziemlich zu Anfang meiner Tätigkeit im Bereich Gesundheitsvorsorge und Körperpflege. Ich hatte von Skype noch nie gehört und war auf einer der ersten Tagungen, die ich mit Tatjana zusammen besuchte, völlig fasziniert davon, wie wir alle im Seminarraum Zeugen eines Telefonates mit dem amerikanischen Oberboss in Washington wurden, der über Computerlautsprecher zu uns sprach und wir verstanden ihn so deutlich, als stünde er vor uns im Raum. Und das Ganze absolut kostenfrei.

Natürlich bekam ich Skype kurz darauf auch. Und konnte nicht nur telefonieren, mit und ohne Webcam, vorausgesetzt, der Gegenpart hatte auch Skype, sondern auch chatten. Was ich vorher noch nie getan hatte. Ich bekam meinen Skypenamen, der die gleiche Endung hatte wie die Namen meiner Wellness-Kollegen auf der ganzen Welt, wir waren ein Team und das wurde unter anderem durch die Skype-Zugehörigkeit dokumentiert, und war fortan sehr aktiv im Chatten, in Telefonkonferenzen, neudeutsch „Telkos" genannt, kurz gesagt, ich verbrachte weit mehr Zeit vor dem PC als früher. Mit nicht immer sinnvollen Gesprächen zugegebenermaßen.

Noch einen Kaffee holen, nach den Hunden sehen, beide schlafen tief und fest und registrieren mich noch nicht einmal, dann mache ich Excel zu und Skype auf. Und gehe systematisch meine Kontakte durch.

Etwa dreißig Stück sind es. Und der Großteil besteht aus Leuten aus der Wellness-Branche. Aber ein paar andere Namen gibt es auch. Zum Beispiel der Kontakt mit dem Skypenamen „Daniel Dusentrieb“.

Ich weiß auch, dass es richtig „Düsentrieb" heißen muss. Aber manche EDV-Programme haben immer noch Probleme mit den Umlauten, vor allem die mit internationalem Zeichensatz. So oder ähnlich würde es jetzt Guido erklären, allerdings mit mindestens fünf 3-Buchstaben-Wörtern drin… Das wäre übrigens mal etwas wirklich Positives, das ich einer Trennung von Richard abgewinnen könnte. Dieser Typ würde ein für allemal und endgültig aus meinem Leben verschwinden.

Daniel Dusentrieb also. Mit ihm fing alles an. Fing mein Leben mal wieder an, sich komplett zu ändern. Und wieder war nicht ich selbst die treibende Kraft, sondern die Veränderung kam von außen. Ich hätte sie ignorieren können. Weitermachen wie zuvor. Das tat ich aber nicht. Vielleicht sitze ich auch deswegen hier, im Dämmerlicht eines trüben Herbstsonntagnachmittags alleine vor meinem PC, anstelle gemütlich mit meinem Mann Kaffee zu trinken und die Sonntagnachmittagsserien im Fernsehen zu gucken.

Ich nutzte Skype sehr häufig in meiner aktiven Zeit für das Wellness-Unternehmen. Immer montags nachmittags hielt Tatjana die Wochenkonferenz für ihr Team ab, ursprünglich war es Montagmorgen um neun Uhr, aber das hatte sie meinetwegen verlegt, montagmorgens brennt bei uns in der Firma immer die Hütte und ich bin nicht abkömmlich für andere Dinge. In Tatjanas Team waren zu dieser Zeit etwa sieben oder acht wirklich aktive Leute, und wir nahmen diese Konferenzen sehr ernst. Jeder konnte von den Erfahrungen der letzten Woche berichten, Positives und auch Negatives, Neuigkeiten wurden getauscht, Produktinfos, Wissenswertes über Preise und natürlich auch jede Menge Klatsch. Bis auf zwei Ausnahmen waren es alles Frauen wie ich, altersmäßig zwischen Mitte dreißig und Mitte sechzig, und zwei Männer, unsere Quotenmänner, Leute, die aus der Wirtschaft kamen, gute Posten bekleideten und jetzt einmal „etwas anderes" versuchen wollten. Irgendwie haben sie es aber beide auf Dauer nicht geschafft und sind jetzt wieder irgendwo im Angestelltenverhältnis.

Gut, ich habe es ja auch nicht geschafft. Aber das ist etwas anderes. Bei mir lagen die Gründe anders. Eher im zwischenmenschlichen Bereich. Und ich kann ja jederzeit zurückkommen, habe keine verbrannte Erde hinterlassen. Als ich im letzten Jahr aufhörte, war die offizielle Begründung für alle, auch für Tatjana, dass ich mich wieder mehr um unsere Firma kümmern müsse.

Jedenfalls hatte ich das Skype-Programm ständig geöffnet. Falls irgendjemand chatten wollte. Oder irgendeine superwichtige Nachricht verbreitet werden musste. Und so meldeten sich ab und an auch Leute, die nichts mit dem Unternehmen zu tun hatten. Skype wird weltweit ja von x-Millionen Leuten genutzt, die meisten sehen es allerdings, wie ich schnell erfahren musste, eher als private Kontaktbörse an denn als geschäftliches Medium. Mehrmals täglich öffnete sich ein Fenster mit einer neuen Kontaktanfrage. Und fast ausschließlich waren es Männer, die mit mir chatten oder telefonieren wollten. Manche schrieben gleich ihren kompletten Lebenslauf in die Kontaktanfrage, bei den meisten beschränkte sich die Startkonversation aber auf ein bloßes „*Hi*“ oder „*Hallo*“. Ich hatte an all diesen Leuten kein Interesse, viele der Herren kamen auch nicht aus Deutschland, sondern irgendwoher aus dem Ausland. Ganz viele aus der Türkei. Osman, 22 Jahre, aus Antalya schreibt „*Hi, kann ich chatten mit dir?*“ Was bitte sollte ich mit dem anfangen? Wobei, solche Art der Anmache ging ja noch. Heftiger sind schon andere, direktere, wie der Spruch eines Herrn, ich glaube sogar, es war ein Deutscher, „*Hi, willst du ein Foto von meinem Schwanz sehen?*“ Und wohl ganz erstaunt war, dass ich das nicht wollte. Zum Glück kann man diese unerwünschten Kontaktanfragen ganz schnell blocken, so dass man dann zumindest vor speziell diesem Typen Ruhe hat.

Ganz wenige von denjenigen, die nicht über das Wellness-Unternehmen kamen, habe ich nicht geblockt. Zum einen Daniel Dusentrieb, aber da waren auch noch Heinrich aus Aurich - so hieß der wirklich, das war noch nicht einmal ein Nickname - und, das war mit Abstand der interessanteste Kontakt, Miguel aus Chile.

Heinrich aus Aurich wohnte, als er sich bei meldete, noch nicht mal in Aurich, sondern in Peine. Er war Mitte 50, also einige Jahre älter als ich, arbeitslos, völlig alleinstehend und meiner Meinung nach eine ganz arme Socke. Leicht gehbehindert war er auch noch, besaß keinen Führerschein und war arbeitsmarkttechnisch so gut wie gar nicht vermittelbar. Er hatte den ganzen Tag nichts anderes zu tun, als vor seinem PC zu sitzen und mit wildfremden Leuten zu plaudern. Ich weiß nicht mehr, wie seine Kontaktanfrage aussah, jedenfalls muss sie mich irgendwie angesprochen haben, sonst hätte ich ihn gleich weggeklickt. Aber so kam ich mit ihm ins Gespräch und erfuhr recht schnell Details über seine Situation und seinen Charakter, die er Leuten aus dem realen Leben so sicher nie preisgegeben hätte. Aber die Anonymität des Internets einerseits und mein ja schon zur Genüge bewiesenes Talent zum Zuhören andererseits bewirkten, dass er sich öffnete.

Und erzählte. Von seiner Arbeit, die er viele Jahre lang immer gut gemacht hatte, irgendwas Kaufmännisches, von seinen diversen Krankheiten, die immer wieder zu längeren Ausfällen geführt hatten und letztendlich neben einigen anderen Gründen wohl auch zu seiner Kündigung. Von seiner Verlobten, die ihn vor fast dreißig Jahren kurz vor der Hochzeit mit einem anderen betrogen hatte, die er umgehend aus der gemeinsamen Wohnung geworfen hatte und nach der er keine andere Frau mehr ernsthaft geliebt hatte.

Von vielen unverbindlichen, auf das rein Sexuelle reduzierten Bekanntschaften, die er in die Wüste schickte, sobald bei der Frau Gefühle ins Spiel kamen. Und, und da saß Andrea mit offenem Mund staunend vor dem Bildschirm, von gewissen privaten Gruppen, die es wohl in jeder größeren Stadt gibt, wo sich Männlein und Weiblein einfach so treffen und Sex miteinander haben, mal nur zu zweien, mal mehrere miteinander, keiner will was vom anderen, keiner kennt vom anderen mehr als den Vornamen. Man treibt es miteinander, je bunter und wilder je besser, und danach geht wieder jeder seiner Wege. Solchen Gruppen gehörte Heinrich an, dort holte er sich seine Befriedigung, bevor er wieder nach Hause in seine einsame

Wohnung zu Fernseher und PC ging.

Mich mochte er allmählich wirklich gern, schaute sich Fotos von mir an, davon gibt es einige im Internet, sowohl auf unserer Firmenhomepage als auch auf der des Wellnessunternehmens und dann noch jenes nette, Vertrauen erweckende Bild von mir auf Skype, ich sitze hinter dem Lifestyle Indicator mit dem typischen für Beratungen reservierten Gesichtsausdruck. Nach einiger Zeit fing er dann an, von mir zu schwärmen, meine Vorzüge zu preisen, alles völlig brav und harmlos, da er ja wusste, dass ich glücklich verheiratet war und niemals in eine Ehe einbrechen würde. Komischerweise war im Zusammenhang mit mir niemals mehr die Rede von mangelnder Liebesfähigkeit.

Ich nahm diese Äußerungen immer ruhig hin, kommentierte sie nicht, aber erwiderte sie auch niemals. Für mich war der Typ als Mann völlig indiskutabel, im Gegenteil, er fing recht bald an, mich zu langweilen, mir auf die Nerven zu fallen, auch mit seiner altbackenen, oft verschroben klingenden Ausdrucksweise. Er schrieb Sachen wie „*Ich geh dann mal zu Bett, an der Matratze horchen*“. Oder er berichtete mir von solch weltbewegenden Dingen wie „*Ich mach mir jetzt ein schönes Kasseler zum Mittagessen, hoffentlich bekomme ich davon nicht wieder Sodbrennen*“.

Nur gut, dass er relativ weit weg wohnte und keinen Führerschein besaß, denn er sprach irgendwann immer öfter davon, wie gern er mich kennen lernen würde.

Zum Glück fand er dann, nicht zuletzt, weil ich ihn immer wieder virtuell in den Hintern trat, doch noch eine neue Arbeitsstelle, in einem großen Unternehmen in Aurich, auch wieder was Verwaltungstechnisches. Während der Probezeit lebte er dort in einer Pension, ohne Internetanschluss! Und ich hatte wochenlang Ruhe vor ihm. Später zog er in eine eigene Wohnung, hatte auch wieder Internet, und versuchte, unsere täglichen Chats wieder aufleben zu lassen. So erfuhr ich dann, dass er sich endlich doch verliebt hatte, in eine Arbeitskollegin, gab ihm auch zahlreiche gute Ratschläge für das erste Date und war danach fast genauso betroffen wie er, als er mir am nächsten Tag erzählte, dass sich seine Angebetete als hundertprozentige Lesbe entpuppt hatte.

Seit einiger Zeit habe ich nun keinen Kontakt mehr zu Heinrich aus Aurich, mein Verhalten ihm gegenüber war sicher nicht die feine englische Art, aber als über mich im vergangenen Jahr das Chaos hereinbrach, hatte ich für seine banalen Späßchen und seine ganze Art wirklich keinen Kopf mehr und habe ihn schlicht und einfach ignoriert. Irgendwann hat er es dann aufgegeben.

Viel spannender war meine Bekanntschaft mit Miguel. Auch ihn hatte ich irgendwann als Kontaktanfrage auf meinem Bildschirm. Er suchte spanischsprachige Gesprächspartner aus Deutschland, da er als Kind einige Zeit in Deutschland gelebt hatte. Er sprach allerdings so gut wie kein Deutsch mehr. Mehr aus Jux antwortete ich ihm, und es entwickelte sich sehr schnell ein recht intensiver Kontakt, über Tausende von Kilometern hinweg, aus dem Rheinland in den tiefsten Süden von Chile, dorthin, wo es auch im Sommer nicht wärmer als 15 Grad ist.

Miguel war Geschäftsmann, auch Anfang 50, besaß mehrere große Warenhäuser und stattete vor allem wanderlustige Touristen mit allem aus, was sie für eine Expedition in den kalten chilenischen Süden brauchen. Er verfügte über eine beträchtliche Allgemeinbildung, war belesen, und wusste immer ungeheuer viel zu erzählen von seinem Teil der Welt, der mir zuvor so völlig fremd gewesen war. Auch er hatte mein Foto gesehen, und wenn wir nicht gerade sachlich über irgendwelche geschäftlichen oder politischen Themen diskutierten, flirteten wir, was das Zeug hielt.

Seine Ehe sei langweilig und lieblos, schrieb er mir, die Kinder erwachsen und aus dem Haus, und er sehnte sich nach einer Frau für zärtliche Stunden, für heißen Sex, aber auch fürs Kuscheln. Und, so schien es mir zumindest, verliebte sich auch in mich. Ohne mich je in natura gesehen zu haben. Nur vom Foto, vom Schreiben und von einigen Telefonaten. Er lud mich ein, nach Chile, in seine Stadt, aber auch nach Buenos Aires, von ihm nur einige Flugstunden entfernt, träumte davon, mich in Buenos Aires am Flughafen abzuholen, mit mir ein paar Tage dort zu verbringen und mir dann seine Heimat zu zeigen. Ich ließ ihn träumen, wohl wissend, dass ich das ganz sicher niemals tun würde. Und er wusste es wohl auch. Aber träumen konnte ja nicht schaden.

Für mich war er in erster Linie eine sprachliche Herausforderung. Ich kaufte mir ein neues, modernes Lexikon, mein altes, aus der Madrider Zeit, war absolut nicht mehr up to date, und brütete oft stundenlang über Formulierungen, darüber, wie ich bestimmte Sachverhalte sprachlich halbwegs angemessen darstellen konnte. Schließlich hatte ich früher einmal fließend Spanisch gesprochen. Und zu meiner großen Freude kam es wieder, erst waren meine Beiträge zu unserer Konversation eher holprig, aber schon nach ein paar Wochen merkte, ich, wie die alte Eloquenz wieder kam. Und war riesig stolz auf mich.

Ich war auch geschäftlich für ihn von Nutzen, stellte den Kontakt zu verschiedenen europäischen Fabrikanten von Outdoor-Kleidung her und bekam von ihm sogar eine eigene Mailadresse, so als sei ich Leiterin seiner deutschen Filiale.

Irgendwann wollte er nach Europa kommen, in Mailand gab es eine spezielle Messe für Outdoorequipment, und dann wollte er mich kennen lernen, unbedingt. Ich dachte mir, lass mal, der kommt eh nicht, und wenn, lässt du dir spätestens dann etwas einfallen.

Richard wusste von beiden, von Heinrich und von Miguel, fand es gut, dass ich mein Spanisch wiederbelebte und unterstützte auch mein eher sozial angehauchtes Engagement als permanente Kummerkastentante für Heinrich. Lediglich meine heißen Flirts mit Miguel behielt ich für mich.

Aufgrund der Zeitverschiebung - Chile ist ja sechs beziehungsweise sieben Stunden hinter uns - fanden unsere Skype-Konversationen meist spätabends statt. Dann war es in seinem Büro ruhig, die Angestellten hatten Feierabend, und er konnte in aller Ruhe und Muße mit mir plaudern. Für mich wurden diese Sitzungen allerdings immer anstrengender, oft kam ich erst um ein Uhr nachts ins Bett.

Das und die Tatsache, dass Sven mich irgendwann so mit Beschlag belegte, dass für andere Dinge einfach keine Zeit mehr blieb, führte dazu, dass ich auch den Kontakt zu Miguel im letzten Jahr einschlafen ließ.

Sie alle sehe ich in meiner Kontaktliste. Miguel, Heinrich, ganz viele Wellness-Leute, die schon lange das Unternehmen verlassen habe, auch die Skypenamen von Tatjana und Elisabeth, und eben Daniel Dusentrieb.

Ich hole mir noch einen Kaffee und klicke sein Profil an. Das habe ich schon seit geraumer Zeit nicht mehr getan. 35 ist er jetzt, also ist es gut vier Jahre her, dass er mich kontaktete. Es fällt mir auch sofort wieder ein: „*Hallo, schöne Frau!*" hatte er geschrieben. Es war ein Spätnachmittag im Sommer, ich saß im Büro und schrieb Rechnungen, korrespondierte dabei auf Skype parallel mit drei oder vier Leuten aus dem Wellnessvertrieb, bediente auch noch das Telefon und hatte richtig Stress, das alles ordentlich zu machen. Und dann kam auch noch dieser Daniel. Warum ich ihm in diesem ganzen Stress auch noch antwortete und ihn nicht einfach wegklickte, ich weiß es nicht. Wobei, Quatsch, Andrea, du weißt es ganz genau. Welche Frau ist nicht geschmeichelt, wenn sie so angeredet wird. Und es klang nicht aufgesetzt, sondern irgendwie einfach nett und ehrlich.

So antwortete ich ihm, erst knapp, dann war ein paar Minuten Pause, in denen ich an meinen Rechnungen weiterarbeitete, dann kam wieder was von ihm. Immer ausführlicher wurden unsere Texte, und bald beendete ich die anderen Chats und wartete nur noch auf den blauen Balken mit „Daniel…“ am unteren Bildschirmrand, der einen neuen Satz von ihm ankündigte.

Daniel war, so sagte er, durch puren Zufall auf mein Profil gestoßen. Ob ich es glauben sollte, na ja, ich ließ es dahin gestellt. Er wollte eigentlich mit seinem Cousin in Amerika chatten, der hatte ihm auch Skype empfohlen, und irgendwie sei er halt dann bei mir gelandet.

Wir vom Wellnessvertrieb hatten alle sehr ausführliche Kontaktdaten und Fotos im Profil stehen, da wir eine seriöse Gruppe darstellten. Die anderen, „normalen“ Skypenutzer dagegen beschränkten sich auf ihren mehr oder weniger sinnigen Skypenamen, Alter und Herkunftsort. So auch Daniel. Es gab weder ein Foto von ihm noch sonstige Hinweise. Nur diese unnachahmlich sympathische und lustige Art zu schreiben. Manchmal tippte er völlig fehlerfrei und richtig wortgewandt, dann wieder gab es ganz eigenartige Rechtschreibfehler. Das irritierte mich anfangs, doch irgendwann während dieses ersten langen Gesprächs kam die Ursache heraus: Daniel war Russlanddeutscher. Lebte zwar schon seit vielen Jahren in Deutschland, aber hatte irgendwie nicht so recht den Zugang zur deutschen Orthografie gefunden. Aber das störte mich nicht. Im Gegenteil. Was mich dagegen zusammenzucken ließ, war sein Alter. Er war tatsächlich 15 Jahre jünger als ich. Und er wusste ganz genau, wie alt ich war, denn das stand schließlich, neben vielen anderen Angaben, in meinem Profil.

Mein Alter sei ihm egal, schrieb er, er fände meine Ausstrahlung toll, mein ganzes Aussehen, und meine Art zu schreiben. Ich war entsprechend geschmeichelt, fand seine Bewunderung einfach schön und konnte schon an diesem ersten Tag nicht genug davon hören beziehungsweise lesen.

Irgendwann an diesem Nachmittag beendete ich dann den Chat, sicherheitshalber, damit ich es war, die sich als Erste verabschiedete. Denn das hatte ich schon gelernt, man muss sich immer wieder rarmachen als Frau, dann bleibt man interessant. „Willst du gelten, mach dich selten!“, hat meine Mutter schon immer gesagt. Denn Zeit hätte ich noch genug gehabt, Richard war unterwegs, wie fast immer, und würde erst spät abends zurückkommen. Auf mich warteten nur Fräulein Meier und ein leeres Haus.

Ich kann mich auch noch gut an diesen Abend erinnern, ich schaute fern, wartete auf Richard und zwang mich, Skype nicht anzumachen auf dem privaten Rechner. Ich wollte nicht, dass Daniel den Eindruck bekam, ich würde auf ein Lebenszeichen von ihm warten. Denn wir hatten uns recht unverbindlich voneinander verabschiedet. Ich wusste nicht, ob ich ein einmaliger Zeitvertreib für ihn gewesen war, eine von vielen, die er mal eben so angeschrieben hatte an seinem freien Nachmittag, oder ob da mehr war, sich vielleicht mehr daraus entwickeln konnte. Ich wusste allerdings schon, dass Daniel nur wenige Kilometer von mir weg wohnte, in Monheim.

Aber auch er beherrschte das Spielchen mit dem Zappelnlassen. Er meldete sich am nächsten Tag nicht, auch nicht am darauffolgenden, erst ein paar Tage später, die Situation war wieder die gleiche, Spätnachmittag im Büro, tauchte der blaue Balken wieder auf.

„Na, Schönheit, wie geht's dir heute?“ Nun ließ ich ihn zappeln, ganze sieben Minuten nahm ich mir Zeit, bevor ich antwortete. Und wieder chatteten wir stundenlang. Ich erfuhr einiges von ihm, er war verheiratet und hatte zwei Söhne, arbeitete im Schichtbetrieb in einem Automobilkonzern, und suchte... gar nichts. Ganz bestimmt keine Affäre. Denn seine Ehe sei glücklich, berichtete er. *„Und warum schreibst du dann hier mit mir, stundenlang? Weiß deine Frau davon?“* Ja, das sei komisch mit mir. Mich würde er ungeheuer gern kennen lernen. Ob es denn nicht noch ein anderes Foto von mir gebe. Damals war Guido noch fleißig dabei, unsere Homepage zu überarbeiten, viele der heute aktuellen Fotos gab es noch nicht, und so fand ich nur ein einziges, das ich mit meinem begrenzten EDV-Verstand auch in der Lage war, ihm zukommen zu lassen. Im Sommer an der Mosel aufgenommen, ich trage ein oranges Top und einen Strohhut und lache fröhlich in die Kamera. Eins von Richards

Lieblingsfotos aus dieser Zeit. Kurz bevor er Claudia kennen lernte. Also auch noch eins aus meiner weniger attraktiven Zeit, vor dem Imagewandel. Entweder er findet es gut, dann wird er weiter schreiben, oder er findet es doof und dann war es das.

Nachdem ich das Foto abgeschickt hatte, war erst mal Pause. Zehn Minuten vergingen, fünfzehn, eine halbe Stunde. Na gut, dachte ich, Andrea, den hast du gründlich verschreckt. Der ist vom Stuhl gefallen. Vielleicht mag er keine Hüte. Oder Frauen, die Hut tragen. Tue ich normalerweise auch nicht, aber dieser steht mir wirklich gut. Irgendwo in den Tiefen meines Kleiderschrankes muss er auch noch sein.

Irgendwann hielt ich, Inkonsequenz in Person, es nicht mehr aus und tippte ein: „*?*" Danach: „*Hast du das Bild bekommen?*" Konnte ja auch sein, dass es nicht angekommen war, dass er die Datei nicht öffnen konnte, noch mit dem Programm rumbastelte, was auch immer, es musste ja gar nicht heißen, dass er nach Ansehen des Bildes nichts mehr von mir wissen wollte.

Die Antwort kam nach zwei Minuten. „*Ja, hab ich*". Toll. Das sagt alles. Pause. Ich wartete ab. Vielleicht kam ja noch was nach. Vielleicht war auch seine Frau ins Zimmer gekommen oder einer der Jungs. „*Jetzt will ich es noch mehr.*" Bitte? „*Was willst du noch mehr?*" fragte ich.- „*Dich kennen lernen. Dich sehen.*"

Da sag noch einer was gegen Hüte. Jetzt wollte ich aber erst mal auch ein Foto von ihm. Was ich denn gern sehen wollte, fragte er. Den braven Familienvater im blauen Anzug dieses Jahr zu Ostern, oder lieber ein Foto in der Badehose. „*Beides.*", schrieb ich. Er war entschieden flotter im Fotosversenden als ich. Hatte wohl schon öfter Gelegenheit dazu gehabt. Egal. Ich war jedenfalls super gespannt, als nach wenigen Minuten zwei Dateien ankamen. Und dann sah ich ihn zum ersten Mal. Groß. Blond. Die Haare schon ein ganz kleines bisschen gelichtet. Schlank, mit Tendenz zu einem kleinen

Wohlstandsbauch. Offenes, sympathisches Gesicht mit blauen Augen. So ein bisschen verschmitzt, jungenhaft. Typ Boygroup. Er sah ein bisschen aus wie David Cassidy, der Typ, für den wir als Schulmädchen geschwärmt hatten. Aber das band ich ihm natürlich nicht auf die Nase.

Ich war schon gewaltig geschmeichelt. Dieser süße Typ fand mich toll und wollte mich kennen lernen. „*Und wie gefall ich dir? Hast du sich mich so vorgestellt?*“ An diese Auslegung deutscher Grammatik musste ich mich noch gewöhnen. Aber egal. „*Ja, schon so in der Art hab ich mir dich vorgestellt.*“ Die Lehrerin in mir ließ sich doch nicht verleugnen, ich hatte ihn noch nie gesehen und fing schon an, ihn zu korrigieren.

Dann musste er plötzlich ganz schnell weg. Seine Frau kam vom Einkaufen zurück. Der PC stand bei ihm im Wohnzimmer, da wo die ganze Familie sich aufhält, deshalb war immer Vorsicht geboten. Und deshalb brauchte ich mir auch nie Gedanken zu machen, wenn er sich mal einen Tag gar nicht meldete. Dann gab es einfach keine Gelegenheit dazu.

Bei mir war es anders. Ich war fast immer allein, entweder in der Firma in meinem Büro oder hier zu Hause. Richard war in seinem Arbeitszimmer und ich in meinem. Oft las ich einfach nur mal die letzten noch gespeicherten Konversationen durch, oder schrieb lange Monologe, die Daniel dann irgendwann, oft nachts nach der Arbeit, genauso ausführlich beantwortete. Denn, und da war er so gar nicht wie die meisten anderen Männer, die ich kannte, er schrieb sehr gern und sehr ausführlich, trotz seiner Rechtschreib- und Ausdrucksfehler, die er mich übrigens bald bat zu korrigieren, dafür aber hasste er es zu telefonieren. In unserer ganzen Zeit telefonierten wir vielleicht drei Mal, und auch da nur, um einen Treffpunkt zu verabreden oder sonstige praktische Dinge zu besprechen.

In den nächsten Tagen chatteten wir regelmäßig. Und ich begann, meinen Tag nach seinen Schichten einzuteilen. War am PC, wenn ich wusste, dass er frei hatte. Und freute mich unbändig, wenn der blaue Balken auftauchte. War ich verliebt in Daniel? Ich weiß es nicht. Es tat mir nur unheimlich gut, angeflirtet zu werden, Komplimente zu hören, virtuelle Küsschen zu tauschen. Zu lesen, dass er mich vermisste, wenn wir mal ein paar Stunden nichts voneinander hörten.

Und dann kam, was kommen musste: Er wollte mit dem persönlichen Kennenlernen nun nicht länger warten. Ich dagegen war zwiespältig in meinen Gefühlen. Sicher wollte ich ihn auch kennenlernen, ihn sehen, anfassen, ja und auch mehr wollte ich mittlerweile schon nicht mehr ausschließen. Und genau da lag das Dilemma. Bis jetzt war das Ganze noch relativ harmlos gewesen, eine reine Internetbekanntschaft. Trafen wir uns aber persönlich, wurden gewisse Grenzen überschritten. Dann war es der direkte Weg in eine Affäre. Es sei denn, er entpuppte sich als Psychopath oder Quasimodo-Verschnitt.

Schließlich, und das dauerte nicht wirklich lange, siegte bei mir die Neugier. Ich war sozusagen „reif" für Daniel, für das, was sich auch immer daraus entwickeln würde. Erst überlegten wir, uns in Düsseldorf in einem Café zu treffen. Das hörte man ja schließlich immer wieder, dass man als Frau vorsichtig sein soll mit diesen Internetbekanntschaften. Erstes Treffen auf neutralem Boden, so dass frau jederzeit gehen kann, und auch nicht irgendwo, wo sie mit dem Typen ganz allein ist. Also war Café schon die eigentlich angesagte Lösung. Eigentlich. Denn als wir am Punkt des Kennenlernens waren, hatte sich zwischen uns schon eine so starke Vertrautheit und Offenheit entwickelt, dass wir uns nicht mehr ins Getümmel eines Massenbetriebes irgendwo auf der Kö stürzen wollten, wie anfangs angedacht. Wir wollten für uns sein, zwar auf neutralem Boden, das schon, aber doch ungestört. Ich träumte ganz romantisch vom ersten Kuss, von ein bisschen Fummeln, Kuscheln, irgendwo im Gras. Er träumte wohl schon von mehr, war aber auch bei aller Vertrautheit immer noch vorsichtig. Und realistisch. Immer wieder kamen von ihm Äußerungen wie „*Wenn du sagst, der ist ganz nette Kerl, aber nicht mehr, dann ist gut, dann wir sagen guten Tag und gute Weg und das war's. Und ich mache genauso.* " Und keiner würde jemals den anderen belästigen, ohne Voranmeldung anrufen oder gar bei ihm vor der Tür stehen. Daniels Familie stand bei ihm ganz oben, auch wenn ihn mit seiner Frau nicht mehr allzu viel verband, so war er doch geradezu vernarrt in seine Söhne und würde sie niemals aufgeben. Genauso wenig wie ich Richard und mein Leben mit ihm mit allem, was dazugehörte, aufs Spiel setzen würde. Unsere normale, alltägliche Welt sollte immer Vorrang haben vor dem, was wir beide miteinander hatten respektive gerade aufbauten. In diesem Punkt waren wir uns also absolut einig.

Er kannte zahlreiche Beispiele, wo genau das nicht geklappt hatte. Bei seinen Kumpels waren Affären, Trennungen und Neuanfänge wohl gang und gäbe, man war verheiratet, lernte irgendwo die absolute Traumfrau kennen, schmiss nach sechs Monaten Ehe, Kinder, Eigenheim hin, für die Traumfrau, um nach ein paar Jahren wieder genau an dem gleichen Punkt zu stehen, das anfängliche Traumfrauenimage hatte dem Alltagsleben nicht standgehalten, und das ganze Theater ging von vorne los.

Außerdem war ihm schon klar, dass wir eigentlich in verschiedenen Welten lebten. Bei ihm war Geld nicht knapp, ganz sicher nicht, aber das kam nicht ausschließlich von seinem Einkommen, sondern von den ganzen manchmal für mich nicht durchschaubaren Nebeneinnahmen, Mauscheleien und den Vergünstigungen, die er und seine Familie vielerorts erhielten, weil „*Kusäng, Kusine, Tante arbeitet da und gibt immer 30 Prozent Rabatt*". Er konnte sich auch königlich darüber amüsieren, dass wir brav für alle Autos Winterreifen kauften, regulär beim Autohändler. Er bekam seine „*so, von Kumpel, weil ich habe ihm Garage gestrichen*". Aber ich war ja auch die reiche Schickimickifrau, damit zog er mich so gerne auf.

Das erste Date nun also. Café sollte es nicht sein. Es war noch immer Sommer, das Wetter stabil schön, und so einigten wir uns auf den Unterbacher See, das war für uns beide nicht allzu weit zu fahren, aber wiederum auch nicht so nah, dass man damit rechnen musste, Bekannte zu treffen. Mittwochnachmittag um vier wurde ausgemacht, und ich merkte, dass ich mit jedem Tag aufgeregter wurde. Ihm ging es, wie er schrieb, genauso. Wir stellten uns vor, dass die Aufregung sich ganz schnell legen würde, sobald wir uns gegenüberstehen, uns in die Augen schauen würden. Den ersten Kuss malten wir in den schillerndsten Farben aus und hatten ihn schon hundertmal in unserer Phantasie erlebt, bevor er denn Wirklichkeit wurde.

An dem besagten Mittwochmorgen hatte ich einen recht wichtigen Termin für das Wellnessunternehmen, ich hatte in meinem Unternehmerinnenzirkel eine interessante neue Mitgliedsfrau für das Konzept erwärmen können und fuhr bepackt mit einem Haufen Produkte, Informationsmaterial und dem Lifestyle Indicator zu ihr in einen Vorort von Leverkusen. Sie hatte dort ein richtiges kleines Hexenhäuschen, gelegen in einem riesigen Gartengrundstück, ich weiß noch genau, wie wir erst auf der Terrasse Kaffee getrunken haben, bevor ich mein Equipment auspackte. Die Dame war seit zwei Jahren verwitwet und fühlte sich in ihrem wunderschönen Haus schrecklich allein. Ich sah meine Chance, ihr durch unser Geschäft eine neue Lebensperspektive zu bieten und stürzte mich voller Enthusiasmus in die Präsentation. Das hatte den Nebeneffekt, dass ich nicht ständig und ausschließlich an das dachte, was heute Nachmittag passieren würde.

Zweieinhalb Stunden später hatte ich sie als neue Kundin und Vertriebspartnerin gewonnen und schon die ersten gemeinsamen Verkaufsaktivitäten in die Wege geleitet. Und stand wieder auf der Straße, als mich die Nervosität mit voller Wucht traf. Zum Glück war es da schon nach Mittag, so hatte ich nur noch ein paar Stunden zu überstehen, bevor ich endlich losfahren konnte.

Wir hatten seit gestern Abend auch nicht mehr auf Skype geschrieben. Das war auch ok, denn es war alles gesagt, und es gab keinen Weg zurück. Das ist Quatsch, ich hätte ja jederzeit noch absagen können, er genauso, aber das wäre mir feige und billig vorgekommen. Ich hatte so lange darauf hingefiebert, jetzt wollte ich es auch erleben. Ein schlechtes Gewissen oder Schuldgefühle Richard gegenüber hatte ich überhaupt nicht. Wenn sich derartige Gefühle mal zu regen wagten, erschlug ich sie schnell und gründlich durch einen Gedanken an die liebe Claudia und all das, was mit ihr zusammenhing. Es hatte lange gedauert, bis sich mir die Gelegenheit zur Revanche geboten hatte, denn ich hatte es seinerzeit trotz bester Vorsätze nicht geschafft, loszuziehen und den erstbesten Mann abzuschleppen. Nun aber war ich dran.

Ich war so nervös, dass ich binnen kürzester Zeit drei von den Stresshemmer-Kapseln schluckte, die Richard so gut geholfen hatten. Als ich die dritte im Mund hatte, fiel mir voller Entsetzen ein, dass die Dinger ja Knoblauch enthalten, zwar nicht viel, aber auf die Menge gesehen, au weia, das wär's jetzt, du hast dein erstes Date, öffnest ganz leicht und hoffentlich unwiderstehlich verführerisch den Mund, um seinen Kuss zu empfangen und raus kommt ein unverkennbarer Knobiduft. Welch schreckliche Vorstellung! Und prompt meinte ich auch den Geschmack von Knoblauch zu erkennen. Mir fiel auf die Schnelle kein probateres Gegenmittel ein als Schokolade und so futterte ich in Rekordzeit eine ganze Tafel. Mandelsplitter. Die einzige, die wir gerade griffbereit im Haus hatten. Danach ging es mir magentechnisch nicht wirklich gut, aber der Knobigeschmack war weg. Eine Weile war mir tatsächlich so übel, dass ich noch nicht mal mehr nervös war. Hatten die Kapseln zwar auf Umwegen aber schließlich doch wenigstens kurzfristig ihr Ziel erreicht.

Und dann war es tatsächlich halb vier, die Zeit, die ich mir fürs Losfahren gesetzt hatte. Was hatte ich eigentlich an an diesem denkwürdigen Nachmittag? Es war sonnig, aber nicht heiß, so 22 Grad etwa. Eine lange Hose, sommerlich aus Leinen, ein Top, nicht langweilig, schon mit einem interessanten Dekolleté, aber nicht zu gewagt, und einen gestreiften Blazer drüber. So meine ich, sah ich aus, als ich ins Auto stieg. Von unterwegs aus rief ich noch kurz Richard bei seinem Kunden an und erzählte ihm von einem weiteren Termin in Sachen Lifestyle Indicator. Er schluckte es problemlos, kein Wunder, ich hatte ihm noch niemals auch nur den geringsten Anlass zum Argwohn gegeben. Wenn ich da nur an seine angeblichen Altstadttreffen mit Herrn Limbach und anderen denke, die ich ihm auch so lange Zeit bedingungslos abgenommen habe.

Darüber dachte ich während der Fahrt auch nach, fällt mir jetzt wieder ein. Was war das eigentlich für mich, diese Sache mit Daniel? Wie setzte sich mein Verhalten gerade zusammen? Aus wie viel Anteil Rache und Revanche für erlittenen Kummer und wie viel Anteil tatsächliches Interesse an diesem Mann bestand es? Egal, jetzt fuhr ich jedenfalls erst mal hin.

Ich war fast pünktlich, es waren drei Minuten nach vier auf der Uhr im Auto, als ich auf den Parkplatz fuhr. Wir wollten uns allerdings nicht da treffen, sondern ein Stück weg, am Zugang zu einem Bootssteg, wo um diese Zeit kaum Leute waren. Daniel kannte die Stelle und hatte mir den Weg vom Parkplatz aus genau beschrieben.

Es war auch ganz leicht zu finden, man ging einfach über den Parkplatz in Richtung See, dann war der Bootssteg nicht zu verfehlen. Ich hatte arg wacklige Knie, mein Mund war trocken, mir war schwummrig und gleichzeitig war ich total aufgekratzt und überwach. Und dann war es wirklich wie im Film. Wie ganz großes Kino. An dem Steg war ein Holzgeländer, und daran lehnte ein Mann. Mit dem Rücken zum See, Gesicht nach vorne. Durch den Lichteinfall konnte ich ihn nur schemenhaft erkennen. Der Parkplatz war fast leer gewesen, also musste er es sein. Ich wurde immer langsamer, als ich auf ihn zuging. Er verharrte in seiner Position, bis ich fast genau vor ihm stand. Und ihn dann auch erkannte, von den Fotos, die er mir gemailt hatte.

Ich war vielleicht noch zwei Schritte von ihm entfernt, als er sich von dem Geländer löste und das letzte Stück auf mich zukam. Und dann stand er tatsächlich vor mir, Daniel. Und lachte mich an. Und ich dachte: „Doch, den willst du haben." Für was auch immer, aber den lässt du nicht so einfach wieder verschwinden aus deinem Leben.

Erst mal schauten wir uns nur an, ungläubig, dass es tatsächlich geklappt hatte. Dass der andere genauso aussah wie auf den Fotos, schon so war, wie man sich das vorgestellt hatte, zumindest hier und jetzt, vom ersten Eindruck her. Froh, dass es so war und man sich nicht mit einem schalen Geschmack im Mund und einer großen Enttäuschung wieder auf den Heimweg begeben musste. Zumindest sah es im ersten Moment des Kennenlernens nicht danach aus.

Er sprach als Erster: „Na, hast du gut gefunden?" Ein bisschen heiser klang seine Stimme, rau, und schon mit diesem unverkennbaren osteuropäischen Akzent. Nicht stark, aber dennoch unüberhörbar.

Ich antwortete irgendetwas Sinniges wie „Ja sicher, war nicht schwer. Ich stehe da drüben auf dem Parkplatz." Dann wieder Schweigen, Schauen. Er nahm meine Hand, hielt sie fest. „Gehen wir ein Stück spazieren, ja?" Man konnte schön lang laufen an diesem Seeufer, kilometerweit, und zum Glück waren auch kaum andere Leute da. Die eine oder andere Frau mit Hund kam uns entgegen, oder ein anderes Pärchen. Eine ganze Weile liefen wir schweigend nebeneinander her, Hand in Hand. Ich spürte seine Gegenwart ganz deutlich, konnte seinen guten männlichen Duft riechen, ich fragte mich, welches Rasierwasser er benutzte, jedenfalls definitiv nicht das Gleiche wie Richard. Es lief sich gut neben ihm, er ist ein ganzes Stück größer als ich, aber kleiner als Richard. Ab und an schauten wir uns an, so von der Seite, und mussten beide lachen, wenn sich unsere Blicke zur selben Zeit trafen.

Irgendwann kam wieder ein Bootssteg. Wieder ein Holzgeländer. An dem blieben wir stehen, beide gleichzeitig, wie auf Kommando. Er zog mich an sich, hielt mich fest, ich schaute in seine lachenden blauen Augen, die aber jetzt ernst wurden. Und dann passierte es wirklich, so wie ich es mir ausgemalt hatte: unser erster Kuss. Erst vorsichtig, mit geschlossenen Lippen, weich waren sie, und frisch rasiert war er auch, es kratzte jedenfalls nichts. Dann spürte ich plötzlich, wie sich sein Mund öffnete, und seine Zunge über meine Lippen fuhr. Und ich küsste ihn wieder, so als hätte ich das schon tausendmal getan. Als wäre es nicht das erste Mal seit fast dreißig Jahren, dass ich einen Mann richtig küsste, der nicht Richard war.

Was auch absolut eindeutig war. Denn Daniels Kuss schmeckte zuallererst einmal ganz deutlich nach Rauch. Also irgendwie ein bisschen nach Moder und Teer. Das gefiel mir nicht so, ich kannte es nicht, hatte es nur von diversen Freundinnen gehört, die einschlägige Erfahrungen damit gemacht hatten, Raucher zu küssen. Und konnte diese voll und ganz bestätigen. Aber egal, Andrea, das wusstest du vorher, jetzt musst du es hinnehmen. Ich selbst hatte in meinem ganzen Leben noch keine Zigarette angefasst, und Richard hatte es nur einmal ausprobiert, mit fünfzehn oder so, also lange, bevor wir uns kennen lernten. Für uns kam Rauchen niemals in Frage. Es schmeckte nicht, war teuer und dazu noch ungesund. Dass Daniel rauchte, wusste ich, er hatte es schon in der ersten oder zweiten Chat-Session angedeutet, geschrieben, er müsse kurz Pause machen. „*Muss mal raus, eine rauchen.*“ Ich weiß noch genau, wie ich dachte: Na toll, das passt dir ja eigentlich gar nicht.

Aber ich stellte auch fest, dass man sich an den Geschmack gewöhnen kann. Der zweite Kuss schmeckte schon nicht mehr so intensiv nach Teer, und beim dritten nahm ich nur noch seinen ganz eigenen männlichen Daniel-Geschmack wahr.

Wir blieben eine ganze Weile da stehen, an dem Bootssteg. Und küssten weiter. Er hatte die Arme um mich gelegt, er lehnte am Holzgeländer, ich lehnte an ihm und spürte seinen Körper. Fest, drahtig, sportlich. Seine muskulösen Arme. Irgendwann gingen wir weiter, engumschlungen aber jetzt. Und erzählten ein bisschen. Komisch, beim Schreiben konnten wir oft gar nicht so schnell tippen, wie die Gedanken kamen, und jetzt taten wir uns schon ein bisschen schwer, zu unserem normalen ungezwungenen Ton zurückzufinden. Aber daran merkte ich auch, dass Daniel längst nicht so abgebrüht war, wie er oft tat. Und nicht so selbstsicher, wie er es mir verkaufen wollte. Und das fand ich gut.

Er kannte eine Stelle da am See, wo man sich ins Gras setzen konnte, ohne vom Weg aus gesehen zu werden. Gut, dass der Boden trocken war, denn an eine Decke hatte ich natürlich nicht gedacht. Hätte auch ein bisschen komisch ausgesehen, wenn ich zum ersten Treffen mit meiner roten Picknickdecke unter dem Arm aufgetaucht wäre. Womöglich noch mit der Tupperdose mit Frikadellen und Kartoffelsalat. Stattdessen trug ich eine ziemlich empfindliche helle Leinenhose. Als ich mich ins Gras legte, dachte ich: „Schon sehr geschickt gemacht, Andrea. Was erzählst du denn jetzt Richard, wenn du mit Grasflecken auf dem Hintern nach Hause kommst? Du hättest im Garten auf der Wiese jemanden gemessen?“

Daniel spürte mein Dilemma und legte mir großzügig sein Sweatshirt hin, das er locker um die Schultern getragen hatte. Und dann saßen wir da, ich lag mit dem Rücken an seiner Brust, er streichelte meine Arme, meine Wangen, und schließlich fand seine Hand auch ihren Weg unter mein Top. Noch nie hatte ein anderer Mann außer Richard, und dem Teddy natürlich, aber das war ja was anderes, meine Brüste berührt. Da musste ich so alt werden, um das noch einmal zu erleben. Und zu genießen.

Daniel gefiel, was seine Hand da spürte, das merkte ich ganz deutlich. Und ich merkte auch, dass er Lust bekam auf mehr. Aber da musste er sich noch ein bisschen gedulden, ich würde mich ganz sicher nicht beim ersten Date von ihm ins Gebüsch zerren lassen. Und sagte ihm das auch. Und er meinte, wir bräuchten nichts zu überstürzen, wir hätten alle Zeit der Welt. Wichtig war jetzt erst einmal, dass wir uns nicht getäuscht hatten im anderen, dass sich der Eindruck, den wir beim Schreiben bekommen hatten, bestätigte, jetzt da wir uns tatsächlich gegenüberstanden. Und ansonsten? „Ist nicht so schlimm, Sex mit mir, wirst du sehen, wirst du überleben.“ Das ist einer seiner Lieblingssprüche, wie oft würde ich den noch hören in den nächsten Jahren. „Wirst du überleben.“ Passt beinahe in jeder Lebenslage.

Es war schon fast halb sieben, als wir wieder zum Parkplatz

zurückkamen. Er musste seinen ältesten Sohn vom Fußballtraining abholen und ich sollte mich auch langsam mal wieder zu Hause blicken lassen, ich wusste nicht genau, wann Richard kommen würde, und Fräulein Meier musste auch raus. Fürs Abendessen musste ich auch noch einkaufen, dazu hatte ich heute über Tag so gar keinen Kopf, mich um so etwas Profanes wie Essenkaufen zu kümmern.

Er brachte mich zu meinem Auto. Und nun standen wir da, ein bisschen unschlüssig, ein bisschen verloren. Der wunderbare erste Nachmittag war vorbei. Jetzt kam der Alltag wieder, das erste Mal die Rückkehr in unser normales Leben. Wo andere Dinge wichtig waren. Wie eben Essenkaufen bei mir und Fußballtraining bei ihm. Und Schularbeiten kontrollieren bei dem Kleinen.

„War sehr schön mit dir, Prinzessin. Bist du genau so, wie ich mir vorgestellt habe." Ein letzter Kuss, dann hatte er es plötzlich eilig. Klar, nicht nur wegen des Trainings, das um sieben zu Ende ist. Er musste jetzt auch dringend mal wieder eine rauchen, das hatte er sich die ganze Zeit über verkniffen, denn er wusste, dass ich das gar nicht mochte. Furchtbar, wenn die Sucht das Leben bestimmt, dachte ich und schaute ihm nach, wie er auf die andere Seite des Parkplatzes ging, wo sein Wagen stand. Ein großer blauer Van.

Wir hatten gar nichts weiter ausgemacht, fiel mir auf, als ich in mein Auto stieg. Kein weiteres Treffen, wir hatten auch nicht definitiv gesagt, ob es weitergehen würde mit uns. Andererseits, alles sprach dafür. Wenn ich ihm nicht gefallen hätte, hätte er mich nicht geküsst, wären all die schönen Dinge nicht geschehen zwischen uns, und vor allem hätte er es dann nicht zweieinhalb Stunden lang mit mir ausgehalten. Trotzdem fingen gleich wieder die Zweifel an, in mir zu nagen. Vielleicht war ich ihm ja doch nicht sexy genug, doch zu altbacken, immerhin trennten uns 15 Jahre, fast eine Generation. Vielleicht hatte es gerade mal für diesen einen Nachmittag gereicht, und nachher oder morgen würde ich dann eine lapidare Nachricht auf Skype vorfinden, dass es nett war mit mir, aber mehr auch nicht.

Was war denn mit mir, was wollte ich eigentlich? Wenn ich mir jetzt selber eingestand, dass ich mir wünschte, dass es weitergehen würde, dann war klar, dass ich dabei war, in eine handfeste Affäre, Verhältnis, wie auch immer man es nennen mag, hineinzuschlittern. Mit allem, was diese Tatsache mit sich bringen würde. Heimlichkeiten, Lügen, viel mehr als schon in den letzten Wochen, wo ich Richard immer erzählt habe, dass ich mit meinen Vertriebskolleginnen aus der Wellnessfirma chatte. Wenn wir uns treffen wollen, muss auch dafür eine geeignete Location gesucht werden, bei uns zu Hause möchte ich es auf gar keinen Fall, bei ihm geht es auch nicht, irgendwer von der Familie ist immer da. Also müssen wir ins Hotel. Oder er hat „Kumpel mit kleine Wohnung wo ist tagsüber frei“. Oder ähnliches.

Wollte ich mein Leben wirklich so verkomplizieren? Reichte es mir nicht, so wie es war? Nein. Tat es nicht. Verdammt nochmal. Richard hatte seine Affäre gehabt, jetzt war es nur recht und billig, wenn ich mir auch meine nahm. Hinzu kam, dass ich diesen Typen wirklich süß fand. Und natürlich super geschmeichelt darüber war, dass er mich attraktiv fand. Und so beschloss ich, als ich langsam durch den frühen Abend nach Hause fuhr, dass es von mir aus weitergehen könnte mit uns. Solange ich Lust dazu hatte. Und dass ich nicht von vorneherein überall Probleme sehen wollte. Sondern alles auf mich zukommen lassen würde. Wenn er mit mir zusammen sein wollte, sprich mit mir ins Bett wollte, dann sollte er auch dafür sorgen, dass wir ein Plätzchen finden würden, wo das bequem und gefahrlos möglich wäre. Er war schließlich der Mann. Basta.

Trotzdem war ich dann schon wieder ziemlich aufgeregt, als ich am späten Abend nochmal an meinen PC ging und Skype aufrief. Richard war an mir offensichtlich nichts Besonderes aufgefallen, wir hatten normal zu Abend gegessen, ich hatte von meinen Wellnessterminen berichtet, er von seinem Kunden, wir hatten besprochen, was ich am nächsten Tag im Büro zu erledigen hätte, und dann war er, wie immer, in seinem Arbeitszimmer verschwunden. Somit hatte ich nun auch meinerseits freie Bahn. Und richtig, der blaue Balken am unteren Bildschirmrand war da. Allerdings steht „offline“ daneben, das heißt, Daniel hatte geschrieben, war aber schon wieder weg. Kein Wunder, ich wusste ja, dass der PC quasi mitten im Wohnzimmer stand.

„Hallo Schönheit, gut nach Hause gekommen? Ich auch, hat alles gut geklappt.“
Absatz
„Bist du eine tolle Frau, mit ganz viel Herz und Ausstrahlung. Und hast tollen Körper, was ich so sehen konnte. Ich hoffe, ich hab dir auch ein bisschen gefallen.“
Absatz
„Ich hätte dich gerne richtig gespürt, ganz ohne Klamotten.“
Absatz
„Würde dich sehr sehr gern bald wiedersehen. Und dann drinnen. Müssen Platz finden mit Bett, wo wir richtig Zeit haben für uns. Wenn du magst.“
Absatz
„Schicke dir viele viele Küsse. Schlaf schön.“

Damit war es ja wohl klar. Andrea hatte eine Affäre.

Bis zum nächsten Treffen dauerte es dann doch noch fast drei Wochen. Denn, daran hatte ich gar nicht mehr gedacht, am Samstag nach unserem Date am See fuhr ich erst mal nach Österreich in ein Wellnesshotel, eine Woche Relaxen und nur Verwöhnprogramm, ein Geburtstagsgeschenk von Richard anlässlich eines wieder einmal geplatzten größeren gemeinsamen Urlaubs.

Ich fuhr mit leicht gemischten Gefühlen, einerseits freute ich mich riesig darauf, es war mein erster Wellnessurlaub überhaupt, tolles Hotel, gutes, aber auf die jeweiligen figürlichen Bedürfnisse abgestimmtes Essen, jede Menge kosmetische Behandlungen, tolle Gegend natürlich auch, viel lesen, so hatte ich mir das vorgestellt. Jetzt aber gab es Daniel und die Gedanken an ihn. Und es gab sicherlich kein Skype dort, zumindest nicht so, dass ich es stundenlang würde nutzen können.

Aber wir waren erfinderisch und entdeckten das SMS-Schreiben für uns. Das heißt, Daniel war schon sehr versiert im Tippen auf der Handytastatur, ich hingegen hatte bis dahin erst ein paar SMS an irgendwelche Freundinnen geschickt. Lernte aber auch bald, damit sehr schnell zu sein. Ich weiß nicht, wie viel hundert SMS wir in dieser einen Woche hin- und hergeschickt haben. Daniel hatte Nachtschicht, und es war wohl nicht allzu viel zu tun, jedenfalls hielt er mich fast immer bis gegen drei oder vier Uhr morgens wach, ich hatte das Handy auf Vibrationsalarm gestellt, denn die Zimmer waren hellhörig und ich wollte die Nachbarn nicht alle paar Minuten mit einem neuen Hahnenschrei beglücken. Es reichte schon, dass mir der Hofhahn regelmäßig Antwort gab.

Die Schicht endete um sechs, dann schlief Daniel meistens so bis gegen eins oder zwei, und dann ging das SMSen wieder los. In dieser Woche kamen wir uns noch näher, tauschten Gedanken, Träume und Ideen aus, die wir vor unserem Treffen nicht zu äußern gewagt hätten. Nicht nur sexuelle Phantasien waren das, wobei ich über mich selber sehr erstaunt war, welchen Einfallsreichtum ich, das bisher in dieser Hinsicht immer noch reichlich zurückgebliebene

Hühnchen auf diesem Gebiet entwickelte. Nein, wir sprachen auch über viele anderen Dinge, die uns bewegten.

Und planten unser nächstes Treffen. Wie ich es mir gedacht hatte, Daniel hatte wirklich einen Kumpel, der allein lebte und tagsüber außer Haus war, seine Wohnung konnten wir haben, wann immer wir wollten, er hatte sich schon einen Schlüssel geben lassen. Die Wohnung lag ungefähr auf halber Strecke zwischen Monheim und Leverkusen, also für uns beide gut erreichbar.

Auch diesmal war ich ziemlich nervös vorher. Denn jetzt würde es ja wohl ganz sicher „zur Sache" gehen. Auch das wieder ein absolutes Novum für mich. Ich war Mitte vierzig und hatte außer mit Richard noch mit keinem anderen Mann geschlafen. Wie würde das sein, wie tickte ein anderer Mann, würde ich alles richtig machen, würde ich ihm immer noch gefallen, oder würde der erste Sex im Desaster enden? Und überhaupt, was sollte ich anziehen? So wirklich verführerische Dessous hatte ich nicht, und schon die Vorstellung, mich in einem Sexshop nach solchen Sachen umzuschauen, trieb mir die Schamröte ins Gesicht. Was, wenn mich jemand sehen würde?

Daniel schaffte es immer wieder, mir die Nervosität wenigstens zeitweise zu nehmen. So stand er auf dem Standpunkt, dass man dem ersten Sex mit einem neuen Partner nicht zu viel Bedeutung beimessen sollte. Dass alles gleich wunderschön ist, man super aufeinander eingespielt ist, das gibt es nur im Roman und in Pornos, meinte er, und wir sollten uns schon ein paar Mal Zeit geben, es würde von Mal zu Mal besser und schöner werden.

Immerhin hatte ich an dem Nachmittag, als ich das erste Mal zu der besagten Wohnung fuhr, einen schönen flachen Bauch. Kein Wunder, ich hatte den ganzen Tag über nichts heruntergebracht, nur kurz vorher zur Vorsicht eine Scheibe trockenes Brot, denn ich hatte eine Flasche Sekt und zwei Gläser dabei. Etwas Nettes zum Anziehen hatte ich auch gefunden, mir war eingefallen, dass Richard mir kurz nach der OP einige hübsche BH-Slip-Kombinationen geschenkt hatte, die würden jetzt nach und nach zu neuen Ehren kommen. Wenn es denn überhaupt ein zweites Mal geben würde, nach heute.

Daniel war vor mir da, so war es vereinbart gewesen, hatte eine CD eingelegt und sogar eine Kerze angezündet. Er war auch aufgeregt, obwohl er vorher immer so weltmännisch und erfahren getan hatte. Er schwor übrigens Stein und Bein, dass ich sein erstes Verhältnis sei, seit seiner Hochzeit habe es auch bei ihm keine andere Frau gegeben. Vorher hatte er sich allerdings ganz schön ausgetobt und Dinge erlebt, von denen ich nur träumen konnte.

Wir ließen uns viel Zeit, mit Küssen, Streicheln, Kuscheln, Sekt trinken, und als es dann so weit war, war es wirklich schön. Daniel war einfühlsam und zärtlich, im entscheidenden Moment aber auch sehr fordernd und zupackend. Er zeigte mir, was ihm gefiel und merkte sehr schnell, welche Knöpfe er bei mir drücken musste. Ich hatte das selber gar nicht so genau gewusst. Jedenfalls waren wir uns hinterher beide einig, dass diese erste „performance" recht gut geglückt war und dringend einer Fortsetzung bedurfte.

Da hatte ich also auch den letzten großen Schritt in Richtung außereheliches Verhältnis getan. Immer noch ohne Schuldgefühle. Bei Daniel war es genauso. Seine Frau würde nichts entbehren, er verhielt sich nicht anders als vorher, und pflegte auch nach wie vor den traditionellen Freitagabendsex. Immer nach dem gleichen Schema, denn seine Frau war nicht sonderlich einfallsreich, sondern, wie er mir einmal gestand, „schlecht und altmodisch im Bett". Das fand ich schon ziemlich hart. Und musste sofort überlegen, wie Richard mich wohl Claudia gegenüber beschrieben hatte. Hatte er etwa ähnliche Formulierungen gewählt?

In einem hatte Daniel jedenfalls recht gehabt, im Laufe der Zeit wurde es immer besser mit uns. Und von schlecht und altmodisch konnte in meinem Fall sicherlich nicht die Rede sein. Es entwickelte sich eine gewisse Routine. Wir trafen uns durchschnittlich alle zwei Wochen in dieser Wohnung, zwischendurch fuhren wir spazieren, öfter auch noch zum See, dahin, wo alles angefangen hatte, als der Winter kam, suchten wir uns ein paar ruhige nette Cafés und Bistros aus, wir sahen uns schon mindestens einmal pro Woche. Es war also beileibe keine reine Bettbeziehung zwischen uns, Wir lernten uns immer besser kennen, ich merkte, dass Daniel, obwohl „nur" Arbeiter, wenn auch in recht gehobener Position, eine gute Allgemeinbildung besaß, zudem war er ungeheuer wissbegierig, suchte sich zum Beispiel jede Woche ein bestimmtes Thema aus Wissenschaft, Medizin oder Politik aus und las darüber alles, was er im Internet finden konnte.

Womit er so gar nichts anfangen konnte, war mein Leben als Unternehmersfrau. Da offenbarten sich schon sehr unterschiedliche Ansichten, wenn er etwa aus seiner Firma berichtete, was die bösen raffgierigen „Scheffs" sich mal wieder hatten einfallen lassen und wie er und seine Kollegen darauf reagierten. Ich sah diese Maßnahmen natürlich aus der Sicht der Unternehmerin, war ja selber auch „Scheffin" und versuchte, ihm diese Sichtweise nahezubringen. Meistens allerdings erfolglos.

Interessant war auch sein ethnischer Background. Er lebte eine gelungene Mischung aus russischer und deutscher Kultur und Lebensart und ich fand alles, was damit zusammenhing, ungeheuer spannend.

Er wiederum interessierte sich schon sehr dafür, was ich machte, bemühte sich auch, es zu verstehen und gab mir viele gutgemeinte Ratschläge, als ich für die Partnervermittlung tätig war.

So ging das mit uns gute zwei Jahre lang. Ich hatte ihn schon sehr gern, war auch ein bisschen verliebt in ihn. Aber er war zu keinem Zeitpunkt mehr für mich als ein toller Zeitvertreib und guter Freund. Er hingegen empfand schon mehr für mich, die magischen drei Worte kamen nach ein paar Monaten das erste Mal von ihm, nicht von mir. An eine SMS von ihm erinnere ich mich noch gut, er schrieb aus der Nachtschicht, und ich sah es erst am nächsten Morgen: *„Ich liebe* *dich mehr als meine Frau. Ich möchte, dass es mit uns ein Leben lang so weitergeht.*“

Das war aber zu einer Zeit, als ich schon begann, mich mit ihm zu langweilen. Das ging nicht von heute auf morgen, sondern kam schritt- und phasenweise. Unsere Treffen liefen immer nach demselben Schema ab, der Sex war gut, keine Frage, aber mit der Zeit war Daniel für mich so vorhersehbar geworden, ich wusste immer genau, was er wann sagen würde, ob beim Sex oder bei anderen Gelegenheiten. Es ging einfach nicht weiter mit uns, wir hatten ein gewisses Niveau erreicht und blieben darauf stehen.

Dennoch dauerte es noch eine ganze Weile, bis ich den Absprung aus dieser Affäre fand. Und der Impuls dazu ging wieder mal nicht von mir aus, sondern kam von außerhalb.

Von außerhalb, beziehungsweise vom oberen Stockwerk kommt jetzt erst mal ein ganz anderer Impuls. Es quietscht und quengelt sehr vernehmlich und da steht auch schon Herr Schröder neben mir, gut ausgeschlafen, streckt und reckt sich und ist ganz offensichtlich bereit für sein nachmittägliches Bespaßungsprogramm. Fräulein Meier kommt hinterher, ebenfalls wach und fit, und so bleibt mir nichts anderes übrig, als mit den beiden eine Runde zu drehen, nur ein halbes Stündchen, aber es reicht für alle nötigen Geschäfte und eine Toberunde mit „Socke“, einem Bobtail-Mix, den Herr Schröder sehr mag.

Es dämmert schon langsam, Sonntagnachmittag, fast 48 Stunden, nachdem Richard gegangen ist. Normalerweise würden wir uns jetzt mit einem Stück Kuchen und einem Cognac - dem einzigen in der Woche, außer wir sind unterwegs - vor dem Fernseher befinden. Ab fünf Uhr gibt es auf WDR schöne Serien, wir sind beide Serienfreaks und lassen uns wenn möglich keine Folge von „Die Anrheiner“, „Lindenstraße“ und Co. entgehen. Soll ich mich gleich allein hinsetzen und gucken? Für den Fall, dass Richard morgen zurückkommt, dass ich ihm wenigstens erzählen kann, was passiert ist? Oder soll ich auch mit dieser lieben Gewohnheit brechen, das quasi als Zeichen für ein neues, komplett selbstbestimmtes Leben ansehen?

Zumindest heute steht mir der Sinn überhaupt nicht nach Anrheiner und so. Vielleicht meide ich den Fernsehbereich irgendwie unbewusst, damit mir nicht zu deutlich wird, dass ich allein bin, dass alles, was noch vor zwei Tagen mein Leben ausmachte, vorbei ist. Nein, ich mache etwas anderes mit dem angebrochenen Abend. Im Schrank finde ich einen abgepackten Schoko-Marzipan-Kuchen, den ich vor ein paar Wochen mal als Notlösung gekauft, aber dann doch nicht gebraucht habe. Davon schneide ich mir ein großes Stück ab und nehme den Teller und eine Flasche Apfelschorle mit nach unten in mein Büro. Ich bin ja allein, dann kann ich auch aus der Flasche trinken.

Dass ich nach und nach verrohe, darüber mache ich mir im Übrigen keine Sorgen. Das sind nur anfängliche Befreiungsschläge. Es ist keiner da, dem gegenüber ich mich gut benehmen muss, ich kann den ganzen Tag nackt durch die Wohnung laufen, brauche nicht aufzuräumen, nicht zu putzen, kann die Türen knallen, wenn mir danach ist, und kann auch aus der Flasche trinken. Hat ja auch noch den Nebeneffekt, dass ich kein Glas schmutzig mache, somit auch die Spülmaschine noch nicht anstellen muss und dadurch Energie spare.

Mir ist eingefallen, dass ich meinen Schlachtplan noch um ein paar Punkte ergänzen muss, die sich im Laufe des Tages ergeben haben. Vielleicht mache ich noch eine weitere Rubrik auf: „To-Dos für den Alltag“ oder so. Also fahre ich den PC wieder hoch und starte Excel. „Macke an der Haustür reparieren“ ist der erste Punkt. „Erziehung Herr Schröder“ der zweite. Das werden wir Regina und Suleika doch wohl zeigen, dass wir die ganzen tollen Übungen genauso gut hinkriegen, auch ohne Hundetrainer.

Ich könnte ja auch mal in mein Mailprogramm schauen, ob schon eine der Damen geantwortet hat, die ich heute Mittag angeschrieben habe. Zwecks eventueller Rückkehr ins Wellnessgeschehen. Tatsächlich, ich scheine nicht die Einzige zu sein, die den Sonntag in Gesellschaft ihres PCs verbringt, da ist eine Mail von Tatjana!

„Ja hallo, Andrea!
Das ist ja eine Überraschung, wie lange haben wir nichts voneinander gehört! Wobei ich dir gegenüber auch schon ein total schlechtes Gewissen hatte, ich hätte mich ja auch mal melden können. Schön, dass es dir gut geht, und ich bin natürlich mehr als begeistert darüber, dass du mit dem Gedanken spielst, wieder bei uns einzusteigen. Du weißt, wie gern ich immer mit dir zusammengearbeitet habe, und wie ich deine Art, mit Menschen umzugehen, schätze. Toll übrigens auch, deine neue Ausbildung zur Psychologischen Beraterin. Wäre ich nicht in meinem Job so eingespannt, so wäre das sicher auch was für mich. Jedenfalls kann es dir nicht schaden und ich glaube, dass du das dort Erlernte auch sinnvoll bei uns anwenden kannst. Du konntest immer schon gut mit Menschen umgehen, und wenn du jetzt auch noch genau weißt, warum Leute auf eine bestimmte Art und Weise ticken, umso besser.
Mit dem Wiedereingliederungsprogramm hast du übrigens recht, es gibt seit einigen Monaten tatsächlich so etwas. Du hast die Möglichkeit, binnen kürzester Zeit deinen früheren Executive-Status wiederzuerlangen, benötigst dazu weniger Punkte als normal erforderlich und bekommst auch noch Sonderkonditionen. Lass uns das doch nächste Woche mal bei einem Kaffee und / oder einem Glas Wein bereden, ich bin eh in deiner Gegend unterwegs. Wenn du magst, melde dich morgen früh doch mal telefonisch, ich weiß, dass montags bei dir im Büro immer viel los ist, daher warte ich gern, bis du Zeit hast und mich anrufst.
Hier gibt es nicht allzu viel Neues zu berichten. Elisabeth, Christa und Michael sind noch immer fleißig für mich tätig, ansonsten haben einige aufgegeben, wie immer, du weißt, dass das Business nicht immer einfach ist, dass man Rückschläge verkraften muss und manchmal meint, es ginge nicht weiter. Viele können damit nicht umgehen, aber einige wenige schaffen es, und dann auch bis ganz

nach oben. Du könntest so jemand werden, das weiß ich genau und habe es dir immer schon gesagt.

Was ich dir allerdings nicht werde ersparen können, ist eine ordentliche Portion Produktinfos zu lesen. Es gibt einige neue tolle Produkte, eine einfach einmalig schöne neue Bodylotion und diverse neu entwickelte Anti-Aging-Cremes, und auch bei den Nahrungsergänzungen hat die Firma einiges neu herausgebracht und für manche Produkte neue Rezepturen entwickelt. Du siehst, es gibt jede Menge Anreize für dich, und deine alten Kunden und Kontakte warten nur darauf, wieder von dir betreut zu werden.

Was uns ein bisschen Sorgen bereitet, ist die Entwicklung rund um den Lifestyle Indicator. Um es krass zu sagen, da tut sich nicht mehr viel. Dabei ist das Gerät einmalig und man könnte so viel Sinnvolles damit erreichen. Ich kann mich noch gut an deine Initiative erinnern, du wolltest mit dem Indicator ganz neue Wege gehen, ihn als IGEL-Instrument bei Ärzten, Heilpraktikern usw. einsetzen und bist leider damit nur auf taube Ohren gestoßen. Daran hat sich bisher nichts, aber auch rein gar nichts geändert. Ganz im Gegenteil, dein damaliger Mitstreiter und Oberboss der deutschen Niederlassung, Sven Martin, hat uns vor einigen Monaten verlassen. Warum genau, wissen wir nicht, sein Weggang kam ziemlich plötzlich, es heißt, er habe sich mit der Philosophie des Unternehmens langfristig nicht identifizieren können. Irgendwer hat gehört, dass er ganz aus Deutschland weg ist und jetzt für einen Handelskonzern in den USA tätig ist. Mir hat er ja sowieso nicht sonderlich gelegen, also tut es mir nicht leid, zumal sein Nachfolger ein ganz smarter, sexy aussehender Typ ist und... Naja, man weiß ja nie, er soll Single sein, so wie ich... Grins, aber auch darüber können wir reden, wenn wir uns hoffentlich ganz bald treffen.

So, jetzt hab ich dich lange genug zugetextet. Super, wenn du wieder mit im Boot bist!
Bis hoffentlich morgen am Telefon und ganz liebe Grüße
Deine Tatjana“

Was für eine Epistel! Mit so viel Enthusiasmus von ihrer Seite hatte ich ja gar nicht gerechnet. Immerhin bietet sich mir hier eine Chance, und wenn ich die Sache dieses Mal mit etwas mehr Einsatz angehe, schließlich droht mir ja ziemlich sicher die Arbeitslosigkeit und damit verfüge ich über wesentlich mehr Zeit als früher, wird sich auch finanziell mehr für mich tun, da bin ich ganz sicher. Auch wenn der von mir damals angedachte Vermarktungsweg des Indicators nicht realisiert werden kann.

Aber habe ich denn überhaupt Lust, mich wieder mit Antifalten-Cremes und Fitnesspillen herumzuschlagen? Mir wieder tausend Ausreden und Sprüche anzuhören, warum Leute zunächst euphorisch sind und dann doch nicht ins Geschäft einsteigen? Habe ich Lust, mich wieder in diese ganze Hurraschreiermaschinerie des Multilevel-Marketings einzubringen? Lust, Andrea, ist die eine Sache, aber Du wirst dir falschen Stolz vielleicht nicht leisten können, sondern wirst darauf angewiesen sein, jede mögliche Einnahmequelle zu nutzen, um dich und die Hunde durchzubringen.

Also freue ich mich jetzt erst mal darüber, dass mir hier ganz offensichtlich eine zweite Chance geboten wird. Insgesamt stehe ich gar nicht so ganz schlecht da. Arbeit wäre da, die Kenntnisse habe ich und wegen der paar Produktneuheiten mache ich mir keinen Fleck ins Hemd. Außerdem habe ich die Ausbildung mit der Perspektive auf einen ganz neuen sinnvollen Beruf in anderthalb Jahren. Und last but not least gibt es noch einen Herrn aus Salzburg.

Alles gesetzt den Fall, Richard kommt nicht zurück. Vergiss diese Möglichkeit, Andrea, blende sie vorläufig mal aus. Du musst lernen, auf dich selbst gestellt zu sein.

Eigentlich sollte ich mich freuen, wenigstens zufrieden sein. Warum habe ich dann so ein komisches Gefühl im Magen, so als läge der Marzipankuchen dort drin wie ein Ziegelstein?

Die Antwort liegt auf der Hand beziehungsweise steht vor mir auf dem Bildschirm. Sven. Sie hat Sven erwähnt. Erzählt, dass er nicht mehr im Unternehmen, ja, sogar nicht mehr in Deutschland ist. Ich habe lange Zeit nicht mehr an ihn gedacht. Recht erfolgreich geschafft, ihn aus meinem Leben zu streichen. Solange man mich nicht irgendwie an ihn erinnert. Da ist er einfach abgehauen. Klar, warum auch nicht. Ich hatte ihm ja unmissverständlich klargemacht, dass ich mich für Richard und meine Ehe und damit gegen ihn entschieden hatte. Warum also sollte er aus seinem Leben nicht das Beste machen? Was mag aus seiner Ehe geworden sein? Ob er sie auch hat retten können? Wobei „auch" ganz aktuell nicht mehr das geeignete Wort ist, denn offensichtlich ist mir das ja doch nicht gelungen, obwohl es lange Zeit den Anschein hatte.

Wie hat das damals mit Sven und mir eigentlich angefangen? Normalerweise hätte ich ihn nie kennen gelernt, denn wir einfachen Vertriebler haben die Herren aus der Chefetage nur selten persönlich zu Gesicht bekommen. Höchstens auf den großen Tagungen, wenn sie Vorträge hielten. Aber auch dort sah man die Leute aus der Verwaltung eher selten.

Er war relativ neu im Unternehmen, hatte den bisherigen Deutschlandchef abgelöst und man munkelte, er käme von einem der ganz großen Kosmetikkonzerne und sei eingestellt worden, um unserem Unternehmen hier in Deutschland zum großen Durchbruch zu verhelfen. Er sei ein begnadeter Zahlenmensch und außerdem groß darin, Chancen und Trends zu erkennen.

Dass ich, die kleine unbedeutende Vertrieblerin, auf die Idee kam, ihn direkt anzuschreiben, war schon recht vermessen. Ich erinnere mich gut an jene Diskussion mit einigen Kollegen, es war bei einem gemeinsamen Abendessen nach einem Seminar hier in Köln, die Ehe- und Lebenspartner waren auch dabei, und wir unterhielten uns über den Indicator, und das Geschäftspotenzial, das er bietet, das aber vom Unternehmen nicht genutzt und gefördert wurde. Den Indicator nicht nur als Mittel zum Zweck einzusetzen, um Produkte zu verkaufen, sondern ihn selbst zum Produkt zu machen. Ich hatte zu dieser Zeit einiges an Terminen in verschiedenen großen, neu entstandenen Ärztezentren in unserer Gegend wahrgenommen und war überall auf großes Interesse an dem Gerät gestoßen. Fast alle Praxen wollten ihn haben und für ihre Zwecke einsetzen. Genauso machten aber auch fast alle ganz schnell einen Rückzieher, wenn sie erkannten, dass der Einsatz des Gerätes nur in Verbindung mit unseren Nahrungsergänzungen möglich war.

Ich stellte mir das so schön vor. Pro Monat sicherlich ein Dutzend Geräte an den Mann zu bringen, zumal sie nicht sonderlich teuer waren, eh nicht gekauft, sondern nur geleast werden konnten, damit brauchten die Ärzte keine Liquidität zu binden und konnten sich ganz auf die Vorteile des Indicators konzentrieren. Ich würde Schulungen abhalten, und bei den ersten Scanterminen auch selbst dabei sein.

Vielleicht hatte ich an dem Abend ein paar Gläser Wein zu viel getrunken, jedenfalls ertappte ich mich plötzlich dabei, wie ich in unserer Runde einen flammenden Vortrag über diese meine Idee hielt. Und zumindest einige von den Kollegen davon auch begeistert waren. Andere wollten lieber die eingefahrenen Wege weitergehen, bewunderten aber mein Engagement. Auch Richard stärkte mir gewaltig den Rücken. Schließlich war es Tatjana, die mit dem Vorschlag kam, ich solle mich doch einfach mal frech und direkt an den neuen Deutschlandchef wenden, einfach mal ein paar Hierarchieebenen in Form der für uns zuständigen Sachbearbeiter und Bereichsleiter überspringen und ihm meine Idee vortragen. Wenn er so ein Verkaufsgenie war, wie man ihm nachsagte, würde er vielleicht darauf anspringen.

Nun hatte ich A gesagt, musste ich also auch B sagen. Obwohl mir die ganze Sache am nächsten Morgen, wieder nüchtern, dafür aber mit einem ordentlichen Kater, ziemlich verwegen vorkam. Und so setzte ich mich denn hin und formulierte einen Brief an diesen neuen Chef, eben jenen Sven Martin. Ich feilte eine ganze Weile daran herum und ließ ihn auch Richard noch Korrektur lesen, bevor ich ihn abschickte. Per Post oder per Mail, ich weiß es heute gar nicht mehr.

Erwartungsgemäß tat sich daraufhin erst einmal gar nichts. Ein paar Wochen lang lief alles weiter wie bisher. Ich hatte immer wieder neue Anfragen bezüglich des Erwerbs des Indicators und musste alle Leute vertrösten.

Dann fand ich eines Morgens eine Mail von Sven Martin in meinem Eingangspostfach vor. Er bedankte sich für mein Schreiben und bekundete tatsächlich, oh Jubel, Interesse an der Idee. Auch er habe sich mit dem Potenzial des Indicators befasst und teile meine Auffassung, man könne das Gerät wesentlich effizienter einsetzen als es derzeit geschehe. Dies würde allerdings ein gewaltiges Umdenken in der aktuellen Firmenphilosophie erfordern, und die Initiative müsse auch vom Mutterhaus in den USA ausgehen, wir in Deutschland könnten eine solche Offensive nicht allein starten. Er würde sich aber gern weitere Gedanken hierzu machen und mich auf dem Laufenden halten. Kurzfristig stehe eine Konferenz der Europa-Geschäftsführer über neue Strategien an, vielleicht ergebe sich eine Möglichkeit, diese Idee vorzustellen. Er sei gespannt auf die Resonanz.

Ich war total begeistert und erzählte Tatjana davon, die wohl insgeheim nicht damit gerechnet hatte, dass ich überhaupt eine Antwort auf meinen Vorstoß bekommen würde. Sie bremste meinen Enthusiasmus auch gleich wieder, und wie man heute sieht, zu Recht.

Nun aber war ich wieder an der Reihe mit Schreiben. Ich bedankte mich bei Sven Martin für seine Antwort und schrieb, dass ich mich schon auf seine Information mit hoffentlich guten Nachrichten von der Konferenz freuen würde.

Irgendetwas musste ihm imponiert haben, mein Engagement, diese gehörige Portion Frechheit, so viele Leute, die zwischen ihm und mir standen, einfach zu übergehen, ich weiß es nicht, jedenfalls antwortete er mir, schon nicht mehr so geschäftsmäßig, sondern mehr im Plauderton, zwei Tage später. Ich schrieb zurück, und es dauerte nicht lange, bis wir regelmäßig hin- und hermailten, der Ton wurde lockerer, wir wünschten uns gegenseitig ein schönes Wochenende, er fragte mich nach meinen Freizeitaktivitäten, ich ihn danach, wie es auf seinen vielen Reisen war, und irgendwann, an einem Spätnachmittag, kurz vor seinem Feierabend, rief er plötzlich an. Und ich hörte zum ersten Mal seine Stimme, die mir durch Mark und Bein ging und mit der jene Entwicklung einsetzte, die mich heute hierhergeführt hat.

Die Nummer, die auf dem Display in der Firma erschien, war mir unbekannt, und ich meldete mich ganz geschäftsmäßig mit „Unternehmensberatung Häussler, Andrea Häussler, einen schönen guten Tag!" Dass relativ kurz vor dem offiziellen Feierabend noch Kunden anrufen, ist bei uns ganz normal. Denn die meisten unserer Klienten sind hocheffizient arbeitende Geschäftsführer und Manager, die oft erst in den späten Nachmittagsstunden, wenn das Tagesgeschäft abebbt, dazu kommen, sich mit Marketingstrategien und Ablaufoptimierungen zu beschäftigen. Und dann rufen sie eben an. Daher ist es bei uns auch durchaus üblich, dass die Mitarbeiter bis 19, sogar 20 Uhr im Büro sitzen, wenn dies die einzige Möglichkeit ist, ein Projekt oder eine Strategie in Ruhe mit dem Kunden durchzusprechen.

Aber das war kein Klient, das merkte ich sofort. „Ja hallo, liebe Frau Häussler, ich bin das, Sven Martin. Ich hoffe, ich störe Sie nicht oder halte Sie vom wohlverdienten Feierabend ab." Ich musste erst mal schlucken, so überrascht war ich. Denn er hatte, obwohl wir erst heute Morgen gemailt hatten, seinen Anruf nicht angekündigt. Es war vielmehr eine ganz spontane Reaktion gewesen, wie ich sehr bald erfuhr.

Seine Stimme. Dunkel, ein klein bisschen rauchig, sehr erotisch. Reines, klares Hochdeutsch. Er ist in der Nähe von Hannover geboren, das hatte er mir schon erzählt, und da spricht man ja angeblich das reinste Deutsch überhaupt. Das „Hallo" ein bisschen langgezogen und irgendwie immer mit einem kleinen Fragezeichen am Ende versehen. Erotisch und warmherzig zugleich. Ich merkte, wie mein Herz bis zum Hals schlug und meine Kehle trocken wurde. Versuchte krampfhaft, nicht zu stottern, als ich antwortete. „Ja, Herr Martin, das ist aber eine schöne Überraschung! Nein, Sie stören ganz und gar nicht, bei uns ist auch noch nicht Feierabend.“ Er wusste zumindest in groben Zügen von meiner Hauptbeschäftigung, war auch schon einmal auf der Firmenhomepage gewesen, von daher kannte er auch mein Foto. Ich dagegen hatte keine Ahnung, wie er aussah. Stellte ihn mir bei dieser Stimme und der kultivierten und eloquenten Art zu schreiben aber wie eine Mischung aus Hugh Grant und George Clooney vor.

„Ich habe mir gedacht, wir haben uns jetzt schon so viele Mails geschickt, da möchte ich doch gerne mal die Stimme hören, die hinter diesen Mails steckt. Wie Sie aussehen, weiß ich ja, zumindest so ungefähr. Ich hoffe, Sie sind mir nicht böse, weil ich Sie so ganz unangekündigt überfalle. Aber mir war einfach danach. Ich mache jetzt auch bald Feierabend und dachte, das mach ich jetzt einfach mal.“

Wir sprachen dann mehr oder weniger belangloses Zeug über seinen und meinen Büroalltag, über den „Tatort“ vom letzten Sonntag - er mochte, genau wie Richard und ich, die Münsteraner Tatorte am liebsten, mit Axel Prahl und Jan Josef Liefers - und plötzlich rückte er damit heraus, dass es doch einen konkreten Anlass für seinen Anruf gebe.

„Sie erinnern sich doch an die Konferenz alle europäischen Geschäftsführer? Ich habe bis jetzt nichts von ihrem Ausgang erzählt, weil ich noch nicht wusste, ob meine, nein, eigentlich ja Ihre Idee, irgendwie auf fruchtbaren Boden gefallen ist. Ich habe sie vorgetragen, mehr in lockerer Runde und nicht als offiziellen Tagesordnungspunkt, alle fanden es interessant und haben freundlich genickt, aber heute Nachmittag hat mich der Kollege aus Belgien angerufen, genau deswegen, stellen Sie sich vor! Zu dem habe ich sowieso schon einen guten Draht, und hab mich deshalb umso mehr gefreut, dass er echtes Interesse zeigt. Und er hat vorgeschlagen, dass wir unsere Zusammenarbeit auf diesem, aber auch auf diversen anderen Gebieten vertiefen, quasi ein Joint Venture aufziehen, erst mal ohne die anderen Kollegen. Frau Häussler, bevor ich weiterrede, bitte, das muss strikt unter uns bleiben. Kann mich Kopf und Kragen kosten, wenn herauskommt, dass ich das alles mit Ihnen bespreche... Aber da bin ich mir bei Ihnen eigentlich sicher, schon weil Sie eine Unternehmensberatung haben, da ist Diskretion ja auch das A und O. Ja, jedenfalls hat er vorgeschlagen, dass wir uns auf halbem Weg zwischen Lüttich und Frankfurt treffen. Und da hab ich ganz schnell reagiert, und, nicht böse sein wegen des Überfalls, habe ihm Köln als Treffpunkt vorgeschlagen. Mit dem Hintergedanken, dass wir beide uns dann vielleicht auch einmal kennen lernen könnten. Was meinen Sie? Hab ich Sie jetzt vom Hocker gehauen?"

Das hatte er allerdings. Damit hatte ich ja nun gar nicht gerechnet, mit einem solch massiven Vorstoß seinerseits. Was versprach er sich denn von einem solchen Treffen? Er wusste, dass ich verheiratet bin und er selbst hatte auch schon in seinen Mails mehrfach eine vorhandene Partnerin erwähnt. Andererseits, wieso kam ich überhaupt darauf, dass sein Interesse an mir nicht rein geschäftlicher Natur war? Er wollte einfach mal die Frau persönlich kennenlernen, die es gewagt hatte, sich über festgefahrene Firmenhierarchien hinwegzusetzen und eigene Ideen an höchster Stelle vorzutragen.

Trotzdem ließ ich mir mit der Antwort ein paar Sekunden Zeit und sehnte mich fürchterlich nach einem Glas Wasser für meine trockene Kehle. Natürlich stand, wie immer, nur eine Tasse mit kalt gewordenem Kaffee auf meinem Schreibtisch.

„Herr Martin, sehr gern treffe ich Sie in Köln, wenn ich es terminlich irgendwie einrichten kann. Ich freue mich auch, Sie persönlich kennen zu lernen. Wann genau wird es denn sein?"

Einen Mittwochabend sechs Wochen später hatte er ins Auge gefasst, das gab mir auch genügend Zeit zum Disponieren. Den belgischen Kollegen würde er am späten Vormittag treffen, mit ihm zu Mittag essen und bis zum frühen Abend, so hoffte er, alle wichtigen Themen abgehandelt haben. Von Köln heim nach Frankfurt sind es ja nur knapp zwei Stunden, spätabends wenn die Autobahnen frei sind, vielleicht noch weniger, also könnte er bequem am gleichen Abend noch zurückfahren. Und er würde mich dann sehr gerne irgendwohin zum Essen einladen, den Ort sollte am besten ich bestimmen, da ich Köln besser kennen würde als er. Andererseits könne er natürlich auch gern auf Internetrecherche gehen, das mache er häufig so, wenn er in fremden Städten sei.

„Dann können wir uns in aller Ruhe über den Indicator unterhalten und wie wir unsere, nein, ich sag es schon wieder falsch, Ihre Idee, am besten voranbringen können. Und wie wir Sie dabei angemessen unterbringen natürlich auch."

Wir trugen „unseren" Termin gleich in unsere diversen Kalender ein und verabredeten, maximal eine Woche vorher noch einmal miteinander zu telefonieren wegen des genauen Treffpunktes, der Uhrzeit, und überhaupt.

Wir waren gerade dabei, uns zu verabschieden, als sein Handy klingelte und er es dann plötzlich sehr eilig hatte. Aha, dachte ich, das Weibchen fragt nach, wo der Herr denn bleibt. Ob sie wohl weiß, was wir gerade verabredet haben?

Andererseits war es ja nun wirklich nichts Anrüchiges. Und genauso würde ich es Richard auch erzählen, eines von vielen Treffen mit Kollegen. Nicht mehr und nicht weniger. Trotzdem ertappte ich mich in den nächsten Tagen immer wieder bei dem Gedanken an diesen Sven Martin, wie würde er sein, vor allem, wie sah er aus, hielt der Gesamteindruck, was die Stimme versprach?

An einem Samstagvormittag, etwa zwei Wochen nach unserem ersten Gespräch, rief er wieder an, es war Zufall, dass ich ausgerechnet an diesem Samstag im Büro war. Eigentlich ein Riesenzufall, denn selbst wenn Richard samstags Termine hatte, blieb ich dann doch lieber zu Hause, kümmerte mich um die Hunde und den Haushalt oder ging mit einer Freundin in die Stadt. Aber an diesem Samstag musste ich dringend ein paar Sachen für den Steuerberater aufarbeiten, die am Montag abgegeben werden mussten.

Wieder war ich regelrecht überrumpelt, hatte nicht auf die Nummer im Display geachtet, weil ich mich so auf die Arbeit konzentriert hatte, dass mir das Telefonklingeln in diesem Moment sogar lästig war. Aber als ich seine Stimme hörte, dieses langgezogene „Halloooo", war alles andere wie weggeblasen. Und es war nur noch Freude da. Freude, wie ich sie vor vielen Jahren empfunden hatte, wenn Richard anrief, und danach nie wieder.

Er musste auch „nachsitzen", wie er es nannte, und hatte gedacht, er könne es einfach mal probieren. Und fing an zu erzählen, ganz locker und unbefangen. Unseren Termin hatte er festgezurrt, das Treffen mit dem Belgier sei auch schon so weit vorbereitet, seine Sekretärin gut beschäftigt mit solchen Dingen, und er freue sich riesig auf mich. Und dann kam der absolute Hammer.

„Ich habe mir den Tag auf jeden Fall freigehalten, also sollte der Belgier aus irgendeinem Grund absagen, ich komme auf jeden Fall nach Köln."

Im Internet hatte er sich auch schon schlau gemacht bezüglich eines Restaurants, nannte mir den Namen und tatsächlich, er hatte eine gute Wahl getroffen. Ein Steakhouse, ziemlich in der Nähe des Doms, wo man gut essen, aber auch in Ruhe sitzen konnte. Ich war schon mehrfach mit Richard da gewesen, wir hatten sogar schon Kunden dorthin eingeladen, trotzdem war ich dort nicht zu bekannt, wir würden also unsere Ruhe haben.

Wir erzählten gute anderthalb Stunden lang, ich vergaß meine blöden Steuern und wurde zusehends lockerer, wir lachten viel, er erzählte mir Anekdoten aus seinem Berufsleben, vor unserem Unternehmen war er in diversen anderen Konzernen in ähnlich leitender Position gewesen. Ich steuerte Lustiges aus unserer Firma bei und erzählte von Fräulein Meier und ihren diversen Vorgängern. Hunde mochte er auch sehr gern, hätte am liebsten mindestens drei, wenn er halt nur nicht so viel unterwegs wäre. Was seine Frau oder Lebenspartnerin anging, hielt er sich allerdings bedeckt. Nur ab und an verriet ein „wir", dass er nicht allein lebte.

Und er fing an, mich beim Vornamen zu nennen, zwar blieb es noch beim Sie, aber nicht mehr Frau Häussler, sondern Andrea. Beim Verabschieden, als wir beide merkten, wie viel Zeit wir verplaudert hatten, war er total lieb, wünschte mir ein schönes Wochenende, und da fiel es mir ganz leicht, „Ciao Sven" zu sagen. Das erste Mal.

Als ich ein paar Minuten später, Steuern hin oder her, würde der Steuerberater sie eben erst Montagnachmittag bekommen, den PC runterfahren wollte, kam noch eine Mail von ihm: *„Liebe Andrea! Danke für dieses wunderschöne Gespräch, das ich jetzt mit ins mehr oder weniger wohlverdiente Wochenende nehmen werde. Ich freue mich auf Sie. Bis bald, Ihr Sven M.*"

Ich schwebte wie auf Wolken. Diese Stimme, dieses Lachen, sein Humor, aber auch seine Einfühlsamkeit, seine Fähigkeit zuzuhören und im richtigen Moment genau das Richtige zu sagen, der Klang seiner Stimme, wenn er „Andrea" sagte… Ich glaube, an diesem Samstagabend, wir waren bei Freunden eingeladen und ich ziemlich schweigsam und in mich gekehrt, gab ich es das erste Mal vor mir selber zu, es hatte mich richtig kräftig erwischt. Ohne, dass ich den Mann hinter dieser Stimme je gesehen hätte.

Meine Affäre mit Daniel plätscherte zu diesem Zeitpunkt ziemlich monoton vor sich hin. Die Treffen mit ihm waren zu einer manchmal schon beinahe lästigen Pflichtübung geworden, und ich ertappte mich immer häufiger dabei, dass ich Termine vorschob, Ausreden erfand, um das wöchentliche Date ausfallen lassen zu können. Und immer häufiger kam der Gedanke: Lohnt sich das, lohnt es sich, sich der Gefahr des Erwischtwerdens, des Auffliegens, auszusetzen, für das, was ich noch empfinde in dieser Beziehung? Im Geschäftsleben nennt man so etwas die innere Kündigung und etwas in der Art war es auch, was ich fühlte. Ich war auf dem Absprung, es fehlte nur noch ein winziger Anreiz.

Nicht schwer zu erraten, dass Sven dieser Anreiz war. In den kommenden Wochen vor unserem Treffen mailten wir fast täglich, und wenn es nur ein kurzes Hallo zwischen seinen ganzen Meetings, Terminen, Konferenzen und was ihn sonst noch so umtrieb, war.

Irgendwann war dann auch die Schranke zum Du gefallen. Und eines Morgens fand ich eine Mail auf meinem PC, die er mitten in der Nacht geschrieben hatte, nachdem er von einer Firmenparty anlässlich der Verabschiedung eines Mitarbeiters zurückgekommen war: *„Ich habe heute den ganzen Abend an dich gedacht. Habe mir all die anderen Damen angesehen, die auf der Party waren, keine kann dir das Wasser reichen. Ich glaube, du spielst in einer ganz anderen Liga und ich kann es nicht mehr erwarten, dich zu sehen.*“

Dann kam jener Montag, zwei Wochen vor unserem geplanten Treffen. Meine monatliche Lieferung an Nahrungsergänzungen traf ein, und mit ihr der quartalsmäßig erscheinende Firmen-Newsletter. Ich blätterte ihn mehr oder weniger beiläufig durch, das meiste, was darin veröffentlicht wurde, waren Veranstaltungsankündigungen und Produktinfos, und die bekam ich sowieso auch direkt als Mail. Nicht viel Neues also. Der Newsletter richtete sich vor allem auch an diejenigen Kunden, die nicht gleichzeitig als Vertriebspartner arbeiteten und von daher keinen Zugang zu den Firmenmails hatten.

Diesmal aber war auf der Titelseite ein Bericht über die Europa-Konferenz der Geschäftsführer angekündigt. Mein Herz schlug sofort eine ganze Menge Takte schneller, denn da würde sicherlich ein Foto der Teilnehmer dabei sein. Und auf dem Foto müsste auch Sven sein. Denn er hatte mir bis jetzt immer noch kein Bild von sich gemailt, obwohl ich schon des Öfteren dezent danach gefragt hatte. Er sagte, er habe kein vernünftiges Foto von sich im PC. Und ich ritt dann auch nicht weiter darauf herum, dachte mir, es würde sich schon irgendwie ergeben.

Nun war der Moment da. Meine Finger zitterten ganz schön, als ich die Zeitung durchblätterte und den Bericht, über zwei ganze Seiten mit mehreren Fotos, auch ziemlich weit vorne fand. Einige Einzelredner waren abgebildet, die ich aber alle sofort erkannte, von denen konnte er also keiner sein. Und dann das obligatorische Gruppenfoto wie beim Wirtschaftsgipfel, so standen sie dort schön aufgereiht und hindrapiert, etwa 25 Personen, die meisten davon Männer. Und drunter die Namen, wie üblich, von links beginnend.

Ich sah seinen Namen sofort, er stand ungefähr in der Mitte der Auflistung. Sven Martin, Deutschland. Und schaute mir die Herren an, einen nach dem anderen. Überlegte, welcher es sein konnte. Wo war meine Mischung aus Hugh Grant und George Clooney? Welcher Mann würde mir denn gefallen? Der große Blonde in der ersten Reihe, ziemlich links? War aus Schweden. Fehlanzeige. Direkt daneben, der drahtige Kleine mit den dunklen Locken? Ein Ungar. Der mit dem schütteren Haar, aber sonst noch sehr knackig aussehende genau darunter? Aus England. Und so identifizierte ich einen nach dem anderen. Kam dann zu denen, die eher nicht spektakulär aussahen. Frankreich. Belgien. Die Schweiz. Was blieb übrig? Zwei waren noch da. Einer, der aussah wie der personifizierte Oberbuchhalter, wahrscheinlich trug er Hosenträger unter dem karierten Sakko. Bitte nicht. Die Alternative: klein, ziemlicher Bauch. Blondes, nicht mehr allzu dichtes kurzes Haar. Graue Hose, weißes Hemd, dunkler Blazer. Ich zählte noch einmal die Namen und verglich sie mit den Personen. Der Oberbuchhalter war es nicht, der war aus Luxemburg. Also der kleine Blonde.

Au Mann, Andrea. Jetzt bist du aber doch enttäuscht. Nix von wegen Hugh Grant. Noch nicht einmal Gene Hackman oder Alan Rickman oder, darauf hatte ich auch gehofft, ein Herbert-Hermann-Typ, nur bitte etwas größer. Sven aber war vom Typ her jemand, den ich ganz sicher niemals beachtet hätte, wenn er mir irgendwo begegnet wäre. Ich nahm die Lupe aus dem Schreibtischfach und studierte sein Gesicht, soweit das bei dem grobkörnigen Foto möglich war. Ein nettes, offenes Gesicht, recht kleine Augen zwar, aber das hieß vielleicht auch, dass er gern und viel lachte. Aber womöglich interpretierte ich auch viel zu viel herein in dieses unscharfe Bild. Und vielleicht hatten die sich in der Redaktion ja auch vertan mit den Bildunterschriften. Kommt doch immer wieder mal vor. Dann kommt eine Richtigstellung im nächsten Heft. Vielleicht war er ja doch der große Blonde in der ersten Reihe?

Unsinn, Andrea, finde dich damit ab, dein großer Schwarm der letzten Wochen, der Mann, an den du mehr als an irgendjemanden sonst seit Richard denkst, ist zumindest optisch nicht der Bringer. Ich musste es vor mir selber zugeben, ich war eine Weile lang schon ziemlich enttäuscht. In meiner Phantasie war er groß, gutaussehend, schlank natürlich, der totale Mr. Right eben. Aber wie so oft passte halt die Stimme nicht zum Aussehen. Ist mir doch früher mit anderen Leuten auch schon so gegangen. Ich weiß noch, einer unserer Hauptlieferanten für EDV-Material, vor vielen Jahren, hatte eine Stimme zum Dahinschmelzen, als ich ihn dann das erste Mal in natura sah, wäre ich am liebsten schreiend weggelaufen.

Wie kann man nur so engstirnig sein, dachte ich dann, das Aussehen ist doch nicht alles. Was hast du von einem Strahlemann, der sich charakterlich als No Go entpuppt? Und fing in Gedanken an, prominente Paare aufzuzählen, wo sie super aussah und er, na ja, und sie liebten sich trotzdem und führten schon seit Jahrzehnten eine tolle Ehe. Auf den Charakter kommt es an, nicht so sehr auf das Äußere eines Menschen. Das wusste ich auch. Trotzdem…

Im Laufe des Tages erholte ich mich dann wieder. Und dachte mir, Richard sieht extrem gut aus, Daniel ist ein absoluter Smartie, der Boygroup-Typ schlechthin. Also ist er jetzt mal was anderes. Wenn es denn überhaupt etwas geben sollte mit uns. Denn es konnte ja auch sein, dass ich ihm nicht oder nicht gut genug gefiel, bei dem Treffen in Köln in zwei Wochen. Dass wir ein halbwegs nettes Abendessen hinter uns bringen würden und dann ginge jeder wieder seiner Wege. Wie konnte ich denn überhaupt so vermessen sein, von einem schlechten Zeitungsfoto auf seine ganze Person zu schließen? Ich verstaute den Newsletter ganz hinten im Schrank und beschloss, nicht weiter darüber nachzudenken.

Wir schrieben uns weiterhin regelmäßig, und die Mails endeten jetzt schon manchmal mit einem Küsschen und immer wieder mit „*Ich freue mich so unendlich auf dich*" von seiner Seite. Eine Mail fand ich ganz besonders süß. Wir hatten genau zeitgleich geschrieben, ich schickte meine Mail ab und bekam im gleichen Moment eine von ihm. Und kurz danach noch eine, er hatte das auch gemerkt und schrieb: „*Da haben sich die Mails in der Luft ein Küsschen gegeben.*" Wie konnte ein Mann, der so süß schrieb, anders sein als umwerfend, wenn man ihm dann gegenüberstand?

Der Tag X rückte näher. Die Spannung wuchs. In den Tagen vorher nahm ich noch ausführliche Sanierungsarbeiten an mir vor. Nagelstudio. Zum ersten Mal French Nails, die hatte ich bis zu diesem Zeitpunkt nicht. Aber er hatte irgendwann einmal erwähnt, dass er das sexy fände bei einer Frau. Gepflegtes Aussehen, dezenter, aber wertvoller Schmuck, tolle Haare und Nägel, auf so was stand er, das hatte ich schon herausgefunden. Also auch noch Friseurbesuch. Spitzen schneiden, neue Strähnen. Ein paar Tage vorher, nicht an dem bewussten Tag. Denn ich wollte nicht „friseurig" aussehen, sondern ganz natürlich.

Und dann die Gretchenfrage überhaupt: Was sollte ich anziehen? Wir hatten Mitte April, das Wetter war entsprechend launisch, zumindest war aber nicht mehr mit Glatteis oder Schnee zu rechnen. War es ein doch in gewisser Weise offizieller Anlass, denn wir wollten ja übers Geschäft und den Indicator sprechen, oder war eher casual dress angesagt? Jeans und Stiefel? Rock? Kostüm? Hosenanzug?

Und wie immer gab es keine Freundin, der ich mich anvertrauen konnte. Denn ich hatte niemandem, keiner Menschenseele, etwas davon erzählt, dass wir uns so nahe gekommen waren. Tatjana hatte zwar noch ein paar Mal gefragt, was denn aus meinem Vorstoß in die Chefetage geworden sei, ich hatte aber immer nur sehr vage und zurückhalten geantwortet. Denn es war bis jetzt ja noch nichts Konkretes dabei herausgekommen. Womöglich war Svens Interesse an der Sache auch nur heiße Luft, nur eine Möglichkeit, mich kennen zu lernen.

Nach langem Hin-und-Her-Überlegen entschied ich mich schließlich für eine anthrazitfarbene Stoffhose, recht eng geschnitten, ein bisschen Po sollte er schon sehen, dazu eine passende, nicht zu weit ausgeschnittene Bluse und einen hellen Blazer. Mantel drüber und halbhohe Stiefeletten, wer weiß, ob er noch einen Spaziergang durch die Innenstadt mit mir machen wollte? Oder den Dom besichtigen.

Er hatte den Tisch im Steakhouse für halb acht bestellt. Sein Treffen mit dem belgischen Kollegen fand im Interconti statt, von da aus sind es nur ein paar Minuten zu Fuß zum Restaurant. Sein Vorschlag war, dass wir uns gegen sieben Uhr in der Lobby vom Interconti treffen könnten, ganz in der Nähe sei die Tiefgarage am Heumarkt, wo man gut parken könne und von dort aus könnten wir dann vom Hotel aus zusammen zum Steakhouse gehen. Mir war es recht. In die Vorfreude mischte sich neben ganz viel Nervosität auch ein klein bisschen Mulmigkeit. Was wäre, wenn er mir so was von unsympathisch sein würde, dass ich ihn nicht den ganzen Abend um mich haben wollte? Dann könnte ich noch bevor wir ins Lokal kamen, irgendeine Ausrede für meinen sofortigen Aufbruch erfinden, wir beiden hätten Geld und Zeit gespart und wären um eine Illusion ärmer.

Hätte ich so etwas wie eine richtige beste Freundin gehabt, so hätte ich jetzt mit ihr für zehn nach sieben einen Handyanruf vereinbart. Wäre alles ok, würde ich ihr sagen, sie rufe ungelegen an und ich riefe morgen zurück. Bräuchte ich aber ein Motiv zum Verschwinden, so würde ich so tun, als sei sie die Hundesitterin, der Fräulein Meier gerade abgehauen sei oder die Nachbarin, die bei uns Feuer bemerkt habe. Hatte ich aber nicht. Damals nicht und heute auch nicht. Ich bin irgendwie nicht der Typ, der eine beste Freundin hat.

Aus Erfahrung wird man klug, und so ließ ich dieses Mal trotz Grummeln im Bauch und Schweißausbrüchen die Finger von den Stresspillen. Wobei ich mir an jenem Abend ja noch nicht einmal eines Kusses sicher sein konnte, da war es mit Daniel doch schon etwas ganz anderes gewesen. Sven und ich, das war ja irgendwo auch immer noch Teil des Business, Daniel und ich, das war ganz und gar privat.

Das war auch noch so ein Punkt in meinem Leben, der dringender Klärung bedurfte. Ich wollte die Sache mit Daniel beenden, hatte das zwar für mich schon seit einigen Wochen beschlossen, aber irgendwie noch nicht den richtigen Moment gefunden. Obwohl das eine mit dem anderen eigentlich gar nichts zu tun hatte, schien ich instinktiv den Ausgang des heutigen Treffens abwarten zu wollen. So als wenn ich das alte Verhältnis erst beenden wollte, wenn das neue in trockenen Tüchern war. Auf jeden Fall hatte ich die Entscheidung bis morgen zurückgestellt. Die Scarlett in mir war mal wieder am Werk.

Obwohl ich im Laufe des Tages oft daran gezweifelt hatte, irgendwann wurde es Viertel nach sechs, die Zeit, die ich mir für die Abfahrt von zuhause in Richtung Köln gesetzt hatte. Ironischerweise war Richard an dem Tag bei einem neuen Kunden in Frankfurt und sollte mit dem auch noch essen gehen. Er würde also mindestens genauso spät nach Hause kommen wie ich. Und vielleicht fuhren Sven und er auf der Autobahn ja aneinander vorbei.

Trotz Navi verfuhr ich mich in der Innenstadt ziemlich heftig, und als ich dann endlich in die Tiefgarage reinfuhr, fiel mir das Parkticket aus der Hand, so dass ich erst mal aussteigen und es aufheben musste, sehr zum Unmut der hinter mir wartenden Autofahrer. Dann brauchte ich ewig, um eine passende Lücke zu finden. Trotzdem war ich um fünf vor sieben am Hoteleingang. Ich dachte: „Das geht doch nicht, du kannst nicht zu früh kommen“ und zwang mich, noch eine Runde um den Block zu drehen. Um drei Minuten nach sieben betrat ich dann das Foyer vom Interconti, bereit für den nächsten Schritt in ein ungewisses Abenteuer.

Eine große Empfangshalle, geradeaus ging es zu den Aufzügen, links waren einige Sitzgruppen mit niedrigen Tischen. Manche waren besetzt, andere leer. Die da saßen, waren die typischen Geschäftsreisenden, alle mit Aktentasche und Laptop ausgestattet, und den obligatorischen grauen oder schwarzen Anzügen. Welcher davon war jetzt meiner? Oder war er noch gar nicht da? Unschlüssig rumstehen fand ich furchtbar, dieses „Bestellt-und-nicht-abgeholt“-Gesicht wollte ich den Anwesenden nicht bieten, aber etwas anderes blieb mir nicht übrig. Denn so auf den ersten schnellen Blick konnte ich ihn nicht entdecken. Hey, vielleicht war bei dem Foto ja wirklich ein falscher Name gestanden und ich sollte besser nach dem smarten großen Blonden Ausschau halten.

Da nahm ich aus den Augenwinkeln eine Bewegung wahr. Drehte mich um, und da stand er! Und strahlte mich an. Hatte wohl bis eben noch telefoniert und in irgendeiner Ecke gestanden, oder war hin- und hergelaufen, immer den gleichen Weg, wie er das immer machte beim Telefonieren. Er war es, unverkennbar, das Foto war also korrekt. Er war wirklich klein, noch kleiner, als es auf dem Foto den Anschein gehabt hatte, wenn ich so wie an jenem Abend Schuhe mit mittlerem Absatz trug, waren wir gleich groß. Er hatte blaue Augen und ganz viele Lachfältchen. Und einen nicht zu übersehenden Bauch unter dem dunkelbraunen Sakko, obwohl er ansonsten eigentlich schlank wirkte.

Ich konnte erst mal gar nichts sagen. Grinste ihn an wie ein Honigkuchenpferd. Und fand, dass er total süß aussah. Ihm schien zum Glück auch zu gefallen, was er sah. Denn das Erste, was er sagte war: „Mein Gott, Andrea, du siehst ja genauso aus wie auf dem Foto.

Noch hübscher sogar. Und mit deinem Alter hast du geschummelt, oder?“ Himmel, diese Stimme, so oft hatte ich die schon am Telefon gehört, und jetzt das erste Mal so von Angesicht zu Angesicht, so vertraut war sie mir, diese Stimme.

Dass ich an guten Tagen nicht so alt aussah, wie ich war, das wusste ich. Trotzdem war es nett, das zu hören. Hatte er gleich wieder ein paar Punkte gutgemacht. Ich gab auch irgendetwas hoffentlich halbwegs zur Situation Passendes von mir und war dankbar, als er den sofortigen Aufbruch vorschlug. Was sollten wir auch hier noch weiter rumstehen. Er hielt mir die Tür auf, ließ mich vorgehen. Eigentlich selbstverständlich, Richard machte das auch immer. Bei Daniel gab es so was nicht. Passte aber irgendwie auch nicht zu ihm.

Draußen nahm Sven meine Hand, wie selbstverständlich. Und musste sich jetzt von mir führen lassen, denn er kannte den Weg zum Restaurant ja nicht. Ein bisschen ungewohnt fühlte es sich an, mit ihm Hand in Hand zu gehen, weil er so klein war. Trotzdem hatte er einen festen Griff, trocken und warm war seine Hand, mit der er meine umfasste.

Wir redeten Belangloses, über den Verkehr, wie lange er morgens von Frankfurt gebraucht hatte, da war wieder eine Riesenbaustelle auf der A3, an diesem Abend würde da aber wohl kein Stau mehr sein. Das Wetter. Und dann standen wir auch schon vor dem Lokal. Schauten uns an. Lachten. Ganz unvermittelt zog er mich zu sich und gab mir einen Kuss. Und noch einen. „Das musste jetzt sein. Ich bin so froh, dich endlich zu sehen. - Und jetzt brauch ich dringend ein Bier.“

Ich war viel zu perplex, um irgendetwas zu antworten, und froh, dass er mir danach wieder ganz gentlemanlike die Tür aufhielt, sofort souverän den nächsten Kellner ansteuerte und unseren Tisch klarmachte. Einen ruhigen Ecktisch bekamen wir, nicht ganz weg vom Geschehen, aber auch nicht mittendrin und auch nicht auf der Laufstrecke zu den Toiletten. Er nahm mir den Mantel ab und sah mich das erste Mal in Bluse und Blazer. „Wow!“, sagte er nur. Als wir uns hinsetzten, trat er, wie könnte es anders sein, hinter mich und rückte mir den Stuhl zurecht.

Wir saßen über Eck, ich auf dem Stuhl, er auf einer Eckbank. Und wieder nahm er meine Hand, schaute mich an, lachte, als könne er es immer noch nicht fassen, dass ich wirklich und leibhaftig da war und keine Fata Morgana. Der Kellner kam und wir bestellten Bier. Kölsch, so musste es hier sein. Er erzählte, dass er eigentlich lieber Alt trank, aber so was sollte man in Köln lieber nicht laut sagen.

„So, meine Süße, nun sitzen wir also wirklich hier. Ich hatte immer noch ein bisschen Angst, es kommt was dazwischen, bei mir, oder bei dir, oder du kneifst. Und ich war richtig ein bisschen aufgeregt den ganzen Tag über, aber jetzt wo du hier bist, ist das alles ganz wunderbar und so als ob wir uns schon lange kennen würden.“

Ein bisschen aufgeregt war bei mir ja wohl stark untertrieben. Aber das musste ich ihm nicht auf die Nase binden. Wir erzählten. Ich fragte ihn nach dem Treffen mit dem Belgier, es war gut gelaufen, sie wollten einiges zusammen auf die Beine stellen, den europäischen Markt ein bisschen mehr aufmischen, was die Japaner im Bereich Direktvertrieb könnten, sollte doch hier auch irgendwann möglich sein. Und schon waren wir mitten in der schönsten Diskussion. Warum es so war, dass die meisten Europäer vor diesem Vertriebsweg immer noch zurückschrecken, als sei das etwas Unseriöses. Dabei war es eine vielfach sinnvolle Alternative zum herkömmlichen Fachhandel. Wie er mit den immer wiederkehrenden Klischees vom Schneeballprinzip, von der Abzocke vieler kleiner Leute durch ein paar von ganz oben umging. Er wollte wissen, wie ich das empfand, welche Erfahrungen ich hatte, wenn ich den normalen Mann von der Straße, oder vielmehr meistens die Frau von der Straße ansprach.

Zwischendurch kam der Kellner mit der Speisekarte. Ich hatte überhaupt keinen Hunger, eigentlich hätte ich gar nichts zu essen gebraucht, entschied mich dann aber für ein kleines Filetsteak,

Pommes frites und Salat. Er nahm das Gleiche, allerdings die große Steakvariante. Der Arme, er hatte ja seit dem opulenten Mittagessen mit dem Belgier nichts mehr in den Magen bekommen, musste fast am Verhungern sein. Irgendwo musste der Bauch ja herkommen.

Von mir aus konnten sie sich in der Küche ruhig Zeit lassen. Vielleicht würde ich ja irgendwann doch noch ein bisschen Appetit kriegen.

„Eigentlich war das eben ein Fauxpas mit den Kölsch“, sagte er plötzlich. „Zu unserem allerersten Treffen hätte Champagner gehört. Wollen wir das zum Dessert nachholen? Mehr Alkohol bekommst du heute aber nicht, du musst noch fahren.“

Mir blieb der Mund offen stehen. Allererstes Treffen, das bedeutete, es würden weitere folgen. Und was den Alkohol betraf, er hatte ja wohl die weitere Strecke vor sich. Schien ihn aber nicht zu stören, denn er hatte schon das zweite Bier geordert und für mich eine Apfelschorle.

Dann kam er auf das Thema, was uns überhaupt zusammengebracht hatte: der Lifestyle Indicator. Der Belgier hatte über ähnliche Erfahrungen seiner Vertriebsleute berichtet. Der Indicator ist ein fantastisches Instrument an sich, der Verkauf der Nahrungsergänzungen in Verbindung mit den dreimonatlichen Wiederholungsmessungen war in Belgien sprunghaft angestiegen. Leider gab es dort wie auch bei uns in Deutschland noch viel zu wenig verfügbare Geräte, die Vertriebler mussten sie Wochen, sogar Monate im Voraus für einen bestimmten Zeitraum bei der Zentrale ordern und konnten nicht flexibel auf die Wünsche ihrer Kunden eingehen. Aus den USA kamen in regelmäßigen Abständen beruhigende Informationen, demnächst solle ein weiteres Werk in Asien eröffnet werden, in dem pro Monat tausend Stück produziert werden sollten, von daher würde es in absehbarer Zeit keine Engpässe mehr geben.

„Das bedeutet aber auch, dass es vorläufig keine Strategieänderung geben wird. Wenn sowieso zu wenige Geräte da sind, dann werden die paar verfügbaren nicht an einzelne Arztpraxen oder Heilpraktiker oder Fitnessstudios verleast werden, sondern es geht immer nur so, dass unsere Leute die Messungen machen und die Produkte verkaufen.“ Ich war ziemlich demoralisiert, hatte gedacht, es würde bald richtig losgehen, so wie ich es mir gewünscht hatte. Zum einen, weil ich Riesenspaß daran gefunden hatte, das Gerät bei Ärzten vorzuführen, zum anderen, weil es automatisch einen engeren Kontakt zwischen Sven und mir bedeutet hätte. Ganz offiziell.

Er zeigte sich dennoch verhalten optimistisch. „Wir sollten jetzt nichts übers Knie brechen. Ich analysiere jeden Monat die aktuellen Verkaufszahlen, mit und ohne den Einsatz des Indicators, und die sprechen schon für sich. Das mache ich den Amis auch regelmäßig klar. Steter Tropfen höhlt den Stein, Andrea. Lass uns erst mal ein oder zwei Jahre weiter sein, du wirst sehen, dann werden wir den IGEL-Markt schon aufmischen.“

Danach hatte er irgendwie keine Lust mehr, über das Thema zu sprechen. Das Essen kam, und er hat richtig Appetit. Im Gegensatz zu mir, ich stocherte mehr oder weniger nur herum, obwohl es wirklich lecker war. Das gab mir aber genug Zeit, ihn zu beobachten. Seine Bewegungen, wie er aß, das Besteck hielt, das Glas nahm zwischendurch. Alles sehr kultiviert, er hat Manieren, Stil. So wie ich es mag. Keinen abgespreizten kleinen Finger. Das hatte ich nun fast zwei Jahre lang versucht, Daniel abzugewöhnen.

Plötzlich fragte er nach Richard. „Weiß dein Mann, dass wir, naja, dass wir uns ein klein bisschen besser verstehen, als man annehmen sollte?“
„Er weiß, dass ich dich treffe, das schon. Dass wir hier essen gehen. Mehr nicht. Es ist ok, er ist ja selber auch unterwegs und ich weiß nicht so genau, wer da alles mitgeht. Gegenfrage: Was weiß denn deine Frau?“

Den Ehering an seiner rechten Hand hatte ich natürlich sofort bemerkt. War er also wirklich verheiratet. Hätte ja auch sein können, dass er nur mit jemandem zusammenlebt.

„Ich will dich nicht mit den üblichen Klischees zutexten vom unverstandenen Ehemann, von dem bloßen Nebeneinanderherleben. Aber es ist wohl so. Meine Frau weiß, dass ich hier in Köln den Belgier treffe und mit ihm noch essen gehe, mehr nicht. Und das ist auch gut so.“

„Wie ist deine Ehe, wie ist deine Frau, wie sieht sie aus?“ Ich wagte diesen Vorstoß, weil ich glaubte, dass er mich gleich dasselbe über Richard fragen würde. Er holte sein Portemonnaie aus der Jackentasche und zeigte mir ein Foto. Eine absolute Traumfrau schaute mich an. Jung, höchstens Anfang Dreißig, lange schwarze Haare, große dunkle Augen. Schlank natürlich. Mehr konnte man nicht sehen, es war ein Passbild. Mit so jemandem sollte ich konkurrieren? Ein dickes Dankeschön dem durch Claudia initiierten Imagewandel, nur dadurch war eine Situation wie diese überhaupt möglich geworden.

„Sie ist wunderschön, Sven. Wie alt ist sie?“

„Jetzt ist sie 33, als wir geheiratet haben, war sie Mitte Zwanzig. Ich weiß, es sind fast zwanzig Jahre Altersunterschied zwischen uns, ich denke, das war mein größter Fehler. Sie ist eine tolle Frau, aber in vieler Hinsicht noch sehr jung. Hat andere Interessen als ich. Treibt jede Menge Sport, fast jeden Tag Fitnessstudio. Aber sie arbeitet auch sehr hart.“ - „Was macht sie beruflich?“ - „Sie ist Kosmetikerin. Hat sich aber fortgebildet und spezialisiert auf Krebspatientinnen. Sie hat ihre Praxis ganz in der Nähe eines großen Krankenhauses mit Schwerpunkt Onkologie. Es ist oft ein Knochenjob, physisch wie psychisch, glaub mir. Das, was ich mache, ist für sie nur Pillepalle. Pülverchen und Cremes verkaufen, die eh nichts bringen außer Geld in der Kasse, so sagt sie. Dass ich von der Pillepalle ihr Geschäft mitfinanziere und aufgebaut habe, ist dann zweitrangig. Von der Ermöglichung ihres luxuriösen Lebensstils mal ganz abgesehen.“

Da klang schon so etwas wie Verbitterung aus seinen letzten Worten. Die beiden schienen kaum Gemeinsamkeiten zu haben. Vielleicht war sie für ihn eine Trophäe, eine Eroberung, er war stolz gewesen, eine solche Granatenfrau bekommen zu haben und hatte gar nicht gemerkt, dass die Unterschiede zwischen ihnen für eine dauerhafte und beständige Gemeinschaft eigentlich zu groß waren. Dachte ich so bei mir. Etwas in der Art zu äußern stand mir meiner Meinung nach jetzt noch nicht zu. Außerdem, was hatte er denn vorher gemacht? Er war Anfang 50, wenn ich nachrechnete, seit 8 Jahren verheiratet, was also hatte er in den ersten 45 Jahren seines Lebens getan?

Aber erst mal kam, wie erwartet, seine Frage nach Richard. „Und wie ist es bei dir? Wie würdest du deine Ehe beschreiben?“

Ich legte das Besteck aus der Hand. Überlegte einen Moment. Ich wollte jetzt nichts Falsches sagen, mir war es wichtig, dass er Richard im richtigen Licht sah. „Richard ist ein wunderbarer Mensch. Feinfühlig, hoch intelligent, sehr fleißig. Wir kennen uns, seit ich ein Schulmädchen war. Haben alles, was wir haben, gemeinsam aufgebaut. Die Firma, das Haus, unseren großen Freundeskreis. Da ist schon ganz viel Gemeinsames.“

„Und was fehlt dir? Findest du selber dich wieder in dieser Ehe? In jeder Hinsicht?“ Jetzt hieß es doch ehrlich sein, zumindest bis zu einem gewissen Punkt Farbe zu bekennen. Ich wäre ja nicht mit ihm in diesem Lokal gesessen, ich hätte unsere Bekanntschaft nicht so forciert, wenn ich in meiner Ehe die absolute Erfüllung gefunden hätte.

„Schwer zu sagen, Sven. Oder eigentlich auch nicht. Wir hatten auch schon unsere Hochs und Tiefs. Wir lieben uns, keine Frage. Aber die große Leidenschaft ist es nicht mehr. Das Kribbeln ist weg, diese unbändige Lust aufeinander. Wobei das bei einer so langen Beziehung sicher normal ist. Tatsache ist, dass er vor ein paar Jahren ganz heftig fremdgegangen ist. Danach lief es eine Zeitlang wieder besser mit uns, jetzt ist wieder so ein Schlendrian eingekehrt. Wir leben zusammen, tun alles zusammen, schlafen auch ab und an zusammen, aber es ist nicht wie vor dreißig Jahren..."

„Und reicht dir das? Du sagst, dein Mann hatte schon einmal eine Freundin. Wie hältst du es denn mit der ehelichen Treue?" Wieder so eine elende Frage. Aber ich dachte, das waren Dinge, die in diesem Moment geklärt werden mussten, damit es weitergehen konnte. In welche Richtung auch immer.

„Ich war ganz viele Jahre lang brav, die Treue in Person. Hätte mir nie etwas nebenbei vorstellen können. Als ich dann seine Affäre herausbekam, war da nur Wut, Rachsucht, Enttäuschung. Wenn zu dem Zeitpunkt jemand Geeignetes in der Nähe gewesen wäre, hätte ich sicher was mit ihm angefangen. Das hat sich dann aber auch wieder gelegt. Seit einiger Zeit gibt es da allerdings doch jemanden. Eine nette, lustige, unverbindliche Affäre. Die ich aber eigentlich beenden möchte." Nach dieser Aussage brauchte ich erst mal einen großen Schluck zu trinken. „So, jetzt weißt du alles von mir. Hast in meine Seele geschaut. Und wie sieht es bei dir aus?"

Er zögerte nicht lange. „Ich war schon einmal dreizehn Jahre lang verheiratet. Eine Jugendliebe, wie bei dir. Irgendwie haben wir uns verloren, haben uns zu weit voneinander entfernt. Seit der Scheidung telefonieren wir ein paar Mal im Jahr, ganz locker. Danach gab es Frauen, ja, einige, natürlich. Ich bin aber auch jobbedingt sehr oft umgezogen und da haben sich die meisten Affären von selbst erledigt. Als ich meine jetzige Frau traf, habe ich mir ganz fest vorgenommen, das ist es, ab jetzt bleibe ich treu. Das ging auch ein paar Jahre lang gut. So seit zwei Jahren etwa merke ich, dass ich nicht mehr zufrieden bin. Es gibt ganz viele Dinge, die ich mit ihr nicht besprechen kann, wo sie mir einfach nicht folgen kann. Genauso gibt es auch in ihrem Leben Bereiche, die mir fremd sind, mit denen ich nichts anfangen kann. Die großen Gefühle sind, zumindest bei mir, auch nicht mehr da. Obwohl ich mich über ihr Aussehen und ihre Figur ja nun wirklich nicht beklagen kann. Und ihr die Männer scharenweise nachlaufen."

„Und hast du sie schon einmal betrogen?“ - „In Gedanken, muss ich gestehen, schon ganz oft. Aber ich habe mich bisher immer noch zusammengerissen, obwohl es die eine oder andere interessante Frau schon gibt in meinem Umfeld. Aber ich dachte, das kann es nicht sein, du kannst nicht von vorne anfangen, du musst dich jetzt mit dem zufrieden geben, was du hast, Tausende Männer beneiden dich um diese Frau, also mach gefälligst das Beste draus. So habe ich gedacht. Bis jetzt.“ Da war es wieder, dieses leicht verschmitzte Schmunzeln, seine blauen Äuglein leuchten, und ich merkte, wie mir das Herz aufging, wenn ich dieses Lächeln sah.

Wir waren mittlerweile mit dem Essen fertig, ich hatte meine Portion nun doch zu zwei Dritteln geschafft. Sein Teller war leer, es hatte ihm offensichtlich geschmeckt in meiner Gegenwart. Was nun? Kaffee, Nachtisch? Ob er sich an das Champagnerversprechen erinnern würde? Da kam es auch schon:
„Was möchtest du machen, Süße? Möchtest du deinen Champagner hier trinken oder sollen wir uns verlagern? Hier gibt es doch sicher ein paar nette Bars oder Club Lounges in der Nähe, oder?“

Die gab es. Ich schlug ihm die Bar im Hotel am Dom vor, das war nur fünf Minuten zu Fuß entfernt, man saß da gut und die Cocktails waren Klasse. Und sie würden sicher auch ein paar alkoholfreie Drinks für uns Autofahrer haben. Er war einverstanden und gab dem Kellner seine Kreditkarte. Eine goldene, natürlich.

Draußen fisselte es ein bisschen. Und kühl war es auch. Toll, natürlich hatte keiner von uns einen Schirm dabei. Er nahm wieder meine Hand, schon ganz selbstverständlich, und wir sahen zu, dass wir wieder ins Trockene kamen.

Die Bar war nur spärlich besucht an diesem Mittwochabend. Viertel nach zehn war es, mein Gott, fast drei Stunden hatten wir in diesem Steakhouse verbracht. Wahnsinn, wie die Zeit verging, wenn man sie mit dem Richtigen verbrachte. Wobei, das war unfair, Andrea, mit Richard ist es auch nie langweilig.

Wir hatten Glück und bekamen ein Eckchen, wo wir ganz ungestört waren. So ungestört, dass wir der Bedienung winken mussten, damit sie uns überhaupt wahrnahm. Und dann stießen wir an, mit Champagner, wie versprochen. „Auf uns. Und auf das, was die Zukunft bringt."

Zwei Stunden und ein paar alkoholfreie Cocktails später brachen wir langsam auf. Ungern, jeder versuchte, den Abschied noch ein bisschen hinauszuzögern, aber es war nun schon nach Mitternacht und er hatte ja noch die ganze Fahrt vor sich. Und morgen war ein normaler Arbeitstag. So vieles hatten wir beredet, erzählt, aus unseren jeweiligen Leben, die ja schon ein paar Jahre andauerten. Viel gelacht hatten wir auch, er hatte eine mitreißende Art, Geschichten zu erzählen, auch Witze, und er hatte sich über meine Erfahrungen, besonders in der Partnervermittlung, königlich amüsiert.

Auch über unseren beruflichen Werdegang hatten wir gesprochen. Und viel Interessantes erfahren über den anderen. Und immer wieder waren wir zwischendurch ganz still geworden, hatten uns angeschaut, er hatte immer wieder meinen Handrücken mit seinen Fingern gestreichelt. Eine ganz besondere, unwiederbringliche Atmosphäre. Die in mir mit jeder Minute den Wunsch nach Mehr mit diesem Mann verstärkte.

Das Fisseln hatte sich in einen ausgewachsenen rheinischen Landregen verwandelt. Außer uns war kaum noch jemand auf der Straße. Schnell und mit eingezogenen Köpfen liefen wir zur Tiefgarage, sein Wagen stand auch dort. „Schade, mit dir hätte ich lieber ganz romantisch die Sterne angeguckt. Obwohl, das muss ich dir gleich sagen, ich bin kein echter Romantiker. Ich bin Manager, und eher realistisch. Schlimm?" - „Okay, dann sorge ich eben bei uns für die nötige Romantik." Er war einverstanden.

Drinnen erst mal das übliche Gewusel mit dem Parkticket. Er hatte keines, hatte mit Kreditkarte bezahlt. „Ist viel einfacher. Wenn ich gleich rausfahre, stecke ich einfach die Karte in den Schlitz und abgerechnet wird später.“ Wieder was gelernt, Andrea. Ich fand mein Ticket schließlich Gottseidank und hatte sogar das passende Kleingeld parat. Aber nun lief die Zeit. Fünfzehn Minuten hatten wir jetzt noch, dann musste ich aus der Garage raus sein. Allein deshalb war das mit der Kreditkarte besser. Andererseits... Es musste ja auch mal gut sein.

Er brachte mich zu meinem Auto. Zum Glück war ich heute Morgen noch in der Waschanlage. Normalerweise nahm ich es damit nicht so genau, fuhr ja auch oft mit Fräulein Meier in den Wald, und mein Auto war für mich mehr Nutzungsgegenstand als Prestigeobjekt. Richard regte sich oft genug darüber auf. Sein Wagen ist absolute Hundeverbotszone und sah immer aus wie aus dem Ei gepellt.

Sven war in dieser Hinsicht ähnlich gestrickt. Bei ihm schien es überall peinlich sauber zu sein, das war auch so ein Punkt zwischen ihm und seiner Frau. Sie nahm es mit der Ordnung ebenso wenig genau wie ich. So hatte ich es zumindest ein paar Mal herausgehört heute Abend.

Schließlich war es so weit. Wir standen an meinem Wagen, direkt neben der Fahrertür, ich hatte meine Tasche schon auf den Sitz gelegt und beide Hände frei. Er schaute mich an, wortlos, nahm mein Gesicht in beide Hände und küsste mich, endlich, richtig. Erst ganz sanft mit geschlossenen Lippen, dann verstärkte er den Druck und mein Mund öffnet sich wie automatisch. Ich fühlte seine Zunge, wie sie leicht und weich mit meiner spielte, spürte, wie er an meinen Lippen saugte und sein Körper sich an mich drängte. Und spürte seine Erregung, da war ganz eindeutig etwas im Gange bei ihm. Er fühlte sich aufregend neu und gleichzeitig so vertraut an, ich konnte mich ihm ganz hingeben, mich in seine Arme schmiegen und den Kuss genießen. Bekam ganz weiche Knie, als er mich irgendwann losließ und mir in die Augen schaute. „Wenn wir jetzt nicht aufhören, musst du gleich nachzahlen. Aber ich würde dich so gerne noch hierbehalten. So viele Dinge mit dir tun.“ Ich konnte das nur bestätigen. „Ich habe richtig Lust auf dich, Sven. Werde mir ganz komisch vorkommen, wenn du gleich weg bist. Ich vermisse dich jetzt schon."

War das jetzt zu viel? Habe ich zu viel gesagt? Aber wir leben schließlich im Zeitalter der Emanzipation, also warum sollte Frau nicht auch einmal die Offensive starten und ihre Gefühle offenbaren. Vielleicht sah er das nicht so. Er zog mich noch einmal kurz an sich und ließ mich dann los. „Es war wunderschön mit dir, Andrea. Aber jetzt müssen wir fahren." Schubste mich beinahe in mein Auto hinein. „Wir hören sicher morgen voneinander, ok? Komm gut nach Hause. Meine Süße."

Und dann war ich wieder allein. Auf der fast leeren Straße, der Regen prasselte, ich musste mich erst mal auf den Weg konzentrieren. Schaltete sicherheitshalber das Navi an und gab „Zu Hause" ein. Es brauchte mal wieder ewig, um sich zu finden, um ein GPS-Signal zu bekommen. Immer dann, wenn man mal ein bisschen Zeit bräuchte, sind alle Ampeln sofort grün, normalerweise hatte ich es immer eilig und die Ampeln waren auf gefühltem Dauerrot.

Nun war dieser Tag also vorbei. So viele Wochen lang hatte ich ihm entgegengefiebert, und nun war er Vergangenheit, glitt mit jeder Minute, die verging, weiter zurück. Ich ließ mir Zeit mit dem Heimweg, zuckelte mit gemütlichen 80 über die Autobahn und dachte nach. Dieser Mann war ein Traum. Egal, dass er nicht wie George Clooney aussah. Es passte alles an ihm. Mir passte alles. Zumindest das, was ich bisher gesehen hatte. Und ganz eindeutig wünschte ich mir, dass es weitergehen würde. In welchem Ausmaß auch immer. Darüber hatten wir nicht explizit gesprochen, auch nicht, wie sich eine weitere Bekanntschaft, Affäre, was auch immer, denn gestalten könnte. Nicht so ganz einfach, das war klar, immerhin trennten uns knapp zweihundert Kilometer, da besuchte man sich nicht mal so eben auf ein kurzes heißes Stündchen, so wie das bei Daniel und mir immer war. Also egal, was kommen würde, so oft würden wir uns nicht sehen können. Aber Qualität geht vor Quantität. Lieber wenige wunderschöne Treffen als häufige, die dann schnell zur Routine würden.

Daniel. Das war auch so ein Punkt, den ich unbedingt klären musste. Ich war mir in diesem Moment ganz sicher. Ich würde das schnellstmöglich beenden. Am besten gleich morgen. Ging nicht, er hatte Nachtschicht diese Woche und morgen, beziehungsweise heute Nachmittag mit einem seiner Söhne irgendeinen Arzttermin. Freitagnachmittag konnte ich nicht. Also nächste Woche. Dann aber ganz bestimmt. War vielleicht auch nicht so schlecht, da hatte ich noch das ganze Wochenende Zeit, mir zu überlegen, wie ich es ihm beibringen würde.

Jetzt war ich erst mal gespannt auf Svens nächste Mail. Wie sich die Situationen doch wiederholen. Nach dem ersten Treffen mit Daniel war es genauso, dieses nervöse Warten auf die erste Reaktion. Hatte es ihm gefallen? Hatte ich ihm gefallen? Würde es weitergehen? Mir fiel ein, dass im nächsten Monat eine Wochenendtagung des Unternehmens in Wiesbaden stattfinden sollte. Von Freitag bis Sonntag würde es Produktinfos und Verkaufsschulungen geben. Und natürlich diverse Ehrungen verdienter Vertriebspartner. Tatjana würde unter den Geehrten sein, ich nicht. Egal. Vielleicht würde Sven da sein. Vielleicht könnten wir uns dort sehen. Einen Abend miteinander verbringen. Oder einen Vortrag schwänzen und… Aber dieser Vorschlag musste von ihm kommen. Ich war überzeugt, ich hatte ihn am Schluss ein bisschen überfahren mit dem „Ich vermisse dich schon jetzt."

Richard schlief schon, als ich nach Hause kam. Nur Fräulein Meier kam an, wedelte, freute sich, wollte nochmal kurz in den Garten. Ich war froh, dass ich nicht reden musste. Ich war zum Schlafen viel zu aufgewühlt, aber ich konnte mich ja schlecht mitten in der Nacht in die Küche setzen und vor mich hinstarren. Also doch ins Bett. Der letzte Blick auf die Uhr, an den ich mich erinnern konnte, zeigte Viertel vor drei.

Am nächsten Morgen war ich wie gerädert. Richard fragte nur kurz, wie es denn gewesen war, bei ihm wohl sehr erfolgreich, wie er sagte, das Abendessen mit dem Kunden und die Gespräche dabei hatten uns diverse lukrative Aufträge eingebracht, alle kurzfristig zu realisieren. Was für uns alle, auch für mich, mit einiger Arbeit verbunden war, denn ich musste den ganzen Schreibkram erledigen. Wie immer. Er war so beschäftigt mit sich und dem neuen Auftrag, dass ihm meine Einsilbigkeit nicht auffiel. Hoffte ich zumindest.

Dann endlich ein Moment Ruhe und Zeit, den PC hochzufahren. Und tatsächlich, da war eine Mail von Sven. Eine ziemlich lange sogar, geschrieben um halb vier an diesem Morgen.

„Meine süße Andrea!
Ich bin gut nach Hause gekommen, die Bahn war frei, und ich hatte ganz viel Zeit zum Nachdenken und unseren wunderbaren Abend noch einmal Revue passieren zu lassen. Die Stunden mit dir sind wie im Flug vergangen, kaum zu glauben, dass es schon so spät ist.

Ich bin schon mit ein paar Vorbehalten nach Köln gekommen. Du hast mir in deinen Mails und unseren Telefonaten ausnehmend gut gefallen, auch dein Bild im Internet sagte mir auf Anhieb zu. Aber man weiß ja nie, ob die Realität all dem standhält, was man sich vorher so vorstellt. Das wird bei dir genauso gewesen sein. Und ich hoffe inständig, dass ich dich nicht enttäuscht habe. Und dass dir der Abend mit mir gefallen hat, dass ich dir auch ein bisschen gefallen habe. Denn du, das kann ich jetzt ganz sicher sagen, hast mir extrem gut gefallen, mehr als das, ich bin völlig hingerissen von dir, deiner Art, deinem charmanten Lächeln. Und küssen kannst du, ich war schon fast im siebten Himmel. ☺

Wie geht es jetzt weiter mit uns? Also ich für mein Teil möchte dich gern so schnell wie möglich wiedersehen. Und dann auch noch mehr von dir haben. Dich berühren, am ganzen Körper streicheln und küssen und... ja alles andere natürlich auch. Wenn du ähnlich fühlst, was ich mir sehr wünsche, dann könnten wir uns doch im Mai in Wiesbaden ein bisschen Zeit für uns nehmen, oder? Vorher wird es terminlich bei mir wohl nicht mehr klappen, außer vielleicht mal ganz spontan. Oder bist du per Zufall in der nächsten Zeit mal einen

Tag in Frankfurt?
Ich freu mich jetzt schon riesig darauf, dich wiederzusehen.
Ganz viele Küsschen,
Dein Sven

P.S.: Ich glaube, ich habe mich verliebt...“

In den nächsten Tagen schwebte ich permanent auf Wolke 7. Es fiel mir ungeheuer schwer, mich auf meinen normalen Alltag zu konzentrieren, ich vergaß einzukaufen, vergaß Verabredungen mit Freunden, hätte sogar das Essen vergessen, wenn Richard nicht ab und an darauf hingewiesen hätte, dass er Hunger habe. Manchmal schaute er mich prüfend von der Seite an, dann riss ich mich eine Weile lang zusammen. Ich glaube nicht, dass er etwas gemerkt hat. Ich bin halt manchmal etwas zerstreut, das legt sich aber nach ein paar Tagen wieder.

Einen schweren Gang hatte ich zu Beginn der darauffolgenden Woche vor mir: das Gespräch mit Daniel. Ich wollte und konnte die Sache nicht länger aufschieben. Während des Wochenendes leistete ich Vorarbeit, indem ich Skype nur sehr selten öffnete und auf seine Chatversuche einsilbig und wortkarg reagierte. „*Schlechte Laune heute, Prinzessin?*“ fragte er in der Nacht von Samstag auf Sonntag. „*Es gibt Probleme, wir müssen miteinander reden.*“, antwortete ich am Sonntagvormittag. „*Was du willst, meine Schöne.*“ Mein Gott, musste er es mir denn so schwer machen! Er war ja wirklich ein lieber Kerl. Aber für mich war unsere Beziehung vorbei, wir konnten gern Freunde bleiben, mal einen Kaffee trinken gehen, aber mehr war von meiner Seite einfach nicht mehr drin.

Eigentlich hätte er es schon seit ein paar Wochen merken müssen, dass ich mich veränderte, nicht mehr so oft auf Skype war, nicht mehr ein- bis zweimal pro Woche für ihn Zeit hatte. Aber ihm war anscheinend nichts aufgefallen, er verhielt sich völlig unbefangen.

Montagmorgen waren wir verabredet. In einem der Cafés in der Innenstadt, wo man ruhig und ungestört sitzen und plaudern und bei Bedarf auch ein bisschen schmusen konnte. Um elf Uhr. Danach wollte er zur Spätschicht fahren, hatte also etwa bis ein Uhr Zeit.

Ich war vor ihm da, spielte nervös mit dem Handy herum und hatte nichts zu trinken bestellt. Wer weiß, vielleicht dauerte dieses Gespräch ja nur fünf Minuten, dann musste man es nicht noch unnötig in die Länge ziehen, nur weil der Milchkaffee noch nicht ausgetrunken war. Das ganze Wochenende über hatte ich, wenn ich nicht gerade in Gedanken bei Sven war, über unsere Zeit nachgedacht, an jenes erste Treffen am Unterbacher See, an die vielen schönen Treffen danach, an lustige Begebenheiten, an seine ganze Art, mit der er mich sowohl zum Lachen als auch zur Weißglut bringen konnte. So vieles hatte er mir gegeben, er war meine erste Erfahrung mit einem anderen Mann außer Richard, er hatte meinem Selbstbewusstsein einen unglaublichen Schub versetzt, und er war so völlig unbefangen.

Wäre Sven nicht in mein Leben getreten, so hätte ich mir das mit dem Schlussmachen wahrscheinlich noch einmal überlegt. Und die Sache erst mal weiterlaufen lassen. In mir kämpften Zuneigung und die schönen Erinnerungen einerseits mit dem immer stärker werdenden Überdruss und der Langeweile andererseits. Aber so gab es keine Alternative. Wobei es sicher Frauen gibt, die zwei Affären parallel laufen haben. Eine Zeitlang mochte das auch mal gehen, dachte ich mir so, aber auf Dauer, und vor allem, wenn richtige Gefühle dabei waren, stellte ich es mir schwierig vor. Und ich wollte das nicht. Ich wollte mich auf Sven konzentrieren. Seit unserem Treffen in der vergangenen Woche waren unsere Mails intensiver und zärtlicher geworden. Wir träumten von unserem nächsten Treffen, in drei Wochen in Wiesbaden. Er wollte auch zu der Konferenz kommen, im Tagungshotel übernachten. Und sich ganz viel Zeit für mich nehmen.

Doch nun kam erst einmal Daniel auf mich zu. Und gab mir den obligatorischen Begrüßungskuss. „Sorry, Prinzessin, ich musste noch Frau zur Arbeit bringen, die hat Auto kaputt. Wartest du schon lange?“ Er setzte sich und bestellte, nun doch, zwei Milchkaffee.

„So, dann erzähl. Was gibt es für Probleme?“ Ich fing an zu stottern, merkte, wie ich rot wurde. Und dann kamen mir sogar die Tränen. Schlussmachen ist definitiv nicht mein Ding. Ich hatte es zuvor auch erst einmal in meinem Leben tun müssen, und da war ich vierzehn.

Mein damaliger Freund hatte es auch nicht verstanden, es gab keinen wirklichen Grund außer dem, dass ich, wie auch hier, keine Lust mehr auf ihn hatte. Andere Dinge waren wichtiger. Er schrieb mir noch Wochen später Postkarten mit französischen Texten, vielleicht passten die besser zu seiner Stimmung als deutsche. „*Pourquoi? Je ne sais pas pourquoi.*" Ich wusste es ja eigentlich auch nicht so genau.

Ich machte es kurz, wollte es nur noch hinter mich bringen. Sagte ihm, dass ich in den vergangenen Wochen eine Veränderung bei mir bemerkt hatte. Dass ich nicht mehr so für ihn empfinden würde wie früher. Dass es ganz sicher nicht seine Schuld sei. Und nun hätte ich halt jemanden kennen gelernt. Das hatten wir uns ganz zu Anfang versprochen. Wenn einer mal nicht mehr will, oder jemand anderen trifft, dann macht der andere keine Szene, keinen Palaver und ganz sicher keine Probleme in Bezug auf den Ehepartner. Ich sagte ihm, dass wir eine wunderschöne Zeit gehabt hätten, und dass ich ihn sehr gern als Freund behalten wollte, aber eben nicht mehr.

Er wirkte ziemlich überrumpelt, hatte offenbar nichts von meiner „Vorarbeit" mitbekommen. Zum Glück reagierte er dennoch ruhig und beherrscht. Es wäre ok, wir hätten es ja so besprochen, und er fände meine Ehrlichkeit gut. „Ist ok, bin ich jetzt traurig, aber ist nicht schlimm. Leben ist schön, und ich bin glücklicher Mensch. Hast du jemand kennen gelernt, der besser ist als ich. Ist in Ordnung."

Mehr wollte er gar nicht hören. Sagte nur, dass er ja jetzt noch etwas Zeit hätte vor der Arbeit und noch bei McDonald's vorbeifahren würde. Stand auf, ging zur Theke, bezahlte unsere Milchkaffees und war aus der Tür. Drehte sich im Hinausgehen noch einmal um und hob kurz die Hand. Tschö.

Das also war das Kapitel „Daniel". Kurz und beinahe schmerzlos erledigt. Ich war erst ein bisschen baff über diesen plötzlichen Abgang, dann aber breitete sich in mir ein ungeheures Gefühl der Erleichterung aus. Und Dankbarkeit über seine Fairness. Er hatte ja nichts falsch gemacht und auch jetzt noch absolut toll reagiert. Schon ein toller Mensch, und ich nahm mir vor, mich zeitlebens darüber zu freuen, ihn kennengelernt und einige Zeit mit ihm verbracht zu haben.

Nun aber war ich frei. Frei für Sven. Hatte so etwas wie Ordnung in mein Parallelleben gebracht. Denn all das hatte mit meiner Ehe und meinem normalen Alltagsleben überhaupt nichts zu tun. So hatte ich es mir selber versprochen, damals, vor über zwei Jahren, als das mit Daniel anfing. Und so wollte ich es weiterhin halten. Wo andere Leute sich eine zweite Existenz im Internet, bei Second Life oder ähnlichem aufbauen, machte ich das eben in der realen Welt.

Ich ging ins Büro und schrieb eine Mail an Sven. Erzählte ihm, dass ich die andere Sache beendet hätte. Und dass es mir richtig gut ginge. Seine Antwort kam prompt, er musste also auch am Rechner gesessen haben: „Ich bin sehr froh über diese Neuigkeit. Der andere Mann in deinem Leben hat mir doch immer wieder arge Bauchschmerzen bereitet. Wenn wir uns aufeinander einlassen, dann ganz und gar, immer die Ehepartner außen vorgelassen. Aber ich glaube, du verstehst sehr genau, was ich meine. Es sollte niemanden sonst geben außer uns beiden."

Am Freitagmittag, etwas mehr als drei Wochen später, fuhr ich dann endlich nach Wiesbaden. Tatjana und meinen anderen Kolleginnen hatte ich erzählt, dass ich vorher noch zu einem Termin für die Unternehmensberatung müsse und mich deshalb keiner Fahrgemeinschaft anschließen könne. Ich wollte frei und ungebunden sein, kommen und gehen können, wann ich wollte. Auf niemanden sonst Rücksicht nehmen. Deshalb hatte ich auch auf einem Einzelzimmer bestanden. Die anderen teilten sich meistens zu zweit ein Zimmer, weil es günstiger war.

Ich war mindestens genauso aufgeregt wie bei unserem ersten Treffen. Denn diesmal würden wir im Bett landen, das war so sicher wie das Amen in der Kirche. Zum Glück hatte ich in der Zeit mit

Daniel meinen erotischen Erfahrungsschatz um einiges erweitert und hoffte inständig, dass es für Sven gut genug sein würde, was ich zu bieten hätte. Im Gegensatz zu Daniel stand Sven nicht so sehr auf sexy Dessous, er liebte das Natürliche, zumindest hatte er mir das erzählt, trotzdem hatte ich ein paar schicke Sachen eingepackt.

Wir telefonierten, kurz bevor ich im Hotel ankam. Er war schon seit dem Vormittag dort, hatte diverse Besprechungen geleitet und bereitete sich jetzt auf seinen Plenumsvortrag vor, der die Tagung eröffnen sollte. Ich war schon sehr stolz, dass ich mir so einen wichtigen Mann geangelt hatte. Den Chef vom Ganzen halt. Wir verabredeten, dass ich ihm eine SMS mit meiner Zimmernummer schicken sollte, sobald ich eingecheckt hätte. Beim Abendessen würden wir ganz bewusst an getrennten Tischen sitzen und uns dann schon irgendwie verständigen.

Ich hatte Glück. Mein Zimmer lag in einem anderen Hoteltrakt als die meiner Kolleginnen. Somit verringerte sich das Risiko, dass eine von ihnen Sven dort sehen würde, erheblich.

Erst mal hatte ich das große Vergnügen, seinem Vortrag lauschen zu können. Mitzuerleben, wie er sich vor Publikum präsentierte. Und war begeistert. Dieser kleine Mann verfügte über eine Persönlichkeit, die es problemlos schaffte, den ganzen Saal mit mehreren Hundert Leuten für sich einzunehmen, so manches Mal gefangen zu nehmen. Seine Rede sprühte vor Wortwitz, er riss alle mit, ließ sie brüllen vor Lachen und im nächsten Moment sehr nachdenklich werden, wenn er über gewisse Missstände im Unternehmen sprach. Auch das Thema Indicator sprach er an. Berichtete von dem in Kürze eröffneten Werk in Asien und appellierte an alle, den Indicator mehr und mehr in unsere Vertriebsaktivitäten einzubeziehen.

Ich war hingerissen, konnte den Blick nicht von ihm wenden. Ich glaubte auch genau gemerkt zu haben, in welchem Moment er mich entdeckte im Publikum. Und bildete mir ein, er würde nur zu mir sprechen.

„Nicht verkehrt, der Typ, oder? Wobei er ja optisch so gar nicht ins Bild passt, das man vom Chef eines Wellnessunternehmens hat. Aber er hat was, ohne Zweifel.“ Das kam von Tatjana, die neben mir saß und die immer sehr kritisch ist in Bezug auf andere Leute. Ich hatte ihr von unserem ersten Treffen nichts erzählt, ihr Wissensstand war, dass er mir eine Mail geschickt hatte, er fände meine Idee hoch interessant und werde sie in seine künftigen Überlegungen einbeziehen. So war sie halbwegs zufrieden und ich hatte meine Ruhe.

Vom Abendessen bekam ich vor lauter Nervosität nicht allzu viel mit. Gegen zehn hielt ich es dann nicht mehr aus, schützte Kopfschmerzen und Müdigkeit vor und machte mich auf den Weg Richtung Zimmer. Wieder hatte ich Glück, musste am Tisch der Geschäftsleitung vorbei, so dass Sven meinen Aufbruch mitbekam. Er hatte ein fast volles Bierglas vor sich stehen, da wusste ich, dass mir noch etwas Zeit blieb zum Frischmachen.

Von wegen! Damals wusste ich noch nicht, wie schnell Sven Bier trinken kann. Ich war noch keine zehn Minuten in meinem Zimmer, hatte gerade meine neue schwarze Slip-BH-Kombination angezogen, als es leise klopfte. Ich schaute durch den Spion und mein Herz schlug ein paar Takte schneller, als ich ihn da stehen sah. Konnte gerade noch die Tür hinter ihm zumachen, da nahm er mich auch schon in die Arme. Und küsste mich, wortlos, sehr intensiv und sehr lange. Sein Atem schmeckte nach Bier. Und ein kleines bisschen nach Rauch. Und nach ganz viel Mann.

Dann fingen wir beide gleichzeitig an zu reden. Und mussten lachen, als wir es merkten. Er schaute mich an und sagte nur ein Wort: „Später!“ Drängte mich sanft in Richtung Bett. Und dann lag er endlich neben mir, noch vollständig bekleidet. Seine Hände waren überall auf meinem Körper, sein Mund glitt von meinen Lippen weg in meine Halsbeuge, während er sich schnell und geschickt seiner Sachen entledigte. Mich von meiner schicken Wäsche befreite. „Meine Süße, genauso habe ich mir dich vorgestellt in meinen

Träumen. Wie schön du bist!"

Sein Körper war muskulös, leicht gebräunt, und hätte er nicht diesen Bauch gehabt, hätte man ihn durchaus als attraktiv bezeichnen können. Die kräftigen Oberarme und Oberschenkel. Selbst seine Füße, die ein bisschen knubbelig waren, fand ich sexy. Mir gefiel einfach alles an ihm, inklusive seines besten Stücks. Mit Daniel hatte ich mir genug Porno- und Männermagazine angeschaut, um zu wissen, dass noch lange nicht jeder Penis ansprechend aussieht. Und ich finde, man muss auch ihn schön finden, wenn man mit seinem Besitzer richtig Spaß haben will.

Spaß hatten wir aneinander, die ganze Nacht. Ich hatte gedacht, ich hätte viel gelernt bei Daniel. Sven vermochte dies alles noch zu toppen, er liebte mich in Stellungen und Variationen, an die ich bei Daniel nie gedacht hatte. Und er hatte Ausdauer. War gleichzeitig zärtlich und fordernd. Und sehr darauf bedacht, dass ich zu meinem Recht kam. Und das kam ich, mehrfach in dieser Nacht. Zwischendurch bedienten wir uns aus der Minibar und tranken den Sekt, den ich mitgebracht und kalt gestellt hatte.

Es muss so gegen fünf Uhr morgens gewesen sein, als wir endlich einschliefen. Der erste Workshop am Samstag begann um halb zehn, ich wollte daran teilnehmen, Sven hatte andere Verpflichtungen. Sein Zimmer lag nicht weit von meinem entfernt, und so trennten wir uns gegen neun Uhr schweren Herzens und ziemlich müde voneinander. Abends sollte eine Art Showveranstaltung für alle Teilnehmer sein, die sicher bis Mitternacht gehen würde. Danach würde er wiederkommen…

Die zweite Nacht mit ihm war mindestens genauso schön wie die erste. Jetzt war alle Fremdheit verflogen, wir kannten unsere Körper und unsere Wünsche nun schon ganz gut und gingen noch freier und unbefangener miteinander um als in der ersten Nacht. Und stellten fest, wie schön es war, nach dem Sex miteinander zu kuscheln. Wobei für Sven „nach dem Sex immer auch vor dem Sex" war.

Auch diesmal sangen die Vögel schon ganz kräftig, als wir eng aneinandergekuschelt noch für ein paar Stunden einschliefen.

Am Sonntagmorgen standen nur noch Frühstück und individuelle Abreise an. Für mich war es ein Abschied aus einer absoluten Traumwelt. Ich hätte noch tagelang so weitermachen können, obwohl ich rückblickend nur eine sehr vage Erinnerung an die Inhalte der Workshops und Vorträge hatte, die ich besucht hatte. Aber zum Glück gab es ausführliche Unterlagen und Dokumentationen. „Lies sie dir auf der Heimfahrt nochmal durch, damit du deinem Mann erzählen kannst, was du alles gelernt hast“, meinte Sven, als wir uns gegen halb zwölf in meinem Zimmer verabschiedeten. Er hatte noch ein letztes kurzes Meeting, dann ging es auch für ihn Richtung Heimat, wobei sein Weg diesmal der kürzere war.

Dann die bange Frage: „Wann sehe ich dich wieder?“ und scherzhaft, aber mit ernsthaftem Hintergrund hinzugefügt „Oder hast du jetzt genug von mir und probierst die nächste halbwegs hübsche Vertrieblerin aus?“ Er hatte sich aber schon Gedanken gemacht. Im Juni musste er für zwei Tage nach Holland und Belgien. Das konnte er aber problemlos auf drei Tage ausdehnen und in Köln Station machen. Danach allerdings stand sein Jahresurlaub an. Zwei Wochen Mauritius mit seiner Frau.

Nicht auszudenken. Zwei Wochen lang würden wir keinerlei Kontakt haben. Aber bis dahin war ja noch etwas Zeit. Und wir würden uns mit etwas Glück ja schon in wenigen Wochen wiedersehen. Wenn auch nicht über Nacht.

Ich war froh über die fast zwei Stunden Autofahrt von Wiesbaden nach Hause. Sie gab mir die Zeit, um wieder zurückzufinden in mein normales Leben, zurück zu Richard. Der sicher an diesem Wochenende auch viel gearbeitet hatte, zwischendurch Fräulein Meier versorgt und etwas Gutes zum Abendessen eingekauft hatte. Je näher ich kam, umso mehr freute ich mich auf ihn, auf mein Zuhause, auf Fräulein Meier.

Wenn ich nur nicht so elend müde gewesen wäre! Ich schaffte es gerade noch, ihm ein bisschen zu erzählen und mit ihm abendzuessen, aber an den Sonntagabend-Tatort kann ich mich schon nicht mehr erinnern, ich glaube, ich war um acht Uhr im Bett. Und schlief tief und fest bis zum nächsten Morgen.

Und so vergingen die nächsten Monate, der ganze Sommer. Wir trafen uns einige Male, mal in Köln, mal in Frankfurt, und einmal nahm er mich mit nach Amsterdam, wo er ein Treffen mit dem holländischen Kollegen hatte. Während er arbeitete, streifte ich allein durch die Stadt, aber die Nachmittage und Abende und vor allem die Nächte hatten wir für uns. Er hatte dem Kollegen erzählt, dass er Freunde in Amsterdam hätte, die er schon lange nicht gesehen und die seine gesamte Freizeit mit Beschlag belegt hätten. So kam er um die normalerweise obligatorischen Geschäftsessen mit anschließendem Kneipenbummel herum.

Diese drei Tage und zwei Nächte waren einfach traumhaft schön. Ich war zuvor noch nie in Amsterdam gewesen und werde diese Stadt immer mit Sven verbinden, mit langen Spaziergängen Hand in Hand durch die Stadt, einer Grachtenrundfahrt und langen Abenden in typischen Amsterdamer Lokalen. Wir erzählten viel und lernten uns immer besser kennen. Gleichzeitig entfernte er sich emotional immer weiter von seiner Frau, hätte sogar einmal beinahe den obligatorischen Abendanruf bei ihr vergessen, wenn ich ihn nicht daran erinnert hätte. „Hast du eigentlich keine Angst, dass sie argwöhnisch wird, wenn du dich jetzt anders verhältst als früher?“, fragte ich ihn an jenem Abend. - „Und wenn schon, dann ist es eben so. Ich spiele mit dem Feuer, das weiß ich. Und eigentlich möchte ich mich nicht trennen, das habe ich dir auch schon gesagt. Aber nur weil es ein finanzielles Desaster würde, das ist der einzige Grund, glaub mir.“

Ich dagegen war in einer absoluten Zwickmühle. Einerseits liebte ich Richard nach wie vor. Bei ihm war mein Zuhause, meine Wurzeln, er kannte mich wie kein anderer, Richard war fast mein ganzes bisheriges Leben über meine Bezugsperson Nr. 1 gewesen. Ein Leben ohne ihn konnte ich mir nicht vorstellen. Andererseits wurden meine Gefühle für Sven immer stärker. Wir verstanden uns blind, sowohl im als auch außerhalb des Bettes. Wir hatten die gleichen politischen und weltanschaulichen Ansichten, und wenn es mal Differenzen gab, war jeder bereit, den Standpunkt des anderen anzuhören und seine Meinung gegebenenfalls zu ändern. Er war ungeheuer belesen und kannte sich in der Tagespolitik und dem aktuellen Weltgeschehen immer bestens aus. Seinetwegen begann ich, mich für Politik zu interessieren, las die Tageszeitung intensiver als sonst und bereitete mich manchmal regelrecht vor auf die Gespräche mit ihm. Wie früher in der Schule. So zum Beispiel während des Wahlkampfes um die Präsidentschaftskandidatur in Amerika. Barack Obama oder Hillary Clinton, wer sollte das Rennen machen? Wir redeten uns regelrecht die Köpfe heiß deswegen.

Ich hätte am liebsten ewig so weitergemacht, wobei ich Sven schon sehr vermisste, wenn wir uns zwischen unseren Treffen dann wieder wochenlang nicht sahen. Er war es, der definitiv mehr erwartete von unserer Beziehung. Es war im Frühherbst, als er mich immer öfter fragte, ob ich es mir vorstellen könnte, meine Zelte in Leverkusen abzubrechen und zu ihm nach Frankfurt zu kommen. Das würde bedeuten, dass ich alles, was ich mir aufgebaut hatte, meine Ehe, meine Freunde, meinen Beruf, alles aufgeben müsste. Er wusste, dass das sehr viel verlangt war. Betonte das auch immer wieder. Einen Vergleich fand ich sehr passend: „Wenn ich mich von meiner Frau trenne, ändert sich für mich nicht viel, außer dass ich eine neue Partnerin habe. Für dich ändert sich dein ganzes Leben. Es ist wie auf der Autobahn. Für mich ist es nur eine Abfahrt zu einem neuen Leben, für dich sind es mindestens zehn."

Ich war sehr nachdenklich und sehr still in dieser Zeit. Denn im Gegensatz zu Sven war es bei mir ja nicht so, dass ich keine Gefühle mehr für meinen Partner hatte. Im Gegenteil. Richard und ich verstanden uns glänzend. Nur im Bett passierte nicht viel. Richard war mal wieder beruflich extrem stark eingebunden, wir hatten einige neue und sehr beratungsintensive Mandate übernommen, und er fiel jeden Abend todmüde ins Bett. Und hatte an mir oder an Sex nur äußerst selten Interesse. Hätte ich Sven nicht gehabt, hätte ich Nähe und Zärtlichkeit schon vermisst. So aber lebten wir mehr wie Bruder und Schwester als wie ein Ehepaar miteinander. Das Ganze aber eben in einer absolut angenehmen und entspannten Atmosphäre.

Ich hatte mir ein Ultimatum gesetzt. Ein Jahr wollte ich mir noch Zeit geben für eine Entscheidung. Ich spürte, dass sich Sven auf Dauer nicht mit einer Affäre zufriedengeben würde. Also lief alles auf eine Entscheidung, wie auch immer, in nicht allzu weiter Ferne hinaus. Diese Zeit aber wollte ich mir nehmen, um mir endgültig klar zu werden, was ich eigentlich wollte.

Aber wie heißt es so schön: Erstens kommt es anders, und zweitens als man denkt.

Diesen Samstag im Oktober werde ich niemals vergessen und wenn ich hundert Jahre alt werde. Und das Entsetzen und die Panik, die ich an diesem Tag empfand, wird für den Rest meines Lebens in mein Herz eingebrannt sein, sobald ich mich an diesen Tag erinnere.

Dabei hatte alles ganz entspannt angefangen. Zwar würde ich von Sven mal wieder zehn Tage lang nichts hören, er musste in die USA, zunächst verschiedene Geschäftstermine im Mutterhaus des Unternehmens wahrnehmen und dann noch ein paar Tage Badeurlaub in Florida dranhängen. Seine Frau war natürlich dabei. Wir hatten zuletzt am Freitagabend telefoniert und ich vermisste ihn jetzt schon. Aber daran war nichts zu ändern.

Die nächsten Tage hatte ich mir vollgepackt mit Terminen und Aufgaben, damit die Zeit schneller verging. An diesem Samstag war ich mit einer Freundin verabredet. Wir wollten erst in die Stadt, Mittagessen, ein bisschen shoppen, und dann eine Bekannte von ihr besuchen, die einen Wurf Welpen hatte. Dalmatinerwelpen, gerade mal zwei Wochen alt. Meine Freundin spielte mit dem Gedanken, sich einen zu holen. Für Richard und mich kam das nicht in Frage, ein Hund war ok, aber zwei Hunde waren definitiv zu viel, da waren wir uns immer einig gewesen. Trotzdem, Welpen sind immer süß und so genoss ich den Nachmittag schon sehr. Und überlegte auf der Rückfahrt ernsthaft, ob wir uns nicht auch einen zulegen sollten. Fräulein Meier wurde langsam alt, und so ein kleiner Racker würde vielleicht ein guter Jungbrunnen für sie sein. Ich wollte das Thema abends mal vorsichtig anschneiden, hatte mit dem Handy auch ein paar Fotos von den Babys gemacht.

Und kam locker und gut gelaunt zu Hause an. Richard hatte tagsüber bei einem der neuen Kunden gearbeitet und wollte so gegen vier zurück sein, war also schon vor mir da. Normalerweise kommt er zur Tür, wenn er mich hört. Heute nicht. Heute stand nur Fräulein Meier da. „Ich hab vielleicht eine Überraschung für dich, kleine Maus.“, rief ich ihr zu und lief direkt ins Arbeitszimmer. Dort stockte mir der Atem. Richard saß an seinem Schreibtisch und schaute mir entgegen. Das Gesicht völlig versteinert. Und sagte erst einmal gar nichts. Ich blieb stehen. Irgendetwas hielt mich davon ab, wie sonst zu ihm zu laufen, hinter seinen Stuhl zu treten und ihm die Arme um den Hals zu legen. „Hallo Schatz, wie schaust du denn drein? Was habe ich verbrochen?“

„Hallo Andrea. Überleg dir gut, was du jetzt sagst und tust. Du hast von jetzt an genau eine Viertelstunde Zeit, um dir zu überlegen, was du mir sagst zu den Themen Daniel und Miguel. Und was du mir erzählst über dein wirkliches Verhältnis zu deinem Chef, dem Herrn Martin. Ich weiß alles. Glaub mir. Also überlege gut.“

Meine Knie wurden weich. Ich spürte, wie mir das Blut aus den Wangen wich. Panik überkam mich und ich wünschte mir nur noch, dass das ein böser Traum war und ich gleich aufwachen würde. In Richards Armen, so wie immer. Aber das hier war definitiv kein Spaß und kein Traum. Ich drehte mich um und stakste erst mal Richtung Küche. Unterwegs hängte ich meine Jacke an die Garderobe, stellte meine Tasche ab. Füllte in der Küche Fräulein Meiers Wassernapf auf. Ich bewegte mich wie ein Roboter.

Richard hatte mich dermaßen kalt erwischt, dass ich zu keinem vernünftigen Gedanken fähig war. In meinem Kopf drehte sich alles. Ich weiß noch, dass ich immer wieder auf die Uhr am Herd schaute, zusah, wie die kostbaren Minuten von der Viertelstunde verrannen. Und hatte keine Ahnung, was ich sagen sollte. Was genau wusste er? Und mindestens genauso wichtig: Woher wusste er es? Gut, ich war nicht besonders vorsichtig mit meinem PC. Dort war Skype ungeschützt zugänglich und das Mailprogramm auch. Aber es war ein ungeschriebenes Gesetz zwischen Richard und mir, dass der PC des anderen tabu war. Darin herumzuschnüffeln verbot sich von selbst. Das heißt, Richard musste einen Hinweis von außen bekommen haben. Einen Tipp, der ihn auf die Idee brachte, sich meinen PC genauer anzuschauen. Nur so konnte es gewesen sein. Nur, von wem kam dieser Tipp?

Racheakt von Daniel? Ausgeschlossen, das traute ich ihm niemals zu. Zumal selbst wenn er das täte, dieser Schuss komplett nach hinten losgehen würde. Denn ich hätte in diesem Fall keinen Moment gezögert, mich einmal gepflegt mit seiner Frau zu unerhalten. Und damit würde er alles verlieren. Sein Zuhause, und vor allem seine Kinder. Also Daniel schied meines Erachtens definitiv aus. Daniels Frau? Da war ich mir auch sicher, wenn sie durch irgendeinen Zufall von uns erfahren hätte, jetzt, im Nachhinein, wo die Sache vorbei war, hätte Daniel mich gewarnt. Miguel hatte er noch genannt. Dass er der Auslöser war, hielt ich für absolut unmöglich, denn sein Deutsch war praktisch nicht vorhanden. Und welches Interesse sollte er aus seinem fernen Chile haben, mich hier in Deutschland in die Pfanne zu hauen?

Blieb nur noch Sven. Beziehungsweise Svens Frau. Die ja angeblich ahnungslos war, da war sich Sven völlig sicher. Noch vor ein paar Tagen hatten wir darüber gesprochen. „Nein, genauso wenig wie sie fremdgehen würde, traut sie es mir zu. Da müssen wir uns keine

Sorgen machen.“ Jemand aus der Firma? Eine meiner Kolleginnen, die neidisch war? Jemand aus der Chefetage, der an Svens Ast sägen wollte? Ich für mein Teil jedenfalls wusste, dass ich niemandem, keinem Menschen auf der Welt, von uns erzählt hatte, und das Gleiche hatte auch Sven mir mehrfach bestätigt. Er hatte wohl mal schlechte Erfahrungen mit zu viel Vertraulichkeit gemacht, daher war er extrem vorsichtig.

Aber letztlich waren diese Überlegungen müßig. Viel wichtiger war, angesichts der letzten unbarmherzig vertröpfelnden Minuten meiner kostbaren Viertelstunde, die Entscheidung, was ich erzählen würde, was genau wusste Richard. Andererseits. Warum musste ich mich jetzt gerade fühlen wie jemand, der eine große Schuld auf sich geladen hat und gleich zum Verhör musste? Schließlich war Richard als Erster fremdgegangen. Und hätte ich es nicht herausbekommen, hätte er es von sich aus nie gesagt. Vielleicht später einmal, wenn wir alt und klapperig gewesen wären. Falls er es dann nicht vergessen gehabt hätte.

Und da war es wieder, das Trotzmännchen, dessen Stimme ich ganz deutlich in meinem Ohr zu hören glaubte: „Was hast du ihm denn vorenthalten in den letzten Jahren, Andrea? Worauf musste er denn verzichten?“ Und eigentlich hat das Trotzmännchen ja recht. Er hatte mich in sexueller Hinsicht schlichtweg ignoriert. Die paar Male, die wir im letzten Jahr miteinander geschlafen haben, konnte ich an einer Hand abzählen. Wie oft hatte ich es versucht, abends im Bett, und mir eine Abfuhr geholt. „Sei nicht böse, Kleines, ich bin müde, hatte einen harten Tag. Wir holen es am Wochenende nach, versprochen.“ Was wir dann meistens doch nicht taten, weil immer irgendetwas anderes wichtiger war.

Also hatte ich mir meinen Spaß anderswo geholt. Und Miguel? Das war eine rein platonische, auf die Kommunikation am PC und ganz wenige Telefonate beschränkte Sache gewesen, ein bisschen Prickeln aus sicherer Entfernung, mehr nicht.

Nur die Sache mit Sven. Nur das konnte man aus meiner Sicht als schwerwiegenden Verstoß gegen meine ehelichen Verpflichtungen werten. Denn hier war mehr als nur Lust und Leidenschaft und der Reiz des Verbotenen, Geheimen im Spiel. In Sven war ich richtig verliebt und er erwiderte meine Gefühle. Hatte begonnen, Pläne für eine gemeinsame Zukunft zu machen. Scheute lediglich aus finanziellen Erwägungen davor zurück. Und weil unsere gemeinsame Zeit einfach noch zu kurz war. Das hatte ich auch ein paar Mal eingewandt: „Wer sagt denn, dass wir uns überhaupt verstehen, wenn wir richtig zusammen sind, zusammenleben? Vielleicht gehen wir uns nach einiger Zeit tierisch auf den Geist.“ Er glaubte das nicht. „Wenn du deinem Hund noch dieses permanente penetrante Bellen abgewöhnen könntest, sehe ich ansonsten keine Probleme.“

Die Viertelstunde war um. Zeit, mich zu stellen. Richards Fragen, Richards Zorn, den möglichen Konsequenzen. Er hatte ein Recht auf Antworten, also sollte er sie bekommen. Ich atmete tief durch, stellte mich gerade in Positur, Schultern nach hinten, Bauch rein. Und ging ins Arbeitszimmer.

Dort noch immer derselbe versteinerte Blick. „Nun, was hast du mir zu sagen?“ In diesem Moment machte es irgendwie Klick in meinem Kopf. Und dieses mächtige Hallo-ich-bin-auch-wer-Gefühl durchströmte mich. Sicher, ich war diejenige, die die Verfehlungen begangen hatte. Aber es gab auch Gründe dafür. Und ich würde in diesem Moment verdammt nochmal nicht kneifen oder ausweichen, sondern zu dem stehen, was ich getan hatte. Und zumindest in Svens Fall ja eigentlich immer noch tat.

„Du weißt es doch. Woher, weiß ich nicht, aber du hast es herausgefunden. Es stimmt. Ich hatte ein Verhältnis mit einem Mann namens Daniel. Mit Miguel ist nichts gewesen außer ein bisschen Flirten über Skype. Und angerufen hat er mich ein paar Mal. Und Sven Martin, ja, mit dem ist mehr, als ich dir gesagt habe“ - „Wie viel mehr ist da?“

Weiter so, Andrea, weiter ehrlich und gerade heraus: „Wir haben eine Affäre. Wir sehen uns ab und an in einem Hotel, je nachdem ob er hier in der Gegend zu tun hat oder ich in Frankfurt. Das ist alles.“ So konnte man es auch definieren. „Wie hast du es erfahren?“ fragte ich.
„Das interessiert doch nicht. Sei gewiss, ich weiß, dass das nicht alles ist.“

Er fuhr sich mit der Hand durchs Gesicht, sah auf einmal viel älter aus, als er war. Für ihn musste es der totale Schock gewesen sein. Eine Welt musste für ihn zusammengebrochen sein. Seine Andrea, sein Mäuschen, sein alleiniges und jederzeit verfügbares Eigentum hatte ein fulminantes Eigenleben entwickelt. Und ihm ganz schöne Hörner aufgesetzt. Nicht nur einmal. Und nicht nur mit einem Mann. Er tat mir verdammt leid in diesem Moment. Und da half auch der sofort präsente Gedanke an meinen eigenen Kummer, als ich von Claudia erfuhr, nicht wirklich.

„Was habe ich falsch gemacht? Was fehlt dir bei mir? Ist dir unser Leben nicht aufregend genug? Biete ich dir nicht genug? Rackere ich mich nicht genug für dich, für uns ab, dass du deinen Spaß mit anderen Männern haben musst?“

„Das hat damit überhaupt nichts zu tun. Unser Leben, unsere Ehe, war für mich immer außen vor. Das mit den Männern, das ist einfach so passiert. Mit Daniel, ich bin da reingerutscht, ich wollte das eigentlich gar nicht. Und mit Sven, es hat sich halt so ergeben.“

„Es hat sich so ergeben, dass du und dieser Sven plant, euch zusammenzutun? Und mir hättest du das irgendwann zwischen Tagesschau und Tatort verkündet: ‚Ach übrigens Schatz, am Montag bin ich weg.‘? Das nennst du, ‚Es hat sich so ergeben‘? Wie billig ist denn das, wie erbärmlich billig!“

„So weit waren wir doch noch lange nicht. Und ich glaube nicht, dass ich es in letzter Konsequenz wirklich so durchgezogen hätte.

Es waren Gedankenspiele. Von meiner Seite aus zumindest.“ Ich versuchte nun doch, den Ball flachzuhalten. Und hatte ja auch recht. Eine Zukunft mit Sven, das war je nach Gemütslage eine tolle Option für die Zukunft oder ein reines Gedankenspiel, von dem ich insgeheim genau wusste, dass ich es nie in die Tat umsetzen würde. Manchmal allerdings, dann wenn wir so wunderschöne Stunden zusammen verlebten, oder am Telefon, wenn er vor Feierabend eine halbe Stunde Zeit hatte, dann war es schon so, dass ich es mir gut vorstellen konnte. Mit ihm in Frankfurt zu leben. Als Vertrieblerin für das Unternehmen konnte ich von jedem Ort der Welt aus arbeiten. Warum also nicht gleich von der Zentrale aus? Schon allein auf meine Pläne mit dem Indicator hätte sich das vorteilhaft auswirken können.

„Du kannst mir viel erzählen. Dass du dich von diesem ominösen Daniel hast durchvögeln lassen, ist die eine Sache. Was genau mit diesem Miguel war, für den du ja angeblich Kontakte zu Herstellern in Europa gemacht hast, das weiß ich noch nicht so genau, werde ich aber rauskriegen. Womöglich hast du ja schon geplant, dich nach Chile abzusetzen? Aber diesen Sven, den werde ich mir vorknöpfen. Außerdem werde ich ausziehen. Glaube ja nicht, ich mache das nicht wahr. Du hast den Bogen überspannt, Andrea.“

Er war ganz grau im Gesicht. Und hatte wieder diese unheimliche Ruhe in der Stimme. Genau wie damals, vor vielen Jahren, als er Großmama Häussler klargemacht hat, dass in unserem Leben kein Platz mehr für sie ist, damals an Silvester. Und ich wusste genau, wenn er so ist, dann ist es bitterster Ernst. Und dann gibt es auch kein Zurück.

Ich merkte, wie mich der Schneid verließ. Merkte, wie ich wieder das kleine verängstigte Häufchen Elend war, genau wie damals, als ich das mit Claudia herausfand. Dass ich Angst um mein Dasein, um meine Existenz hatte, die ja in so starkem Ausmaß abhängt von diesem meinem Mann. Wirtschaftlich, das ist die eine Seite. Aber auch emotional. Das ist die andere und viel stärkere Seite. Sven, der war in diesem Moment ganz weit weg. Nicht nur räumlich, sondern auch in meinen Gedanken, Gefühlen.

Ich versuchte, mich zusammenzureißen. Versuchte, ihm zu erklären, warum ich anfällig geworden war für die Avancen anderer Männer. Dass ich mich vernachlässigt gefühlt hatte in letzter Zeit. Dass ich nicht wusste, ob er mich überhaupt noch attraktiv fand. Dass ich instinktiv auch wieder befürchtete, da sei jemand anderes.

Keine Chance. Jetzt in diesem Moment zumindest nicht. „Hau ab, Andrea. Geh raus und mach die Tür zu. Lass mich einfach in Ruhe."

Das war dann auch das Einzige, was ich tun konnte. Ich war wie betäubt. Nahm meine Jacke wieder vom Haken und rief nach Fräulein Meier. Eine Runde mit dem Hund, das war das Einzige, was mir in diesem Moment zu tun einfiel. Besser noch kurz Bescheid sagen, sonst denkt er noch, ich haue ab oder sonst was.

Ich öffnete die Tür nur einen kleinen Spalt. „Ich gehe eine Runde mit dem Hund. Vielleicht können wir danach in Ruhe reden?" Einen Versuch war es wert. „Ja, mach das und nimm bloß dein Handy mit, damit du deinen Lover anrufen und ihm sagen kannst, dass ihr aufgeflogen seid und dass er dich gern sofort abholen kann. Hau doch ab!" Meinen Einwand, dass ich das ganz sicher nicht tun würde, hätte ich mir sparen können.

Unabhängig davon, dass ich Sven gar nicht erreichen konnte, wäre das auch das Allerletzte gewesen, wonach mir in diesem Moment der Sinn stand. Bis vor einer halben Stunde war da noch so viel gewesen, so viel Gefühl, so viele Gedanken, die um ihn kreisten. Jetzt, ganz aktuell, war das alles wie weggeblasen. Und ich wünschte mir nur noch meine friedvolle harmonische Ehe zurück.

Ich ging etwa eine dreiviertel Stunde lang mit Fräulein Meier durch unser Dorf und durchs Feld. Zum Glück traf ich keine der Hundefrauen oder sonst irgendwelche Bekannte. Jetzt Smalltalk halten, das hätte ich mit Sicherheit nicht durchgestanden. Meine Gedanken kreisten um Richard. Wie um alles in der Welt hatte er es herausgefunden? Und wie sollte es nun weitergehen? Und dann flackerte der Schneid wieder auf. Ja, ich hatte das getan. Und ich hatte meine Gründe. Richard hatte mich schließlich auch betrogen. Und wer sagte mir denn überhaupt, dass Claudia die Einzige gewesen war? Woher kam denn sein Desinteresse an mir in der letzten Zeit?

Wie sagt man? „Angriff ist die beste Verteidigung!". Und so marschierte ich, nachdem ich Fräulein Meier gefüttert hatte, schnurstracks in sein Arbeitszimmer und warf ihm genau das an den Kopf.

Da war ein Flackern in seinen Augen. Ganz kurz, dann starrte er mich wieder an mit diesem harten, kalten Blick. „Ich stehe ja hier wohl nicht zur Debatte. Und, hast du deinen Lover erreicht?" Trotzdem schien das ein Punkt zu sein, an dem ich ansetzen konnte.

„Richard. Was passiert ist, ist passiert. Ich kann es nicht mehr ungeschehen machen. Das Einzige, was ich bei all dem niemals wollte, ist, dich zu verletzen. Du hättest es, genau wie ich bei Claudia, nie erfahren sollen. Irgendwann wäre auch das vorbei gewesen. Was meinst du, sollen wir uns nicht rübersetzen ins Wohnzimmer und versuchen, darüber zu reden? Anstatt uns hier nur noch mehr an die Köppe zu kriegen? Soll ich uns was zu essen machen? Magst du einen Kaffee?"

Ich hatte anscheinend den richtigen Ton getroffen. Sein Blick wurde ein bisschen weicher. „Kannste ja machen", sagte er und wandte sich doch tatsächlich seinem PC zu, auf dem das Protokoll des heutigen Besuchstermins geöffnet war. Daran hatte er wohl gearbeitet, als ich mit dem Hund weg war. Ein Hauch von Normalität. Das Leben musste weitergehen, egal welche Katastrophen sich gerade bei den Hauptakteuren abspielten.

Ich ging in die Küche, setzte Kaffee auf, schmierte ein paar Brote mit irgendetwas, das ich im Kühlschrank fand. Und dann waren wir tatsächlich im Wohnzimmer, versuchten, ein paar Bissen runterzubekommen, und fingen an zu reden. Den größten Teil der Brote holte sich im Laufe der nächsten Stunden Fräulein Meier, ich machte mehrmals frischen Kaffee.

So wie in dieser Nacht hatten wir in all den Jahren noch nie miteinander gesprochen. Auch nicht an dem Abend, als ich die beiden Musicalkarten entdeckt hatte.

Und wir erfuhren Dinge vom anderen, die wir uns niemals hätten träumen lassen. Er wollte wissen, wie das alles angefangen hatte, damals mit Daniel. Natürlich auch, ob er wirklich der Erste war, oder ob es vor ihm schon andere gegeben hatte. Ich erzählte. Nach bestem Wissen und Gewissen aus der Erinnerung heraus. An manchen Stellen mussten wir sogar lachen bei meiner Erzählung, etwa bei dem Versuch, vor dem ersten Treffen meine Nervosität mit seinen knoblauchhaltigen Stresspillen zu bekämpfen. Manche Details ersparte ich ihm, das Thema Sex, das unweigerlich auf die Frage „War er so viel besser als ich?" hinausgelaufen wäre, klammerte ich an diesem Abend komplett aus. Das würde sicher später kommen. Miguel konnte ich relativ schnell abhandeln. Das schien er mir auch ohne weiteres zu glauben, zumal ich ihm seinerzeit Fotos von Miguel gezeigt hatte. Und da sah er nun wirklich nicht allzu reizvoll aus. Ein kleiner dicker, dazu noch ständig in irgendwelche Daunenjacken eingemummelter dunkelhäutiger Mann. Also nicht unbedingt ein reizvoller Anblick.

Das heikle Thema hieß, natürlich, Sven. Hier handelte ich, so fand ich wenigstens, taktisch klug. „Ich habe dir nun so viel erzählt, bin so offen und ehrlich gewesen. Bevor ich dir erzähle, wie das mit Sven gelaufen ist, möchte ich von dir wissen, wie du es herausgefunden hast. Ich glaube, das kann ich jetzt erwarten."

Es hatte einen Anruf gegeben, auf seinem Handy. Heute Vormittag, als er beim Kunden saß und dachte, ich sei es. Eine Frauenstimme hätte ihm gesagt, er solle doch in meinem PC das Mailprogramm öffnen und sich meine Korrespondenz mit Sven Martin einmal genauer anschauen. Dann würde er schon erfahren, wie seine Frau ihre Vertriebstätigkeit in Wirklichkeit ausübte. Dann wurde aufgelegt. „Und warum bist du da nicht auf die Idee gekommen, mich erst einmal zu fragen, das Gespräch mit mir zu suchen, bevor du auf einen bloßen Anruf von irgendjemandem hin ein Tabu brichst, das wir beide uns gesetzt hatten?" Auch nicht schlecht, Andrea. Dreh den Spieß einfach um. Ist ja auch wahr. Irgendwer ruft an, bringt irgendwelche Beschuldigungen vor und er hat nichts Besseres zu tun, als sich über unsere Abmachungen hinwegzusetzen und meinen PC auszuspionieren.

„Was bitte hättest du mir denn gesagt, wenn ich dich gefragt hätte? Du hättest es geleugnet, den Ball flach gehalten und bei nächster Gelegenheit alle verdächtigen Mails gelöscht. Nein, so geht das nicht, meine Liebe. Zumal ich sowieso in letzter Zeit immer wieder das Gefühl hatte, dass du anders bist als sonst, dass du dich immer weiter von mir entfernst. Und damit lag ich ja wohl völlig richtig. Wer hat denn hier wohl mehr betrogen und sich über Abmachungen hinweggesetzt, ich, der ich, gut ich gebe es zu es war vielleicht nicht ganz ok, an deinen Rechner gegangen bin oder du, die du mir seit Jahren systematisch Hörner aufsetzt?"

Damit hatte er leider völlig recht. Wenn man denn schon mal aufrechnet. „Wir sind noch nicht weitergekommen. Wie ist das jetzt genau gelaufen mit diesem Sven?"

Ich hätte jetzt zickig werden können, auf beleidigt machen. hätte vorwurfsvoll sagen können: „Du weißt doch alles so genau, hast doch genug Zeit gehabt, die Mails zu lesen." Aber das hätte nichts gebracht. Also war ich ehrlich, fing ganz von vorne an, bei jenem Abendessen damals in großer Runde in Köln, bei dem er dabei war, wo die Idee aufkam, dass ich wegen des Indicators an die deutsche Geschäftsleitung schreiben sollte. Über unseren erst brieflichen, dann telefonischen Kontakt. Über jenes Kennenlern-Abendessen im

Steakhouse, den ersten richtigen Kuss in der Tiefgarage, das Treffen in Wiesbaden, die anderen Treffen, Amsterdam. Sparte auch nicht aus, dass er der erste Mann war, für den ich vergleichbare Gefühle hegte wie für Richard. Und kam auf Svens Vorstöße hinsichtlich einer gemeinsamen Zukunft zu sprechen. Sagte ihm auch ganz klar meinen Standpunkt dazu. Dass ich es eigentlich nicht wollte, unser Leben nicht aufgeben wollte. Dass ich andererseits doch manchmal mit dem Gedanken gespielt hätte. Dass ich aber keinesfalls eine kurzfristige, eine Hauruckentscheidung gewollt hätte, sondern noch viel mehr Zeit hätte vergehen müssen, bevor sich etwas getan hätte in dieser Hinsicht.

Richard saß ganz ruhig da und hörte mir zu. Stellte ab und an Zwischenfragen, Verständnisfragen. Als ich geendet hatte, sagte er erst einmal eine Weile gar nichts. Dann stellte er die logische und unvermeidliche Frage: „Und wie denkst du jetzt über die ganze Sache? Wie soll es denn jetzt weitergehen? Wenn es denn überhaupt weitergehen kann hiernach."

So weit hatte ich noch gar nicht gedacht in diesen grausamen Stunden. Aber eigentlich war die Entscheidung schon gefallen. Und eigentlich gab es keine Alternative. Hätte ich kein Interesse mehr an der Fortführung unserer Ehe gehabt, so hätte ich erleichtert sein müssen, dass mir jemand anderes die Arbeit, Richard zu informieren, abgenommen hatte. Es wären sicher noch unschöne Momente und fürchterliche Szenen gekommen, die hätte ich aber weggesteckt, weil ich ja gewusst hätte, dass Sven auf mich wartet, Sven und unser gemeinsames Leben.

So war es aber nicht. Sven und alles, was mit ihm zusammenhing, war in dem Moment, als Richard mir seine Eröffnung machte, schlagartig unwichtig geworden. Da war keine Sehnsucht mehr nach ihm, und schon gar keine Freude mehr, dass ich, sobald ich es wollte, frei sein konnte Es gab nur noch Angst und Panik, dass ich Richard verloren haben könnte. Richard und unser gemeinsames Leben.

So in der Art sagte ich es ihm auch. Und dass ich nicht weg wollte von ihm. Falls er mich überhaupt noch wollte. Falls er mir das, was ich getan hatte, jemals verzeihen konnte. So weit runtergehen konnte ich aber dann doch nicht. „Wobei, Richard, das alles ging ja nicht gegen dich. Du warst außen vor. Es war eine Welt ganz allein für mich. Aus der ich immer gerne wieder zurückgekehrt bin. Zu dir. Und wenn dieses Weib, ich denke es war seine doch angeblich völlig ahnungslose Frau, nicht dazwischengefunkt hätte, hättest du es nie erfahren. Ich habe immer dafür gesorgt, dass du nicht zu kurz gekommen bist, dass du nichts vermisst hast in unserer Ehe."

Das war der Moment des Wendepunktes in diesem Gespräch. Denn plötzlich standen nicht mehr meine Vergehen im Mittelpunkt, sondern die Frage, wie es dazu überhaupt kommen konnte. Wenn man in einer stabilen und festen Beziehung lebte, in einer Ehe, in der es in allen Aspekten stimmten, dürften die mehr oder weniger willkürlichen Anmachversuche eines Daniel doch nicht auf derart fruchtbaren Boden fallen. Richard schloss scharf, wenn ich alles gehabt hätte in meiner Ehe, dann hätte ich problemlos widerstehen können. Hätte vielleicht aus Spaß ein bisschen mit ihm flirten können, ihm, Richard, davon erzählen können, aber beim Flirt wäre es geblieben. Aber so hatte ich gemerkt, dass ich anderen Männern gefiel, hatte Blut geleckt, und einen Riesenspaß am uralten Spiel Mann-Frau gefunden.

Plötzlich grinste Richard, fast wie immer sah er aus in diesem Moment, stand auf und zog mich in seine Arme. „Glaub nicht, dass das erledigt ist. Ich bin noch lange nicht durch damit und noch ganz lange nicht darüber hinweg. Aber du bist mir ja schon ein Satansbraten! Meine brave kleine Frau bricht hinter meinem Rücken ein Männerherz nach dem anderen und ich bekomme absolut nichts davon mit. Eigentlich sollte ich große Achtung vor dir und deinem Organisationstalent haben. Führst hier ein komplettes Doppelleben und ich merke es nicht."

Dann wurde er aber doch wieder ernst. „Aber bitte sag mir: Warum?

Was hat dir gefehlt in unserer Ehe?" Nun befand ich mich auf sichererem Boden. Die Zerstörungsphase war vorbei, jetzt sah es so aus, als würden die Aufräumarbeiten beginnen. Trotzdem war Vorsicht geboten. Ein falsches Wort und er würde wieder zurückfallen in seine Wut, in Trauer und Enttäuschung.

„Was mir gefehlt hat? Nun, objektiv gesehen gar nichts. Wir führen ein schönes Leben, die Firma läuft gut, wir haben es geschafft, nach vielen harten Jahren mal keine Sorgen deshalb zu haben. Wir haben viele Freunde, unternehmen viel. Wir gelten nach außen als Traumpaar. Und hier, wir haben uns ja auch immer gut verstanden. Sicher, mal der eine oder andere Krach und zwei Tage „stille Mess'", aber das ist doch normal. Aber Richard, überleg' mal, eigentlich ist es seit gut zwei Jahren, wenn nicht länger, schon wieder so wie vor meiner OP, wie zu Zeiten vor Claudia. Wir sind Kumpel, ein tolles Team, aber sind wir auch noch ein Liebespaar? Gut, du bringst mir Blumen, machst mir Geschenke, aber wann hast du mich als Frau zuletzt wahrgenommen?"

Er überlegte eine ganze Weile, bevor er antwortete. „So also hast du das gesehen. Ich habe dich zu wenig als Frau wahrgenommen. Sprich, du hast bei mir zu wenig Sex bekommen. Nur hatte ich gar nicht den Eindruck, dass du so scharf drauf warst. Wann hast du denn mich zuletzt als attraktiven Mann wahrgenommen? Ich meine damit nicht, dass du mich in schicken Anzügen gut findest, den Geschäftsmann eben. Aber hast du überhaupt jemals gemerkt, dass ich monatelang im Fitnessstudio schufte und ein paar Muckis im Oberarm bekommen habe, damit ich nicht wie ein langweiliger Büromensch aussehe? Du kommst abends rein, oder ich komme rein, ist ja egal, wer zuerst, du gibst mir ein Küsschen, genau wie dem Hund, und schon fängst du an, mir irgendwelchen Alltagskram zu erzählen oder dich ums Essen zu kümmern. Wir leben hier in einer Wohngemeinschaft zusammen, mehr nicht. So empfinde ich das auch. Und Sex, Andrea, ganz ehrlich, du bist eine superattraktive Frau, bist in den letzten Jahren immer hübscher geworden, strahlst manchmal, wenn du es darauf anlegst, einen ungeheuren Sexappeal aus, kein Wunder, jetzt weiß ich ja auch warum, aber ich habe nie wahrgenommen, dass du etwas von mir wolltest. Alle paar Wochen mal eine Pflichtanfrage, abends im Bett, und immer genau an den Tagen, an denen ich wirklich völlig erledigt bin und nur noch schlafen will."

Da musste ich einhaken: „Genauso geht es mir auch. Wenn du alle Pflaumenpfingsten mal was von mir willst, dann immer genau dann, wenn ich meine Tage habe. Als hättest du es drauf angelegt. Und wenn ich dann nicht will, bist du beleidigt und es passiert wieder wochenlang gar nichts."

Sein nächster Hieb saß noch tiefer. „Und weißt du, dass ich in den letzten Jahren manchmal gedacht habe, du stehst auf Frauen? So gleichgültig, wie du mir gegenüber warst. Und wie du manchmal Frauen anschaust, die wir so treffen. Ich wollte dich das immer schon mal fragen. Aber ich glaube, zumindest diese Befürchtung hat sich erledigt." Ich und lesbisch! Ganz sicher nicht. Seine Wahrnehmung, ich würde Frauen anstarren, konnte ich mir nur so erklären, dass ich eine attraktive Frau sehe und überlege, ob ihre Brüste echt sind. Und, in letzter Zeit schaute ich natürlich jede Frau genauer an, die dem Foto von Svens Frau ähnelte.

„Nachdem wir das nun geklärt haben, verrat mir aber bitte, wie du so leben konntest in den letzten Jahren. Wenn das alles so ist, wie du sagst, hast du manchmal monatelang keinen Sex. Wie kommst du damit klar? Machst du es dir selber? Schwitzt du es aus? Oder ist da jemand anderes und ich bin gar nicht die Einzige, die mehrgleisig fährt in diesem Haus?" Da hatte ich mich doch nicht an meinen Vorsatz gehalten, vorsichtig zu sein, das dünne Eis unserer aktuellen Kommunikation nicht zu überstrapazieren. Aber das musste jetzt sein Ich wunderte mich über mich selbst. Solche Ausdrucksweisen hätte ich früher nie benutzt, solche Wortwahl wäre mir fremd gewesen, selbst meinem eigenen Mann gegenüber. Erst durch Daniel war ich freier und offener damit geworden. Und hatte diese Fähigkeit dann weiter trainiert, mit Miguel, allerdings auf Spanisch, wobei mir da doch die eine oder andere Vokabel fehlte und auch nicht alle Wörter, die ich brauchte, im Lexikon standen.

„Ok, Andrea. Ich bin ehrlich. Also ausschwitzen tu ich es nicht. Wenn das ginge, hätte die Menschheit wesentlich weniger Probleme. Selber machen, ja, ab und an kommt das vor. Ansonsten. Ja. Es gab andere Frauen. Vor und nach Claudia. In Hamburg, in Leipzig. In Hannover. Ich weiß nicht, wo noch. Frauen, die ich auf Geschäftsreisen kennen gelernt habe, wenn ich die Abende allein in irgendeiner fremden Stadt verbringe. Manche von ihnen habe ich mehrfach, viele aber nur ein einziges Mal getroffen. Und in keine Einzige außer in Claudia habe ich mich verliebt. Mit keiner Einzigen hatte ich ein Verhältnis. Geschweige denn habe ich eine gemeinsame Zukunft geplant. Ich bin immer wieder zu dir nach Hause gekommen, weil bei dir mein Zuhause ist. Und ich habe all das nur getan, weil mir der Kick zu Hause fehlte. Du bist eine schöne Frau, aber, sorry, dass ich es so hart sage, du hast mich nicht mehr angemacht. Damals, nach der OP und zu Zeiten von Claudia. Da schon. Da hast du dich gewaltig ins Zeug gelegt. Ob du es tatest, weil du es schön fandest oder aus Berechnung, darüber möchte ich lieber nicht nachdenken. Und jetzt muss ich aus den Mails mit Sven und deinen Skype-Protokollen mit diesem Daniel erfahren, dass du ganz anders bist. Dass du jeden anderen Mann anmachst und ihm den Kopf verdrehst, Praktiken draufhast, die die Herren, ich zitiere Sven, in den siebten Himmel versetzen. Und für mich gibt es, wenn überhaupt, dann nur Hausmannskost. Jetzt überleg gut, bevor du mich verurteilst."

Genau das hatte ich vor, ihn zu verurteilen. Da war es also wieder. Genau wie vor meinem Imagewandel. Er hatte eine beziehungsweise viele andere Frauen. Bumste fröhlich durch die Gegend, während ich brav zu Hause saß und auf Hund und Möbel aufpasste. Und wieso überhaupt „hatte"? Wer weiß, was er aktuell alles am Start hatte?

„Wen gibt es aktuell?"- „Es gibt niemanden Konkretes. Aber einige Nummern, die ich jederzeit anrufen kann, wenn mir danach ist." -„Wann zuletzt?" Er überlegte nur kurz. „Vorletzte Woche Donnerstag. Als ich in Stuttgart übernachtet habe. Sie hieß glaube ich Carola. Kann auch Caroline gewesen sein. Nagel mich da bitte nicht fest."

Ich war völlig fassungslos. Alle Gefühle von damals waren plötzlich wieder da. Die gleiche Verletztheit. Aber nein. Da war doch ein Unterschied. Ich war nicht wie damals das brave geschlechtslose Dummchen. Ich hatte meine eigenen einschlägigen Erfahrungen. Hatte viele denkwürdige Stunden verbracht. Hatte mir das alles selbst aufgebaut. Anderen Männern gefallen. Eigentlich waren wir quitt. Fand ich. Richard leider nicht.

„So. Nun weißt du auch das. Nur, ob ich irgendwo ins Kino gehe. Oder was essen gehe. Oder ob ich mit irgendeiner Frau ins Bett gehe ist eigentlich das Gleiche. Es ist ein Zeitvertreib, nicht mehr. Du siehst, dass ich noch nicht einmal den Namen von der letzten Dame weiß. Das Ganze mag vielleicht nicht in Ordnung sein, wenn man verheiratet ist. Aber es ist meilenweit entfernt von dem, was du getan hast. Du hattest jahrelang Affären mit irgendwelchen Typen. Wer weiß, wer da noch alles ist, den ich nur noch nicht entdeckt habe, so viel Zeit hatte ich ja nicht. Du wolltest mich verlassen. Das ist ja wohl ein Riesenunterschied."

„Ach so. Jetzt habe ich wieder den schwarzen Peter. Ich kann es nicht so halten wie du, mir irgendwelche Männer einfach so nehmen, wenn mir danach ist. Außerdem gehört für mich mehr dazu als bloßer Austausch von Körpersäften. Ich muss mehr über einen Mann wissen, muss ihn mögen, auch außerhalb des Bettes. Ich brauche eine Anlaufzeit, bevor ich mit ihm ins Bett steige. Und brauche Zärtlichkeit, Aufmerksamkeit, Komplimente. Brauche Kuscheln vorher und nachher. All das habe ich von dir nicht mehr bekommen. Dabei bist du derjenige, von dem ich das will."

„Und ich will dich. Wollte es immer. Bei uns stimmte alles, alles bis auf den Sex. Aber kann ich dir jemals wieder vertrauen?"

Wir redeten noch stundenlang. Er schien mich zu verstehen. Ich versuchte, ihn zu verstehen. Wir merkten, wo unser Defizit lag: Darin, dass wir zwar ständig miteinander redeten, aber nicht über die wirklich wichtigen Dinge. Dass wir einen Bereich, der für unsere Beziehung extrem wichtig war, tabuisiert hatten. Dass jeder von uns Alternativen gesucht hatte, anstatt dem anderen klipp und klar zu machen, wo der Hase im Pfeffer lag. Dass wir lieber Vermutungen anstellten als konkret nachzufragen. Er dachte, ich würde gar nicht mehr auf Männer stehen, generell, nicht nur auf ihn. Ich dachte, er wollte und bräuchte keinen Sex.

Dabei war es doch ganz einfach, jetzt, wo wir damit angefangen hatten. Ich konnte mit ihm darüber reden, was ich mochte, konnte fragen, was er mochte und von mir bisher nicht bekommen hatte. Es war ja nicht so, als hätte ich all das nicht drauf, was die Granaten, mit denen er sich in den letzten Jahren amüsiert hatte, einschließlich und allen vorweg Claudia, konnten. So, wie es damals gewesen war. Da konnte ich es ja wirklich nicht. Heute aber konnte ich mitreden.

Und so trafen wir eine Entscheidung in dieser Nacht. Wir erkannten, dass unsere Ehe nur eine Chance hatte, wenn wir ab sofort ehrlich zueinander waren. Keine Heimlichkeiten mehr. Kein Doppelleben. Er nahm sein Handy und löschte in meinem Beisein diverse Kontakte. Die er ganz offen in seinem Adressverzeichnis hatte. Mit irgendwelchen Allerweltsnachnamen versehen. Und ich versprach ihm, mit Sven Schluss zu machen. Sobald er aus den USA zurück war, wollte ich mit ihm sprechen. Ihm am besten vorab schon eine Mail schreiben. Eines aber machte Richard mir unmissverständlich klar: Sollte ich mich an diese Abmachung, also an absolute Ehrlichkeit, keine Heimlichkeiten und, vor allem, den vollständigen Bruch mit Sven, nicht halten, wäre unsere Ehe für ihn gestorben. Dann würde er wahrmachen, was er vorhin angekündigt hatte. Ausziehen. Mich verlassen. Bevor ich ihn verlassen konnte.

„In Ordnung“, sagte ich, „aber du verstehst, dass ich das Gleiche möchte. Ich erwarte auch von dir absolute Treue und Ehrlichkeit.

Auch wenn du geschäftlich über Nacht weg bist. Geh ins Kino, was essen, auf den Bahnhof, was auch immer. Aber triff dich nicht mit irgendwelchen Frauen. Auch ich kann meine Konsequenzen ziehen."

Ich holte zwei Gläser Cognac, etwas anderes fiel uns auf die Schnelle nicht ein, und wir besiegelten diese Abmachung. Morgens um halb drei.

Es war gegen drei Uhr morgens, als wir ins Bett gingen. Und fünf Uhr, als wir endlich einschliefen. Eng aneinandergekuschelt. Fräulein Meier hatten wir ins Arbeitszimmer verfrachtet. Das war auch noch so ein Punkt gewesen, den er mir vorwarf. „Dir war es egal, dass der Hund jede Nacht hier im Bett lag. Meistens zwischen uns. Wie soll ich Lust auf dich bekommen und dich anfassen wollen, wenn ich erst den Hund aus dem Bett komplimentieren muss?"

Von dieser Nacht an schlief Fräulein Meier auf der Couch in Richards Büro. Und fühlte sich ganz wohl dort.

Wir hatten die Kurve gekriegt. Die nächsten Tage waren nicht immer einfach. Es gab immer wieder mal Vorwürfe, Anschuldigungen, Anspielungen, Verdächtigungen. Wenn jemand mit unterdrückter Nummer auf meinem Handy anrief. Oder als wir in Köln waren, zu einem Geschäftsessen. Und Richard perfiderweise einen Tisch in dem bewussten Steakhouse bestellt hatte. Und den ganzen Abend immer wieder Andeutungen machte. Danach gab es einen richtigen Krach. Irgendwann entschuldigte er sich für sein Verhalten, ich hätte ihm ebenso die Hölle heiß machen können, denn er hatte mir gestanden, dass er mit einer seiner Bekannten in der Bar war, in der wir erst kürzlich mit Georg und Betty waren. Ich hatte nichts dazu gesagt.

Der schwerste Gang für mich war natürlich Sven. Solange er weit weg war und wir keinerlei Kontakt hatten, ging es, aber der Tag seiner Rückkehr kam immer näher. Und ich dachte an ihn, und manchmal kamen auch die alten Gefühle wieder. Nicht mehr so wie früher, aber es tat mir schon leid, dass diese Episode vorbei sein musste. Ein für alle Mal und vollständig abgehakt sein musste, sonst wäre die ganze große Eherettungsmission gescheitert. Und so beschloss ich, mich nicht nur von Sven zu trennen, sondern auch das Unternehmen zu verlassen. Sofort. Das ist ein Vorteil im Multilevelmarketing. Man braucht keine Kündigungsfrist einzuhalten. Man hört einfach auf zu arbeiten. Die Provisionen würden noch eine Zeitlang fließen, weil die Stammkunden weiter bestellen, aber im Lauf der Monate würden die Leute sich anders orientieren.

Tatjana war entsetzt. Denn mein Geschäft und meine Umsätze hatten sich in letzter Zeit ganz gut entwickelt. Die Gefühle für Sven hatten mich beflügelt, es war schließlich sein Unternehmen, für das ich meine Energie einsetzte. Ich begründete meinen Rückzug mit dem erhöhten Arbeitsaufkommen in unserer eigenen Firma, dass ich mich mehr um unsere Kunden kümmern müsse, dass ich Richards und meine Firma sträflich vernachlässigt hatte und halt doch nicht auf zwei Hochzeiten tanzen könne.

Die Mail an Sven fiel mir auch nicht leicht. Ich schrieb von meiner Vermutung, dass es seine Frau war, die Richard angerufen hatte. Fragte, ob er sich irgendwie erklären konnte, wie sie dahinter gekommen war. Und bat ihn, meine Entscheidung für meine Ehe, für meinen Mann und gegen uns beide zu akzeptieren. Bat ihn um Verständnis dafür, dass ich ab sofort keinerlei Kontakt mehr zu ihm wolle. Dass ein klarer Schnitt die einzige Option für mich sei.

Am Vormittag seines ersten Arbeitstages rief er an, hatte die Mail gelesen und war völlig fassungslos. Ich glaube, er rauchte mindestens fünf Zigaretten während unseres Gesprächs, dabei herrscht in seinem Bürogebäude strengstes Rauchverbot. Er konnte es sich nur so erklären, dass er mal abends vergessen haben musste, sein Mailprogramm zu schließen. Und seine Frau auf einige unserer Mails gestoßen war. Daraus recherchiert und meinen Namen herausgefunden hatte. Von dort aus war es dank Google und Co. zu Richards Handynummer nicht mehr weit.

Erst wollte er kämpfen um mich. „Ich habe eine Schlacht verloren und nicht den Krieg. Außerdem war ich Offizier, da lasse ich meine Leute nicht im Stich.“ Beinahe wäre ich schwach geworden. Aber nur beinahe. Denn ich empfand etwas ganz Eigenartiges, etwas, womit ich nie gerechnet hatte. Jetzt, wo es zwischen Richard und mir wieder so neu, so aufregend war, übte Svens Stimme nur noch wenig Reiz auf mich aus. Er hatte seinen Zauber verloren, ganz eindeutig, und war nur noch ein ganz normaler Mann für mich. Das machte es mir leichter. Ich schaffte es, ihm viel Glück zu wünschen bei was auch immer er nun zu tun gedachte, auch im Hinblick auf eine Aussprache mit seiner Frau. Die er aktuell allerdings lieber ermorden wollte, als sich mit ihr auszusprechen.

Richard wusste, dass an diesem Tag meine Aussprache mit Sven anstand. Er war sicher, dass Sven sich auf die Mail hin melden würde. Und hoffte, dass ich so reagieren würde wie wir es vereinbart hatten. Kurz bevor Sven anrief, brachte ein Bote von Fleurop einen Riesenstrauß rote Rosen und ein Kärtchen dazu: „Ich weiß, dass heute ein schwerer Tag für dich ist. Aber ich weiß auch, dass wir es schaffen können. Danke, dass du dich für mich entschieden hast. Ich liebe dich. Richard.“

Abends kam er nach Hause, sagte mir, ich solle Jeans anziehen und verfrachtete mich ins Auto. Er wollte gar nicht groß wissen, wie das Gespräch gelaufen war. Sondern fuhr mit mir zu der Dalmatinerzüchterin. Denn ich hatte natürlich irgendwann von dem Besuch dort erzählt, an jenem denkwürdigen Samstag, und wir hatten mit dem Gedanken an einen zweiten Hund gespielt. Für Richard war es eine symbolische Aktion. Genau heute, an dem Tag, an dem ich mich von Sven trennte, sollte ein neues Kapitel in unserer Ehe beginnen. „Wo andere Leute ein neues Baby machen, holen wir uns einen neuen Hund.“

Drei Stück von den insgesamt mittlerweile vier Wochen alten sieben Welpen waren noch zu vergeben. Die Entscheidung fiel sehr schnell, auf jenen frechen kleinen Rüden, der auf mich zuwackelte und sofort anfing, an meinen Schnürsenkeln zu kauen. Und so kam, weitere vier Wochen später, Herr Schröder in unser Haus. Wäre er eine Hündin gewesen, hätte ich für „Destiny“ plädiert. Dieser Hund war Schicksal pur.

Das Schicksal pur steht gerade auch vor mir und zwickt mich in den Fuß. Ob ich nicht vielleicht mal langsam ans Abendessen denken wollte. Ob ich ihn und Fräulein Meier vollständig vergessen hätte und nur noch hier sitzen und diesen doofen Kasten anstarren wolle. Hätte er sprechen können, so etwas in der Art hätte er gesagt.

Da ist sie wieder, die Gegenwart. Ohne Richard. Dabei hatte ich bis eben noch ein richtig gutes Gefühl. Als ich darüber nachdachte, wie wir es geschafft hatten, die Kuh vom Eis zu kriegen. Unser gemeinsames Leben nicht nur wieder auf die Reihe zu bekommen, sondern ihm so viel mehr Qualität zu geben. Sollte all das nur Makulatur sein? Mein Herz wiegt wieder mindestens drei Tonnen, als ich nach oben gehe und das Futter für die Mäuse bereitstelle. Schlachtplan hin oder her, Freuden des Singlelebens hin oder her, alles was ich will, ist Richard zurückzubekommen.

Was will ich denn mit dem fortgeschrittenen Sonntagabend machen? Auf unser Normalprogramm mit Fernsehen, entweder Tatort oder einen schönen Film auf einem der anderen Kanäle und etwas Gutem zu essen habe ich so gar keine Lust. Essen? Wozu, ich hatte doch diesen Riesenmarzipankuchen, das ist schon Kaloriensünde genug für die nächsten Tage. Vielleicht mache ich mir eine Flasche Wein auf und trinke solange, bis ich müde genug bin für diese Nacht. Damit ich nicht wieder so etwas Fürchterliches träume.

Gestern Abend erst war ich mit Stefan im Hyatt. Wenn man bedenkt, dass wir bis zwei Uhr dort gesessen haben, dann ist das weniger als 24 Stunden her. Trotzdem erscheint es mir wie eine Ewigkeit. Wie doch die Zeit vergehen kann, wenn man sich mit sich selber beschäftigt.

Was mag wohl Richard jetzt in diesem Moment machen? Ist er vielleicht doch bei Guido oder mit ihm unterwegs? Oder sitzt er auch irgendwo allein und denkt nach? Ob er uns noch eine Chance gibt? Nachdenkt über jene Zeit vor einem Jahr und ein paar Wochen, an jenen Samstagabend, an dem wir beide herausfanden, dass der andere in vielen Dingen ganz anders tickte, als wir es geglaubt hatten.

Die Monate nach jenem Schicksalstag waren aufregend und nicht immer einfach. Verständlicherweise. Es war für uns beide, als ob wir mit einer ganz anderen Person zusammenlebten. Die sah zwar aus wie der Ehepartner, man sah sie aber mit völlig anderen Augen. Ich kannte dieses Phänomen ja schon, aus der Claudia-Zeit, aber für Richard war es neu. Er hatte seine Unbefangenheit, sein Urvertrauen in mich verloren. Die feste Bank, die ich für ihn immer gewesen war, treu bis in den Tod, egal was passiert und was er macht, die gab es nicht mehr. Dieses Gefühl des Entwurzeltseins, das war einfach da.

Da konnte man auch noch so oft sagen, dass es doch jetzt viel besser ist, wir gehen jetzt ehrlich miteinander um und verstecken uns nicht mehr hinter einer Fassade, und eine Beziehung, die auf freiwilligem und mit Freude praktiziertem Zusammenleben basiert, ist doch viel wertvoller als eine, in der man nur aus Sachzwängen und Routine zusammenbleibt. In guten Phasen lebten wir diese Erkenntnis auch, wir empfanden uns gegenseitig als neu und absolut aufregend. Unternahmen viel mehr gemeinsam als früher. Gingen öfter aus, suchten uns neue Freunde, taten öfter etwas für uns anstatt irgendwelchen pseudowichtigen gesellschaftlichen Verpflichtungen nachzukommen. Entdeckten unser Schlafzimmer völlig neu. Und machten die absolut faszinierende Entdeckung, dass der Sex mit dem eigenen Partner der beste ist, den wir bekommen konnten. Obwohl er gar nicht verboten und heimlich und immer mit Blick auf die Uhr stattfand, sondern wir uns alle Zeit der Welt nehmen konnten.

Und wir hatten Herrn Schröder. Unser „Baby“, den Beziehungsretter. Wobei das Quatsch ist, genau wie bei den Leuten, die sich ein Kind anschaffen, um ihre Ehe zu retten. Das mag allenfalls eine Weile gut gehen, löst aber nicht das Grundproblem.

Für uns war es eine neue, gemeinsame Herausforderung. Den letzten Welpen hatten wir vor vielen Jahren gehabt, Bazi kam mit neun Wochen zu uns, Fräulein Meier war ja schon ein paar Jahre alt, als wir sie aus dem Tierheim holten. Es machte ungeheuer Freude, zu sehen, wie der kleine Kerl sich entwickelte, jeden Tag etwas Neues lernte, und vor allem, wie Fräulein Meier und er miteinander umgingen. Wir hatten erst gedacht, er würde ihren Mutterinstinkt wecken und sie würde ganz aufgehen in dieser Rolle. Aber von wegen. Die ältere Dame hatte Phasen, in denen sie ganz toll mit dem Kleinen spielte, wir mussten sogar viele Spielsachen doppelt anschaffen, weil sie plötzlich auch das Ballspielen für sich entdeckt hatte, nur weil er es tat. Oft ging ihr der Kleine aber auch gehörig auf die Nerven und es gab sogar Momente, wo sie ihn regelrecht wegbiss. Was ihn aber nicht großartig störte, er quengelte dann zwar lauthals, aber nach ein paar Sekunden stand er wieder vor ihr. Stupste sie ganz vorsichtig mit der Nase an, als wollte er sich entschuldigen. Und sie nahm die Entschuldigung gnädig an und gab ihm ein Küsschen. Auch heute ist das noch so. Obwohl er nun schon ein Jahr alt ist. Richard und ich sagen oft, dass wir keinen Fernseher brauchen, die beiden zu beobachten ist befriedigender als vieles, was man im Fernsehen heute geboten bekommt.

Auf all das müsste Richard ja auch verzichten, wenn er wirklich nicht zurückkommt. Er liebt die beiden genauso wie ich. Mir tun Trennungskinder immer schrecklich leid, ich weiß selber noch, dass der größte Alptraum meiner Kindheit eine mögliche Trennung meiner Eltern war, genauso schlimm wie die ständige Angst, die beiden könnten mit dem Auto verunglücken.

Die Hunde würden es nicht so schlimm empfinden, ich wäre ja immer noch da und solange die beiden sich gegenseitig haben. Trotzdem.

Die ganze Vorstellung ist unmöglich. Wo soll ich denn überhaupt morgen ansetzen, was als Erstes tun, an diesem Montag von Woche 1 als Singlefrau? Getrenntlebend, nicht Single. Ich stehe in der Küche vor den Hundenäpfen und spüre, wie mich wieder die Panik überkommt. Bemühe mich, an meinen Schlachtplan zu denken. Da steht schließlich genau drin, was zu tun ist. Termin mit der Rechtsanwältin vereinbaren. Unterlagen zusammensuchen. Das waren die ersten Punkte. Vielleicht sollte ich den Plan ausdrucken und ständig bei mir haben. Als Erinnerungsstütze. Zum daran Festhalten. Und noch ganz viele freie Spalten und Zeilen hinzufügen, in die ich von Hand weitere To-Dos eintragen kann.

Also gehe ich wieder runter in mein Arbeitszimmer. Den PC habe ich angelassen, wen stört es schon, ob er an ist oder nicht. Und so brauche ich nicht erst zu warten, bis er hochgefahren ist. Ich rufe die Excel-Tabelle mit dem Plan auf, füge zwanzig Leerzeilen ein und drucke alle Seiten aus. Fertig. Die falte ich jetzt einmal zusammen und packe sie in meine Tasche. Die von George, Gina & Lucy. Schön groß, um vieles darin unterzukriegen. Ein Geschenk von Richard zu meinem Geburtstag. „Botanisiertrommel“ sagt er immer dazu. Oft stehe ich da und krame in der Tasche, finde irgendetwas gerade extrem Wichtiges nicht, weil sie so groß ist und nicht allzu viele Innenfächer hat. Je nach Stimmungslage amüsiert sich Richard darüber oder regt sich auf. „Komm, du kannst nicht meckern, du hast mir das Teil schließlich gekauft.“ Und spätestens dann muss er grinsen.

MUSSTE grinsen, Andrea. Gewöhn dir endlich eine andere Zeitform an, wenn du an Richard denkst. Die Vergangenheitsform, die trifft es eher. Nein. Obwohl er jetzt schon zwei Tage weg ist, ist sein Fortgang in einigen Bereichen meines Gehirns noch nicht angekommen. Ich komme mir vor wie eine alte Witwe, deren Mann schon jahrelang tot ist, die von ihm aber immer noch in der Gegenwartsform spricht und zum Essen ein Gedeck für ihn auflegt. Ganz automatisch.

Eine andere Sache muss ich aber jetzt mal langsam angehen und versuchen, sie abzuarbeiten, zu verstehen. Das hatte ich in den letzten Tagen erfolgreich ausgeblendet. Ich muss mich endlich der Frage stellen, warum Richard denn so ausgerastet ist am Freitagabend. Was genau hat er mir denn eigentlich vorgeworfen? Wie so oft, ist er nicht konkret geworden, er liebt es, in Rätseln zu sprechen.

„Du hast dich nicht an unsere Vereinbarung gehalten. Du hast hinter meinem Rücken wieder Kontakt zu deinen Typen. Wir hatten etwas ausgemacht und ich hatte dir ganz klar gesagt, was die Konsequenz ist, wenn du dich nicht daran hältst. Das war gegenseitig. Ich habe mich daran gehalten. Seit einem Jahr gibt es in meinem Leben nur noch dich. Aber dir scheint das ja nicht zu reichen. Gut, dann sollst du jetzt deinen Willen haben. Endgültig. Andrea. Es ist aus. Ich gehe.“

Das waren seine Worte gewesen, am Freitagabend, nachdem er mich vom Herd weg in sein Zimmer gerufen hatte. Nachdem er schon den ganzen Abend über so still gewesen war.

Und ich hatte auf ihn eingeredet wie auf einen kranken Esel. Denn ich war mir wirklich keinerlei Schuld bewusst gewesen. Es gab keinen Kontakt mehr. Zu keinem. Weder zu Daniel noch zu Sven.

Und auch von Miguel hatte ich seit damals nichts mehr gehört. Mein Gewissen war rein, völlig rein. Ich konnte es nicht fassen. Nach allem, was wir miteinander durchgestanden hatten, nach allem, was wir im vergangenen Jahr erreicht hatten, soll ich plötzlich völlig grundlos die Schuld daran tragen, dass unsere Ehe doch noch auseinandergeht? Bekam etwas vorgeworfen, das ich wirklich nicht getan hatte. Es hat mir noch nicht einmal etwas ausgemacht, ich bin durch mit diesem Thema, brauche die Bestätigung durch andere Männer nicht mehr. Deshalb war ich von seiner Anschuldigung so überrumpelt. Da war ja nichts, was ich hätte verbergen müssen, wo ich wieder hätte aufpassen müssen, so wie früher. Es war so ungerecht, so haltlos. Und ich hatte keinerlei Chance, ihn aufzuhalten oder gar umzustimmen. Wenn er in dieser Verfassung ist, diesen Blick drauf hat wie am Freitagabend, dann ist alles Reden sinnlos.

Deshalb stand ich wie versteinert im Flur, als er seine Sachen packte. Eine Aktion von wenigen Minuten nur war es. Das Nötigste für ein paar Tage zum Anziehen und Waschzeug.

Wie um alles in der Welt konnte er nur darauf verfallen sein, ich hätte wieder zu irgendjemandem Kontakt aufgenommen? Irgendetwas musste ihn doch darauf gebracht haben. Nur, was konnte das gewesen sein? Ich hatte von niemandem Mails oder SMS bekommen, war von niemandem angerufen worden, und Skype hatte ich seit damals auch nicht mehr benutzt. Lediglich heute Nachmittag, als ich die alten Kontakte durchsah. Welche anderen Kommunikationskanäle gibt es denn sonst noch? Mir fällt absolut nichts ein.

Nur um etwas zu tun zu haben, öffne ich wieder das Mailprogramm. Schaue mir die Eingänge der letzten Tage an. Ein paar Nachrichten von Freundinnen, vom Unternehmerinnenclub. Newsletter von meiner Ausbildungseinrichtung. Die üblichen SPAM- und Reklamemails, die ich meistens sofort lösche. Als letztes die Mail von Tatjana von heute Nachmittag. Sonst nichts. Gar nichts. Mein Handy, das ich noch von der Hunderunde von vorhin in der Hosentasche habe, kommt als nächstes dran. Eingangs-SMS: die von Stefan von heute Morgen ist die letzte, davor diese fürchterlichen SMS von Richard. Davor auch nur welche von Freunden, nicht viele Leute schicken mir überhaupt SMS. Noch ein paar von Richard, aus den letzten beiden Wochen. Lustige, normale Mails: „*Was machen wir heute Abend, was kaufst du ein? Ich denk an dich und freu mich auf unseren Feierabend. Auf dich und auf die Mäuse*“... Vorbei.

Empfangene Anrufe: Stefan, Georg und Betty, davor mal Richard und jemand aus dem Büro. Getätigte Anrufe: nichts Besonderes. Anrufe in Abwesenheit: Der eine mit unterdrückter Nummer von gestern Nachmittag, das war Stefan gewesen. Davor hatte Richard mich mal nicht erwischt, irgendwann letzte Woche. Und das war es auch schon. Mailbox: Leer.

Eine Idee habe ich noch: doch nochmal Skype. Da ich es so selten benutzt habe in letzter Zeit, könnten doch dort irgendwelche Anrufe oder Nachrichten schlummern. Falls ich überhaupt rauskriege, wie man die öffnet. Als ich vorhin auf Skype war, ist mir jedenfalls nichts Besonderes aufgefallen.

Das Erste, was mir jetzt auffällt, als ich das Programm starte, ist, dass es wohl die ganzen Monate über im Online-Modus gewesen ist. Man kann bei Skype ja verschiedene Stati einstellen: online, offline, abwesend und noch ein paar mehr. Man sollte eigentlich, wenn man das Programm verlässt, erst „offline“ anklicken, sonst denken die Kontakte, man säße die ganze Zeit über am PC.

Dann sehe ich auch den Button, der mir vorher nie aufgefallen ist. Anrufe und Anrufe in Abwesenheit. Das gibt es hier auch, wie beim Handy. Man muss allerdings, zumindest in meiner derzeit aktiven Einstellung, extra auf diesen Button klicken, mein Startbild zeigt mir nur, welche meiner Kontakte gerade online sind. Also klicke ich darauf. Es dauert einen Moment, dann wechselt das Bild. Und da stehen sie: Drei Anrufe in Abwesenheit. Einer von Daniel und zwei von Miguel. Alle drei innerhalb der letzten drei Wochen. Keine Chat-Nachrichten, nur diese versuchten Anrufe. Weiß der Himmel, warum die beiden mich anrufen wollten. Vielleicht sind sie aus Versehen auf den Anrufbutton gekommen. Ist mir früher auch schon mal passiert.

Ist das etwa des Rätsels Lösung? Diese drei Anrufe in Abwesenheit, bei denen Leute, ob versehentlich oder nicht, auf jeden Fall erfolglos, versucht haben, mich zu erreichen? Ohne dass ich es gemerkt hatte, weil ich das Programm seit Monaten nicht benutzt habe. Wenn ich hier soeben den Grund für Richards Weggang gefunden habe, dann bedeutet das, dass er sich an eine unserer Abmachungen nicht gehalten hat: Wir wollten einander vertrauen und uns nicht kontrollieren. Er muss wieder an meinen PC gegangen sein. Ich weiß zwar nicht, wann er das gemacht haben soll, aber es wird mir immer klarer: Das und nur das kann es gewesen sein.

Dass ich mit der ganzen Sache nichts zu tun haben könnte, kam ihm offenbar nicht in den Sinn. Er denkt wahrscheinlich, da sei noch viel mehr, regelmäßiger Kontakt, viel mehr als diese drei stummen Zeugen einer vermeintlichen Verfehlung. So ein elender Blödsinn. Den ich indirekt doch wieder selbst verschuldet habe. Warum habe ich das Programm nicht auf „Offline" gestellt? Dann hätte mich niemand erreichen können, ob nun bewusst oder aus Versehen. Ich dusselige Kuh.

Das ist der eine Punkt. Ich habe Mist gebaut, habe diese Geister aus der Vergangenheit zugelassen, ohne es zu wollen. Und wenn ich jetzt nicht so gründlich nachgedacht hätte, und mir daraufhin noch einmal Skype angeschaut hätte, hätte ich diese drei Anrufe womöglich niemals entdeckt.

Der andere Minuspunkt aber geht voll an Richard. Wir hatten Ehrlichkeit vereinbart, Vertrauen anstatt Kontrolle, basierend auf absoluter Ehrlichkeit. Und wenn einem von uns mal etwas nicht geheuer ist am Verhalten des anderen, dann spricht er ihn darauf an. Ganz sicher nicht vereinbart waren erneutes Kontrollieren und völliges Ignorieren des Standpunktes des anderen. Verdammt nochmal, eine einzige Nachfrage hätte genügt. Hätte ihm zwar von mir die berechtigte Rüge wegen Schnüffelns eingebracht, aber danach wäre Ruhe gewesen.

Ich bin stocksauer. Mehr als das, ich bin stinkwütend. Ich könnte irgendwas an die Wand werfen. Egal was. Den schweren Locher. Das Telefon. Die Maus vom PC. Irgendwas. Halte mich im letzten Moment davor zurück, denn außer mir ist keiner hier und ich habe hinterher, wenn die Wut verraucht ist, die Aufräumarbeiten am Hals. Oder etwas ist kaputt und ich muss sehen, wie ich es ersetzt bekomme. Also kein Locherweitwurf heute Abend.

Aber was sonst? Ich kann das nicht so auf mir sitzen lassen. Ich muss es ihm sagen. Sofort. Dass er mir bitterstes unrecht getan hat. Ihn fragen, warum er so wenig Vertrauen zu mir hat. Wo wir denn überhaupt eine Basis hatten in der letzten Zeit, wenn eine solche Lappalie genügt, um den mühevoll errichteten Beziehungsneubau einstürzen zu lassen?

Ich greife zum Telefon, wähle seine Handynummer. Will ihm all das an den Kopf knallen. Kann keinen Moment länger warten. Geht aber nicht. Wieder ist nur die elende Bandansage dran. „Dieser Teilnehmer ist vorübergehend nicht erreichbar. Bitte versuchen Sie es später noch einmal." Wenn ich diese Frau zu fassen kriegen könnte, wie oft hat sie mich schon frustriert an diesem Wochenende.

Gut. So nicht. Also anders. So, dass er mir nicht ausweichen kann. Ich schreibe ihm. Schreibe den ganzen Frust auf, den ich in diesem Moment empfinde. Und den Brief lege ich ihm morgen auf seinen Schreibtisch. Da wird er, muss er ihn finden. Und selbst wenn er ihn erst mal wegsteckt, irgendwann wird die Neugier siegen, da kenne ich meinen Richard. Meinen Richard?

Mit der Hand oder mit dem PC? Mit der Hand ist es persönlicher. Allerdings habe ich eine Sauklaue. Da muss er durch. Andererseits kann ich mit dem PC noch nachträglich korrigieren. Oder Dinge einfügen. Also doch Word öffnen.

Jetzt sitze ich davor und finde den Anfang nicht. Eben gerade war ich noch so wütend. Jetzt überwiegt die Trauer wieder. So weit ist es gekommen. Da sitze ich mutterseelenallein am Sonntagabend hier im Keller und bastle an einem Brief für meinen Mann herum, anstatt gemütlich mit ihm vor dem Fernseher zu sitzen.

Ich schreibe jetzt einfach. Im Spiritualismus gibt es etwas, das nennt sich „automatisches Schreiben". Man setzt sich hin, nimmt Stift und Papier zur Hand und schreibt einfach das auf, was einem gerade aus der Feder fließt. Ohne Umweg übers Gehirn. Angeblich ist man das dann nicht selber, der da schreibt, sondern ein Geist, jemand, der schon tot ist, und einem seine Memoiren diktieren will. Wollte ich immer schon einmal versuchen. Wobei das schon ich sein sollte, Andrea Häussler, die da schreibt, aber halt ohne groß nachzudenken, impulsiv, spontan. Vielleicht ist das wirkungsvoller, als wenn ich an jedem Satz ewig herumfeile.

Los geht's.

Lieber Richard. (Das war nicht ganz so schwer. Weiter!)
Seit zwei Tagen bist du nun weg und ich kann dich nicht erreichen. (unglaublich sinnige Information, wäre er von selbst nicht drauf gekommen. Wird das mal bald besser?)
Wir hatten nun beide Zeit, über das nachzudenken, was passiert ist. Ich habe ehrlich gestanden bis eben gebraucht, um überhaupt dahinterzukommen, worauf sich dein Vorwurf von Freitagabend bezieht. Das heißt, ich nehme an, dass ich den Grund für deinen Verdacht gefunden habe. Drei Anrufe in Abwesenheit auf meinem Skype-Account.

Richard, bevor ich etwas dazu sage, wie du an diese Information gekommen bist, möchte ich dir eins versichern, und kann bei allem, was mir im Leben heilig ist, schwören: Ich habe von mir aus keinerlei Kontakt zu irgendeinem meiner Verflossenen aufgenommen. Ich bin seit Monaten nicht mehr auf Skype gewesen und habe diese Anrufe überhaupt nicht gesehen. Seit unserer Aussprache vor einem Jahr habe ich mich peinlichst genau an unsere Abmachung gehalten: absolute Ehrlichkeit dir gegenüber. Wir hatten vereinbart, dass wir es uns gegenseitig sagen, wenn sich jemand aus der Vergangenheit meldet, ob nun bei dir oder bei mir. Und ich kann dir nur versichern, dass ich, selbst wenn jemand mit mir Kontakt gesucht hätte, dazu nicht die geringste Lust habe und nicht die mindeste Veranlassung sehe. Ich bin glücklich und zufrieden in unserer Ehe, so wie wir sie seit einem Jahr gestalten.

Umso mehr bin ich von dir und deinem Verhalten enttäuscht. Welchen Grund habe ich dir gegeben, mir wieder zu misstrauen? Und warum hast du mich nicht angesprochen, wenn du das Gefühl hattest, ich würde dir etwas verschweigen? Warum hast du wieder den Weg über meinen PC genommen, obwohl wir diese und auch jede andere Form der Kontrolle als Tabu gesetzt haben? Und warum konntest du mich am Freitag nicht auf diese drei Anrufversuche ansprechen? Du hättest mich ehrlich überrascht gesehen.

Richard, ich dachte, unsere Beziehung sei stabiler und fester denn je. Habe ich mich so sehr darin getäuscht? War alles nur Makulatur, schöne Reden für sonnige Zeiten, und sobald ein Sturm aufzieht, ist alles vergessen?

Ich weiß nicht, wie es weitergehen wird mit uns. Ich weiß nicht, wie du dich entscheidest. Nur eines weiß ich ganz sicher: Ich liebe dich und möchte nicht ohne dich leben. Ich wünsche mir nichts sehnlicher, als dass du zurückkommst und wir da weitermachen, wo wir letzte Woche aufgehört haben. Ich kann mich für nichts entschuldigen, weil ich nichts „verbrochen“ habe. Ich kann dich nur bitten, dir noch einmal zu überlegen, ob deine Handlungsweise richtig war.

Und noch ein Letztes möchte ich dir sagen: Solltest du unsere Trennung wirklich durchziehen, dann hast du ein Gut weggeworfen, das dir so schnell nicht wieder geboten wird - unsere jahrzehntelange Gemeinschaft. Es wird für mich eine sehr schwere Zeit werden, aber ich werde sie durchstehen. Und irgendwo und irgendwie für mich einen Weg in eine lohnenswerte Zukunft finden. Ohne Schuldgefühle und schlechtes Gewissen. Denn ich weiß, dass ich alles Menschenmögliche getan habe, um unsere Beziehung zu retten.

Deine Andrea

So. Abspeichern. Dateiname? Weiß nicht. Rettungsversuch der 1., ok. Weg damit. Jetzt noch schnell ausdrucken, Briefumschlag her. Halt. Erst noch unterschreiben. Fertig.

Geschafft. Ob das jetzt gut war oder nicht, ob man es hätte anders, feiner, geschliffener ausdrücken können, ja, hätte man sicherlich. Aber es kam aus dem Herzen, aus der Seele. Und die braucht keine schriftstellerischen Fähigkeiten und kein Rechtschreibprogramm.

Nun habe ich zwei Schriftstücke verfasst heute: meinen Schlachtplan und diesen Brief. Vielleicht erübrigt sich der Schlachtplan, wenn Richard morgen den Brief liest. Vielleicht aber auch nicht.

Auf jeden Fall hat mir das Schreiben gut getan. Die Wut ist weg, ich kann wieder klar denken. Und fühle mich gewappnet für morgen. Und übermorgen. Und überhaupt für meine Zukunft, was auch immer sie bringen wird. Denn ich bin selbst aktiv geworden. Am Freitag, als Richard ging, habe ich nur reagiert. Beziehungsweise erst einmal gar nicht reagiert, bin in diese furchtbare Starre und Antriebslosigkeit verfallen. Jetzt aber sprühe ich vor Energie. Ich weiß genau, ich pack das. Egal wie und unter welchem Vorzeichen. Und auch wenn ich noch unzählige Male traurig und verzweifelt sein werde, ich komm da raus.

Ich schaue auf die Uhr. Zehn Uhr durch. Also den Tatort und Rosamunde Pilcher habe ich definitiv verpasst. Am besten ich lasse die Mäuse jetzt noch einmal in den Garten, nehme mir ein Glas Wein und schaue mir Anne Will an. Mal sehen, welches Thema sie heute Abend hat.

Die beiden haben schon geschlafen. Kein Wunder, so ruhig wie es zurzeit bei uns ist. Ohne Fernseher, ohne Geschirrklappern und Gespräche. Fast so, als wäre überhaupt niemand zu Hause. Sie recken und strecken sich und haben keine große Lust, nochmal raus in die Kälte zu gehen. Aber da müssen sie durch.

Ich nehme mir in der Zwischenzeit eine kleine Flasche Roséwein aus dem Kühlschrank. Den hat REWE manchmal, eine kleine Flasche, kaum größer als ein Piccolo. Wenn man mal Lust auf ein bisschen Wein hat und nicht gleich die ganze Flasche trinken will. Weil man allein mit seinem Glas da sitzt und niemand da ist, mit dem man sich eine Flasche teilen könnte. Also die richtige Single-Portion. Vielleicht sollte ich mir morgen einen Vorrat davon anlegen. Wenn ich allein eine große Flasche aufmache, besteht die Gefahr, dass ich sie auch leermache. Mit allen Konsequenzen.

Die Mäuse kommen zurück, lassen sich knuddeln. Kalt fühlen sie sich an, es wird eindeutig Winter. Ich mache die Terrassentür zu und den Fernseher an. Anne Will hat schon angefangen. Ein Film wird gezeigt. Irgendetwas über Arbeitslosigkeit in Deutschland. Schlimm, was Menschen zustoßen kann. Jetzt reden die Experten. Prost, Andrea.

Die Stimmen werden irgendwie undeutlicher, verschwommener, die Zusammenhänge zwischen den Gesprächsbeiträgen passen auch nicht mehr so richtig. Ich werde müde, wohlig und gemütlich müde. Ich habe einiges geschafft heute und der Wein tut ein Übriges dazu. Welch ein Wochenende! Gestern Abend Stefan. Heute Morgen das Gespräch mit Frau Doktor Reinhardt. Eigentlich ein gutes Training für meinen neuen Beruf als psychologische Beraterin. Heute Nachmittag Strategiesitzung mit mir selbst als einziger Teilnehmerin. Und vorhin noch die Abrechnung mit Richard.

Schriftlich zumindest schon mal. Ein ordentliches Pensum. Es steht mir zu, müde zu sein. Und gleich werde ich mich aufrappeln, den Fernseher ausmachen und ins Bett gehen. Die Mäuse schlafen schon wieder. Muss mal schauen, wo sie sich denn hingelegt haben. Brav ins Arbeitszimmer, ins Mäusequartier oder ob sie heute auch wieder das Bett im Schlafzimmer annektiert haben.

Moment. Die Mäuse schlafen nicht. Da hat eben Fräulein Meier ganz deutlich gebellt. Jetzt nochmal. Und jetzt auch Herr Schröder. Der bellt und quiekt abwechselnd. Was ist denn jetzt los? Einbrecher? Hatte ich die Haustür vorhin eigentlich abgeschlossen, nach dem Abendspaziergang? Bei uns im Ort ist schon mehrfach eingebrochen worden, allerdings noch nie spätabends. Aber häufiger im Herbst, wenn es dämmerig wird. Vielleicht hat irgendeine osteuropäische Einbrecherbande schon ausbaldowert, dass hier eine alleinstehende Dame mittleren Alters wohnt, mit zwei leicht außer Gefecht zu setzenden Hunden?

Ich bin hellwach und auf dem Weg in den Flur. Beide Mäuse stehen an der Tür. Winseln, wedeln. Herr Schröder wedelt so stark, dass sein ganzer kleiner Körper wackelt. Draußen ist die Beleuchtung angegangen. Ich sehe einen Schatten an der Tür. Groß. Schlank. Unglaublich vertraut.

Dann dreht sich der Schlüssel im Schloss.

Montag…

„Tschau, meine Süße, bis heute Abend. Und wir telefonieren." Ein bisschen vorsichtig, noch nicht ganz so normal und souverän wie sonst klingen Richards Abschiedsworte heute Morgen. Der Text ist zwar derselbe wie immer, aber wir sind beide noch nicht wieder ganz in der Normalität angekommen.

Ich stehe in der Eingangstür und schaue ihm nach, wie er zur Garage geht. Und sich noch einmal umdreht und mir zuwinkt, mit jenem schiefen Lächeln, das ich so liebe. Es ist ein sonniger, klarer Morgen, die tiefen Wolken vom Wochenende sind verschwunden, die Welt sieht aus wie frisch gewaschen. Wäre es nicht Montag, so könnte man etwas richtig Schönes anfangen mit dem Tag.

Das Horrorwochenende ist vorbei. Richard ist zurück. Wir haben wieder geredet, nicht so extrem lange wie zu anderen Gelegenheiten in den Monaten und Jahren zuvor, aber das Wesentliche ist gesagt worden. Und wir haben beide gelernt aus diesem Wochenende.

Und müssen jemandem Dankeschön sagen. Unserem – meinem – Schutzengel: Stefan. Stefan hat, nachdem ich Samstagnacht vom Hotel losgefahren bin, immer wieder auf Richards Handy probiert und ihn gestern Nachmittag schließlich erreicht. Und sich mit ihm getroffen. In der gleichen Hotelbar, in der er mit mir gesessen hat. Extra seinen Rückflug verschoben hat er dafür. Was genau die beiden besprochen haben, weiß ich nicht, muss ich auch gar nicht wissen. Ein Männergespräch halt, zwischen zwei Männern quasi auf Augenhöhe. Stefan, der die heiße Phase seiner Trennung von Anneliese gerade hinter sich hat und dabei ist, wieder Fuß zu fassen, der sich seinen Entschluss, zu gehen, ganz sicher nicht leicht gemacht hat. So wie ich Richards knappen Andeutungen entnommen habe, hat Stefan ihm einiges von dem wiedergegeben, was ich ihm erzählt habe. Und natürlich seinen Eindruck von mir geschildert. Alles hat er ganz bestimmt nicht erzählt, was wir besprochen und angedacht hatten. Nichts davon, dass er mir angeboten hat, jederzeit nach Salzburg zu kommen, dass er für mich da sein wollte, und nicht als Freund, sondern als Lebenspartner. Ob mit oder ohne Trauschein. Das hatte ich ja auch gespürt, dass da einiges war von seiner Seite. Dass es eine Perspektive hätte geben können für uns. Wenn ich es gewollt hätte. Toll im Nachhinein, dass er die Situation nicht ausgenutzt hat, die ich ihm angeboten hatte. Obwohl ich an dem Abend ja schon etwas frustriert war über diese Art von Zurückweisung. Da wollte ich mal, und was passiert? Mein Zielobjekt entpuppt sich als edler Ritter, der auf den schnellen, entspannenden Sex verzichtet. Zweimal sogar. Das erste Mal, als er mir sagte, er wolle keine Kompensationsbeziehung, sondern ich solle dann zu ihm kommen, wenn ich wirklich abgeschlossen hätte mit der Vergangenheit. Und das zweite Mal dann gestern Nachmittag. Es musste ihm klar gewesen sein, dass er durch das, was er in Richard bewirkte, die Chance auf ein Leben mit mir zumindest vorläufig vertan hatte.

Ich muss daran denken, Richard zu sagen, dass wir ihn gemeinsam anrufen müssen heute Abend. Oder ihm eine Mail schreiben. Er muss doch wissen, dass seine Mission erfolgreich war.

Richard ist gar nicht weit weggefahren an dem Freitagabend. Er war in Monschau und hat sich dort im Eifelhof einquartiert. Da wollten wir immer schon einmal hin, es hat nur irgendwie nie geklappt. Wie er sagt, hat er mit keiner seiner Verflossenen Kontakt aufgenommen. Ist, genau wie ich, die meiste Zeit für sich gewesen, viel gelaufen. Am Samstagmorgen hat er wegen des Appartements telefoniert, in das er eigentlich heute hatte seine Sachen bringen wollen. Und das er gestern Abend noch per Mail wieder abgesagt hat. Ich war dabei, habe über seine Schulter geschaut.

Im Büro war er zuerst gewesen, direkt, nachdem er bei uns losgefahren ist. Hat sich noch ein paar Unterlagen für Montag geholt. Dabei muss er mein Bild in die Schublade gelegt haben. Ich habe nichts davon gesagt, dass mir das aufgefallen ist. Nachher, wenn ich wie immer so gegen zehn, halb elf, im Büro bin, werde ich es wieder an seinen Platz stellen. Ich denke, das ist in Richards Sinn, und mit ein bisschen Glück ist bis dahin niemandem aufgefallen, dass es nicht dort gestanden hat in den letzten zwei Tagen. Die Putzfrauen kommen zwar heute Morgen, aber Richards Büro ist immer als letztes dran.

Und noch etwas hat er mitgenommen aus dem Büro. Den zur Sicherheit dort deponierten Ersatz-Hausschlüssel. Dessen Existenz hatte ich völlig vergessen, sonst hätte ich gleich nachgesehen und festgestellt, dass er nicht mehr in der Schublade lag, in der untersten, nicht da, wo mein Foto liegt. Seine Beweggründe? Einerseits vielleicht, das hoffe ich, war er genauso unsicher wie ich, wie es weitergehen würde, war sein „Das war's" nicht endgültig gemeint gewesen. Andererseits könnten es auch rein praktische Erwägungen gewesen sein. Wie dem auch sei.

Mit diesem Schlüssel ist er jedenfalls gestern Abend wieder zurückgekehrt zu uns. Und das war auch das Erste, was er sagte, als er mein völlig verdutztes, ungläubiges Gesicht sah, als er dort im Flur stand, den Koffer in der einen, den Schlüssel in der anderen Hand: „Wir hatten doch noch einen Schlüssel im Büro. Klingeln wollte ich um diese Uhrzeit nicht mehr."

Vielleicht sollte ich sehen, dass ich diesen Schlüssel auch schleunigst wieder dort deponiere, wer weiß, vielleicht kommt noch einmal eine solche Situation…

Nein, das will ich auf gar keinen Fall glauben.

Er hat eingeräumt, dass es eine Kurzschlussreaktion von ihm gewesen sei. Er hatte am Freitagnachmittag, wieder einmal, mit Drei-Buchstaben-Guido telefoniert und der hat ihm wohl den Trick verraten, wie er sich von außen auf meinen Skype-Account einloggen konnte, auch ohne mein Passwort. Irgendwann mische ich dem Kerl mal was in seinen heiß geliebten grünen Tee. Und obwohl wir uns ja eigentlich wieder vertrauen wollten, die Neugier hat gesiegt, das Motto „Vertrauen ist gut, Kontrolle ist besser"

war zu stark. Und so fand er jene Anrufe in Abwesenheit aus den letzten Wochen, von denen ich nichts gewusst und die ich auch ganz sicher nicht initiiert hatte. Wobei sie, zumindest von Daniel, völlig harmloser Natur gewesen sein werden. Auch Miguel, der für die anderen beiden Anrufversuche verantwortlich zeichnete, wird sich wahrscheinlich vertippt haben. Und beide sind schon lange aus meinem Leben verschwunden, nicht vergessen, aber in keiner Weise mehr relevant. Was die sich dabei gedacht haben, mich nach so langer Zeit anzurufen und dann auch noch fast zeitgleich, im Abstand von nur wenigen Tagen, ich weiß es nicht.
Aber für Richard waren diese Anrufe Beweis genug dafür, dass ich unsere Abmachung gebrochen und hinter seinem Rücken wieder Kontakt zu meinen abgelegten Männern aufgenommen hatte. Und so erschien ihm seine Reaktion nur konsequent. Im Lauf des Wochenendes ist er zu dem Schluss gekommen, dass ich die Wahrheit gesagt haben könnte. Und dann hat er gemerkt, dass er mich vermisst hat. Dass auch er sein Leben mit mir, mit uns dreien, nicht aufgeben wollte. Dass unsere gemeinsame Basis doch viel zu stark ist, um sie wegzuwerfen. Dass wir beide doch etwas Besonderes sind.

Und ich, was hat dieses Wochenende in mir bewirkt? So weh es getan hat, so sehr ich mir gewünscht habe, dass Richard zurückkommt, so hat es da auch andere Tendenzen gegeben, sind andere Schwingungen in mir aufgestiegen. Ich wäre in der Lage gewesen, mein Leben allein in die Hand zu nehmen. Ich hatte bereits begonnen, die Weichen zu stellen. Mein Schlachtplan, der frisch ausgedruckt in meiner Handtasche liegt, ist der Beweis dafür. Die Mails, die ich gestern Nachmittag geschrieben habe, auch.

Ja, ich bin sicher, ich hätte es geschafft. Mir ein neues Leben aufzubauen, mit oder ohne neuem Mann, mit oder ohne Stefan. Mit meinen beiden Mäusen und dem „Pfeffer im Hintern“, den ich ganz besonders gestern Nachmittag und Abend gespürt habe.

Und ich würde es auch zu einem anderen Zeitpunkt schaffen. Wenn es denn erforderlich sein sollte.

Auch wenn auf den ersten Blick alles wieder so erscheint, wie es noch vor drei Tagen gewesen ist, es hat sich doch ganz viel verändert. Ich bin eine andere geworden. So als wäre ich jetzt, mit über 50, erst richtig erwachsen und fähig, mich dem Leben zu stellen, egal ob mit jemandem oder allein. Und dazu gehört auch eins: Wahrhaftigkeit mir selbst und meiner Umwelt gegenüber. Diese süße SMS, die Stefan mir ganz früh am Sonntagmorgen geschickt hat, ich werde sie nicht löschen, so wie ich es früher immer mit solchen und ähnlichen, auch viel harmloseren SMS getan habe. Ich stehe dazu, dass ich diese SMS bekommen habe. Wenn Richard sie finden sollte, na gut, dann findet er sie eben. Ich habe nichts mehr zu verbergen.

Gleich werde ich diese beiden Dokumente wegschließen, in meinen Schreibtisch. Den Schlachtplan und den Brief an Richard, den er nun nicht lesen wird. Bei Bedarf kann ich den einen oder anderen ja jederzeit wieder herausholen. Ich hoffe allerdings, dass das nie der Fall sein wird.

Hinter mir fiept es, zweistimmig.

Ich schnappe mir die Leinen und laufe los, in den klaren kalten Herbstmorgen…

Danksagung…

Wenn jemand in nicht mehr ganz jugendlichem Alter das erste Mal mit einem Buch an die Öffentlichkeit geht, sind daran in der Regel eine ganze Reihe von Leuten direkt oder indirekt beteiligt. Ihnen allen möchte ich heute Dankeschön sagen. Ohne sie hätte es dieses Buch nicht gegeben.
Da ist als erstes Anja Gatzweiler zu nennen, unsere Heilpraktikerin. Sie gab mir den ersten Impuls zu schreiben, als sie mich bat, einen Artikel über die von ihr überwachte und von spektakulärem Erfolg gekrönte Verschlankungsaktion meines Mannes für eine regionale Zeitschrift zu verfassen. Es sollten ursprünglich „nur ein paar Zeilen" sein, wurde dann etwas mehr und sie war hellauf begeistert.
Meinem Vater danke ich für die „guten Gene", die ich von ihm bekommen habe. Er veröffentlicht noch heute, mit 80 Jahren, regelmäßig Artikel und Kolumnen in der Tagespresse und im Internet und hat mir schon nach den ersten halbwegs gelungenen Schulaufsätzen geraten, ich solle doch Schriftstellerin werden. Damit hat es leider noch eine ganze Weile gedauert, aber was lange währt…
Meiner Freundin Uta gebührt ein ganz herzlicher Dank. Sie war, nach meinem Mann, die erste, die das Manuskript von „Auszeit" zu lesen bekommen hat und hat mir viele wertvolle Tipps und Anregungen gegeben.
Ein dickes Dankeschön geht an meine Lektorin Sabine Greiner für die tolle Zusammenarbeit und die endlose Geduld mit mir und meinen nicht immer einfach nachzuvollziehenden Gedankensprüngen. Sabine fand wirklich jeden Fehler, egal ob es sich um Tempuswahl, Tippfehler oder logische Ungereimtheiten handelte. Ich finde, gemeinsam haben wir aus dem Text eine wirklich runde Sache gemacht.
Der größte und innigste Dank jedoch gebührt Markus, meinem Mann, dem ich dieses Buch gewidmet habe. Er stärkte mir immer wieder den Rücken, sowohl während des Schreibens als auch in der Zeit vor dem Erscheinen des Buches. Ihm habe ich jedes Kapitel, sobald es fertig war, zu lesen gegeben, und er hielt mit seiner Kritik, ob positiv oder negativ, aber immer konstruktiv, nie hinter dem Berg.

Gaby Trippen
Mai 2010

WEITERE ROMANE UND ERZÄHLUNGEN

wie sie spannender nicht sein könnten.

Elke de Witt - ISBN 978-3-939478-18-8 **€ 19.80**

Vorsicht - bissige Frau!

Die Freundschaft von Astrid und Ingrun droht an geheimnisvollen und längst verdrängten schrecklichen Erinnerungen aus Kindertagen zu zerbrechen. In ihrer ungewöhnlichen Lebensgemeinschaft ziehen sie gemeinsam Astrids Tochter auf. Ihre Nähe zueinander, der Umstand, dass sie beide denselben Mann lieben, mysteriöse Vorfälle und kriminelle Begebenheiten, die einen niemals ausgesprochenen Verdacht bestätigen, treiben sie schließlich dazu, einer grausamen Wahrheit ins Auge zu sehen...

Dieter Janz - ISBN 978-3-939478-14-0 **€ 18.90**

Schatten über Adlig-Linkunen

"Schatten über Adlig-Linkunen" ist eine spannende und erlebnisreiche Zeitreise in die Masuren des 19. Jahrhunderts. Sehr detailliert und präzise schildert der Autor die erschreckenden Ereignisse auf dem Gutshof Adlig-Linkunen und lässt die Protagonisten der Geschichte dabei lebendig werden...

Christoph Hinkel - ISBN 978-3-939478-13-3 **€ 19.80**

Für Amadeo

"Für Amadeo" ist eine Hommage an den vermeintlich imaginären Freund, der den Protagonisten Seduco über viele Jahre hinweg begleitet. Mit ihm taucht er in das Reich irrationaler Träume ein, in das man nur mit einer gehörigen Portion Vorstellungsvermögen vorzustoßen vermag. Pubertäre Fantasien werden wachgerüttelt und an die Grenzen des schier Unerträglichen katapultiert...

Evelyne Kern - ISBN 978-3-939478-03-4 **€ 18.00**

Atemlos ins Nichts

Hier ist die bittersüße Liebesgeschichte Julias, die alles verliert, was sie liebt. Tapfer erträgt sie alle Schicksalsschläge, bis sie eines Tages völlig ausrastet...
Dieser Roman geht durch Mark und Bein. Ungemein romantisch, aber auch unendlich traurig spricht er all die Personen an, die gerne mal ihren Tränen freien Lauf lassen. Zum Heulen schön, aber auch irre romantisch und zugleich anregend spannend verspricht diese Geschichte eine außergewöhnliche Unterhaltung...

Evelyne Kern - ISBN 978-3-939478-09-6 **€ 16.90**

Inzu und das Gold der Inkas

Unmittelbar nach der dramatischen Notlandung im schier undurchdringbaren Dschungel gerät eine kleine Gruppe amerikanischer Geschäftsleute in ein ungewolltes Abenteuer, das keine noch so erschreckende Überraschung auslässt. Nach der Begegnung mit einem furchterregenden Kopfjäger-Stamm erfahren sie durch Zufall von einer alten Inka-Kultstätte. Beseelt von dem Glauben an das Inka-Gold, das dort verborgen liegen soll, lassen sie sich auf das Wagnis ein...

Monika Mahler - ISBN 978-3-939478-06-5 **€ 16.90**

Die Gutsherrin Anna

So manch einer mag sich das Leben auf einem Gutshof romantisch und gleichzeitig feudal vorstellen. Auch heute noch wird in gewissen Adelskreisen der Standesdünkel höher als die Liebe bewertet. So auch bei der Protagonistin dieser Geschichte, der Gutsherrin Anna. Dieser Roman zeigt einmal mehr, dass dabei viele junge Menschen aus diesen Kreisen ihre Gefühle unterdrücken müssen...

Unser komplettes Programm finden Sie unter: www.verlag-kern.de